晚清风云录

李克定 著

庚子军变

河南文艺出版社
· 郑州 ·

图书在版编目（CIP）数据

庚子事变/李克定著. —郑州:河南文艺出版社,
2020.7（2021.2 重印）

（晚清风云录）

ISBN 978-7-5559-0970-5

Ⅰ.①庚 … Ⅱ.①李… Ⅲ.①长篇历史小说–中
国–当代 Ⅳ.①I247.5

中国版本图书馆 CIP 数据核字（2020）第 095915 号

策 划	王淑贵	
责任编辑	王淑贵	
责任校对	殷现堂	
书籍设计	M	书籍/设计/工坊 刘运来工作室

出版发行　河南文艺出版社
本社地址　郑州市郑东新区祥盛街 27 号 C 座 5 楼
邮政编码　450018
承印单位　河南瑞之光印刷股份有限公司
经销单位　新华书店
纸张规格　735 毫米×1040 毫米　1/16
印　张　24
字　数　349 000
版　次　2020 年 7 月第 1 版
印　次　2021 年 2 月第 2 次印刷
定　价　38.00 元

印厂地址　河南省武陟县产业集聚区东区（詹店镇）泰安路
邮政编码　454950　　电话　0371-63956290

目　录

第一章　公使同盟

一、宫廷盛设迎宾宴

在一场不流血的对抗中,清朝的花架子,吓退了意大利的假把戏,取得了举世瞩目的"三门湾大捷"。满朝上下一片欢腾,封赏庆功。这种景象,令洋公使们看了纳闷。

美国公使康格少校,特意去向赫德求教,莫非中国人真以为打胜了?赫德教导这个不开化的美国人:"不是以为,而是认定,我的少校。早在两千年前,中国便将战争提升为文化,伟大的孙子,最推崇的是不战而屈人之兵。更早的古人造字,提出止戈为武,只有制止战争,才是最高的武力。唯其如此,东西两大文明古国的战争,才打得这般文明。"

康格越发糊涂了:"打仗怎么扯上文明?罗马无胆量,北京无气力,这是顶没趣的对手,倒被你吹上了天。"赫德宽容地笑着:"年轻人,你的好战精神还没在美国南北战争中消磨净尽。可是你们的政府,已经超越了武力——国务院宣布的门户开

放政策，便深得以不战为战的真谛。对他国费尽心力打下的口岸租界，你们都要插上一腿，获取同等的权利。不管能不能做到，我欣赏这样的智慧。"

中国顺利度过一次危机，赫德却敏锐地察觉到，更大的危机在酝酿之中。这是从戊戌政变开始的，尽管赫德欣赏太后的睿智，但他也不能不承认，她的政变是倒行逆施。赫德回过头来，仔细研究戊戌新政的种种举措，发现他们确在对症下药，例如废除八股，兴办新学，还有停留在呼吁中的制度局，都是势在必行的治国方略。

看得出，康有为是在照抄明治维新，但他也许忽略了，中国的环境与日本完全不同。在日本大显身手的草根政治家，如果用于中国，恐怕会一事无成。所以，康有为的失败不可避免，但也不能因此得出结论，太后的行为可以原谅。作为统治者，她有责任引导国家走出困境，而不是相反，使她的臣民断绝了希望。现在要万劫不复了！正如他在致金登干的信中所写："北京很长时间以来天气干旱，老天听不进下界求雨的声音。天津流行痢疾，牛庄在闹鼠疫，其他地方疟疾肆虐。中国人中有一种莫名的不安情绪，他们预感到将要发生重大事件，我弄不清是要更换皇帝，还是举行一次全国性的反对洋人大示威。我开始认识到，崩溃即将来临，好转的希望已趋幻灭的时候，人们会变得何等狂暴和邪恶。"

出于对中国学问的敬畏，赫德相信六十甲子的学说。1840年英国入侵中国，过去一甲子，明年是庚子年，有一个闰八月。闰八月是不祥的月份，根据皇历推定，大祸将如期发生。内因是干旱带来的饥荒，外因是列强对中国的掠夺。内外交困，不反待何！

赫德本能地想要逃避，然而时值岁尾，他不好往北戴河去度假。在北京就得充当中外和事佬，赫德想出一个主意，便去总署见庆王，用闲谈的方式提出，英国维多利亚女王常在宫中宴请各国公使夫人。奕劻把这当作珍闻，报告给慈禧太后。其实，早在去年八月，慈禧训政后的第一个中秋节，她就在仪鸾殿宴请公使夫人，试图缓和与各国使馆的僵局。但有点出力不讨好，多位夫人借故不到，到场的也像纸扎人一般，笑得比哭还难看。这些人不识抬举，她值得再做尝试么？看出慈禧犹豫，奕劻添油加醋说，洋人眼窝子浅，起初听信新党造谣，以为我朝必将大乱。今见我

江山稳固,臣民同心,连西方强敌都知难而退,他们何尝不称颂太后英明。太后在此时赐以恩惠,彼等定然心悦诚服,中外势将铸剑为犁。

宴客是小菜一碟,慈禧乐于赏这个面子。总理衙门发出请柬,公使夫人们二次进宫。总共十六位公使夫人,在西苑门外下了轿子,改乘御船,航渡北海,至德昌门外下船登岸。德昌门在勤政殿前,勤政殿是西苑的正殿,是光绪驻苑时的理政之所,慈禧的训政大典便在此举行。为示隆重,慈禧命令此次宴会设于勤政殿,在御前大臣坐落处用饭。坐落处是一所偏殿,奉宸苑丞带领苑户、苏拉、官役等人,整整忙活一天,才将席面铺排停当。

主位一桌现时空着,敬候太后驾临;客席两桌已经坐满,分别由英、俄两国公使夫人为首,大公主、四格格作陪。大公主一脸冷肃,与来自寒带的格尔思夫人旗鼓相当。四格格可是个热闹人儿,看到十六国公使夫人肤色各异,插烛一般坐着,凉僵一般待着,她吩咐宫女上了一遍茶,笑盈盈地开了口:"各位夫人主理内务,相夫教子,难得一聚。大公主和我奉命出陪,大公主下了严令,我若陪不到家,下去可得挨板子。"

大公主尽力做出笑模样:"我可没说啊四姐,那是你自个儿编的。"四格格伶牙俐齿:"说我编我就编吧,我是热炸黏儿。热炸黏儿是北京老俗语儿,它也是一种吃食,我亲手做过。"窦纳乐夫人哦了一声:"您这位公主,还亲自下厨?"

四格格露出几分得意:"我阿玛爱吃,我就用心学了一手。我可以说说详细做法:将土豆、胡萝卜去皮蒸烂,用刀分别剁成细泥,掺入淀粉、面粉若干,揉和均匀。将土豆泥放在干淀粉上,擀成半寸厚的方片,抹上一层胡萝卜泥,照此方法再添两层。最后用半寸宽的竹板,在胡萝卜泥上压成一道道沟,做成剔下肋骨的猪五花肉形状。各位明白了吧,这道菜是素食荤吃。"

夫人们听得出神,见她停下卖关子,毕盛夫人拍手笑言:"讲得太好了!我相信公主真的会做,不然不会讲得这样真切。"坐在另一面桌上的萨瓦戈夫人,怀着恶意插了一句:"毕盛夫人是行家里手,我们都相信她的评判。"这是在讽刺她的出身!毕盛夫人还敬回去:"萨瓦戈夫人在军舰上待久了,恐怕忘记北京的风味了。"看见

萨瓦戈夫人怒目圆睁,克林德夫人赶紧出来解和:"公主正在传授绝技,我们应该洗耳恭听,才不辜负她的美意。"

克林德夫人芳龄三十,容貌秀丽,风度优雅,在外交圈中广受赞誉。她是美国底特律铁路大王莱德亚的独生女,克林德任驻美参赞时,二人相识结婚。克林德大她十七岁,且以粗鲁无礼而著称,夫人正好补丈夫之缺。而毕盛夫人的情况又不同。毕盛出身于中产阶级家庭,年轻时当选议员,曾为巴黎公社做过辩护演说。在一大群贵族公使中间,他显得格格不入,因此愤世嫉俗。其夫人是里昂"金房子"餐馆老板的千金,心地善良,为人热情,可惜这没为她赢得友谊,反而常受嘲讽。夫人们的鸡争鹅斗,反映的是列强的争夺。

四格格是庆王的女儿,对此心知肚明。她今天的使命,是代替无精打采的大公主,把场面烘托得红火些。她顺溜地接上话茬:"克林德夫人过奖了。我的薄技,不好絮叨得过于琐碎,长话短说:将做好的肉块贴上油皮,上笼旺火蒸二十分钟,晾凉切块,入花生油中炸三分钟,置于漏勺中。将白糖加水用旺火烧开后,挪到微火上熬成深黄色,即下入炸好的小肉块,把炒锅轻颠一下,随放瓜条、葡萄干、瓜子仁等果料,倒入桂花,装盘即成。各位,此菜形如猪肉,汁味清甜,光泽油亮,其正名为——"

一个声音接上来道:"蜜汁素樱桃肉!"

众人闻声看去,只见东殿门外,一乘暖舆停在那里,皇太后款款地下了舆,由宫女簇拥着进了殿。唬得公主和格格们跪地叩迎,夫人们离座躬身,不知该行何种礼节。慈禧太后居中升座,举目巡视一周,温声宣谕:"夫人们可归座。我出来晚一些,是想让你们随便些。怎么样,四格格没对你们出格吧?"

夫人们应和地笑着,看着窦纳乐夫人的眼色,迅速排成一列,向太后行鞠躬礼,然后依次入座,由窦纳乐夫人答词:"皇太后赐予优礼,外臣等深感荣幸。"

"外臣"二字入耳,使慈禧"龙心"大悦。在上一次宴筵中,答词者自称"敝国夫人",那是不认她为君,用西方的话来说,是不承认她的合法性。那次宴会便吃得很冷淡,堪称不欢而散。经过一年的磋磨,她们懂得了锅是铁打的,看来今日吉星高

照了。慈禧笑吟吟地说:"刚才听见四妞显摆,我就接了一句,没拆穿她的西洋镜么?"太后特意引用与西洋有关的俚语,夫人们会意地笑起来。四格格抢上来接话:"哎呀呀,老佛爷的佛光,恰恰把我照穿了!我讲的本来是热炸黏儿,竟错到蜜汁素樱桃肉上。"慈禧诧异道:"热炸黏儿?那应该是夹沙肉。"四格格道:"是是是,料用带皮猪肥膘肉,辅以豆沙、糯米、白糖做成,又称甜烧白,质地软烂,味道香浓,热吃谨防粘倒了牙。"慈禧用手指点着她:"你听听你听听,四格格这张嘴儿,真是热炸黏儿。"

夫人们愉快地笑和着。慈禧下谕开宴,略举一举面前的杯,示赏酒之意。窦纳乐夫人肃然起立,举杯祝酒:"尊敬的大清皇太后陛下,英明的名声远播海外,仁慈的统治普惠中国。在国事繁忙、日理万机之余,还不忘巩固邦交,令人无限感激敬佩。请让我代表十六国夫人,敬祝皇太后万寿无疆!"这篇颂词毕恭毕敬,热情洋溢,为老佛爷始料不及。很少失态的慈禧,被意外的冲击激荡了心扉,禁不住热泪盈眶。她喃喃自语:"无论远和近,都是自家人。大妞、四妞,你们给夫人们敬酒。"

大公主应一声是,四格格高高举杯,向各位夫人致意。酒过三巡以后,慈禧就离席起驾了。这是为了让客人放松,夫人们对此确实感恩。不久便发现,主人放得太松了。大公主托故离开,四格格成了总拿,她倒收放自如,而其他作陪的公主和嫔妃,却令夫人们头疼。除了自己大吃大嚼,她们还要替客人搛菜,就用自用的筷子,刚刚从油嘴中掣出的!有的夫人碍于面子,将菜偷偷隐藏在碗碟中。有人可不客气,干脆拒绝对方的热情:"请!请让我自己来。"主人转而指点让菜:这是烩鸭腰,这是熘海参,这是鱼翅汤,这是燕窝什锦鸡丝。这皮蛋是鸭蛋做成的,你别怕它颜色青黑,你尝一下,香也不香?被让的夫人大着胆,又着那物塞入口中,囫囵吞枣,昧着心称香。

却有一位夫人吃得真香,就是日本公使西德二郎的夫人。给她陪坐的中方主人,是一位个头不高的公主,这首先让她感到亲切。这公主胖乎乎的,她的穿戴有点特别,上穿织锦镶边的花袄,下穿藕荷色的裤子,系一条淡青色的百褶裙,裙沿是元宝边,覆盖着若隐若现的尖尖小脚。夫人在赴华前做过功课,辨认出这是一身汉

装,心中纳闷,在寒暄时便想发问:"请问公主——"那女子忙道:"我不是公主,请夫人称我大姑娘。"大姑娘?明知中国人等级太多,夫人便含糊地跟她搭讪。大姑娘显得善解人意,让菜也只口出请字,不像别的主人那样恃强。正好西德夫人也用筷子,二人便像一对同谋,说着与别人不一样的话头。从细腻绵软的燕窝,说到在海岸筑巢的白燕;从晶莹剔透的白米,说到小站种田的稻农。

西德夫人心想,这姑娘不是宫中人。她猜对了,这是李莲英的小妹妹。李莲英已经混到这份儿上,大姑娘先是蒙召入园,在颐和园中跟着太后的侍女,颠颠儿地"从龙"了好几回。这次来京探望哥哥,恰值这桩差事出来,慈禧便叫她充了个数。反正公使夫人什么也不懂,这姑娘小意儿甚好,闹不出大差。

慈禧知人善任,她至少招待好了一位客人,她使西德夫人感觉到,中国的宫廷还有一丝人情味。而对于窦纳乐夫人,这场宴会是长时间的煎熬。为了不碰那些可怕的食物,她尽量想出一些问题,通过译员问女主人:"公主的头发造型很美,做一次要多大工夫?""三四个小时。""每个月做几次?""三天做一次。""听说中国多子多福,请问你有几个孩子?"被问的那个发出痴笑,经过介绍夫人得知,这位还没嫁人呢。

两个半小时后,这场宴请终告结束,然而考验才刚刚开始。夫人们被轿子抬到纯一斋,看那大吵大闹的戏剧表演。在外国人的观感中,中国戏剧确是在吵架,甚至在打杀,所用的刀枪比真的更吓人,那受伤或被杀的角色,发出的声音尤其惨烈。

夫人们如坐针毡,瞄瞄前排正中,用玻璃围装的御用厢座中,太后聚精会神地看着,两旁是陪侍的嫔妃,还有个标致少年,那就是大阿哥了。这少年眼光贼亮,向宾客席睃来睃去,大概不常见到外国女人。窦纳乐夫人庄重起来,尽量不朝那边看,以免被误解为眉来眼去。

想不到的是,在一剧终了的间隙,太后竟然出了包厢,过来与夫人们攀谈。太后十分精明,她知道在这种时候,人与人最容易融洽。太后欣赏夫人们的服饰,赞其实用而又简洁。旗人的衣服也有这种长处,汉人服装就太繁复,尤其是女装,简直是层层包裹。为了验证她的说法,太后撸起袖子,让夫人们欣赏她的珍珠手链。

太后的胳膊圆润丰满,皮肤细腻,使年轻的外国女人相形见绌。太后还展示了她的脚,尽管满人不缠足,她的双足仍然小巧玲珑。夫人们对比自己的大脚片子,不能不自惭形秽。这场小小的联谊,加上临出宫时,太后赠送给每人一只名贵戒指,令夫人们心满意足。

窦纳乐夫人回到英国使馆,窦纳乐担心地问:"亲爱的,你喝多了么?"夫人"呀"了一声:"中国酒加热后饮用,十足是浓缩的甲醇,我哪有你的胆子。"窦纳乐扮个鬼脸:"我喝中国酒,也得兑三倍的水。葛络干本是使团团长,可是庆亲王告诉我,太后不拘虚礼,只认国家实力。她要你坐于首席,你的使命完成得如何?"丈夫谈起公事,夫人便汇报那几句祝酒词。窦纳乐挑剔地咀嚼着:"英明嘛,她这个人还当得起;仁慈就太离谱了。她的统治以严酷著称,榨取了小民的每一个铜板……"

夫人有些厌倦了:"公使先生想表达什么?"窦纳乐做着解释:"我在判断最新形势。意大利的拙劣表演,让她赢得意外的胜利,将会影响她的政治走向。说到胜利,我们眼下缺的就是这个。哎,谁来了?"

伴随脚步声走进屋的,是精力充沛的赫德爵士。窦纳乐一边让座,一边说道:"内人带回了宫中讯息,太后对赫德夫人的缺席深表惋惜,再三叮嘱代为致意。"赫德笑了笑说:"窦纳乐,你想挑起鳏夫的哀怨么? 有美丽的夫人陪伴,这是许多人的梦想,你不要身在福中不知福哟。"夫人婉言感谢他的奉承:"对勤奋的爵士来说,工作是最好的陪伴。对于女人就不行了,她们要丰富多彩。据我所知,夫人们无一例外,都想逃出枯燥的北京,哪怕几天也好。"

这话说得多好! 可赫德夫人的逃出长达十数年,再好的语言也无法掩饰。目送着窦纳乐夫人离去,赫德言归正传,谈起布尔战争。这是在南非进行的战争。从十七世纪中叶开始,荷兰向南非移民,这些人的后裔称作布尔人,"布尔"是荷语农民的意思。英国的殖民势力侵入后,将南非纳入大英帝国。布尔人进行武装反抗,推举布鲁格为总统,与英国展开布尔战争。英国人打得并不顺利,有节节败退之势,快赶上意大利的阿瓦多溃败了。这影响了所有英国人的情绪,赫德也不例外。他带来了基普林新近发表的一首诗,基普林是诗人兼帝国主义分子。赫德念诵这

一段诗:"当你们高呼大英帝国一统天下之时,当你们高唱上帝保佑女王之后,当你们用痛骂声扼杀布鲁格的性命,请不要忘记在我的铃鼓里丢下一个先令!因为我们的士兵将要奉命南征。"

窦纳乐做一个丢钱的手势:"为了给士兵壮行,我捐一个月的薪资!"赫德放下这张英文报纸:"这诗在上海转登后,英租界举办募捐,莫理逊当真捐出了月薪。你是官员,多捐才是。"窦纳乐问:"那么你呢?"赫德两眼不眨:"我是中国官员,与你立场有异。"窦纳乐问:"那么爵士此来,又要为中国乞讨什么呢?"赫德道:"这个词不准确。在这片土地上,中国人是主人。"窦纳乐问:"那么在南非呢,布尔人不也是主人?"赫德厌烦道:"老朋友,你总是固执于非洲观念,这是产生问题的根源。"窦纳乐笑着回击:"这你早就指出了,你说我对东方一无所知,其工作方法是基于对付尼格罗人的经验。"赫德显出痛心:"难道不是么?你推行的这套逐利政策,动摇了中英关系的基石,这就是中国对英国的信任!"

赫德在此发泄的,是蓄积了很久的不满。英国借口对抗俄国,强租威海卫,与租占旅大的俄军隔海相望,共同控制了渤海湾。法国刚刚宣布它无意仿效德国,在中国攫取海军基地;一见俄、英得手,它便自食其言,向中国张牙舞爪。

在绝望地抵拒了两个月后,总署在法方来文"不准动一字,限明日复"的要挟下,答应了法国的四项要求:一、法国得自越南边界至云南省城修筑铁路一条;二、同意将广州湾租借给法国九十九年;三、中国将来设立总理邮政局专派大臣时,所请外国官员,愿照法国请嘱之意酌办;四、中国声明对于越南邻近各省,绝无让与或租借他国之理。根据此项换文,法国巩固了西南三省的势力范围,加强了它在华南与英国争夺的态势。在租借条约尚未订立时,法国便在广州湾升起法国旗,这对近在咫尺的港英当局,是无法忍受的刺激。英国早想扩展香港边界,现在机不可失,窦纳乐立即向总署提出,租借九龙半岛,同时给予英国一条铁路让与权,开放南宁为通商口岸,订立不出让广东和云南两省的协定。交涉结果仍是清廷屈服,总理衙门与英国公使窦纳乐签订了《展拓香港界址专条》,督办铁路大臣盛宣怀与英国公司签订《沪宁铁路草合同》。它造成的直接影响是,日本逼迫清廷,签立不将福建让

与他国的协定,将闽省纳入日本囊中。这种虎狼环伺的局面,使满怀忧愤的上海士人,绘出了《列强瓜分中国图》,在东南沿海一带流传。

在赫德看来,英国得到一些蝇头小利,失去的则是在中国的领导地位,把自身降到俄、德之流的水准,这是真正可悲的。对于赫德的说教,窦纳乐早就听够了。他想起萨瓦戈告诉他的话,新到北京的外交官,都觉得赫德与他在国外的名声大不相符,他像个既固执又脆弱的老糊涂。赫德给英国政府分析中国形势的电报,也常晦涩难懂,外交部对他的信誉已有疑问。窦纳乐打断赫德的独白:"爵士,你想要我干什么?"

赫德直截了当地要求:"你不要逼迫总署向法、俄明确宣布,中国海关永不打破雇用英国人的规章。"窦纳乐惊异道:"为什么?这不是对你有利么?"赫德道:"对我有利,对英国不利。中国不会打破这一规章,可他们是要心照不宣,而非白纸黑字的什么保证。"

窦纳乐激烈争辩:"恰恰相反,我们只相信摸得着的保证。根据现在的列强态势,君子协定是靠不住的,我的爵士!这不是为你个人争利益,你不必摆出谦逊的样子。"

赫德伤心地抽抽鼻子:"这就是我与你们的根本分歧。连表面的谦逊都没有,这世界变成什么了?好吧,我用你听得懂的语言讲话:英国索取的每一块骨头,都会引发饿狗的争夺,从而危及海关的完整。法国在强讨租借权之初,便觊觎未成立的邮政机构。总署顶住压力,把这个职务给了我,它会甘心么?法国的租界条约,至今未正式批准,毕盛恨不得对总署动刀子。你让总署以为英在助法,岂非弄巧成拙?"分析得很有道理,然而使馆的外交权力,岂能让外人支配?窦纳乐转变话题,谈起基普林的诗作,以此祈祷英军的胜利。

应付走总税务司,次日窦纳乐便往见庆王,重申上次的提议。奕劻面现难色:"人人都知道,赫德与威妥玛一起,帮助上海道创建海关,他的地位不可替代。既然如此,为何还要多此一举?"窦纳乐不为所动:"既然如此,为什么不把事情摆到明处?王爷想必记得,每过一些时日,总有野心膨胀的国家,质疑英国的这项权利。

我要防患于未然。"

"英国的权利"岂可明言，这个人太蠢了！奕劻懒得再饶舌："好吧，总理衙门可以声明，只要赫德不主动辞职，总税务司永不易人。我朝也需要英国的支持，今天就有一项外交难题，希望得到公使的助力。法国要租借广州湾，对港英当局有妨碍。中国因此迟迟不批，贵公使应能理解我方好意。"中国想推英国替它挡枪，窦纳乐哪肯上奕劻的当："香港的安全，港英当局有能力维护。同样的道理，中国的权利，只能由中国当局自力保全。中国拒绝过度搜刮，我们对此表示赞赏。"奕劻极度失望，不禁语含悲愤："列强搜刮中国，是从法占越南开始的。随后英占缅甸，将势力伸入西藏。法国袭英故智，攫我滇桂权利，与英人范围犬牙交错。哪一日你们分赃不均，打将起来，那就狗咬狗两嘴毛了！"

英国人不给面子，总署决定伤伤它的里子。总署发出声明，应英国公使的请求，朝廷宣布永不撤换赫德的总税务司职务。这激起列强的嫉恨。日本首先发难，要求由日本人担任厦门海关税务司；俄国人垂涎牛庄，德国人图谋烟台，法国人窥伺广州，美国再次高呼"门户开放"，意欲染指每一座设海关的城市。从体制上说，海关统由总税务司管辖，所以矛头都是对准赫德的。

在此期间，窦纳乐的日子也不好过。与他接触的中国官员，仿佛一下子成了"非洲通"，"麦夫金""金巴利""莱第斯密"这些拗口的字眼，竟然挂在他们的口边。这都是南非地名，中国人在嘲笑布尔战争！糟心的事情不止这些。罗莎第前来报警，据传慈禧太后命令山西，严格限制福公司的活动。第二天就得到确讯，在刚毅、徐桐的授意下，有御史弹劾吴式钊等五名官员，与福公司勾结串通，堪称官箴败坏。朝廷随即将吴式钊等革职，来了个杀鸡儆猴。窦纳乐赶往总署，却见不着领班王爷了。出面接待的许景澄称，五名官员有贪赃的证据，朝廷依法惩戒，不劳贵公使过虑。

窦纳乐气呼呼地道："福公司依合同经营，山西当局却横加干涉，这是最近才发生的！我们注意到，最近是毓贤在主政。他在山东以仇洋著名，此中的内在联系，我不能不强调指出。"许景澄语气平和："中国有句俗话，打烂盆儿说盆儿，打烂罐儿

说罐儿。不管到哪里讲理,中国惩治自己的官员,都不会被派不是。公使的这番交涉,是不是该结束了?"自己确没占到理,这令窦纳乐更愤怒。他在谈话中提到的毓贤,倒是个值得利用的题目。窦纳乐转向使团内部,展开一轮公使外交。

毓贤是公使们的公敌,然而就事论事,列强并未找到共同利益,窦纳乐的喊叫没有得到呼应。只有康格向美国政府报告:"此事件表明太后和她的亲信确有强烈的反洋情绪,这对中国将是非常不幸的。"反过来,俄国利用了这股情绪,在关外铁路一事上向英国发难。津卢铁路与关东铁路绥中段相继通车后,清廷合并成立了关内外铁路总局,由胡燏棻任总办,原在津卢铁路总管技术的金达为总局工程师。从唐胥铁路开始,这位英国人对华北铁路建设贡献良多,创立了信誉。

俄国可不吃这一套。这一天,俄国驻华公使巴布罗福约见总署大臣,声称接到政府训令,抗议中国修建关外铁路的决定,没有预先与俄协商,违反了中俄达成的谅解。如要修建关外铁路,中国必须用一个俄国人替换英国工程师。

这就表明,俄国反对的不是铁路本身,而是英国势力侵入俄国领地。窦纳乐接踵来到总署,对此事表示严重关切。俄国的西伯利亚铁路通过满洲时,英国未提异议。它为何不对英国抱有同样的善意,反而刁难一位技术人员?许景澄叫他放心,中国不打算撤换金达,不是因为他是英国人,主要是看重他的技术和人品。这叫窦纳乐想起了赫德,对于真心为之服务的人,中国人是懂得感恩的。

窦纳乐的思路,扭转到强国争斗上,痛感英国已非独霸,沦落为群雄争霸中的一雄。所以还得着眼于竞争,不可轻易置身事外,显摆英国的"光荣孤立"。窦纳乐报请伦敦同意,由汇丰银行出面,向胡燏棻打招呼,表达了汇丰的贷款意向。总署明知这是英俄在斗法,两大恶霸打起来,总比联手谋我强,大臣们乐于推波助澜。经过紧锣密鼓的谈判,胡燏棻与汇丰银行及英国公司的代表,在北京签订《关内外铁路借款草合同》,约定中方向汇丰借款,建造山海关外中后所至新民厅、营口的铁路,并继续委任金达做关外铁路总工程师。

二、大国操弄护教权

被打了个措手不及，巴布罗福跑到总署抗议，称修建此路违背了中俄《续订旅大租地条约》。这回是胡燏棻出来对阵，他搬出有关条款，证明条约不包括这条铁路。胡燏棻还摊开一份谈话记录，那是在条约订立的喜悦中，巴布罗福当面向胡燏棻保证，扩展至牛庄的铁路线，无论中国雇何国人、借何国款，俄国都不会有什么异议。

巴布罗福瞪了一会儿眼，叹口气说，贵大臣应当知道，俄国反对英国插手关外，也是为中国的权益着想。基于这种立场，俄方有三条新的要求：一、中国如确要修建此路，不得以该铁路抵押借款；二、该铁路将永为中国政府的财产；三、该铁路不得为外国人控制。总署审视这三条，发现它虽然是要抵制英国，但对中国维权不无裨益。前后两位督办许景澄、胡燏棻，亲赴英使馆通报情况，并称由于有租借条约，中国顶不住俄方压力。

窦纳乐暗骂俄国混账，急忙从伦敦讨来办法，便又跑到总署宣布：英国政府令他正告中国政府，只要中国履行草签的合同，那么无论何国与中国有征战之事，英国必愿相助。这是极大的诱惑，自从与英、法签订《北京条约》后，每当遇到危难，中国想从英国得到的，就是这句话。

可是，经历了无数次失望，大臣们终于明白，英国是靠不住的。在甲午战争中，英国暗助日本；中国割让领土后，英国也没与俄、法、德一起，逼迫日本交还辽东。现在强调这项保证，正好形成自我讽刺。庆王奕劻亲自作答：俄国并未准备对华作战，它不过想要中国保有路权，我们当然赞同这一要求。窦纳乐岂肯甘心，又发来一份正式照会。总署随即用照会答复：关于关外铁路借款一事，本衙门与俄国政府议定，中国国家永为此路之主，不得以此路抵押借款，不得借故改为外国人产业，亦

不准外国人干预铁路相关之事。鉴于俄国的坚决反对,中方不能履行中英草签的借款合同。

不经意间遭此惨败,窦纳乐半天缓不过劲儿来。中国如此傲慢,也许要怪布尔战争,霸主的神话已经破产。他只有承认现实,守住划定的地盘,再跟对方讨价还价。窦纳乐主动去见巴布罗福,声明英国严格遵守双方划定的势力范围,不向俄方利益区域伸展渗透。为了展现诚意,英国拟向中国建议,以山海关—天津—北京铁路作为山海关—牛庄铁路的贷款担保;俄国也应有所表示,不对金达的任命说三道四。他端出一个明确的草案,其要点是,关外铁路可以使用汇丰的贷款,但该路应永为中国铁路线;俄国政府不在长江地区谋求铁路租让权,英国政府不在满洲谋求铁路租让权。英国的建议,在俄国政府内部引发了争论。吵嚷不休中,俄国的经济危机却日益加深,它并无资金喂饱它的胃口。

于是中国又转向了,胡燏棻与英国中英公司签订《关内外铁路借款合同》,约定以原有关内外铁路产业和新造关外铁路进款作保,在借款期间,总工程师应任用英国人,办事处负责人及司账,均由欧洲人充当;最根本的一条是,对此中国产业,无论何国不得借端侵占。一番纵横捭阖,竟然化险为夷,这就是以夷制夷的妙处了!

总署大臣们扬扬得意,而英国的窦纳乐也很满意。他的外交胜利,归功于放低调门,这得益于赫德的启示。但他不可能是另一个赫德,他的责任要宽泛得多,尤其在面对反洋的运动时。那个问题更复杂,更深刻,涉及东西方的文化冲突,也许永远不能调和。即使在西方内部,信仰的不同,教派的分歧,也是矛盾和斗争的根源。法、英两国的分分合合,也与这种歧异有关。

法国是天主教国家中第一强,被梵蒂冈授予全球护教权,在进入中国时,它便以护教权威,对抗英国的经济优势。天主教在华的宗教势力,远远大于英、德、美等国奉行的新教。例如在北京,位于蚕池口的天主教堂,修建于康熙年间,曾是北京最高的建筑。教堂投射的阴影,遮蔽了西苑的宫殿,慈禧便于光绪十二年春,下令总署与法国公使交涉,叫天主教堂迁址重建。

这一根硬骨头,总署啃不下来,慈禧又令北洋大臣李鸿章想办法。李鸿章采纳

洋幕僚的建议,绕开法国,直取罗马。李鸿章派员赴梵蒂冈游说,称中国朝廷愿意选拨合适土地,担负迁建费用,予以各种方便。在获得教廷的同意后,教堂由蚕池口迁至西什库,这就是今日的北堂。这也是李鸿章获得太后欢心的事功之一。分布于各地的天主教士,大都秉持强硬作风,所以教案多由天主教引发。就连惹起巨野教案的圣言会,也是天主教的海外分支。德国利用教案作借口,满足它的帝国野心,但它对圣言会仍是排斥多于容纳。随着中国反教情绪的高涨,天主教会陷入拳会攻击、官府敌视、新教指责的不利境地。

为了摆脱困境,主持西什库教堂的樊国梁主教,开始考虑对策。他想起两年前的事情,那天是重阳节,李鸿章特意来到西什库,慰藉他这个"独在他乡为异客"的漂泊者。李鸿章算是新北堂的"开山鼻祖",樊国梁是北京天主教的最高领袖,两人在一起,能说一些不打官腔的心里话。他们都为民教冲突犯愁,但愁的内容不一样,李鸿章担心教会借案生事,以求扩张。他引用山东巡抚张汝梅的奏言:"不知教士之势愈张,则平民之愤愈甚。民气遏抑太久,川壅则溃,伤人必多,其患有不可胜言者。"樊国梁评论说,这是典型的官家腔调。教士最头疼的,便是"衙门口,朝南开,有理无钱莫进来"。为此他们要么用钱,要么使势,蛮横也是逼出来的。中国的正规渠道打不通,是一切民教纠纷的源头,中堂对此是否同意?

李鸿章似欲反驳,忽然停住想了一下,脸上绽出微笑:"我同意一半,另一半是你们的,不能把屎罐子扣到一家头上。我想起曾纪泽的建议,你知道,他的父亲,我的老师,就栽在天津教案上。曾纪泽说,本来宗教是宗教,世俗是世俗,可在我们这里乱成一团麻,各国公使纷纷插手,把简单的事情搅浑了。何不请罗马教廷派一特命全权使节驻京,专门处理传教问题,把教会与使馆分开?"樊国梁听了一激灵:"这怎么行,教廷从来不管护教!"李鸿章反问:"怎么不行?你没细想就反对,恰好证明,这刨到事情的根子上。各国利用护教渔利,不惜为教案推波助澜。你是法国人嘛,当然要对罗马说不。"

李鸿章触及樊国梁的痛处,他当时无言以对。生于世间,再伟大的教士也难脱俗,正是人的无奈处。好在中国人也没弄清楚,张荫桓指出,西教分天主、耶稣(新

教）二门，罗马教皇对新教并无约束力。只有劝西方各国同意，在华设立统管各教派的总教士，才能把教案和外交分开办理。这比平步登天还难，总理衙门只好作罢。现在樊国梁的心思变了，既然不能求助于罗马，何不像中国人说的那样"反求诸己"？他在这里广结权贵，但要与当局沟通也很困难。深入州县乡村的众多教士，有事连县官都见不到，何谈平息争端，保护教民！在教会内部，也有人像曾纪泽那样思考问题，曾提议取得中国的官职，以弥合官教之间的鸿沟。当时觉得荒唐可笑，其实它提供了一个思路。此事还要取得政府支持，樊国梁跟毕盛公使交换意见。毕盛并不具有宗教洁癖，只要不与国家利益相冲突，使馆方面乐见其成。

通过相互试探，教堂与总署开始秘密谈判，到了后来，法国公使馆也参加进来。最终，双方谈妥处理民教冲突的五条规定，并予以公布："兹因欲使民教相安，并便于保护起见，议定地方官接待教士事宜数条如下：判定教士品秩。如教士品级与督抚相同，应准其请见总督、巡抚。护理主教印务之司铎亦准其见督抚。摄位司铎、大司铎，准其见司、道。其余司铎，准其见府、厅。州、县各官亦按品秩以礼相答。"

总署公文比较含混，而在樊国梁那里，有一张更加详尽的表格，名为《教会系统政治体制与清朝国内政治体制关系图》：以列强政府、外交部对应清廷，以驻华公使馆对应总理衙门，以相当于二三品的教区主教对应行省，以相当于四五品的外国神父对应道、府、州，县以下的会所、公堂、堂口也有相应品级。

樊国梁的这场"改革"，在传教士中间引起不同反响。比如圣言会的安治泰主教获得二品官阶，他高兴地告诉薛田资，以后可以堂而皇之地约见山东巡抚了。同样在山东，美国长老会芝罘堂口的郭显德神父，就在致美国领事函中称，不论靠官阶要挟，还是请德军保护，丝毫无助于矛盾的缓和。即使是德国的山东殖民当局，也对安治泰的所谓二品嗤之以鼻。新教国家的政府，都不支持新教教士获得同样的官阶。英国的坎特伯雷大主教就此事致函首相："我发现很多中国人都知道罗马天主教士长期不断地干预中国的各级行政管理，特别是诉讼制度。这种干预的后果十分糟糕，在中国的大多数人民中间降低了基督教的威望。"

在这场谋取品级的滑稽剧中，法国公使是主角，英、德、美等国公使是不怀好意

的观众。他们希望戏剧演砸，但又生怕乱子闹大。中国的拳民攻击洋教，可不管你是新教老教，明晃晃大刀照头砍来，不少新教徒也死于非命。与此真正不相关的，是信奉东正教的俄罗斯。东正教在华有正式代表，可是从来没在中国传教，截至1899年底，在华俄国人仅有二百五十名，与西欧人差得太远。所以，连沙皇都对教士的肆无忌惮深恶痛绝，称之为"邪恶的根源"。这一条倒可利用，窦纳乐正与俄国暗斗，而法、俄在华结为经济伙伴，需要设法从中离间。樊国梁习惯在弥撒后举办茶会，窦纳乐这天特去参加，在闲谈时引述了沙皇的恶评。毕盛似乎不领情："坎特伯雷大主教的评论，好像也不怎么悦耳。"窦纳乐力争说服他："请相信我，大主教担忧的，正是梵蒂冈关注的。天主教与新教的差别，总比不上与东正教的隔阂。无论如何，那些在山东乡间奔波的传教人，正面临共同的威胁。"

这话打动了毕盛。由于使团团长葛络干年老眼花，不大管事，大家都把窦纳乐视为头头，毕盛不能对他漠然处之。毕盛瞟一眼稍远处的樊国梁，放低了声音："告诉你，我对这个举动有点后悔了。"窦纳乐一时不明白："唔?"毕盛道："谋求品级。中国人一直想把教士纳入官僚圈子内，以软化宗教人士的立场。我们是不是中了圈套?"窦纳乐想了想："不，并非一直想，中国人很久都在拒绝平等，即使被打趴下时，仍自以为高人一等。求得对等是一项进步，迷信官阶则是个错误。请注意，这'错误'可不是一位姑娘哦。"

窦纳乐难得地说了句笑话，毕盛被他逗乐了。这是流传在使馆区的逸事：俄国公使格尔思的女儿，是一位性格乖张的小姐。春日的一天，在公使团的网球场上，英国使馆秘书夫人抱着婴儿在观看比赛。由于牛奶不够喝了，婴儿哭闹不止，萨瓦戈公使主动帮忙，带领母子到附近的俄馆求助。出来接待的格尔思小姐，跟客人展开一场谈判。客人想要一个熟鸡蛋，小姐先要一罐沙丁鱼做交换，后又改要法国的鹅肝酱。萨瓦戈大怒，立即带那母子离开俄馆，转赴法馆求助。这位小姐曾因貌丑，被许多外交官夫妇私下称作"父母的错误"。

想起这段往事，毕盛话中有话地答言："俄国的地理与人种撕裂，也许才是真正的错误。它的大部分地域在亚洲，而居民重心在欧洲，蒙古远征的重点区域就在俄

罗斯。这给他们输入了征服的血液,我们欧洲人需要警惕,不让'黄祸'越过乌拉尔山脉西侵。"

让毕盛的心思回到欧洲人的框框里,窦纳乐的笼络外交就没白费劲。窦纳乐很快得到了回报,在山东突发的一桩教案,使他在愤怒中暗自庆幸,他可以指望各传教国的支持。教案的主角名叫卜克斯,他是英国国教宣教士。卜克斯旅行到泰安府时,接到平阴县城南关总会马休斯的来信,内称平阴发生了暴动,教会人士随时都有生命危险。卜克斯的宗教狂热当即被引燃,转变行程赶往平阴。

在肥城过了一夜,早上起来风雪交加,肥城的教士劝他不要前行,县丞也亲自过来劝阻。卜克斯拒绝了派人保卫的安排,毅然只身前行。在路上听见传言纷纷,白云峪教堂受到攻击。卜克斯的心情越发急切,用手拍打着胯下的骡子,叫它加快速度。前边出现一个大村庄,卜克斯询问路人,得知那叫张家店,是远近闻名的"大刀村"。看来这是拳众的老窝,卜克斯本想绕开,在岔道上被一伙人截住了。这是来自恩县、肥城的拳民,为首的是孟光文和吴方城。无意间捉到一头洋肥猪,他们很高兴。听到洋人对他们宣教,满口都是耶稣基督、圣母玛利亚,这些人嬉笑喧哗,把卜克斯戏弄了一番。

见迷路羔羊们不可理喻,卜克斯只好与现实妥协,报出一个教民的名字,称那人可以支付赎金。拳民们押着俘虏来到毛家铺,一问才知那个教民早已逃走,便又原路折返,打算向袁儿庄教堂勒交赎金。路过下井子村,遇上一位拳会头领李潼关,两路人马拥进村子,找到一家饭馆,把卜克斯绑在门口的木桩上,大伙进店吃喝。听着里边的吆五喝六声,卜克斯在扭动中突然发现,绳子有一段糟朽了。卜克斯暗地用力,从扯断的绳套中脱身,悄悄溜到墙根,马上飞奔而逃。不幸的是,他撞倒了一个老头,老头的叫喊惊动了喝酒的人。拳众骑马追赶,在村外抓住了卜克斯。一顿拳脚如雨点落下,卜克斯大声抗议,还要动手抢对方的刀子。这招来了杀身之祸,在混乱的拳打脚踢中,卜克斯死于非命。他的尸体被抛进一条水沟,第二天被发现,当地地保慌忙报县。

知县金猷大闻讯大惊。根据总署颁布的规定,外国宣教士相当于三品官;他不

知道的是，新教教士不认这个品级。金知县赶赴现场，并请武卫右军派出骑兵，在肥城、平阴、东阿等县展开搜捕，抓获要犯五名。窦纳乐已先得到当地教会报告，当时只知卜克斯被义和团抓走。窦纳乐急派中文秘书赴总署，要求紧急电令山东方面，采取一切措施救回卜克斯。度过焦虑不安的一晚后，窦纳乐亲往总理衙门，希望能听到卜克斯获释的消息。不料得到的却是噩耗。为了平息公使的愤怒，朝廷派军机大臣王文韶，赴英使馆表示惋惜之意。并且颁发上谕，下令山东巡抚速将疏于防范的官员先行参处，同时缉凶严惩。按照光绪二年处理马嘉理案的先例，邀请英国驻上海副领事赴鲁观审。审判结果是，首犯孟光文处斩，吴方城绞监候，李潼关等三犯分别处以监禁或徒刑。

就窦纳乐的本意而言，他对卜克斯之死并不惋惜。甘冒生命危险，是传教士的本分，但他的死不能白死，这是英国在华教士第一死，国家应当善加利用。在向伦敦报告时，窦纳乐渲染山东、直隶的反洋运动，使外国传教机构面临空前威胁。中国方面不肯或者无力镇压骚乱，这使公使团达成共识，必须由各国政府强力干预，以制止局势进一步恶化。他把形势描绘得如此严重，引起了英国政府的重视，考虑采取严厉措施。

清廷内部也不消停，卜克斯案使山东再次成为争论焦点，先前参劾袁世凯的御史们，又接连递上几道参折。御史高熙喆指明，袁世凯的残酷镇压，直接造成卜克斯被杀，因为村民畏惧官府追究，不得不杀人以图灭迹。不分皂白地一味屠杀，无异于扬汤止沸，引火烧身。朝廷的上一道上谕，是为了安抚英国；这回要安抚民心，便又发布上谕，令各省督抚在镇压拳众时，应当分清良莠，不可徒恃兵力，总以弹压解散为第一要义。若安分良民，或习技艺以自卫身家，或联村众以互保闾里，焉能视之为匪。各官遇有民教纠纷，皆应持平办理。

这道上谕在各使馆间炸开了锅。在公使们看来，这是把发出的糖果又收回去，暴露出笑脸背后的险恶用心。德国公使克林德命令秘书葛尔士："你去总理衙门见那些庸人，询问慈禧太后的第二道谕旨究竟是什么意思。"葛尔士回来报告上司："他们肯定，第二道谕旨只意味着鼓舞各社会团体，施行互助保护和做些体操锻炼，

绝无伤害外国人的意图。"

　　窦纳乐去总署见王文韶,让他看泰安主教伯夏里的电报:"前景极为黯淡,每日发生抢劫,军队已到,但无用处,地方官员无所作为,朝廷密令支持拳会。在中国政府下定决心处理担责高官之前,此类暴行不会停止。"王文韶显然很痛心:"鉴于贵国人被害,你们此时的心情,我们能够理解。但你也该懂得,冰冻三尺非一日之寒,教徒与老百姓的恶感,已是解不开的死结。为今之计,各国公使应嘱咐本国教士,约束会中信众,不要四处树敌。若是站在高岸上,专说风凉话,各方都不会得到好结果。"窦纳乐承认此言诚恳,但在外交事务中,实话是最没有力量的。窦纳乐电告首相,他打算给对方一星期时间,看他们如何兑现承诺。"如果再发生伤害,我们真要发狂,中国便会发抖!"

　　在这一星期中,各方目中所见,全是不祥之兆。教士们向公使馆惊呼:"拳团初起时专掠教民,尚有良民附和。近则掠及良善,绑票勒赎,专以抢劫为生计。平民有业者大多逃避,习拳者更加凶暴,成群结伙,省城三十里外即无净土!"更惊人的消息是贝克神父提供的。他给法使毕盛写了一封长信,称中国政府正在实施一个计划,这个计划的主谋是山东前巡抚李秉衡,甘军首领董福祥。计划分成三步走:第一步是清除四川的基督教徒,第二步是山东,第三步是直隶。之后仇洋组织成倍扩大,最终达成董福祥提出的口号:把一切洋鬼子赶入大海!

　　毕盛本来有些神经质,贝克又给他加了一把劲。毕盛发出邀请,英、美、德三国公使应约集会,共商对策。面对怒潮汹涌的山东,公使们想到一个鲜明的词汇:"黄祸",这是新近在欧洲出现的说法。

　　如何能够扑灭黄祸?康格提出了"炮舰政策"四个字,克林德马上响应。毕盛和窦纳乐互看一眼,窦纳乐笑一笑:"两位少校不忘本行,令人佩服。我们两个文弱一些,还是先走外交程序吧。"当下议定,于次日向中国发出联合照会。照会指出,中国朝廷1月11日的上谕,令人得出这样的印象:朝廷是鼓励暴民反教的,暴民确实得到暗示,残酷迫害基督教徒。照会强烈要求,清廷立即发布上谕,无条件地取缔一切拳会,并要明白无误地宣布,任何加入者以及窝藏者,均为刑事犯罪。

这是很长时期以来,列强第一次联合行动,在朝廷中引起了震动。慈禧召六部九卿集议,议了一日没有结果。次日早朝以后,奕劻奉召觐见,发现同时等候问对的,只有一个刚毅。奕劻知道,近日荣禄奉派去东陵监工,刚毅与载漪加紧撺掇,促发了第二道上谕。载漪早就认定,洋人是帝位更迭的最大障碍,总署跟洋人一个鼻孔出气,全都不值得信任。慈禧跟他有相同的怀疑,在处理外事时,显得摇摆不定。果然,慈禧开口便问:"徐用仪、许景澄、袁昶分别去了夷馆,说的什么?"奕劻回道:"三人奉奴才指派,去四国使馆劝说,不要联合施压。"慈禧问:"为何桂春、联元不去,因为是满员?"

这话有点格外,奕劻索性率直一些:"回太后话,满人汉人之分,在这里无甚窒碍。徐用仪两度入署,许景澄多年驻外,袁昶曾任总署章京九年,皆通达外洋事务。桂春和联元虽肯用心,跟各使馆却较生疏,况且在署另有差使,不派并非不用。"想想又道:"奴才以为,这是刚毅进言。"慈禧似感意外:"喔,你也会直截了当?他进的不是谗言。"奕劻道:"是,刚毅有良心,不会在危难时刻故意添乱。可非要分清满汉,那就过分。闹拳乱的全是汉人,刚毅偏偏欣赏他们,叫人觉得奇怪。"

刚毅咧开嘴笑:"这叫各吃各的肉包子,各顾各的糖挑子。王爷须知,我管兵部,对舞枪弄棒的自然上心。拳团要扶清灭洋,岂可不屑一顾?"奕劻反驳:"洋它灭不了,清它扶不起。你的兵部,难道要为拳团补给粮草?"刚毅道:"不是不可能,那要看时辰。洋人骑到头上了,我们还要替他杀人,窝心不窝心?"奕劻懒得跟刚毅争辩:"太后,四国联合,非同小可,对其照会要慎重对待。"慈禧哼了一声:"如何慎重?再发一道谕,推翻上一道?杀它一个教士,定下两个死罪,它还不满足?"

太后口气不善,奕劻赔着小心:"我朝决囚须待秋后,窦纳乐不懂这个,误以为在糊弄他。英使馆两次派人催促,经袁昶详细解释,其态度已有缓和。可见龃龉多为隔膜所致,只要解说透彻,洋人也非不可理喻。"慈禧晒笑着:"好啊,你叫袁昶再去解说。再不然,也可托北堂的樊国梁搭话。你不是给了他二品么?"

这样越说越远,奕劻心里一急,一句话冲口而出:"那是太后赏的。"慈禧倒没生气:"你也学会顶嘴了?我是听了你的主意,又是羁縻,又是施恩,结果仍是竹篮打

水。先前他们互不买账，如今倒好，新教旧教联手合谋，是不是看你软柿子好捏？"
奕劻硬起头皮撑住："回太后话，新教面上比天主教安分，但其神父软中带硬，遇事
也要与督抚道府抗礼。总之，出了教案，咱就被人抓住了把柄，在交涉上处于下
风。"慈禧道："以一对四，当然吃亏，你为何不单挑英国？"奕劻道："英国人的高傲藏
在心里，这回惹翻了它，它根本不跟我谈。"

"可它跟我谈。"

奕劻扭头看刚毅，见他满脸得意，不由发出疑问："你？"

刚毅点头："我。山东麻烦不断，我也放心不下，上次路过时，特意留一干员，请
毓贤安排在洋务局做事。卜克斯案发，我即令他找英国主教接谈。"奕劻错愕："谈
成了么？"刚毅口气满满："那还有谈不成的！福音布道会主教斯考特，派中文秘书
余福出来接待。他跟我的人激辩数次，最终达成三条共识：一、由福音会与军机处
代表办理此案，他方不得干涉；二、福音会负责说服英国当局，不可借机勒索利益；
三、对于谈妥的条款，中国方面保证落实。"

听到如此荒唐的事情，奕劻竭力忍住不笑。他揣摩慈禧的心思，大概认为这是
条门路，便借坡下驴："刚毅摸索出一个办法，请太后派他参与交涉，总署派员全力
配合。"慈禧拆穿他的把戏："他的路子或可行，他的名义不正当。这是总理衙门的
差事，你跟英国谈成，四国不就散了？"

没能从乱麻中脱身，奕劻只好约见窦纳乐。在亲王办事房中，听奕劻面询此
事，窦纳乐不禁失笑。他已得到斯考特的报告。在这桩奇异的谈判中，刚毅的代表
所持理由也是奇特的。刚毅对总署的大臣不信任，那些人多是汉人，他们故意把事
情搅得复杂，给朝廷带来灾难。那人还告诉余福，刚毅的政敌荣禄暂时不在，所以
英方应抓住时机，达成协议。刚毅一方并无具体方案，斯考特只能把此事当作趣
闻。

奕劻一点也趣不起来，他哀叹说，总署办事之难，贵使应有体会，若能见好就
收，我方感激不尽。窦纳乐说，问题是我们没有见到好！鉴于愈益凶险的局势，四
国这才走到一起，你们作何回答？奕劻脸扭得像苦瓜："前后两道上谕，都有剿拳字

样,你们还要怎的? 赶尽杀绝,西人之性;谦和圆通,东人之风。两下若凑不成一个好,就得共担一个凶。"窦纳乐狞笑:"你要威胁我? 告诉你,刚毅启示了我,朝廷不给的,我向山东要!"

窦纳乐的确在向山东要。他指示驻烟台领事坎贝尔,向袁世凯提出要求:对死刑犯立即执行;惩罚地方官员;大量增加赔款,除了传教士,还要赔偿教民的损失。袁世凯辩称,交涉应通过总理衙门。坎贝尔答称,我方的方针改变了,问题要在当场解决。袁世凯拒绝要挟,坎贝尔便举出胶州湾的例子,要他斟酌利害。袁世凯也会使厉害,他冷冷地逼视坎贝尔:"当时我在小站练兵。如果我在这里,德国人不一定占到便宜! 你一个口岸领事,也敢谈兵论战? 告诉你,拳我是要剿的,这并非迫于外力,只因我要治鲁,这是我应办之差。出于剿拳之需,你勒索的第一款,我愿予以考虑。此外不值一说,你不要在此废话,回去禀告上司,要打你们就打!"连唬带吓,就此打住。总算给了个答复,坎贝尔相当满意。幕僚们却都不安,徐世昌对袁世凯说,朝廷明令拖延处决,中丞怎好抗命? 袁世凯不在乎:"朝廷留下做本钱,我急时抓来用用,这有什么不妥? 反正被骂作袁鼋蛋了,再添几口唾沫,量也淹不死老子!"

三、慈禧义绝连根树

袁世凯以安内攘外为理由,对两名死囚先斩后奏,朝廷尽管不高兴,却也拿他没办法。袁世凯自有底气,底气是一位京僚带来的,此人就是陈夒龙。当初陈夒龙受刚毅派遣,飞马追袁,没能问出惊天秘密。现时陈夒龙升授侍读学士,这是荣禄照应的。此次以慰劳武卫右军做幌子,赴鲁密谈,也是荣禄授意的。荣禄生怕袁世凯被参劾吓住,对于剿拳缩手缩脚,给朝廷留下心腹之患。

袁世凯对陈夒龙装迷糊,拳民不过是无知百姓,怎就牵扯心腹? 陈夒龙专程前

来,当然要给他透底儿:为了促成"大业",端王、刚毅竭尽全力搜罗帮手,已把蜂起的拳团,视为可用的军力。袁世凯仍故作不解,剿抚乃朝廷大计,端王虽贵,恐怕也无力左右。陈夔龙笑了笑,忽然问道:"你知道荣相为什么被支派走么?"袁世凯吃了一惊:"支派? 谁能支派荣相?"陈夔龙道:"那只有太后。太后心事重重,做事迥异往昔。"袁世凯看着他没敢开口。陈夔龙沉默有顷,讲出一个惊人的故事。

话说上个月底,醇王福晋忌辰,太后忽下懿旨,起驾亲往祭奠。福晋是光绪的生母,按理皇上应当同往。太后却说皇上病体未痊,不令出宫。凤驾降临醇园,太后亲奠之后,便在园中巡游。扈驾众臣默默跟随,内中一人,是兵部侍郎英年。他兼步军总兵,往常多在远处弹压,这回似有特别使命,跟着太后亦步亦趋。

走到醇王陵东面,太后抬头看见一株楸树,高达数十丈,枝干铁青色,顶端如冠盖,大有凌云气。太后觳觫一下,命令群臣退下,叫英年相看王陵吉凶。英年遵命踏勘,然后回来,面驾奏报:"奴才相视所见,王陵吉祥非凡,来龙刚至,去脉复回,再世为帝者,仍然出自王家。"太后已经稳住了神,正面凝视英年:"储君地位奠定,天下已有所归。你是不是看错了?"英年扑跪在地:"何等大事,怎敢妄言! 堪舆术如此定法,也许方法错了。"太后打定了主意:"堪舆上有没有破法?"英年跪奏:"龙气所萃,便在这株百年老楸,伐之则气泄,或可打破定数。"

太后还宫,即命内务府伐树。不料那树坚如铁石,斧锯交加,终日不得入寸,且有鲜血从树缝迸出。次日早晨前往验视,断痕复合如故。监工大臣吓破了胆,进宫奏闻。太后大怒,亲往监督,数十名工人苦干一天,巨楸轰然而倒。树窟中有一大蛇受创而死,蠕蠕小蛇盘伏无数。太后急令聚薪火焚,臭闻数里,闹得当地人心惶惶。

袁世凯心中骇然,不知此言是真是假,更不懂为何巴巴地跑来告诉他。陈夔龙面无表情:"慰帅知道,荣相也信这个,这把他吓坏了。此事比任何事情都要命,如果摆布不当,不知多少巨公得败家。其实英年哪有这道行,他师从于一个道人,偷偷地领着先去看过。市井间流言纷纷,说不定是道人有意走漏的。太后听到了,又做了一个梦,这就疑神疑鬼。唉,事在疑似,运兆不祥啊!"

袁世凯惴惴地问:"荣相是何意思?"陈夔龙道:"先说太后的意思。醇王陵是她妹妹归宿之地,可她狠心伐树焚蛇,就是为了根绝后患。荣相就有点碍事了,经过几回检验,看出他对废立三心二意,所以才有陵工之差。荣相那一边,本是训政元勋,应当将好事做到底。然而他是权臣,做事不能不掂量轻重。眼下最重要的,是要恢复稳定,而非陡生波澜,朝廷再经不起一次折腾了!"

袁世凯掂掇着问:"荣相要我做什么?"陈夔龙道:"也是稳定。山东和直隶,是京师的一股一肱。直隶那边,刚相正对裕帅下功夫,荣相有点指拨不动。刚相对于山东,也有插手之意,好在慰帅坐镇,可以安如泰山。荣相最在意武卫军,称为国家最后的指望。然而甘军排外,聂军持正,也就是说对它并不能指挥如意。新建陆军人数最少,也最精锐,是荣相唯一寄以心腹的,若有闪失将无以弥补。"

荣禄派亲信来推心置腹,从中可推导出几层意思:第一,端王急于促成帝位更迭,支持刚毅与荣禄争权,而太后善于操纵权术,也对荣禄予以牵制;第二,大学士、军机大臣的煊赫身份,无实力支撑则一事无成,荣禄要把军权抓牢,便对袁世凯特别倚重;第三,袁世凯是光绪最恨的人,为自身安危计,当然巴望易帝成功。可他的权位来自荣禄提携,与之唱反调,马上会有危险来袭。况且权衡内外情势,易帝都属不得人心,很难保证不引起动乱。到了那时,拿始作俑者当替罪羊,袁世凯第一个逃不脱。

算来算去,他都得把自己拴在荣禄的马桩上,回话也就好说了:"路遥知马力,板荡识诚臣。荣相老成谋国,令人衷心钦服,而其艰难又令人感慨万端。山东为京师屏障,也是荣相的一层甲,世凯清楚责任所在,当尽全力保其不失。新建军受荣相百般呵护,完全是荣相的一支亲军,荣相使唤此军,我不敢说得心应手,如臂使指是敢保证的。"

袁世凯是奸雄,荣禄心知肚明,所以要紧紧绳索,以免饥则来投,饱则远飏。最揪心的还在宫廷。掐指算算,己亥年即将度尽,储是建了,帝还在位,太后之忧可想而知。岁首历来是改元之机,光绪的大限,其实也是皇朝的大限。一旦想起,荣禄都会心惊肉跳。"无端而动天下之兵",李鸿章对他说的那句话,像云山一般笼罩

在顶,时时压得他喘不过气。刘坤一、张之洞等南方督抚,明目张胆反对废帝,他们如果起兵勤王,武卫军岂能稳操胜券。更不用说列强之兵,那是肯定要乘虚而入的。想到这里,荣禄一刻也耐不住了,立即派人回京上奏,自称痛风病发,请求赏假疗疾。

慈禧即予批准。明知荣禄放心不下,她又何尝须臾宽心?回顾这一年,连她自己都惊奇,她竟然一天天熬了过来,而且看去毫发无损,至于内里,苦痛谁知!回宫偶然,训政仓忙,治国作难,对外张皇。如能倒退回去,她愿照常如旧,让光绪坐在城中支应,她在园里当她的老佛爷,享她的无量福。可惜回不去了,开弓没有回头箭,不管成和败,都得往前行。谁会挡她的道?没有一个人。横亘在前面的,只有世代相传的君臣名分、忠义观念。这是儒臣们的信条,帝师为儒臣之首,他们是皇帝的拐杖。为了使皇帝有所戒惧,她把姓翁的拐杖撵回了家。只剩下一个姓孙的,此人谨小慎微,他如果能够同意,比发一道谕旨更有说服力。

这日早朝议毕政事,慈禧单召孙家鼐觐见。京师大学堂已开学一年,孙家鼐前日上奏一折,慈禧尚未顾上过问。大学堂侥幸存活,却是口舌不断,先是徐桐、启秀攻其崇洋,接着有御史劾其靡费,近又有许景澄对所设功课提出异议,他对朋友说:"孙公办学堂,太偏于理学。"

许景澄是孙家鼐选中的总教习,刚毅得知这句话后,郑重其事地进宫奏闻,作为学堂该罢的证据。听太后问起这件事,孙家鼐从容上奏:"许景澄驻外十三年,周历西国大学,眼界自然开阔。这意思他跟臣谈过,臣已跟他说通。臣的愚见是,中西根底不同,不可强求一律,尤不可揠苗助长。进学就读之人,先课之以经史义理,使晓然以尊亲之义,名教之防,明了儒生立身之本。而后教以兵农工商之学,以及物理测算语文文字之门,方能明体达用,报效国家。所谓理学,正是中西大学不同之根本所在。"

这有几分教学的味道,慈禧似听非听,把话题引到学生身上。她上月批准孙家鼐之请,特命增拨食宿津贴。孙家鼐奏称,全体学生感戴厚恩,念书上课更加用功。现今每个学生各住一间屋,二人共用一间自修;课堂宽敞明亮,藏书楼富丽堂

皇——是用公主梳妆楼改建的,花费二万五千两银子;购中文书籍花费四万,西文书四万,日文书一万。学生伙食也较前丰盛,每桌七八人,四盘四碗,鸡鸭鱼肉,果蔬俱全。此外,饭厅常置酱萝卜一大盆,红辣椒一大盆,另有小磨香油、盐姜醋蒜,自由取食。冬夏二季,每人发给一套运动服,这叫换季换精神。衣食足而后知荣辱,这是最基本的儒家经义,先在学堂实现了。孙家鼐絮叨着这一些,先把自己感动了。

慈禧含笑听讲述,像一位和善的老祖母。听毕才说:"养育人才,嚷了多少年,今日才成真,你这管学功不可没。只是我有疑问,入学者都有功名,毕业后还去做官,这些一窝蜂出笼的,真就强似那一个一个烤出炉的?"

孙家鼐道:"回太后话,学成后必须在学界做事,五年后方可赴衙门候补,正是要纠学而优则仕之偏。当然,带着官衔入学的,难免附有官气——"

慈禧道:"听说仕学馆的学生都带听差,快到上课时,听差们纷纷叫喊:请大人上课!笔墨纸砚、茶水烟具,都由听差送进课堂。在烟雾缭绕中上完课,又是一片声喊:请大人回寓!操场上更不得了:大人向左转!向右边,大人!教习们也不比学生省事,课本仪器水烟袋,都是听差伺候的。官哪官哪,官学堂离不开官哪。"

太后如此门儿清,孙家鼐几乎无言可辩。他知道是谁上的眼药,只好竭力解说:"教堂风气萎靡,臣有失职之咎——"慈禧不叫他说下去:"谁也没办法,我还不知道?刚毅奏请干脆裁撤,我对他说,即使新政不新,也不能一概推倒。不要以为,新的一定好,老的一定坏,要论是非曲直,不能站在一个地儿说话。就说刚毅吧,此人顽固,我岂不知?可他的长处是廉正刚直,这在现下尤其难得。毓贤是廉吏也是酷吏,李秉衡也有此风,他们都不受洋人待见,那就叫站的地儿不同。"

这有点扯远了,看来太后是拿学堂做引子,孙家鼐不再主动接话,静静等着,果然听到了:"儒师的长处人所共见,但是也有短处。就说翁同龢,状元帝师,必为楷模吧?可他被劾受贿,虽说并未查实,难道全无因由?所谓人言可畏,可畏的是人心啊。"

孙家鼐木然无声,脊梁沟涔涔汗出,听慈禧继续批讲:"他是我最信任的,我把

两代皇帝交付他手,君臣际遇,一时无两。他也竭尽心力,训导辅佐,拾遗补阙。本应是君明臣贤,勠力同心,谁料想凶终隙末,陡起波澜?翁某并非纯臣,他引荐康有为,作俑于先;又在皇帝面前说与康不来往,撒谎于后。作为师傅,这应该么?变法是翁某怂恿起的,法应当变,这我承认。但那要从事者光明磊落,义无反顾,哪能瞻前顾后,拈轻怕重,遇事便想择清自己?罢他的职,原是要他有所警醒,以待再用。可惜,他和他的学生,做的事叫我伤透了心。"

慈禧絮絮地说话,在臣子面前从未有过。孙家鼐先被震住,后被殿上的阴森气氛攫住,忘记了对答。外面寒风呼呼在耳,炭火烘暖的殿宇,此时给人以冰窖般的感觉。慈禧缩了缩身:"有话说在当面,有事做到明处,方为君子之行。翁同龢黜退时,太监奉旨送去端午节礼,这是明处。暗处呢?皇帝在绸卷中夹带一物,那是养心殿的门环,暗示将要赐还,以免师傅忧伤。"

孙家鼐惊恐地睁大了眼。慈禧朝他点头一笑:"没想到吧,此等行径?翁同龢离京时万人空巷,仿佛贤人放逐,含冤莫白。可他过长江时慨然赋诗:海程行过复江程,无限苍凉北望情。传语蛟龙莫作剧,老夫听惯怒涛声。蛟龙指谁?那是说我。我翻云覆雨迫他下野,他要北望并谋复归。"

孙家鼐紧张得喘不过气来,慈禧在他心上再压一块石头:"转眼到了七月下旬,在常熟乡间静养的翁同龢,忽有兴致出山远游,乘船辗转去到南昌。他侄子翁曾桂时任江西布政使,并且署理巡抚。他此来除了探望寡嫂,便在官署深居简出,他在干什么?练习三跪九叩之礼。他准备起复,伫候佳音!可惜天公不作美,几天后等到的,是太后训政的消息。翁同龢即时昏厥,才知赐还无望,从此死心。"

孙家鼐面如死灰,他感到昏厥的是自己。那是在议开制度局的时日,光绪赴园请命,打算在太后允准后,乘机提出召翁,想来可以如愿。光绪命廖寿恒与孙家鼐商量,孙家鼐也觉得机不可失,示意翁同龢的侄子翁斌孙,将此意密告其叔,要他预做准备。这班人哪里知道,从翁同龢遭贬的那一刻起,就有天眼临照,纤毫毕现,无可逃脱。孙家鼐碰头在地,他已任人宰割。他等到一声叹息:"孙师傅起来,我没有怪罪你。你这师傅们,本分不就是忠君?"

孙家鼐流涕呜咽:"臣请太后治臣之罪,也求上天鉴臣之心。当时变法已将百日,不乏成就,更多隐忧,最大的忧患乃在康党,偏激操切,奇谈怪论,不得人心。臣与廖寿恒等,痛感皇上孤立,希能有所补救,并望太后开恩,使老成谋国之人,替换行险侥幸之徒。"

慈禧摇了摇头:"你和廖寿恒,都是老实人。翁同龢何许人?巧言令色,胸无定见,眼高手低,口是心非。这不是我说的,这是他那结拜兄弟荣禄说的。荣禄是不是落井下石?不是。若非荣禄谏阻,我会进一步追治其罪。若是打个颠倒,难保翁某不踩荣某,这在十年前就曾出现过。"积了一肚子的话,涌到口边又化为乌有,孙家鼐心灰已极,直想叩个头便爬开。可他自知机会难得,千不念万不念,念及皇上正在受苦,心里话不能烂在肚里:"臣启太后,皇上自幼即受翁同龢教读,由于信赖而受其愚,或是有的。加上求治心切,误以为康学可以救世,以致变法无序,难免一败。求太后念皇上根性纯正,圣孝无亏——"

一声冷笑从御座上发出:"无亏?谋围颐和园,劫持皇太后,这话怎么讲?"

孙家鼐骨子里颤抖,身子上强撑:"请恕老臣死罪,愚以为此说不足为凭。他有物证么?他有字据么?他有令天下人信服的事实么?臣日日目睹的,是皇上奔走于园廷之间,趋跄于宫掖之中。臣知皇上本心无邪,臣敢保皇上——"

慈禧将手一抬:"罢了,我知道你的意思,可是这都晚了。你挖着心想一想,目前这样子,他还宜在位么?还有二圣并座,真正前史所无,还能够持续么?"

孙家鼐满腔悲愤,化作空前的勇气:"老臣请问太后,若真行此大事,以后局面如何?若不再二圣并座,莫非太后临朝?或者新皇登基?若是那样,新皇能掌此大局么?"

慈禧竟被问住,沉吟少顷,轻声哀叹:"事已至此,只能将错就错。"孙家鼐猛然抬头,直挺挺跪在那里:"太后,一误岂可再误?"

慈禧威声严面:"你真以为我误?我若不出来,此时江山已在倭人之手!你们这些读书先生,不知要到哪里哭天!看看康有为吧,朝秦暮楚,托钵乞讨,不知人间有羞耻事。这就是学问?这就是良知?"把孙家鼐的声气压下去,她要快刀斩乱麻:

"元旦已近,废立在即,你这老臣,应为满朝臣工做个表率。改元以后,书房重开,新皇帝还需你来辅弼。"孙家鼐磕一个响头,颤巍巍站起:"臣老了,伺候不了新皇帝了。"

孙家鼐回府即上奏乞休,慈禧优诏慰留。那些急于伺候新皇帝的,早就按捺不住了。其时大阿哥在弘德殿开读,徐桐总司照料,尚书崇绮授读。崇绮是同治帝的岳父,岑寂多年,时来运转,上头给他过继了一个外孙子,他巴不得快些换天。内外布置已就,两位帝师反复推敲,代内外臣工吁请废立的奏稿也已拟就。这一天,二人捧表奔赴仪鸾殿,密请慈禧一阅。慈禧似看非看,呆想一阵道:"你两人先与荣禄商定。"

两人退下来,诅咒着不成事的荣禄。那家伙阴阳怪气,巴巴地跑回京来,不知安的什么心。这是后半晌了,二人来到荣府内宅,在小客厅里坐定。等了一会儿,荣禄才从后院出来,一副病歪歪的样子。徐桐郑重说道:"奉太后旨意,此稿交你过目。"荣禄抖着手接过,刚看罢开头的几句,就将折子交还徐桐,用手捧腹叫道:"哎呀,肚子到底不行啊。刚才我正在茅厕泻痢,闻二公来有要事,提裤急出,啊呀疼啊!"说罢跟跄奔出。

二人相互看看,徐桐将疏稿收好,移近火盆张手烤火。枯坐良久,寂然无声。崇绮到底是皇后之父,受不了这等怠慢,焦躁得要起身,听见脚步声,荣禄慢慢地出来了。他走进客厅说声"得罪",双手接过递来的稿子,缓缓展开。看了几行,脸色突变,急将草稿折成一卷,掷入火炭中,口中只说:"厉害,厉害,我不敢看哪。"一边用铜条拨弄稿纸,眼看焰火灼灼燃起。徐桐大怒道:"此稿经太后御览,奉懿旨命尔阅奏,何敢如此!"荣禄一拱手:"我知太后不愿做此事,是二公要希旨邀宠。"崇绮怒目相向:"希旨的自有其人,荣公既有今日,何必当初!"荣禄并不上火:"当初我为太后,今日仍为太后。我即进宫请罪,不劳承恩公追责。"一揖而出,呼叫备车。二人哪容他抢先,出了荣府,跨上车。三辆骡车沿街疾驰,赶至西苑,三人递牌请求召见。

慈禧本要令三人同见,想了想,命召荣禄单独进见。荣禄的脸色青黄不定,气

喘吁吁,扑通跪倒:"奴才死罪!奴才死罪!"慈禧已大约猜出事情结果了,轻蔑地一哼:"你又装死?"荣禄哭音诉告:"戊戌之事,乃奴才促成,为使此事功德圆满,奴才日日殚精竭虑。可惜天不遂人愿,各国皆称皇上为明主,非臣等口辩所能解释,这桩洋官司我们打输了。今各国卫兵入京,战舰云集,四国公使以教案为由头,抱成团体与我为难。它之所以不敢轻动,一来需要借口,二来畏我太后英明,为列国所尊仰。老佛爷辛苦数十年,冒此大险,万万不值。倘招大变,奴才死不足惜,所心痛者乃圣明皇太后啊!"言毕碰头作响,大哭不止。慈禧枯坐不动,仿佛心力已经耗尽,许久才道:"罢了,就这最后一哆嗦了。"

岂能罢了,认命就不是慈禧了。保皇党就没罢手,康有为撰《英属等埠商民请慈禧归政折》,在港澳等地报纸发表。上海各大报和天津《国闻报》,也改头换面予以宣扬。康、梁不除,终是祸根,朝廷为此专发严谕:"前因康有为、梁启超罪大恶极,叠经谕令海疆各督抚悬赏购缉,迄今尚未弋获。该逆等狼子野心,仍在沿海一带煽诱华民,并开设报馆,肆行簧鼓,殊堪发指。着南北洋、闽、浙、广东各督抚,仍行明白晓谕,不论何项人等,如有能将该犯等缉获送官,立即赏银十万两。"除了康、梁,还有经元善逃到澳门,在接受外国记者采访时,他也要求太后还政于皇上。慈禧特别电令广东,将经元善缉拿归案。李鸿章电请澳门引渡钦犯,澳门总督不买账,李鸿章上奏了事。他暗中派人赴澳,劝经元善谨言慎行,尽量少惹麻烦。使者顺便看望了梁启超的家属,这是李端棻的堂妹。李端棻虽然落难,同官的情面还是要顾的。

梁妻李蕙仙,突遭剧变,丈夫流亡,兄长发配,兄之罪还是夫连累的,愧疚使她痛不欲生。然上侍公婆,下抚幼儿,一家覆巢全靠她来提携,她只有将柔弱变为刚强。以至于梁启超来信致感:"南海师来,得详闻家中近状,并闻卿慷慨从容,词色不变,绝无怨言,且有壮语。闻之喜慰敬服,斯真不愧为任公闺中良友矣。卿之于我,非徒如寻常人之匹偶,实算道义肝胆之交,必能不负所托也。"

任公的"闺中良友",如今最牵挂他的安危,恨不得立时飞去与他团聚。李蕙仙在信中惴惴询问,在日本能否立足,什么时候能接妻子前往?她得到的答复是:"立

足之地何处无之，在此即无政府之供养，而著书撰报亦必可自给。然卿之来，则有不方便者数事：一、今在患难之中，断无接妻子来同住，而置父母兄弟于不问之理，若全家来则太费矣；二、我辈出而为国效力，以大义论之，所谓匈奴未灭，何以家为；三、此地异服异言，多少不便，卿来亦不能安居，不如仍在澳也。”

他的话全都在理，她也翻来覆去想过，他数年来行踪无定，在国即然，何况处此危难之际？“患难之事，古之豪杰无不备尝，惟庸人乃多庸福耳”，任公此语包含至理。但她在相思至苦时，发愿做庸人，不愿做豪杰。无以排解的忧郁中，她在报纸上爬梳他的行踪，在思念中步趋他的足迹。他在横滨创《清议报》，在箱根读书，为初习日文者著《和文汉读法》，在东京办高等大同学校，在神户办同文学校，又跟孙中山的兴中会旋合旋分，较长论短。不能耳鬓厮磨地听他的话，她就如饥似渴地读他的诗。他在《去国行》中长歌当哭：“呜呼，济艰乏才兮儒冠容容，佞头不斩兮侠剑无功，君恩友仇两未报，死于贼手毋乃非英雄，割慈忍泪出国门，掉头不顾吾其东……”

他掉头不顾，她追思不已。你看他的《壮别》诗：“丈夫有壮别，不作儿女颜。风尘孤剑在，湖海一身单。天下正多事，年华殊未阑。高楼一挥手，来去我何难。”丈夫们好潇洒啊，妻子们好悲凉呀。“团团簇簇男儿恨，缕缕丝丝女子愁”，这是她在百无聊赖时，一字一泪拼凑的两句诗，再也接续不上下句。男人要抱团，他们仗剑孤行，终归一体。抛洒得女子们星星点点，散落无依。这就是哀怨，这就是烦恼。

“卿近日心事如何，无烦恼耶？余归期稍缓，所见之事，亦只得从缓，请卿暂耐可耳。卿来信不信我十一点能睡，真真被卿料着……”他在操劳，他在焦虑，他在为保皇救国而长夜无眠。她不能用缕缕丝丝的女子愁去缠绕他，而要用知冷知热的缱绻心去慰藉他。她扳着指头记着日月，数着星星期盼信使，掰开揉碎了读他的字句。终于有一天，一位亲戚从日本来澳，告知她一个喜人的消息：要在横滨办女子学校，康先生叫女儿同薇来任教习，梁启超打算让蕙仙与同薇同来。可算盼到头了！李蕙仙把佳音告诉女儿，六岁的思顺高兴成了大人，她的母亲却喜欢成了孩子。

　　母女做动身的准备。不久便等来了一封信，两人一起打开信封，一句句读来，突然看到这样几句："来同居之说，吾亦有此意。惟昨日忽接先生来一书，极言美洲各埠同乡人人忠愤，而金山人极仰慕我，过于先生。今为大局计，不得不往，故又不能接卿来矣。"李蕙仙头上嗡地一响，身子摇晃，忙用毅力在内里撑住。思顺已经感觉到了："妈，妈，你没事吧？"李蕙仙强颜欢笑："没事，孩子。"思顺踮起脚，用小手来抚妈的额头："没事，妈妈，你看爹爹说，'先生与吾，志在救世，不顾身家而为之'。爹爹还寄来了照片，你看妈妈——"

　　一双小手举起照片，梁启超的面容在眼前一晃，李蕙仙一把揽起女儿，像是抱住了天边的丈夫。饮泣引出了女儿的哭声，她深深自责，身为人母，却比孩童还要脆弱，何以当"道义肝胆之交"！她把女儿的泪水揩干，举着照片问，你看爹爹是胖了，是瘦了？女儿抚摸着上面的父亲，忽然嚷："不是胖了，不是瘦了，爹爹长大了！"李蕙仙精神一振："是长大了，你看爹爹说的：'广东人在海外者五百余万人，皆视我等如神明。若能联络之，则虽一小国不是过矣。'五百余万，那是像一个国家了。"女儿喃喃："我和妈如能去，又添两个人，那比五百余万更多。"李蕙仙心里一酸，轻轻折起信纸，把女儿的心思从这上引开："思顺，爷爷要看你新作的诗，你誊一份工整的送去。"

　　李蕙仙告诫自己，不能放任思念折磨孩子。梁启超赴檀香山将近半年，他在那里周历各岛，演讲募捐。在当地报纸上，梁启超确实变成了神明，颂扬的文章连篇累牍，有人借用《圣经》的典故，将梁称作"中国的摩西"。李蕙仙想，这有僭越之嫌，康先生才应被尊为摩西。有几则短文，顺便夸奖了一位翻译，那翻译是女的，只说姓何，惜未提供更多讯息。这叫李蕙仙怔忡了多日，她明白又犯了缕丝之病，赶紧闸住不愉快的联想。忽又想起，他赴檀后就未来信。是失落了，还是太忙？这种推究不会有结果，为了免除狐疑之苦，她叫自己忙碌起来，侍姑之余便是课儿，丢下女红又去莳花。

　　这天上午，她坐在花盆旁边休息，耳听着女儿的朗读声，从近旁的窗中传过来："好梦最难留，吹过仙洲，寻思依样到心头。去也无踪寻也惯，一桁红楼。中有话绸

缪,灯火帘钩,是仙是幻是温柔。独自凄凉还自遣,自制离愁。"啊,太应景了。龚自珍的这首《浪淘沙》,他是咏梦,我是离愁。龚老夫子虽先开眼看世界,并未鼓轮渡仙洲,然其梦境描尽愁绪,观其结语,"自"字一唱三叹,"制"字画龙点睛,余音杳杳处,兀自惯寻觅。

正自玩味,听得大门外有人召唤,李蕙仙定睛看去,见一绿衣男子从马上跳下地,邮递员!李蕙仙慌忙起身,赶到门亭边,男子交来一只信封,意味深长地笑了笑。李蕙仙谢过回身,生怕让人看见脸上的红晕。李蕙仙本想急走回屋,又迫不及待地就近坐下,拆封展阅。熟悉的文字雀跃入目:"蕙仙鉴:本埠始弛疫禁,余即遍游各小埠演说,现已往者两埠,未往者三埠。来檀不觉半年矣,可笑。女郎何蕙珍者,此间一商人之女也……"

信纸从手上滑落,她要伸手去抓,手却不听使唤,魂魄似从体内溜走,她能看见她那灰色的影子。一点红光一闪,太要命啦,思顺奔来了!李蕙仙伏下身子,却还是慢了一步,那信已被思顺捧起,花朵般的笑脸迎着白花花的纸。"思顺!"听见这异样的叫声,思顺抬起眼,看见妈妈煞白的脸色,这把她吓坏了:"妈妈,你怎么了?"李蕙仙尽力止住寒噤:"没什么,妈一时不舒服。"思顺高高举起信纸:"爹爹的信!我念给妈听,妈就高兴了。"李蕙仙硬起心肠,伸手抓住信纸,不料女儿捏得很紧,母女俩竟然争持了片刻。叫女儿念信吧?万万不能念!不知该护女儿,还是要护丈夫?李蕙仙心中疼痛地呻吟着。仿佛听到了,女儿松了手。梁思顺就在那一刻长大了。

梁启超却在那一刻年轻了。他此次离日,本是应旧金山华商电邀,取道檀香山赴美。获此警讯,总理衙门电令驻美公使伍廷芳,阻梁登岸。伍廷芳与美国国务卿交涉,并请中华会馆守旧绅董,致书檀岛,声称在美华官悬赏,有洋人刺客挟刃以待,劝梁勿往。一介匹夫骇倒当局,梁启超好笑又好气,又充溢着先声夺人的豪情。当此之时,康有为驻新加坡主持一切,梁启超在檀筹款,保皇会总局开在澳门,由何穗田、王镜如、韩文举等留守。在各地报纸上,保皇会声势极盛,而究其实际,筹款不易,招人甚难,随声附和者多,奋不顾身者寡。

梁启超在一封信中向康有为倾诉:"同门无人才,弟子始终不能不痛恨此事。弟子致澳门书六七封,仅有一人代穗田答一书,书中仅闲语。港、澳近日布置,弟子丝毫不能与闻,教我如何着手? 今海外之人,皆以此大事望我辈,而岂知按其实际,曾无一毫把握。弟子每思此,辄觉无地自容,将来如何谢天下哉!"他给老师算账,保皇会在日本筹款三万,旧金山二万,加拿大一万,地力已尽,难再扩充。檀香山人虽极踊跃,想在此地筹足十万,实为奢望。他提出两项计划,请老师代为抉择:一是赴南美筹款,二是回香港主持。"今先生既不能在港,而经营内地之事,实为我辈第一着,无人握其枢,则一切皆成泡影。故弟子欲冒万死,居此险地,结集此事。"

梁启超为何敢于回港? 除了在阅历上胜过同门师弟外,他居檀期间采取的一个行动,也使他平添勇气。这就是参加三合会。三合会又称天地会,此会发起于福建少林寺,其宗旨为反清复明,在东南各省均有分布,清朝的白莲教、太平天国、义和团均有此会人士参与。檀岛华人十之七八加入此会,梁启超初来时,人们虽然喜欢听他演讲,愿入保皇会的却没几个。查明缘故后,梁启超决定应邀入会,希望借义士之力,成勤王之功。联想到联合孙中山的失败,梁启超没敢预先请示。在这封信中,梁启超才报告此事,以求得到老师的谅解。

四、任公情断无花果

力邀梁启超入会的钟木贤、张福如,皆为三合会中要角。梁启超加入后,被推为三合会的"智多星",相当于梁山泊的军师吴用。钟、张投桃报李,也加入了保皇会,担任副会长一职。经此一番运作,梁启超能调动全岛会中人,大有如鱼得水之势。张福如英语极佳,经常随梁做翻译,使梁启超的讲词深入人心。

夏历十月底的一天,梁启超应邀去一保皇会友家赴宴。这家主人姓何,是一位富有的商人。集合在宴会厅中的,有三十九位白人绅士及华商夫妇,都要听梁启超

即席演讲。不巧张福如因病缺席,梁启超缺少了传话人,他为难地看着主人。主人笑笑说,我给先生找人代理吧。主人回身招呼,一个年轻人从厅外走到近前。这人头发蓬乱,遮住半边脸,穿一身粗布工作服,像刚从田间劳作归来。梁启超心中疑惑,先说了几句开场白。他停下来,听那小伙嗓音清脆,娓娓动听地吐出一串语音,引起一阵会意的掌声。梁启超放下了心,这才开讲皇帝之囚,烈士之死,新党之愤,皇会之立。

讲到激昂处,梁启超声泪俱下:"呜呼,我中华五千年文明,四万万同胞,不亡于贼手者几希,不沦为奴隶者几希!此真千钧一发矣,此真命悬一线矣,此真呼吸之间瓜剖豆分矣。为吾华种计,束手就缚乎?仆地待死乎?抑或拼力一搏乎?启超敢以一言决之,舍奋起外,别无他途。何也?谚云困兽犹斗,况吾为人,况吾为华人,况吾为冠盖东方、文明万国之炎黄苗裔!我国自古即有女娲补天、夸父逐日、大禹治水,匈奴侵凌而有大汉之兴,突厥横恣而有盛唐之昌。多难兴邦,大哉斯言,置之死地,别开生路。孔子言曰,'知其不可为而为之',此正吾民之性,吾族之魂,四大文明亡其三而吾独在,其奥秘正在此。当此之际,吾肩文明之使命,吾承民族之血统,吾传华夏之衣钵,岂仅保吾皇,是为存吾种。人人知其不可为而为之,大有可为,是又何疑!"

梁启超的文章文白相间,他演讲时尽量说白话。但讲到激动时,往往情不自禁,回归写文章的老路。这给翻译造成了困难,张福如就经常叫苦。张福如的母亲是美国白人,他又对中国古文下过功夫,尚能应付这位文豪。梁启超曾夸奖张福如,再也找不到更好的翻译了。不料眼前的这位,译语清水般流畅,梁启超虽不大懂,却听出了抑扬顿挫,哀乐喜怒。待到结尾处,音节如钢琴般撞击而出,声中带泪,带动得听众也唏嘘不已。

梁启超十分感动,回眸看去,却见那小伙双手捂面,奔出人丛。梁启超愕然望着主人:"了不起!这位是?"主人微笑:"小子学舌。好在尚未误传先生之言。"

看来这是主人的儿子,十步之内,必有芳草,不意今日遇此隽才!梁启超一边感叹,一边入席与宾主应酬。此来主要任务是演讲,演讲的目的则是募捐。观察席

间的反应,预料效果不差,这叫他兴致勃勃,不免多喝了几杯酒。席散之后,见梁启超面带酒红,主人将他邀入客堂,暂作休憩。主人到院里张罗筹捐,不断有说笑声传进屋来,透出少有的喜兴劲儿。梁启超啜了一阵茶,倚靠在松软的沙发上,闭目假寐,手指有节奏地叩击椅肘,在心里哼唱着二簧乐曲。这是在京学会的,夫人李蕙仙长于京师,岳父和李端棻皆擅此调。想到蕙仙,心头一酸,依稀看见她在租住的小院里,上侍翁姑,下抚幼女,还要腾出心思牵挂着他。他连累于她的,何日可以赎!

热流从心底潜涌而出,梁启超绷紧眼皮,封堵泪水。忽然嗅到一缕幽香,仿佛有人移入一株花树,那树的翠绿枝叶上,鲜嫩花瓣上,挂着晶莹剔透的露珠。听见了洒水声,梁启超睁开眼,看见一个苗条少女,正在为他斟茶。他忙坐正了身,做出感谢的表示。但见那女郎面色红润,鼻梁挺秀,乌溜溜的眼睛会说话似的,顾盼生情,妩媚多姿。女郎一身汉装衣裙,看去十分顺眼,以至于梁启超以为认识她。对了,她跟刚走开的小伙有点相似,梁启超找到了话说:"给我翻译的青年,是你的弟弟吧?"女郎笑眯眯地说:"先生认错人了,我是他的弟弟。"梁启超觉得有趣:"那你是他的女弟。你的兄长英语上佳,最难得的是国文亦佳——"

看见女郎在旁边坐下,他隐隐有些不安:"令兄在忙什么?我还没有谢他呢。"女郎调皮地回答:"家兄令我陪先生说话,先生不高兴吗?"梁启超道:"哪里,令尊对我帮助极多,我感激还来不及。"女郎道:"先生对我家帮助很大。家父常说,我们背井离乡,当思对故土有所回报;先生之来乃天助我,你们都要努力追随,信从大义。我盼先生,如大旱之望云霓;先生降临,似甘霖之润禾苗。女子不才,亦当铭记:吾肩文明之使命,吾承民族之血统,吾传华夏之衣钵,岂仅保吾皇,是为保吾种。人人知其不可为而为之——"

铿锵朗诵中,女郎神采飞扬,梁启超豁然醒悟:"是你!那就是你!"女郎莞尔:"是我,小女子何蕙珍,正式拜见先生,请在女弟下加一个'子'字,如何?"这是要做女弟子。梁启超满胸腔热乎乎地说:"蕙珍,我要郑重地谢谢你。知其可为而为之,你已比庸众进了一步。"何蕙珍拱手作揖:"弟子谢老师夸奖。不过我贪心不足,我

还要称你姐夫——"

门外有人接话:"这孩子,又顽皮!"接着主人走进屋来,梁启超连忙起身。重新入座后,何父嗔怪蕙珍:"怎么胡乱称呼?"何蕙珍争辩:"爹爹,这是你安排的呀。我名蕙珍,梁夫人名蕙仙,先生当然是姐夫。"何父手摸光光的脑门:"啊呀真的,这是缘分。梁先生,我这女儿性子顽劣,请替我管教她。"梁启超认真道:"有真性情,乃真人格,套一句圣经语言,这叫上帝的选民,我要恭喜何兄。"何父笑道:"把差的说成好的,这就是老师的本领。今日集会,成绩不差,来宾认捐二千五百零九两,你看还有零头,这是妇人们的习惯。"何蕙珍嚷道:"爹爹瞧不起妇人,所以我扮假小子。"何父显出无奈:"看看这人,先生刚夸你真,你就露出假了。"

在愉快的笑声中,梁启超向这家人告辞。那个活泼的身影,从此栽植在他的心田里,有时浮现于梦境,有时流泻于笔端,有时静静地伫立在旁,与他同观落日余晖,同闻大海涛声。梁启超是孤独的,又是充实的,他知道有人跟他在一起。他更知道这是犯禁的,为了逃避,他马不停蹄地奔波于各岛间,一个月后才回来。回寓第二天,就有一位少年登门,口称受人之托,来送礼物。礼物装在一只锦匣中,打开来,见是两把小巧的折扇,做工精细,描画简约,似有习习清风拂面而来。两张扇面上未写一字,梁启超有一点不甘心,又去看那锦匣,果然在衬底发现一张纸条,上面的字迹娟秀可爱:"姐夫能赐一张小照否?"心里咚地一跳,梁启超望一眼少年,少年天真无邪地笑着:"折扇是我姐做的,她花了好多功夫。"梁启超万分感慨,从一本书中摸出一张近照,递给那个少年。少年欢叫一声:"姐呀我得到了!"回身一溜烟跑了。

梁启超枯坐良久,一时意象纷纭,一时万念俱寂。几天后又去演讲,讲毕与张福如同归,在小河边散步聊天。说起一份英文报纸,有人撰文攻击梁启超,骂他是江湖骗子。这引起一场论战,反驳的文章已发表三篇,署名为"哀时客"。这本是梁启超的笔名,他在《清议报》上经常使用,这位"义侠"为何借用他的名头?张福如把文章翻译给梁启超看,梁启超阅后称赞,这不是骂战文字,而是说理篇章,此人倒可引为知己。张福如告诉他,攻梁之文是美国某官嘱登的,该官员怕梁搅乱檀岛,

欲用舆论驱赶。梁启超说，何用他赶，我马上要去美国本土捣乱了。

张福如露出惜别之意："俗务羁绊，只恨不能与先生同往。赴美第一需要翻译，先生有何打算？"梁启超为难道："已经物色一些时了，哪有合适的。"张福如道："我有一个主意。先生想学西文，最好娶一妙妇，兼通华洋语言，岂不两得其便？"梁启超道："取笑取笑，胡闹胡闹，到哪里去找这样一妙？"张福如停下脚步："本地正有这样一位，长相清俊，家教良好，更难得的是对先生仰慕殷切，愿随先生漂泊寰海。这等人物，确属可遇而不可求，万望先生不要错过。"

梁启超恍然大悟，这位今日受托而来，而所托付者珍贵无比，使他辞之不甘，受之不忍，身心似大火炼烧一般疼痛。他言之慨然："老兄所言，我明白了。这一段情愫，我终身感佩。除此之外，我无以为报。梁启超何许人？一匹夫耳，一亡虏耳，头颅被伪朝悬赏十万，不知哪一天身戮名灭。仅有一荆妻，尚且不能厮守，使她常有劳燕分飞之叹，何可更累人家好女子？况我曾与同志创立一夫一妻会，若自败盟誓，岂得为人？岂可仍赚女子温情乎？请代为致意，我必以她敬爱我之心敬爱她，时时不忘，如此而已。"

张福如很是感动，还想设法相劝。梁启超忽然想起麦孟华，他是康有为女婿之兄，此时尚未婚配。梁启超忙开口："我想起一位佳偶，有劳老兄去和她讲——"这似乎冒犯了张福如，他面现不悦："先生既深知她，岂不懂她倾心于你，有何男子堪当一盼？她数年前立誓不嫁，可惜遇见了你，又失去了你。负此闺中知己，先生好忍心！"

受到朋友责备，反而使梁启超心中好受些。他忽然急于赴美，似要逃脱什么。正在筹措远行，这天收到一份请柬，是美国人约翰逊相邀。梁启超准时赴约，在座的都是英美人士，只有一位华人，就是何蕙珍。原来约翰逊是她的老师，那么此约有否他意？梁启超自责不该如此琐屑，索性敞开心扉。洋人酒宴散漫，可以自助取食，更可自由结伴，真正各得其所。

梁启超与何蕙珍坐于大厅一角，围着一张矮桌，言谈不涉私情，却有一种情意无声地流转，使人沉入忘我之境。何蕙珍是小学老师，她摊开记事簿，用笔描画以

加重语气,讲解她如何自创拼音字母,如何教华人儿童快速入门,学习双语。这叫梁启超想起自编的《和文汉读法》,便告诉何蕙珍。何蕙珍非常兴奋:"我太高兴了!又一个我跟姐夫的相似处,或者说姐夫跟我的相似处。茫茫人海芸芸众生,有此契合者毕竟不多,姐夫信不信?"看到梁启超语塞,何蕙珍又开始说,为了收集梁启超诗文,她搜罗了多少报纸,探询了多少人士,涉及了多么宽的范围。她的话滔滔汩汩,令人难于应答。

多情,痴情,怎一个情字了得!这一无依无助的玉人儿,正在无辜地受着蹂躏,梁启超不得不做一了断:"蕙珍,你听我说,梁启超文章太多,思想太少;言论太多,劳作太少;情绪太多,筋力太少;时代期望于我的太多,我能够做到的太少。说到你,也一样,我能回报的太少太少……"

何蕙珍责怪地望着梁启超:"姐夫天生就是作文的,怎么怨起文章来? 对我来说,只要看见你的文字,这一天就没白活。比如这首《二十世纪太平洋歌》:亚洲大陆有一士,自名任公其姓梁。尽瘁国事不得志,断发胡服走扶桑。扶桑之居读书尚友既一载,耳目神气颇发皇。少年悬弧四方志……"

见她入魔深深,梁启超轻声接过:"诗的结语是:胸中万千块垒突兀起,斗酒倾尽荡气回中肠,独饮独语苦无赖,曼声浩歌歌我二十世纪太平洋。你看,块垒何其多,而韬略何其少——"何蕙珍生气了:"又是多呀少的! 你当我真不懂,你要用少堵我的多,是要给我温柔一刀!"瞅一眼梁启超,何蕙珍扑哧一笑:"我就还你个多少,给你出个谜吧。"她抄起铅笔挥洒,把本子往这边一推,只见上面写着:"多少半字,少多一撇。"梁启超一时摸不着头脑:"这是什么?"何蕙珍嘲笑他:"你那么聪明,还猜不着? 各打四字,多给你点时间。"

面对她的孩子气,梁启超心里喜欢,却又告诫自己,这是很危险的。他做出猜的样子:"多少半字,少的什么,是立人吧? 合之则为侈字,也含多义。"何蕙珍隐含笑意:"你猜不着,我告诉你。"她一笔一画写下谜底:"难得一夕,恨不做小。"好个锦心绣口! 好个胆大包天! 梁启超又惊又喜又是无奈,怯怯地望过去。何蕙珍已改为庄容,平静言道:"姐夫写家书时,请代我问候姐姐。我将往美国就读大学,姐夫

将来维新成功,如开女学堂,以电相告,我必速归。"稍停又请求:"你能叫我一声妹妹么?"梁启超强忍泪水:"妹妹,我一定记住你。"何蕙珍低下了头,又奋力抬起,朝四面望去:"你看,人都走空了。记事簿姐夫带走,就像带着我一样。"

她站起身来,握一握梁启超的手,转身离去。梁启超满怀感慨,回到寓所,掀开记事簿,见后面的纸页上密密麻麻,写满了英文字。他想这是情书,可惜一句也看不懂。他发愿要学好英文,读懂她的秘语。改日见到张福如,张福如问他,文章你看了么?梁启超反问,什么文章?张福如道,反驳攻梁的文章啊。那是她的底稿,你见了有何感想?

梁启超浑身发热,他这才明白,他失去了多么宝贵的东西。他迫不及待地拿起笔,把这件事原原本本地告诉妻子。"蕙珍赠我两扇,言其手自织者。物虽微而情可感,余已用之数日,不欲浪用之。今以寄归,请卿为我藏之,卿亦视为新得一妹子之纪念物,何如?"信和扇漂洋过海而来,烫得李蕙仙手心灼热。梁启超的坦白确实安慰了她,可也难为了她,令她感到正因有了她,才使一段美满姻缘可望而不可即。她非王母,倒当了法海,真是冤孽啊。她清楚他的难处,他到处漂泊,却无人跟在身边照料衣食,知冷知热。她早有这份心思,若自己不能前往,应有一个合适人儿陪伴着他。现在有了,这是她的"妹妹",比她这个姐姐优秀多少倍,她大可以放心。男人所谓一夫一妻,不过说说罢了。他能把持这么久,已比别的男人高出一大截。

公婆现居香港,李蕙仙打算寄信禀知,征求二老同意。她在回函中,先把此意告诉丈夫。梁启超得信大惊,立即回书制止,内称寄禀必会让他挨骂,否则亦惹老人生气。前信不过感彼诚心,愧无以报,借以一吐胸中郁结。吾之一身为众人所仰望,岂可不顾君父之忧、国家之难,而无端牵涉儿女私情,不顾新党同志之声名乎?我与卿缔姻十年,聚少离多,彼此一样,我可以对卿无愧。虽学大禹之八年在外,三过家门而不入,卿亦必能谅我。若有新人双双偕游各国,恐卿虽贤达,亦不能无小芥蒂也。

这话说到了李蕙仙心里,欣慰之余,又增思念。好在事情出了转机,保皇党正筹措在内地起兵,有好多事务需要筹措。康有为不希望梁启超远离,改派梁启超之

弟去美国,而让梁启超回日本。梁启超赴日不久,便把李蕙仙母女接去团聚。那段缠绵悱恻的恋情,深埋在梁氏夫妇的记忆中,无人再提一字。

此时的北京朝廷,外患重于内忧,真正构成威胁的,是抱成团的四国公使。为了安抚他们,奕劻又进宫陈情。恰值裕禄也上奏称,天津知府发现京郊有少年习拳,即予驱散。对于拳民逼近京津,慈禧也存有疑虑,便又下了一道上谕,要求直、鲁等省禁拳。此谕采用廷寄方式,以免洋鬼子们得意,以为朝廷屈服于压力。奕劻派许景澄、袁昶去见四国公使,通报廷寄的内容。公使们提出疑问,为什么不明发上谕?许、袁辩称,两者具有同等效力,而且廷寄直寄各省督抚,更能引起重视。公使们并不同意此说。这时有人主动增援,这是意大利公使萨瓦戈。上次闹了个灰头土脸,他一直在默默忍辱,也在观察各国动向。为了反击拳众暴乱,天主教和新教难得地走到一起,却把教宗所在国的代表抛在一边,这一定是因为,他们把清廷的傲慢,归咎于三门湾的败绩。萨瓦戈要挽回声誉,他也向总署发去照会,提出与四国相同的要求。

总署对意大利不在乎,它在乎的是俄国和日本,是否会步意国后尘。萨瓦戈等不及,他去问老朋友窦纳乐,能不能把四国同盟变成五国同盟?窦纳乐乐于看到,天主教有两个互相竞争的中心,只担心法国公使不乐意。萨瓦戈向他保证,意大利只关心本国传教士,不会抢法国的饭碗。窦纳乐替他去做说客,毕盛果然一口回绝:意大利人连近在身边的教皇都维持不住,还能维护天主教么?

窦纳乐竭力游说,意大利是后起的小伙伴,它既无力量,也无野心做天主教守护神。它在三门湾的失败,在很大程度上,是列强袖手旁观造成的。这反过来又给清廷壮了胆,成为抵抗外国的本钱。当前的这次行动,能否变成又一个三门湾,这要看传教国的团结程度。你也看到了,东正教的俄国置身事外,伺机捣乱;异教的日本冷眼旁观,期待我们的失败。而在我们内部,新教的英、德、美同心同德,天主教的法和意,该不该互争意气?这家伙难得如此在理,毕盛只得同意接纳萨瓦戈,但要特别声明,联合的目的不是护教,而是保护本国的在华公民。

五国公使齐集英馆,商定第二份联合照会。这是前所未有的行动,标志着"传

教国同盟"的成立。总署接文后大受触动,与五大强国同时作对,这是大臣们吃不消的。奕劻跟大家商量后,也采取了一个特殊行动,邀请五国公使来署,由全体大臣参加,相互交换意见。窦纳乐特别指出,清廷的两道上谕前后矛盾,五个传教国强烈敦促,清廷重发禁拳上谕,谕旨全文必须在公开出版的官报上发表。庆王奕劻亲作答复,廷寄旨在禁止一切秘密会社,比两次上谕包括的范围更大;而且命令省、府、县据此张贴告示,比官报发表传播得更广。

德国公使克林德接过话说:"廷寄只提义和团,有意忽略大刀会。大刀会之所以猖獗,与一个人大有关系。这人曾当曹州知府,又做山东巡抚,怂恿得拳会蜂起后,又被派往山西,山西现在也开始起反。他是大刀会的首领——"坐在对面的徐用仪,这时气得白胡子直抖:"毓贤乃我朝大员,他究竟是功是过,轮不到德国公使评定。他在曹州大杀大刀会,我记得你们夸赞过他,怎又被封成了首领?"克林德故作恭敬:"老先生,要说杀,他还杀过朱红灯呢。先煽动大众,再杀几个做样子,这是他的狡猾处。这也是朝廷失策处,不罢免纵拳官员,是动乱的根本原因。"

公使们到了总署,常常像问案的法官。明知辩也白辩,许景澄仍想讲清楚:"中国谚云,一个巴掌拍不响。民教冲突不能全怪一方,即以最有名的梨园屯教案为例。该村早先只有一家王姓教徒,同治初年,同村李某参加黑旗军反乱,被官府捕获。王姓教民对李妻说,若全家都奉教,你这官司就有救。李妻赶紧入教,教会神父寄一封信到冠县,声称李某是天主教民。冠县只得释放此人,这一下做了榜样,全村陆续有三十余户入教。"听出语意不善,毕盛在对面皱眉:"你这位最知洋的大臣,应该最无反洋情绪,你说这话——"许景澄道:"所以我愿讲道理。同村居民从此分为汉洋两教,心中划开填不平的鸿沟。义学和玉皇庙在风雨中倒塌,村民公议分为四份,教民得一份,将此一份卖给教会,教会要在庙基上盖教堂,这对四分之三的村民,于情于理都难接受。经官府几次裁决,最终双方同意,在村北觅地九亩作教堂用地,在玉皇庙庙基旁辟地三亩,各自开工,两不相碍。"

这是一桩长久的纠纷,公使们多有耳闻,却都不知其详。叫他们惊奇的是,在以颟顸著称的清朝官僚中,竟有一位大员了解下情,而且在谈判桌上讲起故事:"教

堂和庙宇几乎同时盖好,玉皇庙并非本村独有,它是在数县绅民捐助下盖起的。开光之日演戏庆祝,庙门对联尽显欢欣:'山东济南五员青天,评情论事,抚平四乡纷扰;河南直隶八方善士,扶正黜邪,费尽万千苦辛'。请各位注意,村民把处理此案的官员称为青天;而梨园屯所在的山东西北角,与河南、直隶紧密联结,其地治乱牵涉三省。可是,意大利方济各会的马天恩主教,却支持当地神父推翻前议,拒绝迁入新教堂,坚持要在原庙址盖教堂。于是争议再起,三任巡抚都没摆平此案,转到袁世凯手里,他得接着往下转。"

这根棒子转了一圈,仍落在倒霉的意大利头上,萨瓦戈马上反击:"若照你说,一切麻烦都怪意大利?欺软怕硬是中国人的弱点,你这位驻德大使,肯定被普鲁士的马蹄踩扁了鼻子。"许景澄道:"那还用说,山东也被踩扁了。拳乱大起与德据胶澳的关系,各国教士屡有言论见诸报端,那总不是中国逼他们讲的吧?"克林德以掌击案:"许前公使,你跑题了!这不是讨论德国战略的会议。"许景澄用指尖轻叩桌面:"克现公使,我讲冲突频发的原因,你得用心才能理解。派兵剿拳有什么用?你们德国出兵还少么?你能把山东百姓全杀光?"

克林德气红了脸,大声抗议。许景澄将眼光从克林德脸上移开:"我对德国稍有了解。这是一个尚武民族,统一之后野心勃勃,制定了一个'全球政策'。你们在中国来晚了,急于下手。巨野教案如同神赐,可是我们就遭了殃,青岛之租,九龙之扩,西南之借,纷至沓来。早在天津教案时,恭王殿下就正告英、法公使:'把你们的鸦片和传教士弄走,或者把治外法权除去,你们洋人可在中国完全自由,任何地方都能去。'我们没有胸怀么?我们的善意换来了什么?"

忽然传来了哭声。人们愕然抬头,见是满人大臣联元,没能忍住悲痛。坐在他身旁的桂春,也跟着发出啜泣。王文韶、徐用仪二老臣,也被引出了悲伤,连庆王都开始抹泪。只有许景澄神色不变,他身边的袁昶怒目圆睁,像要把对方看穿。议事厅外,闻声聚拢的章京、苏拉等,有哭的,有骂的,有揎拳捋袖要往里闯的。这阵势从未经见过,公使们羞恼之余又有一些慌。僵了一阵,窦纳乐率先起身,克林德吼了一声:"这是阴谋!"联盟五使狼狈退场。

这算不算又一次"大捷"？署内清静后，桂春偷偷问联元。联元轻哼一声："哀兵而已，胜何可望？"他这内阁学士，到这时还文绉绉的。许景澄跟他所见略同。在回家途中，许景澄对袁昶感叹："面对外使，阖署恸哭，此为亡国之象，我怕有人把它当成抗争之功。"袁昶忧形于色："争功事小，争位事大。"许景澄一激灵，听袁昶往下说："上头不愿明确禁拳，除了顾体面，还想留后手。有人认为废帝的阻力来自洋人。自己治不住洋人，乐得让拳民代劳。如此饮鸩止渴，事情如何了局？"

许景澄沉吟不语。二人闷头赶路，走到应当分手的街口了，仍然浑然不觉。又往前了几步，身后传来一个声音："二位老兄，这是要往哪里去？"两个人回过头，见是张之洞之子张权，笑嘻嘻地抱手作揖。许、袁跟张权结伴回转，就近来到头条胡同。翁同龢的宅舍坐落在这里，袁昶由外任回京后，便租住于翁宅。每一次踏入此地，人们都会生出物是人非的感叹。三人进屋坐定，张权告诉袁、许，他刚接到父亲电报，要他向两兄探询有关讯息。刚毅上次南巡，除了搜刮银两外，还奏裁了上海商务总局。设于汉口的支局侥幸保留，但已无法正常办事。近来江宁文武学堂、高等学堂同遭裁撤，有消息说，下一步要裁湖北的自强学堂。这有什么来头？

许景澄苦笑着："不叫来头，只能算去势。新政流水落花春去也，京师大学堂也要失去顶门杠了。孙燮臣乞休的折子，昨日获得批准。徐、刚屡请砍学，都被孙公挡了回去，以后学堂就成没娘的孩子了。砍掉江南学堂，内中的含义更深。"由于切己关心，张权一点就醒："想要敲山震虎？"

许景澄点头称是："要阻止那桩大事，京内无人出头。朝廷真正戒惧者，是江南二帅的反对。老师沉稳含蓄，倒是刘帅锋芒毕露，向荣相和总署连发数电，使废立之谋胎死腹中。有人恨得牙痒痒，借故下刀泄愤。不过，老师的自强学堂办得早，应能逃脱此劫。"

袁昶思虑得更深些："老师的《劝学篇》，曾蒙皇上颁行天下，这也触犯旧派之忌。我的意思，请老师安排人手，把篇中攻康的地方摘出来，加以发挥，撰文刊发。"

许景澄称赞道："这是好主意。以此为例，老师电禀总署的哥老会猖獗情形，其实可以写为奏章，打动圣听。老师称长江口岸，匪党遍布，上至荆宜，下及武汉、芜

湖、江阴,皆已连为一气,伺机蠢动。朝廷现时头痛医头,还不知道脚也在痛。等到哥老会与义和团南北夹击,才懂得张、刘二公为国之长城呢。"

无论如何,朝廷顾不上去医脚,五国公使不依不饶,这桩公案尚未了结。许景澄曾兼任驻俄公使,庆王叫他前往俄馆,一探究竟。俄国新任公使格尔思,在圣彼得堡跟许景澄有过交往。这回许景澄夜访使馆,先被一名馆员引入会客室,坐了一会儿冷板凳,格尔思才笑哈哈地走进来,一见面便说:"许大人,我破坏公使团的规矩了,我是不该与中国官员夜谈的。"许景澄故作惊诧:"公使团怎会有此规定?"格尔思道:"不是规定,而是默契。你是资深外交官,当知君子协定比明文规章更有约束力。因为国家讲竞争,个人讲道德。"

许景澄道:"结成一伙欺负驻在国,那叫不道德。五国正在干这种事,我不知道五国会变成六国。"格尔思狡黠反问:"第六国是日本?"许景澄道:"传教国把拳祸称为'黄祸',日本不幸同为黄种,它恐怕舰不起脸。俄人是白种,只是西欧人以罗马、巴黎为中心,视俄罗斯为边远地带。"格尔思点着头笑:"在边远的地方生存,有广阔的发展空间。所以我们相当于整个欧洲,而法国却越来越小。很不幸,它跟德国做邻居,会被一口一口吃掉的。"

许景澄问:"随着你国的发展,我国会不会被吃掉?"格尔思大方地一拍胸:"你可以放心,俄国永远是中国的朋友。尽管你们撕毁中俄密约,我们还要保护你们。"许景澄道:"且不追究究竟是谁撕毁,你说要保护,正可在今天兑一次现。"格尔思道:"今天恰好有难处,俄国和法国是正式盟友,无法反对法国发起的行动。"

许景澄从随身携带的纸袋中,取出一张《国闻报》,摊放到身旁的桌面上。格尔思望着那些不认识的汉字:"这是什么?"许景澄道:"这是一篇访问记。旅顺口俄军司令阿列克谢耶夫,在接受采访时称:沙皇尼古拉二世,称欧洲在华传教士是邪恶的根源,是以基督的神圣名义建立商业暴政的排头兵。这是记者在撒谎,还是司令在胡言?"格尔思答得很爽快:"都不是,这是陛下的真实想法。但想法是一回事,政策是另外一回事。"许景澄问:"俄国的政策是什么?"格尔思又笑了:"我不告诉你。"面对这个玩世不恭的老毛子,许景澄恨不得掐死他。叹一口气,许景澄做出要

走的样子,又缓缓坐下来:"俄国在中国获取了最多的利益。建设中东铁路的合同,是我跟华俄道胜银行签订的。自那以后,道胜银行股份红利增长了一倍,从七点五卢布增至十五卢布。该行在华境设立三十三个分行,四个办事处,业务遍及各大商埠。哎哎,格尔思先生,你往哪里去?"

第二章　西摩尔联军

一、纵横捭阖　生死煎熬

　　格尔思起身走出会客室,没有回答许景澄的提问。过了一会儿,他走回来,将一个公文夹放在桌上,抽出一份文件交给许景澄。许景澄低头看去,满纸都是看不懂的俄文,只有1897、208等阿拉伯数字,他驻外时学认过。格尔思热心地解释道:"这是铁路经济的阶段性总结。1897—1899三年间,在满洲境内有1253公里铁路建成通车,有208节车头、5400节车厢用于运输,有35000名中国人直接或间接地受雇于中东铁路。它带来的更大效应,是俄中贸易的成倍增长——"

　　许景澄听得糟心:"这是个夸功的总结。"格尔思笑道:"是夸功,功劳是由你开启的。你看,这里还有另一份总结:长期以来,山东人以闯关东的方式拥入东三省,极大地改变了满洲的人口成分。铁路开通后拥入更多,不安定因素随之增加。'红胡子'匪帮一直都存在,从去年以来,南满的练武习拳渐成风气,义和、大刀等名目,也从山东移植于东北。"许景澄刺了一句:"这也给了你们理由,俄国护路部队开了

进来,这可不是铁路员工啊。"格尔思笑了:"他们为保护中国主权而来,秩序恢复后立即撤走。正是缺少这样的部队,才造成山东的混乱局面,我希望你们能够吸取教训。"

许景澄不能不驳:"公使此言我不敢苟同。正是由于德军侵入,引起民众仇洋反教,调兵无异于抱薪救火。"格尔思道:"如果柴捆够重,是能把火苗压灭的。作为中国的密友,我愿提供建议,请分清敌人和朋友。在此基础上,尽量增加朋友的实力,抱有敌意的一方或多方,便会望而却步。"这是要趁火打劫。许景澄有求而来,不好揭穿"朋友"的假面:"俄国朋友的实力,很多人都看到了。汇丰洋行的老板,曾对赫德哀叹:'五年前,英国对北京的影响力独占鳌头。现在从实际效果看,英国已跌落为第二位的列强。'第一位指谁,我想你明白。"格尔思连连点头:"明白,明白。地位连带着责任,我们愿意看到,中国付与俄国更多的责任。请看这里——"他抽出一份电报,用纸张将电文的上下遮掩住,让许景澄看中间的几行字。这仍是俄文字,许景澄正要怪他故弄玄虚,格尔思用中国话念:"义和团的仇恨主要是针对欧洲人的传教活动,这种仇恨由于欧洲商业和铁路利益渗入中国内地所引起的经济竞争而加深了。这是我国外交部所作的形势分析,我们据此制定外交政策。欧洲对中国内地的渗入,俄国没有参与。俄国将密切关注形势发展,做出对俄、中都有利的反应。"

总算交了底,许景澄回报庆王,几位大臣像破解神签一样猜了一阵,仍然不得要领。受命去见日本公使的袁昶,也报回了西德二郎的态度,那是一连串的"哈咿",还有含混不清的咕噜。日本人不会爽快,袁昶枉作此行。但是有一点,俄、日二使尚未流露出与五使结伙的迹象,这是值得欣慰的。大臣们不知道,早在几天前,法使毕盛便往访俄国使馆。毕盛搬出同盟的原则,要求俄国支持法国的行动。如果任由局势恶化,以道胜为代表的法俄经济利益将倍受损失。格尔思宣称愿在传教问题上施压,但他只与法国联手,不能与其他国家同步。毕盛说这没什么道理,俄国并非圣洁的修女,它和英国经过长期谈判,基本达成了在华势力范围划分。那比联手更进一步,为何反而拒绝法国的呼吁?格尔思大笑起来,称赞法国朋友的

辩才,让他无辞以对。

格尔思转而问道:"日本有什么动向?"毕盛不屑地一挥手:"这是基督徒的事情,跟东洋矮子毫无关系。"格尔思耸耸肩:"没有关系,却有便利,个子矮便于钻空子。不把他们拉进来,西方人的联盟,是否会碰上东方人的帮会?"毕盛摇着脑袋:"我佩服俄国的胃口,你们与英国平分中国,又在北方严防日本。我可以保证,只要俄国肯参加,我们会把日本拉进来,免得它对你挖墙脚。"格尔思假装高兴:"老朋友,这就没有问题了。等到五国变成七国,太后和皇帝就得低头了。"哄得毕盛满意而去,格尔思对秘书笑言:"日本人不会满足他的。"秘书附和:"是的先生,我与日馆书记官杉山彬交谈过,他对联合声明不感兴趣,而对'黄祸论'更加反感。"格尔思道:"在西欧人眼中,连我们斯拉夫人都是下等种族,何况中、日之类的蒙古人种?"

俄国人预料得不错,美国公使康格游说日本公使,就像碰上一块橡皮,既无声响也无痕迹。日本人的国门是美国大炮轰开的,美国为此抱有恩人心态。日本人在必要时,也会摆出感恩的样子,而把仇恨埋于心底。美国正在竭力推行"门户开放"政策,它提出的机会均等原则,对于在中国大陆尚无租借地的日本,可谓有利无害,所以日本率先响应。康格以此为说辞,宣称义和团疯狂排外,会封堵打开的门户,使美、日这样的新兴国家深受其害。

西德二郎和气地回答:"义和团并未反对日本,因为我们离他们很远。"康格反问:"很远?威海是你们打下的,甲午是你们得手的,这是中国人惊醒的开端。公使团与他们狭路相逢,头一个遭殃的恐怕是你。"西德二郎依然和蔼:"叫他们杀我好了,日本政府会为我报仇的。在我的有生之年,担忧的主要是俄国。俄国在满洲站稳脚跟,必将越过长城,将北支那收入囊中。"康格茫然了:"什么北支那?"西德二郎龇牙笑笑:"这是我们对中国的称呼。俄罗斯是唯一与中国接壤的强国,也是排斥力最强的民族。你要开放,它要封闭,水火不容,争斗必烈。美国应把注意力集中于此,与日本共同抵制北方的威胁,南方的开放才能实现。"康格恍然大悟:"俄国夺走日本口中的肥肉,你们要再夺回来?对不起,美国在华没有领土野心,不会为你火中取栗。"西德二郎难得地说句干脆话:"那很好。日本在华没有传教利益,不会

跟着去蹚浑水。"

两人冷淡地分手,德国公使接踵而来,也要拉日本参加。在日本人看来,恰恰是德国人不适合当说客,因为他们对"黄祸"鼓噪得最凶。在德国学者沙伊格尔的一篇文章中,有这样的表述:"就种族起源来说,中国人属于蒙古人民族大家庭。蒙古人分为两大群体:讲多音节语言的部族和讲单音节语言的部族。乌拉尔人、阿尔泰人、日本人和朝鲜人属于前者。属于讲单音节语言的部族则有缅甸人、暹罗人、安南人和中国人。"这些人具有细眯的眼睛,短小的身材,被赋予肮脏、狡猾、不诚实的习性。另一学者维格讷宣称:"蒙古人无论在什么情况下都是高加索人无法与之和解的敌人。"而德国是"高加索种族的心脏",要为争夺世界统治权而进行种族大战。关于"黄祸"的论调,是在甲午战争以后流行起来的,它的矛头所向十分明确。日本怎能甘心沦为黄种,怎能充当白种的走卒!

拉拢俄、日无功而返,五国公使并无多少挫败感,那两国终归是异己,只要不阻挠就行了。要紧的是中国的反应,他们至今没有屈服,其顽固程度令人惊诧。这是不是预示着,确有一个反洋阴谋正在酝酿?各地警讯频频传来,霸州、沧州、保定、天津,拳祸渐渐逼近京畿,若无官府默许,岂能如此猖獗?五公使再次聚会,毕盛首先讲述一名中国官员的任用。这人名叫王培佑,原任工科给事中,曾上奏弹劾袁世凯,称其莅任后以剿拳为名,滥杀无辜,向洋人献媚。

这话迎合了太后的喜好,特予召见。王培佑极言拳民忠勇可用,如能加以操练,必能成为劲旅,抵御外人侵侮。太后就此记住了他,于近日提升其为顺天府丞,署理府尹。这虽是中级官员,却是事实上的北京市长,属于关键地位。他的情报如此灵通,公使们都很好奇。毕盛得意地透露,樊国梁久居京师,深受尊重,有很好的人脉可以利用。中国贵公又有交游僧道的习惯,他们也许把主教奉为国师了。

窦纳乐跟他逗乐:"樊国梁的二品官衔,仅与巡抚相当。既然要当国师,至少得是一品,你何不为他谋求升级,顺便探一探虚实?"毕盛乐不起来:"虚实已经探明,清廷选择了对抗的道路。我们是束手待毙,还是转向康格提出的炮舰政策?"康格言语坦白:"我已就此向华盛顿请示,国务卿给我的评语是:你前几次电报曾提到

过，至少在一次民教冲突中，是先受到教民攻击。国务院对此感到不安，因为美国在华传教士的报告，是否确定了这些教案的谁是谁非尚值得怀疑。因此，我们认为尚不能给你就下一步采取何种行动下达明确的指示。"窦纳乐笑了笑："跟我的遭遇相同。我将公使团与总署大臣的谈话记录提交伦敦，首相的批语是：照窦纳乐自己的说法，清廷已经发布了上谕，我不明白为何还要揪住此事不放？"公使们听了连连摇头。事实上，法国与德国政府的态度也很谨慎，意大利更不用说，它的伤口尚未愈合，经不起再一次受创。萨瓦戈说了一句伤心话："远离现场的决策者，不理解我们遭受的苦难。"

窦纳乐抓住了这句话："萨瓦戈先生说到关键了，决策总会比行动滞后。前方的战士加快脚步，后面的人们就会跟上。我将电告本国政府，用两条理由说服他们：一、上有毓贤，下有王培佑，中国用反洋官员重组政府，这是大风暴来临的先兆；二、清廷的顽固态度，有得到俄国支持的背景，如不予以遏止，将对本国在华利益造成严重影响。"这两条首先打动了四公使，于是很快达成决议，五国使馆分头实施。

被拿来说事的那一国，很快得到了消息。格尔思深思熟虑后，也采取了两个行动。他主动来到英馆，劝说窦纳乐，不要把局势推到决裂的地步。窦纳乐表示不解："决裂？谁跟谁决裂？中国和五国？"格尔思显出耐心："你看你，自以为五国一致，便可命令中国屈服。其实，连你一国都不一致。据我国驻英大使通报，贵国首相对于在远东另辟战场持有疑虑。"听他影射布尔战争，窦纳乐很不乐意："你国对教案并非漠不关心，否则就不会有护路部队了。我国吃亏就在与中国不接壤——"格尔思道："割占香港再扩九龙，怎么不接壤？用护教做幌子，勒索更多权益，这是法国的专利，新教国家应有更高的道德标准。"

窦纳乐呵呵笑了："道德从俄国人口中吐出，真是一种奇闻。贵国财政大臣维特，提出银行加铁路的战略，企图用和平的经济渗入，来巩固在华北的地盘。"格尔思道："请注意和平这个词——"窦纳乐立即反击："在踩住你们的脚时，你会飞快拔刀。俄国的护路部队，杀死多少和平居民，我想你最清楚。"格尔思紧盯对方的眼："窦纳乐先生，长期的驻华经历，难道没教会你任何东西？中国人是面子民族，剿拳

的两次上谕，已做出足够让步。强迫颁布第三次，将撕毁最后一层遮羞布，让天下臣民都知道，原来朝廷如此虚弱。这大概是除死以外，它最不愿去做的事情。我讲得够清楚么？"窦纳乐不得不承认，这家伙很有道理。这反而更让人怀疑，若无特殊利益，俄国何必如此卖力？窦纳乐懒得跟他废话："我们提出了建议，正在等候指令。这一番努力的结果，有可能正是你希望看到的，届时我会第一个告诉你。"

格尔思回馆后，马上给庆王发去信函，内称列强干涉在即，请中国在义和团还没有强固时，予以大力镇压下去，才能弭患于无形。奕劻先把信拿给荣禄看，二人等到慈禧午膳休憩时，一同递牌子请见。

听二臣奏明原委，慈禧并未显出不高兴："杀人不过头点地，都下两道谕了，他们还要怎的？"奕劻选择着词语："外国人恃强惯了，总以为自己所言都是对的，生怕别人打折扣。此次五国联合，所发声明未得满意答复，未免恼羞成怒。"慈禧思虑着："一恼便要动粗？他们会不会真干？"奕劻道："列强都有军舰在近海游弋，调集甚易。奴才以为，他们会把威胁付诸实施。"慈禧似乎不担心："实施了仍是示威，示威后又会怎的？"奕劻像被牵着鼻子走："那他们就会升级，把示威变成战争。"慈禧问："俄国如何，它会不会帮助咱们？"奕劻瞅一眼荣禄，荣禄这才开口："回太后话，俄国会加入五国的行列，防止别国抢它的果实。"

沉默一阵，慈禧开口："这就是说，面上帮咱的，仍在帮自己。李鸿章主张联俄，康有为主张联英，都是春梦一场。与其这样，何如联己。义和团总算自家子民，洋人如此怕他们，朝廷何不联一联？"二人惊恐地互望一眼，正在斟酌措辞，听见慈禧喟叹："我只是说说罢了，哪会纵容乱民？可也不能纵容洋人，难道真格再下一谕，那成什么样子？"荣禄灵机一动："直隶总督裕禄日前奏称，拳乱扰动京津，请求明旨禁拳。太后若准其奏，可将御批和奏折发于京报，也可堵住洋人之口。"慈禧难掩愤懑："绕个弯子，是哄洋人，是蒙自己？外寇加上内鬼，轮番前来扰闹，莫非罪限已满，大家都活够了？"

这话说过不久，"内鬼"又出现了。这是一个小人物，翰林院编修沈鹏。沈鹏与翁同龢同乡，而且是翁的门生。翁同龢被放逐后，沈鹏时常借酒浇愁，酒后狂言，令

人掩耳,人们传说沈鹏像陈炽一样患了疯病。沈鹏在建储以后上书言事,其中言论令人咋舌,堂官将其斥为疯话,拒绝上递。却有报纸唯恐天下不乱,先是澳门的《知新报》,刊登《杭州驻防瓜尔佳拟上那拉后书》,托称杭州来稿。"瓜尔佳"是荣禄的姓,"那拉后"指慈禧太后那拉氏。此文抨击荣禄为政变祸首,历述荣禄十大罪状,最大罪恶是迫皇上退位、协太后复出。《知新报》为保皇党所办,在内地传布甚少。这篇奇文被天津《国闻报》转载,《国闻报》又在《折稿照录》栏目中,刊登沈鹏的《为权奸震主削民生祸招灾请肆诸市朝折》。沈疏称:"今大学士荣禄,既掌枢机,又掌兵权,权势所在,人争趋之,汉季之董卓曹操,依稀再见于今日。大学士刚毅奉旨筹饷,到处搜刮,民怨沸腾;又裁撤学堂,以伤士气,省数万有限之饷,灰百千士子之心。更有太监李莲英,以一宦寺,干涉朝政,招权纳贿,无恶不作。而旗人汉奸之无耻者竞进,随声附和而入三人之党。故窃谓不杀三凶以儆其余,则将来皇上之安危未可知也。"

此报一出,轰动京城,被列入三凶的荣、刚二人,自然要有所反应。荣禄现今的地位,可用"一人之下,万人之上"来形容。高处不胜寒,既为众矢之的,必然国人皆曰可杀,跳出个文人用笔杀一杀,杀痒而已,何必管他。荣禄镇之以静,刚毅要拿来用。刚毅对荣禄不服气,你入枢比我晚得多,凭什么硬压我一头? 加上荣禄"好货",就是喜欢纳贿,刚毅则有廉吏之名,对荣禄打骨子里瞧不起。沈疏笼统地杀三凶,其核心是要诛荣禄,因为荣禄所掌的枢机和兵柄,在有清一代的权臣中,尚无如此合二为一者。慈禧固然宠信荣禄,但她那天生的猜忌心,难保不会一触而发。

这种事情不能由自己出面,刚毅联络奉天将军增祺,以增祺的名义奏报此事。《国闻报》《知新报》,还有近期出版的《清议报》,头一次进呈慈禧御览。慈禧看后虽然恼怒,面上未起多少波澜。朝中的这场变故,她知道多少人都在骂她。前朝古代那么多万岁爷,哪一个不受老百姓唾骂? 康党之骂更不奇怪,要紧的是收紧罗网,不使反乱危及朝廷。慈禧颁发谕旨,严令李鸿章缉拿乱党,查禁报纸。该死的沈鹏亟须拿办,搜捕的兵弁却迟了一步。早在沈鹏张罗上奏时,翁同龢的亲友生怕惹祸,要送沈鹏出京,沈鹏抵死不从。《国闻报》一捅马蜂窝,众亲友惊恐万分,派人

强制送沈南下。

跑得了和尚跑不了寺，刚毅与徐桐欲兴大狱，由徐桐奏参沈鹏"丧心病狂，自甘悖谬"，请将其革职究办。隐在沈鹏背后的"大妖"，也被牵扯进来。刚毅奏称，沈鹏乃受翁同龢指使，这勾起了慈禧的旧恨，向军机大臣询问处治办法。刚毅主张将其拘押进京，审明治罪。荣禄奏称不应本末倒置，可将沈鹏解省审讯，果有主使，再办不迟。两大干臣顶起了牛，慈禧一时踌躇不决，散值后又将二人召进，要他们把话说明白。

刚毅不藏不掖，指责荣禄是在"市恩"，企图通过庇护其盟兄，获取读书士子的好感。身为权臣还要市恩，这是触犯了大忌。慈禧便问荣禄："你是不是在市恩？"荣禄回称："赏罚黜陟出自朝廷，臣子何得居恩？不过权衡内外情势，奴才倒想请太后市恩。"慈禧反问："什么意思？"荣禄道："列强日日要挟，拳乱逼近京郊，内忧外患交织，以致人心惶惶，奴才听英年说，已有人张罗出京避难。只有安定民心，才能安保社稷——"

刚毅突兀叫道："太后，荣禄脚踩两只船！"慈禧愣怔片刻，脸上露出冰冷的笑意："两只船，一只是我的，另一只是谁的？"刚毅来了劲："遏阻乱党篡政，荣禄立有大功，堪称力挽狂澜。可是从那以后，他就像换了一个人似的。康、梁都是在他手中溜掉的，此后他也不设法补救，反放纵此辈在海外作乱。列强干涉我朝大政，对皇太后充满敌意，荣禄不加抵制，反而迎合，居心可疑。对安定朝纲的根本大计，他更是缩手缩脚，搪塞阻挠。如此前后不一，到底想干什么？"慈禧仍是那副脸色："你说说想干什么？"

刚毅着力攻击的，是荣禄对于废立的态度。然此事不好明说，荣禄摆出不辩的姿态："奴才想干的是，叫局面尽快安定下来，不再横生枝节，陡起风波。奴才追捕乱党不力，贻无穷后患，确有罪责，请予惩罚。"

慈禧反问道："怎么罚，拉去杀？你们是三凶，知道不知道？在士人眼中，我是最大的凶。李莲英配称凶么？他是替我顶罪。我办了多少事，不合礼不合法不合规，没有多少合得上书本的。可我不得不办，如果我缩手缩脚，这世界不知乱成什

么样子。"

两个人跪伏在地,大气儿也不敢出。慈禧轻叹一声:"书本如何说我,那是后世的事,我只管摆布当下。刚毅你要争功,荣禄你要保位,这都合乎常规。但若争竞过分,那叫节外生枝,我就要管一管。"几句话入木三分,却是各打五十,对刚毅的责备略多一些。

出宫回府后,荣禄跟幕僚樊增祥商议。樊增祥是诗文名家,在渭南知县任上时,曾获荣禄保荐。后来荣禄调其入幕,成为心腹谋士。上次崇绮和徐桐携稿访荣,荣禄推病入内,问计于樊增祥,才演出掷稿入火的一幕。仔细玩味奏对经过,樊增祥想到了更深一层。刚毅争功固然可鄙,但在上者鼓励下人争相邀宠,因此刚毅受到信任。脚踩两船就不同了,荣相本为训政元功,却要处处维护皇帝,当然会招上头猜忌。所谓保位,便含有位置不稳的意味。

荣禄听得毛骨悚然:"皇上对我恨之入骨,我何尝不想让大位转移?可是重臣不愿,民心不服,外国更是咄咄逼人,一旦乱起,我这个主谋首当其冲。我是保命啊,岂止保位!"樊增祥道:"太后圣明过人,不会不懂这一层。架不住端王心热,崇、徐、刚等眼热,圣人也有恍惚的时候啊。"荣禄心急火燎:"那怎么办?换皇帝,杀老翁?"樊增祥笑微微说:"走不到那一步。中堂在陵工上便患病,回京后力疾从公,一瘸一拐上朝,此乃人所共见。可以病得重些,叫刚毅得遂所愿,也可窥知太后心意。"

荣禄依计请假,慈禧也就批准,果真有嫌他碍事的意思。荣禄却不敢真正放手,万一祸闯大了,不管他病不病,终归跑不脱。他在病中上了一道折,请求明旨谴责翁同龢。暗地派人去江苏,对张謇有所交代。刚毅也在暗中使劲,是通过启秀之手。启秀之弟颖秀,时任苏州知府,正好管着常熟县,翁同龢遭贬还乡,成了他治下之民。翁同龢一来胆小,二爱面子,若由苏州府施以威压,老头子自寻绝路,也等于伏了冥诛。

古有破家县令一说,知府的威风更大。自从沈鹏案发,苏州府发下札文,命常熟县将案犯收监后,风声便日紧一日。有人说府县连日审讯,穷究主使。有人说省

里派来委员，专抓沈鹏背后的调唆者。这是指谁？上海的《申报》就挑明了，《申报》分两期刊登《沈编修应诏直言折》，并借"读者感言"之口，称赞沈鹏不背师教，不忘忠君。师教便是翁同龢之教，翁同龢正在百口莫辩之际，又被如此这般"吹捧"，顿生刀笔杀人之慨。几天后，苏州派来公人，将沈鹏移送江苏省监。这坐实了先前的传言，翁同龢在鹁鸪峰下闻风丧胆，一夕数惊。

鹁鸪峰位于虞山西麓，为翁氏祖茔所在地。翁同龢在山间筑室隐居，号为瓶庐，一来尽孝，二来避祸。眼看这祸避不过去。这天上午，服侍的童儿慌慌地进屋报告，有陌生人在附近转悠。翁同龢忙走出去，看见两个人出现在东面山坡上，边走边往这里张望。他们身穿差人的服装。若是常熟县的差人，翁同龢应当认识。那么这两个是苏州府派来的？不止两个，听见童儿的咕哝，翁同龢转身朝下看，发现石桥上又走过来三个，五个人服色相同。翁同龢浑身发麻，像被施了魔法，站在那儿等待被抓。那些人却没近前，围着墓园走动，似在观望风景。

翁同龢呆立许久，童儿上前搀扶，翁同龢磕磕绊绊，回屋便扑倒在地。脑子里混沌一片，他竭力把持自己，不让昏晕过去。就此昏死才好，尚可免去受辱。士可杀而不可辱，然若白首就刑，那是更大的辱。即使拘而投监，那也辱没先人，辱没圣学，辱没了生我养我的山水。不知过了多大时候，翁同龢矍然而起，跌跌撞撞地跑进内室，从枕头下摸出一个物件，悄悄揣进怀里。他扶住墙稳一稳神，迈步走出屋子。

童儿跟出院门，翁同龢哑声问："那些人在哪里？"童儿回答："刚才还在转，现在不见了。"翁同龢吩咐："我去后园走走，你在这里等候。"翁同龢沿着墙根往北走，穿过一道栅门，眼前出现一片草地，几堆乱石，还有一座掩映在花树间的棚屋。这就是翁同龢所说的后园，它依偎在鹁鸪峰的山坳中，境界幽深，翁同龢常在这里读书。他今天不读书，他在石罅草树间曲折前行，寻找一个隐秘的处所。

来到木头棚屋的旁边，翁同龢站定喘息。呼吸平匀后，抬眼看天光，见那落日余晖熔金润玉，洒满林壑，缕缕白云也镀上一层暖色，像倦飞的鹤群向山间降落。无声地哀叹一下，翁同龢抚一抚胸腑，沿着石磴往下走。等到踩上平地，翁同龢加

快脚步，似有人在后边追赶。归宿在几步开外，只需纵身一跳，他便一了百了。翁同龢疾走几步，突然止住了脚，他看见一个人，坐在井台之上。两人四目相对，翁同龢身子委颓，伏在地上呜咽。张謇膝行向前，跪在老师面前，不由痛哭失声。

过了一会儿，张謇扶老师坐起，探手到翁同龢怀中，取出一把剪刀。他大步走到井边，将剪刀掷入井中。翁同龢愣愣地看着，无力地摇了摇头："掷之无用，我还有一把。"张謇愤愤道："怀仁怀忠怀义，老师何须怀刀！"翁同龢道："仁不自污，义不偷生。至于怀忠，我所报君者在此，所负君者亦在此，去此而往，吾将安归？"

张謇不答话，上前扶掖着翁同龢，帮着他踏上石磴，拾级而上，相跟着走进棚屋。围着石桌坐在竹椅上，翁同龢细细诉说心头的恐惧：沈鹏入狱后，市面上忽又流传一篇文章，名为《辨污》，题为沈鹏所撰。"污"指的是荣禄、刚毅等权奸，"辨"的是奸人将脏污泼向翁同龢，沈鹏要为翁同龢呼冤！文章是否沈鹏亲笔，这不要紧，要紧的是加重了翁某的罪孽，辨无可辨，唯有一死。

望着须发皆白的老师，张謇的心中满是悲悯："冤则冤矣，何罪之有！老师还记得学生旧句否：兰陵旧望汉廷尊，保傅艰危海内论。潜绝孤怀成众谤，去将微罪报殊恩。"

翁同龢深长叹息："是，你劝我烟水江南好相见，七年前约故应温。我与你是林泉偕隐了，可是众谤仍集孤怀，挥之不去。此岂微罪？沈鹏受我指使，放言要杀三凶，三凶岂能饶我？与其受辱，何如自裁？季子啊季子，你不是救我，你要害我啊！"

张謇缓缓道："学生今日来，是收到樊云门的一封信。"翁同龢一时没想起是谁："樊云门？"张謇道："樊增祥，现在荣相幕府为谋主。荣相对他言听计从，他也得便庇佑善类，有所补救。""荣相"二字似灵光乍现，使满天暮色为之一亮。沉吟少顷，翁同龢的心境又黯淡下来，喃喃自语："幕宾终是宾，做不了这样的主。"

二、列强合谋　兄弟反目

张謇从怀中摸出一张纸,捧交翁同龢。纸上并非荣禄的笔迹,那字看来是樊增祥所写,所录文辞却甚熟稔,题作《略园铭略》:"隙地数亩,略为园名。花木手栽,聊以寄情。芰荷满地,香远益清。竹篱络绎,茅屋几楹。散步苔阶,饮我黄封。醉与共话,二三园丁。所谈者何,问雨课晴。淡泊为怀,宠辱不惊。杜门谢客,更免趋迎。闲读经史,颇有所营。静趣自得,顿觉身轻。乐夫天命,愿祝升平。"

略园是荣禄府上的花园,荣禄起初名之为颐园。翁同龢见后连称不妥,慈圣园居名为颐和,老弟怎敢僭称? 荣禄大惊,翁同龢将其更名为略,既言简略,又含经略,深合荣禄心意。二人唱和而作《略园铭》。此纸选取文句皆为翁撰,文后缀的那个略,意为略而不言,而每一句每一字,都是要翁同龢放宽心,乐夫天命,安享升平。

翁同龢淌下泪来:"荣相用心良苦,只我愧对故人……"说着泣不成声。张謇竭力劝慰,等翁同龢平静下来,他才拿出樊增祥的信,请老师过目。纸上寥寥数语,只让张謇速去翁宅,慰藉老师,不使灰心。翁同龢反复阅读,极想扪索出深刻含义,然而没有,只得作罢。张謇告诉老师,信使口述一件事:刚毅巡江南时,亲至常熟县城,令人穷搜翁宅,除了查找与康党往来的函件,还要寻一只铜环。刚毅一无所获,只不知所称的铜环,究竟是何来历?

翁同龢心中暗惊,那桩往年秘事,是他抵死不言的。刚毅从何处风闻,追来掘地三尺? 他止不住满腔悲愤:"我不恨刚子良将恩作仇,只恨自己有眼无珠,无意间树一大敌。有此人在旁掣肘,荣相欲求安顿京城,岂可得乎!"张謇轻轻摇头:"二人有争也有通,荣相也非省油灯。荣比刚的高明处,在于知愧思止,不为己甚,正所谓一念之善,而天下苍生已受惠多多。"翁同龢瞠目而视:"诛心之论,痛乎快哉。我赞你'此君的是霸才',可惜'时不利兮骓不逝',未出师即败走江东。"张謇豪气不减:

"学生创办大生纱厂,养活乡亲何止千百,不强似作那金殿修撰?"翁同龢道:"是啊,我们这些状元,于国无补,于家何益。孙燮臣也休致了?"张謇道:"孙相螳臂去挡废立之车,不惜弃官以示决绝。斯人一去,北京城再无正人了。"怅惘许久,翁同龢牙骨紧咬:"我不恨别人,只恨康有为以救国为名,行亡国之实,陷皇上于万劫不复之地!"

师生二人深谈一宵。次日分手时,翁同龢吐露了埋藏的秘密,张謇听了十分感动。那件御赐铜环,就沉在后园的那口井中。那井是翁同龢为自己挖的,由于他体形庞大,特意将井筒拓宽,以备不时之需。翁同龢嘱托张謇,万一有复辟的一天,张謇要取出铜环,代翁同龢奉呈皇上。听着像是遗嘱。翁同龢叫张謇放心,他不再自寻短见,他希望活着看见天地再造。

师生洒泪而别,张謇心里并不踏实,打算赴京一探虚实。

忽从北方传来警讯,多国军舰云集津沽,有与中国开战之势。张謇只好取消此行,而身在北京的人们,都在祷告老天保佑,祈求躲过战乱之灾。沈鹏闹出的这场乱子,将朝廷拖入一场争斗,无心应付外国人的吵嚷。五国若不采取行动,联合照会将变成一张废纸,往后别想再予取予求了。美国公使康格,首先从本国调来一艘军舰,开了一个光彩的先例。法国和意大利紧紧跟上,各自派出两艘军舰。德国政府授权克林德,可以动用驻青岛的舰队。窦纳乐电告伦敦,作为领袖的英国,已经拖了联盟的后腿。他如愿得到两艘军舰,正是"仙女"号和"快捷"号,接令后即由上海出发,显示了领导列国的决心。以此为后盾,英、美、德、法四国再发联合照会,限令清廷在两月以内,悉将义和团匪一律剿除,否则将派水陆各军驰入山东、直隶两省,代为剿平。

这时候荣禄正在害病,刚毅和载漪谋划着,让总署提出反照会,要求各国缉拿保皇会乱党,朝廷可用剿拳作交换。这是一桩不错的买卖,慈禧很是欣赏,奕劻叫苦不迭,他哪敢跑到狮群中大开口?没等朝廷拿定主意,"海狮"们可就搅翻了海。英、法、美三国军舰开至大沽海面,指挥官惊奇地发现,有两艘俄国军舰从旅顺口开过来,加入他们的行列。原来,俄国自视为北中国的主人,列强的一切行动,俄国都

不能缺席。格尔思通知总署,俄舰参与大沽口的角逐,是代替中国监视他国。在这位"主人"的带动下,英、法、美、意竞相争先,总共九艘军舰耀武扬威,使京津门户战云密布,气氛骤紧。而德舰尚未开出胶州湾,克林德散布的消息是,德国正从本土调来大舰队,发动一场大战役。

在奕劻的苦苦哀求下,慈禧终于松口,答应在《京报》上发表裕禄的奏折。经过长久的争执,五国公使得到了一个结果,虽然大打折扣,但这份折子是要剿拳的,皇太后的批语也是坚定的。既然尚无打仗的决心,那就应该点到为止。海军示威于是收场,列强将此视为预演,中国把它看作休兵。慈禧分析这场较量,发觉列强并非铁板一块。德国不用说了,意大利的军舰到港充数后,便趴窝不动。据驻英公使罗丰禄的报告,英国首相抱怨窦纳乐,在英布战争战况正烈时,不该再在远东惹事。果不其然,那期《京报》一出,英舰立即返航,显然无心恋战。既然他们这样好对付,我们何必提心吊胆?

考虑至此,慈禧决心再试一下。在裕禄上奏发布的第二天,《京报》又发布上谕:"各省乡民设团自卫,保护身家,本古人守望相助之义。果能安分守法,原可听其自便。但其间良莠不齐,或借端与教民为难。不知朝廷一视同仁,不分畛域,该民人等所当仰体此意,无得逞忿,致起衅端。着各督抚严饬地方官,随时剀切晓谕,务使各循本业,永久相安,庶无负谆谆告诫之意。"

这等于重申了第二道上谕,那是引发危机的起因。老太后又翻了一次烧饼,这叫公使们怒火中烧,但他们厌倦了猫捉老鼠,懒得作进一步的反应。朝廷又赢了一个回合,载漪、刚毅等额手称庆,徐桐以"大将西征胆气豪"为韵,与启秀唱和了一首排律,歌颂威服四夷之功。

既已破其胆,更要获其心。载漪念及他的宝贝大阿哥,至今未得外夷半字之贺,示意启秀催促奕劻。中外闹成了僵局,这时还要争礼,岂非自讨没趣?这话不好明说,奕劻只有敷衍。见端王急不可耐,刚毅想起自己办过的外交,便又派人赴烟台,去找那个坎贝尔。一位大臣秉承王爷之命,绕开京城的外交部门,来跟地方领事搞交易,这事怎么看都像笑话。可他带的礼物却甚丰厚,坎贝尔笑纳以后,就

得继续开这场玩笑。他给伦敦的金登干打去电报，请他曲折地通融此事。

金登干莫名其妙，这跟海关事务无关，况且赫德没有发话，他怎能掺和这档子事？思量再三，他将此事透露给罗丰禄公使。罗丰禄也摸不着头脑，鉴于北京局势微妙，他不敢向总署发电，便向李鸿章致电请教。明知英国不会祝贺，他问的是自己该不该上贺折。李鸿章回电称："为毅皇立阿哥，并无太子之名，似不应贺。康党造谣生事，蛊惑各埠愚民，嚣然不靖，借以敛资，实为乱根。"毅皇帝是同治的庙号。此时李鸿章受到朝命督责，要他缉凶弭乱，而保皇党正在沿海策划起事，危及两广治安，使他坐不稳位子。他要罗丰禄向英国提出，把康有为逐出新加坡。

从英国外交部得到的，是几句不痛不痒的话，这不出李鸿章所料。他在做例行公事，就像居京时上朝画卯，总得有那一道子。康有为固然是祸根，却仍是秀才造反，康、梁技止于此，只要朝廷不乱，此局尚可维持。李鸿章掂掇着这些，这时刘学询前来禀见，说了一桩有趣的事。此人有钱有势，被李鸿章当作地头蛇使唤。有一个乡人来找刘学询，这人叫康同和，是康有为堂兄康有仪之子。康有仪追随康有为，贴上二万余两银子，结果受其牵连，家破人亡，亡的是同和的母亲和妻子。康同和恨之入骨，准备搭船去南洋，伺机刺康。他想求官府发给路费，提供便利。李鸿章取笑刘学询："你这个胖子，自己在日本没办成，绕一圈换个人接着办？"刘学询赔着笑："是康家人送上门，他们窝里反，咱们何不推一把？"李鸿章道："推什么推？外国有保护逃亡者之例，防范严密，你曾领教。他一个土鳖，一上岸就会被抓，到时候丢的是国家脸！"

刘学询没献成计，把康同和骂了出去。康同和回到亲戚家，跟父亲一起唉声叹气。想来想去走投无路，康有仪将心一横，决定独闯南洋，向康有为讨债。安排罢儿子的存身之地，康有仪先到香港，求一位当舵工的朋友，帮他混上轮船，藏在杂物间中。船到新加坡，康有仪先投靠一个表亲，探听消息。表亲告诉他，康有为得到本地巨商的支持，显得顺风顺水。巨商名叫邱菽园，原籍福建海澄，甲午年考中举人。次年入京会试，恰值康、梁兴办强学会，邱菽园曾到会听讲。邱菽园捐内阁中书衔，由于其父去世，便来新加坡继承家业。他在本埠创办《天南新报》，鼓吹中国

维新,又与友人合办华人女校。政变爆发后,邱菽园迎接康有为来埠,并担任新加坡保皇会会长。

看来康有为并未落难,康有仪需要谨慎从事。他先去保皇会报到,自称是康有为的兄长,刚刚逃脱追捕,来为保皇效力。会中职员细细盘问,康有仪对答如流,算是过了第一关。副会长康五过来相见,虽然同姓同县,康有仪并不认识。二人问答半个钟头,算是过了第二关。康五离开后,康有仪被撂在空屋里,过了饭时也没人搭理。他要出门,却有一名杂工阻止,说是有人要来见他。莫非老子被软禁了?康有仪暴躁起来,吆喝了几声,声音在空旷的院落里回响,令他产生阴森之感,起了一身鸡皮疙瘩。

过了好久,一个人走进屋,是梁铁君。康有仪发了火:"梁癫子,你搞的什么鬼,把我像审贼似的?你不认识我?"梁铁君笑嘻嘻:"大先生莫生气,我刚听说你来。朝廷悬赏十万要康夫子的脑袋,他们不能不防。"康有仪喷着唾沫星:"什么康夫子,他是我二弟!没有我的帮助,他早饿死在土窑中了!怎么我落了难,我就得跪地求他?"

梁铁君半扶半抱,拥着康有仪往外走,拐个弯来到一个厅室,便嗅到扑鼻的酒香。一桌佳肴摆在那里,康五笑着请大先生上座。论资排辈,康五尊康有仪为伯父,他与梁铁君一左一右,为这位长者敬酒洗尘。酒过三巡,康有仪问:"老二呢,他为何不来见?"梁铁君道:"夫子去了沙捞越。"见康有仪听不懂,他又解释:"这是马来亚的第二大岛,与新加坡隔海相望。夫子去那里募捐勤王。"康有仪语含不满:"这就是说,我见不到他。我漂洋过海,远路迢迢——"康五接话:"伯父好好地歇些日子,侄子陪你逛街观光。英国人把此地经营成海上明珠——"康有仪道:"它珠光宝气与我何干!噢,对不起,我又火暴了。我先前不这样,自打在上海被拘押,侥幸逃脱,辗转流离,就变了性子。我不是来拖累你们,我会干事,能给保皇打打下手。"梁铁君道:"夫子在京时,账房全仗大先生打理。变法大业,与有功焉,我很佩服。"

两人恭维着,陪他喝了一场酒,又安排了一间宿舍,让康有仪住下来。接连数日,康有仪帮着干一些杂活,实在没事干时,他便操帚扫院子。他如此勤快,赢得了

会中下人的好感，一名茶房跟他交上朋友。一次闲谈，康有仪感叹康有为还没回来，茶房笑笑说："什么没回，他根本就没——"自知失口，那人愣住。康有仪看着他，眼光黯淡下来："我明白了。可我还不懂，我是他哥啊。"茶房不忍心道："怪我多嘴了。康夫子防人暗算，你也怪他不得。他终归会来见你。"康有仪咂了咂嘴："说得也是，我不着急。"

康有仪留了心，观察会中人员的行迹，摸清他们的活动规律。这天上午，他察觉这些人要举办集会，便跟踪一位办事人，找到那个开会场所。这就是邱菽园开办的女子学校，偌大的操场上，坐满了前来听讲的华人，多为妇女。有女学生模样的人，戴着袖标维持秩序，康有仪从中认出了康同璧，这是有为的二女儿。康有仪往人群中挤了挤，暂时不让堂侄女发现，等时机合适时再露头。

这时那位露头了，他由五六个人陪着，从一排教室那边走过来。康有为看上去胖了些，印堂发亮，神气十足，挫折竟没有打垮他，这叫康有仪很吃惊。陪同者有梁铁君和康五，还有一位中年绅士，举手投足甚有气派，大概就是邱菽园。走到台上的长桌前，康有为与这人居中坐下，康五称一声"邱会长"，俯身听他吩咐一句，这便昂首面朝全场："各位女士，各位乡亲，今天我们在此幸会，由邱会长敦请工部主事、钦授章京、督办时务官报大臣、当今皇帝顾问、奉诏求救天使康南海先生莅临。现在请南海先生讲话！"场上响起热烈鼓掌声。

康有为据案起立，满面红光："各位同乡，各位同胞，我一看见你们，就好像回到故里广东，故都北京。我称故都不是口误，因为现刻它已遭难，它已沉沦，圣主在那里被打入铁屋，饱受煎熬，度日如年。一年以前我在北京，痛心胶澳被割，神州被困，欲救国难而发起维新。天幸圣主从善如流，思贤若渴，君臣同心，共谋伟略。吾夜夜编书，日日题奏，手挥目送，心期神授，建策朝上而夕发，务令布新以除旧。当其时也，万国注目，尽人皆知，我老大中国将有脱胎换骨之变，将以强盛之姿屹立于世界之巅。谁能料想风云突变，乾坤倒转，皇皇大业毁于一老妇之手。我不是诅咒妇女，此妇与各位不同，她乃极贪极昏极邪极恶之人，虽号慈禧，却无丝毫慈爱之心。竭其一生争一权字，既短同治之寿，又夺光绪之位，更要掐灭我国家生机。而

今皇帝蒙尘,拳乱逼京,列强以护教为名纷纷派兵,火烧圆明园之悲剧即将重演。我辈凡为华种,凡有血气,能坐视炎黄之胄顷刻泯灭乎?"

"万万不能!"一声应答从场中发出,紧接着站起一个人。康有仪遥对着康有为,抬起右臂用力挥舞。

康有为恍然望着,猛想起是谁,迟疑出声:"大哥?"康有仪笑笑:"是我。"他沿着场边向前走,附近的康同璧迎上来叫:"伯父!"康有仪点着头:"二姐,我可看见你了。"

康同璧挽着伯父的手臂,来到台子前。康有为奔下来,口称大哥,作势要下跪。康有仪慌忙扶住,弟兄俩唏嘘相见,使得全场都很感动。康有为揽着康有仪的肩,向大众介绍:"我这位大哥,资助我读书成人,对我恩重如山。又随我入京做事,不惜毁家纾难,今又万里来投,无论对国对家,均属仁至义尽。他在京为我料理财务,今日适逢其会,各位为保皇捐资,仍请他代理账目。来来来,这边请。"

台下摆着一张方桌,康有为请大哥坐下记账,有会中专员守囊收款,接受会众的踊跃捐赠。一笔一笔记下来,统计获资一万九千零十三元,康有仪暗想,差不多够还他的债了。康有为领着大哥回到公馆,康有仪看着宽敞的庭院,规整的檐廊,满心敬畏:"老弟,你发财了!"康有为笑笑:"我? 一文不名,这是邱菽园借给我住的。刚才那款,全要用于招兵买马,我连边儿都不能沾。"康有仪疑惑道:"招兵? 你改行了,不写文章了?"康有为被他逗得大笑:"我的傻哥哥,你把我看成什么人了! 眼前布满笔墨纸砚,那是文章。胸中自有雄兵百万,那也是文章。我不寻章摘句,我要经天纬地;我不雕虫描花,我要驯虎屠龙。江山不是文章写出来的,那是大军打下来的。老哥哥跟着我料理营务,你的脑筋也得改一改。"

统兵大帅帐下都设营务处,康有为舌头一碰就给他派此要差,这叫康有仪很是惶恐。跟着老弟进入内室,康有仪打量房间摆设,仍是熟悉的书斋样式,他的心里踏实了许多。书桌上的篇章却换了内容,不再是奏疏和书册了,而是传单告示一类文字。手边有一篇祭文,吸引了康有仪的目光:"《在加拿大域多利祭六君子文》:值光绪二十五年八月十三日,乃诰授奉直大夫、河南道监察御史杨公漪川讳深秀,诰

授朝议大夫、四品卿衔、军机章京参与新政杨公叔峤讳锐……"

六君子之末是"诰授宣德郎、候选主事亡弟幼博讳广仁",此乃殉难周年祭奠之作。

康有仪想借此劝劝张狂的老弟:"唉,幼博可怜,咱们一家都可悲——"

康有为似乎不爱听这话:"可悲,也可敬。康氏一门忠烈,从叔祖公起,即以军功名家,勠力王事。至于我辈,远武近文而不敢忘武,不敢避劳,幼博之殉,亦忠臣孝子之本分所在。有念于兹,我才以九死一生之躯,行愚公移山之事。"

叔祖公指康有仪的祖父康国器。抬出这尊神,是要康有仪服服帖帖追随左右,不生异心。康有仪嗫嚅着还想说话,康有为搬来一沓油光纸,上面印着图画和文字。最显眼的一张,顶端为"保救大清皇帝会"的会标,下面正中是光绪皇帝像,左有康有为像,右有梁启超像,往下密密麻麻,排列着各埠保皇会的会首。康有仪看得发愣,康有为又抽出一张交给他。这幅图像分为上下两部分。上部除了皇帝和康、梁外,还有康同璧像,她的头衔是保皇会女会长;下列女像则有书记、管事、正董等名目。女会宗旨为"国家兴亡,男女同责"。

看出老哥心乱如麻,康有为趁热打铁,给他讲了一套保皇宏论:兵法有云,置之死地而后生,要想克敌制胜,那得魄力超群。康有为日夜操劳,长年奔波,今已大见成效。保皇会遍及日本、南洋、北美,会众逾百万,筹资无数。康有仪对这事很膺心:"无数? 那不对吧?"康有为笑了:"这边筹那边花,资财哪有定数? 不说这了,我给你念一段文,这是写给爪哇义士黄仁初的:仆奉诏求救,号呼同志,今者中国亡不亡,皆在于斯。贵埠义士爱国忧种,想有同心。今寄往《保皇会序》与《知新报》《清议报》两报,望速筹饷,如救大火,如补漏船,幸勿延缓以误大局。"康有为得意他的文字,康有仪只得老实倾听:"这一封写给美国芦腾芳,我派他招募勇健黑兵。我通知他,内地已有兵七十余万。其中:新安二十余万,台湾万余,南关万余,湖南二十余万,长江各省三十余万。我去年执政,举办各新法,梦想各人才,如饥似渴。请为我访查政治、法律、军事诸才,开列年岁、籍贯、职业、专长,并寄照片给我,我必因材器使。"

他所谓"执政"，是说他去年大得皇上信任。至于政柄，康有仪记得他并未"执"过。康有为一边讲，一边叫康有仪看他写给学生和办事人的指示底稿，大多涉及购枪聚众驻扎攻城之事，属于不可泄漏的军机。康有仪看得头大如斗，暗暗盘算着，如何开口讨债。谁知盘桓至傍晚，他又被人送回保皇会，继续住寒碜的小屋。接下来的日子，他又见不到康有为了，为不引起疑心，他做出安分守己之态，不去多嘴多舌。好在侄女顾念亲情，隔三岔五过来看他，让他得到些许安慰。

转眼半个月过去，康有仪难以熬耐，托同璧告诉她爹，他想见面一谈。这回很顺利，康有为派人来接，二人又在书房相会。康有仪诉说母老家贫，需要回去照看。康有为说本想兄弟聚议，共谋大事。然尊亲之义更不可废，看来只好再次分别了。康有仪仔细听着，没有等到下文，只好明白提出："年来遭此变故，可谓倾家荡产，老母无以为养，令我惭愧欲死。好在老弟这里别开新局，收入极丰，我历年放在你处的款子，可以拨还救急了。"

康有为两眼不眨："老哥你看错了，收入多还是少，那都不是我的。我在海外也是吃朋友饭，穿百家衣，处处都得依靠施舍。别人为何给我这些？那是要我保皇救国，我若拿去干别的，人家怎会答应？"他一口堵回，康有仪十分着急："那也不能不理旧债吧？"康有为反问："什么旧债？我历年所积数万银两，还有卓如他们所捐之款，更不说多位达官资助金银，都用于维新事业了。这些款项我向谁讨？"看看张口结舌的堂兄，康有为安抚地拍拍他："大哥花销的银钱，我一丝一忽都记着。等到保皇成功，全项加倍奉还，我还要给你个巡抚当当，侍郎干干。此时讨债，究有何益？"

康有仪空手而归，垂头丧气了两天。这天晚饭后，梁铁君突然上门，把一张船票、二百两银票放在桌上，叫康有仪收起来。轮船是明早开船，康有仪掂掇着："怎么这么急，我还没跟老二说清呢。"梁铁君面无表情："他跟你说清了。他满心装着大事，哪有那么多闲话。"康有仪咽不下这口气："我不是要饭花子，就这样打发了我？"梁铁君龇了龇牙："你知道我如何打发花子。我会拎着他的耳朵，噌的一声，丢进海里。"康有仪发了火："你他妈臭牛筋一个，充什么铁侠豪杰！康老二坑蒙拐骗，只有你们才认他是圣人，别在我这儿充人灯！"梁铁君倒不发火："不光我们，金殿上

万岁爷,万里外老洋人,都说康南海不得了。大先生,你别在这里闹了,回家去等着瓜胎结成大瓜,有你的好果子吃。"

梁铁君不由分说,派人在这儿看着,起早押康有仪上了船。康有仪回归国内,气急败坏地思量着,怎样去坏康有为的事。投出几封告状信,一个个石沉大海。他描述的那些反状,康有为早就在报纸上大声喊,生怕别人听不见。康有仪想进京告御状,南返的乡亲吓唬他,北方遍地拳和刀,你何必赶着去送死?

原来,义和团在直隶发展神速。庚子年一开春,就闹出一个涞水戕官事件,令满朝文武为之震惊。此事的引子出在清苑县,该县的东闾教堂,是隶属于保定主教区的一座本堂。在十四年前重建后,扩充教徒近千人,教民与村民纠纷不断,地方官穷于应付。教民背后有神父支持,村民没有靠山,只能起而自保,往往一人习拳,全村练武,乾字团、坎字团等团会旗号,在府南州县遍地开花。

管辖数县的东闾本堂,俨然成了一个箭靶。东闾村经常出现无名揭帖,其中有一张写道:"只因天主耶稣欺神灭圣,上天诸神怒恨,降下八百万神兵,扫除外国洋人天才下大雨。不久刀兵滚滚,军民人等有灾,百花山佛门义和团保救。见帖传一张,免一身之灾;传五张,免一家之灾。见之不传,受刀伤之苦。吃洋人毒药,自有解毒方药:乌梅七个,杜仲三钱,君子仁敬惜字纸。"此帖开有药方,引起好奇传观。有那急于免灾的,竟找信教之人传帖。教徒们看着拳棒刀枪,听着嘲讽咒骂,难免人人自危。他们也有解毒药方,就是洋人洋枪。仇恨难解难分,必有爆发之日,三月十七便是这样的日子。

这天发生了一场口角。姜庄铁匠王洛敏来到大张庄,给丧主张家做短工。干了一天,活计完工,王洛敏靠在炕沿上,等主家给他结工钱。偏偏那天吊丧的人多,主人老张忙不过来,把这茬给忘了。王洛敏是教民,礼俗都改从天主教,对张家这一套瞧不惯,便出声催讨。张家孙子十岁出头,进屋横了王洛敏一眼:"我是义和拳,你还敢要钱?"王洛敏使出打铁的脾气:"你这小崽子,还没扎毛就想参翅?把你爷给我找来,我问他论不论理。"

双方大吵一架,王洛敏回村去搬救兵。姜庄开有教堂,教会长梁椿有钱有势,

当即带领十几名壮汉,来找那小"义和拳"。老张也不想惹祸,请同族长者出面,去姜庄教堂说合。教会开出赔礼条件,并要张家写出字据,保证不再闹事。张家对后边这条不同意,交易没有谈妥。教会随即抬高要价:支付京钱百吊,摆五十桌酒席,负担修理教堂的费用,张家全家信教。这下事闹大了,张家岂能答应?教会不依不饶,先后五次到大张庄吵闹。二十二日这天,听说张家请来了义和团,姜庄方面也做好准备,除了带枪,所有人员穿戴白衣白帽,一为恶心对方,二为破其法术。这支白衣军开至大张庄,碰上了拥出村来的愤怒村民。大刀长矛与洋枪对峙,王洛敏兄弟率先开枪,造成一死三伤。这场混战,把南蛮营、谢庄、张登镇都卷了进来。六七百人手持刀棍,高举县衙发给的团练之旗,蜂拥至姜庄,围攻教堂。教民二百余人居高临下,施放枪弹。拳民死伤六十余人,无法得逞,只好在撤退前放火烧屋。获胜的一方没有歇手,接着点火,然后逃往东间本堂,免受报复。

案件报官,清苑知县陈鸿保率兵前来,查看毁损的教堂和民居。发现财物搬取一空,从而得出结论,教民先移财后烧房,希图嫁祸索取赔偿。保定主教杜保禄,电告北京主教樊国梁,要求从上往下施压。樊国梁有求必应,除了敲打总署,还给称病的荣禄发一急信:"在万事蹉跎中,中华帝国面临巨大危险,因为本主教业已确知,四国欲以护教为名,仿效德占胶州之故事。"当时正是列强示威之后,荣禄不敢怠慢,忙向上头奏报。总署奉旨函饬天津,令总督裕禄剿办。

在此之前,裕禄已和直隶提督聂士成商定,派记名提督梅东益,武卫军分统张连分、练军副将杨福同,分赴各地镇压拳乱。梅军军纪甚差,常借剿拳勒索百姓。接到警讯,梅东益率兵从任丘开过来,在保定城外遇上廷杰派来的委员。廷杰时任直隶布政使,与按察使廷雍同驻省城保定。二人同属满员,对于拳乱却意见相左,廷杰主剿,廷雍主抚。委员告诉梅东益,樊国梁派一副主教来保定,一定要一个满意结果。梅东益一挥马鞭:"回复法国老毛子,老子给他!"当即拍马南行,不久驰至姜庄,发现村中有拳众活动,梅东益挥兵进击,烧杀抢掠,使姜庄再遭一劫。

教民早逃走了,这回杀死的人中,少数是拳众,多数是良民。廷雍大为不满,给北京的刚毅写信,告梅东益滥杀无辜。言官也发起攻击,给事中胡孚宸奏言:"知府

袁世敦剿之于平原，提督梅东益剿之于清苑，大兵一到，玉石俱焚，每处残杀不下数十。"他追本溯源，指称吴桥县令劳乃宣的《义和拳门源流考》一书，将所有习拳者都视为叛匪，以致两省官将果于杀戮。他请朝廷惩处梅东益，并焚毁劳乃宣的谬书。御史郑炳麟提议变拳为团："请饬督抚因势利导，化私为公，以资官练而弭后患。联数村为一小团，合一县为一大团，以备御侮之选。遇有教堂，共相捍卫，不致外人有所借口。"眼看拳团越剿越多，朝廷也想有所改变，因此寄谕各省，要督抚奏复此议。裕禄打不定主意，现时直隶比山东更吃紧。梅军撤出清苑不久，拳众便卷土重来，要把东闾教堂一锅端。教堂预掘战壕，引入唐河之水，在高筑的堡寨上密排枪炮。义和拳伤亡惨重，暂时放弃攻坚，大队向北转移。保定北面的安肃、定兴等地，一时狼烟四起，裕禄急电副将杨福同，由霸州驰往剿办。

此时拳众聚至六七千人，本地人以张玉容为首，他因与教民争讼而破家，所以学习山东传来的拳术。听说张玉容起事不利，山东师傅率众来助，两部会合，声势大振。在定兴城南，涞水县高洛村的阎老福，来向各位老师求助。阎老福也是跟教民产生纠纷，在保定主教的干涉下，官府将他收监一年。阎家愤而习拳结团，与教民打了几仗，都被火器击败。在阎老福的带领下，拳民开向高洛村。

涞水知县祝芾得报，带领四名差役赶来劝说。他这点人马，淹没在人山人海中，如何能发出声音？在当地绅士的保救下，知县才得以脱身。义和团展开攻击，使用了砂锅罩法，就是在砂锅中装填火药，投向教堂。这种土炮弹威力甚大，但因依靠手掷，也会伤及自身，再加上教堂火力猛，进攻并不顺利。好在人多势众，鏖战至太阳落山，终于攻克了教堂。教民大半被杀，拳团也死伤不少。义和团随机游动，易州、定兴等地风声鹤唳，教民纷纷逃难，设有教堂的村子，大多成了空村。

鉴于事态严重，布政使廷杰派道员张莲芬赶赴涞水，督同知县祝芾、营官王占魁，查办弹压。一干人开到高洛村，在大佛寺拳场逮捕了七名管事人。又到定兴县东江村，逮捕大师兄等十三人。官方想用抓人镇住反乱，陆续捆绑近百人，押送回县。天傍黑时，在涞水城外遇上埋伏，数百拳民从树林中杀出，要夺回他们的同伙。官兵开枪射击，拳民被打倒一片，仍然一轮一轮地往上冲。官兵人少，眼看抵挡不

住,突然杀来一支生力军,枪声响得格外清脆。这是杨福同的人马,杨、王两军前后夹击,义和团大败,分头夺路而逃。

三、涞水戕官　涿州夺寨

官军得胜回城,知县置酒相庆,席上文员轮番敬酒,称赞协戎大人用兵有方。杨福同带着酒意,发了一通牢骚。剿拳不是用兵,这只是在赶羊。老百姓总是怕官的,无论摆出多大阵仗,只要官兵一亮刀,他们一准撒丫子。可是为何久剿不灭?这怪上头举棋不定,光那上谕就打了几个来回,各省也就无所适从。咱们的裕寿帅,前些天奏复称,义和拳皆系无籍游民,持符念咒,装神弄鬼,连武术功夫都不到家,不宜将之收编团练。在派兵四出时,寿帅又谆谆告诫,解散为主,不准言剿。如此三心二意,岂不束缚手脚? 其实我这点兵力,撒撒胡椒面罢了,还想割肉做汤?大家嗟叹一番,刚想散场休息,石亭驿的驿卒前来报告:镇上新设拳场,从房山、涿州请来拳师,广泛散帖聚众。杨福同对祝芾笑道:“你看,又来了。”祝芾也笑:“少不得再撒一撮胡椒面。”

说话间过了一夜,杨、祝带队赴石亭,捣毁拳场,驱散众人,枪毙拳首梁珍,当场正法二十人。二人留下马队警戒,回县后却又接报,上千拳众由涿州、定兴向石亭聚集,扬言攻取涞水。文官和武官商议战守机宜,祝芾苦笑说,我得守老窝,麻烦老兄出去割肉。杨福同说,只要不割我的肉,我会帮你守好窝。

这是开玩笑,他根本没想到会被割。杨福同率马队三十人、步兵四十人,于次日晨出发去打猎。已经望见石亭驿的屋顶了,副将的队伍却受到阻碍,那是横在官道上的拒马桩,分明有人要截断道路。杨福同勒马观看,田野里的庄稼树木都活了起来,从中跳出无数汉子,挺刀持棍呼啸向前。“草木皆兵”,杨福同想起这个词,唇边绽出两撇冷笑。这时从东南方过来一彪人,高扬红旗,上书“朱”字,二三百人一

色红衣。为首那人像一尊黑塔，披散着头发，不知在装道士还是扮戏子。也许他要避扎辫子，这是反叛！杨福同心头一凛，喝叫："拳民听着：总督裕大帅有令，朝廷发旨禁止习拳，你等速速散去，不可干犯王法！"那人停在几丈开外，嗓音刚硬："副将听着：鸿钧老祖有令，上天发旨除灭洋教，你等速速回马，不可违背天意！"如此针锋相对，倒也有些意思。杨福同第一次正眼瞧人："你是谁？"那人微笑："我乃灌口二郎杨戬下凡，祛邪扶正，解民倒悬，功成之后再归正果。"

杨福同哈哈大笑："老子才姓杨，你这羊扮猪，倒来抢我名头！"

那人将手往西一指："姓杨的得保姓赵的，你的主子在那边。"

杨福同扭头看，西边一帮拳民，果然打着"赵"字旗，只没认出哪位是"主子"。仔细寻思，宋朝天子姓赵，杨家将是保宋的。杨福同不再跟这人歪缠："你这反贼要作死！我记得有个朱红灯，在济南被毓大帅砍了头，你想再被砍一次？"

那人呵呵笑："孙大圣有成千上万颗脑袋，砍掉会再生。老子便是朱红灯，要打害人精！"

杨福同一挥手，马步兵一齐举枪，朝红衣拳众开火。在打倒的人中间，可惜没有那个头领。红衣人冒着枪弹，潮水般翻卷向前，瞬间淹没了官军。这是没经过的阵势，杨福同头有些蒙，下马伏到地上，亲自举枪瞄准。尚未扣动扳机，一把刀凌空劈下，红缨帽滚到了一边。杨福同捂头大叫："老子是朝廷命官，副将，副——"将字还没吐出，便被利刃割断，接着刀矛交加，副将死于非命。官兵一片惊呼："大人，大人死了！"这似乎也惊醒了拳民，纷纷向后退却。官兵收拾副将和两名士兵尸首，灰溜溜跑回县城。

副将是二品大员，被杀那还了得！此事引出两种后果，朝廷这边，奕劻、许景澄等力主剿灭，载漪、刚毅等争辩称，拳团战胜官军，足见真有神术，何不变害为利？民间可就传疯了，义和团在涞水挑战十万官军，山东好汉朱红灯，奏准玉帝，借尸还魂，与二郎神一起统领神兵，在两军阵前大施法力，指挥枪炮反向轰击，连毙杨福同等八员大将。伴随着这个故事，还传诵十六字真言："甲乙丙丁，水火刀兵。逢戊过庚，十室九空。"这话若明若暗，预示庚子年天下大乱，人烟灭绝。

谣言叫人心惊胆战,却也有一种莫名的兴奋,使枯井般的心田热血喷涌,跃跃欲试。要保身就得习武,于是拳场林立,仿佛一夜之间,京津处处冒烟。面对这一乱局,祝苧日坐愁城,联合临近州县向上请兵。省上政出多门:总督裕禄驻天津,提督聂士成驻芦台,布政、按察二使驻保定。延宕好几天,聂部统领杨慕时才率三营兵力进驻高碑店,邢长春统领马队二营入驻兴城。在此期间,义和团从房山、永清等县源源而来,扬言要打涞水。房山拳众二千人,拥进涿州北门,团团围住州衙,要借兵饷二百吊。州城仅有衙役兵丁百十名,自然无力抗拒。知州龚荫培气得要上吊,被拦住后宣布绝食,显示朝廷命官的气节。拳首是密熹和尚与两名道士,三人夸说这是好官,下令不得冒犯衙署。大股拳众穿城而过,与石亭镇、陈家庄一带的团伙会合,列阵演武,亮拳示威。

杨军、邢军加上地方防军,约有六千之众,兵力并不算少。但杨慕时领有不得孟浪的命令,不敢痛下杀手。杨军出动搜捕,捉到杀害杨福同的三个人,将其斩首示众。定兴知县罗定钧,促请邢长春的马队出剿。邢长春却推三阻四,原来他得到消息,荣相派员去了保定,需待上命再定行止。这位要人现在来了,他是武卫军营员吴炳鑫。此人跟保定二廷未议出名堂,他倒去了石家庄,亲眼见识了义和团神术。拳民上法之后,上至六旬老人,下至七岁孩童,甚至还有十八岁的姑娘,全都刀枪不入,实在厉害!

荣相曾经做一个梦,梦中刘伯温口传八字真言:逢戊过庚,遍地红灯。第二天便有人从街上得一揭帖,上书词语甚奇:"总各是一千,九百九十三。释迦出了世,不日改天年。三原李靖造,应在庚子年。暗有九宫门,明有八卦团。悬起红灯照,化生小煤烟。才生一扫净,取下羯纸年。按下八二六,再等一四三。"荣相找英年推详,英年荐一异人,名唤一米道人。道人宣露天机:人世千年一大劫,现为唐朝灭亡后九百九十三年。大唐开国功臣李靖造此预言,要在庚子年应验。九宫、八卦是义和团的名目,红灯不仅指山东的大拳首,更有近畿勃兴的女红装。红灯照射,污浊化消,琐屑净尽,碧宇青天。定于八月神示应验,苦尽甘来。

吴炳鑫说得神乎其神,知州和统领都有些头晕,惴惴地请示荣相的意思。其实

这一套说法,他是从朋友处听来的。吴炳鑫只顾猎奇,却不知这样一来,军机被天机耽搁了。又过两天,杨、邢二军奉命移动,防堵从南面拥来的拳流。不料拳民化成小股,在涿州城外汇成汪洋。三万之众攻打州城,城墙就像纸糊的果盒,被民家轻松地拎到手中。

涿州是京城的南大门,竟然沦入义和团之手!以海军示威为界限,拳祸越来越快地逼近北京,各地教会纷纷告急,驻华公使们坐不住了。窦纳乐在致外交大臣的信中,引述了这样一份揭帖:"在北京某一条街上,有义和团团民在半夜看见天神降临。团民俯伏祈祷,天神发出启示:我乃玉皇大帝临凡,知汝辈虔心信敬,特令尔等知悉,世道将大乱,此天意注定。祸患均由洋鬼子招来,彼等传邪教,立电杆,造铁路,亵渎天神,罪恶滔天。我极为震怒,决意扫除,特令天兵化作神团,树起义旗消灭恶魔。吾令汝等先拆电线,次毁铁路,最后杀尽西洋鬼子。待到洋人灭绝之日,便是风调雨顺之时。切切此令。"这大概是最奇特的外交文件了。索尔兹伯里发电询问:"窦纳乐,你是否把传奇和公文弄混了?"窦纳乐回了一电:"尊敬的首相,义和团正是在《封神演义》一类传奇中吸取营养,这个怪胎将为东西方的关系带来灾难,我建议您批准采取严厉措施。"首相未再回电,窦纳乐未再饶舌,他只是预先打个招呼,以免跟不上列强的步伐。

果然,握有护教权的法国人,开始大声叫嚷。樊国梁在长达十八页的信中,列举一星期来的打杀事件,以强调自己的观点:"请将目前的局势,与 1870 年天津教案发生前的情形对比:一样的揭帖,一样的威胁,外国人对迫近的危险一样无知。我向您,公使先生,恳求相信我的话。我的消息灵通,不会信口开河。中国政府对宗教的迫害只是一个表象,其最终目标是除去所有的洋人。义和团在北京的同伙正在等待他们进京。他们的计划是先攻教堂,再攻使馆。据我所知,义和团攻打我们北堂的日期已经定下,京城的百姓人人皆知。"

恰在这几天,毕盛正跟总署争得不可开交。原因是中国方面指控,在法国修建云南铁路的过程中,其驻滇领事向云南大量走私武器,中方要求将此人召回。毕盛一怒之下,请求巴黎采取军事行动。樊国梁的呼吁支持了他的方针,毕盛立即促请

公使团团长卡络干,召开公使联席会议。会议在法国使馆如期召开,毕盛宣读了樊国梁的信件,敦促各位同行,拿出切实可行的对策。

樊国梁是中国通,大家对他还是信服的。克林德讲了一个故事,北京饭店老板沙莫,在街上碰见一个十几岁的少年。少年裂开衣衫,露出胸膛说,我学金钟罩,洋人子弹伤不了我一根毫毛。沙莫跟他开玩笑:"那我要收你当保镖。"少年对他龇牙笑:"你不怕我捅了你?"这故事的含义令大家怵惕。康格报告了昨夜发生的美国教堂遭袭事件,尽管抛过来的是两块砖头,它代表的仇恨却非比寻常。

人们七嘴八舌,争相讲述类似的事例,只有格尔思莫测高深地笑着。毕盛知道,这位盟友是一块绊脚石,便有意拱他:"中国主人是不是对俄国人最客气?"格尔思先说一声是,然后又道:"满洲在今年2月出现拳坛。一位山东拳师,扬言要在一个月内赶走俄国老毛子。你知道,这是对我们的尊称。"这番话叫毕盛大为高兴:"我们在一条船上,何不起而自救? 我提议,马上向北京增调卫兵。窦纳乐先生,你说呢?"传教国同盟,是英、法联手拉起的,窦纳乐没有让同伙失望:"樊主教是敏锐的观察家,他指出的危险切实存在。顽固的中国人,正变得非常不合作。这提醒我们,要么不做,要么就坚决地一做到底。"

会议达成了决议,由公使团团长向总理衙门提交联合照会。照会强烈要求:一、逮捕加入拳会练习拳术,在街头引发骚乱,张贴、印刷并散发威胁外国人揭帖的人;二、逮捕义和拳集会的寺庙等场所之所有者和管理者,协同义和拳犯罪者均视为义和拳;三、惩罚具有镇压责任却失职或纵容暴徒的官员;四、处决杀人放火、谋财害命的罪犯;五、处决在骚乱中给予义和拳以援助或指导者;六、在北京、直隶以及北方各省公布以上措施以期人人知悉。

洋鬼子又来要挟,总署诸臣很是愤慨,连号称知洋的许、袁二人,都嫌公使团不明智。公使们一味使蛮,只能激起反感,使朝廷怀疑外国敌视太后,企图推翻训政。可是谁能沟通中外,谁能唤醒蛮人? 万般无奈之时,奕劻派人去见格尔思。格尔思趁机来总署,劝王爷施加影响,避免灾祸发生。

奕劻大发牢骚:"我有屁的影响,我都被骂成二毛子了。你听听东单四牌楼上

揭帖说的什么:玉皇示梦庆王爷曰,你既吃大清钱粮,为何替洋人办事?我今天摘掉你的王冠,明日拔去你的雀翎,再不悔改,我把你天打五雷轰!"

格尔思道:"我听说了。这正说明拳匪反叛,急需剿除。据我所知,至少有四国公使促请本国出兵,一旦得到批准,战火立即降临。请王爷将此视为绝密情报,报给最高当局。"这倒是条有力说辞,奕劻令人缮折,连同十一国照会递进宫中。

次日早朝,慈禧召见军机和总署大臣,集议此事。礼王和荣禄都在称病,经常缺席的端王反倒来了,这昭示了上头的意向。赵舒翘奉命奏报拳团动态。义和团占据涿州后,两日内按兵不动,第三天派出一支人马,要去打涞水救同伙。途中望见邢长春的旗帜,三千拳众便又回撤,声称不跟官军见仗。但他们开始拔掉电杆,拆毁铁路,理由是防止洋人运兵。裕禄命令禁止破坏,杨慕时派兵一路弹压。前天凌晨,杨慕时率两营兵来到高碑店,发现大批拳民正在拆铁路,毁桥梁。官兵上前制止,欲用强力驱散,双方发生撕打,杨慕时下令开枪,打死拳民十余人。杨慕时同时给裕禄和聂士成发电:"外人不察当时事机,以为杀老百姓,实则慕时是在杀匪。即令非匪,与匪相杂而烧铁道,则亦匪也。"

听到这里,慈禧问了一句:"该不该杀?"赵舒翘心想,太后不像是问自己。等了一会儿无人回答,他斗起胆道:"臣以为应该先劝说,再威吓,驱逐不开可以开枪,仍以示警为上策。"这话说了等于没说。慈禧又问:"该不该杀?"刚毅说话干脆:"奴才以为不该。拳团从未夺占城池,就是因为剿声一片,这才铤而走险。这叫官逼民反。"慈禧重复一句:"官逼民反?官逼不应该,民反就对了?"臣子们摸不透她的心思,没人敢应声。慈禧平静宣谕:"我再赏一次面子。洋人再进逼,我可不客气了。"

竟然顺利过关,奕劻很是庆幸。步军统领衙门奉旨公布:"一、查禁拳会;二、查办邪教;三、惩办奸民;四、查毁揭帖;五、广泛张贴禁拳告示;六、责成司坊加强巡视;七、派勇巡查;八、责成父兄禁止子弟习拳;九、有习拳者邻右同坐;十、严禁刻字铺刊刻刷印义和团揭帖。"这已超出了公使团的要求。总署据此答复各国,希望了结这场纷争。公使团进而提出,要中方公布谕旨,并制定具体的落实措施。这些都需要时间,而公使团上次内定,五日后若不见改观,即刻调兵进京。在这五日内,长

辛店西铁路洋房、丰台车站票房及机器房被烧,黄村站及桥梁被毁,涿州被义和团营造为"会所",团会聚众多达五万,宣称打下天津,拆掉洋人老巢。这给公使们提供了论据,英、法、美三国军舰出现在渤海湾,各国紧急跟进。法国公使单独通知总署,要调卫队进京。

总署慌了手脚,马上公布禁拳上谕,并称已令直隶增派军兵。可这太晚了,应毕盛的要求,十一国公使再次开会,专题商议调兵。法国人又一次抢了先,在毕盛的一再请求下,德卡赛外长给他回电:"如果欧洲人在直隶处于困境中,我批准你和俄使采取主动措施。"外长强调法、俄同盟的重要性,毕盛向格尔思出示过电文,求得了他的谅解。毕盛在会上宣读此电,隐去了"和俄使"三字。法国已对军事行动开了绿灯,各国都得考虑相应的反应。克林德照例言辞激烈:"考虑到目前北京的政治形势,期望中国采取有效行动或调兵进京护馆的想法都不现实,因为这是基于中国政府还能继续生存下去。"

他的话绕了不少弯,大家呆呆地望着德国公使。窦纳乐开口问:"什么意思?"克林德耸耸肩:"意思是中国即将崩溃,它的无政府状态,需要我们认真对待,这不是区区使馆卫队所能胜任的。"窦纳乐一针见血:"你何不干脆说出,瓜分的时机已经到来,今天的议题应当改变。可是我认为,那是政府层面的战略决策,不宜在这里讨论。"克林德反驳道:"政府远在天边,只有我们在这里。况且我听你说过,你下令天津的海军陆战队不要开拨,直接听命于西摩尔海军中将。"窦纳乐道:"那是做万全准备,我希望事情不至于恶化到那一步。"毕盛忍耐不住:"二位在争什么,克林德先生反对卫队进京?"克林德笑起来:"如有必要,德国的卫队不会少于法国。"格尔思缓缓说道:"我认为无此必要。我和窦纳乐昨天会见庆亲王,亲王向我们担保,中国定能控制局势,外国人的安全毫无问题。"毕盛没有照顾这位盟友的面子:"有一位法国铁路员工在丰台事件中受伤,这足以说明问题了。如果我不能满足樊国梁主教的呼吁,我会受到天主的谴责,所以法国将调动卫队。"

这就一锤定音。不管天主或是耶稣,都不允许公使代表的国家在这场竞争中落后,欧洲均势政策再次落实到中国地面上。以丰台铁路中断为借口,公使团正式

照会总署,使馆卫队即日进京。这是骑在头上拉屎,除了空口劝阻外,朝廷还有何法? 慈禧召集廷议,这回她问在前头:"谁能阻止洋兵进城?"没有一个人出声,因为谁也不能。等了一阵,载漪奏对:"奴才以为,义和团能。他们专与洋人为仇,洋人对其恨之入骨,怕得要命。洋人既然畏惧,表明拳民确有神术。"刚毅接上来:"即使无神术,武术总是有的。我国苦于兵力不足,而今壮丁就在身边,何不拿它以毒攻毒?"

慈禧将目光移向奕劻:"你们有何意见?"洋人不给他作脸,奕劻自知低人一头,不敢作声。旁边王文韶倒说话了:"臣以为,刚毅这个毒字用得好。义和团是毒物,恐不可用,仍以设法铲除为好。"慈禧恨恨道:"可惜铲不掉了。我这边派兵剿拳,他那边派兵进京,两相比较,谁输谁赢?"她不等群臣回话,即时下旨:军机大臣赵舒翘、副都御史何乃莹,前往涿州宣抚拳民,谕令解散;端郡王载漪为管理总理衙门大臣,礼部尚书启秀、工部右侍郎溥兴、内阁学士那桐在总理衙门大臣上行走;甘军董福祥部从南苑进驻北京。

卫队进京引起甘军进京,双方的布置紧锣密鼓。公使们在提交本国政府的报告中,尽情渲染紧张局势,并举出他国的积极行动作为参照。这造成了争先恐后的态势,伦敦给窦纳乐发出指示:"您酌情处理事务的自由不受约束,您可以采取那些您认为方便的措施。"英国海军部电示驻大沽舰队司令西摩尔:"可以和其他各国舰队司令官一起,采取您认为适当可行的措施。"柏林给克林德的指示是:"鉴于迟延的危险,请您认为已经授权得直接与舰队司令协商必要的保护措施,协商后通知此间就行了。"格尔思也被"授予最充分的权力,从海参崴和旅顺口调集所必需的任何数量的部队。"美国、意大利、奥匈、日本等国政府,也都极力支持其驻华公使。人们竞相传播警讯,中外大战一触即发。

在调兵的紧张间隙,英国使馆举办了一次盛大庆典,庆贺维多利亚女王八十一岁生日。克林德男爵和夫人被邀为特别嘉宾,因为德皇威廉二世是女王的外孙。赫德和《泰晤士报》记者莫理逊,作为北京的消息灵通人士,被大家团团围在中间。赫德确实有机密要发布:"就在今天上午,荣禄已经复出。"看到吊起了听众胃口,赫

德笑笑改口："说复出不准确,应该说销假。他出宫后立即带兵出巡,要在铁路沿线恢复秩序。"

克林德对总税务司不以为然："先生又故弄玄虚了。荣禄是太后的心腹,他带兵要向我们示威。"赫德笑口常开："总想发出威胁的人,才老惦着示威。荣禄重申禁拳上谕,同时下令直隶提督,派兵赴各处武装弹压。"这话引起奥匈公使济坎的兴趣。在普鲁士德国兴起后,奥匈帝国下降为二三流的国家。济坎在华没有多少事可干,他最大的癖好是收集鹿角,赫德给他起了个绰号:逐鹿使者。跟在强国屁股后出兵,对他的国家是个负担。所以济坎愿来迎合:"这是不是说,秩序即将恢复?"赫德纠正道:"秩序并未遭到破坏,莫理逊能够举出例证。"莫理逊手指邻桌的毕盛:"那是法兰西共和国的例子。驻华海军司令古约莱一行,在北京游览了一个星期。他说这是座安静的城市,不知为什么,公使们总能得出相反的结论。"毕盛手举酒杯走近这一桌,面带讥笑问:"一位中国奸细,一位英国侦探,又在说我的坏话?"赫德奉还一句:"一位法国主教,被嫁接在外交官的位置上,发出的一定是混乱的报告。"樊国梁在远处尖声嚷:"我反对这样的评论!赫德被中国人洗了脑,我建议英国使馆关他的禁闭,以显示他仍是英国的公民。"

轻松的晚宴结束后,赫德和窦纳乐进行沉重的谈话。窦纳乐是事实上的公使领袖,他把公使团领上了错误的方向。这根植于慈禧太后的错误,她在错误的时间,错误的地点,举行了一场错误的复出。各国制止了她对皇帝的废黜,这是正确的;然而从此以后,公使们就跨越了正确的界限,一步一步误入歧途。应当看到,康有为变法,义和团反洋,都是对胶州失陷所做的反应。教堂和教士作为替罪羊,其自身也有不可推卸的责任。在天灾人祸的共同作用下,一场民变席卷华北,造成新的中外争端。朝廷如何对待它,那要看威胁来自哪一方。现在各国摆出的架势,迫使慈禧做出判断,外患已经大于内忧,她怎么可能再去禁拳?

赫德如此卖力地游说,叫窦纳乐感到好笑:"你刚才不是说,荣禄复出,聂军发兵了么?"赫德道:"那是真的,可是你认为是假的。问题就在这里,双方相互猜疑,总也无法沟通。"窦纳乐道:"你总算说了句客观的话。中国人变得非常顽固,我同

他们讲话,是用父亲般的口气进行教诲,可他们一点也不合作。”赫德叹息:“你用父亲般的口气,可他们有爷爷辈的资历。这不是个矛盾么?僵局的根源是双方的误解,你以为她要杀尽洋人,她以为你要推翻她的统治。要解开这个死结,只有清廷和外国各退一步。除此之外别无他法。”窦纳乐似乎有所触动,他搔搔脸腮:“不可逆转了,贾礼士给我来电,选好的士兵整装待发了。”贾礼士是英国驻津领事。赫德有些激愤:“窦纳乐,你正在犯一个历史性的错误,历史是不会原谅你的!”

就在英使馆举行庆典的这一天,赵舒翘与何乃莹奉命出京。两人都有顺天府尹的官衔,不过,赵舒翘肩负军机和刑部两项重任,何乃莹改任都察院,对顺天府事务很少过问。荣禄销假后,下令赶修丰台车站,派兵把守。二人得以乘火车南行,到良乡北面火车受阻,义和团正向良乡集结,似要卡断进京的咽喉。二人带有不足百人的官兵,在千百成群的拳民面前,只能靠官威撑面子。一群随员先下火车,在铁道东边的一块平地上,做了一番布置。然后请大人下车,坐在两把太师椅上,由一名郎中和一名守备,前去传唤拳团首领。这两人都是五品官,随从保护的兵弁,将他们夸大为正三品。义和团分不出品级高低,只看重来人展示的一面令旗:奉旨招抚。这是朝廷第一次派员,认真对待造反的民众,叫人们又是兴奋,又是惶恐。几位大师兄紧急商议,临时推出一位总头领,精选武艺高强的弟兄,随他去见钦差。

这群人沿着铁道向北行走,望见一大片唬人的仪仗,旗伞牌扇棍匾刀剑,红黄青紫夺人眼目。见了这真正的官家威仪,头领心里有一些憷,用力攥攥佩刀把手,他的身上有了底气。引领拳众进入场中,郎中向两位大人报告:“拳团首领李二带到!”头领听了一愣,脖子一拧叫道:“我不是李二,我是李逢中!”郎中也是一愣:“刚才你自称李二。”李逢中道:“刚才没见大人,我就没露大名。”赵、何互看一眼,由地位较低的何乃莹发话:“好了,你上前来,见过军机大臣、刑部尚书赵大人。”

头领根本不懂这是多大官,往前走了几步,站定抱拳作揖。侍立的随员急了,齐声呵斥:“呔,还不跪下!”李逢中仍作长揖:“大人在上,末将甲胄在身,不能下拜。”这是戏上的词句,赵舒翘被气笑了:“好好,你这个末将虎背熊腰,倒像有些本事。你是哪里人?”李逢中答:“家住陕西潼关。”赵舒翘道:“巧了,本部堂也是陕西

人。关中怎么也有拳会?"李逢中道:"陈抟老祖在华山修炼,请得天兵天将临凡,灭尽东西两洋强盗。"赵舒翘一抬手:"若真有天兵天将,地方不致如此残破。凡属本分百姓,都想安居乐业——"

那个人扭着脖子,像寻找什么东西。赵舒翘正想开口询问,那人竟也"哒"了一声。拳民队伍中应声出来一人,他发出"嗨"的一声,随即叉开两腿,伏下前身,两手着地。李逢中抱拳说声"谢座",一屁股坐在这人脊梁上。这原来是个人肉板凳!赵舒翘不屑地一笑:"本部堂奉两宫旨意,前来晓谕拳众,不要扰害地方,不要惹是生非,尽速各回各家,以免妻儿牵挂。此乃朝廷德意,你等务须凛遵。"

李逢中好像没听懂:"大人,我们习拳除了保家,还要保国。朝廷应当发给口粮,不要派兵追打,有兵应该去打洋人。"何乃莹大声截住:"圣谕皇皇,竟敢不遵,你好大胆!洋人打不打,那是朝廷的事,哪有小民百姓插嘴的份儿!"李逢中白着眼,一副浑不吝的模样。赵舒翘口气舒缓:"这位何大人是顺天府尹,这块地面正属他管。你们拆路拔线,毁坏皇家财物,已经犯了大罪。他若下令惩处,无人能够逃脱刑罚。"李逢中道:"我们早已挨了刑罚。连年荒旱,田地绝收,县里赋税照收,捐费照加。跟信教的邻居有了纠纷,官府对俺不关就押。老百姓哪有一线活路?"

好言讲不通,赵舒翘要来硬的了:"朝廷谕令拳众解散,任何人不得违抗上命。你是陕西人,速回本籍去。"李逢中道:"我是李来中的弟弟。李来中奉董福祥军门之命,随军入京。我去京中帮他打仗,我也奉有上命。"赵舒翘沉下脸:"我不知李来中是谁,他若是拳民,我必令董福祥遣返此人。快召你的同伙还乡,解除良乡之围,涿州之乱,朝廷不咎既往,还将对出力有功人员给予嘉奖。"李逢中回顾他的同伴,像在征求他们的意见。那些人木虎着脸,石头般矗立不动,一副刀枪不入的样子。李逢中有了勇气,又跟钦差说话:"启禀大人,我们把守涿州,阻断通道,防止洋人进犯京城,就是在为朝廷出力。"何乃莹喝道:"洋人与朝廷为难,都是你们闹教闹出来的!闯下滔天大祸,你们有何本领补救?"李逢中笑了笑:"要问本领,大人请看。"

他将两手一拍,身下那人叫一声"起",霎时四"蹄"离地,腾空而起,两人同时滚翻落地,立定门户。上百同伴雷鸣般叫好,那名充当板凳的年轻人,口中念念有词:

"一匹二匹马,孙大老爷来玩耍;一条二条龙,孙大老爷天下攻。"一边念,一边舞,挥臂如刀,旋转如风,身手敏捷似快鹿,气势猛烈似饿虎。赵舒翘出身贫寒,对民间风习并不陌生,他知道,义和神拳之所谓神,就是讲究降神附体。神灵所附之体称为"马子",马具龙性,上通于天,可将天公的意志传输于人,给人以无敌的勇气和力量。现在这位马子就是这样,他从手舞足蹈中获取神力,在神思恍惚中甩脱上衣,露出钢浇铁铸般的肌肉。他满脸紫胀,两眼直视,摆好挑战架势。李逢中"唰"地抽出钢刀,大喝一声,向马子的胸膛恶狠狠砍去。

四、中堂招抚　联军进发

　　大家等着看刀进血出,不料那刀劈下后,却被一股劲气反弹回来,马子的肉身毫发无损。李逢中连砍数刀,马子不闪不躲,白花花的刀锋劈在肚子上、肩背上,留下浅白或淡青色的印痕。赵舒翘询问随护的参将,得知这叫"铁布衫",看起来功力不俗,但也有做戏的成分。参将请中堂示下,是不是派人下场,拆穿他的把戏。

　　赵舒翘抬眼望去,见拳团一团一伙,在铁路两旁游荡。当务之急是安抚这些人,赵舒翘等到那两人收势,说了一声好:"看来你们确有本领。古人说学成文武艺,卖与帝王家。现今皇上颁下圣旨,令习拳民众遵守国法,勿拆铁路,勿扰乡里,各安生业。等到国家需要之时,朝廷自会派员招抚,叫你的武艺派上用场。对了,何大人,你说你昨天见过董军门?"何乃莹道:"是,董军门得知我要陪中堂出京,迅即调派二十营兵力,赶赴良乡、涿州等地,守护铁道,弹压骚乱。"赵舒翘目视李逢中等人:"你们听见了?朝廷养兵千日,用兵一时,那是要保京城安定的。你们若懂得忠君保国,就该遵旨散去,不给上头添乱。"何乃莹重复一句:"你们听见了?如果不识进退,大兵一到,枪炮齐发,莫说铁布衫,就是铁墙也不顶用!"

　　赵舒翘笑一笑:"这人还是有用的。你叫李逢中,你这个伙计叫什么?"见中堂

大人手指着马子,李逢中顺口答话:"他叫马如龙。"赵舒翘夸一声:"好名字,王、刘二位,把这些首领的姓名记录在册,回京报兵部备案,等候遴选使用。"郎中和守备听从吩咐,带着执笔捧册的吏员,正儿八经地过去登记。有人大声报名,有人忸怩躲闪,一路问下来,本子上记下二十几个名字。赵舒翘对他们勉励几句,将一面小黄旗授予李逢中。旗上绣有四个红字:奉旨劝抚。李逢中接受重任,又有些不大甘心。他说杨慕时军防堵追杀,逼得他们无路可走,他请大人们约束官兵。赵舒翘好言答应,令他速去劝抚拳众,平息事端。

一小队官兵与李逢中等一起,去到闹哄哄的拳众中间,劝诱威吓,软硬兼施,总算说服各路头领,解围而去。良乡县令来到车站,邀请天使进城歇息。经过那场周折,二人心力交瘁,同时也需收集各方讯息,便决定在良乡暂住。赵、何向杨慕时发电:当今拳势猖獗,若与拳众交战,恐将不可收拾,饬令暂勿动手,待面商后再定行止。

杨慕时刚刚接到荣禄电令,命他肃清拳匪,力保铁路。转眼又接到相反的将令,不由火冒三丈,当即回电辩称:五月初二日上谕有"迅即严拿首要,解散胁从。倘敢列队抗拒,应即相机剿办",不知钧谕为何变作"剿抚之间,益当慎重"?他之所以如此强硬,是因荣禄使出了铁腕:除派中军提督孙万林统带马步五营、记名总兵王明福统带卫队三营,分赴丰台、马家堡外,还令聂士成驰赴保定省城,居中调度,弭平祸乱。杨慕时由于驻守高碑店,致使拳乱蔓延,受到荣禄发电申斥。这种情况,赵舒翘出京前尚不清楚,随后赶来的师爷向他报告,并且请他仔细权衡。这是夹在中间了,端郡王等促成的这桩差使,本意在一"抚"字;荣禄突然露面,大力挥舞刀斧,两方面的后台都是慈圣。慈圣是何意旨,委实不好捉摸。

在不安中度过一夜,两钦差起早出城,准备乘车南行。在车站听到一个消息,又一位钦差乘坐火车,不久前从此地通过。又一位?哪一位?赵舒翘和何乃莹慌了神,他们在良乡磨蹭一晚上,也许已经耽误了大事。赶紧从岔道上调来车头,一行人登车前行。车到窦店开不动了,前面停着一列火车,不知是不是出了故障。估计是那位钦差的车,赵舒翘派人赶去打探。

过了一会儿,探马回报,刚中堂请两位大人前往。刚中堂!两人急忙下车赶路,行至新钦差的车厢前,刚毅笑嘻嘻地立在门口,亲迎二位。进了车厢施礼落座,刚毅颇为得意:"想不到吧,我抢在前头。"赵舒翘连忙恭维:"刚大兵家,兵贵神速,我们两个甘拜下风。"刚毅做了点解释:"慈圣不放心,令我再走一趟。不是不放心二位,是怕带兵的毛手毛脚,滥杀无辜。"赵舒翘斟酌着讲:"是,我在良乡县城给杨慕时发电,要他谨遵上谕,慎重办理。"刚毅道:"我刚才见着他派来的副将,发现这些武夫不愿放下屠刀。他们仗着后台硬棒,想在剿拳中立功受奖,不惜置国家于危地,混账得很!"

后台指谁?稍一想就明白,那是荣禄。刚毅嫉妒荣禄,两人正在明争暗斗。刚毅急急追来,显然对自己有疑虑,两拨钦差合到一起,其间分寸如何拿捏?赵舒翘转着心思,听刚毅讲说紧急军情:各国集结上千精兵,要抢火车进京护馆,裕禄无力阻止,可能就在今日入京。这些只是先头部队,大批人马源源调集,要重演英、法犯京的惨剧。可我们还在自相残杀,这不是自作孽,不可活么?赵舒翘附和了几句,刚毅瞅了瞅他:"展如,你在良乡的办法就很好,恩威并施,留有余地。我到涿州就要采用此法,以免把乱子闹大,贻忧于慈圣。"

这个"我"字点醒了赵舒翘,他抓住机会道:"慈圣之忧,臣子之罪。子良兄,我突然想起,我可不可以先回一步,将良乡解围之讯上报,使上头得到一点安慰?"刚毅爽快点头:"好主意,你回京也可督促总署,叫他们下死力堵截外兵,别再引狼入室了。"赵舒翘卸下一身重担,与刚毅和何乃莹分手,重新乘车驰至丰台。只见站台上立着一大簇人,当中那位正是荣禄。他如果不顾而去,会让这位权臣心生芥蒂,所以赵舒翘下了火车,把两天来的经历简要相告。荣禄夸他办事得力,与武卫中军翼长恩祥,侍读学士陈夔龙一起,送赵舒翘上车北行。

荣禄是为保护车站而来的,被焚的机器厂、电报局、洋人住房,火焰刚熄;拿获的十数名毁路人犯,刚被就地正法。荣禄在充当屠夫,这与刚、赵等人的做法正好相反。就本心而言,他还想躲在家中养病。然而各方函电急如星火,江督刘坤一、湖督张之洞、铁路督办盛宣怀,都催他赶快出来剿办。在能够打动他的人中间,只

有一位尚未说话,就是远在广东的李鸿章。不料昨天收到一电,这是樊增祥发来的。樊增祥回乡省亲,在刘坤一处看到李鸿章的电报:"刚、赵奉旨宣慰,各国哗然,知无剿意,赫德来电告急,吾即据以电奏。荣拥兵数万,当无坐视。群小把持,慈意回护,奈何?"

此电有两处触痛荣禄,一是赫德向李鸿章告急,二是李言荣"拥兵数万",对他寄予最后希望。而他恰恰是在坐视,万一时局决裂,则滔天之罪就是荣禄的,这他怎么担得起!荣禄即日上朝奏言:"近闻拳会中颇有会匪、游勇、盗贼之类,借习拳为名焚抢教堂,拆毁铁路,拒敌官兵。若不严拿重惩,各国使馆恐必调兵,若洋兵果来,其害又甚于拳匪。拟请明谕查办,弭患于未然。"慈禧两面下注,便又令荣禄调兵弹压,肃清铁路。

可她这回踏空了。荣禄还没有离开丰台,一列火车由天津方面开来,三节车厢满载洋兵,风驰电掣地直趋京都。荣禄并未亲眼见到洋兵,向他报告的人,也不知道车上的具体情况。但他明白大事不妙,他这次出来,挑选了一个最不利的时机。荣禄赶回城去,先到总署探听。这里有一群热锅蚂蚁,蚁王奕劻连连摇头,抱怨裕禄没有堵住口子,让洋兵蜂拥上火车。荣禄觉得奇怪:"放洋兵进京,莫非裕禄擅自决定?"

奕劻嘟着嘴:"当然不是,他是被迫,总署也被迫。直到公使团发出通牒,要调动大部队,我才奏请批准,规定每国派兵三十。结果你看,英、法各派七十五,美国六十三,意大利四十二,只有日本够交情,仅派二十六名。"荣禄讽刺道:"真好交情,带着枪来。"奕劻道:"英、美各带一挺机枪,意大利还带一门炮呢!这白鬼子,要报三门湾一箭之仇。"荣禄问:"俄国没有派兵?"奕劻口中像嚼着黄连:"派了,七十五。就属老毛子最奸,吃了你还要装好人。"荣禄不由叹息:"这是李合肥作的孽,他倒躲到天边去。德国和奥匈没动静?"奕劻道:"是。仲华,我顶不住了,我得养病。"

荣禄唉了一声:"我至少真有病,王爷您就不要惹上头烦恼了。是祸躲不过——"奕劻满怀怨气:"怎么躲不过?新派载漪做管理大臣,人家还不来总署值班,我为何赖在署中顶缸?"荣禄道:"那人是坏事的,他不来正好。'逢戊过庚,十室

九空'，我似乎嗅到血腥气了。尽人事而听天命，我尽量调兵防剿，王爷尽力与洋鬼子折冲，叫他们不要得寸进尺。"奕劻反过来讥讽："仲华你是忠臣啊！可惜你我已受猜忌，眼下说话难得入耳。"

荣禄想了想，语调阴沉："那件大事我们做了，包括上头，想退回去都办不到。什么叫报应？并不一定等到身后——"奕劻出言截住："罢了，说得我身上凉瘆瘆的。听说赵舒翘回来了？"荣禄道："可是刚毅出去了。他一定要召拳入京，这个兵家玩兵上瘾，不到玩儿完收不住手。"

两股牢骚发到一处。到了第二天，德国和奥匈卫兵到来，与各国使馆合兵一处。有"交情"的日本公使西德二郎，受到外相青木的申斥，称他矮化了日本帝国。日本追加士兵三十名，仍未赶上各国的步伐，数日以内洋兵增加，很快总数达千名之多。这种趋势持续下去，洋兵岂不充斥京城，朝廷还往哪里去坐？

刚毅是自告奋勇前去查看的。他岂不知纵容乱民，终非良策。然而外国强盗打上门来，朝廷被逼到万不得已时，见一根草也要抓，哪管三七二十一！此时刚毅到了新城，由杨军一营护送至涿州。他在城北暂时驻扎，派何乃莹先期进城安抚，陪同前往的有总兵、府县等官，还有在良乡立了功的李逢中。有这人牵线搭桥，各位大师兄对何大人很客气，愿意撤出知州衙门，也愿让知州随何大人，到城中要害处巡视。这位知州绝食三天，被义和团逼着进食，见到来了"娘家人"，哭拜不起，令何乃莹好气又好笑。

何乃莹称赞义民的义气，令他们分批撤退，等待招抚。大师兄们并未坚决拒绝，只提出一个条件，要求大人到神坛前，叩拜义和团的祖师鸿钧老祖。朝廷命官哪能胡乱下拜？何乃莹一面虚与委蛇，一面派知州龚荫培出城，请刚中堂亲自进城晓谕。

龚荫培赶到钦差行馆，禀告详情：占城拳众将近三万，有三成是山东过来的，其余多为近畿人氏。每一州县立一团名，乱哄哄地不相统属。却有一个姓朱的总师兄，姓刘的大军师，讲话比较管用。这完全是梁山泊的那一套，刚毅付之一笑。次日刚毅乘上轿车，向东门进发，望见城墙上旗帜林立，刀矛密布，几面大旗上写有

"奉旨守城""扶清灭洋"字样。钦差车队进抵州衙,朱总师兄率领众兄弟,迎到车前抱拳行礼。草民竟敢立而不跪,这叫刚毅感到腻歪,但他是为大计而来,也便显出大人大量。

刚毅进入大堂落座,对朱、刘等十几位师兄赏座。询问得知,总师兄名叫朱九斌,永年县人,世代习武。刚毅夸了几句,接着宣讲朝廷德意,吩咐拳众服从上命,退出涿州。朱九斌紧闭双唇,军师刘化龙代替答言。义和团众全是良民,有"屈死不告状,饿死不偷抢"的品行。近来连年饥荒,人难活命,洋教横行,家难安身。百姓若全都含冤而死,朝廷孤零零地谁来保全?刚毅说,朝廷不会叫百姓苦死,更不允许民人夺城。拳众擅自困衙逼官,按律该当治以重罪,今日上头格外宽仁,你等自应感恩戴德,速速撤出,方才合乎良民品行。刘化龙辩称,洋教毒害小民,洋兵欺负朝廷,我等揭竿而起,是为朝廷出力。聂军门为何不打洋兵,反而派兵来打我们?

这个草民牙骨硬棒,不是那么好对付。刚毅委派道员吴炳鑫跟总师兄等人继续争论。吴炳鑫自从在石家庄开眼界后,对义和团的神功很是佩服,也与一些师兄有过交往。由一位主张招抚的官员出面,易于令人信服。吴炳鑫开导朱、刘,刚中堂是朝中数一数二的大官,他老人家重视义和团,有他在上面罩着,既能增福,又可免祸。什么是祸?领兵将帅力主剿拳,聂部增调十万大军,来夺涿州,试问贵团顶得住否?与其城破遭戮,何如归顺图功,给义和团的兴盛开辟新境?他说得合情合理,朱九斌与众师兄协商后,向吴炳鑫提出两个条件:杨慕时军撤至保定,解除对义和团的威胁;请刚中堂向神坛磕头礼敬,祈求上天保佑大清。

听吴炳鑫回报后,刚毅默谋一阵,呵呵笑道:"保佑大清,名目不错。我倒想去磕一个头,只怕拳神受不起。"他令吴炳鑫答复拳方:由吴道员和龚知州代表刚中堂,前往叩拜;命令杨军拔寨南行,义和团众撤出城池。又经一番折辩,义和团同意了这两条。在涿州过了一夜,次日上午,道员吴炳鑫、知州龚荫培等一行,由朱九斌等陪同,向鸿钧诸神行一跪三叩之礼。这是第一次有朝廷命官,礼拜义和团神。

礼成之后,中堂出城,赶到杨军驻地,杨慕时出营迎接。听刚毅简述了安抚结果,杨慕时愣了一下:"中堂,莫非真要我撤?"刚毅问:"你若不撤,他也不撤,这怎么

办？叫他关起门来称王？"杨慕时道："打呀，打破城池宰了他小子。"刚毅鄙夷不屑："驻此多日，你为何不打？"杨慕时道："卑职在待援，我的兵少——"刚毅一挥手："是呀，他有三万，散在各地的不下三十万，你有多少兵，包做这活计？洋兵源源进京，王朝之兵不去堵截，反来杀百姓，这个理怎么看都是歪的。"

　　杨慕时支支吾吾，刚毅发话："你去保定，何时出发？"杨慕时不肯退了："中堂容禀，军令管着杨慕时，裕帅和聂军门派敝部驻守于此。我得发电请示，才能决定行期。"刚毅倒不跟他为难，在营中享用过酒馔，这便回京交令。刚毅有自己的为难处，若在承平时日，刚毅决不会对拳民客气，而今逼处于此，他要跟荣禄争功，手中却无兵权，他不向朱九斌借拳力，难道找杨慕时说好话？此次不惜纡尊降贵，身入虎穴，说服拳众退出州城，刚毅先就立下大功，比奸巧小人高出多多。

　　刚毅在新城即致电裕禄，声称涿州出现转机，要他紧紧抓住，否则将承担失陷城池之责。此时聂士成兵至杨村，受阻于义和团，不能前进一步。裕禄只好电令杨军撤往保定，义和团按照约定，大部退出涿州。刚毅面圣报捷，顺便夸说拳师的神功，团众的忠义。刚毅退出后，恰巧董福祥晋见，慈禧便咨询此事。董福祥奏言："神兵助战，古今常有，奴才亲目所见——"慈禧一愣："你曾目睹？什么时候？"董福祥道："五年前甘肃回乱，奴才率兵攻打河州，拼杀正紧之时，城头回兵突然溃败，我兵趁势攻杀进城。你猜如何？我亲见左宗棠立于城楼之上，指挥阴兵砍杀回兵。"

　　这条粗汉说得高兴，竟在御前以你我相称。慈禧曲予包容，董福祥一发而不可收："营务处饶应祺飞章告捷，请为左宗棠建祠致祭。偏偏皇上嫌其荒唐，传旨申斥。可是河州绅民感戴左侯，捐资建祠，春秋祭享，现为甘肃最灵应的神庙。不敢瞒太后，奴才奉调出发前，特去庙中祷告，左侯签语批我扫平外洋，为中兴名将，保国功臣。"慈禧被他荒唐得很高兴，问他如何才能扫平。董福祥对答："启奏太后，现今洋兵进京一千余名，津沽尚有洋舰多艘，后续必有大队来京。为今之计，先要把铁路从中掐断，使它首尾不能相顾。得不到公使团传报的消息，津沽洋兵便成无王之蜂，我军便可攻守自如。义和团正在做这样的活，可惜聂士成没想清楚，他在黄村跟团众恶战，互有死伤，又在落垡死打硬抗，自废武功，何苦来哉！奴才请太后停

止剿拳,使百万之众为我所用。"

董福祥虽然粗莽,讲的话倒有几分道理。慈禧令寄谕荣禄和裕禄:"近畿一带拳民聚众滋事,并有拆毁铁路等事。此等拳民,虽属良莠不齐,究系朝廷赤子,总宜设法弹压解散。该大学士不得孟浪从事,率行派队剿办,是为至要。"此等词语施之于荣禄,就是一种严重的责备。荣禄立刻复奏,"万不敢孟浪从事"。过了一天,上朝奏事,慈禧又面谕荣禄:"解散义和团,万不可剿。"一君一臣两个"万"字,显示上头调转风向,下面便当望风披靡了。

不过,荣禄没把廷谕明告聂士成,他寄去一份措辞奇怪的电报:"贵军服色稍似洋队,未免乡愚误认为洋兵。而拳民究属中国赤子,总宜开诚晓谕,竭力劝散为要。"聂士成接电后呆看好久,也没弄懂他葫芦里装的什么药。拳民是"赤子",聂军似"洋队",这是对他另眼看待了。他之所以讨嫌,只因剿拳卖力。然而上头并未明令停剿,聂士成也不会停止,因为他职在保卫地方。保障铁路畅通,以减少京、津两地洋人的恐惧,这大概是荣禄想叫他干的事。

可是,洋人没有承荣禄的情。刚毅招抚义和团的消息,已在使馆区传开。紧接着洋人看到,义和团开始进城。他们身穿唱戏的服装,手擎吓人的刀枪,或三三两两,或成群结伙,由各大城门拥入北京。守城的提督衙门和虎神营官兵,分别由载漪兄弟统率。对于团民的到来,这些人欢欣鼓舞,就像看到了援兵。

公使们调兵护馆,反使洋馆更不安全,真是始料未及!窦纳乐跑到总署,提出强烈抗议:在距离北京四十英里的永清,罗宾逊牧师被杀,诺曼牧师下落不明。此外,出京赴天津避难的比利时工程人员,在铁路线上遇袭,造成一死三伤。总署已是虱多不痒,大臣们显得无动于衷。这是不祥之兆,窦纳乐回馆后,马上电告天津领事贾礼士,要他做好准备。格尔思跟脚造访总署,向庆王奕劻提交了一封信,并且特别强调,要一字不变地呈给慈禧太后。格尔思在信中称:"当此危急时刻,欧洲各国必将设一绝计,救其公民。此计不仅危及中国国家,且对远东贻患极为严重。"这绝计是什么?断交?入侵?推翻太后,复辟皇帝?慈禧看后冷笑。在她绝望之时,便是决计之日,她还没有下此决断,洋鬼子们不要来逼她!

天津的洋鬼子们着手发动了。贾礼士去见直隶总督,声称七十五名英兵赴京增援,要求总督提供运输。裕禄反对英兵进京,贾礼士蛮横地说,无论如何,明天上午十时英兵必须出发。裕禄反驳回去,由落垡到廊坊的铁路,已被拳民拆毁,英兵如何出发? 两人的嘴仗不分输赢,增兵的态势却已形成,只待公使团发令了。驻京公使各自急电国内,力请授权使用武力。与此同时,公使团召开紧急会议,决定为和平再做最后努力。公使团照会总署,要求太后和皇帝接见全体公使,由公使们陈述问题的严重性,让中外达成真正的谅解,共同寻求解决办法。这似乎在怀疑总署,没有把真实情况告知两宫。

总署将照会原封上报,慈禧拒绝接见,因为不合体制。那就只能付诸军事了,数日之内,各国军舰云集大沽口。其中英、德、日各三艘,美、法、意各两艘,奥匈一艘,俄国则有九艘。俄国人两面三刀,先是不参加公使团的抗议,以伪善的面目讨好中国;暗中却在各军区征兵,由敖德萨和海参崴运至旅顺口。一旦风吹草动,它跑得比谁都快。

窦纳乐提醒伦敦,关注俄国的意图。这的确成了英国政府的决策动因,索尔兹伯里指示窦纳乐:“现在各种各样的危险都可能存在,但是最危险的是俄国人得以占领整个或部分北京城。如果这种情况真的发生,英军应抢先占领北京城的一部分。”日本人对俄国的行动更加警惕。青木外相告诉英国驻日公使:有情报显示,俄国从澳大利亚购买了数量巨大的咸牛肉等食品,正在策划一场大规模的远征。日本向英国提议,由日本在华北登陆大批部队,以抗衡俄国的势力。在这场竞争中,每一方都紧盯另一方,生怕自己落后吃亏。各国政府授权进兵的决策,就是这样制定的。接下来的事情,该由军人负责了。

西历6月9日夜里,由英国领事贾礼士提议,在法国驻津领事杜士兰家,召开各国领事和陆战队指挥官会议。会上讨论窦纳乐的呼吁:迅速派人修复铁路,同时出动所有可供使用的士兵,向北京推进。英、日、意、奥、美等国表示赞同。俄国上校沃加克则指出,铁路破坏严重,且有暴民骚扰,加上各国在津兵力不足,应当等待援兵。沃加克宣称,俄国在旅顺口驻军一万五千,如果真有需要,便可朝发夕至,以解

救在京洋人。这正是英、日最担忧的,贾礼士出言尖刻:"谁不知俄国人行动迟缓,等待你们的增援,与坐以待毙差不多。"

沃加克反唇相讥:"英国人兵贵神速,可惜你们距离遥远,能力与欲望不相称。"贾礼士哪肯在口舌上让人:"由于地理上的接近,便找到扩张的理由,这就是俄国的德行。话说回来,此次会议的主题,不做道德评判,而要抢救生命,沃加克上校不反对吧?"沃加克反击回去:"士兵的生命也需珍惜,若无一万兵力,贸然进军等于送死。我反对这样的冒险!"贾礼士连连点头:"当然,俄国兵的生命是宝贵的,它刚刚损失了一条半。"

这可把沃加克刺痛了,他一下子跳起来,旁边的法国中校赶忙拦住他。就在几天前,有三四十名欧洲人逃出保定,乘船前往天津避难,遭到义和团沿途截击。沃加克要显示俄军战力,派三十名哥萨克骑兵前往营救。到了静海县境,俄兵遇上村童演拳,当即开枪扫射,杀死十多名童子。大批义和团闻讯赶来,围住俄兵厮杀,最终杀死俄军队长,并削掉一名士兵的鼻子。这是义和团第一次与外兵交战,贾礼士用这件事刺激俄国人,同行们怪他过分了。大家吵了一通,即将不欢而散时,英国领事馆的电报生,送上窦纳乐刚打来的电报。贾礼士即席宣读电文:"情况万分危急,若再不火速进发北京,那就太迟了。"

这封电报打消了争议,与会者表决决定,第二天即派一支联军,乘火车前往北京。接着该任命统帅了,仍然是英、俄竞争的态势。杜士兰提议由沃加克出任,原因是他具有语言天赋。除了日语稍差外,他懂得英、法、德等国语言。这是事实。然而更有力的事实是,英军到津的兵力过千,俄军仅有五百,正好印证了迟缓的指责。另一个事实是,英国远东舰队司令西摩尔中将,是军衔最高的外军将领。在抵达大沽的当日,西摩尔便向英国海军部建议:"如果突然进军北京,关于统帅权,最好的办法也许是由我担任。"得到批准后,英方又与美方达成谅解。到了此刻,美国领事便主动提出,由西摩尔中将任联军统帅。

沃加克承认中将高于上校,但他又说,阿列克谢耶夫海军中将将于明晨赶到,不会耽误率军出征。他的优势是,长驻旅顺口,对北中国的情况比西摩尔熟悉。

英、俄角力使大家深感腻烦,德国领事提议付诸表决。结果仍是英方获胜,人们用投票显示对俄国的厌弃。他们不知道的是,俄国军界本想力争统帅权,陆军大臣库罗巴特金甚至想速来中国,担任此职。外交大臣穆拉维约夫却说服沙皇同意,鉴于西太后的亲俄态度,不应谋求领导联军,以免承担侵略责任,从而损害在华的全面利益。沃加克在会上作态,除了为军方泄愤,还要表明俄方有与英国抗衡的实力。

沃加克演了一场抢帅的假戏,在与会人员公推他当副统帅时,还扮了一次慷慨,提名美国上校马卡拉充当。西摩尔联军就此成立,由英、法、俄、德、美、日、意、奥等八国参加,任务是打进北京,解救使馆及其他在京外国人。联军司令部和驻津领事团,共同派员通知直隶总督,要他修路派车,运送联军出发。裕禄答复称,除非朝廷寄谕批准,他不能同意联军进京。这种态度是预料得到的,这也是必走的一步程式;另一程式是自我行动,使军事机器隆隆向前。英、德士兵冲进车库,强占了几台机车,由英国司机和工程师掌控,并强征百名中国苦力,随行修路。

从早上七点半起,便有军队向车站集中。到九点钟时,车站广场上人满为患,围观的中国百姓,跟全副武装的外国军人大眼瞪小眼,都不知对方心里在想什么。又过一刻钟,西摩尔中将来了,有一队英兵挺着刺刀,驱散看客,为司令官开道。西摩尔面向队伍,发表了简短的战前动员:"英国公使的告急电报,你们的上级已听到了。今天我愿引用俄国公使的电报:我认为公使们在北京的作用已经结束,事情应转移给海军将领们;只有强有力军队的尽速到来,才能挽救北京的外国人。我们就是强有力的军队,我们去救被困的同胞,顺便教训一下那些野蛮人,教会他们如何对待文明人。现在,出发!"

在一片欢呼声中,英、美、奥、意四国军队分别上车,共有军官和士兵五百名,除了随身枪支外,携带一门六磅速射炮,五门野战炮,九挺机关枪。九点半钟列车开行,高亢的鸣笛声,似在抒发洋官兵们饱满的激情。作为水兵和海军陆战队员,他们很少有乘车出征的机会。在他们看来,这就是一次集体远足,到达终点下得车来,使馆人员会献上鲜花,这该是多么美妙啊!

在司令官乘坐的车厢里,西摩尔得到了有关报告,他对官兵的情绪很满意,也

对他们的轻敌有些担心。副统帅马卡拉,却对所谓的敌人不以为意。义和团是乌合之众,不会对一支真正的军队发起挑战;而清军不是真正的军队,他们只对义和团形成挑战。

随军的英国副领事甘伯乐,讲述了一个生动的细节:甘伯乐去总督衙门要求派车时,裕禄为了劝阻联军出发,亲自引他观看一笼奇物。那是什么?人头!义和团的人头!这是聂士成派人送来的,他在表达剿拳决心,所以,华人军民都不会成为联军的威胁。西摩尔开玩笑说,既然如此,我们是不是把车开回天津?甘伯乐连说别别,大家急于去北京观光呢。人们听说,赫德的舞会上美女云集,全军士兵都铆足了劲儿,司令官怎么能泄士气?在阵阵欢笑声中,列车勇往直前,一座座村庄,一块块田野,被快速抛在后面。西摩尔瞭着窗外的风光,思绪忽然转回四十年前。四十年前他在北京,那是一番怎样的情景啊!

第三章　津沽劫火

一、拼血气四方起反

　　当年英法联军犯京,西摩尔的叔叔是远东舰队司令,西摩尔是海军陆战队少尉。他被指派加入远征军,攻占中国的首都。联军一路势如破竹,僧格林沁、胜保等满蒙军队望风而逃。圆明园的大火,北京城的迎降,这都是西摩尔亲见亲历,他至今还保留着几件战利品,有时会拿出来把玩。那时清朝还有天朝的唬人外形,却已不堪一击,而今它衰弱至极,哪还能抵抗外军! 怀着愉快的联想,西摩尔小憩一阵,醒来时得知即将到达杨村。这是一个重要站点,有聂士成的军队驻守。两天前,莱昂中尉等人驾驶一辆机车,一路侦察直到杨村,聂士成热情地接待他们,亲口保证铁路能够畅通。此时日到正午,西摩尔希望能会见聂将军,举行一次中外军队联欢。距离站房不远时,隐约听见一阵枪响,铁路南侧的田地里,有敌对的双方在交战。包红头巾的一方人数众多,却被打得四散奔逃。追击的一方使用洋枪,这大概是聂士成的士兵,在追剿凶残的义和团。

列车进站停下,站台上排列着一队中国士兵,对联军的到来表示欢迎。莱昂中尉陪着副统帅马卡拉下车,与带队的刘姓副将交谈。杨村站收到了直隶总督的电报,所以知道这一车人的身份。联军的第二列火车,满载六百名士兵,也于十一点发车。这正是马卡拉需要了解的,他谢过刘副将,询问聂将军是否在这里。刘副将答称,聂军门去了前方的豆张庄车站,指挥军队剿拳。义和团成千上万,铁路被拆毁不少,火车恐难开进。马卡拉上车汇报情况,并且建议:"鉴于团民众多,我们是不是等待第二列车,以壮大我军的声势?"西摩尔道:"我们还有第三列呢。你想搞铁路漫步,窦纳乐可等不及,那人在北京望眼欲穿。"

洋兵乘车打北京的消息,在铁路沿线迅速传开,各路义和团紧急传帖,号召截击。传帖是密封的急报,封上插有鸡毛,俗称鸡毛信,手手相传之间,有时比电报还快。依靠这样的传播,谣言和事实混搅成风潮,席卷了京津周边。谣言之一是聂士成信了洋教,里通外国。这确有事实的影子,因为他剿拳卖力,不知多少无辜的生命丧于聂军刀下。聂军被义和团咒骂为"二毛子军",只要逮住机会,就会予以攻击。杨慕时部从保定退往天津,先是在雄县遇险,赶至霸州城外,从西、北两门突然拥出大队拳众,杨慕时险些被擒。奋力突出重围,杨军且战且走,凡过一村皆须打仗。在这大热天,三日三夜没吃没喝,人和马都跑不动了。正在山穷水尽之时,杨慕时巧遇熟人方振玉,此人曾在他部下当差弁,现为义和团二师兄。方振玉找汉沽港的高师兄说情,高师兄又向追击杨军的王师兄说情。杨军这才在汉沽港得到补给,挑水数百担造饭饮马。杨军脱身开往天津,"杨统领骗饭""截杀杨二毛"等民间故事,也被人们编了出来。

这大长了追击者的威风。这位大师兄名叫王德成,新城县板家窝人,原为雇工。自从杨军驻扎新城,王德成就率团与之作对,终于把那人打成手下败将。王德成正在考虑下一步如何走,倪赞清的传帖传到他手上。倪赞清是东安县的总团头,他手下各团沿铁路线发展,专注于拆道轨、扒火车。王德成本来想赶到天津,在那里断洋人的后路。葛渔城的大师兄杨寿臣,劝说王德成响应倪赞清。杨寿臣佩服倪赞清,因为倪赞清是武进士,经常开仓济贫。在倪赞清成立坎子团时,所需的武

器、马匹等物,都是倪赞清支持的。倪赞清的义气感召了武举人、文秀才,甚至还有衙役成立衙门团。廊坊的军芦村、杨官屯等村镇,都有坎子团戏班、唢呐班,说书艺人也为拳团说唱呐喊。这就叫成了气候,义和团奉天承运,"天上"有太后身边的端王爷,便是义和团总首领。现今倪赞清传帖:"洋兵乘车打北京,团众速来打洋兵,哪个兄弟若后退,便是丧心不尽忠。我们各团速去聚义,把乌龟王八赶回大海!"

各路团众向落垡会集,倪赞清的拳场设在落垡,他本人住在村东古庙里。大师兄们来到庙里开会,倪赞清拿出两条计策:一是拆路,洋鬼子完全依靠铁路,断路等于打断它的腿;二是禁抢,他要大家学习山东老团,纪律严明,不准打抢。倪赞清知道,直隶义和团鱼龙混杂,有人把入团称为发洋财,比如天津南乡有个吴三坏,他组团后烧杀淫掠,把地方害苦了。倪赞清拿出自家资财,同时发动附近富户,效法"呼保义宋江"。如果打败了洋人,火车上的洋财也可以发,不愁没有饭吃。这个主张获得了大家的拥护,在铁路沿线村庄,渐渐聚起二万团众,潜伏于农舍林禾中,编织一张无形的大网。

洋鬼子仍然以为一路平安,三列火车共运二千三百余人,是一支不小的兵力,他们有恃无恐。直到落垡,路况颇佳,联军至此完成一半行程,距离胜利不远了。在落垡得到的第一个警讯,是车站的棚屋已被烧毁。西摩尔下令将它构筑成工事,命名为"美少年炮台",这是取自一艘英舰的名字。柯伦少校受命驻守,指挥三十名英国士兵。可是从落垡再往前,便见枕木被毁,铁轨被移,有些地方路基也被挖毁。更要命的是电线被截,从天津到北京通信中断。联军一边修路,一边前进。西摩尔现在拥有五挂列车,用四挂运送兵员和劳动力,第五挂车用作供应车,在天津和联军驻地间行驶,以保持最低限度的供应。

说起来,要怪他出发时太乐观,每名士兵仅带二百发子弹,两天口粮,当时提出的口号是:"赶到北京吃晚餐!"在出兵第二天的晚上,联军才艰难推进到廊坊,到站也顾不上吃饭,一来要警戒,二来筑炮台。这回是德国兵修筑的,用的是德舰的名字:"格菲昂炮台"。

廊坊附近的铁路破坏更严重,第二天联军早早出工,分段抢修。在车西边五百

米处,英国工程师监督着中国苦力,填垫路基,士兵们从车厢上搬运器材,骂骂咧咧地抱怨着。他们宁愿打仗,也不愿干活。莱昂和甘伯乐沿着铁道逡巡,他取笑发牢骚的同胞:"中士老弟,仗有你打的,不过那得到北京,与赫德的美人军团风流搏杀。"那中士粗鲁地叫:"赫德那个老色鬼,为何不派女兵来犒劳,反叫我们苦苦赶路?"突然他发出惨叫,一头栽到地上。眼看鲜血从中士脖子上淌出,莱昂吓得大喊,士兵们也都乱作一团。

中士中的是一支响箭。响箭就是号令,埋伏在庄稼地里的义和团,跳起身来往前猛冲。他们头扎红巾,手持刀矛,有人挥舞的是棍棒竹竿,哇哇叫着扑向铁道。英军的步枪立即开火,马克沁机枪叫得更欢。这像展开巨大的火镰,将前面的拳民扫倒一片。后面的拳民不管不顾,依然吼叫着冲杀过来。又是一阵排枪,又一排人倒下,义和团却似感觉不到疼痛,惊涛拍岸一般冲击着路基。这是什么样的部队?他们着了魔么?西摩尔立在车窗旁,举起镜筒瞭望,看见一片空地上,十几名红巾红衣的汉子,面朝东南叩拜。拜后跳起身来,从一位老拳师处领到令旗,分别带领拳众出击。西摩尔听贾礼士介绍过情况,心想这大概就是"上法","上法后的壮士刀枪不入,这给了他们非凡的勇气。可怜的人哪!西摩尔嘴里咕噜着,派泽里科上校统一指挥火车和路面上的抗击。泽里科重新组织火力,心里却在计算弹药,拼命的拳民层出不穷,他生怕枪弹会耗尽的。在打退义和团的第一波进攻后,泽里科建议马上后撤,回到车站凭险固守。

英军边打边撤,距离车站不远时,路旁又有伏兵杀出。这是一群娃娃兵,比壮年汉子跑得更快。恰在这时,马卡拉率领一队美军,从站内赶来增援。美军带着一门野战炮,炮弹在娃娃军团头上开花,把他们炸得四分五裂。英军欢呼起来,他们以为危险已经解除,没想到那些娃娃并未逃跑,仍然嗷嗷叫着冲上来。少年兵与美军短兵相接,他们将稚气当作武艺,美军只有依靠火力,把杀人游戏进行到底。

这种局面令马卡拉愤怒,他仿佛受了羞辱,在与冷兵器的较量中,他的枪炮竟然没能吓阻进攻!他大声叫喊,谁也听不清他喊的是什么,他的情绪接近沸点,突然听见一声惊呼:"上校,天哪!"他闻声迅即转身,看见一张扭歪的少年面孔,露出

两排白森森的牙齿。少年的刀刃跟牙齿一样白,即将劈向他的脖颈。马卡拉吓掉了魂,在慌乱后退中拔枪开火,那个少年应声而倒。跟随少年倒下去的,是义和团的勇猛攻势。联军又得到后续支援,来复枪和大炮交织的火网,划出难以逾越的界限,义和团众师兄不得不收兵。

联军打扫战场,发现有上百具尸体,其中有不少还是孩子。想想他们的勇敢,假如他们手持来复枪,战斗的结果会是如何,令人脊梁沟发凉。联军二死十伤,虽不算多,但这只是开始,以后的行程会不会顺利,他们心中没底。为了保证安全,西摩尔派出部队,去附近的村庄搜查,并未搜到可疑人员。部队顺便抢劫一番,当晚便在廊坊宿营。第二天继续修路,西摩尔希望打通道路,离开这该死的旷野。眼下最苦恼的是,京城讯息断绝,他不知那里的情况。他祈祷奇迹发生,清廷和公使团达成协议,使中外得到和平。

他真的盼到了奇迹,从北京来了信使!这是一名中国教徒,名叫罗长生,由英、美、法、德四国公使共同委派,冒险出城求援。他带来窦纳乐的一封信,里边满是绝望的句子:"北京气氛恐怖,清廷居心险恶,正在策划屠杀!日本使馆人员被杀,董军欲尽歼洋人,城中到处起火,商铺遭到抢劫,外国妇孺皆有生命危险!火速到京援救,切勿耽误片刻!"信中使用了太多感叹号,却没把事情讲清楚,这个糊涂的外交官!

幸亏有个活口,罗长生向他描述京中乱象,使西摩尔对形势更加担忧。指挥官们都很愤慨,恨不得马上赶到北京,救出本国同胞,推翻万恶的太后朝廷。这话说得解气,大家七嘴八舌,提出惩处太后的办法。甘伯乐听着好玩,用笔随时记下,整整写满一张纸,人们还在继续宣泄情绪。甘伯乐说好了好了,把你们的意见交信使带回,权当回函吧。他把纸塞到罗长生手中。见罗长生不知所措,西摩尔笑着批评:"甘伯乐,你要挑起战争么?罗先生,等你吃过午饭,我把正式回函交你,请你马上回去,安慰可怜的窦纳乐。"

罗长生休息了一阵,怀揣司令官的信件,踏上回京的行程。他装扮成义和团的传帖手,混在进京的团民队伍中,一天后回到北京。罗长生来到英使馆,交上宝贵的回函。窦纳乐急急打开看,看后大失所望,回头瞅见眼巴巴的秘书,窦纳乐抖抖

信纸:"你听他怎么说:'铁路拆毁,破坏严重,非专业人士不能完全修复。'他问我要人力,要器材,不妨碍施工的安全环境!我的上帝,他还在廊坊游荡;而我的信使,轻松地走了一个来回,一点也没有向我叫苦!"

他歇斯底里地咆哮一通,又塞给罗长生一百英镑,打发他走开。罗长生赶到北堂,向樊国梁汇报有关情况,这件差使是樊主教搭的线。接受了一番夸奖和款待,罗长生走出北堂,已是夜晚九点。他不知疲倦地跑到江苏会馆,去见江苏粮道罗嘉杰。这是他的本家叔叔,曾嘱托他留心外情,及时通报。罗长生叙述了此行所见,交给罗嘉杰两页纸,一页是甘伯乐写的英文字,一页是罗长生归纳的四条,当然写的是汉字。罗嘉杰如获至宝,这是他获取的机密情报,也许对朝廷有重要作用。罗嘉杰曾是荣禄的幕僚,现虽做了外官,对故主仍有尽忠的义务。何况当此动荡时期,中外战和悬于一线,尤需关注洋人的动向。

此时夜色已深,罗嘉杰打算明日求见荣相,转念又想,深夜告变,方能显示心诚情迫。他立即写信简述来由,派儿子将此密件送往荣府。荣府大门被罗子叩开,荣禄惊惶披衣出见,翻来覆去看了几遍,仿佛越看越不明白。忽一下子灵醒过来,他说了一句温和的话,叫罗子离开这里。荣禄琢磨这条讯息,它确实非同小可,它虽非洋人的正式照会,却是洋军官亲口所言。他们说这话的时候,还不知道北京的情势,早已地覆天翻!

仿佛一夜之间,拳团塞满城厢。有人说这是刚毅招来的,刚毅翻着眼骂:"老子只去了一趟涿州,可你看看,人众来自各省各府。拳团跟老子不相干,这叫天意!"他讲罢天意,再讲民意:"你听没听见,小贩叫卖都改了声口。卖火烧的欢叫:大火烧啦大火烧!卖炒豆的直喊:卖铁豆嘞喂铁豆!"大火烧寓意火烧洋房,喂铁豆暗指叫洋人吃枪子儿。在谣言满天之日,人们的心都提到嗓子眼儿。据说在一条街上,有小孩调皮地叫了一声:"泼水!"一街两行数十门户,人人都哗地往街上泼水。

刚毅还在那里幸灾乐祸,灾祸真的来了。一方面,西摩尔联军强行进京,引起了朝廷的恐慌。总署与英、法等馆交涉,要他们停止召兵来京。另一方面,公使团盼望联军到来,竟然由此闹出人命。为了迎接联军,意大利公使萨瓦戈、北京饭店

老板沙莫,先后到城外跑了一趟,全都空手而归。他们不明白,短短七十英里的路程,为什么走得这么慢?五月十五日,日本公使西德二郎派书记官杉山彬,也去车站迎接。杉山彬赶到马家堡,遇上再次前来的萨瓦戈。见萨瓦戈要回城,杉山彬请他转告西德公使,自己要在车站多等一会儿,希望听到佳音。

这人最终变成了噩耗。在确信毫无指望时,杉山彬乘上马车回转。就在这一段时间,这段路程发生了一些变化。为了防止洋兵进城,一队甘军奉命接管了永定门。萨瓦戈的马车回城时,便受到甘军的盘问。他带着四名卫兵,依靠外交官的威风,闯过几道关卡。通过城门后又被喝令停下,他的马车夫见势不妙,立即弃路奔入田园,绕了一圈摆脱纠缠。杉山彬对此一无所知,在城门前碰上一队士兵,他按照以往的习惯,命令马车昂然前进。甘军充满了火气,碰上这个迎面冲撞的家伙,他们哪肯饶让?领兵官喝叫停车,杉山彬先用汉语亮名:"日本公使馆!"又用日语咕噜了一串话。这种做派激怒了甘军,一名士兵飞马上前,揪住杉山彬,猛力摔到地上。几名士兵扑上去乱砍,杉山彬不仅被杀,还被残酷地肢解。

这桩血案震惊各方,总署派三名大臣赴日本使馆道歉。荣禄深感事态严重,亲自到日馆吊唁。为了避免完全决裂,荣禄向慈禧上文武二策:一是调李鸿章回京,重新执掌外交大计;二是请准慈禧颁发上谕:"着荣禄速派武卫中军得力队伍,即日前往东交民巷一带,将各使馆实力保护,不得稍有疏虞。"

这是从内里控制局面,然而外面是控不住的。杉山彬遭戕两日后,是西历6月13日,星期五,按基督教传统是不祥之日。中午时分,德国公使克林德从街上散步回馆,碰上三个拳民乘车经过,其中一人跷起脚来,用鞋底磨他的大刀。克林德见状大怒,举起文明棍在后追打,并令卫兵捉拿拳匪。两个拳民下车逃脱,卫兵捉住一个少年拳匪,将刀和红头巾送交总署,声称要在两小时内处决此人。端王载漪得到报告,当即派载澜和英年前往交涉,要求放人。克林德正告两位大臣,贵国政府不肯剿拳,我要给一个小小的教训。他亲领二臣去后院,指着绑在树干上的少年说,你们剿拳,我就放人。克林德的蛮横激怒了拳众,到了傍晚,使馆区有大批民众聚集。这使使馆卫队神经紧张,对峙中间,不知是谁传来消息:哈德门大街教堂被

义和团焚毁。卫兵们立刻施以报复,向围拢的民众开枪射击。意大利和法国使馆都动用了机枪,奥匈使馆还把重机枪在街心排开,一口气射出数百发子弹,以显示威力。

　　黑色星期五,成为使馆人员"猎取拳民行动"的开端。外交官和卫兵们主动出击,很多外国公民也自愿加入。沙莫老板发动长期包房的房客,组织了多次援救教民行动,有一次打死三十余名拳民,其中也有普通居民。14 日傍晚,克林德登上城墙观察,发现城墙根儿有拳民练拳,他便下令卫队开枪,当场打死十数人。刚到北京不久的比利时公使姚士登,也踊跃参加剿拳,在东单牌楼附近,他们一回就杀死拳民四十余人。

　　更有甚者,记者莫理逊也"投笔从戎"了,他亲口对人吹嘘:"我们冲进距奥馆三十米的一座小庙,开枪宰掉四十五人,我至少干掉六个。"洋人如此火上浇油,大火岂能不反烧其身! 6 月 14 日和 15 日两日,数千民众包围使馆区,彻夜呼喊要杀洋鬼,发起多次冲锋,都被炮弹击退。使馆攻不进去,仇恨之火烧向其他洋人产业。米市路西天主教堂、东堂子胡同施医院、勾栏胡同两教堂、四牌楼六条胡同赫德家、日本旧馆等,同时八处烈焰升腾,经久不熄。上千名教民被杀,为洋人做仆役的华人也未幸免。使馆卫队连日四出救援,在南堂等处救出二千余名教民,其中多是妇女儿童。

　　冤冤相报的仇杀,将北京城浸入血泊中,使试图弹压的武卫中军疲于奔命。混乱在昨日达到顶峰,烧洋房的义和团来到前门外,要拿老德记药房祭火神。这家药铺由德国人开设,是大栅栏的第一家洋行。听到风声,店东家和伙计逃避一空,周围的生意人却围了上来,生怕大火延烧四邻。大栅栏是京师最繁华的地带,百年老店比比皆是,与老德记毗邻的广德楼,就是开于清初的绸缎庄。

　　广德楼的杨掌柜拜见大师兄,愿向义和团捐献钱粮,祈求神团不要放火。大师兄是一位和尚,他叫杨掌柜不要惊惶,神团的神火长着神眼,专拣洋人的物件烧,你等着看灵验不灵验。大师兄开始拜神作法,念诵咒语,然后发下神符一张,由二师兄高擎着展示一圈。二师兄跨近老德记门前,将神符向洞开的门中一抛,两边窗棂

顷刻起火,烈焰很快吞噬了房屋。跪地哭求的生意人,赶紧各回各处抢救,杨掌柜一边吩咐伙计打水,一边派人去请救火会。哪还来得及! 在西南风的助威中,神火神速蔓延,向前一路推进。南至小齐家胡同,西至观音寺街,东至前门大街,北至西河沿西月墙,四千余家店铺毁于一旦,丧家败业者不计其数。有人咒骂义和团,大师兄却要找杨掌柜算账,因为广德楼泼脏水救火,这才导致神火失灵。

大火一直烧到正阳门,箭楼城楼次第起火,军队赴救也无能为力。这下惊动了西天老佛,二十日午后二时,慈禧太后叫了"大起",上至礼、庆、端等王公贝勒,下至六部九卿诸堂。两宫并坐于仪鸾殿东室,军机大臣跪在御案旁,其余诸臣分班而跪。殿室盛不下上百人,来迟者跪在殿槛之外。

众臣跪定行一叩礼,屏息等待太后发话,不料听到的是皇帝的玉音:"五月初十,五月十四,五月十七,三次上谕迭令弹压拳乱,安定地方。五月十九日再次严谕:'昨因拳匪滋扰京城,曾饬令步军统领衙门严拿首要,认真梭巡。前拿获造言生事喧喊惑众之犯,业经交刑部正法。乃昨日夜间,城内各处焚毁如旧,且有奸究从中煽惑,竟敢明目张胆,沿街喊杀,持械寻仇,间有杀害情势。官兵任其猖獗,城内由其出入,人心一夕数惊,居民不得安业。辇毂之下,扰乱至此,若再不严行惩办,为祸不堪设想。'旨下即派步军、京营及武卫中军迅办严拿,不得姑息。及至今日,竟然复有大栅栏之火,正阳门之灾,皇京九城百万生灵魂飞之惊! 步军、神机、虎神等营是凭什么设的,你载勋、载漪、载澜是干什么吃的!"

皇上点名指斥载漪兄弟,搭上庄王载勋这个步军统领,却把神机营的奕劻、武卫中军的荣禄轻轻放过,这叫载漪气得肝儿颤。抬头溜一眼上头,见那慈禧面容平正,掂量不出是何意旨,不敢造次,权且忍受。岑寂片刻,慈禧才问,裕禄有否奏报到京? 礼王世铎奏称,见起前刚收到裕禄五百里驰奏,尚未上呈御览。慈禧令他择要说明,世铎便道:"为阻止各国继续派兵,裕禄派帮办铁路大臣张翼、津海关道黄建筦、秦皇岛税司洋员德璀琳,与法国驻津总领事杜士兰谈判。杜士兰承诺,朝廷如能切实履行保护外国使馆及其眷属之责任,则续进之兵可从缓议。"

慈禧即问:"缓议? 如何议?"稍停又问:"他能召回中途之兵么?"

无人能够回答此问。跪在槛外的侍读学士刘永亨，告诉身边的侍讲学士恽毓鼎，他刚从甘军驻地来，董福祥自称能镇压拳乱。恽毓鼎怂恿他近前上言，刘永亨鼓了鼓勇气，膝行进殿，叩头奏称："臣启奏皇太后、皇上：外兵进京，以护馆为说辞，为今之计在平息拳乱，杜敌之口。臣进宫前见到董福祥，他也嫌拳民烧杀过甚，他说他能驱拳出京——"

载漪跪起扭过身，跷起大拇指厉声嚷："好，此即失人心第一法！"

刘永亨的话被戛然截止，跪在那里不敢吭声。槛外的袁昶大声喊："臣袁昶有话上奏！"光绪便令上前来奏。袁昶膝行至刘永亨右首："连董福祥都认为烧杀过甚，则拳团祸殃人所共见。拳乱之起固然由于民教不和，然在涞水已经杀官，在涿州已经夺城，此皆为朝廷法纪所不容。及至入京到处纵火，焚杀无辜，公然于府邸衙署设坛，强迫官员跪拜拈香，此其可忍则孰不可忍！此等乱民并无法术可恃，即使有法术，仗此成事者自古无有。"

府邸二字暗指端王，载漪哪里咽得下去："法术不可恃，难道人心也不可恃？今中国积弱已极，若是再失人心，不知何以立国！"

光绪反驳："人心不是拳心——"

慈禧从旁发声："拳民难道无心？今京城扰乱，洋人调兵，岂是徒逞口舌之时？你等有何办法脱此危难，可各抒己见，如实奏来。"

刚毅即奏："诚如圣言，拳民也有人心，其所反者就是洋人调兵。洋将西摩尔率兵进京，若非拳团拼死堵击，它早狼奔豕突入京！贝勒载濂奉命与奕劻、荣禄等查办义和团，他于昨日疏称：京中连日烧杀，实属骇人听闻，然推其原因，总由积怨太深之故。窃查拳民能避火器，虽无确据，其勇猛之气，不顾生死，实为敌人所惮。倘饬统兵大员忠信素孚如董福祥者，妥为招抚，练为前队，可以资敌忾而壮军声。奴才以为，此言可采。"

从近日情形看，大势正朝这方面扭转，刚毅这里讲清摆明，别人还有何话可说？世铎调整一下跪姿，侧身瞟了王文韶一眼。王文韶踌躇一下，才开口道："督办铁路大臣盛宣怀，致函臣与荣禄，建议四事：请发布上谕，对近畿各处义和团所焚教堂、

所杀教士教民及外国匠师,加意惋惜;限十日内肃清京津各地义和团,将电杆、铁路尽速修复,以通消息而利运输;以赈为抚,安抚直隶、京津流民,使之返乡安居;调李鸿章任直隶总督,劝阻防堵各国调兵,息外患以安社稷。"转述盛氏建策,本人不着一字,可谓滑溜到家,却也老辣结实。

慈禧随即宣谕:"调李鸿章事,已有旨。责成刚毅、董福祥,对京中团众亲加开导,勒令解散;其有年力精壮者,即行招募成军,严加约束。该拳民既以义勇为名,究竟临敌有无把握,世铎等须细加察验,不可孟浪。着派那桐、许景澄迅速出城,劝止洋兵。"

御前会议至此结束,群臣瘟头瘟脑退出。却有几名小臣不甘心,认为今日之议不得要领,乱事难以遏制,特意磨蹭不出。等到殿内将空,这几个人复跪奏称:"臣等尚有奏言。"大理寺少卿张亨嘉力言拳匪当剿,但诛数人,乱局可定。他的福建口音很难听懂,慈禧露出不耐烦的神色。

侍读学士朱祖谋急忙接言:"张亨嘉言语耿直,请太后念其忠心,怜其情切。今时势已迫,稍一不慎即有大祸。太后似信拳民可敌西洋,不知欲倚何人办此大事?"慈禧将眼光对准此人:"我倚董福祥。"朱祖谋率性对言:"董福祥第一不可恃。"

慈禧大怒变色,厉声喝问:"汝何姓名?"朱祖谋叩头对:"臣是翰林院侍读学士朱祖谋。"慈禧问:"你说福祥不可恃,你保人来!"朱祖谋一时想不出,恽毓鼎应声奏:"山东巡抚袁世凯,忠勇有胆识,可调入京镇压乱民。"光禄寺卿曾广汉接奏:"两江总督刘坤一亦可。"慈禧耐不住了:"罢了,你等下去!"

数臣磕头退出,发现大多数人都没走,眼巴巴地凝望天空。此时日已降落,不知是霞光还是火光,把大半边天染得血红,光晕中似有喊杀之声,穿透宫墙,震慑人心。人们的眼前蓦然一黑,几只燕子般的东西随风飘飞,翩翩落地。有人弯下腰看,那是黑乎乎的灰烬,不知是绵之魄,还是纸之魂。众人噤声无语,荣禄突然怒发,破口大骂:"到底是哪个乌龟王八蛋,把京城闹得如此乱! 不要窝了么? 不想活了么? 那你可以找死,莫拉江山社稷给你陪葬!"大家静静听着,载漪兄弟面如死灰,紧闭口唇。荣禄是个惹不起的家伙,他若横下一条心,把全部王公都加上,也压

不下他这铁秤砣。

如今坐在家中,回顾数日来的经历,荣禄仍然愤愤不平。生气毫无用处,需要考虑的是,如何处理洋人照会。那不算正式照会,却是洋兵到京后肯定要干的。可不可让太后知晓?太后得知后,是会惧而剿拳,还是愤而用拳?依照太后的性子,她会采取后策;然若盱衡形势,她不会拿鸡蛋去碰石头。荣禄反复揣量,事局在两可之间,他该把宝压在哪一头?或许,把照会中的第四条拿下来,这对太后的刺激会小一些。

荣禄边思索边摇头,眼看天近拂晓,该去上朝了,他忽然灵机一动,忙令备车出门。坐车赶至定阜街,令人去叩庆亲王的朱门。进得府邸,见到奕劻吃惊的样子,荣禄感到有趣:"我吃的那一吓,这回转给王爷了。"听他讲罢来意,奕劻更加吃惊,连说不可造次。这倒叫荣禄横下一条心,回想当日吁请训政,自己也曾犹豫不决,回头再去看,那步棋还是走对了。荣禄劝说奕劻,载漪和刚毅之言,早已先入为主,太后想借拳抗洋,大致可以确定。要想撬动巨石,须有坚实的杆棒,洋人照会就是这样一根棒,不管灵不灵,咱得试一试。

奕劻拗不过荣禄,只好同赴西苑,先期递牌子求见。这时光绪尚未被抬出瀛台,慈禧单独出见。听荣禄奏明缘由,阅罢洋人索要的四条,慈禧没有言语,脸色也无变化。二臣跪在地上,悉心忖摸着下一刻,是雷霆突发,还是云开雾散?却听慈禧唤一声:"荣禄,你昨天在外面骂街?"荣禄吃了一惊,尚未想出答言,慈禧轻声一叹:"我也想骂,我天天都想骂街。可是骂有何用?不怪天不照应,人不争气,我只怪我自己,大约走错了一步。"

二、袭炮台八国入侵

慈禧亲口说自己错了,这叫二臣不知所措,挖空心思要劝解颂圣。慈禧扬手止

住："我不是讲气话。这一次出园回宫，我一开始就疑疑思思，一颗心老不安定。说起来有你俩撺掇，路可是自己走的，后悔药我不去吃。闹到这步光景，不管何因何果，现是我在管事，这就怨不得别个。可也不全怪我，洋人太恃强了，占地，租界，传教，勒赔，摁着头说一不二，世上哪有这理？这一番话，昨日我跟皇帝说过。"

看看二臣惊讶的样子，慈禧吃力地笑笑："昨日会议开得慌乱，退朝以后无有力气，我和皇帝呆坐很久。皇帝想要劝我，却是欲言又止。我，就把那话对他说了。皇帝伏地大恸，奇怪的是，我没有一丝哀痛。我对他说，要不你出来做？你觉得行么？皇帝连连叩辞，他说除了圣母，天下无人堪当此位。皇帝甘愿亲身出城，哪怕到洋人军中去做人质，也要劝谕洋将退兵。你们看，我和皇帝，哪个都不贪恋此位，无须洋人前来逼迫。"

听到太后如泣如诉，两个臣子待要劝解，慈禧却已改了声气："派那桐、许景澄劝阻洋兵，挡得住否？"荣禄回奏："二臣带领三名随员，已于午夜子时出城。团民沿铁路设卡，尚不知能否顺利通过。"慈禧又问："令武卫军派兵保护使馆，办得如何？"荣禄答言："公使团同意保护，但要求我军与使馆卫兵拉开距离，以免暴徒逼近。"慈禧冷笑一声："把好心当成驴肝肺，洋人这样对待我们，还有人总替他们开脱。罢罢罢，不说它。户部奏称钱庄歇业，市面恐慌，速传府尹王培佑来询办。"荣禄提醒道："王培佑因病请假，顺天府现由府丞陈夔龙署理。奴才这就下去传召。"

荣禄和奕劻退出殿去，众臣多已聚于朝房。接着再次集议，再次议而不决。两宫与群臣的希望，寄托在天津的裕禄身上。根据裕禄与杜士兰的协议，朝廷尽其所能派兵护馆，杜士兰便当履行诺言，阻止联军继续前进。朝廷令军机处寄谕裕禄、聂士成及大沽守将罗荣光："现在各国使臣已饬荣禄派武卫中军认真保护，明降谕旨矣。此后各国如有续到之兵，仍欲来京，应即力为阻止，以符张翼等与杜士兰约定原议。如各国不肯践言，则衅自彼开，该督等须相机行事，朝廷不为遥制。万勿任令长驱直入，贻误大局，是为至要。"

此谕隐约发出开战威胁，其前提仍是"衅自彼开"，且所谓相机不过是阻止，并非真要撕破脸皮。群臣退出后，内监传谕陈夔龙进见。陈夔龙进殿叩头，慈禧垂询

地方情形。陈夔龙奏报,团民于十九日开始攻打北堂,顺带焚袭西堂和缸瓦市基督堂,游勇散匪趁火打劫,各处弹压兵力不足。查每城仅有练勇二百名,仅在前三门巡逻,已属不敷分布。九门以外东西南北四城,每城所管地面,周边少则百余里,多达三百里,若不多派军兵,恐难保持治安。这是绕弯乞求剿拳,慈禧不睬这茬,将话转入正题:"昨日四恒呈请歇业,是何缘故?"

陈夔龙奏道:"恒兴、恒利、恒和、恒源四大钱庄,设于东四牌楼已二百年,信用素著,号称铁打银铸。钱庄的根基在金银炉房,京城炉房二十余家,均设于珠宝市。前日大火烧毁了这条街,炉房失业,大小钱庄汇划不灵,四恒首当其冲,连带数十家银号歇业。此事关系京师数十万人生计,非同小可。"慈禧道:"在此当紧时日,岂容再有风吹草动?四恒本非无钱,不过受炉房所累,一时银根见紧,如果真难周转,官家可先借垫。你回署便与该商妥议,令其于三日内开门,免得小民受苦。"

陈夔龙承旨出殿,埋头想着心事,却被一只手拉住。抬头见是刚毅,感到有些意外。却听刚毅说道:"四恒事太后原想叫崇礼管,崇礼畏难不愿沾手。我便向太后荐贤,此事非陈某不办。我有一言奉托,无论如何,不要牵累当铺,至嘱至嘱。"陈夔龙越发摸不着头脑,正想问个究竟,听得脚步声响,端王大踏步走来。见有一个不起眼的官员在场,载漪横目而视,陈夔龙不由一悚。刚毅赶紧替他吹嘘:"这是顺天府尹陈筱石,刚为四恒事蒙受召对,现今地面上事全靠他。"载漪这才点了点头。好一副太上架子!

陈夔龙出宫后还在感叹,回到府署,召府署各官及大兴、宛平两县令前来议事。这些人多是猾吏,只会当面叫苦。陈夔龙搬出上头旨意,勒令属吏拿出办法。府署设有经历司,掌管出纳文移。姓邢的经历老于吏事,他给主官出主意:接济四恒,先需筹款。城厢内外当铺百余家,若命两县传谕,每家借银一万,可得一百二十余万,燃眉之急不就解了。大兴县令笑说:老兄,四恒急,当铺难道就不急?你怎挖它的肉去补疮?邢经历也笑,谁不知道,当铺背靠殷实股东,连那一清如水的刚子良中堂,都开有三家当铺。陈夔龙这才醒悟,刚毅嘱托所为何来。乱事当头,还拨自家小九九,刚相之廉介不过尔尔!鄙夷着刚毅,自己也得拨小九九,他这个署理府尹,

有事还得请大员罩着,哪敢得罪人家?

　　陈夔龙转了口风:"市面如此恐慌,当铺与四恒需要兼顾,不好用官势硬借。早间上面俞允助拨官款,可以不必累及当铺。我与诸君但商如何承借,如何分配,如何办理抵押手续。自念一介穷京曹,与四恒素少来往,不知其中底细。今奏借官款,责任均由顺天府一人担负,万一四恒将来不能归还,把我浑身骨头搓成扣儿,又能换回几个钱?"大兴县令是刚毅的亲戚,这时放下心来道:"这一层府宪不必顾虑。京中大宗商务,如木厂、洋货庄、粮食铺、山西票庄,均借有四恒银两,立有借据。如奏请一百万官款,即令四恒将各商借据一百万,存入府库以备抵押,自可切实无虞。"各官齐声附和。计议已定,陈夔龙挑灯赶写奏折,送往奏事处,又给户部尚书王文韶发一急信,请他早朝时予以关注。

　　不料这天风云突变,飓风来自天津方向。直隶总督裕禄奏报抵京,他附寄的一份外交照会,让慈禧看后怒火烧胸。各国海军司令官召开会议,议定一份最后通牒,分别送交罗荣光和裕禄。通牒文称:"鉴于有责任保持与陆上分遣队西摩尔联军的联系,决定不论允许与否,必须占领大沽炮台。不行使联军兵力的最后期限为17日(五月二十一日)凌晨二时。以此通知直隶总督及要塞司令官。"送此通牒给裕禄的,恰是杜士兰,而且是在清晨六时送达,比通牒时限迟到四时!这就是洋鬼子,其狼子野心从来不会改变。四十年前大沽炮台陷落,那还是三国交战;而今中国还在尽意维持,兽类便要张牙舞爪!慈禧取出荣禄交来的四条照会,与通牒放在一起比对。她原拟将此按下不表的,现在看来,做不到了。

　　早朝再召大起,东室被大臣塞满了,许景澄、袁昶来迟一步,只好挤跪在御案旁边。慈禧便令礼王世铎,宣读联军通牒。这一闷棍敲蒙了群臣,载漪以往总让别人出面,这回率先慷慨言战。洋鬼子得寸进尺,先头部队开进使馆,又要夺占京门锁钥,亡我之心,昭然若揭。他请两宫即日宣战,免使胜机沦入敌手。

　　载漪既言"两宫",光绪乐得发话。自从局势趋紧,御前商决和战大计,他那封闭的心和口,便像打开了闸门。大约因为事关重大,慈禧也未禁他开言。光绪谕称:我朝处于极衰之时,言战何异于孤注一掷,以卵击石?至弱而言胜,岂不是盲目

虚夸,自取其辱？综观洋人前后诉求,仍是担忧使馆、教堂等处安全。为大局计,仍应剿除拳乱,维护使馆,使其进军失去借口,祸乱可息。

载漪岂能服气这个"假皇帝"？他跪在地上放言,自从甲午一败,皇上仿佛被外敌吓破胆魄,赔款则予之,租界则割之,矿山、铁路种种利权开口即让之。咱对它百般好,却讨不来一个饶,今日都骑到脖子上了,难道还要忍气吞声？皇上不敢打,还不放手叫神团打,万一社稷有危,皇上不怕被青史骂上一笔么？

他如此显露不臣之态,袁昶忍无可忍,便要激烈反驳。

许景澄怕他惹祸,悄悄扯了扯他,自己舒徐奏言:"臣与那桐奉命劝止洋军,刚刚赶回,未来及奏复办差情形。臣等五人子初出朝阳门,次日赶赴马家堡发报,可惜电线不通。乘轨道车南行,途中铁轨多处被毁,时开时停。过午赶至丰台,发现近处道闸、旱桥受损,洋房还在冒烟。正在召唤站长,站内拥出大群拳民,将臣等团团围住。他们喝问为何出京,臣与那桐答称:我二人乃朝廷大臣,奉皇太后、皇上钦命出城,劝止洋兵,你等不得无礼。他们硬说臣等招引洋兵,强力拥至拳坛,焚烧香表辨别真伪。按拳团规矩,依靠焚香来判人生死:若香表灰烬随风上扬,则此人心诚;灰烬下落则开刀杀人。这伙人不听臣等呵斥,装神弄鬼地叩拜焚香。天幸那灰飘扬了一阵,团中师兄便说,南海观音降下神旨,命令你等赶快复命,不许越过丰台一步。"他在朝堂上讲荒唐故事,大家却都见怪不怪,因为近日听得多了。许景澄把事情讲完:"臣等避开拳众,在村庄中寻到车站职员,探知近畿并无洋兵,联军尚受阻于廊坊附近。"

载漪一下子逮住了机会:"你知那是谁阻击的？义和神团！以血肉之躯抵挡枪炮,忠勇之气无人可及!"许景澄依然沉静:"义和团确有勇气,然其妖邪之气并不可取。南海观音,梨山老母,怎么可以请来御敌？"载漪侧目斜视:"你不要渎犯神灵,小心勾命判官拘了你! 英国人庚子年侵入中国,今年又是庚子,这一甲子轮回运转,所以天遣神团下凡,帮助天朝灭妖。"许景澄不禁叹息:"王爷,难道你真相信这些？"载漪质问:"不信神团,叫我信谁？"

人群中冒出个笑嘻嘻的声音:"请端王爷信我好了,在下立山,对于神团略知一

二。据吴桥县令劳乃宣讲,义和团起源于八卦邪教,与乾隆年间王伦清水教叛乱一脉相承。拳团练功分浑功、清功。浑功练百日,清功四百日,礼神时以顶着地,叩首三十六。焚符诵咒时坚合上下齿,用鼻吸纳宇宙丹田之气,口吐白沫则为神降,上蹿下跳盘旋而舞。传帖口号有关帝降坛文,观音托梦词,济颠醉后示,而后宣布玉皇大帝敕。命红脸关公为先锋,灌口二郎为合后,增福财神来督粮,雷公电母掌中军,赵子龙、马孟起、秦叔宝、尉迟恭,各朝名将皆来会师。神团的神通,全都来自《封神榜》《西游记》《七侠五义》之类小说。究其实际,大师兄火烧老德记那天,他是派小喽啰在里头放火,大风他可管不住,这就闯下大祸了。"

立山轻轻一句揭破谜底,刺得载漪急不择言:"立山你这个酒色之徒,只会跟人争风吃——"硬咽下那个"醋"字,载漪要告状了:"奴才启禀,立山通洋!"慈禧这时才开口:"他怎么通洋?"载漪道:"立山家紧邻西什库北堂,神团尚未前来攻打,他就给樊国梁通风报信,让鬼子教堂添召卫兵,增置枪弹。"慈禧目视立山:"他说得如何?"立山回答:"欲加之罪,何患无辞,载漪从不顾忌说谎。"庄王载勋接上来奏:"立山通洋!上个礼拜天,奴才亲眼看见他从教堂出来,他是叩拜天主去的。"载漪急忙加码:"当断不断,反受其乱,不光乱京城,还会乱人心。奴才以为,立山就是生了外心——"

殿堂上突然起了骚动,跪着的人们挪开一条缝,让两个后来者往前蹭。慈禧抬起眼,先看到一个老态龙钟的臣子,那是徐桐,旁有启秀搀扶着他。徐桐趋前几步,栽倒一般趴下叩头,发出呜咽:"老佛爷大慈大悲,救救老奴才吧!"说着哭泣不止。慈禧微蹙眉头:"听说你病了,本打算见起后派御医去看。你这是——"启秀叩一个头,代老师奏报悲惨遭遇。徐公家住东江米巷,不幸跟各国使馆作邻。以往老死不相往来,徐公敬鬼神而远之,倒也心静自然凉。五月以来洋人变脸,故意阻碍徐公出入,有几次公然逼停徐公轿子,百般刁难。昨晚竟然变本加厉,在通往德国使馆的路口,几名德国兵诬赖轿中私藏义和团,把徐公拉出轿子盘问。徐公据理力争,德国兵将他抓入使馆,在黑屋中囚禁了一夜。今早德使亲审徐公,徐公愤而用头撞墙,德使这才将他放出。

德国人如此蛮不讲理，激起了君臣的共同愤怒，主张缓和的许、袁等人，也知很难措辞了。在满廷沉默中，另一个老臣却发声了，这是徐用仪，他想用年辈相当来打动徐桐："徐老相国受此屈辱，人神共愤，天理不容。臣请饬下总署与德国交涉，责其违背世界公理，它若不作合理解释，我等与之断交，也算师出有名。"他的缓兵之计，被载漪一眼识破："要合世界公理，只有以牙还牙。德国人动手在先，咱就得还手在后。"载勋、载澜等一齐奏请："请太后做主宣战！"

慈禧瞅一眼光绪，仿佛仍在犹豫。启秀从中读出了奥妙，他与徐桐一起叩头："请皇上同意宣战！"

这副做出的架势，使光绪满腔悲愤，不由赌着气道："宣战！宣战！你们若真能打仗，我早御驾亲征，跟洋人拼个你死我活！"

稍停片刻，慈禧接话："你们不要逼皇帝。开不开战，由不得他，也由不得我。那由得谁？还要看洋鬼子如何作。"她从御案上拿起一张纸，扬一扬道："洋人发来强硬照会，勒索四条：一、指明一地，令中国皇帝居住；二、代收各省钱粮；三、代掌天下兵权。你们听听，这话如何？"

众臣惊得呆若木鸡，光绪也如五雷轰顶，神魂空空没个着落处。慈禧声气苍劲："代管皇帝，代收钱粮，代掌军兵，从上到下都被它代了，还有这个国家么？今日衅自彼开，国亡在即，若竟拱手让之，我死无面目见列圣！同样是亡，一战而亡，尚能使人悯我之心，壮我之气，不强于束手待毙么？"群臣至此绝无退路，一齐顿首宣誓："臣等愿效死力！"

慈禧提高声音："今日之事，诸大臣均闻之矣，我为江山社稷，不得已而宣战。结果不可预知，假如决战之后，江山社稷仍不保，诸公今日皆在此，当知我苦心，勿归咎于一人，谓皇太后断送祖宗三百年天下。"从太后口中说出"诸公"二字，众臣工皆震动，一时多人流涕，泣不成声。

大事就此决定。慈禧随即选派徐用仪、立山、联元，前往各国使馆晓以利害，若彼等必欲开衅，可即下旗归国。仔细斟酌话意，其中似有回旋余地，光绪不禁心存侥幸，巴望诸公使尚存理智，避免这次中外决裂。不料立山临阵退却，奏称自己并

未在总署当差,不敢同往。光绪找到了出气筒:"去年使臣瞻仰颐和园,那不是你接待的么?"慈禧也发了怒:"你敢不敢往,都得前往!到了决死时刻,哪个畏难,我不饶他!"群臣凛然退出,却都像丢了魂的没王蜂,围着总署大臣询问,洋人照会从何而来?那第四条内容是什么?没有一人能讲清楚。

荣禄最后从宫中踱出,青黄脸木杆得像一张冷面饼。他没料到,照会会起这种作用。他明白,是杜士兰的照会激怒了慈禧,然其措辞并不耸人听闻。慈禧改采这份唬人照会,第四条"勒令皇太后归政",她老人家不好意思照本宣科。荣禄也不好意思承认,这件事是他弄巧成拙。他只传达皇太后的善意:"徐用仪等身入险地,可派兵遥护之。"立山逮住了讽刺由头:"遥护有何用,鬼子刺我一刀,那护兵能替我哎呀?"载漪在一旁幸灾乐祸:"我替你哎呀,不过你得把你的相好让给我。"立山毫不客气:"我把大师兄李来中让给你。他在你府邸安营扎寨,那可是李自成的后代,你得把府中女眷看紧些。"这呛了载漪的肺管子:"你作吧,老子终有一天杀了你!"

三大臣造访英使馆,表达朝廷善待各国,希望重归和好之意。窦纳乐倒没发脾气,他就事论事地指出,京城混乱已达极点,朝廷若不努力恢复秩序,终将危及自身的安全。外国人有能力保卫自己,中国人的任何阻挠,都将以失败告终。徐用仪声明道,联军所受袭扰,都是义和团干的,绝无官军参与其中。窦纳乐表示相信,接着发出威胁,如果发现清军进攻,后果将极其严重。立山保证向太后面呈实情,顺便说起他与西方人交好的事例,比如英国前公使向他赠送西装,樊国梁与他以老朋友相称。窦纳乐听得很有兴味,他听说此人有花花公子的癖好,却不知他如此交游广阔。眼看时间不早,徐用仪惴惴提出,北京的骚乱即将被制止,联军没有必要来京,请贵公使发挥影响,让联军驻扎在距京不远的黄村。窦纳乐一口回绝:"这办不到。军事机器一旦开动,巨大的机械惯性,必将碾碎一切,各位可以如此回报皇太后!"

三位灰心的大臣,相继访问其他各馆,照样一无所获。在三人辗转于使馆区时,刘坤一、张之洞和盛宣怀联名致电朝廷。来电坚决反对与外国开战,力主速剿义和团,否则势必引来外国干涉;一旦外军到来,国家祸在眉睫!此电由总署迅递入宫。袁昶认为需要里应外合,急忙起草《请亟图补救之法以弭巨患疏》,约许景澄

联名上呈。疏文建议,责成荣禄得以便宜行事,凡遇头系红巾,持刀杀人放火之匪,准其格杀勿论,如此可免洋兵助剿。刘、张两大吏也来搅和,朝廷只好再次廷议,商讨战和之策。先由三臣转述公使们的答复,这叫三个人很为难,因为公使们顽梗如故,对他们主和毫无帮助。果不其然,载澜奏称,此行不仅未止洋兵,反而暴露了我方动向。为制止敌人狡谋,请求攻打使馆,方可剪除后患。许景澄奏言反驳,自从民教交恶,虽然教案屡发,不过赔偿而止。如果攻杀使臣,中外皆无成案。今若冒此大不韪,实不知置宗社生灵于何地?

与前三次御前会议相同,和战双方你来我往,争论不休。看看吵得差不多了,慈禧才问僵石般的荣禄:"荣禄有何意见?"荣禄似在等这一问:"昨日太后谕令筹备战守,今日再议,奴才敬候发布新谕。"荣禄惜字如金,把重心放在"守"字上。慈禧偏偏选取"战"字:"好,能战方才能守。有人仍然脚踩两只船,不知会一脚蹬空,落入万丈深渊。"

这话敲打的是谁?荣禄心惊肉跳。慈禧镇定而言:"外国领事发最后通牒,强迫交出大沽炮台,你们忘了,我没有忘。洋兵不肯听劝退兵,你们原谅,我不原谅。你们不愿攻打使馆,我就再退一步,着许景澄前往十一国使馆,致送通牒照会,令各国使臣下旗归国,限二十四点钟内离开北京。"

殿内鸦雀无声。许景澄惊愣良久,这才颤着声答:"臣臣,遵旨。"他吃力地爬起身来。没想到光绪离开御座,他的脸上挂着眼泪,伸手抓住许景澄的手腕:"不要匆忙,容再商量。"

慈禧大怒,呵斥:"皇帝放手,不要误事!"光绪松开了手,却又止不住呜咽,许景澄也泪流满面。内阁学士联元膝趋向前,涕泣奏谏:"法兰西是传教国,若要断交开战,只能挑法国一国。我国积弱已久,断无开罪十一国之理。万一挑动众怒,洋兵拥入京师,岂不杀得鸡犬不留——"载漪高喊:"联元放肆,请斩其首!"慈禧对联元怒目而视,似要开口下令。载勋慌忙奏保:"未曾开战,先杀近臣,恐于军兵不吉,请太后开恩。"慈禧余怒未息,连下几道谕旨:令许景澄致送十一国照会,给总税务司赫德也送一份;令军机处撰拟宣战诏书;谕各省督抚派兵进京勤王,接济京师,共挽

危局;派贝子载润等捍卫宫墙,不必下班,即赏内膳房饭食。

其实,慈禧最惦记的,还是大沽近况。她硬起手腕施压,是想要洋人停止勒索,撤退援军。在慈禧看来,中国让步太多,并未换得外国的丝毫同情。那么何不换个方法,提醒对方注意,他们榨取的一切,可能在瞬间失去。洋人若能见风转舵,时势当可柳暗花明。慈禧特令发出八百里加急上谕:"裕禄于二十一日后并未续报,究竟大沽炮台曾否开战抢占? 连日洋兵作何情状? 现在招募义勇若干,能否节节接应? 拳民又是如何情形? 着即迅速咨明总署转呈,并随时驰报一切。"京津间交通中断,驰报自属不易,然而数日不通一言,这个裕禄忒颟顸了! 荣禄却预感到,此事凶多吉少。洋人不说空话,而裕禄迟迟不报,实为不好交代。谁知过了一天,裕禄便以六百里加急寄来《接仗获胜折》,声称在大沽口战役中,罗荣光竭力抵御,击坏洋人停泊兵轮二艘;在攻打紫竹林租界战斗中,义和团民纷起助战,合力痛击,至日暮始将洋兵击回,洋房焚毁不少;次日我军会合团民与之鏖战良久,敌势力渐不支,午后纷纷窜匿;义和团情愿报效朝廷,民心极固,军气甚扬,齐心努力,奋往无前。慈禧闻捷,大喜过望,捏了多日的那把汗,在这一刻彻底消逝了。

慈禧哪里知道,裕禄是在捏报胜仗,大沽炮台早已陷落。自从西摩尔联军出发,在天津的各国领事和海军将领,都在等待联军抵京的喜讯。可是好多天过去了,联军由推进困难、节节受阻,发展到补给断绝、伤亡剧增。从6月14日开始,联军与天津的联系完全中断;恰在这一天,大批团民冲入天津,焚毁教堂,攻击教民。领事和将领们召开会议,商讨对策。领事们擅长的外交,已被证明不能奏效,决策的主动权也就转入军人手中。军人们可以采取的行动,目前只有两种,一是派军增援,继续进军北京。可是此举困难重重。西摩尔有二千多兵力,在漫漫征途中迷失;而今津沽最多还能集中二千外军,哪敢去重蹈覆辙? 德国的班德曼海军中将,在军事会议上指出另一条路:攻取大沽,控制天津至塘沽间的铁路线,以保障后续兵力的补充。这是绝对必要的,然而如果不宣战,怎能走出这步棋? 俄国和法国将领提出疑问,使这次会议未能达成共识。

第二天的联席会议,继续在"俄罗斯"巡洋舰上召开。仅仅过了一夜,军事形势

发生了很大变化。情报官们报告说,已经发现中国军队企图切断交通线,并在白河入海口布置了水雷。而最根本的变动是,沙俄的一千六百名军人,已由旅顺驶抵大沽。这支俄军的目标,是要实现远东部队司令阿列克谢耶夫的意图,"对企图自揽列强行动领导权的西摩尔中将,形成一个必要的抗衡"。俄国太平洋舰队司令基利杰勃兰特中将,来了个一百八十度大转弯,大谈夺取大沽的三大好处:一可为挽救西摩尔联军筑起生命线,二可为各国军队提供前进基地,三可排除炮台对各国舰队的火力威胁。

将领们并不需要说服,各人要做的只是算计。法国支持盟友俄国,英国要找回倒霉的西摩尔,德将班德曼早令"伊尔提斯"号炮舰整装待发,日、意、奥等都有跟风的准备。只有美国不大合群,坎卜夫少将在会上宣称,他未被授权向一个与我国保持着和平的国家发动任何战争行为。早在 6 月 16 日上午制定的最后通牒上,俄、英、法、德、日、意、奥七国代表签字,坎卜夫拒签。这份通牒于 16 日晚 9 时许,由一名俄国中尉送交罗荣光,距离联军动武时刻仅剩五小时。在此之前,军事部署已经完成,在俄国中将的统一指挥下,联军兵分水陆两路。陆路兵力九百余人,由德军大校波尔率领,在塘沽登陆,包抄大沽后路。水面舰只作两线布置,二十二艘重型军舰布于河海交汇处;十艘吃水较浅的舰艇驶入白河,抵近炮台,与登岸之兵遥相呼应,前后夹击。

大沽守将罗荣光,身兼天津镇总兵、新疆喀什噶尔提督。后面的职衔是新升的,他尚未离津赴任,战火就烧到身边了。尽管周边的拳乱持续了很久,但对于今天的这一仗,他仍感到猝不及防。中国和外国没有开战,即使常常激烈争吵,那是为了剿拳或者抚拳,这跟炮台有何关系? 直到最近几天,各国军舰向大沽集中,似有进窥炮台之势,他的心中才隐隐不安。罗荣光派遣专差赴津,请求裕禄速派援军,同时下令在海口布雷。可是实施得拖拖拉拉,因为朝廷一再申明,在中外交往中切忌"衅自我开"。

这就拖至 16 日的夜晚,一艘外国小艇驶近炮台,艇上军官自称是联军军事代表,因事求见驻军首长。俄军中尉与一名英军翻译,被带到罗荣光面前。中尉首先

递交最后通牒。罗荣光阅后头脑一嗡,努力镇定一下,使自己的声音保持平稳:"现在是9点钟,距离你们规定的深夜2点,只有五个小时。这么短的时间,我无法从总督那里得到指示。"巴赫梅提耶夫出言不逊:"将军不要设法拖延。"罗荣光紧盯这小子:"是谁在拖延?外国军舰到此多则半月,少则数日,你们谋划此次勾当,何止五十八小时!临到发作才来通知,这是偷袭!"巴赫梅提耶夫仿佛没有听懂:"将军在河口布雷,加强炮台战备,妨碍外国进军代平匪乱,引起了各方的不安。此乃军事会议的决定,请将军做出安排,于深夜2时交出炮台。过时不交,后果自负。"罗荣光终于大发雷霆:"交你妈那个蛋!撒泡尿照照你那鳖脸,乌龟王八孙,快给老子滚!"

挨了一通骂,中尉却很得意,留给守军的时间确实不多,这使联军的胜利更有把握。罗荣光立刻差人赴津,报告请援;同时派人通报北洋水师提督叶祖珪,请其饬令各舰及鱼雷营官兵,届时从海神庙方向夹攻,与炮台配合作战。罗荣光本人驻守南炮台,副将韩兆琦驻守北炮台,两岸四台夹护河口,形势堪称固若金汤。然而外舰早已驶入白河,在炮台的背面分据险要,将火车站、海关、清军水雷营等要害部位,反客为主地控制起来。俄炮舰"基利亚"号、"海龙"号及巡洋舰"朝鲜人"号,英巡洋舰"阿尔杰林"号,直接部署在于家堡的对岸,对南北炮台形成切身的威胁。这种不利情势,是多年的妥协退让造成的,罗荣光只有逆来顺受,督促官兵加紧备战。

炮营管带卞长胜,是个脾气暴躁的山东汉子,他讨厌外舰抵近窥探,早嚷嚷着要开炮。真要打仗了,他又兴奋又紧张,催促士兵检查炮械,加固工事。一哨人马奉命堆砌沙袋,封堵外墙的一个缺口。这活儿死沉死沉的,大家边干边发牢骚。卞长胜耳尖听见了,提着哨官的名字骂:"牛老八,你不把口子堵严实,洋鬼子上来捅了你!"哨官也不怵他:"他上来不如我下去,老子早熬得不耐烦了。"卞长胜哈哈笑:"好哇你去,船上有洋娘儿们等着你——"

忽见罗荣光来到跟前,卞长胜一下子噤住。罗荣光问:"怎么样?"卞长胜应道:"好得很!那洋娘儿们——"罗荣光不禁失笑:"打赢这一仗,我赏银叫你去开洋荤。你得把炮筒给我拾掇好。"卞长胜道:"是,大人,你?好吧。在下有一想法,不叫洋

鬼子先开炮。"罗荣光一激灵:"衅自我开?那犯大忌,你怎么敢!"卞长胜梗起脖子:"鬼子来我中华挑衅,整整过了一个甲子!就说眼前,明明是它摆好阵势,才来跟我约定时刻,我若严格遵守,与投降何异?"罗荣光愣了一下,伸手猛地一拍:"卞长胜你这老粗,说到点子上了。可惜啊,可惜!"他掏出怀表看看,自言自语:"零点四十五分,距离战时,还有一点一刻。"罗荣光说罢摇着头,转身走开。

卞长胜目送着他的身影,倏地转身,快步走到主炮跟前,命令炮手装填炮弹,他要亲自校验准星。这是配合了多次的动作,在瞬间完成,卞长胜却不放心,还要手燃炮捻,反复试验。验过大炮,再观敌舰,在灰蒙蒙的夜色中,那些铁甲怪兽是看不见的,炮台只能使用白天的数据,来确定它们的位置。他希望有一双天眼,观照这邪恶的东西。

转念间上天显灵了,有一道白光划破黑暗,照射到炮台上面。这是一艘俄舰发射的电光,一定是进攻的信号!卞长胜毫不犹豫,立即点火开炮,炮弹发出尖厉的呼啸,击中了俄舰"朝鲜人"号。这一炮威力巨大,俄军死伤六十余人,船身起火,烽火台一般照耀河面,暴露了附近舰船的战位。埋伏的军舰开炮轰击,上下交织的两道火网,将岸畔河面烤得通红。北岸官兵闻声响应,北炮台和西北炮台一齐开火。第一轮炮击便没落空,一发炮弹击中德舰"伊尔提斯"号,另一发炮弹阴差阳错,击中了美国的"莫诺卡西"号。由于坎卜夫少将拒绝参战,这艘美舰接受的是"非战斗任务",即收容当地的外国侨民。当它悠闲地穿越战区时,一颗开花弹碰上了它,虽然没有造成伤亡,但这已经打破了和平。舰长崴兹犹豫了两秒钟,便向舰员下达战斗命令,使七国海军变成八国海军。

三、误中误德使丧命

北岸的北炮台和南岸的新炮台,是面朝大海的前沿阵地,既要应对巨炮轰击,

又要严防敌舰突入,因此特别吃紧,开战不多时便有多人负伤。新炮台营官陈廷福左臂被炸断,罗荣光得报后,派营务处委员代替指挥,陈廷福却嫌那人是生手,硬把委员赶了回去。他只顾催要炮弹,敌人的每一艘重舰,都是一座火药库,而中国每战必败,亏都吃在弹药不足上。天幸的是,春间裕禄巡视炮台时,罗荣光显出一点先见之明,请求给他添购炮弹。裕禄大咧咧地训他,一不作战,二不赏灯,你要那炮仗干什么?好在那天兴头不错,裕禄没驳他的面子,还额外增购了两门炮。眼下这成了救命的本钱,两岸四座弹药库,足够喂饱洋鬼子。

罗荣光亲自押运一批弹药,来看陈廷福。陈廷福请军门放心,自称臂伤不碍打炮,应当担心的倒是后面,他现在最怕弹药库有闪失。罗荣光心里一跳:"闪失?会有什么闪失?"陈廷福有点不好意思:"我也说不准。我只是想,咱跟外国人打总吃亏,比如甲午那年,日本的奸细无孔不入,把咱的要害全出卖了。"罗荣光道:"这个提醒好,我马上派人加强警戒。"陈廷福又说出一条担心的事:"还有,军门,水雷营怎么没动静?"

罗荣光没有回答。不仅水雷营,叶祖珪的旗舰"海容"号,那足以与敌舰匹敌的铁甲舰,至今没有放一炮,他在打什么主意?罗荣光想起威海卫之战,当时北洋水师受日军聚歼,岸上驻军坐山观虎斗,一副与己无关的架势。这一回反过来了,水师要"一还一报"?我的天哪,千万不要!千疮百孔的海防,多灾多难的家国,哪能经得起自我掏挖!

罗荣光回到南炮台,立即差人再往水师驻地,促请助战。这人骑着一匹快马,沿着官道驰往东沽,然后奔上河堤,打算由此处登船渡河。虽是深夜,河上却被炮火映得通明,这人在坡地上奔走,忽一下子愣住。河北边的水面上,有一幅奇怪的景象:两艘外国军舰,放出几条舢板,载着外国水兵,驶向四艘中国鱼雷艇。艇上的官兵呆若木鸡,任由外兵持枪上去,在船头系上缆绳。这是要当俘虏啊!这人惊叫出声。

确实当了俘虏。依照叶祖珪的本意,他想做一个"中人"。接到罗荣光的通报,他便向裕禄请示,万一发生不测,水师应如何对付。天津迄无回音,叶祖珪私下揣

摩,裕禄大概左右为难。战是战不胜的,不战则不好交代,那就听天由命。他想起黄海海战,当时他是"靖远"舰管带,堪称战功卓著。"靖远"在威海卫沉没,叶祖珪也多年沉沦,前年得以开复,并被委以重任。

在与外舰的周旋中,他并非毫无胜果。浙江三门湾一役,意大利海军慑于声威,竟然低头认输。他喜欢这样的"海战"。此次大沽之役,难道不能谈判? 联军进攻的理由,是要控制交通枢纽,运兵代剿团匪。这并非不可商量,何必诉诸武力? 联军将领多是津沽常客,叶祖珪与之广有交情,他便与英国的布鲁斯少将联系。布鲁斯答称深有同感,愿与叶提督进一步探讨。叶祖珪跟布鲁斯预约,于 17 日见面磋商。没想到在此前夕,猝然战火纷飞!

听着隆隆炮响,叶祖珪心乱如麻。从职分和情分上讲,他都应该参战。然而战则必毁,徒求玉碎之荣,对事局有何补益? 若能在千钧一发之际,挽狂澜于既倒,岂非一大功德! 再观察眼前的敌舰,竟是英国的"声誉"和"鳕鱼",叶祖珪更加断定,这是布鲁斯在示好。他正在反复思考,鱼雷管带登舰报告,四艇鱼雷做好发射准备,请发指令。叶祖珪忙命制止发射,管带似想争辩,想了想垂头走开。管带回到"海龙"艇上,向"海犀""海青""海华"三艇发令,停发鱼雷。四艇官兵吵翻了天,这是什么命令? 这是战场之上啊,身旁炮火纷飞,岸上弟兄浴血,到底搞什么名堂? 大家怒火填膺,操起步枪朝英舰开火。这比不上蚊子叮大象,英国的水雷驱逐舰气汹汹逼近,并不理睬"海容"舰上的旗语。

这叫叶祖珪乱了方寸,想要下令开炮拒敌,那一声令却卡在喉咙间,始终没能迸响。死是容易的,然战死又如何? 前任死事提督丁汝昌,被廷旨定为降将,遗体穿黑色囚衣,装殓用黑漆棺材,外加三套铜箍,意为腰斩三截,棺柩浮厝于故里村头,不得入土为安。在这燠热夏夜中,叶祖珪浑身发冷,眼睁睁看着四艇陷入包围,战机早已错失,他没了回头余地。过不多久,一队英国水兵爬上悬挂提督旗的"海容"舰,声称少将有请。他这是应邀谈判,还是被人所虏? 叶祖珪一边盘算,一边答应配合英方要求,不做过激行动。

在南炮台的帅位上,罗荣光得到水师放水的报告,咬紧牙骨不吭一声。他的部

下汗流如雨,血流如注,却无一人叫一声苦,这就够了,对得起他这主将了。孤军奋战没什么大不了,清朝军队一向各自为战,或者各自不战,老子的军队不是这样!他心中升起一股豪气,这时听到陈廷福战死的噩耗,他也没有眨眼。马革裹尸乃军人本分,到了时辰,罗荣光也能做到。炮台上伤亡惨重,敌人何尝不如此。根据水中爆燃的火花,他估计对方多舰中弹,那些贪婪的野兽,并未逃脱惩罚。激战三小时之久,佯攻的那一方开始焦躁了。他们没打算做长时间鏖战,洋兵跟华兵作战,总像赶鸭子一般容易,这一次怎么回事?德舰遭受重创,舰长几乎丧命;俄舰"基利亚克"险些被击沉,八人阵亡,五十余人受伤;参战各国舰船很少有不中弹的。

法国"里昂"号炮舰,副舰长做了炮灰,舰上人员急于报复,仗着船身轻巧,在各舰缝隙中穿行。行驶半英里后,它悄悄向南岸接近,舰长利希亲自掌握主炮。经过一番调整,利希伸手在胸前画一个十字,然后开了一炮。

水兵们暗笑舰长捣鬼,忽听岸上发出闷雷般的轰隆声,恍若天塌下来,又似地升上天,连河水都在剧烈震荡。弹药库中弹了!外国水兵一片欢腾,中国兵将惊慌失措。击中的是新炮台后面库房,上千发炮弹接连爆炸,毁损了大半个炮台。趁守军阵势大乱,敌舰快速移动,要一举拿下炮台。罗荣光派卞长胜赶往新炮台,重振士气。罗荣光亲督营官李忠纯,利用南营门台炮,击伤洋舰二艘,使敌人不敢靠岸。

统领北岸战事的韩兆琦,指挥部下加强炮火,借以减轻南岸的压力。北炮台是最大的一座主台,共有大炮七十四门,多为克虏伯和阿姆斯特朗式,它跟敌方重舰互射,一点也不吃亏。它背后的西北炮台,既要对水作战,又扼守着火车站和海关方向,位置极为重要。左营封得胜部在此据守,二十门大炮连连发射,炮筒子都热得烫手。随着时间推移,不仅伤亡剧增,连炮台都破烂不堪,似将解体。与外人的想象不同,炮台并非用水泥构造,而是用硬土筑成,经不起反复轰击。封得胜发着狠想,等打完这一仗,老子一定去天津陈情,请求重铸炮台。

可惜他没有机会了。深夜两点半时,偷袭的敌军在塘沽登陆,像蠕虫一般沿岸潜行。行至中途,德军大校召集俄、英、日、奥指挥官开会。奥军少校提议拂晓进攻,俄军上校主张乘暗袭击,双方发生争吵,耽搁了不少时间。波尔大校考虑,在陌

生的土地上，不宜盲目进兵，因此决定休整，先派尖兵侦察敌情。过了近一小时，侦察人员回报，西炮台的背面除了一道寨壕，别无防护工事。这促使波尔提前行动，英日、德奥和俄军齐头并进。天将破晓时，西北炮台近在眼前，三队人马呈散兵线急进，希望迅速拿下目标。

经过一夜苦战，炮台守军疲惫不堪，不少人盼望援兵到来。一名哨官往车站方向瞭望，果然看见三路援兵，他兴奋地报告封得胜。封得胜上台阶去看，镜筒中出现一个鹰钩鼻子，还有无比凶恶的眼神。封得胜惊得大叫："鬼子！鬼子！快打！"叫声引起一场混乱，接着便是炮口转向，开花炮弹在敌群中炸开，鹰鼻和短腿血肉横飞。日本兵腿短跑得却快，在西洋老毛子乱成一团时，他们早已蹿出老远，嗷嗷叫着往前扑。

封得胜亲自开炮，专打东洋鬼子，可这些小鬼散得很开，几发炮弹才炸倒一个，让他觉得不够本儿。大炮拦不住散兵，封得胜派出一哨人马，去寨壕边埋设火药，打算把敌人炸上天。弟兄们来到弹药库，库房总管点交火药亲送众人出门。站在库房门外，哨官跟总管要道别时，听到一个不祥的声音。一道火光从上头划过，落在院中长棚上，点着了满棚军火。火药崩飞砖房，催爆无数颗炮弹，巨大的力量掀翻地皮，摧毁炮台，封得胜与上百官兵阵亡。

这发炮弹不是利希舰长发射的，但也与他有关。利希曾参与海军示威，在示威的间歇时期，他作为和平的旅游者，到天津城中寻欢作乐。有一次跟同伴逛街，他在卖书的摊贩那里，偶尔发现一张石印地图。那竟是大沽炮台规划图！他问这幅图的来历，摊主说，这是从岳父那里继承来的。岳父曾在水师做事。利希把图买下，并没指望它真的管用。炮战方酣时，利希竭力寻找守军的弱点，试着调换角度和距离，竟然被他歪打正着。美中不足的是，南北两座主炮台，在那幅图上模糊不清，未能提供更多情报。利希把西北炮台的有关数据，分别送给友舰参考。舰上炮火覆盖西炮台，英舰"阿尔杰林"打出的炮弹，打爆了那座弹药库。

这为登陆部队扫除了障碍，洋兵蜂拥而上，发现寨壕太深，便沿着河岸往南跑。不久找到一座便桥，由此踏入一片废墟，赶到崩塌的炮台前，迎接他们的是一排枪

済

弹。陆战队开枪还击，后续部队越聚越多，把炮台团团围住。

日军寻到一根大木杠，撞开残破的大门，中佐服部雄吉率先冲入，当即被刺刀刺穿。服部是参战日军中军衔最高的，想替他报仇的白石大尉，跟着他饮弹而亡。残存的炮台清兵，战至最后一人，依然举枪射击。一队英兵把这人杀死，才顺利地挂出英军旗帜。英国兵惊喜地发现，还有两门炮可用，马上夺为己有，向邻近的北炮台打炮。北炮台陷于孤立，加之伤亡惨重，抵抗力愈益微弱。陆战队八九百人，趁机发动攻势，沿河大门先被突破。眼看寡不敌众，韩兆琦率领残部，突围逃向南岸。口径十二厘米的克虏伯大炮，落到联军手中，它的炮口马上对准南炮台。

明知败局已定，罗荣光仍在抵抗。仅凭一台火力，难敌四面围攻，战至六点十分，有人向罗荣光报告，新炮台上升起外国军旗。罗荣光抬眼向东望，见一群人正往这边跑，那是新炮台的残余弟兄。罗荣光要张口发令，突然听到一声巨响，接着感到剧烈震动，他被一股冲力掼倒在地。身旁的亲兵死了两个，另两个扶起罗荣光，钻出垮塌的总兵公所，看到炮台摇摇欲坠，陷入火海之中。

又一座弹药库鬼使神差地中弹，这似乎是大沽炮台的宿命。守军失去了立足之地，罗荣光收罗残兵，退往新城。激战六个小时之后，俄国军旗插上南炮台，德、奥军旗插上新炮台，与北炮台的日本旗、西北炮台的英国旗，在中国的海岸上遥相呼应。联军打扫战场，见各炮台尸积如山，不由惊叹大沽炮兵之勇，与清军的军风迥异。守军三千人，伤亡三分之一以上，四品以上将官就有陈廷福、刘恩荣、封得胜、马朝龙等七人。联军死亡七十人，负伤三百人，七艘军舰受创严重，大多失去战斗力。

这样一份清单，身负方面之责的裕禄，当然不可能知道。他所知道的是，罗荣光求发援兵，共有三次之多。可他哪里有兵？聂士成的武卫前军，在津仅有十营，淮练各军不及三营，且都分防各处，被义和团阻断去路。驻扎山海关的马玉昆部武卫军，原是可以援津的；朝廷鉴于"京都为重，海口为轻"，将其调至京东一带，用于防卫近畿。还有一个原因，虽知大沽开战，驻津领事团尚未直接向他开口。直到大沽失守三个小时后，杜士兰才来递交最后通牒，所标日期仍是16日！洋人如此卑

鄙,裕禄乐得跟着卑鄙一下,以推卸负不起的责任。

另有一人也学着卑鄙,在 17 日上午的谈判中,叶祖珪与各国司令官签下不降的降表,他的旗舰由外舰监视着,乖乖地熄火抛锚。四艘鱼雷艇,被俄、英、法、德海军瓜分。叶祖珪把"和平协议"报至天津,裕禄将战斗捷报呈奏北京。他万万没想到,这回耍的小计谋,把太后大大地算计了。

此时朝廷探知,西摩尔联军受阻于廊坊,另一支联军又受挫于大沽,这就充分表明,洋军并不可怕。或者可以说,它尚未决意打破现状,跟中国大战一场。在此节骨眼上,只要再使一把力,洋公使便有可能改变态度,撤退联军。这把力便是总署的照会:现据直隶总督奏报,各国水师提督限令将大沽口各炮台交出,逾时即当以力占据。闻之殊为骇异! 中国与各国向来和好,乃各国水师遽有占据炮台之说,显系各国有意失和,首先开衅。现在京城义和团纷起,人情浮动,贵公使及各眷属人等情形危险,中国实有保护难周之虞,应请于二十四点钟之内,带同护馆弁兵等,迅即起行前往天津。

看到许景澄送来的照会,窦纳乐浑身一凛:"这是宣战!"许景澄只能尽力解释:"不是,朝廷担心公使有失,对于各国不好交代,不得不安排出京。派兵沿途保护,可见朝廷诚意。"窦纳乐怒气陡升:"纵容拳匪作乱,逼迫公使离京,何来诚意可言!这种朝廷,不要也罢!"

许景澄怔怔地看着此人,眼神中透露出的情绪,使窦纳乐为之一惊。他不由放低了声:"许大人,事情还可挽回么?"

许景澄哑着嗓音:"挽不回了。以往有多少机会,无一人愿意抓住。从四面八方过来的人,原本目的不同,却都死了一条心,互推着走上死胡同。唉,人哪,人哪!"

见这人伤心欲绝的样子,窦纳乐心中似有悔意,可又心有不甘:"是我们不愿抓么? 公使团三番五次,要求,请求,以至哀求,朝廷都不肯剿拳。这里有一个阴谋,在追求中外决裂!"

许景澄喃喃说道:"我想起两个字:悍然。对了,悍然。你和其他各位,一直用

这两个字,跟中国打交道。这换不来任何东西,你就还使它吧。我们只有汗然,在血汗和汗颜之中,迎来国亡种灭。如此而已,岂有他哉!"

说罢这不好懂的话,许景澄告辞而去。窦纳乐发了一阵脾气,估计各使馆都收到了"噩耗",这才赶往西班牙使馆。用不着派人召请,十一国公使便聚齐了。这些人同病却不相怜,都认为病根儿在他人身上。窦纳乐抱怨使团团长,没有负起领导责任。毕盛责怪窦纳乐,没用好赫德这个润滑剂。克林德指控毕盛,轻信樊国梁的虚假情报。康格质问克林德,德国人在山东的暴行,不是这场灾难的源头么?等到对骂过一轮,好脾气的卡洛干,方才行使团长职权,请大家发表意见,该走还是该留?

克林德还在为美国人的批评生气,他说话带刺:"什么走还是留?我们为什么走?我们在这里有利益,有责任,不能被野蛮人驱逐。这是驱逐令,你们不明白?"

人们都讨厌他的粗野,毕盛倒愿接受他的措辞:"是驱逐,这没什么可争辩。问题是要撤离的人员太多,教会、商行、工程师、旅行者,还有那么多妇女儿童,如何能在两天之内带走?"

克林德焦躁道:"你怎么还说走?这根本不是选项。我们应去总理衙门,敲打那群愚蠢的东西!"卡洛干和气地笑着:"好了克林德,我们就是要去,也得预先商定条款,对那可恶的照会提出反照会。"

这是一次深刻的危机。公使团并不知道,西摩尔推进至何处,也不知大沽口战事爆发。他们对清廷的不满,仍集中在剿拳不力上。慈禧对公使们的不满,则是数不胜数:他们反对训政,阻挠废帝,收留康梁乱党,纵容这些败类摇唇鼓舌,犯上作乱;现又夺占大沽,发兵北京,意图推翻她的朝廷。慈禧的那一口气,从戊戌忍到庚子,到了咽不下去的时候。列强使用军事压力的随意性,来自公使团的盲目性,这些颐指气使的豪强,不屑于深入研究慈禧的心思。现在他们满怀激愤,一直争到晚上七点,总算达成共识。以公使团长卡洛干的名义,向总署发去复照,声明接受中方所提的离京要求,然而限制的时间过于紧迫,而且无法保证沿途安全。因此要求于明日上午九时许,公使团赴总署与庆亲王及大臣会谈。

由于时局危迫,奕劻尚未离署,接阅后与许、袁等人磋商。许、袁还想有所补救,请求王爷通融,允其稍缓日期。奕劻点头同意,想想又说,街上满是拳匪,各公使不宜来署。他吩咐章京照此意思拟稿,明日一早送达使馆。奕劻接着去找荣禄,商定派署理府尹陈夔龙出面,带武卫中军护送洋人出京。二人办着善后事宜,都知将来无以"善后",分手时相对苦笑,竟有生离死别之感。

这一天奕劻睡过了头,睁眼见日上三竿,他一骨碌爬起。街上到处都是拳民,他们多用红巾包头,穿着红肚兜,黄裹腿外扎红布带,手执大刀长矛,所打旗帜以县为号,比如"武清团""香河团",也有以村为名的。这些小小老百姓,以往从不敢来京走动,现竟成了"京中王",大摇大摆地出入端、庄二王府,成为载漪兄弟的保护神。有一保必有一杀,近日团众哄传,要杀"一龙二虎三百羊"。一龙指光绪皇帝,二虎之一是奕劻,另一虎是李鸿章。龙和虎的罪名是通洋。三百羊则泛指洋人和教徒。唉,国之将亡,必生妖孽啊!

奕劻哀叹着,闪眼看见一名官员避在道边,正是陈夔龙。奕劻命令停轿,唤过陈夔龙,把护送的事情告诉他。陈夔龙先遵命,又问是哪一部分武卫军?奕劻奇怪了:"当然是中军,你曾在营务处做总理。怎么,你以为是哪部分?"陈夔龙道:"我怕是老董的后军,卑职刚吃过他的瘪。为给四恒借款,上头火急批准,卑职赶往户部提银。您猜怎么着?董部在那里驻军,司员星散,部库被封,来往三趟都没办成。这是救命钱哪,王爷您说怎么办?"愣了一阵,奕劻愤然:"刀兵世界,强梁乾坤,大家不要命就是了!"

这里正说不要命,那边有人丢了命,这桩命案非同小可。公使们有大事在心,早早地在西班牙使馆集合,等待总署答复。久候无讯,前途渺茫,人们失去了谈话兴趣,或抬眼望天,或低头想事,连狂躁的克林德都安静下来。卡洛干夫人是殷勤的女主人,她与女仆一起,为大家端送咖啡和冷饮。康格少校酷嗜雪茄,他喷吐的烟雾,呛得邻座的人直打喷嚏。

这个响动惊醒了克林德,他看看钟表,立起身道:"到时间了,我们走。"卡洛干不解地问:"到哪里去?"克林德道:"总理衙门,九点会谈。"卡洛干道:"他们还没回

话。"克林德翻起眼:"我们就老实等下去?"卡洛干安抚这个莽夫:"克林德老朋友,在中国工作,需要具有耐心,才能生活愉快。"克林德毫不领情:"我不能坐待中国人屠杀,我请各位立即行动,叫那些糊涂虫放明白些。"

见团长镇不住这人,窦纳乐出来发话:"好了克林德,面对乱局最忌任性。他们不答复,责任在他们身上,我们急什么?"克林德发出怪笑:"英国人从来不急,比如西摩尔,他率领一支大军,不知在何处睡觉。"窦纳乐耐着性子:"你急,你能干什么?"克林德站起身来,向室外高声喊道:"柯达士,准备好了么?"听到外面应声,他朝大家点一点头,大步走向室外。昨晚商谈照会时,克林德曾经宣称,明日如果得不到满意结果,他要亲往总署,提出严厉质问。见他真要兑现,同事们慌了神,纷纷出言劝阻,指出情势危险。克林德一向以强硬示人,这时候更不肯退缩。

翻译官柯达士,立在使馆门房外,看见克林德匆匆走来,一只手摸索着西服内侧。他心想上司在藏掖什么,莫非是手枪? 克林德做过德军中尉,习惯于枪不离身,总是用皮佩带挎在身上,这回为何不见佩带? 昨晚在德使馆花园里,柯达士曾劝克林德,最好和其他公使一同行动。但公使硬要一意孤行,柯达士别无他法,只有跟从。两人走出使馆,两乘常用的轿子,三名德国水兵,静静地等在那里。克林德走到轿子旁边,正要往轿门里钻,又停下问柯达士:"也许不带护兵更好?"他难得地表现犹豫,柯达士忙设法劝诱:"带兵招致敌意,不带极不安全。我听见格尔思先生建议,派一支卫队护送——"这一句话说坏了,克林德刚才拒绝了俄国公使,这时更要显示男子汉气概。克林德命令水兵留下,他要不带武装,去会总署的懦夫。

克林德坐进红顶绿呢的官轿中,下令轿夫不要卷轿帘。这又是充满勇气的行为,柯达士对上司很钦佩。他哪里知道,克林德其实很紧张。近些日子,他杀掉不少中国人,在充满敌意的街道上,他担心会受到袭击,所以要透过轿门观察。他把手枪握在手中,机头大张,弹仓中填满了子弹,这叫他感到踏实。两乘轿子抬出使馆区,沿着崇文门大街一路向北,街旁每隔十米左右,便有两名清兵站岗。这是保卫使馆的,但你难以预知,哪一刻他会朝你开枪。在轿子的悠闪中,克林德的心神有些恍惚,他想起他的妻子,昨晚她还呢喃着,要他带她回德国。她担惊受怕得太

久,她要他"解甲归田",他本来是外交官,为什么要像个将军,出去打打杀杀?

克林德一时冲动,真想伸脚一蹬,吩咐轿子回转。忽然听到响动,他发现来到了长安大街,街口士兵增多,兵队似在换防。看到两乘洋人轿子,一名带兵官疾步过来,表示要派两名骑兵,在公使的轿前开路,以避免不必要的麻烦。克林德点头同意,然后掏出手绢,揩去额上的汗水,又拭着湿漉漉的枪柄。轿内太热了,这该死的中国乘具,更使他心神不宁。跨过宽阔的街道,前面是比利时使馆,唯有这座馆舍位于使馆区外,孤悬在长安街北面。不过,从它的前面经过,总算安全区域。

克林德这样想着,已来到东单牌楼附近,突见一群清兵,做出可疑的举动。这群人有三十多名,原本聚在一起,仿佛在密谋行凶。瞧见轿子过来,一条壮汉发一声喊,士兵马上散开,背靠东单牌楼,占据有利地形,持枪朝向轿子。克林德的条件反射,使他扣动了扳机。枪弹射向兵群,那个带兵官动作敏捷,一闪身开了一枪。这颗子弹穿透轿子,克林德身子一晃,歪倒在座椅上。这引发一阵乱枪,比利时使馆卫兵以为清兵进攻,朝这边密集打枪,清兵趴倒还击。柯达士从轿中爬出,大腿中了一弹,他仍拼命逃窜,好在清兵并未追杀。

发现洋人的轿子没了动静,带兵官喝令停止射击,他跑到轿前问了一声,没有得到回答,探头看见一片血迹。他含混地咒骂一声,叫人将轿子抬走,放在一个胡同口,把死尸抬放在地上。在轿前开路的骑兵,被眼前的变故吓坏了,赶紧骑着马去使馆报讯。在这边,闯了祸的带兵官,也派人飞报上官。守着这个高鼻子白人,带兵官浑身不自在,总觉得听到自己的心跳声。狐疑地东张西望,他看到一个亮眼的物件,就在死人的臂肘旁。他弯腰捡起,才知那是一块银表,他又骂了一声。

这人是霆字营的章京恩海,霆字营属于神机营,神机营由庆王掌管。乍听到这个报告,奕劻问了几次:"是不是虎神营干的?"在奕劻看来,只有端王的兵才会干这事。可惜坐实了自己,奕劻万般无奈,只在街头踟蹰。他实在不愿进总署,直到总办前来禀告,奕劻才来到衙门。霆字营已通报总署,当时只有章京继昌值班,他赶往事发地点,在官轿中找到德国公使的手枪,证实它打了一枪。而恩海是躲过子弹才开枪的,这说明公使先开枪。继昌回署拟写照会,抗议德国人开枪挑衅,导致一

人被杀的悲剧。此件交王爷批发,奕劻看后向案上一掷说,他翻云覆雨,我阴差阳错,时也命也,由他去吧。

不由他去也不行了,公使馆中闹翻了天。克林德之死带来的震惊,超过以往的任何事件。无论克林德有没有过失,他在驻在国的首都被杀,这都是不可饶恕的罪恶。北京有一个屠杀外国人的阴谋,至此也可认定了。这时候,那劫后余生的柯达士,也被送回使馆来。他逃到美国浸礼会的传教点,得到了很周到的救治。但他的心伤没有痊愈,在危难时刻,他抛下克林德径自逃走,这让他无法原谅自己。当得知上司被杀后,他的负疚感就更重了。为了寻求解脱,就得重塑现场。

他在心中编好一个故事,向人们绘形绘色地描述:"当时我们快到哈德门左边的警察所,公使的轿子前面有一辆大车,车旁有手持长矛的护兵。突然,眼前的一幕令我的心跳骤然停止。我看到一个满族军人,全副武装,头戴蓝翎军帽,举起步枪向前跨了一步,将枪伸到离公使的轿帘约一码之处,然后瞄准公使的头部,开始扣扳机。我惊恐地大叫:'停!'可是枪声已响,轿夫将轿子扔下便逃。我从轿子里跳起来,大腿中了一枪,其他士兵也纷纷向我开枪。我向公使的轿子看了一眼,里面毫无动静。"这是蓄意谋杀的场景,它引起了恐怖,造成了仇恨,给这场僵局又加上一个死结。

延迟了很久的总署复照,也在这时送达使馆。照会指出德国公使先开枪,对这场意外表示惋惜,同意公使团延期离京,由于地面不靖,请公使不要赴总署。这些都是无用功。在北京的大街上都会被杀,出了城厢岂非集体送死? 公使团拒绝离京,大沽失守之事,也由裕禄报送至京。

朝廷就此被挤进墙角,乃于五月二十五日,发布宣战诏书。诏书由军机章京连文冲起草,文理严密,词气雄壮。历数朝廷一再降旨,保卫使馆,加恤教民,柔服远人,至矣尽矣。乃彼等反肆要挟,公然有杜士兰照会,令我退出大沽口炮台,否则以力袭取。我未尝失礼于彼,彼自称教化之国,乃无礼横行,自取决裂。朕今涕泣以告先庙,与其苟且图存,孰若一决雌雄。彼仗诈谋,我恃天理;彼凭悍力,我恃人心。尔普天臣庶,其各怀忠义之心,共泄神人之愤,朕有厚望焉! 同日发布抚拳上谕:义

和团民纷集京师及天津一带，未便无所统属，着派庄王载勋、协办大学生刚毅统率，并派左翼总兵英年，右翼总兵载澜会同办理。

这是义和团起事以来，朝廷决策的重大转折。然而转得并不彻底，仍是遮遮掩掩，半推半就。宣战只是对内宣布，并未发至任何使馆，也未指明跟谁打仗。以至于盛京将军增祺摸不住头脑，电询总署："此次中外开衅，究系何国失和？传闻未得其详，应恳明示，以便相机应敌。"朝廷懒得理睬，只是忙着催调军兵，征筹饷需，而且设想得很周全。由于海路不通，上谕令各省挑选干练之员，由陆路抵达近畿时，要探明道路情形，妥慎管解前进。

事态如此演变，最感到沮丧的一个人，无疑是赫德了。他不是外交使节，总署的第十二份照会，竟送到他的手上，他至今都在吃惊。他的朋友众多，关于宣战的消息，自然有人通报给他。他当即冒着风险，由人从中牵线，到神机营的一处公所，与特意赶来的庆王会面。赫德连珠炮般提问：杀死克林德是预谋么？这是不是对德占胶澳的报复？为何扩大交恶范围？中国要与世隔绝么？要回到闭关锁国的蒙昧状态么？

奕劻只回答第一个问题：中方并不知道克林德公使要去总署。为了弹压骚乱，军兵加强警戒，霆字营枪队刚刚来到东单，便望见轿子近前，带兵官下令各就各位。轿中突发一枪，那人仓促回击，谁知这一枪打得那样准！奕劻不再讲说，赫德也未出声，面色凝重如铁。过了好久，赫德才轻声问："下一步会发生什么？"没有听见回答，赫德抬眼望去，但见奕劻的肿眼泡中蓄满泪水。

四、险上险英将退兵

在大沽炮火连天，北京吵翻了天时，西摩尔联军还在京津线上奔波。铁路拆了又修，修了又拆，义和团跟联军捉迷藏，突然漫山遍野进攻，转眼四面散开，没了踪

影。这样的骚扰大乱军心,士兵都变得神经质。6月17日晚11点,几个俄国水兵给机车加完水,沿着轨道往回走。一个英军岗哨打完盹,抬眼看见几条人影,失控大叫:"有拳匪!"他的同伴们端着枪爬出屋,与俄国人展开枪战,当场打死二人,重伤五人。而在车站的另一边,散漫的意大利兵在站岗时打牌,"拳匪"真的出现了,把五个人剁成碎块。这使联军统帅备受打击,西摩尔在1号机车上反思,他的战略是否有误? 但他又能如何? 他是舰队司令,他的部下全是水兵,在这陌生的土地上,除了将机车当舰船驾驶,他用何法翻江倒海?

次日一早,西摩尔乘车驶往落垡,督修破坏严重的铁路。俄国和德国部队去乡村猎食,大多空手而归。而警讯总不落空,将要开午饭时,义和团又出现了。面对汹涌的红头巾,步枪和机枪发射火舌,割草一般扫荡敌人。拳民轮番进攻,在付出重大伤亡后,战场上一时岑寂。俄国兵从土埂组成的防线上撤下,打算进站休整。德军指挥官乌斯多姆,正要安排轮流进餐,忽然听到一阵呼啸声。转身朝北看,从岗坡林地中冲出一支马队,直向铁路扑来。义和团很少有骑兵,这是怎么回事? 乌斯多姆还在发呆,俄军少校大声吆喝着,叫他的士兵速回战位。这时响起炮声,由马队后方射来,是在作火力掩护。这是正规军的进攻! 马队很快冲至前沿,迎面遭到排射,马队快速机动,驰向一片洼地。从后边上来的步兵,趴下与俄兵对射。他们使的是洋枪,加上有人数优势,给俄军防线造成了空前的压力。

马队兜一个圈子,出现在德军前方,德军用密集的枪弹,对付敌人的攻势。不断有人落马,更有受了惊的战马,迎着枪弹狂奔,瞬间冲上了防线,踏伤了打枪的士兵。这引起一阵惊呼,外国兵听人传说,义和团有神马崇拜。这些野马如此疯,是不是马神显了灵? 在两轮马队冲击之后,大批人马分两路进击。左路明显是官军,但他们不像聂军那样穿西式的白军服,这些人身穿灰布号褂,前胸有一个大大的"勇"字,显得呆笨可笑。右路仍是义和团,人数约有千人,使用的土枪也比往日多。

意识到这是一场恶战,乌斯多姆派人奔回车站,在要害处布设火力。双方交上了手,德军的枪炮威力,打烂了两头蛇的头,对方很快冒出新的锋头,终于突破了防线。德军边打边撤,依靠预先架设的机枪,跟敌人的人海周旋。俄军先期回撤,两

军背靠着背,抵抗四面围攻。仗已打了两个小时,敌人尚无败退迹象,这叫乌斯多姆心慌,德、俄的七百名军人,莫非要溃败于此?包围圈越缩越小,喊杀声震耳欲聋,凭借"格菲昂炮台"这个火力点,守军的抵抗才没被摧垮。乌斯多姆遥望东方,希望出现奇迹。奇迹竟然真的来了,英、法援军乘着机车,从落垡开了过来。马克辛炮在敌群中开花,守军乘势反击,把攻势压制下去。

官军和义和团差一点得手,只因运气不帮忙,才未歼灭洋军。退下去的队伍撤至小河边,吃着附近村庄送来的热馒头。在此以前,这种情景不会出现,那时老百姓见兵就躲,官兵进村即抢。这一回,倪赞清的义和团,跟姚旺的队伍联合作战,同生共死。姚旺是甘军分统,奉董福祥之命出城巡查,阻击联军。三千甘军与二千义和团团民,打了一场"廊坊大捷"。这算不算大捷?坐在青石条上,姚旺跟倪赞清喝着粗泥碗中的烧酒,问了这么一句。倪赞清大叫,算!义和团打仗,一百人换一;总兵爷打仗,十人换一。鬼子的命比咱值钱百倍,大人你大赚啦!姚旺笑洒了酒,把碗往石头上一摔说,好,甭管他娘的金盘子银碗,统统砸碎他妈拉巴子!我跟前路聂军门约定,首尾夹攻歼此毛贼。倪赞清忙说不要,老聂杀团无数,俺们跟他有仇,不去杀他,就算留情。

此役使联军死十伤百,堪称出征第一败。随后赶来的西摩尔,在指挥车中召开军事会议,总结战斗的经验教训。军人争讲义和团,以文官璧阁衔的言论最具代表性:义和团战术简单,武器原始,每一次作横排攻击,缺乏组织,不懂配合,把人数优势大大抵消了。但是,他们用勇敢来弥补训练不足,用肉体与枪炮作殊死搏斗。假以时日,他们会用鲜血淹没联军。璧阁衔现任上校情报官,他的情报显示事态严峻:义和团烧掉天津至落垡间的各座桥梁,撬掉钢轨,拧掉螺栓,破坏水塔,或把电线杆推倒在轨道上。今天出现的先头部队,只是中国军队总进攻的前兆。联军前有强敌,后无退路,急需改变行军计划。

指挥官们赞成情报官的分析,这促使西摩尔当机立断:"鉴于给养中断,伤员增加,继续前进是不明智的。全军应即退至杨村,征集木船沿白河北上,经由水路攻打北京。"联军开始从廊坊撤退,当晚全部集中于杨村。不料立足未稳,深夜又遭到

甘军和义和团的围攻,打到黎明才停火。联军清查伤亡时,听到天津方向传来隆隆炮声,这仗又是谁跟谁打?跟外界失去联系的联军,成了两眼一抹黑,这比受到围困更可怕。派兵沿河搜索,仅仅找到九只木船,用这种运输工具是不可能进京的。

西摩尔再次更改计划,命令全军向天津撤退。木船装运伤员和军用物资,大部队则在岸上行军。白河河道狭窄,顺流也须拉纤前进,而且经常搁浅,因而行军速度缓慢,每天最多走六英里。沿岸散布着村庄,几乎每个村子就是一座城堡,因为有义和团据守。他们有三磅和六磅的小炮,更多的是土制抬炮,占据着高大的土墙,墙外有纵横沟渠,广阔田野,利于防守。联军现在转守为攻了,每过一村都得展开队伍,既要进攻,又要保护河上的伤兵。

左翼也常受袭扰,清军骑兵和马拉炮队,隔河发射炮弹,那是十二和十五磅炮,对联军威胁极大。经过两日夜的苦战,联军到达北仓,此地是津北重镇,有聂军一部据守。这把锁必须打开,联军全力攻击,在大炮和机枪掩护下,英、俄、德都组成突击队,向北门和西门发起冲锋。激战达四小时之久,联军死伤一百五十人,参谋长泽力科上校身负重伤。守军的伤亡也很大,聂士成亲自率部来援,却是迟了一步,北仓被联军占领。

虽然取得了胜利,联军的士气却低落到极点,连西摩尔的脸上都布满愁云。天津方面情况不明,如果租界被中国人攻占,他们就得一路打到大沽。鉴于前途黯淡,联军不敢在北仓逗留,当日午夜摸黑开拔。陆战队攻克了挡道的第一座村庄,纵火焚烧房屋林禾,让火光照亮他们那黑暗的心。赶了一英里半路,又一座村庄横在面前,联军尖兵搜索前进。靠近左岸的几所土房,显然是空的,表明居民已经逃走,这叫陆战队放大了胆,招呼河上船只加快进度。在夜色中急促行军,走完了大半个村子,右岸现出一道长墙。那不像民间的建筑,难道是个城堡?

带队的英军少校钟斯通,看见两个人影从门洞走出,登上斜堤,隔河发问:"谁?上哪里去?"钟斯通随口回答:"外国军队,回天津去。"对方应了声"好的"。接下来不好了,长墙中间喷出火光,联军顿时乱成一团。这座堡垒居高临下,河面全在它的火力网之下,运伤兵的木船毫无遮蔽,似已面临末日毁灭。垂死挣扎是最忘我

的,一名浑身血迹的德军军官,使用船尾的马克辛炮,向着长墙连连开火。让联军庆幸的是,对方的射击技术很差,大部分弹火浪费在空气中。西摩尔观察到,城堡的火力集中在正面,侧后面的角面堡,却像一个闲置的通道。他决定以这里为突破口,派钟斯通少校去执行。

英军小分队沿河上行,用搁浅的木船作浮桥,渡河奇袭角面堡。这地方无人把守,钟斯通分队由此进入堡垒,探知守方仅有少量清兵,其余全是义和团。小分队发出得手的信号,后续部队迅速跟进,展开攻击。

义和团四处逃散,联军源源开了进来。他们惊讶地发现,整座院落有四十英亩,中央建有石头库房,里面储存着大炮、步枪、弹药。我的上帝,这是西沽武器库啊!院中有大片房舍,各种物资,尤其珍贵的是,在仓库中找到了一批大米,这使他们如获至宝。西摩尔命令建立临时医院,抓紧时间休整,然后一鼓作气,打通回津之路。布置刚刚就绪,敌情便出现了。前来进攻的是聂军主力,兵员众多,炮火猛烈,其中有一门克虏伯大炮,给联军造成极大杀伤。德国巡洋舰"海塞"号的舰长,就丧生于德制炮口下。又打了两个昼夜,联军依靠取之不竭的弹药,方才避免全军覆没。然而又能抵抗多久?与租界取得联系才有出路,西摩尔派出好几名信使,但是都被半途截住。第二天夜里,西摩尔组成了百人突击队,令其带信出发求救。突击队在西沽村南受到阻击,带队的贝茨上尉战死。西摩尔部队已成瓮中之鳖,仿佛只待清军捕捉。

西摩尔这次失败的行军,在津沽引起了连锁反应:为了增援西摩尔,八国海军夺占大沽;大沽战胜的消息,刺激了紫竹林租界的洋人,出兵攻打武备学堂。六十年前,紫竹林还是个百户小村,英法联军逼签《北京条约》,此地被辟为天津租界。美、德、日等先后跟进,对这片土地巧取豪夺。伴随着卫队进京,列强陆续向紫竹林增兵。大沽开战前夕,一千七百名俄国兵开入租界,使界内兵力增至二千五百人。洋人恃此对直隶总督施压,还以保护租界为借口,肆无忌惮地准备战争。俄军抢占了老龙头火车站,大炮控制了通向租界的道路;联军日夜巡逻,清查奸细;数百教民被驱至沿河一带,修筑工事。裕禄向总理衙门叫苦:"各国领事遇事挑衅,不受商

量,猙横已极。盖因各国所到兵舰已多,租界屯扎洋兵亦不少,大有群起相争、借口开衅之势。"这个衅,果然从炮台扩展至学堂。

武备学堂由李鸿章创建,位于白河东岸,正好堵住租界的出口。校园备有充足的大炮和火药,能够射达租界的任何一点。大多数学员纷纷逃难,却有九十人固守不去,他们成了洋人的眼中钉。大沽陷落九小时后,英军路克上校率领队伍,撞开铁门冲入学堂。洋兵比学员多出一倍以上,路克希望活捉这些预备军官,将他们洗脑为"友好人士"。不料学员殊死反抗,把宿舍当成临时堡垒,从门窗等处射杀敌人。路克组织了几次冲锋,有两组士兵突入宿舍,被迎上来的刺刀戳伤了一个,败退而出。

中国学员竟敢白刃格斗,这叫路克很是吃惊,他决定放弃原定计划,下令纵火。大火吞噬了学员据守的房屋,延烧至军火仓库,爆炸声此伏彼起。洋兵消灭了武备学员,虏获了八门大炮和数百枪支,满载而归。驻扎在东机器局的杨慕时部,被剧烈的爆炸所震惊,火速驰援武备学堂。迎接他们的是熊熊火光,一片废墟,更有烧焦的尸体散发的气味。目睹此情此景,官兵怒不可遏,没有等到统领发令,十门大炮已经架起,对准租界开炮轰击。

从涿州剿拳时起,杨军与义和团结了仇怨,互相攻杀。但从这一刻起,他们要调转枪口,跟洋人作战了。这就与义和团成了同路,尽管心里别扭,由于有相同的敌手,兵和拳就得相互容忍,哪怕转眼再寻仇斗杀。这种情势,逼着裕禄也转了向,试图利用团民攻克租界,收复大沽。裕禄召曹福田、王德成、杨寿臣等各团首领,入署议事。曹福田籍隶静海,出身游勇,他在家乡设立拳场,打出"保甲义和团"的旗号。进入天津在吕祖堂设坛,又在住处张贴门额:"署理静津一带义和神拳"。这些名目沾带官气,他又懂一点官家礼数,与其他头目相比,裕禄对此人高看一眼。前些日哥萨克骑兵前往静海,救援避难的比利时工程师,曹福田跟俄国兵交过手,这也算一注本钱。听着他向总督卖弄战绩,王德成跟杨寿臣交换眼色,一声不吭。二人在廊坊打联军,那才称得上恶仗。可是王德成追打杨慕时,怎好摆到桌面上说?

裕禄问曹福田,为何自称"署理"?曹福田答说,静海县白沟河人张德成,本是

船老大。神拳兴起,有一天张德成经过一处拳场,驻足观看,笑言这是假神拳。众人追问何为真神拳,张德成用高粱秆挑一黄纸,掷于地上,叫人去拾。就这一张纸,几个壮汉竟抬不动!众人罗拜,称为神师,将张德成拥至独流镇,开立"天下第一团"。我奉张大师兄之命,来天津城作先锋,所以称为署理。这话半真半假,裕禄不去管他。因他自告奋勇专打俄军,便赐予曹福田令箭一支,使掌生杀之权,并可调用各兵队。王德成和杨寿臣不要官,只请求发给武器,以利杀敌。裕禄往后推了一步:"如果你等奋勇争先,本部堂库中广有军火。"

几位大师兄遵命退下,曹福田当即分派多人,在大街小巷高声传令:吕祖爷爷神示,八月乃洋人灭亡吉期。今天是五月三十,从明天起,全城将六月改称八月,不出三日,必破租界。由于租界在津城东南,处于上风头,需要西北神风反冲助战,沿街铺户须烧香祈求。上香时叩头三百六十次,在案上供五碗清水,五个馒头。全城各户均在门头张贴黄表,上书"义和团大获全胜""快马神骑,八卦来吉""太上神功,急急如令"。为了辟杀洋鬼子的邪气,各家门前要钉斜尖红布一块,并用红布缝制口袋,内装雄黄、石灰、黑豆、青椒,挂于门口或带在身边。大街小巷悬挂红灯,要使全城大放光明。

紫竹林的联军也在备战。在租界当局看来,义和团的反洋宣传很有效力,有不少华人也受到感染,以致人心浮动,租界内常有冷枪射出。联军进行了一场搜查,没收了华人家中私藏的枪支。并且发布戒严令,华人上街若无欧洲人陪伴,立即拘留。同时派出求援信使,由四名英、俄军官前往大沽,一来请求速发大军,二来探明路径,准备在防守不住时撤退求生。

与联军的铁板一块相反,裕禄却把聂军分成三块:一部由聂士成统率去打西摩尔,一部去攻打老龙头,其余五千人攻租界。宋庆、马玉昆军各数营,加上义和团和民团二万人,总共四五万之众,还不能把租界一口吞下?

进攻以炮击开始,数十门大炮一齐开火,炮弹飞向各式洋楼,要把它们夷为平地。但是联军发现,弹火落点都偏高,这大概是因为,中国人有洋楼高大的印象,造成了这种偏差。联军炮少效率却高,总能把对方压制下去。

真正惊人的攻击,仍然是义和团发起的,他们在冲锋时发出非人的呐喊,压下了威力强大的机枪喧嚣声。在无穷无尽的人流面前,联军的"绞肉机"也会留下缺口。义和团便从此处突入,杀伤敌人,焚烧洋房。

紫竹林渴盼援兵,大沽联军接到了告急信,分成两批出发。罗荣光在新城率残兵阻击,再次吃了败仗,他只好绕道赴津,以期戴罪立功。另一支援军乘火车西进,接近第一个车站时,车轮受到木楔和石子阻挡,致使一节车厢翻倒,两节出轨。先头部队清除障碍,进抵军粮城。从这里放弃火车,两翼派队掩护,主力沿铁路行军。他们在张贵庄东面遭到伏击,两门炮被打坏,死伤数十人,只得仓皇退却。等到两路会合,联军兵员多达八千,强力推进至东局子前面。聂军在此驻守,依靠机器局的工事,打退了三路进攻。俄军炮兵被迫撤退,在此紧急关头,英国水兵推出一门九磅大炮,这是从炮舰"奥兰多"号拆下来的。这门大炮稳住了阵脚,联军夺路冲过,与老龙头的俄军接上头,于晚上八点开进租界。

大批援军的到来,使紫竹林洋人兵力骤增至万人以上。这还不算完,另有一支联军在向租界靠拢,这就是销声匿迹的西摩尔。突击队被聂军打回来后,武器库就像被贴上了封条,围墙中弥漫着死亡气息。急中求生之术,仍是派人求援,这次派的信使,是璧阁衔的仆人陈三。每一个在华生活的洋大人,都雇有几名中国仆人。仆人均以听话著称,陈三还有几分机灵。陈三带信出发后,西摩尔担心地问:"这人可靠么?"

璧阁衔露齿一笑:"中国人都可靠,司令官阁下脱险后,我建议您雇用华仆。"

"脱险"二字刺痛了西摩尔,他摊了摊手:"我多次反思,这是一支水兵,让他们陆战就是错误。我们西方人经常吹嘘,只要有一小支欧洲军队,便可从中国的一端打到另一端。这回我尝到报应了。"

璧阁衔安慰司令官:"我们可以报应回去,就是把全部中国人,都变成陈三一样的仆人。"

被洋大人期许的陈三,这时正在田野里奔波。仗着熟悉地形,他穿过义和团的防区和官军的驻扎地,黎明时分赶到天津,被守城兵抓住盘问。陈三预先把信纸吞

进肚里,在问答中又没露出破绽,士兵放了他。他脱下布衫当白旗挥舞,通过火线进入租界,很快见到英国领事。贾礼士把陈三带到租界司令部,叫他复述吞吃的信件。二千五百人的救援部队迅速派出,由俄军希林斯基上校率领,沿着铁路向西沽挺进。上午十点抵达武器库,解围之战立即打响。受困联军侦知援军到来,也从围墙中冲杀出来。清军顶不住腹背夹攻,溃败而去。

长达十七天的磨难,终于结束了,西摩尔联军为了庆祝,把带不走的弹药全部引爆,放了一次价值百万的焰火。西摩尔被接回租界,又成了军阶最高的军官,又被公推为司令。西摩尔为了打破困守之势,决定出兵袭扰。联军分队出征盐沱、陈家沟一带,仅在大直沽村,就杀死村民二百余人,大火经月不熄。

曾经重创援军的东局子,更是必须拔除的眼中钉。这日清晨,二千俄军开赴机器局西面,先用排炮轰击。守卫东局子的营官潘金山,命令守军潜伏不动。等到俄军出兵冲锋,潘金山才令开炮猛轰,把俄国兵打得人仰马翻。伤亡持续增加,俄军渐渐不支。八百余名英、美、日军紧急驰援,同时派兵沿东岸进犯。聂士成接报后,火速抽调哨队援助潘军,并派后路统领胡殿甲,会同陈家沟等处团民,击退东岸敌军。

激战两小时之后,一千余名联军骑兵,从军粮城赶来助战。东局子四面受敌,潘金山右膀中弹,仍然不下阵地。正在危急时刻,又一次剧烈的爆炸,从军火库中引发,顿时烟柱冲天,厂房腾空,连铁轨都被掀翻。局库比炮台仓库大数倍,照样毁于敌人炮火,这怪老天爷不长眼,还是怪洋鬼子眼太精? 潘部残兵撤出阵地,有两个兵不愿走,到库房废墟上埋地雷。联军如期到来,地雷准时开花,把两名清兵和十几名洋兵炸上了天。对于联军,东局子之战是一次大捷,洋人在租界举行了凯旋游行,一直躲在屋里的妇孺,都穿上花花绿绿的衣服,感谢上帝的恩赐。

直隶总督裕禄可就惨了。东局子的失守,是勒得最紧的绳扣,套上他的脖颈。他原本不想打仗,他是一员福将,福将都该坐享其成。他的温和感动了外国人,以至英国海军部打专电给卜鲁斯少将:"若天津总督本人遭到生命危险,由于他对英国的忠义,将在一条英国军舰上给他提供避难所。"裕禄的"忠义",就是大力剿拳。

拳民即是乱民,镇压境内暴乱,向来是大吏的本分。然而北京转了风头,裕禄不得不跟着转,可是总有些想不开。

在裕禄的心目中,总有一段文字使他烦恼:"曹州匪起,毓公抚山东,获匪首朱红灯戮之。春夏间津郡忽起红灯照,皆十余龄幼女,着红衣裤,绾双丫髻。左手持红灯,右手持红巾及红色折扇。有老妇设坛,集闺女数十上百,环侍授法。四十九日术成,诸女咸称大师姐,辗转传授。据云此术以红扇自扇,可身跻云端,于空中掷火焚洋人屋,呼风助燃,天火不熄。五月中,有一舟泊北门外,四周包裹红绸,中有三女,称黄莲圣母、三仙姑、九仙姑,能避瘟疫,善疗刀伤,拳众受创者皆收治。津民惑者罗拜于岸上,府县不能禁。"

这是一名督署幕僚奉命调查拳团之后,上呈的一份报告。所述尽是妖法,裕禄当然要痛剿。而今时移势易,凡事皆当小心,谁敢断言这场血光之灾,不能以红灯破之?且看城中挂满红灯,裕禄虽然大权在握,也无能力一律禁绝。因为津民笃信一个传说:甲午那年北乡挖河,挖出石碑一块,碑上刻字:"这苦不算苦,二四加一五。满街红灯照,那苦才死苦。"这个该死的谣言,连裕禄都有些迷惑,近日常常念叨,好像中了邪祟。

厌倦得吃不下饭,忧愁得睡不好觉。这晚上做了一梦。第二天午后懒懒的,打盹间身入相同的梦境,裕禄坐不住了。在庭中转着圈子,蓦地想起立山,那家伙没正经,曾向他夸说一位乩师。是否试他一试?心里犹豫着,口中已下了令。过了不久,家人将半米师傅请来了,果然是黑凛凛一条汉子,只是没带徒弟。总督大人询问原因,半米憨乎乎答,徒弟去当义和团了。裕禄有些惊讶:"你倒会赶时新!"半米一根指头朝上指:"不是我,是天。天机与民心对应,连那被砍头的朱红灯,都再次返魂出头了。"

立山说此人口拙,怎到我这儿变得饶舌了?裕禄转问正题道,我给你说说梦。半米伸手一挡:"大人不说,还请神说。"这便请了乩盘来,摆设停当,如法炮制。无人帮他扶笔,裕禄要唤一下人来扶。半米说,求人不如求己,自扶岂不心诚?这碰触了裕禄的心事,他欣然走近乩盘,指尖担起平木。二人各自默诵,乩笔兀自不动,

忽然运动如飞,在沙上写下六字:"纸里包不住火。"

此语端的不祥! 裕禄心中骇然,闪出的第一个念头,是他谎报军情。想着便惴惴地问:"敬问何圣临凡?"乩笔龙飞凤舞:姜子牙、闻太师、楚霸王、托塔天王、齐天大圣……一串圣名绵延不绝。等到写出"黄天霸"时,裕禄瞪眼说声"罢了",那笔听令一般立住。裕禄嗔怪地问:"这算何路神仙?"半米拾掇着他那家什,嗫嚅言道:"来不来问他,信不信由你。大人之梦,只·太公便可了矣。"裕禄问:"此话怎讲?"半米道:"姜太公钓鱼,愿者上钩,大人愿不愿上钩?"裕禄大为恼火:"这是什么话! 老七拿银子,给他七十。"

这是给予赏银叫他走开,因手下人名叫老七,顺口喊出七十。半米似乎不情愿:"大人,荣大人可是一百。"裕禄挥手打发:"去吧去吧,剩下那三十,下个月给。"半米嘟嘟囔囔,携着仙具转身,走几步又回头:"还有下个月么?"

裕禄心一咯噔,听那家伙囔着鼻音:"大人所做之梦,恐怕是被窝里失火。大人之裕与被字同旁,此为天缘;乩言之纸有绵被之丝,此乃神启。被里有皮肉之身,纸中有姓氏之家。大人道出七月,岂不闻七月流火? 火乃旺相,大人莫怕。大人与荣大人同一禄字,不过他头上有火,大人您身边着衣,在他后面跟,大人要小心。比如一个灯笼,火光在内,照耀四方。可不敢烧出来,一出来便是'炮'字,纸里包不住火了。"这人猜中了裕禄的梦境,所解言语若隐若现,字字惊心,使得裕禄怔忡半日,如醉如痴。

醉酒治不了病,幻语当不得真。时至今日,裕禄只能将错就错,利用红灯抵挡炮火。裕禄上奏朝廷,请旨调派重兵,举荐盐运司杨宗濂,建议令其选练芦勇三千,与现有各军相为犄角,力遏敌氛。与此同时,裕禄兑现发给武器的诺言,打开北洋军械库,令各团前往自取枪支。对独流镇的张德成,他已两次派人召请,张德成摆出诸葛亮的架子,迟迟未应。裕禄特令督标参将,用八抬大轿前往迎请。张德成到了天津,裕禄大开中门迎接入署,以平行之礼相见。张德成的坎字团,在城隍庙立"天下第一团",聚众二万三;王德成的乾字团,在大佛寺立"天下第一坛",聚众一万七。此外,大小团会数百家,都去官府领到了枪。由于允许自取,有人拿枪三支不

带子弹,有了子弹也不会用,只能安上刺刀当长矛。但这鼓舞了士气,团民打仗更加奋勇,不打仗时也不闲着,满街巡逻,追查敌奸。信教的便是奸人,其表征是额头有十字,迹象甚难辨认,需有火眼金睛才能发现。

这天在县署东南的一条大街上,一辆骡车拉着木器家具,向东行进。这些器物做工古朴,看来出自京中木厂,跟车的除了一名车夫,还有一个骑骡的中年人。骡车行至电报局东面,到盐道衙门北边便可出东门,奔上津沽大道了。忽然听见一片喧嚷,只见街道拐弯处聚起不少人,原来有神团在此设卡,清查教徒。卡子设在一家洋货铺前,店家早已逃走,现在辟为"南沽拳场"。一位花白头发的大师兄,端坐在场前长凳上。卡子上发现可疑人员,就拉来请他复验。如果验出十字,便由手下推到墙角,一刀斩决。

此时地上横着两具尸首,血腥气随风飘散,使排队过卡的人们胆战心惊。跟车的中年人却很镇定,漠然地望着前面,随队移动脚步。很快轮到这辆车了,卡上的壮汉先验车夫,挥了挥手,让车通过。再验中年人,照样放行。这人走开几步,却从背后传来喊声:"回来!"中年人假作没听见,卡上有人追过来,一把抓住他的辫子。正是辫子让他露出了马脚,他的头发乌黑浓密,辫子却只有一尺来长,显得很不协调。壮汉问话:"你是哪里人?"这人简短回答:"东庄。"又问:"干什么的?"又答:"买货。"再问:"信不信教?"再答:"不信。"壮汉哼了一声,旁边两个弟兄夺过骡子的缰绳,将中年人扯下街道,押到大师兄面前。

大师兄的冷眼,与这人的呆眼劈面相对,互相掂量一番。大师兄抬手往东一指,这人看见那辆车子被义和团截回,不由心中一沉。大师兄顺势喝问:"哪里人?"

这人从牙缝里挤出:"东庄。"

大师兄道:"这里没有东庄。你是奸细,头上有十字!"

这人咬着牙道:"没有。"

大师兄道:"有。你的头发原是洋式,才长起两三个月。你是广东口音,却要冒充东庄。你一定夹带赃物,我叫你死个明白。"

随着一声令下,卡上弟兄七手八脚,搬动车上的家具。这人变了脸色,拧身扑

奔过去,要与那些人拼命。拳众一窝蜂上前,被他打倒一片,终于寡不敌众,这人被大家制服。大师兄亲自监押,令两个行刑弟兄,把这人推到墙角,便要杀头示众。眼看死到临头,这人嘶声叫喊:"康孺博!谭复生!铁君没办成事,铁君随你们去了!"

大师兄身上一震,伸手止住挥刀的弟兄,追问这人:"你说什么?谭什么?"

这人愤怒呼叫:"谭复生!大英雄谭复生!你们这些卑鄙小人——"大师兄愣了一下,吩咐手下放开这人,将他带到铺房中去。

第四章　攻打使馆

一、炮口泄愤　刀下留人

　　这人是梁铁君,受康有为的委托,赴京寻找康广仁的葬处,将其遗骨携带归南。梁铁君于五月初到北京,由于长途跋涉,患了一场大病,熬到月尾方才痊愈。康广仁为钦犯之首,被杀后陈尸数日,在几天后的夜间,才由南海馆人偷偷异去,葬于宣武门外龙下洼。这时候兵荒马乱,馆人四零五散,梁铁君费尽周折,终于在南下洼龙树寺旁寻到穴位,收殓了康广仁的骨殖。京中不可停留,梁铁君化装出行,闯关过隘,来到天津。沿河沿路全是战场,梁铁君决定穿城而过,差一点做了刀下之鬼。

　　大师兄听罢这段缘由,不动声色道:"你还没讲到谭复生。"梁铁君实话实说:"我无缘见谭复生一面,可我敬他是真英雄,他跟康南海一样高贵。"大师兄愤愤说道:"去你的康南海,谭复生比他高贵十倍!罢了,说也白说,看在姓康的跟谭兄弟同难,我帮你送他走。"说着转身就走。梁铁君急急跟上,本不该问,却忍不住:"感承老兄照应,在下和康氏几代皆感大德。老兄与谭复生恩义必深——"大师兄声音

冷淡："好多年前,谭兄弟来随在理教,我们义结金兰。那不是纸上的情义,你们不懂。"大师兄走到门口,唤来几名心腹交代一番。三师兄随即带领十几名弟兄,护送骡车由南门出城,经李七庄过八里台,一路赶赴白水头渔村,将二人一骨送上一条渔船。

三师兄回津交差,大师兄又派他巡查街道,谨防外团插足进来。拳团风潮大起,在理教、圣贤道等教派,甚至武馆、商号等行会也都扯旗办团,一为保地盘,二来反洋人。由于鱼龙混杂,所以各行其是,只看那张、王两德成,立下两个"第一",便知谁也不尿谁。在理教是坐地虎,不动声色地扩大势力,没把外来户看在眼里。不过他摆出顺从的样子。这天傍晚,大师兄便应召赶到吕祖堂,听曹福田安排与洋人大战。大师兄看得出,曹福田也是一个能人。这位"署理总头领"用张德成做幌子,取得了正儿八经的令箭,堂而皇之地发号施令。张、王二位未到会,却都在一封战书上签了字。战书要递给霸占老龙头车站的俄国老毛子,约定日期与之决战。战书的开头一句是:"统带津、静、盐、庆义和神团曹,谨以大役布告六国使臣麾下。"

曹福田在这里弄混了,真正的使臣在北京,而且不止六国,是十一国。真正的战书是慈禧太后发布的,她要报复洋公使的威逼,洋军队的侵夺。在枪声打响之前,每一方都抓紧最后时刻,使自己站稳脚跟。统率义和团的载勋和刚毅,把团众分为两大股,以李来中为首的陕甘团,帮助甘军打使馆;以朱九斌为首的京津团,跟随载澜打北堂。载漪则与董福祥合谋,把分驻各地的虎神营枪队,调来跟甘军混搭推进,严密封堵使馆区的缺口。

荣禄在打另一番主意。就在昨天,他想将甘军由永定门撤下,调至大红门一带。董福祥声称面奉谕旨,守城却敌。荣禄笑了笑说:"除了杀死一个书记官,你还能却什么敌?"董福祥依然硬气:"那是只来一个书记官。若来了十八国领兵官,末将也要把他缚献阙下。"荣禄道:"你真以为你能打败洋人?"董福祥道:"打败打不败,我都得打败。"荣禄问:"这是什么车轱辘话?"董福祥眨眨眼:"中堂莫怪我说,您病的不是时候。那些天太平无事,义和团还没到涿州。等到您老人家病好,京城病邪入心,我的兵不巧又闯了祸,我若不随行就市,就得被杀掉熬汤。"

这个兵痞要跟端王分肥,竟敢对武卫军统帅倒打一耙!荣禄还想有所补救,派王明福带兵前往使馆东面,补充武卫中军的兵力。荣禄随后赶至西苑,在殿外遇上奕劻和王文韶,三人不由相视苦笑。奕劻特来请见,报告公使团暂缓出京的要求,是想得到不攻使馆的明旨。慈禧淡淡地说声"知道了",便打发他出来。荣禄顺口问:"皇上不在?"见奕劻点头,荣禄暗自耻笑,现在又觉得皇上有用了。只听奕劻对王文韶说:"陈夔龙的事,我也不想再插嘴。"荣禄便问什么事。王文韶把事情原委告诉他,荣禄灵机一动:"这倒是个由头,我们三个再上去,看是否能挽回天意。"

奕劻有些犹豫,王文韶竭力怂恿,便把三块牌子递上去。三臣子鱼贯而入,见慈禧孤零零坐在那里,神情有些落寞。她的语气倒还平和:"奕劻二进宫,你是放不下呀。"奕劻叩头道:"又来渎陈,求太后宽恕。德使之死,众使臣难免心惊,请求缓离也可理解。"慈禧腔调冷淡:"他们不走,我有何法?我只想问奕劻,你的外交怎么办的?大沽炮台哪去了?"她把目光移到一旁:"你们两个什么事?"王文韶奏言:"署理府尹陈夔龙请求代奏,他奉旨办理四恒借款,因遭掣肘,未能办成。"慈禧皱着眉:"谁掣他的肘?"王文韶道:"董福祥军驻扎户部,陈夔龙连日前往,皆遭拒绝。"慈禧不相信:"拒绝?他们要霸占部库,盗用官款?"王文韶道:"这倒不敢,然其以军事为口实,文官遇上兵,有理说不清。而且部员星散——"慈禧抓住了空子:"部员?你是户部尚书,怎叫属员星散?"王文韶叩头:"臣请治臣不职之罪。然臣亦是文官,臣去找董福祥,他以军务为由拒见。"

慈禧瞅着荣禄:"董福祥是荣禄奏调的。"荣禄叩称:"奴才看走了眼。奴才调他退扎大红门,董福祥拒不听命。"慈禧问:"为何退扎?"荣禄道:"董军纪律不好,官民出入屡受打抢,多次杀伤人命,营务处收到诉状多桩。"慈禧道:"都告董福祥,是不是撤了他?"这是赌着气说的,荣禄却不退缩:"董军桀骜不驯,撤职恐怕生变。请将董军调扎景山、永定门,使馆区换用武卫中军,免生祸殃。"慈禧听出了玄机:"使馆区的董军也要撤?你怕他开枪?"荣禄索性明言:"是,奴才怕他开衅。外使在京若生意外,责任在我。"

对于荣禄的骨鲠,慈禧很不习惯:"你怎这样说话?朝廷宣了战的!"荣禄道:

"与外国军队战,并不能与外国使臣战。两国交兵,不斩来使——"慈禧截住他:"不要拿戏上言词堵我,戏上何曾有这样的强梁!古人说天怒人怨,洋人如此作,你们都不怨?"王文韶叩头苦劝:"上天有眼,报应有时。臣请太后忍一时之怒,则国家有万年之安,百姓有和平之福。"奕劻接上来:"王文韶说得是。眼下满街刀兵,若再与外国交战,只怕人心更加恐慌,必将牵动大局。"

不该说的话都说了,慈禧竟似充耳不闻:"不叫外人骑到头上,这才是当前大局。"荣禄硬要挽转上意:"无论如何,请太后下旨,勿攻使馆。否则各国联合一气,誓死报仇,我国恐有不忍言说之祸。奴才冒死上言,请即下旨!"这是逼着太后答应。慈禧咬紧牙关,终未吐一个"准"字,只说让我想想。三臣子叩头起身,荣禄却又跪下:"京城地面不靖,战火若起,西苑一带安全堪忧。奴才请慈圣立下决断,两宫移跸紫禁城。"

此言使慈禧大受震动。她直勾勾地瞪着荣禄,良久才出声:"这么危险?"荣禄奏道:"奴才职在拱卫,不敢不做万全准备。"慈禧即道:"明日移宫。"稍停又道:"传旨下去,暂缓攻馆。"三臣赶紧答应。退下来后,荣禄即刻派人传旨。但是迟了,攻馆的枪声已经打响。枪是甘军放的,虎神营也来凑热闹。载漪和董福祥下了令,严格按照二十四小时的时限,一分钟也不准拖。

这时限洋鬼子也知道,整整一天,他们都在争分夺秒,往馆中转移战备物资。使馆区附近的三家洋人商店,几家华人店铺,货物全都搬运一空。大米、面粉、麦片、肉干、罐头、糖酒,食品受到特别关注,布匹和绳索也不落下。沙孟夫妇是搞供应的行家,他们预备了大批西药器械,连同饭店器物一起运来。尽管储备丰富,人们仍担心供不应求,因为馆区容留的人员太多。早在十多天前,馆方就有营造避难所的意识,由奥国托曼中校任总指挥,筹措防守事宜。托曼用军人的眼光,把全区分为东、西两小区。他发现翰林院紧邻西小区,肃王府揳入东小区,堪称两块战略要地。

托曼先下手为强,率人抢占了这两处,把翰林和王府家小赶了出去。于是全区成为一个整体,中心区域就是英国使馆。使馆的前身是梁公府,公府正房归英国公

使居住,另外建有十二幢西式楼房,今日派上了大用场。形势吃紧后,连公使都沦为避难者。美国、法国、俄国公使以及总税务司人员,都分配到单独楼房。同时给比利时、意大利、日本公使分配了房间,西班牙和荷兰公使则与他人合住。德国代办与奥国代办一起,留在德国使馆。外国传教士及各类洋雇员,中国教民及其他逃避迫害者,总数不下四千,分住在教堂、排房等处。

布置得如此周密,人们仍心存侥幸,希望这是白忙活一场。不料时间一到,就听见枪声响起。一位执行警戒的英国军事长,向斯特劳斯上尉敬礼:"报告上尉,进攻已经开始。"上尉回答道:"谢谢,墨菲军事长。"

由于煎熬得太久,开战对于双方,都是一种解脱。甘军从北面和东面开火,主要攻击奥匈和意大利的工事。工事由翻扣的大车构成,与普通的路障差不多。在使馆区西面,俄国和美国使馆之间的沙包工事,正在加紧赶修。好在它对付的大多是拳民,义和团的所谓神术,使馆卫兵并不惧怕。从下午4点到晚上9点,时间在互射中度过,枪弹并不稠密,像是一种警告。入夜以后人声喧嚣,伴随着噼噼啪啪的鞭炮声,这是义和团的神经战。也有真刀真枪的进攻,奥、意、荷等使馆和英馆西大门,都有大股拳民直冲猛扑。北御河桥,东交民巷北口等处,几所位置靠前的使馆岗哨,依靠紧急增援,方才免于失守。

战斗渐渐平息,围城中人筹划统一指挥。他们设立了公共事务委员会,由各国公使、代办、总税务司和各教会团体组成,下设防御、卫生、劳动、井水供应、消防、给养等分委员会。窦纳乐被推举为总委员会主席,兼军事总司令。防御委员会主席由美义美会传教士贾腓力担任,他曾在长达三周的时间内,保卫过哈德门附近的多所房屋。各方面代表人物的选出,将公使团转变为抵抗组织,把男性都当成潜在的士兵。

与他们敌对的一方,仍是一盘散沙:甘军与虎神营交叉,团民与官兵插花,随后派来的武卫中军,又与甘军不即不离,互相提防。董福祥并未亲自到场,甘军固然仇洋,但也知道洋兵厉害,不愿把老本蚀光。他只是将注下到端王一边,端王能不能赢,还得走着瞧。替董福祥冲锋陷阵的,是他的义弟李来中。义和团不怕死,可

以当子弹和炮弹使。义兄对义弟的酬劳,便是在面上抬举。

比如今天上午,太后从西苑移宫,董福祥预先告知李来中。义和团出动万人,夹道迎扈慈驾。李来中的乾字团一色黄衣,朱九斌的坎字团一色红装,慈禧在舆中望去,但见旗幡林立,场面蔚为壮观。慈禧凤心大悦,自言自语一句:"义和团有赤子之心。"

等到仪式完毕,李来中马不停蹄,率大队来到馆区。他要改用火攻,先把翰林院点燃,又去东北面放火。甘军开炮配合,炮弹集中打向奥国使馆,打死一名法国中士,重伤两名奥兵。大火蔓延开来,奥、荷使馆及大部分税务司署,中国通商银行和银圆局楼房,均被火焰吞噬。

攻馆之战就此开打。在皇宫前面城门上,使馆南边城墙上,清军架起克虏伯炮和滑膛加农炮,居高临下,开展炮击。这些炮全是外国产的火炮,可是射手技术不精,炮弹多在屋顶爆炸,并多次射中自家的城墙,给皇城留下累累伤痕。它的主要威胁是心理上的,只要清军决心攻打,使馆区就难逃灭顶之灾。次日清晨,甘军显示了这种决心,同时向俄馆、美馆和肃王府进攻。肃王府由一小队日兵防守,他们趴在花园中间的土包上,向甘军和义和团拼命打枪,却像给闯入的大象挠痒痒。

眼看要被踩扁,幸亏来了援军,数百名青壮教民,从楼房中赶来参战。谢巴上校带领英军,也在御河西边向甘军打炮。肃王府侥幸未失,紧靠美国使馆的内城城墙,美国人却没有守住。大股甘军登墙冲击,美国水兵步步退却,东段的德国兵人数更少,也把城防拱手让出。西南防线出现大段缺口,美使馆头等参赞司快尔,自告奋勇要夺回失地。司快尔出身于陆军,曾在菲律宾跟西班牙人打仗。他指挥一支分队,突然发动反攻。窦纳乐又派英、俄士兵,用侧翼火力支援,城上清军很快败下阵去。但他们守住了东段城墙,没再让德国守兵染指。

这边攻守各有得失,英使馆北墙又遭炮轰,炮是武卫中军打的。既然两军开战,中军就不可能袖手旁观,因为有不少士兵同情义和团。有炮火做侧应,义和团从上驷院中蜂拥而出,冲击英使馆西门。李来中亲率两千人马,从东交民巷急进,占领了弃守的意大利使馆。紧接着扑向英馆西南角,在墙角堆积柴火。南马号的

木门先被燃着,墙里边的饲草垛岌岌可危。这里离内部医院不远,是使馆最薄弱的环节,若被拳民攻破,后果不堪设想。窦纳乐调集炮火,阻断义和团的人流,又纠集上百士兵,交司快尔带领出击。这批人带着"小雄马"机关枪,突然杀出南门,截断义和团的退路。机关枪大开杀戒,将一股一股团民驱向火堆,暂解馆区之危。

这天战况激烈,枪声一直响到第二天天亮。望着红日升起,使馆中人却有末日来临的感觉。伤亡渐渐增多,窦纳乐的参谋长斯曲卢兹上尉,耳朵下边也被子弹划伤。那颗子弹若再射深一点点,就可以要他的命!赫德特意验看这道伤口,把一声惊叹压在心底。在受困的上层人士中,赫德的身份最为特殊,心情特别阴郁。直到今日,他还未从疑问中走出——中国人怎么可以不要他,这位拯救大清财政的总税务司!

窦纳乐窥破了这层隐情,讥笑赫德说,这是两面人的悲哀。赫德没好气:"你是一面人,一条道走到黑!别怪我没有警告你!"窦纳乐倒没生气:"我的确有过反思,也许应当改变策略。仍要怪该死的中国人,让人难以捉摸。"赫德反驳:"你哪有耐性琢磨,你只挥舞大棒,要他们无条件服从。"窦纳乐叹息一声:"是啊,直到现在,我手中的大棒仍未放下。我倒希望展开谈判,轮到他们没兴趣了。"

两人沉默下来。这是在办公室里,享受片刻宁静,在战时尤其难得。赫德忘记来这里要干什么,他搔搔发木的面颊,从衣兜中掏出揉皱的稿纸,轻声念道:"亲爱的金登干,昨天晚上我们已将所有的妇女集中到公使馆来。我们将把她们送上回程火车,可能送往日本。我们确曾一度紧张,我的住所变成了伪装的战斗据点,有些武器是查理·福布斯送来的样品。昨天是关帝诞辰,中国人称之为'关老爷磨刀',也就是战争之神磨刀!这里盛传义和团要在那天发动攻击。我们是能够对付他们的,但对付不了用克虏伯大炮、马克沁机枪和连发来复枪武装起来的北京野战军。这是一场闹剧,它很可能将以可耻的失败像悲剧一样地震动全世界。历史上还不曾发生过把全体外交使团都消灭的先例!"

赫德瞅瞅窦纳乐,见那人听得很仔细,仿佛也沉浸在难言的情愫中,便索性连附言也念:"又及,在我写这封信的时候,北京至天津的电报不通了。这又是一个不

祥之兆:我们被孤立起来了,这可能不只是义和团干的,还有别人参加——注意,此信写于6月10日,由于忙乱,忘了发出,以至于今天念给英国公使听。"窦纳乐似被提醒:"赫德先生,你为何没有早一天行动,干点更有意义的事?"赫德眨动眼睛:"此前一天,6月9日,我发电指示广州海关税务司保罗·金:马上拜访总督,说这里的局势极端危急。一旦出事,外国人一定会进行大规模的干预,清朝就会灭亡。请他为我电告太后以保证各国使团的安全为重,不要理睬主张抵抗的大臣。十万火急。"窦纳乐大感宽慰:"精明的总税务司,总算当了一次事前诸葛,可那李鸿章,就,就——"赫德接过话:"就鞭长莫及了?那是只老狐狸,不到节骨眼不出手。不管到了何时,与外界取得联系都是第一位的,难道你不承认?"

窦纳乐连连点头:"这就是你此来的目的,亲爱的赫德,你是说你有了渠道,能与当局沟通?"赫德严肃地板着脸:"我从来都有渠道,可我不能利用。你想一想,我,中国总税务司,英国从男爵,在危难时被大清朝廷抛弃,又在无望中伸出橄榄枝,我的面子往哪儿搁?"窦纳乐很是不满:"你要面子,跑我这里干什么?"赫德将手一举:"献计呀,你是个木头总司令,需要一位诸葛亮。我是说,通过防御委员会主席贾腓力,遴选一位机智勇敢的教徒,寻找机会出去报讯。"窦纳乐高兴了:"诸葛先生,你何不早说!"

他立刻把贾腓力请来。贾腓力听毕画着十字:"上帝拯救迷途羔羊吧,阿门。我的问题是,勇敢的人太多,而不知机智的是哪一个?"赫德笑容可掬:"那就寻找最可靠的。我知道,庆常的母亲和眷属,也在迷途的羔羊中间。"贾腓力道:"可这眷属都是女性,另有几个未成年的孩子。"赫德道:"有几个成年仆人,我记得有个姓金的,透出一股机灵劲儿。"贾腓力睁大了眼:"赫德先生才称得上机灵啊!那是个罗马天主教徒,具有一种献身精神。"

人选就此确定。窦纳乐写了一封英文信,要送交驻津领事贾礼士。至于跟中国官方如何接触,那要信使出去后待机而行。贾腓力郑重地接过信件,去肃王府见金四喜。金四喜年近三十,在庆常家当管家助手。庆常任清朝驻法公使,去年底任满回京,其家眷在巴黎入了教,是标准的二毛子。与庆常一家情况类似的,在避难

人群中为数不少。贾胼力找到金四喜密谈,金四喜平静地接受了重托。二人反复探讨,商定混出包围圈的计谋。

整整一个白天,炮战稀稀拉拉地进行着,到了傍晚渐渐停止,使人们享受了难得的休息。在黎明前的黑暗时分,炮火突发,东北和西南两面打得最激烈。肃王府又遭猛袭,一座楼房被炸塌,上百人掩埋在废墟中。花园仍是主战场,清军和义和团潮水般涌入,大有重夺府邸之势。守方早有防备,谢巴上校指挥英、日分队,用重型机枪阻挡进攻。不要命的仍是义和团,他们踩着同伴的尸体,嗷嗷叫着往上扑,又把自己变成尸体。有人冲到最前沿,与枪手展开肉搏。但是终于没能得手,攻势在天亮以后退潮,留下横七竖八的血肉卵石,躺在红色滩地上。

义和团和甘军通过南河沿,前往皇城根儿,这里有官军营地和义和团坛口。路过鸿钧老祖坛时,无论官还是兵,都要虔诚礼敬。甘军十之六七入了义和团,义和团的血气之勇,在打仗时比金钱更宝贵。每次出征归来,各团队清点人数,都会少二至三成。这回过了长安街,大队人马急促前行。路途中不断有人掉队,歪倒在草地上。这些人的伤势轻重不等,有的歇一阵慢慢归队,有的就此起不来了。他们的同团弟兄,回驻地安置齐毕,才会过来收容伤员。这时就有一伙团民,打着"涞水县高洛团"的团旗,一边赶路一边算账。这便是引发"涞水戕官事件"的那个团,熬过了官兵的多次镇压,现在的团首名叫蔡兰亭。听罢各庄头目报告战死人数,蔡兰亭合计着数目:"死了三十七,比上一回少八人,这仗打得好。躺路边的三个人,都是仓巨村的?"仓巨村的庄头回答:"是,这次仓巨没死人。"蔡兰亭摇一下头:"我的内弟老五死了,我亲眼看见他被射倒。"有个人从身后接声:"老五没死,我刚才还跟他说话。"

蔡兰亭猛地回头,觑着眼看那人:"小七子,你认错了吧,他刚过来投奔我,大家跟他不太熟。"

小七子咧嘴笑:"我认得他那歪脖子。被炮火赶出来时,他被石头绊了一脚,差一点叫乱脚踩扁。我慌忙扶起他,走在路上问他,你是老五吧?他点头嗯了一声,歪着脑袋呻吟不止。他的脖子上有一道刀伤,我叫他先歇歇,打算找担架抬他。"

蔡兰亭惊异地叫："有这等事？带我去看！"几个弟兄回头疾走，赶到伤者的停歇处，却没见到踪影。向旁边的伤员打听，那人指指东边。往东不远是御河桥，桥头官兵设卡，确有一群团民聚在那里。跑过去看，仍没找到。几个人沿河往北走，但见三三两两的散兵，在柳树荫里纳凉喘息。蔡兰亭询问碰上的熟人，仍然一无所获。

小七子突然叫道："那里！老五！"后两字是朝河栏下喊的。人们扒在石栏上，果见一个人抬起脸，惊惶地打了一个照面。小七子招呼："上来，老五！"那人一头扑到水中，向对岸游去。御河不宽，他很快上了岸。但是咋呼声惊动了巡兵，他落在甘军手中。蔡兰亭和小七子赶去对质，发现此人不是老五，他的表白驴唇不对马嘴。他脖子上的那道伤，是抹上人血假造的。但他咬死他是义和团，搜遍全身也没找到可疑物品。

明摆着这是个奸细，巡兵将此人押交总兵大人。总兵问了几句，这人对答如流。总兵还要再问，忽听人报军门来临，总兵起立出迎，一边做个"杀"的手势。奸细被推出营帐，转眼间五花大绑，架到西边空场。面对雪亮的大刀，这人梗起脖颈，发疯一般大叫："继昌！继昌！我要见总理衙门的继昌！"行刑兵愣了一下，狞笑着扬起大刀。这人临死发癫，辫子鞭子般飞舞，忽然从头顶甩出条白色的东西，落在草丛中。监斩的哨官弯腰捡起，见是折叠的信纸，细细展开，上面是曲曲弯弯的洋码字，一个也不认识。哨官吩咐刀下留人，赶到营门前，等总兵陪同董福祥进来，忙把截获物奉上。军中无人读得懂，董福祥听说此人跟继昌有瓜葛，便留了一个心眼，带上这信去总署。

由于总署是通洋的老窝，义和团在大门前设立神坛，以镇妖邪。官员进署都得拜坛，礼仪稍有差池，会受到守坛师兄的呵斥。义和团对董军门是服气的，恭送董福祥进门。大臣们为了免受侮辱，大多托故请假，今天只有桂春当班。这位内阁学士，奉派帮办义和团，跟董福祥颇多交际。他一面传唤翻译，一面叫人寻继昌。翻译吏员首先到来，那页纸真相大白，这是英国公使窦纳乐致天津领事的求救信。继昌随后也来了，听说牵扯进这么一档事，不由大吃一惊。董福祥笑着安慰他，你若

担心,我把这人宰掉就是了。继昌忙说不敢,那就死无对证了。在下跟公使团一向公对公,自信落不下通敌罪。董福祥说那就好,请老兄跟我去破谜。

二人一起回到兵营,派人将囚犯押上来。那人一见继昌,便跪下哭喊继老爷。继昌很是纳闷:"你是谁呀,怎么认得我?"那人诉道:"小人金四喜,在庆老爷底下伺候,曾在主人家见过继昌老爷。"继昌噢了一声,回头对董福祥道:"这是庆常的家人。庆常办驻外差使,这也怪他不得。"董福祥咧嘴笑了:"要怪也轮不上我怪。金四喜,你替洋人传信,差一点让继老爷沾包。"金四喜却不畏惧:"回大人话,洋人只求活命,并无别的意思。小人活不成了,想将洋信上交总署,那也叫公事公办。"

董福祥把手一抬,两个兵将金四喜带下去。继昌问了一句:"军门打算如何处置?"董福祥拉长声道:"我还没盘算好——"心里忽地一闪,他又说道:"我也有上司的,我把他交给荣相发落。"继昌放心辞去。董福祥的想法是,此事已捅到总署,并不能一杀了之。自己虽然亲近端王,但荣禄的势力岂容小觑,若把他得罪苦了,不定哪一天就会栽。借个由头找补找补,是稳赚不赔的买卖。

获得这样一个俘虏,荣禄感到意外之喜。时势发展到一定地步,就像脱了缰的野马,别说他这做人臣的,就连慈圣也收拾不住。比如打使馆这件事,缓攻,急攻,围而不攻,这样的旨意变来变去,叫下头的人无所适从。可是仗已打了,找不回那个不破的碗了!荣禄现在最揪心的,是许多人把止战之责加到他头上。

为了谏阻朝廷宣战,南方督抚屡电北京,请勿决裂。电报却已经打不通,电信只能发至保定,由直隶布政使廷杰派遣专弁,驰递入京。五月二十五日,鄂督张之洞起草电奏,由李鸿章、刘坤一、张之洞、许应骙、王之春、于荫霖、俞廉三等七人会衔,长江巡阅使李秉衡领衔,请求剿匪,并安慰各国,请其停战妥议。次日李鸿章接驻英公使罗丰禄和驻日公使李盛铎电,再次奏请:"勿任董军妄动,但能保住使馆,尚可徐图挽回。"同时另有信函单交荣禄,恳其设法转圜。

五月二十九日,朝廷以六百里加急的方式,将电旨发至保定:"李鸿章、李秉衡等各电均悉。此次之变,事机杂出,均非意料所及。朝廷慎重邦交,从不肯轻易开衅。团民在辇毂之下,仇教焚杀。正在剿抚两难之际,而二十日各国兵船已在津门

力索大沽炮台……"

谕旨倾吐不得已之苦衷,要各省大吏体谅朝廷。拖至旨下以后,荣禄方才电致刘坤一,坦怀相告:"两宫诸邸左右,半系拳会中人,满汉各营卒中,亦皆大半。都中数万,来去如蝗,万难收拾。庆邸尚有同心,然亦无济于事。区区一死不足惜,是为万世罪人,此心惟天可表,怵怵!"见他婉辞卸责,刘坤一立即回电:"奉复电,读竟痛哭!时局如此,已无可言。但各国增兵八九万,会合猛进,不入京城不止。此时救社稷,安两宫,公宜早为之计,与庆邸共担大事。总之,须出面议款,万不可用迁字诀,逼成瓜分之势。"迁是迁延。刘坤一要荣禄出面议和,这哪是他做得到的!而在同日,刘坤一和张之洞发电向端王沥陈:"伏求王爷上念祖宗缔造之艰,下慰万姓瞻依之切,早定大计。此时各国公使尚未出京,及早与议停战;一面催李鸿章进京面授机宜,以求保全。"得知此讯,荣禄好气又好笑,却也添了一些底气。这表明人同此心,并非只有砍杀一法。

荣禄指派妥人管押金四喜,不准稍有疏失。接着约上兵部尚书徐用仪,一同进宫奏陈。慈禧从西苑回宫后,便住在外东路的乐寿堂。荣、徐二人由东华门进去,到宁寿门前递牌子,慈禧就在宁寿宫召见。二人叩头后,慈禧先开口:"徐用仪同来,兵部有事?"徐用仪奏答:"朝廷电旨一向由兵部急递,前几日尚能通过保定,昨日此路隔绝。南方督抚电奏,只好由袁世凯分派多人,飞马传递;或者由盛宣怀电达山海关军营,辗转递京。此事关系至重,臣请调派军兵打开邮路,力保畅通。"

慈禧听罢默然,似在调匀呼吸。停了一阵,她问荣禄:"你有什么可讲?也是此等噩讯?"荣禄回言:"打馆之役有进展,奥馆、荷馆、意馆和半个法馆,两段城墙三处工事,均被我军占领,洋人死伤百人以上。"慈禧哂笑:"那又怎样?瓮中捉鳖,还捉不到?"荣禄没有停顿:"今晨交战,董福祥捉到一名奸细,此人携带英国密信,一来求救,二来请和。"慈禧精神一振:"有这等事!此人何在?此信何在?"

二、开府纳虎　闯宫屠龙

荣禄上呈密函和译件,慈禧并不看,只叫荣禄综述大意。慈禧听毕道:"洋鬼子求饶了? 唔,他这不算服输,只是打疼了叫唤。挨几下也好,要不全是他赢,别人可怎么活。连中国挨打都长记性,他们这些蛮夷,不识天高地厚?"停停又问:"荣禄你的意思?"荣禄忙道:"洋人发出哀鸣,也算罪有应得。古人有言,适可而止,洋人不懂此意,无所不用其极。我们天朝上国,正好借此给他教训,为交涉稍留余地。"慈禧有些不耐烦:"你拐弯抹角的,不就想停战么? 我下过缓攻的谕,几下里不凑趣儿,就叮咣起来了。你去看着办吧,但愿他们赏你的脸。"

荣禄赶紧叩头,跟徐用仪一起退下。回到军机处,荣禄令人分别传知中军翼长恩祥、甘肃提督董福祥,将命令下达到攻馆诸军。中军总兵王明福,令人做了一个白色停战牌,上书红色大字:"上谕重申,保护使馆,即刻停战,和好议款,可通信件,桥上往返。"

在攻守双方的枪炮互射中,标营副将亲率一支小队,高举木牌一路向前,走上北御河桥,将牌子竖在桥头。副将手举一个大信封,扬声呼喊:"总理衙门王爷给各位公使写了信,放在桥上,你们来取!"他把信封放在木牌下,带着队伍退出御桥。战火停息,双方的战斗人员,从各自的战位上伸长脖子,好奇地观看这一幕。甘军和中军的士兵,并不知道发生了什么,将领们即使知晓,也不一定全盘接受。守馆的一方更是吃惊,他们不敢相信,上帝真的赐予了怜悯。这更像是一个阴谋,是打开使馆的前奏。在场的最高指挥官谢巴上校,一边派人报告窦纳乐,一边跟日军少佐商量。日本人疑虑较少,人在溺水的时候,见一根稻草也要抓住,何况是庆王的信件? 少佐征得上校的同意,派出一名日本兵,去取桥上的信件。这个兵走出防线,挥着一件白衬衫,登上御河桥。当他弯下腰时,叭地响起一枪,在寂静中特别震

耳。这人撒丫子就跑,那份密封的信件,只差一点没有够着。

两下枪声又起,比以前打得更凶。窦纳乐得到的还是喜讯,他忙跟赫德探讨,是不是金四喜的功劳?赫德肯定了这点,还增加了另一可能:李鸿章收到了急信,从广州给太后发了电报。两人正在高兴,枪战击破了幻想。但是赫德固执己见,任何政府都不会是铁板一块,主和派与顽固派的较量,必将使中国当局恢复理智。无论如何,我们不能放弃希望。赫德叫人也做了一面木牌,上用中文书写:"欢迎展开对话,并愿接受任何信件"。这个牌子立在肃王府的围墙上,与御河桥上的木牌遥相呼应。

战斗断断续续地进行着,馆中的困难与日俱增,不仅伤亡惨重,而且供应告急。给养委员会主席都春圃,把大锅饭改革成配给制,而且减少数量。在怨声载道的情况下,几匹小马先被杀掉,接着轮到了绵羊。蔬菜早已吃完,英使馆食堂的一块菜地,也被剃头一般刮光。妇女们大显身手,上至伯爵夫人,下至避难华女,都到路边沟旁挖野菜。由于伤员剧增,医药储备渐告枯竭。幸亏有德国使馆的韦尔特博士,他不仅是第一流的医生,而且不排斥中医。只要遇上合适的病例,他就用中药解决问题。

比负伤威胁更大的是传染,此时天气酷热,数千名流血流汗的难民,来自不同种族,具有不同习惯,拥挤在狭小的空间里,是易于感染疫病的!窦纳乐会同卫生、消防、井水等分会主席,严格要求每个成员保持清洁。有利条件是,各使馆至少有一口水井,英国使馆多达九口,这保障了生理和心理上的健康。后面这一点尤其重要,在日复一日的围困中,人们的神经饱受刺激,不知会在哪一刻崩断。前天上午,一位意大利神父,就在英馆北面的路障前,出人意料地冲出火线,要向迷途羔羊说教。可惜他死于异教徒的枪下。

那颗打破了停战希望的子弹,弄不清是何人射出的。谢巴上校说是甘军士兵打冷枪,董福祥说是日本鬼子使奸心。荣禄无法追查真相,查出来也没用,局势已经失控,一时半刻的停火,又能赢得多少转机?而今乾坤倒转,颠倒世界的,首推端、庄二王。端王被义和团尊奉为"团王",他的府邸也被视为总坛口。在京中闹出

了名气的大师兄,全都是端邸的座上宾。就像佛教徒摩顶受戒一样,他曾由三位大师兄共同上法,授以神符,传以法术,从此有太上老君佑护,九天神兵扶助。为了虔诚祈福,载漪经常穿戴义和团服装,有一回还把这身衣裳亮到总理衙门,使阖署人员目瞪口呆。

载勋奉旨统率义和团,庄王府便成了团众的老营,各团都到这里领取粮饷,接受指令。说起来,庄亲王这一支根底深厚,祖上是清朝开国八大铁帽子王之一。京城乱起,慈禧嫌崇礼办事不力,令载勋接任步军统领。载勋把拳众当禁军驱使,闹得满城肃杀,一派恐怖。这样做并不是发癫,他们要借拳生乱,趁乱夺权。第一个需要淆惑的,是慈禧老佛爷的心。攻馆之战打响后,载漪率领一群拳民,进宫去向太后献技。大师兄中有高僧大德,得道仙长,这很对老佛爷的脾胃。他们表演了刀枪不入、枪弹不伤、空手取物、白昼遁形;最让老佛爷赞叹的是,一位仙长掐诀念咒,令一堆柴草平地起火。有此法术,何愁洋人不灭,皇朝不兴!慈禧笑着说个"好"字。从这天起,年轻太监也开始习拳,宫中时常见到义和团服装。

上有好者,下必甚焉,徐桐老太师虔信拳神,亲撰长联赠予大师兄,称扬其"仗神术以寒夷胆,留佳话而创奇闻"。他的弟子礼部尚书启秀,向慈禧奏称,五台山有老和尚神通广大,慈禧果真下旨召请。几日以后,和尚到京,二王和刚毅共同出迎,接至端邸挂搭驻锡。老和尚挑选义和团丁壮,红灯照少女,编成队列,择吉出征。端王亲为国师牵马坠镫,刚毅则用红布缠腰裹头,压阵而出。这群人马沿着西市库大街,开到北堂附近。正在打仗的拳民,抬头看见"荡魔大国师"的旗号,连忙恭敬地让出道路,将队伍引到教堂西南角。这里的围墙损坏严重,墙下已经堆满柴火,准备发动火攻。老和尚双手合十,默诵咒语,随即催马上前,指挥纵火。守在教堂医院房顶的洋兵,立即瞄准开枪。老和尚应声落马,白马受惊,回头狂奔。这队神兵被冲开阵脚,连督战的刚毅也仓皇逃跑。

刚毅竟会如此愚顽,令不少故旧无法理解,其中就有文悌。太后训政,旧案全翻,连那包庇康党的当朝皇帝,都被一把拉下了马,文悌是颇感宽慰的。不料风云突变,义和团狂飙一般扫荡京师,文悌发觉大事不妙。听说刚毅在北堂受伤,他便

登门看望,希望借机劝一劝这位。刚毅伤并不重,倒是显得面容憔悴,让多日不见的文悌替他担忧。刚毅说,近来确实食欲不振,睡眠更差。这像有心病的样子,文悌便试探说,这是需要静养的症候,中堂何不歇一歇肩。刚毅咧嘴笑笑:"我早想递折告假,却没敢张口。"文悌不解地问:"其中有何禁忌?"刚毅神情木然:"我平生有一信条:敢于任事,无所畏惧。到了今日乱蜂蜇头,我出来说一退字,不待别人骂,自己都该栽尿盆里淹死。"文悌挑了字眼:"中堂也嫌乱了,街上这般闹法,到底好也不好?"

刚毅伸手一指:"文仲恭,你还留着情面,没有直骂混账。搁到半个月前,我当然连连叫好,因为我在涿州,亲眼看见团众高树义旗:奉旨守城,保清灭洋。他们扒毁铁路,赴汤蹈火,阻击洋兵。拳民比吃皇粮的官兵勇敢百倍,我朝从甲午以来,何曾见过这等勇士? 不瞒你说,就是把我拉去砍头,我还要夸拳民有种。"

他激动得咳呛起来,伺候的丫鬟替他捶背,刚毅将她一把推开:"有种,这是中国当下最缺的。单凭这一条,我就不贬损义和团,愿替他们讲好话。可我并未招他们进京,拳民到城门口进不来,那是澜公爷差人举着令箭,大开城门放入的。进城来发发帖砸砸洋,帮咱出出腌臜气,这也不错。可是闹到杀人放火,烧掉大栅栏百年精华,这就过了,跟多国交恶更是戳祸。"

刚毅比什么人都明白,倒让文悌糊涂了:"好我的中堂爷呀,既然这样,你为何跟着他们起哄?"刚毅瞅过去一眼:"他们是谁? 那是端郡王,大阿哥他爹! 别以为我熏心富贵,载漪那号人,我还不尿他。归根结底这为的是太后,她老人家意思摆在这里,不甘心叫洋人挤下去。我是她的忠实奴才,一向又不招小主子待见。嘻嘻,这点我倒跟你一样。"文悌没心思讲笑话:"中堂要尽忠,就该犯颜直谏,讲明利害,请求大显佛法,悬崖勒马。"刚毅的劲气又松下去:"讲什么? 老佛爷比谁不明白? 时也势也命也,我给你看个东西。"

刚毅去橱上拿来一本书,递给文悌。文悌搭上眼就笑了:"《推背图》,第三十六象,巽上乾下小畜,谶曰:纤纤女子,赤手御敌,不分祸福,灯光蔽日。怎么样,不错吧?"刚毅瞪大眼:"你都背得滚瓜烂熟了。"文悌道:"是。《推背图》今年是显书,不

知从哪儿冒出来的。"刚毅认死理儿："它要冒出总有来历。它这女子赤手，不就是说红灯照么？袁天罡、李淳风太神了，我不该学兵家，应当学预卜。"

文悌语中含讽："前头更神呢，这一卦对应的是己亥，己亥建储，储了大阿哥那位爷，今年庚子就天下大乱。后头颂语更玄妙：双拳扭转乾坤，海内无端不靖，母子不分先后，西望长安入关。拳、端，这都是今年的要命字眼。下场如何？西望长安。"他停下了话，刚毅垂下了头，屋内一时清寂如水。过了好久，刚毅自语："没救了么？"文悌轻叹："那要有力者奋身去救，中堂是有力之人。"刚毅道："知道骑虎难下么？即使是慈圣，她也无力摆脱。双拳扭转不了乾坤。"文悌盯过去一眼："那只有叫外来人扭转了。"

丢下这句，文悌起身走上大街，热辣辣日光迎面照下来。想起红灯照一词，文悌不由缩缩脖子。路上碰到几处抢劫，犯抢的不是拳民，而是甘军和京营大爷兵。这些人明火执仗，闯入官宅放枪威吓，翻找金银，裹挟细软，对阻拦者径自打倒，竟有一枪毙命的。文悌大为惊骇，刚才在刚宅还没说到这一层，可见坠崖之势如迅雷疾风。文悌哀叹着逶迤前行，耳边传来隆隆炮声，这才明白离战地不远。文悌转身往回走，拐进一条胡同不远，听得左前方一片喧嚣，夹杂着一两声清脆的枪响。见路上有人交头接耳，文悌凑上去打听，得知孙尚书宅遭到打抢。这是指吏部尚书孙家鼐，他老人家告老还乡，现由长公子留守京宅。文悌尾随着一伙闲汉，要抄近路去看个究竟，迎面撞来一群乱兵，闲杂人等赶紧闪开。

那些兵扛着锦缎包裹，掂着精美的珠宝匣子，高声大调地说长论短。"说起是尚书，还没有南头那家肥实。""你懂个屁，那人干过海关监督，吃风喝沫，屙金尿银。""这家少奶奶倒很漂亮。""好你小子，癞蛤蟆想吃天鹅肉哩！从她头上抢金簪子，咋没见你手下留情？"如此污言秽语，委实令人发指！文悌怒视着丑恶的背影，正没个抓挠处，马蹄嘚嘚叩响路面，一支马队驰向孙宅，看来要去弹压。文悌退到胡同口，忽然有个人拉住他道："借一步说话。"

文悌不由自主跟着走，走出一段才认出，这是监察御史王鹏运。这人穿一身干力气活的短衫，辫子盘起用筷子别着，油汗淌下赤酱般的印痕。文悌有些吃惊："老

兄这是？"

王鹏运扭头打量，看见街边有个茶馆，手一指迈开脚。二人进店坐下，王鹏运哑声吩咐："上凉茶。"茶老板捧出一个陶泥罐子，向大黑碗中倾倒白桑叶茶。王鹏运咕咚咕咚灌下一碗，抹抹嘴笑："像不像梁山好汉？"

文悌也笑："水寇罢了，没少出汗。做贼去了？"王鹏运道："差不多少。我看到贼凶，指派吏员去翼长处搬兵。看见马队到来，生怕卷入麻烦，顺便搭救了你。"文悌道："侠义可钦，这厢有礼。为何这身打扮？"王鹏运道："不如此何敢上街？像模像样的都抢了，我只奇怪，你怎么敢出来？"文悌道："我是福将啊。不过，斫得头去也可，省得苟活生气。"王鹏运道："人活一口气，管他苟不苟。不瞒你说，我今天是来劝朱、刘二位——"文悌道："朱祖谋，刘福姚？"王鹏运道："是，请其避开这战乱之地，到宣外敝寓结巢。"文悌问："校场头条胡同？你要营造邵雍的安乐窝？"王鹏运道："鄙人哪敢学高人，勉强挖个藏身洞，权当逃亡的偷生地。"文悌将茶杯往桌上一蹾："这话叫人毛骨悚然，你是在做亡国打算。"王鹏运道："国不一定亡，人可得藏好。"

文悌把眼瞬过去，王鹏运将眼对过来，兀自从头顶凉到心底。相对啜了一阵苦汁，文悌叹道："天算不如人算。我还得意呢，费尽心机，终于把康长素捅咕走，九九归一是他赢了，他至少眼不见心不烦。"王鹏运咯咯笑："怎么眼不见？那人千里眼顺风耳。"他弯着腰用指头在鞋窝里掏摸，拽出一沓皱巴巴的纸张，展开交给文悌。

文悌先看见题目：《拳匪王培佑超升京尹论》。下面一行是：康有为撰。正文为："义和团之乱，端王为会首，荣禄、刚毅为主持，而实那拉后主持之，盖君臣合谋已为定论。始则延团匪入宫，教宫女妖术，是以团匪为孙武之教宫人矣。继则令大阿哥与亲王、庶人同习拳术，则自古无有候补王帝习妖术者，我遍考廿四史，空疏之腹，实不能为之援引一故事——"对此悖逆之语，文悌自知不该寓目，但他到底抵不住诱惑，匆匆浏览一遍。康文指斥的这个王培佑，原为工科给事中。因召对时夸赞拳民忠勇，便由顺天府丞擢升府尹，康有为称其超升十级，以此抨击太后纵拳误国。

文悌弹着这张纸："逆文啊。哪来的？"王鹏运答得坦然："我从天桥过来，一个

闲汉派给我一张,我没空儿看,顺手一塞。时下揭帖满街飞,出门一趟手不空。"怕
他多心,文悌把那纸还过去:"这是印制的,康长素逃亡海外,倒还有此财力。"王鹏
运道:"听说他开保皇会,从华侨处敛得巨额资金,虽已沦为丧家犬,不愁不做富家
翁。"文悌连连摇头:"这是骗术高明,连皇上都着了他的道儿,何况下愚小人? 不过
这王培佑,也真不是东西。巧言令色骗得官位,却又不会办事。借出京差遣迟迟不
归,叫陈夔龙替他坐蜡。唉,世道人心作到这一步,老兄看到大限了么?"王鹏运抬
手朝天上一指:"看到了,在那里,要不多日,天下必乱。"文悌愣了半晌,"哦"一声
道:"乱了也好,脓包从戊戌鼓到庚子,该挤出来了。但愿你我能度过此劫,还有谈
闲篇的机会。"

　　二人慨然作别。文悌蒙着头回家,走到北河沿大街口,见有马队从左首开过
来。文悌抬头看去,眼光与一双冷眼碰个正着,那不是别人,正是势焰熏天的端王
爷! 这可是个骄横主子,文悌慌忙避路作礼。载漪视而不见,策马而过时,想起了
什么,令人将文悌唤近前。载漪坐在鞍上问:"你还在户部当班?"文悌道:"回王爷
话,户部现为董军兵营,诸多不便,卑职有差使时才去一趟。"载漪问:"陈夔龙取到
部款了么?"文悌知道此中曲折,不愿把底细吐露给他,便打马虎眼:"部库自董军入
驻即封,不知陈夔龙在何处周转。"

　　载漪一挥手,把文悌打发开,径自骑在马上想心事。他不明白,为何要问库款,
难道是为儿子登基做准备? 嘁,登基! 端王虽然浑,这一条却清楚,老佛爷的心中
事,谁也猜不透。别看她把大阿哥摆出来,可她没把光绪帝推下去。上朝并坐的,
仍然是那个人。而且近些日来,光绪还大放厥词,一副真皇帝模样。光绪仗恃的,
是臣子们心中仍视他为正统,没人把大阿哥夹眼角。更加可怕的是,洋人也认他,
此次中外决裂,说到底是为他! 如果外力威逼,如果慈圣转向,溥儁除了落一个笑
柄,有什么好果子吃? 想到这里,载漪不禁满身燥热,"事不宜迟,迟则生变"八个大
字,警钟一般响震耳鼓。载漪催马前往庄王府,与载勋在密室磋商。载勋心生恐
惧,经不住载漪撺掇,再说他已上了"贼船",即使临阵脱逃,天翻过来也难脱罪,只
得再作一回恶。

这天晚上,庄王府的一名管事,把一位大师兄请到配房中,好酒好肉招待。这师兄就是李逢中,他进城跟李来中、董福祥接上头,打仗勇猛,很受待见。这人一身憨气,不像京郊人那样油滑,这也是挑中他的原因。三句话不离本行,两人大谈打教灭洋,摆出一大张账单来。李逢中和他的团伙,烧掉洋房三百间,捣毁洋器二千件,杀掉二毛子六十七个,只可惜进城晚了,没杀到一个真洋人。管事不解地问,打使馆,轰北堂,你都冲进去好几次,为何没抓住一根洋毛?李逢中懊恼地说,我也纳闷,请教过我哥来中。来中哥指拨说,你隔着一道大运,没跨过去;这道运一打通,你就成通天大将军了。

管事听了猛一乍:"一道大运?我明白了。"李逢中疑惑地看着他:"你明白什么?"管家殷勤地替他续酒:"算你撞上大运了。上头要干一桩大事,正在选将,名号正是通天大将军。如何通天?先得捅破,就是把那号称天子的人干掉。这并不是多么不得了的事,你们不是要杀一龙二虎三百羊么?打了这么多天,三百羊还没杀足,二虎的毛也没拔掉,更不要说龙了。为何使馆攻不下来?罩门就在这里,你哥说的大运也在这里。赶巧上头定下计策,赶巧咱俩说透了这层。命中注定,这个大将军是你的。"李逢中瞪大血红的眼:"操他妈,我干了!得有人给咱引路吧?"管事笑笑:"两位王爷亲自引路,排场不排场?你今晚要干的,是挑选六十名精干马子,不是常说马如龙么?六十条马困一条龙,他还有跑?"

李逢中领计行事。在混沌中度过一夜,次晨早吃战饭,载勋特意勒上红腰带,缠上红头巾,到府门外的神坛前,恭恭敬敬地拈了香。李逢中带来精选的马子,请王爷过目。过了片刻,载漪也赶到了。二位王率领一队团兵,前往宫城。从九龙壁北面进入皇极门,往北便是宁寿宫南院,光绪住在皇极殿左侧东庑房里。几名御前侍卫在宁寿门前守卫,看见来了义和团,以为又要演拳,护军统领便问王爷,怎没听到上头谕知?

王爷跟侍卫都熟。载漪讪笑着道:"老三,听说过出奇制胜么?预先奏报露了馅,逗不起老佛爷的兴头。"

统领赔着笑:"那可不好请你老进来。老佛爷正进早膳,您敢来打扰?"

载漪推开他往里挤："昨天午膳后,我跟李莲英交过底。"几名侍卫上来挡住。载漪翻了脸："老三你要造反!?"

李逢中跟着来劲儿,暴叫一声："洋鬼子徒弟出来,不要缩在屋里!""马如龙"们一齐呼叫："杀鬼子徒弟! 杀鬼子徒弟!"

忽听一声断喝："载漪你要找死!"

犹如晴空霹雳,载漪被震倒在地。慈禧从宫舆上下来,迎门立定,怒目圆睁:"你以为你是皇帝么? 你是太上皇么? 你狗屁也不是! 我昨日立你儿子,今日就可废他,并可贬你祖宗八代。你这浑虫,推出斩首,一点不亏。那是载勋么? 你既敢来,为何不敢亮出狗脸,要藏着掖着?"

骂得二王魂飞魄散。此时侍卫大臣领兵来到,荣禄也迅速赶到宫中。慈禧当即宣布,对端王载漪罚俸一年;大阿哥未经允许,穿戴红衣,练习拳术,着于青宫责打二十板;拳民首领冲犯宫禁,着于宫门外斩首示众。罚、打、杀三刑一一兑现,慈禧兀自怒气不息。载漪利令智昏,这个利是慈禧赏给的,那么自己是不是犯昏? 别的不说,她竟然放纵载漪带拳入宫,演那花里胡哨的把戏! 这就叫开门揖盗,这就叫针鼻儿大的窟窿眼儿露进斗大的风,一旦祸发将伤及自身!

慈禧下令将光绪移入后院,住进畅音阁后的阅是楼中,紧挨着慈禧住的乐寿堂。慈禧又把荣禄叫来,询问天津方面的战况。听荣禄说东局子已失,老龙头车站曾由聂、宋两军合力夺回,不久又遭联军反扑,重新丧失。慈禧自言自语:"总是打不过。那紫竹林租界,也这样半打半不打?"

从话语中嚼出了讽刺,荣禄坦然以对:"打紫竹林应是全力以赴,只因联军在津势大,这才久攻不克。各国还在海上增兵,怕的是裕禄支应不住。"

慈禧猛一激灵:"支应不住? 全国的精兵都在那里! 他是恭王临终荐的军帅! 打不出样子,看他如何向我交代!"发泄一阵,她倦怠地摇头:"天津打不好,打下使馆有何用? 你尝试跟他们联络吧。恩威并用,没个威跟着,给他许个天也白搭。"

荣禄忙不迭应答,退下去在路上想,这就是打使馆的分寸了。荣禄派人飞传谕旨,下令停火,同时赶去与奕劻商议。二人草拟一封信函,以"庆亲王等"的名义签

署,又给赫德写了一封短柬。金四喜可以起用了,他郑重地揣着两封信件,与一车面粉蔬菜一起,被送到御桥南头空地上。

馆区喜迎信使归来,赫德比窦纳乐还要高兴,他有一种打了胜仗的感觉。庆王在信中慰问赫德先生,并且咨询一桩重要公事:南洋大臣电询总署,在总税务司被困期间,南洋任命上海造册处的戴乐尔为海关临时首脑。总署应当怎样答复南洋?赫德得意地显摆说:"少了张屠夫,就吃带毛猪。赫某人不管事,大清的财政系统运转不灵了。"窦纳乐打趣这位老兄:"我是不是叫人打着白旗,送你赫大人出去履职?"赫德也打哈哈:"我怎舍得下苦难的同胞! 你得承认,他们不下辣手,与我在此不无关系。"

窦纳乐扬扬手中的信:"大有关系。你看这一句:'尤可痛者,赫总税司以高劭之年德,亦历此劫。'什么叫高劭之年德?"赫德道:"哦,有一成语,年高德劭。劭是美好的意思,把成语拆开用,这是中国人的文字技巧。"窦纳乐道:"但愿他们有做事的技巧。庆亲王提出一条重要建议,邀请各国公使去总署居住,每人可带十名随员。你觉得怎样?"赫德摸了一下后脑勺:"我怎么有脊梁沟发凉的感觉,是不是克林德在伸手戳我?"窦纳乐叹口气:"是啊,即使庆王出于真心,一踏出这座设防的城堡,我们便失去最后的盔甲。义和团和下层士兵,已成为决定和战的因素了。"

两人商量着写了回函,赫德本人也给总署去信,要求电告上海税务司安格联:"很高兴依然活着! 我授权你和戴乐尔继续开展税务司工作。尽量节约,有困难电告总理衙门。无法直接联系,还有气候等因,使这儿所有的人备受煎熬。"

金四喜带信出馆,呈交荣禄和庆王。窦纳乐在信中婉拒庆王的好意,表达了重归旧好的愿望,这要以停止进攻为前提。看来僵局还将持续,替外国人想一想,他们除了龟缩于壳中,还有何路可退? 这应该算立了威,荣禄和奕劻赶往宫中乞恩。经慈禧批准后,总署发电报给驻扎各国的公使,令其向驻在国切实声明:此次中外失和,实有不得已之苦衷。总起来说,一为乱民仇教,二为洋教逞强,三为各方互疑,德使意外受戕,则为引燃的火星。而外国强索大沽,且先开炮轰击,中国即不自量,亦何至与各国同时开衅? 现仍严饬带兵官切实保护使馆,自行将乱民相机惩

办,此意当请各国所深谅。此电仍由快骑送达保定,令廷杰代发。这本是有枣没枣打一竿子,没指望的事。许景澄和袁昶却受到鼓舞,想请庆王向前多走一步。二人去公事房见庆王,进去后发现联元在座。许景澄刚要开口,奕劻伸手画了一圈:"你三位不约而同,是不是推我跳火坑?"许景澄笑问联元:"莫非你已推过了?"联元道:"是我请王爷挑选数国,发电求和。"

奕劻攒着眉:"听听,求和!这名声套谁头上谁倒霉,我还想多活几天呢。"袁昶面无笑意:"王爷若不痛下决心,等到兵临城下,只怕满城生灵都无活路。我国就是宣战,也当与各国军队战,怎么跟使馆妇孺打起来?满世界都说不响这个理!"奕劻直是叹气:"这杠你抬错对家了,御前会议吵了几天,不是没争出名堂么?"袁昶道:"所以不用吵,可以径直发电。如果能够谈和,太后不会怪罪。"奕劻气虚心怯:"不是太后,是端、庄、徐、刚之辈!这一窝子咬上来,我能抵挡得住么?"

话一说出,才知失口,奕劻瞄一眼联元,脸上露出窘色。庄王是联元的岳父,联元忙替庆王解嘲:"王爷何必顾忌?若非泰山相救,我早被端王斩了。可他老人家就是'之辈',这不能为尊者讳。"奕劻道:"好,你既掂出轻重,便知我是悬赏要杀的一虎,我哪敢逆鳞去批?"联元道:"您若让人顺着毛儿捋,那才真正玄乎。出其不意谈下和来,满朝为您庆功,谁还敢说个不字?"奕劻无奈说道:"好吧,在推我下火坑之前,你们想朝哪国告饶?"许景澄道:"驻英驻日两公使,都向李鸿章电称,仍有讲和余地。所以应电达英、日,另外就是俄国。不管如何奸诈,它总顶着密约名头,不好落英国之后吧?"奕劻打趣道:"竹筼这样说,好像英国已答应似的。借此吉言,我替各位试一试。"

奕劻约上荣禄,再次递牌子请见。两人知道慈禧心里正烦,因为昨天发生一桩惨案:副都统庆恒在南城的家,遭到一伙义和团抢劫。为了逼问金银藏在何处,庆恒的妻妾和一个儿子,都被打伤致死。慈禧责令载勋严查,于昨晚将五名凶手正法。可是庆恒本人下落不明,可能仍在劫匪手中。听二人奏过发电情形,慈禧开口便问庆恒的消息。若搁先前,荣禄会让这事凉一凉,以免给上头添堵。现在不同了,荣禄报丧说,今天早晨在椿树胡同西口,发现了庆恒的尸体,明显受到百般挫

辱。

慈禧似乎早有预感，并未即时发火，只在座上动了动身子，过一阵才出声："若是有好事，载勋早来报了。臣子们都这样。这事怎么处？"

荣禄道："拳团一哄而起，难免泥沙俱下，有匪类混迹其中。裕禄曾给总署来函称，天津有个王志和，最早在三义庙设总团。此人以二朝廷自居，掳掠平民，霸占妇女，强迫富户损银五千两，闹得路断人稀。曹福田入城后，将其斩首，为民除害。来京的拳民也有好有坏，昨天奴才就与载勋商量，拨五百名义和团守卫总署，因为听到传言，有拳民要火烧总署。"

慈禧若有所思："义和团守在外边，奕劻你担不担心？义和团是乱民，我这里从没含糊过。但在不得已时，他们那点力量，我为什么不使？'不得已'三字，逼成多少事情啊。你们可传军机处，拟旨甄别拳团。还有事么？"

奕劻奏道："驻日公使李盛铎来电称，日英两国增派大军，其势甚恶。他请朝廷抢先电致日、英、俄国，通融议和。"

慈禧要张嘴驳斥，却又用力把话咽回，哼了一声，令二臣退下。这算是默许，奕劻忙去总署，拟电分致俄、英、日等国外交部。军机处所拟上谕，也于本日明发："义和团为国宣力，人数既众，良莠不齐，甚至有意寻仇，肆行无忌。本月竟有伪义和团戕杀副都统庆恒家属一案，当经该统率王大臣查明，将伪团正法五人。乃闻尚有人将庆恒凌虐至死，殊属不知法纪！着该王大臣确切查明，其有匪徒假借义和团之名，寻衅焚杀，着照土匪之例，即行严办。经此次淘汰后，义和团之真心向善者，益当爱惜声名，同心御侮，其伪托之匪徒，自无所逃于显典。钦此。"

三、聂军死战　日寇强攻

分致三国的电报，说辞同中有异：中俄立有密约，中英通商最久，中日同洲相

依；以此为由，请求三国大皇帝暂弃小嫌，设法筹维，排难解纷，挽回时局。朝廷同日连发密旨，一道寄给各省，令将军督抚勠力同心，认真布置战守事宜；两道分寄袁世凯和帮办北洋军务、四川提督宋庆，令袁速派援军，令宋赴津帮裕禄筹划战事；第四道寄给裕禄，责其奏报既失之迟缓，兵略又近于泄沓，着即振刷精神，迅赴事机。

裕禄挨骂后，连忙奏报多次小胜，将曹福田的战书附带上报，尽显津民敢战之气。接着连续两日，与聂士成、马玉昆两大帅，曹福田、张德成各头领，商议制敌之策。在聂士成的建议下，裕禄决定兵分三路，由马玉昆军坚守车站，曹福田等团配合，扼住紫竹林北路；由淮军营官蒋顺发、周行彪与张德成团协防马家口，掐断西方通道；聂士成军则从东路调出，赴南门海光寺一带抢修炮台，筑牢防线，然后三面环攻，一鼓作气拿下租界。这是天津开战以来，清军组织的最大一次行动。

聂士成之所以做此主张，是因为先前兵被拆散，花卷馍一般与拳团掺和着，绊脚掣肘，常落后手。如今他拔营开往海光寺，在西局子院中安置炮位，自有一种大战在即的兴奋。他并不想与外国人打仗，这次战争毫无道理，显得名不正言不顺。然而大沽失守，联军增兵，摆出夺津甚至侵京之态，情势就变了，身为军人，他不能不打。忙活一上午，大炮阵地设好，聂士成下令饱餐一顿，亲至运河桥头督战。西局子紧邻日租界，日军收缩防线，在租界东半部筑起土围子，把炮阵摆在上面。

下午一点左右，聂军开炮轰击，炮弹准确命中对方炮阵，炸伤了正在观察的敌兵。日军炮兵仓忙还击，指挥官高叫着："那里！那里！"其实他并没发现对手的位置，只能通过大炮震起的一股股烟尘，推测出炮位在大桥后面。指挥官调集两门十二磅炮、八门六磅炮，向那个地方连连还击，却毫不奏效。聂军两门四英寸口径的大炮，打得又猛又准，打哑了两门六磅炮，摧毁了一座瞭望塔。聂士成率领两营将士，迂回到租界西南方，在小西门围墙上向租界内打炮。日军首尾难顾，急求英军支援。英军派出侦察小队，搜索至马场道东边，发现聂军炮队刚刚赶到。为了打破包抄阵势，布鲁斯少校率英军陆战队，冲进海大道，进攻马道口。聂军迎头痛击，陆战队五死十伤，布鲁斯身中三弹，全队败退而归。

这一仗直打到天黑。西摩尔召开紧急军事会议，研究当前的严峻形势。天津

的政治局势看来要真打,那几乎被拖垮的聂军,仿佛变成一支生力军,显示出坚强的战斗意志。在租界的另一端,老龙头之战仍在持续,由新调来的马军接替聂军,牢牢扼住这个交通要道。中方的态势是一攻一守,联军需要反守为攻,当然这要等待大军开到。今晚就要开始的行动,是派出一支小部队,从西面牵制聂军,以减轻正面压力。这支部队由道华德准将率领,趁着夜色越过界沟,推进至马家口村南,突然攻打聂军营地。

蒋顺发营猝不及防,一时混乱不堪,前沿工事瞬间丢失。正在写家信的蒋顺发,抄起一支步枪冲出营帐,大声呼喊着向前扑,到二道防线前来不及卧倒,直挺挺立着连发数枪。这一下稳住了阵脚,阵地上织起密集的火网,遏制住英军突袭的势头。左侧的周行彪部守营不出,只向英军后路打炮,阻断敌人增兵道路。野外作战是义和团的长项,张德成马上率团冲杀,与洋白鬼子短兵相接。道华德的偷袭没有成功,界内联军炮击马家口,掩护准将率残部退却。义和团紧追不舍,蒋、周两部也杀至界壕边,跟接应的日军搅成一团。

西路陷入混战,跑马场一带突然枪声大作。这里由英、俄混合部队驻守,由于是临时搭配的,枪响时都以为是对方哗变,第一时间没做出反应。等意识到是敌人来袭,营地已被手雷轰开,士兵们顶不住这短距离的冲击,只好沿着大看台奔逃。看台后面有三座洋楼,清军向楼中投掷手雷,洋楼燃起熊熊大火,联军不得不弃守此地。这队夜袭勇士是聂士成精选的,由统领姚良才亲率,打得干脆利落。聂士成调队续进,在跑马场至八里台一线,扎下坚实营垒。聂军不失战机,天一亮即在西局子开炮。芦台运河水师营和城内守军的炮火,也轰鸣在租界上空。

炮战进行到下午,租界近半营房中弹燃烧,阵地失去防守能力,一门炮的前车被击中,一颗炮弹落在一座弹药库旁,几乎把它一锅端。界内联军集中到小营门一带,回击清军的四面围攻,并且炮击天津城厢,主攻城楼炮台和总督衙门。为了压住这股凶焰,聂士成亲率大队人马,沿马场道向北挺进,一直攻到小营门,迫使联军转移阵地。聂士成派军驻守小营门,仿佛扎上了南边的口袋。

聂军在西路鏖战时,东面的马玉昆也打得不错。马军不仅与俄军争夺车站,还

想分兵夺回东局子,对租界来个东西夹攻。曹福田召集上万团众,配合官军打车站。两昼夜的对攻战,到第三天早晨更加激烈。英军把威尔斯明火枪团、印度联队,还有从威海租界招募的华勇团,都源源不断地填了上去,仍堵不住俄军崩裂的缺口。眼看车站保不住了,上天降下倾盆大雨,浇熄了马军的连珠炮火。清军不善水战,义和团被淋成落汤鸡,"急急如律令"也救不了急。更要命的是,阿列克谢耶夫中将率领四千援军进至老龙头,不仅解了租界之围,而且从此攻守易势,联军有足够兵力投入反攻。不过,在英、俄两位中将会商的当晚,张德成还是给了俄国人一个下马威。他给几十头牛的尾巴绑上油絮,点着火后赶向敌阵。狂牛飞奔,乱蹄杂踏,把一片雷区扫成了通道,团众和聂军蜂拥而入,与惊惶的法、日军队展开厮杀。张德成的"火牛阵",是对租界的最后冲击了。

次日凌晨四点半,一大队日本骑兵冲出界壕,它没有攻打清军营垒,而是择路奔向东南。聂士成在营帐中得到报告,立即警觉起来,它是不是要抄我的后路?刚想派出马队追踪,营外响起密集的枪声。聂士成走出帐门,营官宋占标赶来报告,租界敌兵倾巢来犯,从海大道直扑小营门,与我前头部队交火。宋占标的说话声被震耳欲聋的炮声打断。英、日军队的四英寸口径大炮,向西局子的炮阵猛轰,首轮便炸坏了两门大炮。一颗炮弹仿佛长了眼睛,把聂士成的帐篷炸得稀烂。

意识到这是决战,聂士成马上调派营队,上前迎击。但根本抵挡不住,英、俄军队超过六千,在日本炮兵的掩护下,德国骑兵的策应下,浩浩荡荡,杀奔前来。周玉和、姚良才部拼命阻击,火力和人数都处于下风,只能凭着血气之勇,与敌搏战两小时以上。联军势在必得,又派出一支美、日联军,沿土围子进攻西局子。西局子已毁于炮火之中,此时与东线阵地一起放弃,聂军沿马场道退往八里台。

在一片混乱中,义和团与一队聂军打起来了。起因是误会:这支团民在沼泽地边沿,受到华勇团的伏击。所谓华勇团,是英国人在威海卫招募本地青年,组建的一支辅助部队。其人员是中国面孔,穿的是英式军服。由于服式与聂军类似,义和团认为是聂军干的。新仇旧恨一下子爆发,团首下令,改道回城。这些人悄悄进入天津,抄了聂士成的家,把他的老母和妻儿抓走了。

退扎八里台的聂士成,很快得知了这个坏消息。他第一个念头是亲去追寻,却又深知,他不能擅离军营一步,老母的生与死,眼下只有付之天命。老母性情刚烈,老母不会低头,那么老母天命已定,他聂士成的天命也已决定,马革裹尸而已矣。聂士成圆睁双目,泪水早被怒火蒸干。这一刻回首平生,他发现他一直在打败仗,从台湾阻法军,到平壤战日本,总是小胜继之以大溃,一直退到京津近畿,终于退无可退。是他笨蛋么?是他怕死么?他不这么以为。他总是在错误的时间,错误的地方,在打错误的仗。就说这一回,天津拳乱兴起,朝廷举棋不定,总督时剿时抚,对内养痈遗患,对外退让妥协,一步步贻误战机。而今患入腹心,欲以杂乱之兵,对抗虎狼之师,岂有胜算可言?败局乃上面铸定,却要小兵承担,还有无辜百姓跟着受难。聂士成身为提督,死无面目以对津民!

这时天色大亮,联军合围,那支早早出发的日本骑兵,果然从南面的纪家庄包抄过来。这队骑兵约有五百,占领了八里台南桥梁一带,另有两中队日本兵,从跑马场方向往南推进,后面是乌压压的英、俄联军。好贼的日本鬼子!聂士成命令牵来战马,这一声吩咐,是他年轻时最喜欢的,他的心一下子变得年轻。他不顾部下阻拦,跨上高头大马,指挥炮兵专向敌人的锋头射击。

炮弹四面开花,到处血肉横飞,不同语言的痛呼和叫骂,响彻阵地上空。联军人多势众,把聂军团团围住,英国亚细亚炮营和香港炮队、俄国马克辛炮团、日本山炮队,更是排炮齐轰。聂军炮火渐被压制,弹药消耗殆尽,有一队无弹可使的炮兵,抄起步枪加入战阵,抵挡俄军的进攻。

激战两个小时,聂军伤亡惨重。聂士成调集几门大炮,同时召集马队,亲自率领直扑敌骑,展开马上对决。日本队长江口认出,这是聂军统帅,急忙通知友邻部队,向这里厚集兵力。这倒遂了聂士成的兴,他叱咤奔突,上劈下砍,所向披靡。好一个匹夫之勇!他大声嘲骂自己,奋力一刀,砍倒一个挡道的鬼子。日本骑兵纷纷闪开,聂士成飞骑登堤,勒转缰绳,立马桥头,面对层层围裹的日军,显出傲岸俯视之气。江口气急败坏地开了一枪,子弹射穿了聂士成的左肩,他"唰"地甩出马刀,刀锋削掉了江口的军帽。日军和德军的枪弹,齐射这位不倒的将军,把他的魂灵打

上了天。

八里台一战,聂士成以下三百五十人战死,团民死亡四百五十人,聂军主力遭受重创。败报传到北京,朝廷为之大震,廷议之时群情激愤,这火却不知发向何处。主战一派骂洋人万恶,主和一派怪拳民混账,坐在中间的慈禧太后,越来越感到战和两难。此前两天,她已明发谕旨,任命李鸿章为直隶总督兼北洋大臣,催其迅速北上,以期解此危难。远水不解近渴,眼下仍需要指望裕禄,挡住津沽的洋兵。

慈禧借死人敲打活人:"统带武卫前军直隶提督聂士成,从前著有战功,训练士卒亦尚有方。乃此次办理防剿,种种失宜,屡被参劾,实属有负委任。昨降旨将该提督革职留任,以观后效,讵意竟于本月十三日督战阵亡。多年讲求洋操,原期杀敌致果,乃竟不堪一战,言之殊堪痛恨!姑念该提督亲临前敌,为国捐躯,尚非退葸者比,着开复处分,照提督阵亡例赐恤,用示朝廷格外施恩,策励戎行之至意。"

这道上谕传至天津,裕禄倒吸一口凉气。想到自己多次报捷,又想起"纸里包不住火",他仿佛看见了太后的怒眼。本来嘛,李鸿章已是名义上的总督,裕禄仅仅替人看守,犯不着搅在一团乱麻里。他差不多打好了腹稿,准备称病乞休。这得重打锣鼓另开张了,连壮烈的老聂都"殊堪痛恨",他能脱掉干系么!裕禄硬起头皮,召请同僚议事。此时天津有一位钦差大臣,他就是仓场侍郎刘恩溥,奉旨办理武清、东安、通州义和团。两位领兵大员是:帮办北洋军务大臣宋庆,统领武卫左军及前军的马玉坤。会上检讨前期战事,宋庆提出"乱由团起",乱子由义和团引发,团民又在作战中不听指挥,制造混乱。最明显的例子是前军之败,聂士成可说是义和团害死的。宋庆主张肃清奸民,整顿部伍,重定方略。这是暗示尝试和谈。

裕禄心乱如麻,可还发出疑问,既是大敌当前,能再剿办团民么?这天未作定论,宋庆却自行其是,允许部下动手剿拳。他要替聂士成报仇,聂部官兵乐得跟从,先拿城外的拳团开刀。在整肃纪律、惩办奸匪的名义下,不少神坛被捣毁,拳民遭屠戮,团会要么撤离天津,要么跟官军重修旧怨,互相仇杀。曹福田、张德成等大首领,倒还是裕禄的座上宾,他们把疑惑埋在心底,图谋自保。

看着这奇怪的一幕,联军越发猜不透中国这道谜题。有一点确定无疑,天津守

备空虚,联军的力量已强大到足以破城的地步。随着连日增兵,天津现有俄军六千九百,日军三千八百,英军二千三百,法军一千九百,美军一千六百,德军一千二百,再加上奥、意两国军队,总共一万八千人。反观对面的守军,杂七杂八拢到一起,不足一万二千人。正规军之外的二千卢勇,是裕禄临时招募的,勉强凑数而已。义和团的乌合之众,尚有万人上下,到开战时可能还愿充当炮灰,但他们形成的离心力,会削弱守城的战斗力。这些情报,是联军很容易搜集到的,提供者除了租界洋人,还有想挣点小钱的天津居民。

在中国的土地上,外国军队实践了中国先贤孙子的名言:"知己知彼,百战不殆。"联军于西历7月12日在租界开会,决定明日凌晨发动总攻,由阿列克谢耶夫中将担任指挥。联军集中了二门四英寸速射炮、四门十二磅速射炮、六门哈乞开式速射炮、二十八门野战炮,排列在土围子和织绒厂阵地,瞄准城防各炮台。

7月13日4时30分,随着一声令下,界内群炮齐发,恐怖的金属啸音划破晨空,犁开一道道血红的伤口。守军开炮还击,炮弹雨点一般落下来,霎时硝烟弥漫,地面碎裂,人类的残肢连同断石迸飞溅落。炮击进行一刻钟时,租界俱乐部两次中弹,设在旁边的军医院,大部分被摧毁。守卫天津南门的,是记名提督何永盛统领的练兵,兵员一千六百人。另有罗荣光的五营淮军,双方合计三千余人。宋、马两大帅的兵力,共有七千余人,配置在南城门外。但宋庆只顾杀团民,马军连日作战,伤亡损耗,现有五千余人掘壕固守。

面对联军的攻势,何永盛与罗荣光商量,不能守株待毙。罗荣光吃够了躺倒挨打的苦头,极力赞成出击。双方抽出一千二百精壮,请张德成、杨寿臣两团首,挑选团民三千,由守备宋春华带领出城。城外的马玉昆,也知反守为攻是上策,即派一军齐头并进。守卫租界的西摩尔中将,慌忙增兵堵御,炮火挡不住来敌,就用机枪疯狂扫射。清军和团民的尸体,在土围子前面堆叠,变成一阶阶肉梯,供同伴蹬踏而上。清军突破了租界内的英、法防线,与冲上来的联军短兵相接。肉搏战打了半小时,杀死杀伤一百余人,进攻一方伤亡更多。宋春华与马军副将下令撤退,杨寿臣带他的团民断后。这出其不意的进袭,给联军的行动造成了困扰,西摩尔曾想改

变作战计划,被其他将领劝止了。

双方的炮火在空中拉锯,天津城墙上的大炮,打得又低又准,土围子上的炮座和牵引车,接连中弹起火。英军炮兵上校克里,向西摩尔报告称,在三千五百米的远距离,能够这样打炮,简直是奇迹。他们不知道,这是罗荣光的炮兵。罗荣光向弟兄们下令说,敌人在大沽打破咱的碗,跑到天津来,咱也要打破他们一只碗。炮手使出看家本领,可惜弹药接续不上,暂告停歇。租界火力不减反增,一门四英寸口径大炮刚刚运到,架在织绒厂后面阵地上。这里居高临下,在日、法炮兵的齐射中,这门炮用点射发挥威力。战至破晓时分,一声巨响从运河方向爆出,方圆十数里的地皮都在颤动。战斗的人们全惊呆了,望见一条浓黑的烟柱,拔地而起,直冲云霄,爆裂的弹片化作激射的霰雨,弥漫成一个硕大的蘑菇,绽放在受到惊吓的天空。这是天津守军的褐色火药库,又一次中弹自毁,演绎着逃不脱的宿命。

攻方和守方停顿了一刻,又不约而同地埋头射击。俄军总司令阿列克谢耶夫,确信中国人的防线已遭严重破坏。他发出两路进兵的命令,东路以四千俄军为主,另有一千德、法士兵。这支部队从火车站沿河北上,直指城池东北角。他们的第一个目标是小树林炮台,炮台设在铁路路基后面,共有九门大炮。自围攻租界以来,它们一直是紫竹林和车站俄军的重大威胁。守卫小树林的,是二千拳民和三营练军。为了拔除这个眼中钉,俄军全军压上,打得并不顺利。

义和团的自杀战法,总使俄国人发怵。曹福田派来的援兵,拖住洋人的脚步。经过激烈争夺,联军占领了小树林。曹团向城内撤退,遇上出城增援的淮军吕本元部,便又合兵去夺小树林。俄军虏获八门克虏伯野战炮,立即调转炮口,轰击冲上来的清军。曹福田倚仗人多,从修好的浮桥上抢渡,但是抵不住枪炮,与淮军一起溃退。联军扫清了东城外围,继续向前推进,现在能够打击他们的,只有水师营的黑炮台了。这座炮台位于总督衙门附近,坐落在白河与运河交叉形成的半岛上。由于半岛地势较低,要瞄准它非常困难,多少天来,联军炮兵绞尽脑汁,也没找到对付它的办法,今天要靠大部队解决。

由西路进攻的联军,以二千七百名日军为主,加上一千六百名英、美军,少量

意、奥军。这是担任主攻的部队,第一步先拿下西局子,然后攻扑天津南门。早晨七时左右,联军由大营门出发,进至局门外大桥处,受到顽强阻击。姚良才率聂军二营驻守,誓与西局子共存亡,抗击战打了两小时以上。接近中午时,法军的一发炮弹,炸死了多处受伤的姚良才。日军乘势冲过大桥,抢占了残破的西局子。法军和亚细亚炮队接管此地,摆设炮阵,掩护攻城。利用错落的土房作掩体,日军以连为单位,像一条巨蛇向北游动。美军在右后方隆起的道埂下,排成横队警戒前进,与道华德率领的英军保持联系。

红日当头,天气燠热,此时除了对轰的炮声,就是士兵们粗重的喘息。正前方三公里外,紫黄色的围墙正中,矗立着两层城楼,檐角雁翅般展开,画出蓝灰色的轮廓。这幅壮景前面延伸的,是一处开阔的小平原,更有大片沼泽地。部队行进在泥泞中,挣扎过一段水路后,右边散布着一些土房,士兵们本能地靠近,寻找干爽的道路。突然,土房中射出枪弹,打中了几个美军士兵。里斯库姆上校命令向右翼进击,全团迅速冲向土房,却被池沼拦住了去路。马军营兵和义和团土枪手,凭借地利缠住敌人。

美国兵就地掩蔽。有人躺在堤埂下,有人站在齐肩深的污水中,忍受着蚊虫叮咬,苦不堪言。里斯库姆一边指挥还击,一边派人催促后边的海军陆战队。好在埋伏的兵力不多,这个钉子很快拔除了。伴随着稀稀拉拉的冷枪,美军步兵团继续前行。推进到一道堤岸前时,枪声密集起来,马军三营守在这里,配有连射机关枪、毛瑟枪和温彻斯特步枪。令美军胆寒的,还有义和团使用的抬枪,这是一种改装的武器:把后膛枪身装在大铁桶上,再安装一个管状投射器,使其杀伤力成倍增加。一杆抬枪要三个人放,几乎像是一门炮。

从出发以来步步不顺,这叫里斯库姆心中窝火。瞧瞧左前方,已望不见日军的踪影,那支主力的迅速挺进,更增添了无形的压力。这时陆战队赶上来了,里斯库姆跟队长商定,分成左右两翼进攻。先用行军炮轰击堤岸,在对方受到压制后,里斯库姆亲自率团进击。一时杀声震天,两支美军似双头怪兽,扑咬横躺的土龙,打得狼烟翻滚。

　　清兵管带马玉彪，是马玉昆的堂弟，有骁将之称。他喜欢打机关枪，今上午便过足了瘾。在扫倒几个快腿兵后，马玉彪把枪口对准旗手。那小子贼精，跑出蛇行轨迹，浪费了几梭子弹。土围子上的法军炮火，集中打击这条防线，轰开几道缺口。美军强行登堤，马玉彪率部退守德国面粉厂。德国老板早已逃亡，马军将它改造成堡垒。三营士兵和杨寿臣的总团，打退了美军的连番冲锋，他们自己也伤亡近半。发现这里战势胶着，马玉昆派兵增援，又令炮营发炮助阵。厂中守军精神大振，马玉彪沿着暗壕出击，重新夺回堤岸。里斯库姆恼羞成怒，他是南北战争的斗士，也是美西战争的英雄，怎能忍受清朝弱旅的顽抗、日本友军的竞争！

　　他组织了最大一次攻势，美军摇旗呐喊，浪潮一般拍击。堤上弹如雨下，步兵团的旗手没有幸免，他尖叫一声栽倒。旗杆被他压在身下，星条旗落在泥坑里，一角沾染上污秽。里斯库姆毫不犹豫，弯腰捡起旗杆，扬起旗帜攀登。马玉彪认准了他，"叭"的一枪打来，里斯库姆应声栽倒，血从口中涌出。身旁的少尉忙去拉他，吓得失声叫嚷："上校死了！上校死了！"

　　步兵团军心大乱，从堤半腰溃退下来。右翼的陆战队也没能顶住，队长米亚德上校负了重伤。美军不得不向后退却，在一处洼地停下来，由里依少校接过指挥权。战至下午四点多，美军伤亡二百五十人，军官丧失比例偏高。里依派副官庞顿中尉到后方，向英军道华德将军汇报。在等待支援时，里依跟同事们检讨得失，认为联军制订作战计划相当草率。两位美军上校均未参加决策，只在行动前才得到了情况通报。美军在一个未经侦察的战场行动，对敌情和环境茫无所知，受到挫折在所难免。但对方的一支小部队，竟然像一道冲不垮的堤坝，实在是一桩奇怪的事情！现代化的精确武器，拉小了不同军队间的差距，一个中国人使用枪炮，可以和欧美人打得一样好。司令部之所以忽视这一点，是仍视中国人为劣等民族，这就是轻敌的代价！

　　军官们发着感慨，等到了庞顿中尉归来。他在通过火线时两次负伤，仍然完成了任务，还带回一连英军陆战队。道华德的这个安排，却让里依大为不满。一来援兵太少，二来若策应进攻，应当从敌军右侧一千码处越过土围子，攻击守方的背面。

如此贻误战机，美军只能留在原地，待夜幕降临时有秩序地撤退。里依又派出一名军官，去见日本的福岛将军，要求改变计划，明日再发起总攻。

日方的进军顺利多了。日军善做情报，日侨处处留心，对于城南的地况，有比较详尽的了解。在福岛选定的这条道上，有大大小小的坟包，还有几道土冈，可做天然屏障。日本的炮车灵巧好使，还有在天津很有名的"日本车"，由志愿参战的日侨拉着，运送各式弹药。日军推进神速，对土房中发出的冷枪，根本不予理睬，守军的迎头炮击，也打不乱它的步伐。进至距离城门五百米远时，左边有一道土岭，右边有大片池沼，中间通道崎岖狭窄，大有一夫当关，万夫莫开之势。日军毫不犹豫，向冈子展开强攻。守军居高临下，打得得心应手，日军一排一排地倒下，像钐刀切割茅草。日军攻势不减，阵地向前推移。

一名站在司令官身旁的英军联络官，不由发出赞叹："一个联队像一个人一样行动，看日本人作战真受启发。"福岛少将露齿一笑："跟中国人打仗才受启发。中国有三板斧的典故，你只要有毅力，他就抡不开第四斧。"在战斗最紧张时，马玉昆也上了土冈，他带来的那股气势，暂时压下了攻击的气焰。双方打开炮战，福岛抽出一支炮队，专打那条通道，这是为了清除地雷。果然，重启的攻势更加猛烈，日本兵赛跑一般向冈上冲。骑兵飞快地插进通道，时有地雷爆炸，顿时人仰马翻，却截不断蝗虫般的流动兵群。

冈子后面一团混战，马军终于顶不住了，向南城溃败。日军乘胜追击，在城外又打了一仗，宋庆军也参战了。激战至暮色四合时，清军败势已定，宋、马二帅都退回城内，与裕禄商讨大计。裕禄有什么大计？他看看宋庆，宋庆倒是痛快，直言唯有退走。裕禄絮絮地问："退到哪里是好？朝廷责问怎么办？"

宋庆对朝廷有一肚子气："叫朝廷问自己，为何把局面弄成这样！它不叫退，它把大队人马给我开来！"

裕禄受气包一样转瞅马玉昆。马玉昆说话平和："我的人马折耗过半。如果全打光，别说天津，只怕北京前面也没有力量守。"

这给出了充足的理由，裕禄决计退兵。三大人顺路通知刘恩溥。刘恩溥犹豫

了一下,含糊答复说稍后再行。他在钦差行辕给朝廷写奏章:"二十夜间,闻宋军、马军后队均退至十八里之北仓。团民虽抵御不退,苦无军火,似此情形,臣勉强在此居住,亦属无益。"南城和东城还在苦战,洋兵尚被拒之城外,刘恩溥还有一点点功夫,充当最后一位守城大员。

宋、马釜底抽薪,倒使义和团松了一口气,因为这两位深怀恶意,打仗把拳民顶在前面,平时对拳民两面三刀。恶煞走了,硬仗是为自己打。泥坑、池塘、壕沟、坟丘,都变成一件一件武器,一块石头也能砸破一颗脑袋。义和团和何永盛的练军,跟敌人一寸一寸地争夺,留下一片片血泊,汇成一大汪血海。罗荣光的炮兵跟四面八方的大炮对轰,显然寡不敌众,渐渐无米下锅。

正在紧张时刻,联军的炮击突然停了,罗荣光赶紧重整炮位,补充弹药。福岛将军发了火,他已攻至城下,失去炮火支援,不是要他败退么?福岛派人随同联络官,骑马奔回询问。在道华德的炮军阵地上,这位将军告诉两位使者,有一位日军少佐,刚才给他送来口信,称日军已经进城。他马上通知后方,避免误伤日军。将军的副官补充说,少佐名叫平三郎,自称是一位中队长。看来是一次误报,或者竟是间谍。

大炮再次打响,城门东边几丈开外,连中数发炮弹,一段高墙轰然倒塌。盐防局火急调集丁壮,南城居民也来帮工,拉运土石,充填豁口。随着夜色加深,日军逼近了城门。福岛站在二百米外的隐蔽处,玩味着这美好的时刻。在甲午战争时期,他还是一名中佐,随军登陆辽东,兵锋直指天津。可是议和中止了胜利的进军,过了六年以后,他才报一箭之仇,不,应当是一剑之酬。小胡子旁浮出微笑,福岛看看钟表,时针指向三点半。扭头看见副官领来两个人,向他报告说,这位是日侨山本,这是山本君的华人朋友,小南关的居民老伍。老伍参加了修补城墙,山本拉他趁乱出城,向日本司令官告密。

这确是宝贵的情报,天津城垣高大,建筑坚固,若无突破的捷径,日军必将承受重大伤亡。福岛下令炮火掩护,摆开三路攻城的阵势,将城上的火力牢牢吸引住。爆破队的工兵紧张工作,将火药装满两只铁桶,悄悄地运到那段墙下。工兵们老鼠

一般地挖洞,新填的城墙土质松软,很快挖出适应的坑穴。两只桶分放在并排的土坑里,像穿在一根线上的两个瓜。火线长长地拉出来时,他们被城上的练军发现了。一梭枪弹射过来,两个工兵当场毙命,第三个人连滚带爬,把线拽到一堆石头旁。同伴们手忙脚乱地点着火,机枪把火打灭了。城门楼上的守备宋春华,一边指挥机枪手,一边用步枪瞄准,亲自打死三个日本兵。他明知日军势在必得,也知城上弟兄命悬一线,所以打得特别准,他把全部心血灌注于子弹中。日本兵三次点着均未成功,在这根细线旁边,横躺着六七具尸体。爆破队长恨得咬牙,大声呼叫:"朝城上齐射!"他紧握一盒火柴,疾跑至火药桶边,凑近点燃了火线。瞬间地火突奔,雷霆万钧,城墙、门楼和守城将士,在大爆炸中化为齑粉。天津就此陷落,联军先后入城,大肆烧杀淫掠,将北洋首府作践成人间地狱。

四、王爷弄武　税司撰文

狼烟四起的乱局,使得袁昶忧心如焚。可他撬不开铁牢一般的困境,只好时常给远在武昌的张之洞写信。比如前些日写:"拳民在禁城突起滋事,天潢贵胄力主借拳灭洋,钳荣相、庆邸之口,并造谣云:义和团入禁城,先杀四人通洋者,荣相、庆邸、崇礼、许景澄。于是宣战之旨下,东长安街一带化为战场,未知何日能了结也。"昨日又写:"已在端邸挂号听调者,共有一千四百余团,每团以二三百人计,少亦百十万。团长各自为雄,并无总头子,李来中其人,旗下巨公至今倚为长城。受业屡屡苦口切谏,惜无人悟。"受业是学生对老师的谦称。这些信并不能及时送达,他只不过是倾吐积郁罢了。

朝廷已无政可言,各衙门形同虚设,堂官和属吏各行其是,这个"是"就是自保。总署受义和团保护,大臣们间或进出,都要到神坛前拈香一拜。袁昶强项不屈,称病不再入署。他总得干点什么,那就奋笔写疏。他已连上两疏,一请保护使馆,二

劲甘军烧杀。第一疏与许景澄联衔,等到写参折时,许景澄劝说袁昶,时局无可挽回,你我省一口气吧。袁昶便独上此疏,他也不想连累朋友。他甚至想挂冠归隐,眼不见心不烦,从此跳出火坑。正在犹豫不决,一条噩讯如雷轰顶,天津沦陷! 袁昶尽管常发警告,也没料到败得这么快,惊愕之余便是愤慨,忠言仍需抒于笔端。袁昶在书房展纸研墨,间或啜一口辛辣的烧酒,写下一句句灸心的词语:"窃自拳匪肇乱,甫经月余,神京震动,四海响应,兵连祸结,牵动全球,斯为千古未有之奇事,必酿千古未有之奇灾——"

袁昶沉浸在悲痛中,连有人进房也没听见。由于是挚友,许景澄到此不需通报,他一脚踏进扑鼻的酒气中,不禁暗暗叹一口气。感觉身旁有人,抬眼一瞥便要起身。许景澄按手示意,袁昶便埋头疾书,直至终篇,将笔一掷道:"书愤已毕,得罪吾兄了。"许景澄声气平和:"你得罪的是群丑。你看,裕禄招揽拳匪头目,待如上宾,欺罔君上,谎报军情;董福祥比匪为奸,行为如同寇贼,肆无忌惮;徐桐素性糊涂,罔识利害,刚毅比奸阿匪,顽固成性;赵舒翘居心狡狯,工于逢迎;启秀谬执己见,愚而自用;毓贤养痈于先,贻患于后。此外还有未指名的,都在请求治罪的这一句中说了,'不得援议贵议亲为之末减'。谁是贵而又亲者? 那是端庄二邸。"

袁昶安详地接上去:"是。一律治以应得之罪,然后诛臣以谢徐桐、刚毅诸臣;臣虽死,当含笑入地。"许景澄问:"臣字后面怎不加一'等'字?"袁昶道:"这次不能加,我要找死,岂可连累亲朋故旧?"许景澄道:"是啊,死这个东西,有时确实是人自找。就说裕禄,是个好人,可以做个太平侯王。国家把他摆在那个位置上,这就害了他,也便误了国。你说,这该追究哪个?"

二人相对惨然。许景澄又自言自语:"我有两事未了。一是铁路,京津一路抵押关外铁路借款,月息六七万,如今泡汤了;二是大学堂,经手款项甚巨,而学堂毁于兵燹,不知何以了结。"袁昶警觉起来:"兄言极是,乱久必平,铁路乃民生之本,学堂为国事之要,都得葆此元气。小弟以为,总署你不必去了,还是在家避避。"许景澄微微一笑:"你把我择得好清。你有不平之气,我有不忍之心,避得开么?"他从座上欠起身,捡起桌上毛笔,饱饱地膏一下墨,去疏稿的尾端书写:臣许景澄。袁昶猛

抬起头,胸中波涛汹涌,一时说不出话来。许景澄拍了拍他:"你我,愚夫也。朝廷,迷局也。我们不是旁观者,自然难做清高人。"

二人联名上书,希图以血诚回天。此时正是天昏地暗,慈禧对这折子哪有工夫看,只马马虎虎批一"存"字。裕禄的折子她当然要看,裕禄大骂义和团:该团野性难驯,并不以攻打洋人为心。交战之先约彼相助,任意推诿。及至进战,大军奋勇直前,忽四处地雷轰发,木石横飞,义和团已不知去向。且至居民惊避之时,或掠良家财帛,或夺勇丁枪械,事后则解去红巾,逍遥远避。大官要找替死鬼,义和团是现成的,可是他们却说,国家养的是兵和官,并没有养义和团!慈禧恨得牙直痒痒,只得下旨召集廷议。面对群臣,慈禧痛斥军机失机,还有兵部尚书徐用仪,连军情急递都办不好,把八百里排递弄得比一百里还慢。又骂董福祥匪气不改,甘军打家劫舍,比打使馆还卖力。再骂裕禄,连上七份奏章,章章都打胜仗,呼隆一声地动山摇,城池丢了!那是北京的门户啊,放他去守,等于把王朝身家交付于他,他他他还算天家脉系么?还有你们,管军队失地,管外交卖国,管钱粮只管自家吃饱,何曾有一点天良!骂着骂着带上哭音,眼眶中淌出两行泪水,她尚无所察觉。

这种情形叫臣下痛心,不少人眼泪丝丝。礼王世铎尽军机领班之分,叩头苦谏:"奴才等做事不力,辜负圣恩,罪该万死。请老佛爷——"

慈禧断喝:"别提佛爷,佛法失灵,众鬼猖狂。外国要你们脑袋,知道么?"

荣禄接奏:"要脑袋不碍事,只要于朝廷有益,就给两个脑袋也不要紧,只怕给了脑袋仍难息祸。"

慈禧瞪着他:"那你说怎么办,全国人伸长脖子叫它割?"荣禄道:"昨日有六大疆吏致庆邸、王相和奴才的电函,由袁世凯排递送到。"慈禧问:"六人是谁?"荣禄答:"两广总督李鸿章、湖广总督张之洞、福州将军善庆、四川总督奎俊、安徽巡抚王之春、陕西巡抚端方。"慈禧面露不悦:"李鸿章?朝廷催他北上,他只按兵不动,倒有闲情打电报玩花活?"荣禄奏:"他启程前要与各方联络,探知列强态度。电函中称,各国最忌伤害使臣,攻津洋兵俱以救使为号召。我国驻外的罗丰禄、裕庚、吕海寰等公使,将探得情报陆续报回:德皇闻戕使甚怒,派铁舰四、快船一直取北京;法

外交部言,若伤各国使馆人员及商民,要政府抵命;上海英总领事电,其外交大臣声明,如各国公使及西人受伤害,必将其罪归于北京主谋之人。"

各臣子噤若寒蝉。慈禧兀坐不动,她身旁的光绪呆若木偶,寡青的面皮像一只蜕壳剩鸡蛋。跪在前头的载漪觑觑这个人,恨不得一把将他扯下龙椅。炉火烤得载漪张开口:"荣禄这话狂悖无礼!"

荣禄语调平缓:"不是荣禄的话,这是疆吏转述各国的话。我也恨它语极凶悍,殊堪发指。"

载漪愤愤地:"你替它想得周到,又是送信,又是送菜,巴不得跟它把酒言欢!董福祥请调大炮你为什么不给?"

荣禄跟他算账:"九天前调出十门大炮,交西什库六门,东交民巷四门,怎说不给?"载漪暴躁道:"六门四门济得甚事? 鬼子城堡坚实无比,教堂钟楼比乾清宫还高,你不轰倒它,统什么武卫军!"

慈禧唤一声"载漪",载漪"砰"地碰一个响头:"太后老佛爷,奴才没把西什库打下来,那是有人暗中使坏,立山——"慈禧怒形于色:"又扯立山,你打不好都怪别人? 你干成过什么事? 你若不插手,也许事情不会这样糟,你——"

生怕暴怒失态,她努力按压心火。载漪深感危险,他置身于悬崖边上,要么蛰伏不动,要么拼死一争。载漪哭声抗辩:"奴才自知无状,几次想自裁谢罪,可又怕到了天上祖宗责问:大清的宗社安不安? 铁打的江山保不保? 奴才没法回答,奴才不敢说,洋人的爪子伸到了朝堂口。奴才等近支子孙,总以社稷为重,若不经一战,白白给他们,死也不甘心。"载濂、载澜等王公贝勒跟着叫"不甘心",载勋哪能落后:"奴才以为,不领兵者可以避战,统重兵者不可言不战,否则国家养兵何用?"

这又引起一片应和,这种情形以前从未见过。慈禧茫然望着一地脑壳,"近支子孙",四个字中透出的寒意,使她一时作声不得。他们是近支,那么她是谁? 在满洲有一个隐秘的传说:清始祖努尔哈赤兴起之初,爱新觉罗和叶赫那拉两大氏族,便已结下不解之仇。叶赫家世代受压,然而熬到末世,终会有狐狸精转世,对仇家一还一报。这传言像一个魔咒,压在人们的心头。今天,这几个心怀不平的"近

支"，要来破这个咒了？

朝堂上僵了片刻，光绪第一次开口："荣禄，六疆臣后面怎么讲？"

荣禄连忙回奏："六臣称言，天津于犯顺之洋兵，自应加力攻击，以彰圣武；京城于束手之公使，自可格外保护，以广皇仁。我国初七日电致英、俄、日三国书，示以美意；然而京津电报不通，各国不得使馆讯息，皆以为公使已死，更增猜嫌。为今之计，宜对各使加以抚慰，补致美、法、德三国书，并令各使分电本国，以释其疑。如此则兵祸可解，社稷可安。"

光绪低声向慈禧请示："皇额娘，六臣献计，一打一拉，儿以为可取。不知皇额娘圣意如何？"

这里有额娘和皇儿，足以抵近支子孙。慈禧悄悄嘘一口气："疆臣心系京师，岂可拂其忠心？军机筹计战事，总署试探外国。至于使馆，你们既然停了又打，当然也可打了再停。总之，不能在一棵树上吊死。"

经过明争暗斗，好歹又赢得一线转机。朝廷颁布上谕："裕禄等奏津郡失陷，请治罪各折片。裕禄着革职留任，宋庆着交部议处。现在天津防务紧要，李鸿章未到任前，仍责成裕禄会同宋庆妥筹办理。该督等务须戴罪图功，竭力防剿，以遏敌人北窜。不得因简放有人，稍涉诿卸。"同时，电催李鸿章兼程北上，促令各省援兵迅速赴京。总署奉旨拟定电文，分致法、美、德国政府，表达和好的意愿。一面令各地按照条约，保护洋人，清查其生命财产所受损失，等候汇案核办。

现在又用到金四喜了，金四喜应约来到总署，然后陪章京文瑞前往使馆。文瑞以皇太后的名义，向英国公使窦纳乐送来瓜果、冰块、面粉。给赫德送了同样的一份，请他代表中国，充当中外之间的调停人。文瑞还带来了荣禄的信函和名帖，信中称他正命令军队停火，保证设法弄到《京报》，将继续供应果蔬鸡蛋等物。窦纳乐和赫德都跟文瑞熟识，便向他探察清廷的意图。局势发展到这一步，连慈禧都闹不清楚她在干什么，区区章京能用何言答对？赫德却要严正指出，清朝正狂奔在灭亡的道路上，除非理智回归，上帝也挽救不了它！

第二天，总署送来伦敦询问使馆近况的电报，赫德的家信，美国政府致美公使

的密电。总署建议赫德起草一份致各国的电报,说明朝廷正在保护使馆,保证使馆的物资供应。赫德哪能做这样的蠢事? 他最担心的是,各国误以为使馆安全,放松拯救他们的努力。他不相信清廷的诚意,即使真有,仍会有邪恶的势力从中作梗,破坏某人的和平努力。这个某人一定存在,不然的话,中国军队定会全力进攻,使馆连一天也坚持不下去。这人并非偏爱洋人,他是为了自保或保国。果然,日本人通过他们的渠道弄到了情报:聂士成战死,天津城破,联军准备向北京进发。围困中的人们欢欣鼓舞,赫德的心却提到嗓子眼,外国若要夺走王朝的生机,王朝会把使馆送上绝路。又一个果然,停战两天后枪炮声再起,就像文瑞未出现过一样。

赫德什么都料到了,但有一点没料到:外间谣传赫德爵士死于炮火,7 月 17 日的《泰晤士报》发表了赫德的讣告,英国政府打算在 23 日举行追悼仪式。幸亏金登干竭力反对,他认为赫德是上帝的宠儿,没有东西能够打倒他。确实如此,赫德写了一封短信,要上海的安格联转电金登干:"由于对中国政府不方便,对我们自己也不安全,因此能愈早使我们脱离此困境愈好。速寄秋冬衣服来,一切被烧光。"

然后他就安下心来,一边判断大炮的弹着点,一边写《北京使馆:一次全国性的暴动和国际事件》。这篇文章他酝酿了一星期,有感性的描写,理性的思考,更有超然于中外争端之上的人的悲悯。他叙述了六十多人的战死,莫理逊、李佳白等人的负伤,还有奥地利代办纳色恩,第一次爆炸把他埋进瓦砾,第二次爆炸把他崩了出来,奇迹般地毫发无损。

赫德自称此文为一篇札记,一幅鸟瞰图,他揭示这血色图景中蕴含的深刻道理:"今天的这一事件不是没有意义的,它是一个要发生变革的世纪的序幕,是远东未来历史的基调:2000 年的中国将大大不同于 1900 年的中国! 民族感情是一个永久性的因素,而在中国唯一普遍存在的感情,就是对中国制度的自豪和对外国一切的轻视。……它的每一个成员身上都激荡着中国人的情感——中国是中国人的,把外国人赶出去! 义和团运动无疑是官方煽动的结果,但是这个运动吸纳了群众的想象力,将会像野火一样燃遍中国每个角落。简单说来,它是个纯粹爱国的志愿运动,其目的是使中国强盛起来。它证明了广大民众会如何齐心协力地响应号召,

也进一步表明,谨小慎微的官方原先有意限制义和团只使用大刀长矛,这是不够的,必须要以毛瑟枪和克虏伯大炮来代替刀矛。"

这段文字,叫督战归来的窦纳乐看到了。窦纳乐讽刺地眯起眼:"你这位谋士替义和团划策,不怕黄祸轰掉你的脑袋,并且冲垮你的祖国?"赫德耸耸肩:"我的脑袋无足轻重,我的祖国,比德皇威廉客观得多。威廉用大元帝国的例子宣扬黄祸,他不懂得,中国人是有才智、有教养的种族,冷静、勤勉,有自己的文明,在语言、思想和感情方面都很纯一。中国人是爱好和平的,中华民族既不是一个惯于侵略的,也不是一个可以长期忍受被侵略的民族。"

窦纳乐讥笑地问:"那么瓜分如何?"

赫德早就想好了答案:"一旦瓜分,动乱、苦难和不稳定就会世世代代延续下去,其结果是黄祸必然产生。公使先生,要找到解决中国问题的办法,请等着看我完稿的文章。我将以如下论断终结本篇:无论如何,外国人决不能期望永远保持他们的治外法权地位,以及中国被迫让与的种种通商条件。如果今天的中国毫不犹豫地挑战了十几个条约国家,那么一百年后的中国这样做的可能性会小些么?当然,中国根据常识也许还不至于采取侵略政策,但是外国的发号施令必须停止,外国人有一天必须离开中国,而目前引起注意的这个事件,就是今天对于将来的提示。"

这个事件对于清廷,就像卡进喉咙的鱼刺,咽不下吐不出。联军向北京进发,看来不可遏止。公使们不肯就范,也绝无讲和之意。那么如何了局,不死不活地拖着?慈禧一会儿发狠,一会儿泄气,七上八下不得安生。载漪瞅准时机,约载勋进宫献计。这两弟兄更无退路,洋人若缓过劲来,最先挨宰的是他们。

这天下午五时许,炎威渐消,清风徐来,慈禧坐在乾隆花园古华轩中,看树木蓊郁,廊榭蜿蜒,倦怠的神思不知落于何处。太监报上名来,慈禧本想拒见,转念又令传进。见两人到台阶前面叩头,慈禧没好气:"又来报丧?是不是裕禄——"她咽下"死了"二字,听见载漪回答:"裕禄还在杨村堵御,老佛爷又派董福祥去,必能杀败洋寇,克复津沽。"慈禧啐一声:"必能?你们什么时候能过?"载勋插言解围:"奴才

跟载漪想得一法,能够打下使馆。外人建筑多用钢石,一般炮火克不动。我们忘了祖宗有一神器——"

慈禧忙问:"那是什么?"载勋道:"红衣大炮。此乃头等炮位,西方红毛国制造,当初我军攻取北京,即用它轰开齐化门,世祖爷钦封为红衣大将军。"

载漪补充:"因其重达万斤,难以移动,至今闲置在武库中。老佛爷若准启用此炮,打使馆如同探囊取物。"

慈禧疑惑道:"搁了几百年,炮还能用么? 再说它那么厉害,一下子把洋人全打死,对外怎么交代?"载漪道:"用此炮不为杀戮,只图威吓。红衣大炮声如雷震,打上两炮或者三炮,洋人便会失魂落魄,拱手请降。到了那时,和谈由我,作战也由我,胜券不在他们手中了。若能把公使们接到总署,保护起来,打天津的洋军就失去了借口。"两个活宝想把洋人扣作人质,跟外国讨价还价。在走投无路之时,这或许可以一试。慈禧摆了摆手:"是死是活随你们去。"看到两人窃喜的样子,她又发觉不妥:"这在荣禄的职分内,你们交他去办!"

二王请得懿旨,来到武卫军公所,瞄见一个人的身影,走进荣禄的厅堂。那是署理府尹陈夔龙,堪称荣禄的心腹。荣禄迎二王进门,陈夔龙跟从致礼。二王传达上意,荣禄吃惊不小:"这是两位的意思吧?"载漪面带假笑:"我们只敢建言。你若觉得不真,可去太后面前求证。"荣禄忍着气恼:"王爷只要不假,这旨一定当真。好了,我接旨。"二王一笑转身,载漪又望着陈夔龙:"连你的属员都那么威风,我们敢假传圣旨?"

陈夔龙只是赔笑。目送着骄狂的背影,荣禄不解地问:"他那话什么意思?"陈夔龙道:"卑职也在琢磨。大概指的是这:义和团人多势众,在城门闹市设坛,亲贵大臣凡经过者,皆遭喝令下舆参拜。唯独我的车子经过,守坛师兄往往举手为礼。因为顺天府是父母官,这些人尚存敬畏心。"荣禄不由赞叹:"恶人也有善意,况且这些混账行子,也真不好一棍子打死。"

陈夔龙道:"前日还有这样一例:我在宅中与仲山尚书茗谈,仆人来报有大师兄求见。传进后那人立于阶下,交上来刚中堂写的条子,内称该团人数太多,米不够

吃，要求借拨京米二十石，筹到钱米立即归还。我还在踌躇，忽然听见一声响雷，天上砸下铜钱大的雨点，却又停止，不过仍有大雨将来之势。那人长叹一声：我等也是好百姓，若上天早半月给场透雨，早去披蓑戴笠耕作，哪有闲工夫做这个！仲山劝我借给了事。"

荣禄连连摇头："听了叫我心里沉重。这不是怪你，这一场乱事，好像谁都没做对，好像谁都没有错，好奇怪的案由啊！"他把话题扯开："仲山近况还好？"陈夔龙道："将就度日罢了。东城烧杀过甚，孙尚书宅、徐相国府均遭浩劫。我约仲山来署同住，幸免于难。"二人相对叹息。荣禄又想起一件事："四恒借银怎么办的？"陈夔龙道："卑职正是来回这事。也算赶巧了，一位兵部旧僚友，那天告诉我一桩故实：英法联军之役，文宗北幸热河前夕，敕户部提银一百万存内库。此银在否，何不一查？内库在东华门内，内阁后门偏东处。卑职去禀知王中堂，中堂果然查出了存银，提五十万分交四恒救急。"荣禄颇感欣慰："巧机缘也要人去捉，善做事不会夹住手。对了，那王培佑，还在磨蹭？"陈夔龙道："王君知道差事难做，所以迟迟不肯回衙。"荣禄道："那他还占什么坑？赶开他，你实授！"陈夔龙忙道："恩相栽培，自是天幸，可当下的府尹哪是人做的？何况端邸——"

荣禄沉吟："端王盯上你了，倒也需要避避。这事我记住了。对了，崇受之跟你——"受之是崇礼的字。陈夔龙有些着忙："崇尚书跟我似无过节。"荣禄笑了："怪我没说清，他夸你晓事。"陈夔龙道："这可不敢当，这话的缘故是：步军统领古称执金吾，为京城势最煊赫之官。崇公每次出行，材官箭手数十人簇拥，九陌软尘飞扬十丈，朝野群相艳羡。他被庄王取代统领之位，改任理藩院尚书，次日上朝，跟卑职在东华门同时下车。跟从者仅仆役二人，与我一个样。崇公面露窘色说，今日太不成局面。我劝他说，京师拳民充斥，弹压不易，公已轻轻摆脱繁难，卑职向您庆贺。"

荣禄不禁失笑："官场之人死要面子，谁能免俗？唉，人家都想活出排场，偏我今天离不开死字。"陈夔龙做出告辞的架势："卑职多嘴，请问中堂如何处置红衣大炮？"荣禄十分烦恼："旨意如此，我有何法？都想同归于尽，索性大家玩儿完。"陈夔

龙道:"满城百万生灵,都担在中堂肩上,恐不能轻率从事。卑职以为,端王即使不是矫诏,也非出于太后本意。若真闹得不可收拾,端王还可嫁祸于中堂。"荣禄上了心:"那该怎么办?"陈夔龙却不说破:"大炮打哪不打哪,炮手自有办法。归根结底,宫中要听的是个响声。"

荣禄心领神会。他令人把炮兵统领张怀芝唤来,交代一番。这一套把戏,张怀芝在炮打使馆中玩过多次。这回得了件新玩具,从武库中推出这尊庞然大物,安放在东安门内东城根。统计城根至英使馆不过半里远,只需连放数炮,馆中房屋便会化为瓦砾。张怀芝密嘱炮手,把瞄准表尺加高二三分,选择吉时,开放大炮。轰隆巨响,城垣震动,霹雳火光掠过英馆上空,落到前门十条胡同附近。

山西票号百川通的东家正对店伙训话,突见飞雷击穿屋顶,不由惊倒在地。票业同行十数家,急议避祸,当即收拾银钱账据,迁往京北贯市。这一炮的威力,也令使馆中人相顾失色,他们不知这是什么武器,也不知道它意味着什么。也许是毁灭的真正开始。窦纳乐特去咨询赫德,赫德静思一阵道:"让我们祈祷上帝吧。"

求上帝不如求自己,当务之急是加强防守。窦纳乐让司快尔接替死去的斯曲卢兹上尉,主持馆区的军事工作。更大的希望寄托于天津,窦纳乐给英军司令官写信称,如果中国军队不加强进攻,他们还能坚持十天左右,反之将在一夜之间成为俘虏。他呼吁联军迅速进京,为给救援部队提供方便,他透露了一条秘密通道,可由内城南城墙下通往英国公使馆。这封信由陪同金四喜的另一教民带出,在睁一只眼闭一只眼的检查下,这人顺利混出北京。

日本人有自己的情报渠道,他们买通了一名甘军哨官,那人每天报告联军的进展。明知他讲的并不可靠,围城中人还是乐于接受,这至少给妇女们带来了安慰。女人的不幸远大于男人,除了极少数人,这里根本没有私人空间,她们不得不在户外当众做饭,打理种种琐碎家务。除了共同承担的命运之外,女人们是一个单独的世界,需要特殊的照顾和抚慰。可惜在日甚一日的煎熬下,她们的感情和理智都在皲裂淌血。

讷色恩夫人便是一例。她丈夫跟两枚炮弹打交道的经历,使她无法原谅窦纳

乐。在她看来,英国人一直考虑如何保护自己,他们向英馆运去四万个沙包,而奥馆却得不到基本保护。讷色恩曾经建议,应当守住外围的奥、意使馆和海关,作为英馆的缓冲。窦纳乐为了凸显英馆的堡垒地位,不惜让别人做出牺牲。奥馆人员应英方要求,将六十天的口粮交了出去,粮食便放在窦纳乐的外屋。

后来,讷色恩夫人从英馆搬到法馆居住,带着人来运一部分食品,却发现几袋大米不见了。奥国海军少尉向英馆人员讨要,这时窦纳乐从外面归来,看见地上撒着一些面粉,便气呼呼地对讷色恩夫人嚷:"您听着,要是把我的房间弄脏了,您就得把它打扫干净,马上!"随后跟进的讷色恩立即顶回去:"您说什么?我太太来取属于自己的东西,不是替你扫屋子的!"窦纳乐咕噜了几个字,冲进内室"砰"地关上门。

最近又发生一桩类似的冲突,赫德便去找这对夫妇,想扮演英奥间的和事佬。讷色恩跟他开门见山:"您知道,窦纳乐认为有一个分裂的阴谋,把我视为反对党的领袖。事实上,他宣称出任总指挥的通告,仅有英、法、俄、意四国的签名。他是一个自封的领袖!"

赫德笑道:"您得承认,人人都有领袖欲,包括我——"

讷色恩夫人替他从茶炊上端来饮品:"您没有,赫德先生。我的脑海中,永远铭刻上一幅图景:一位瘦弱的老先生,站在自家房顶站岗放哨,他头戴一顶巨大的草帽,酷似一朵大蘑菇。他用绳子把长长的毛瑟枪挂在脖子上,手拿温彻斯特连发步枪,腰上缠着布尔式弹夹腰带。在他身旁,一位职员扛着猎枪,枪尖用铁丝绑着菜刀,充当刺刀。两位绅士武装到牙齿——"

赫德哈哈大笑:"那是我撤退前的形象,可惜没用相机拍下来。一个人在保护自己时,会迸发出多么大的能量,连上帝见了都会惊讶。所以,鲁莽的窦纳乐也是可以理解的,他是在维护自己的权威。"讷色恩笑了笑:"我理解他的蛮横,不理解他的愚昧。这场可悲的战争,是英、俄等强国的政策造成的,两国政府又受到其驻华公使的误导。"赫德严肃起来:"哦,这涉及战略层面了。不瞒您说,我也在做这种思考。"讷色恩道:"我相信你不会完全同意贵国的行为,没有人比你更懂中国。"

赫德兴奋道:"'懂中国'三字,是我最喜欢的头衔!我听人说,代办先生也有这类追求。"

讷色恩笑道:"别人说何如本人说?我祖籍英格兰,维也纳大学毕业后,前往牛津大学,师从于东方学大家理雅各,学习汉学和梵文。我最早来中国,是被您的海关看中的,不过只担任过低等职员,无缘结识您这位大人物。1891年我任驻日兼驻华公使,然而任所在东京。1895年我国决定开设驻华使馆,上海总领事夏士力荐我任公使,因我不是法学毕业,外务大臣只让我做秘书。选任公使突然去世,我才当了这个代办。费尽周折,我这颗向汉之心也没变质。"

赫德大加赞赏:"你是地道汉学,不像我这个剽学的。"讷色恩道:"剽学二字,只有我能听懂。可惜驻华的这一茬公使,全是憎汉蔑华的武夫。"赫德做出懊恼之色:"愚昧的是我,竟没早点来找您这位知音。"讷色恩道:"您也难免受窦纳乐之愚。窦纳乐则承受着英、俄竞争的梦魇。当总理衙门向我们发最后通牒时,我郑重提议公使团,应向中国政府解释,大沽危机是在公使团不知情的情况下发生的,我们愿意说服联军将领,要他们交还强占的炮台。窦纳乐要我征求俄国公使的意见,格尔思的回答是:什么?我们绝对不可能交还大沽炮台!"赫德直摇头:"要俄国吐出吞下的东西,除非剖开它的肚皮。这场空前的悲剧,您认为将如何收场?"讷色恩面色凝重:"我们将会看到列强占领北京,展开杀戮,尽量发泄潜藏在人性中的兽性。那是西方文明的耻辱,中国文明的毁灭。不幸或者幸运的是,奥匈沦为虚弱的帝国了,较少有人参加进来。"赫德摇摇头:"有一个也不应该,您能不能制止您的同胞?"讷色恩有些泄气:"说实话,我不能。我认为连皇帝都做不到。"

二人沉默下来,在伤感的气氛中,倾听着隔壁传来的细微响动。讷色恩轻声说道:"我感激我的太太,她虽然不懂中文,却把北京的寓所称为玫瑰别墅,她给我们的生活涂上了暖色。"

赫德询问:"她理解义和团的举动么?"

讷色恩道:"她无法理解,但她力求找到合理的解释。'设身处地'这个中国词汇,是她无意中践行的,这尤其难能可贵。"

赫德打破砂锅问到底:"那么您能够理解么?"

讷色恩似感意外:"你问我?"稍顿了顿,他发音清晰地回答道,"我可以告诉您一句话:如果我是中国人,我也会加入义和团。"

赫德一下子冲动起来:"讷色恩先生,您的一句名言,比我的数千字文章有力得多!"

第五章　东南互保

一、刘李二帅针锋对

在北方烽火连天时,南方看似一湖静水,水底下却有暗潮激荡。最先鼓动这股潮流的,不是刘坤一、张之洞这些大吏,而是常居上海的盛宣怀,他的正式官衔是大理寺少卿,真正的权力是一大堆督办。经元善曾致函郑观应评论说,盛公独揽轮船、电报、铁路、煤铁、银行、纺织诸大政,是一只手捞十六颗夜明珠,有务博不务精之弊。这句话传到盛宣怀耳朵里,他只笑了笑说,既然已经捞在手,我就当好守财奴。义和团树起反洋大旗,正捅着他的肺叶子,毁铁路、拔线杆、烧机房,等于一片一片割他的肉。

早在四五月间,盛宣怀就请求灭拳,此后更是连电呼吁:拳匪戕官烧杀,罪状已著,必须临之以大军,凡聚众持械,即准格杀。若再姑息,恐各省会匪勾结,煽祸生乱;更恐各国借口保护,派兵分占商埠、铁路、矿山等处,外患何堪设想! 在剿拳这件事上,朝廷连督抚们的话都听不进,何容区区一卿置喙? 盛宣怀管着电报,京中

电旨和地方奏件,都得经过他这道手,有便利也就有分量。他就凭着这一点,直截了当地向荣禄提议,调李鸿章回直隶。可是随着局势的恶化,荣禄也有点自身难保,盛宣怀在北京没咒念了。

那就改在江南念,咒文就是求菩萨保佑,莫叫战火逼近长江。幸有刘坤一坐镇金陵,张之洞砥柱中流,李鸿章在两广观望风色,三足鼎立,屏障东南。盛宣怀与三大帅都有因缘,自身亦官亦商,回旋有余,敢于放开喉咙讲话。刘、张二位的连篇奏请,有不少是他促成的。李鸿章对这个滑头弟子的话,采取似听非听的态度。六月初一,盛宣怀致电李鸿章,建议傅相先与各国外交部联络,启动和议。李鸿章置之不理,盛宣怀请刘坤一出面劝驾。刘坤一给李鸿章打电报:"杏荪电想达览。合观荣电,确有此情。电致外部一节,非公重望,威信四夷,不能有济,祈迅赐裁行。"他所谓"荣电",指的是荣禄来电。荣禄尽述种种为难情形,李鸿章岂能被"此情"打动? 他回电称:"荣、庆尚不能挽回,鄙人何敢担此危局? 各国兵日内当抵城下,想有一二恶战,当见分晓。"此公姜桂之性,愈老愈辣,他要等到兵临城下,朝中排外诸臣受到足够教训,再出来收拾烂摊子。

江南大吏并非铁板一块,其派系纷争与利益纠葛,使他们面临重大抉择时,无法保持同一腔调。以两江和湖广为例,江苏巡抚鹿传霖,湖北巡抚于荫霖,都标榜正统,厌恶洋务,在学识上跟徐桐是一路。戊戌政变时,鹿传霖赋闲在家,他的儿子不想闲着,谋求到电报局做事。鹿传霖便写信告诫:"电报局差不相宜,盛宣怀系匪人,不犯作伊委员也。盛宣怀铁路经费暗借俄法之款,英人大怒,要我铁路五条均归英修。现张荫桓又力主背俄改归英保护,圣意已允,故合肥出总署,张因贡巨款修工,亦得慈圣欢心。此人一大汉奸,不除终是后患。"他对盛、张之流深恶痛绝,在本年四月致荣禄的密函中,还向盛宣怀放箭:"盛、聂所议加税事,流弊甚大,利权全操之赫德,以后外省直束手矣,岘帅已为所惑。"刘坤一字岘庄,鹿传霖对他也不满意。鹿传霖还在同一封信中揄扬李秉衡:"李鉴堂今由金陵来苏,访知水师宿将彭楚汉,老健忠勇,可帅水师,拟以彭易黄,庶可除内匪而御外侮。鉴堂嘱传霖上达钧听,因其孤介之性,与诸政府向不通问,于钧处不便独异,知公大度必不见责也。"

几句淡话隐含着一桩权力之争:李秉衡因山东拳乱而落职,后升四川总督,未及履任,在德使的要挟下,朝廷给李予降二级处分。李秉衡托病辞官,徐桐、刚毅极力推动其复出。去年三月,山东巡抚毓贤出奏,参劾两江总督刘坤一,任用私人,把持政事,吏治不修,营伍不备,厘金局、督销局都被钻营者占据,请饬整顿彻查,并派廉员管理。何为廉员?

毓贤奏称,李秉衡前在山东,整顿临清关、东海关,集得巨款,化私为公,操守优廉,长于综核,实为督抚中不可多得之员。江南财赋这只肥禽,被无数贪吏雁过拔毛,向来是朝廷的一块心病。但用一廉员便弊绝风清,那也是救不了急的一张画饼。上谕令刘坤一破除情面,切实整顿,没让李秉衡取而代之,倒是派刚毅南巡两江,清查关税、厘金、盐课及招商、电报局等项事宜。刚毅在江南、广东刮得二百万两银子,回馈朝廷。

此次未能以李代刘,徐、刚等人哪肯罢休。御史彭述再次奏请,仿照同治朝彭玉麟整顿水师之例,派李秉衡巡阅长江水师,必能以至诚激励将士,五省官吏亦将闻而知惧。给元老重臣戴上嚼子,时不时地抽上一鞭,正是慈禧喜欢干的,这便钦派李秉衡巡江。李秉衡于召对时,应询品评大吏贤劣,首参庆王、荣禄二人,立党争权,将危社稷;次参军机大臣王文韶,年老昏庸,不知办事;接着参荣禄的手下干将、武卫中军翼长张俊,军无纪律,不事操练;广西提督苏元春,办理划界事宜,不能力争,致受法人侮辱;河南巡抚裕长,贪劣不职,吏治败坏。陛辞本是虚应故事,李秉衡如此据实直陈,使慈禧有耳目一新之感。她借势又走了一步棋,李秉衡启程南下后,上谕命刘坤一来京陛见。这一下震动极大,"江南王"看来要被拔掉老根了。

入京最好的出路,就是入枢做军机,可你看看王文韶的样子,便知枢相滋味如何。刘坤一写信向荣禄求教,荣禄回了一句短语:"李鉴帅至安阳乞假养病。"刘坤一心领神会,便以天气寒冷为由,请旨春天再北上陛见。李秉衡的病假,也只能熬到开春。刘坤一按兵不动,李秉衡除了巡阅长江,对更广的权位无法染指。但他有钦差大臣的大帽子,刘、张二人也得让他三分。他巡阅可不是吃素的,推出宿将彭楚汉,取代水师提督黄少春,便是一着狠棋。黄少春是刘坤一的爱将,如果拿下了

他,再抽掉苏元春等提督,刘坤一、荣禄等官场老油子,不就成了没脚蟹?这意思大家都明白。刘坤一不好开口,便由张之洞上奏,称三江两湖会党猖獗,急需水师巡缉镇压,请饬水师提督增置船械,加强军备。黄少春的实力不降反增,苏元春也由荣禄奏调北上,率部勤王。

一轮较量下来,徐、刚并未占到便宜,原因在于脚下无根,无力与实权人物抗衡。这是促使他们利用拳民的动因之一。李秉衡最早吃过拳乱的亏,他憎恨拳民,更恨洋人。东南七名督抚奏请剿拳的电报,由张之洞起草传阅后,公推长江巡阅使李秉衡领衔。李秉衡同意剿拳,却不赞成安慰各国,停战议和。张之洞致书责以君国大义,声称无论愿与不愿,此奏定要大名前列。李秉衡也需要这一要挟,半推加重了自身分量,半就尽到了人臣责任。

奏疏到京后,朝廷特意谕示两难情形:"大局安危,正难逆料,尔沿海、沿江督抚惟当凛遵迭次谕旨,各尽其职守之所当为,相机审势,竭力办理,是为至要。"此谕暗示大事不妙,颇有几分托孤的味道,这个孤是各人所守的疆土。李秉衡的脚下没有疆土,他的职守是巡防长江,他要让刘、张之流看看,何为大义,何为纯臣!李秉衡与鹿传霖商定,在江阴设立水上防线,准备禁阻外国船舰。

刘坤一闻报大惊,召集幕僚探讨对策。参与计议的,还有张謇和陈三立。张謇亦商亦官,算是刘坤一的属员。陈三立被革职后,陪奉父亲山居,近来国事大变,他便赶到金陵,希望有所补益。陈三立认为,李秉衡堪称正人,仍当以正言规之。张謇嗤之以鼻:"误国者恰是正人!李、刚、毓三廉吏,若论私德,皆可佩服;若问见识,牧竖不如。"牧竖就是放牛童子。他如此贬低三巨公,刘坤一听得呵呵笑:"他不牧牛,偏来鳖马,你这霸才也得给我出点主意。"张謇顺口道出八个字:"东倒西歪,南辕北辙。"刘坤一转问陈三立:"他打什么哑谜?"陈三立揣摩着:"他说那人败走山东,蹶倒西国,阅师江南,挥军燕北。"

刘坤一道:"败在西人手中,这个无疑问,怎么说他挥军燕北?"陈三立道:"既为忠义之人,必然急赴国难,国难在北,不在南。"刘坤一恍然道:"是了,朝廷于上月发布上谕,命南省各就兵力饷力,酌派得力将弁,统带数营,星夜驰赴京师。咱们的鹿

中丞自告奋勇,奏请带领一军北上,并举荐李秉衡统兵勤王。可我失于计较,竟然去信阻止,劝他不要堕入刚毅的圈套中。"张謇笑道:"大帅莫怪我话粗,小孩鸡巴越拨拉越硬,正人都是这种性子。我和陈兄商定,约汤寿潜一同谒见李鉴帅,陈说安危至计,阻其率兵北上。大家乱拨拉,还怕他不起身?"

自己在这里不招人待见,李秉衡哪能不清楚,但他心如铁石,甘于我行我素。张、陈、汤三大名士,结伴前来游说,他也明白他们葫芦里装的什么药。他打开天窗说亮话,勤王他要去,敌人他要打,只要有他坐镇长江,洋船休想在此逞凶。张謇跟他辩论,洋船通行内河,这是载入条例的,鉴帅怎好毁约?李秉衡并未动气:"条约没有规定中国交出炮台吧?可八国强盗,夺我大沽炮台,还要进窥京师。朝廷上谕宣战,这个谕难道管不住江南?三位饱读诗书,难道读不懂谕中的意思?"

君国大义实难驳辩,张謇只有强词夺理:"凡事须论理势,在势不如人时,一味认死理,难免误大局。即如此次,洋人种种横行不法,皆以拯救使馆为辞。我国偏偏炮打使馆,生生将有理扭作无理。而今北方糜烂,唯东南半壁尚延残喘。鉴帅还要放一把火,使老大中国不存一息么?"

看到李秉衡有些发愣,陈三立和汤寿潜离开座位,直挺挺跪下:"请鉴帅可怜万千生灵,不使江南重蹈覆辙!"

文名之士心高气傲,向来不肯屈膝于人。李秉衡不禁心动,扶起二人,连声叹息:"罢罢罢,南人要苟活,只好叫北人下地狱。"他目视陈三立:"我只佩服一个南人,就是令尊。他受康、梁牵连去职,我却知他忠正无私,不是诪张为幻之辈。令尊可安?"陈三立含泪答言:"家父养疾山中,闭门思过,若知鉴帅垂询,定然铭感于衷。"李秉衡言之慨然:"我的下场,恐怕连闭门也求之不得。求仁得仁,死而无憾,各位不要枉费唇舌了。"

话已说绝,三个人怏怏地告辞而去,在江阴城外踟蹰观望。江阴位于长江入海口的西端,在此设防,算是扼住了巨龙的咽喉。然而江边的所谓防线,除了两座老旧炮台,就是新添的几处炮位,还有临时搭建的营房,散落在岸畔草树丛中。驻守江岸的统领,是狼山镇总兵李济泰。张謇恰与他沾亲带故,三人便去营中拜访,请

这位大将讲说机宜。李济泰把他们领到炮台前，面向江水指手画脚，大有囊括江海之概。张謇从中听出了破绽，不客气地发问："放炮示警，派船兜剿，这是驱逐江贼的伎俩。若是外国兵轮前来，你这一套管用么？"李济泰哈哈一笑："兵来将挡，水来土掩。如果挡不住，本镇另有方略应付。"

听出此人要耍滑头，三人稍稍放心。可又想到，李秉衡也防着这一点，派彭楚汉盯在这里。李秉衡未能如愿让彭代领水师，便委彭楚汉掌管钦差营务处。这位宿将脾气暴躁，俨然成为督战的"二钦差"。张謇等刚才进营时，就被彭楚汉拦住盘问，逼得张謇抬出刘坤一的名头，方才过了那一关。瞅着三名说客出门，彭楚汉跟脚进入营帐，追问其中是否有诈。李济泰赌咒发誓，愿立抗洋的军令状。这反过来将了彭一军，彭楚汉无正式官衔，管不住实缺总兵。为了不叫鱼儿脱钩，彭楚汉拉李济泰去见李秉衡。

两人还在骑马赶路，上面情势又有变化。先是李秉衡收到于荫霖来信，内称他已电奏荐贤："速召李秉衡入都，给予帮办武卫军事权，总统京畿各军。"于奏比鹿传霖的举荐更露骨，他竟要夺取荣禄的兵权，把重担全压到李秉衡身上！饶是李秉衡心硬如铁，对此也不能不犯踌躇。勤王义不容辞，救国谈何容易？他若北上，便是赴死，而非谋取旋转乾坤之功。一样是死，何不拼个鱼死网破！

他阻江的心志更加坚定，刘坤一要来拔钉子了。鹿、于两折先后保荐，促使朝廷下旨召李。电旨首先到达上海，盛宣怀立刻电告刘坤一。刘坤一并未松一口气，因为有两艘英国军舰，即将由江阴溯江西上。这不是军事行动，而是探索另辟蹊径，实施所谓"南中国计划"。英国驻上海总领事霍必澜，致电伦敦提出建议，在与北京朝廷断交的同时，应与汉口及南京的总督达成谅解，以保全英国在长江流域的利益。索尔兹伯里首相回电同意，除了令在华领事开始行动外，还要求海军部密切配合。

霍必澜找到盛宣怀，透露了英国政府的意图。这是正瞌睡给个枕头，盛宣怀去见上海道余联沅，促请他出面与英国人洽商。见余联沅有些怵头，盛宣怀大力鼓动了一番，又拉他跟霍必澜见面，亲耳听到了英国人的想法。然后由盛宣怀电告李鸿

章、刘坤一、张之洞:"今为疆臣计,如各省集义团御侮,必同归于尽。欲保东南以全宗社,东南诸大帅须以权宜应之,以安各国之心。此亦不背谕令督抚联络一气以保疆土之旨。"

召义民御侮,令各保疆土,是朝廷寄谕的两大主旨。盛宣怀专挑有利的经来念,这是受了李鸿章的启示。李鸿章将宣战之诏称作伪诏,首倡不奉诏之议,刘坤一和张之洞愿意唱和,乐得让盛宣怀抢在前台。金陵税务司、英国人韩森,在霍必澜的授意下,求见刘坤一,表达英国的合作意向。刘坤一不放心地追问,在北方战乱中,英国跟七国同流合污,怎么能在长江独善其身?韩森答称,守住长江,是英国政府对华政策的底线,绝不允许第三者染指。为了展示这种决心,海军部已派"仙女"号开往南京,"红雀"号开往武汉,并令"无畏"号由香港出发,开往吴淞,作为舰队赴华的先声。吞下这颗定心丸,刘坤一方才吐口说,英国人行事稳当圆通,不像德、俄那样霸蛮残暴。他相信,英国人关心自身的商业利益,也会照顾中国的安全利益。如果其他国家侵犯长江一带,他愿与英国协调行动。

这次会见刚结束,刘坤一便收到张之洞的电函。张之洞在来电中提示说:乱党皆是乌合之众,官兵弹压尽有余力,不需外援。若英国乘乱派舰入江,内恐百姓惊谣生事,外恐各国援例效尤,更难收拾。总之,有英舰在吴淞口外驻扎,英若不先进,他国断不敢进。张之洞比自己考虑得更周全,刘坤一挠挠头想,他已满口答应,英舰撤不回去了。当务之急是,不要让李秉衡跟英舰打起来。召李之旨来得正巧,刘坤一派营务处道员杜俞,赍旨赶往江阴,力阻那人蛮干。

这不是易干的差事,杜俞与张謇等人会合,一起前往颁旨。李秉衡依例摆设香案,跪叩接旨。平身以后,他又从杜俞手中接过刘坤一的密信,此外跟杜俞不交一语。杜俞退出钦差行辕,心中更没有底,赶往客店跟张謇碰头。这时店中添了两位活宝,一是罗嘉杰,一是刘鹗。罗嘉杰曾向荣禄投递"洋人通牒",在很多人口中,此人是促成慈禧宣战的祸首。他现在好好地当着官,官衔是苏松常镇太粮储道兼管水利事务。这是紧要的职事,在很大程度上掌握着京师的口粮。天津开战时,罗嘉杰正在津局筹办粮运,眼看海道被掐断,他请求裕禄奏准暂停。罗嘉杰率属吏南

返,将存沪漕米改办河运。而江淮一带兵役扰攘,行旅不宁,船只极难雇觅。罗嘉杰在镇江鲇鱼套设局,拟先运五万石,张忙近一个月,雇到的沙船仅能装一半左右。围城中的京人有断粮之虞,朝廷催得十万火急,罗嘉杰急得像热锅上的蚂蚁。

他来江阴钻窟窿打洞,刘鹗跟着溜边觅缝。刘鹗焦愁的是另一码事,他得知王懿荣被委派新职:京师团练大臣。也就是说,京师的义和团也属他管,这可怎么得了!刘鹗在意的不是那条老命,而是老夫子手中的甲骨。刘鹗急于赴京,又怕孤身招祸,便想跟罗嘉杰搭上帮。刘鹗替罗嘉杰出主意:京师陷落在即,此时向北赶运,正好填入虎口。他主张缓运漕粮,实在推托不过,可用现有沙船发运一批,也算试探路况。将大量粮米妥当储存,急难到来时用于赈济。

罗嘉杰抢白他道:"老兄是何心肝?我抢运军粮保卫京师,你倒要扣下等待亡国!"刘鹗眼睛不眨:"保卫是冠冕话,赈济是良心话,哪个有利于百姓,你心里应该清楚。"罗嘉杰转对张謇:"你看这位知府,他原先倒卖矿山,现在却来充当善人,要救民于水火之中了。"张謇笑道:"他当初把晋矿盘给福公司,我也骂他是卖国贼。后来我在《时务报》上看到《刘铁云呈晋抚禀》,有这样一段话:更有一事不忍言而不能不言者,古人云慢藏诲盗。今我山西煤铁之富甲于天下,西人啧啧称之久矣。必欲闭关自守,将来无知愚民烧一两处教堂,杀三五名教士,衅端一开,全省矿路随和约去矣。其中犹有绝大之关键存焉,则主权是也。兵力所得者,主权在彼;商力所得者,主权在我。然有一国兵力所到之处,则别国兵力即不能到。今欲亟引商力入内者,正恐他日不幸而有兵权所迫之事……"

罗嘉杰听得不耐烦,陈三立却上了心:"竟有这话?铁云兄曾有意于湘矿,被我们湘人敬谢不敏。联想到今日的烧堂杀教,其先见之明确堪钦佩。"

罗嘉杰讥讽道:"北京陷落,这种先见令人不寒而栗。到那时改换洋人朝廷了,你刘铁云找着福公司旧主,把清朝知府换成意大利道台,可不是好,何苦干那不讨好的赈济?"

这挖苦得厉害,刘鹗却是老脸厚皮:"本人被革职,无官一身轻。不管去福公司谋道台,还是向罗粮道求差事,都不犯朝廷纲纪。至于北京陷不陷落,最关心这事

的应该是职官,就是老兄你。"罗嘉杰直摆手:"罢了罢了,我缠不过你。说到职官,有杜兄在这里,他在刘帅处高瞻远瞩,轮不着我冒估吉凶。"

杜俞一直默坐谛听,这时不动声色地接话:"我在督辕跑腿而已,算什么职官?我的愚见是,刘兄之言不无道理,与其将漕粮浪掷于途中,不如囤积以备不测。"罗嘉杰苦着脸:"我何尝不想如此,可是,户部、总署、枢府连番电催,我哪坐得住!本来嘛,应将苏漕交招商局承办。惜乎该局借机勒索,托称津、沪栈房已满,强要各州县贴给栈租。它的水脚运费丝毫不减,每石需银三钱八分八厘——"刘鹗接上来:"那你何不找英商太古装运?我替你去砍价,每石减银九分。不过,你得雇我当文案。"旁听诸位笑作一团,罗嘉杰气得瞪眼:"有你这样强讨恶要的么?对不起,我不敢犯通洋罪——"

话没说完,一名跟班走进屋子,向杜俞低声禀说。杜俞倏然立起,迈出两步,又停下来:"各位,英轮到了,钦差李帅率兵出城了。"张謇眉梢一挑:"率兵?"杜俞解释:"亲兵半营,一百余人。人马虽少,可他明显是去抗敌的。"

众人跟着杜俞出屋,在院外上马,十几匹马穿城而过,驰往江边。但见江岸旌旗招展,军兵林立,似一堵铁墙矗立在那里。一行人牵着马趋近前去,被一队人马拦住去路。杜俞高声报名:"两江总督营务处道员杜俞,奉大帅命往见李帅!"他手中擎起一支令箭,在兵队中开出一条通道,马队由此赶至炮台旁。钦差在这里设下帅帐,李秉衡黑着脸坐在圈椅上,大队亲兵按剑环侍,彭楚汉煞神一般立在前面。摆在各大炮位边的,是总兵标下的炮兵,一个个摩拳擦掌,目视总镇李济泰,等待这位发令开火。

明知杜俞等人来到跟前,李秉衡偏偏不看他,只将眼光投向江面。此时日头偏西,亮飒飒的阳光洒在碧水中,流金一般浩浩东去。东方江心中,一座浮动城堡突兀显现,劈波斩浪,逆流而上。灰色的舰体越来越高大,飘扬的米字旗愈来愈刺眼。李秉衡面色阴沉地投出一瞥,彭楚汉当即脖子一梗,炸雷般高声叱咤:"准备打炮!"对面的李济泰发出呼应:"是咧,准备!"

慌了杜俞,抢前一步,躬身叫道:"大、大、大帅!"李秉衡将眼乜斜过来:"什么

事?"杜俞讲得有些吃力:"刘帅的信,大帅想必看过了?"李秉衡矢口否认:"我还没看。"杜俞大着胆:"那请大帅现在看。"李秉衡道:"信我放在行辕了。"杜俞反倒心定了。"卑职还记得信中意思:英国驻上海和汉口的总领事,受伦敦政府之命,向张、刘二帅表示善意,愿与沿江督抚密切合作,维持长江流域的秩序和稳定。英国军舰'红雀'和'仙女'号,分别驶往汉口和南京,以宣示英国的和平意愿。刘帅将此意通知大帅,诚请大帅以大局为重,使英国两舰顺利通过,分别赴约。"

李秉衡双眉一拧:"两舰?噢,真的来了,后边又有一舰!这是英国的舰队,潜入我国内河,你倒说他要保和平!"

杜俞辩道:"不是我说,那是两江总督刘岘帅,给您专函布达之意。请李帅不要漠视张、刘二帅——"

李秉衡哼了一声:"张、刘乃国之柱石,李某安敢漠视。我只怕有人漠视国之尊严,明目张胆出卖国家。你看你看,那条军舰上的英国鬼子,摇着旗帜向我挑衅了!"

只见军舰驶到炮台正面,前端舰桥上,一名英国水兵挥动军旗,向岸上连连招摇。见李秉衡确实不懂,汤寿潜赶紧禀说:"大帅,这是英军的旗语——"李秉衡不容分说:"什么奇语妖语!"汤寿潜道:"它是说:英国军舰'仙女'号,代表姊妹舰'红雀'号,向勇敢的中国军人致意。我们为和平而来,希望得到你们的友谊。"这重重地刺痛了李秉衡:"哼哼,勇敢!我们这里尽是怯懦。别给老子灌米汤,顺便给咱一家伙!"他高声下令:"李济泰,打炮!"

李济泰响响地应一声:"是!"大家都看他如何动作,却见他像没事人一般,立在原地左顾右盼。凉了一阵,李济泰瞅着发愣的杜俞:"你好像有话?"杜俞醒过神来:"对对,不要打炮。"李秉衡发火了:"姓杜的,大帅是我!"杜俞毫不退缩:"姓刘的大帅不叫打炮,这地面在两江治下。"

李秉衡气得发抖,手指着李济泰,彭楚汉代他发声:"李济泰,快发令!"李济泰嬉皮笑脸:"姓刘姓李两道令,叫俺听谁的?"李秉衡斩钉截铁:"听我的,我是钦差大臣,沿江督抚八人上奏由我领衔。"张謇插了一句:"确有此事,但那奏言是请剿匪,

并安慰各国,请其停战妥议。"李秉衡怒目横扫:"你是谁? 翁门走狗,康党余孽,这里没你说的话!"张謇并不跟他顶牛:"不管谁的走狗,都得听从朝廷吆喝。您老领衔上奏后,上头明旨开示:朝廷慎重邦交,从不肯轻于开衅,对京中使馆仍尽力保护;尔沿海沿江督抚当凛遵迭次谕旨,各尽其职守之所当为。李大帅,不轻于开衅,这才是当为之事啊!"

李秉衡不再与这人纠缠,立起身来手指大江:"你们看,头一条船驶过火线,后一条船刚刚开到。再失战机,一次大错就铸成了! 狼山镇三营,江防二营,摆设在这里干什么吃的? 李济泰,你快下令,给我打!"

李济泰挠挠脖颈:"可是,可是,两江总督——"

李秉衡厉声断喝:"贻误战机,两江总督便是两江罪人,我将上奏重治其罪! 你是赔罪还是立功?"

李济泰嘟嘟哝哝:"我,我闹不明白——"

彭楚汉向李秉衡请示:"这小子装傻,请当机立断。"

李秉衡高声宣令:"李济泰临阵退却,给我拿下!"

彭楚汉答应一声,带领一队亲兵冲上炮台。狼山镇兵将上前挡住,双方以眼还眼,以牙对牙。李秉衡大步走上炮台:"李济泰,你敢造反!"李济泰缩在人堆后面还嘴:"钦差大人容禀,炮台是俺守着,你的人马也不可上来。彭楚汉是过气人物,他没抢到黄少春的交椅,就想夺我狼山镇的印把。李大人你不要拉偏架呀!"他的戏弄煽起了狼山兵的气焰,他们叫骂推打,把钦差的亲兵驱赶下去。

李秉衡也没立稳脚跟,退到炮台下,眼看英国军舰大摇大摆,在炮口下往长江上游开,他不由老泪纵横:"兵变,内乱,一次又一次窝里反! 从上到下吃里爬外,丧尽天良! 我要手刃奸贼,我要尚方宝剑——"他在悲愤中想,上头并未赐予尚方宝剑。然而身为钦差,他不能替朝廷丢脸,他要用半营亲兵镇压五营乱兵。

杜俞和张、陈等人看出了他的心思,担心地交换着眼色。还没想出办法,忽见刘鹗走出人群,抢到李秉衡面前,作揖报名:"卑职刘鹗参见鉴帅,有下情上禀。"李秉衡愕然地望着他,发现这人相貌不俗:"刘鹗,刘鹗是谁?"刘鹗言语简洁:"卑职曾

是知府,因事被革职,现为苏常镇太粮储道文案。为南漕北运事急,请求钦差大人鼎力扶持,解朝廷之危。"这叫横插一杠子,李秉衡却愿意受此浑搅,听他细讲:"八国联军侵扰京津,朝廷催粮急如星火。可是海道截断,河运不通,轮船招商局的栈房或者塞满,或遭破坏,局方畏难不敢承运。粮道罗嘉杰多方奔走,在鲇鱼套召集数百只沙船,打算先运三万石进京。可运河上游闸坝林立,兵匪盘结,运丁根本无力卫护。罗粮道请求派兵押运,无人应承,不得已求到大人门下。"

李秉衡长长嘘一口气:"装聋作哑,负君误国,天下尽是此种禄蠹!倒是一介粮道文案,尚有一股急赴国难的血气。"罗嘉杰也忙趋奉:"卑职罗嘉杰,另筹二万石已有眉目。大帅若肯赐以助力,漕粮必能源源解京。"李秉衡慨然道:"不是我赐助力,凡为臣子,皆当竭尽犬马之力。你两个跟我回去,我们细细筹措此事。"他恨恨地鞭挞另一批人:"守土有责而失其责,身当前敌而降于敌,此等人猪狗不如,我要上奏参劾!"杜俞赔笑作揖:"请鉴帅息怒,我等委曲求全,也是以国家为念——"

李秉衡不屑地转身走开,被扶掖着跨上马鞍。刘鹗悄悄地捅捅罗嘉杰,罗嘉杰便由这家伙架弄着,跟随钦差的队伍进城。总算没有戳出乱子,杜俞和张謇等人回到客店,过了一宿,又过一晌,才等到罗嘉杰从钦差行辕归来。张謇忙问刘鹗呢?罗嘉杰笑着伸舌头:"花言巧语,吹牛拍马,转眼又混成钦差的文案了!你道为何?原来刘鹗对治河素有研究,光绪十四年郑州黄河决口,他奔谒河督吴大澂,投效河工,吴委他为三省河图局董事。他跑遍豫、冀、鲁河工,写成《三省黄河图说》,进而编成《历代黄河变迁图考》,得到山东巡抚张曜赏识。李秉衡是张曜的后任,对这位奇才曾经闻名,今天听他亲口吹嘘,颇有相见恨晚之慨。"

张謇笑道:"奇遇,奇遇。对你的差事有帮助么?"罗嘉杰道:"大有帮助,李鉴帅决定沿运河北上,令刘鹗押送粮船随行。各位须知,这也给钦差提供了由头,免去了败走麦城的灰溜气。"陈三立也笑:"歪打正着,大快人心,但愿不再节外生枝。"杜俞不无担心:"李某睚眦必报,恐怕不利于刘帅,鹿中丞也会帮李说话。"罗嘉杰道:"告诉你一个新消息:鹿中丞昨天得到电旨,允其统兵入卫。鹿将与李同时北上,恐无工夫告御状。"欢笑声中,张謇说道:"状是会告的,然而无甚用。刘、张、李砥柱东

南,已是撼不动的三座山,慈圣难道不明白?"

二、江粤三公谋略同

　　将杜俞派赴江阴后,刘坤一仍然不放心。李秉衡有碍长江大局,应当与张之洞联名上奏,尽快把这尊瘟神打发走。刘坤一致电武昌:"查鉴帅巡江,旨内并无督办防务之语。沿江地方,自是两江两湖之责。拟会公电奏,请饬李毋得干预防务,以一事权,而免贻误。时事至此,身何足惜,保守东南,顾全局面,一涉孟浪,祸在眉睫。"张之洞立即回电同意,并告以湖北巡抚于荫霖,力荐李秉衡统兵北上。为了促成此一"佳举",何不把张春发一军划入北援队伍? 张春发是湖北提督,现在江南驻守。这提醒了刘坤一,要送神就得烧香。

　　这时杜俞回来报告了,李秉衡的电文也到了。李秉衡没有提及炮台之争,只说自己奉召勤王,急于成行。刘坤一把好事做到底,除了张春发外,还把江南布政使陈泽霖的军队交李带领。李秉衡率先出发,鹿传霖也在筹备离苏,这就除掉了两个隐患。然而危险并未解除,英国军舰联袂驶入,这引起了联军入江的传言,造成了官府和民间的恐慌。洋人入侵导致民心不安,这是北方拳乱的根源,在南方照样能燃起烈火。

　　刘坤一在接见"仙女"号舰长时,把这层道理讲给他听。这像是对牛弹琴,这名上校级的"约翰牛"瞪着蓝汪汪的大眼睛,漠然地不吱一声。本来嘛,尚在宣战之中,西摩尔的行军打得一团糟,英国军人哪好再示弱? 上海的英国官商,一再建议增派军舰。他们有一个具体的目标,就是拿下江阴炮台,卡住长江的喉咙。两艘军舰载运的并不全是友谊,英国议会曾作出决议,英军应视形势需要,派足够兵力赴长江一带占守。中国驻英公使罗丰禄,将这一情报密电国内,意在告诫枢府注意。朝中的徐、刚从反面着力,指称英国意图扩大战火,刘、张与英国勾勾搭搭,却对朝

廷离心离德。这是很重的罪名,刘家亲友都很担心,幕僚冯羽力谏刘坤一,不可再当出头鸟。是啊,为了阻止废立,他大大拂逆了太后意旨,一再冒犯,岂非作死!他今年七十七岁,早是休致之年,何苦在乱麻窝中强做解人?他不由想起陈宝箴,还有翁同龢,他们虽然得罪罢官,却都在林下安享余生。不过,且慢,官做到这一步,不管恋栈还是隐退,都不容易平稳落地,你就不要痴心妄想了。

胸中坠着一块石头,面上依然云淡风轻。人活到这年岁,就得生死不计,宠辱不惊。东南保得住保不住,不只关乎一方百姓,更是决定社稷存亡。从北京传出一个惊人消息:在万不得已时,两宫将重演文宗北狩故事。所谓文宗北狩,是指英法联军之役,咸丰帝惶惶逃往热河。这回也许不去热河,而是奔赴古都西安,《推背图》第三十六象那句"母子不分先后,西望长安入关",近来在江南也传疯了。这叫江南士人心中不平,朝廷闹得一塌糊涂,却仍跳不出那个圈,这不是抱残守缺么?

张謇正制订一个计划,就是迎銮南下,这个銮是光绪之銮。要迎皇帝南来,脱出洋人势力,实际是脱出太后的掌握。这怎么办得到?这才是大逆不道,是与太后决裂!当然,张謇也有他的大道理,就是保全大清社稷。但在太后的心中,若无她的位置,社稷与她何干?张之洞那边的幕僚们,也在鼓动迎銮。他们要迎两宫之銮,就是帝后同来。这倒比较稳妥,可要认真去做,同样困难重重。太后愿不愿来?联军放不放你来?两宫会不会把北方的乱局带了来?迎帝南来的设想,是把帝后分置在南北两边,呈掎角之势,作首尾之应。这确是一手活棋,下棋的和观棋的不一心,局面只有僵在这里。

盛宣怀不愿袖手旁观,他给老师将了一军。郑观应对盛宣怀建议说,随着形势日紧一日,英国必将进军长江,各国也会乘机跟进,瓜分这块膏腴之地。为避免让人一锅端,应将招商局、制造局等中国公司,转到外国公司的名下。盛宣怀就此提出申请,刘坤一被狠狠刺了一下。为了安抚住那一头,他把汤寿潜派往上海,跟各国领事先期接触。这一头吵得更加激烈,张謇请刘坤一当机立断,冯羽反问,断什么断?你是要断大帅的后路,害他去做乱臣贼子!冯羽是刘坤一的表兄,看似倚老卖老,实则顾恤刘氏身家。京中政情险恶,端王一派磨牙厉爪,为了排除异己,不惜

杀人立威。刘坤一在这时去当出头椽子,不是硬往刀口上撞么？他的话有情有理,张謇的状元才情也驳不倒他,刘坤一不用说更犹豫。

这一天,主宾在签押房里办公谈天,张、冯二人又抬起杠来,幕友们有的帮腔,有的摇头。沈瑜庆静静地坐在一边。他是沈葆桢的儿子,刘坤一瞅瞅他,一时发起感慨:"二十年前,沈文肃公坐在两江总督位置上,曾告诫我说:你担不了这个重任。今日果然。"

沈瑜庆赔笑道:"家父性直话也直,他老人家若能看见今日,当知这个局面,非他所能应付。"

刘坤一道:"性直有一个好处,在当断不断之时,可以放胆硬干,也许就干成了。"

冯羽不以为然:"成什么成？文肃公英年早逝,就是不认命的结果。他和左文襄都爱硬出头,幸亏当年朝局没有这样糟,总算得以善终。"

刘坤一皱起眉:"你这样说话,唐突先贤!"沈瑜庆和气说道:"冯先生言之成理,光绪初的年景,与光绪二十六年恍如隔世。唉,庚子年呐——"脚步声打断了他的话,陈三立走进来,把一封电报呈给刘坤一:"晚生路过电报房,刚刚译出来。"刘坤一打开扫了一眼,坐直身子道:"裕寿帅打来的。"

裕寿帅指裕禄。大家支起耳朵,听刘坤一一字一句念电文:"大沽失守,铁路被据,东西洋八国调兵入口,日有所增,数已三四万。此间兵单饷绌,极力抵御,四五日内恐即不支。禄微躯诚不足惜,惟天津如失,直隶、京师大局即去。我公体国公忠,务望克日派兵救护。事在呼吸,不可稍迟,千万千万。"

刘坤一茫然地抬起头,一屋子人连大气也不敢出。张謇轻轻问一句:"天津失没失？"刘坤一又在电文中寻觅,最后看到发电地址:德州。刘坤一瞠目道:"裕禄到了德州! 或者派人发电？ 不明不白的,这是混什么!"张謇斩钉截铁:"天津已经失守! 京师门户洞开,委实事在呼吸! 我公体国公忠,赶快派人进京,保救皇上南巡。"

众人惊得发呆,冯羽气愤极了:"你这是出卖大帅的脑袋! 蠢物一个,叫什么霸

才!"张謇面不改色:"在应当掉脑袋时,无论大帅还是贱士,都须毫不犹豫!霑溉皇仁近三百载,丁点忠心也无,冯兄读什么书?"冯羽顶回去道:"我读秀才之书,未读状元之书,不要拉我送死,也不要拉江南人垫背!"张謇立起身来,抱拳高高一揖:"那好,在下告辞,北去送死,不回来了。"他开步走到门口,被门外一人堵住去路。那是电报房的主管,他的脸色有些奇怪。张謇想了想,接过电报看看,不由"啊"了一声,迅速扫一眼陈三立。

陈三立面色突变,抢前一步,夺过电文,上面的几个字,大棒子一般将他击倒。陈三立晕厥在地,使屋中乱作一团,幕友施炳燮医术甚精,上前掐人中抚胸脯,又叫人将病人抬到里间榻上,进一步施救。刘坤一从里间退出来,伸手要过电报,看到上有"父薨速归"四字,脸色变得煞白。陈宝箴与刘坤一同属湘系,两人之间的情谊,远比张、刘之间深。近来陈宝箴并无病痛,日前他还给儿子来信,打算秋间作金陵之游。噩耗突如其来,当得"暴毙"二字!为何为何为何?满怀惊疑中,听冯羽自言自语:"坊间早有传言,对于得罪诸臣,上头——赐死。"

刘坤一生气地呵斥:"休胡说!"虽然制止,"赐死"一词却萦绕不去,使他暗暗心惊。近些天来常做噩梦,梦中总是经过宣武门,亲眼看到门洞左侧的一块石头,上镌"后悔迟"三字。刑车去菜市口必经宣武门,这块警石耸在那里,板着冷脸告诫世人。远的不说,戊戌八月的所谓六君子,便曾领略其中含义。庚子六月至八月,有谁会步六人的后尘?不知为什么,他总有一个不祥的预感,一定有更大更多的官,用颈血浇灭太后的怒火。他不希望其中有他!所以,表兄冯羽的忠告,不可等闲视之。所以,霸才张謇的游说,最好漠然置之。

刘坤一心如沸汤,听见那边有响动,隐约传来施炳燮的劝慰声。他的话没有奏效,陈三立抢步出来,面无人色,两眼空张,扑跪下去发出号啕,却又噎住,膝行至刘坤一面前伏地不起。刘坤一伸手去扶,热泪洒在胸前,要说话又说不出。陈三立涕泣而言:"父母在,不远游,小侄违此古训,不孝之罪通天。"刘坤一道:"天夺哲人,出于意外,我不能与故人相见了!恨不得飞到江西抚灵一哭,只是,唉!"陈三立心如刀割:"家父原说来见老伯的!我不知,为何,为何——"刘坤一叫着陈三立的字:

"伯严,不要说了,我派人送你回江西。"

刘坤一立起身,一干人含泪簇拥着,陪陈三立走到门口。陈三立将一只脚迈出门槛,哆嗦一下,又抽回脚,跪倒呜咽:"小侄来宁时,家父嘱咐一句话,令我上禀伯父。"刘坤一问:"唔?"陈三立道:"对应不经之局,不宜拘守常经。"

这句话意思好懂,刘坤一还在沉吟,冯羽却觉得挠心。不逊言语涌到口边,刘坤一一眼将他瞪回去。刘坤一声音低沉:"令尊赐以救世真言,我当尽力不负嘱托。叫我为难的是,慈圣早就有召我陛见之旨,今日京师危急,督抚纷纷勤王,裕寿帅亲电催招,我若无所表现,岂非自外于朝廷?"

陈三立垂泪道:"家父担心的,正是老伯存此念头。重臣之所以吃重,在于不行小义,不守愚忠。比如李傅相称宣战以后各诏为矫诏,声言'粤断不奉',看似惊世骇俗,实为忠君保国。今老伯居于有力之位,当挽狂澜于既倒,而非随波逐流。"

刘坤一郁郁地问:"你也劝我迎銮南下?"

陈三立道:"此乃大计,何容小侄置喙。不过,家父听友人说过这一层。他认为,两宫决无南巡之势,只有西北才可暂时避祸。"

刘坤一问:"我是不是赶赴西北扈驾?"

陈三立道:"不,老伯一定不可离开东南。"

刘坤一问:"为什么?"

陈三立道:"无西北不足以存东南,因为失其名;无东南不足以存西北,因为缺其实。"

刘坤一大叫一声:"好个名实之辨!我意决矣!"他手指头颅告诉冯羽:"头是刘姓物。老兄好意,小弟心领,然而此头已经许国,只有交由上头发落了。"

刘坤一派沈瑜庆去上海,正式代表两江,与盛宣怀等筹商。同时致电武昌,请张之洞赶紧派员赴沪。赶紧,这正是张之洞不愿做的。他远在长江中游,尽可进退自如,况且他跟许、袁等人函电密切,对京中政情有更深的了解。上头确有西巡之意,张之洞内心震惊之余,不能不重新考虑应对方略。他决定脚踩三只船:一是迎銮南下,张之洞跟刘坤一不一样,他以为自己深受慈禧信赖,以避兵为

由请幸武昌,应能赢得太后欢心。二是东南互保,也是为慈禧看家护院,所以不可操之过急,应先取得各方认可。三是唐才常在汉口英租界开设"自立会",以勤王为名谋划反清自立。张之洞对其行动佯作不知,暗中却在掂量轻重,视情势变化巧作利用。

在张之洞的观望中,一封电报送上案头,这是日本驻上海总领事小田切打来的:"长江一带仰赖阁下暨刘制军布置周密,以保无事,洵深庆幸。窃审驻沪各国领事之意,亦在维持和平,保全大局,并无别情。唯恐两处消息不灵,互抱疑念,驯至事变。祈即由尊处急派妥员来沪,与各国领事会议,以保局面,迟无济事。刍言倘为可用,乞即电告大西洋国总领事,此人即领班领事也。"

大西洋国指葡萄牙。在英国的关照之外,日本又给予助力,这增添了张之洞的底气。张之洞向刘坤一通报,指派道员陶森甲,代表湖广前往上海。他又致电葡萄牙总领事华德师:"上海租界归各国保护,长江内地各国商民产业均归督抚保护。本部堂与两江刘制台意见相同,合力任之,已饬上海道与各国领事迅速妥议办理矣,请尊处转致各国领事。"

盛宣怀和余联沅同时收到了刘、张的电报。这是真正发动了。按照职务,余联沅首当其冲,然而这位是言官出身,清流洁癖难改。况有前车之鉴,前任蔡钧办差那样巴结,在政变时都被捏住错处,革除官职。好在身边有盛宣怀,这是不用拜请的菩萨,把该管不该管的全揽了。还有蔡钧,这位老兄丢官之后,仍以保全地方为己任。他跟盛宣怀未雨绸缪,早就草拟了五条互保章程。后来又跟沈瑜庆、汤寿潜、沈曾植、汪康年等人一起,把这份章程扩大为九条。这时余联沅参加进来,开始拟订第二份章程,规定如何保护上海。

在接到江、鄂两督的电报后,华德师召集在沪各国领事开会。参会的主角是英国领事霍必澜,对手是法国领事白藻泰。阻止英国独霸长江,是法国的主要政策取向,所以会议一开始,白藻泰就咬着霍必澜不放,追问两艘英国军舰的使命。霍必澜答称,它们是要追求和平。白藻泰转问其他领事,哪位愿效仿这样的和平?德国总领事克纳贝恶狠狠地说:"我将致电青岛,请远东总司令班德曼派舰来江!"他的

恶意是冲着英、日去的,除了英、日是同盟外,还因为这样一桩蹊跷事:在克林德被杀前十天,上海英侨中间传开一个消息,称德国公使在北京遇害。这消息被日本人带到烟台,烟台的德国领事未加求证,当即电告德皇。德皇盛怒之下,命令报复,很快得知此讯不确,很快又得知讹言成真,仿佛上帝在捉弄德国人!

霍必澜悲悯地望着这个蛮汉:"德舰来江,有何公干?"克纳贝道:"像英国那样,以武装求和平。德国和其他列强的在华行为,都是从鸦片战争中学来的,我们紧盯着你们的两只手。"霍必澜大笑道:"我们的两只手,早在长江水中洗净了。我宣布:在与江、鄂方面签订正式条约后,'仙女'和'红雀'二舰立刻退出长江。如此说来,他国军舰还有必要跟进么?"白藻泰摆出一副公正面孔:"如果是这样,我劝德国同事少安毋躁。法国政府追求的,是要保持长江中立,我希望友国政府共同保证。"

美国总领事古纳,眼看着英、法、德三国领事钩心斗角,感到十分厌烦:"要保持长江中立,各大强国必须摆脱私利的诱惑,我不希望听到恶意斗口。"霍必澜笑容可掬:"年轻的美国小伙子,看不惯我们的老奸巨猾。来吧,诡计多端的白藻泰,亮出你的真实目的吧。"白藻泰也笑:"从第二次鸦片战争开始,法、英在华目标一致。我的建议是,盛宣怀和余联沅应取得江、鄂的正式授权;反过来,各国领事也应该具有同样的权能,以维持好这桩共同的事业。"看到众人面上露出赞成的表情,日本领事小田切开口附和:"真是高见,我要极力争取东京的授权。"

八面风朝向一面刮了,中外双方约定日期,在会审公廨会面协商。会审公廨,是上海官方和租界法庭会审涉外案件的公所。按照程序,余、盛出示了刘、张两总督指示签约的电报,霍必澜代表各领事,发表了谋求和平的共同声明。

余联沅开宗明义讲道:"本官与盛京堂,奉江、鄂宪座委派,向各国领事布达诚意。早在今年五月间,刘、张等帅即奏恳朝廷:拳匪传教煽乱,妄杀生衅,是为邪教,祸国殃民。力请严旨剿拳,通告使馆决无失和之意。朝廷接着明降谕旨,令沿海、沿江督抚各尽职守,保全地方,佑护商民。两帅凛遵上谕,彼此商定,无论北事如何变端,上海及苏浙湖广等地,决计按照中外和约,实力保护各国在各省之人民财产,如有拳团哥老等会倡乱,各地官军立出镇压。亦望各国以和好为重,勿在长江一带

运械用兵,以免民心惶惑,滋生事端,则大局幸甚,中外幸甚。"

在华德师的示意下,霍必澜代表各国答言:"感谢余、盛二君转达两帅美意,在此困难时日,此一举措十分及时。北方的混乱局面,由拳团仇外发其端,由顽固大臣借其势,必将由始作俑者食其果。幸运的是,东南各省由开明的刘、张等帅主政,这是你们真正的国之长城,把战乱之火屏蔽在长江以北。正如二君所知,八国不是与中国开战,他们是要保护使馆。在这里,既然主人宣示保护,各国便没有必要派出军队,造成像京津一样的恐慌。这是英方的态度。我相信,各位同事所代表的国家,持有相同或近似的态度。"

各位领事点头同意,华德师又请盛宣怀讲话。盛宣怀故作谦逊地站起身:"有余道台全权代表,我不多口多舌。我给他打下手,草拟互保章程九条,另附保护上海章程十条,分交各位过目,务请不吝赐教。"他在屋内转着圈儿,把草案分发到大家手中。

白藻泰轻读出声:"一、上海道台余,现奉南洋大臣刘、两湖督宪张电示,与各国驻沪领事官会商办法。上海租界归各国共同保护,长江及苏杭内地,均归各督抚保护,两不相扰,以保全商民人命产业为主。"霍必澜在白藻泰身旁念:"请看这里。第六条:吴淞及长江各炮台,各国兵轮切不可近台停泊,及紧对炮台之外靠驻;兵轮水手亦不可在炮台附近操练,彼此免致误犯。"

他的话使屋里静了下来。盛宣怀眨着眼看霍必澜,霍必澜依然笑容可掬:"亲爱的盛京堂,外轮不可靠近炮台,也要炮台不去威胁过客。现在的情况是,吴淞炮台还在加速兴造,它在针对谁呢? 义和团么? 哥老会么? 抑或是英国或法国船舰么?"克纳贝大声帮腔:"对了对了对了! 这是敌对行为,正是这些引发了塘沽战火!"

盛宣怀慌忙辩解:"吴淞开工于今年开春,那时中外相安无事,它只是正常的江防设施。各国都有江防,中国并不例外。"霍必澜道:"但放在当前的情景中,它就非常不和谐了。这使人怀疑中方的诚意——"白藻泰怪声怪气地插话:"我提请中方注意,英国人对于炮台异常敏感。他们的两艘军舰,一边向江阴炮台展示旗语,一

边将炮口对准守军,发现异动马上开火。"霍必澜呵呵笑道:"在中英之间打上楔子,是法国朋友的特殊爱好。为了拔除楔子,请盛京堂、余道台额外努力,让合作顺利进行。"

余联沅生气地一昂头,盛宣怀怕他犯拗,悄悄扯了扯他,自己接过话头:"额外努力,是一定的,因为台工与和议本无牵涉,英国朋友多心了。这叫我想起大沽炮台,那里一定也有误会,一步步地走向误局。"他绵里藏针地说了几句,便又亮明:"我和余道台报告南洋大臣,请他考虑霍领事的关切。"

会议就此结束。余联沅在回程马车上骂,可恨的英国鬼子!盛宣怀笑问,法国、德国可爱么?英舰在长江口堵着,德国舰队才开不进来,要不然,只怕江阴变成胶澳了。弱肉强食,谁叫我们是软肉?自我解嘲地叨咕一番,二人回去向南京发电。刘坤一倒没有作难,既然不准备打仗,赶修炮台有何用?他下令暂停兴建。盛、余兴冲冲地通知霍必澜,领事团却又因鹿传霖应召北上,提出新的疑问:巡抚可以离开,总督也可以离开,万一发生那种情况,互保条约便失去意义了。

这一下连盛宣怀也犯了难,你总不能给外国人出示保证,刘坤一肯定不会内召!眼看敲定的计划要黄,盛宣怀到海关,向英人税务司安格联讨教。安格联陪盛宣怀前往领事馆,摆出一副兴师问罪的样子:"中国人讲究一诺千金,英国人岂可自食其言!"霍必澜不急不恼:"赫德的派系,都有一肚子中国文化。"安格联针锋相对:"窦纳乐的人马,都有一肚子阴谋诡计。"霍必澜摊开两手:"据我所知,窦纳乐一心跟中国友好,可他现被中国枪炮所困——"安格联没好气:"不要忘了,赫德跟窦纳乐在一起,他是被大使的政策所困!你要践行这样的政策,我也会步赫德的后尘,为你的草率陪葬!"

霍必澜重新审视安格联:"你的义愤是认真的?唉,连我的同胞都如此误会,盛大人就不用说了。"他立起身来,搬出一沓信件给盛宣怀看:法国公使的,美国公使的,还有日本和葡萄牙的。他们担心江南的兵力会被抽空。李秉衡已带走两军十四营,鹿传霖呢,还会有多少军队随从北上?安格联恍然大悟:"原来是这样,你们不愿让南军北行。"霍必澜道:"是的。江鄂方面如果唱起空城计,互保条约便沦为

空头支票,哪里还有签订的价值?"

盛宣怀诚恳言道:"领事们的疑虑,其实是对互保的关切。据我所知,两江两湖共有新练各军八十余营,加上其他省份,至少有三十万兵马,足以提供可靠保障。"霍必澜轻轻摇头:"疑虑是心理上的,而非事实上的。刘帅下令停建吴淞炮台,就是个漂亮的示范——"盛宣怀道:"我明白了,请霍先生开导各位领事,相信刘帅,相信江南。"霍必澜笑道:"我们更相信明智的盛京堂,你若是南洋大臣便好了!"盛宣怀连说不敢当,回到电报局马上发电。

刘坤一接电后颇感为难,他巴不得让鹿赶快离开,可不能叫人家光杆入卫吧?张謇献上应急之策:两江的五营亲兵,于上个月进驻徐州,目的是防拳乱。可将此部交鹿统带,并请鹿在江北添募三营。刘坤一电商鹿传霖后,随即电告上海。盛宣怀把这项举措通报给霍必澜,静等领事团复文。不料刘坤一打来一封急电,称有万紧之事,要盛宣怀当晚到南京面商。发生了什么意外?莫非互保有变?盛宣怀十分焦灼,可他此时怎能走开?万般无奈,回电请刘亲来上海一谈。这是失礼的行为,盛宣怀还在踌躇,催他赴宁的电报又来了。盛宣怀只好决定,马上动身赴宁。

原来刘坤一接到一件电谕,命令各省停止解还洋款。所谓洋款就是洋债,是中国为了交付赔款、筹措军饷、建设铁路,向各国银行举借的。洋款均有定期利息,本利由中国各地海关按月拨扣抵还。朝廷的如意算盘是,中外已然开战,何不将还款改拨为军饷,以免为虎添翼。刘坤一接谕后的第一反应是,朝廷如此昏聩,他应撂挑子不干,以免玉石俱焚。可这只是气话,跑了和尚跑不了寺,他得为百万生灵挡枪!

刘坤一急电广州、武昌:"洋款系由关税、厘金作抵,若不还款,各国必以兵力据海关、厘局,滋扰边省,防不胜防。军火亦难为继,战事断无把握,且兵连祸结,伏匪乘机四起,天下骚然,商贸停歇,大事去矣。"张之洞回电同意:"此事万分为难,洋债若爽约,各国必立据海关,互保登时破局。"李鸿章电复刘坤一:"顷与粤税司密商停缓还款,彼谓切勿商领事、银行。风声一漏,各国民心必乱,缘股票散在民间,以为华失大信,必求政府用兵压制,是于害使臣外又加一大害。"李鸿章主张联衔电奏,

请求朝廷收回成命。

　　这时盛宣怀见到了刘坤一。听说要他与余联沅密商,盛宣怀连称不妥:"此等讯息,切忌外泄,只能像无事一样,秘而不宣。"刘坤一发急道:"这般大事,怎说无事? 莫非又要劝我阳奉阴违?"盛宣怀道:"不用阴违,只需左手挪右手,推托一时。还英、德税款每月六十万,厘金五十万,六、七两个月拢共二百余万,东南财力满可对付。其余还款皆在闰八九月,到时候朝廷大梦已醒,这时何必点破?"

　　他要把谕旨推迟两月执行,蒙混过去再说。这仍是欺上瞒下、偷天换日的办法。思来想去别无良策,刘坤一只好让盛宣怀回沪,悄悄跟余联沅商量。盛宣怀绝口不提,却对此事巧作利用。盛宣怀原本与领事团约定,本月十二日各国务必复文。但他从海关探听到,各国领事不急于回复,有人甚至想拖到月底,以争取得到更大的让步。这就是洋人的德行,他们跟华人打交道时,总要惦着多捞一把。

　　盛宣怀刚从江轮上登岸,便令属员通知各国领事:"鉴于时势紧急,今日定要复文,以免事局中变。今日就是十一日。"盛宣怀被紧急召往南京,当然是酝酿重大决策,现又使用这种口气,领事们都感到事态严重。当晚开会决定,对盛、余所拟条款不改一字,原样批准。会后派人告知盛宣怀,以应"今日"之约。第二天上午双方会面,正式履行签约手续。两天后,各国领事再次开会,决议发表共同声明,照会上海道余联沅:"我各国之政府前时现今均无意在扬子江一带进兵,不独一国不如此做,合力亦不如此做。"对不在长江流域用兵作出明确保证。

　　东南互保的主要条款是:一、南洋大臣刘、两湖督宪张移知各省督抚,及严饬各该文武官员,对各国商民教士一体保护;现已出示禁止谣言,严拿匪徒。二、长江内地,中国兵力已足使地方安静;各口岸已有各国兵轮者,仍照常停泊,唯须约束水手人等,不可登岸。三、各国以后如不待中国督抚商允,竟至多派兵轮,驶入长江等处,以致百姓怀疑,借端启衅,毁坏洋商教士人命产业,事后中国不认赔偿。四、上海制造局、火药局一带,各国兵轮勿往游弋驻泊,及派洋兵巡捕前往,以期各不相扰;此局军火,专为防剿长江内地土匪,保护中国商民之用,设有督抚提用,各国毋庸惊疑。

十条保护上海的章程,除了租界和华界划清界限、各负责任、互相协作、共度危局外,还规定疏通商货、保障钱业、添办工程、增募勇丁,甚至要求租界内大小戏馆照常开演,目的在于安定人心。第十条写得不厌其详,尽显盛宣怀的苦心:查明租界四址出入总散路径,租界内边地则由工部局于要路多派巡捕,每处若干人,建造捕房,常川驻扎,瞭望界外。倘有远处成群来界乱人,即鸣警知会局中,派捕拘捆。租界外边地则由华官派兵搭盖棚帐,常川驻守,弗令成群乱人闯入租界以内。

在十三日散会后,霍必澜当面发出赞叹:"盛大人才大心细,若在京中制定政策,贵国不会出现悲剧了。"盛宣怀连连摇头:"我若在北京,混不几天就会栽。大树下面好乘凉,前有李傅相,后有刘、张二大帅,才会叫我这般放肆。"霍必澜笑道:"李傅相自是伟人,我听说,有人运动他在两广独立。"盛宣怀大吃一惊:"独立!谁如此胆大包天?"霍必澜道:"好像有康梁,孙文,当然还有香港当局。"

盛宣怀道:"那是乱党!康、孙唯恐天下不乱,他们跟拳匪是一丘之貉。李傅相是忠臣,绝对不会受败类蛊惑,你相信我好了。"霍必澜道:"有了你们这些忠臣,清朝应能免于覆亡了。"盛宣怀道:"我不敢接受这种恭维。你们尽快得到本国政府批复,在下与江南各官受赐多多。"霍必澜义形于色:"我已经得到伦敦批准电。英国是互保的发起国,有义务起到带头作用。照我看来,美、法、日等国问题不大,俄国的注意力在北方,不会在此作梗。只有德国由于公使被戕,会闹一些别扭。"

他估计得不错,各国政府相继电复,批准"长江九条""上海十条"。华德师并且致电刘坤一,宣称各国均将南省事务专责上海总领事,其权力等于公使,所以希望盛、余具有同样的全权。刘坤一不敢使用"全权"二字,却给予"与面商无异"的承诺,声明二人完全代表各省督抚。

三、消除歧见定人心

盛宣怀借着南京之行,促使互保尽快达成。而那桩令刘、张忧心的事体,最终仍照李鸿章的意思,由李、刘、张联衔上奏,力陈停还洋款之害。朝廷处于万难之际,犯不着再戳一个马蜂窝,便由军机寄谕,着照所议按期还款,彰显信用。一大难题悄悄化解,洋人还被蒙在鼓里。盛宣怀静下心来,开始联络各省,逐一落实互保方案。据他所知,闽浙总督许应骙,已在福建与各国领事自主订约。盛宣怀首先将保约电告福州,许应骙得意地回电称:"敝处早经会各领事,力任保护,与江、鄂办法不谋而合。"

许应骙却没料到,他治下的浙江煞费周折。浙江巡抚刘树堂,在接到宣战诏书后,即下札饬给全省文武,令其备战御侮。好在浙江布政使恽祖翼,乃是海关道出身,一向熟识洋务。他得知上海议约,即电盛询问:"闻长江苏杭一带,我公及三帅议明中外互相保护,各国已经签字。此举保全生命产业无数,第一等识力功德,无论北路胜败如何,总应占此稳着也,乞示大略为盼。杭垣租界已派营保护,并宣布德义,俾可相安,同一办法,安危呼吸不敢不努力为之。"

按照在沪浙商的意见,原本就把杭州划入保护范围。但并不包括浙江,因刘树堂态度暧昧,领事团告诉盛、余,浙省不愿加入,恐须进驻洋兵。盛宣怀竭力劝阻,同时急电刘、恽。恽祖翼上下其手:举出闽督许应骙的例子,要巡抚见样学样;接着说根据职责,省洋务局归布政使督导,巡抚若不愿插手,这件事由他自办。刘树堂也便半推半就,即日电复盛宣怀:"请附弟衔,随同画押。"恽祖翼则对约文明确要求:"杭字必须写作浙字。"

苏、赣、皖、鄂、湘、闽、浙,七省至此联为一片。两广方面,李鸿章是议约发起人之一,领事团对此毫无疑问。但是召李北上之旨早已颁布,这让各方都心中无底。

盛宣怀对这位旧主,总敢恃宠撒娇,时不时地指手画脚。盛宣怀致李电称,粤省处南国之端,法国在卧榻之旁虎视眈眈,一旦生变,东南危矣。请傅相先谋安粤,再思离粤。广东巡抚德寿大概领受李鸿章意旨,来电询问保约是否包含广东。盛宣怀反问对于地方保护有无把握,并称"办匪如不松劲,洋兵可以不至"。德寿回电担保,盛宣怀凭此报告刘、张,将广东纳入囊中。

广西巡抚黄槐森,是唯一不听招呼的大吏。他对江、鄂议约深表不满,声称广西远离长江,保约浸淫不到桂林土地。等到三督奏还洋款,黄槐森更加气愤,上奏反对资敌,力请停解洋款。他将此文电致袁世凯,请予缮折转奏。

袁世凯深感为难,恰在这时,李鸿章的电报打来了。李电直截了当,命袁对黄电置之不理。原来,李鸿章已经离粤北上,他在途中电嘱署理总督德寿,训斥黄槐森不识时务。黄槐森虽不服气,然若顶撞顶头上司,恐怕没有好果子吃。再次电奏吧,有袁鼋蛋卡在喉咙口,他的忠言难以上达。如此这般只得装鳖,广西也被拉入互保。

既是统筹长江,与湖北接壤的四川也不该遗漏。四川总督奎俊是荣禄的叔父,人甚开明,成都将军绰哈布,也跟总督协调共事。川中教堂众多,二人密切防范,近年较少发生教案。奇怪的是,当上海方面紧张议约时,在川外国人及英、美、法等国领事,先后撤离四川。奎俊大惑不解,令下属探察缘故。重庆道员向成都报告,日本领事山崎桂透露,由于山川阻隔,兵船不易上驶,各国因此令本国人离川。

奎俊听后心中忐忑,这不是把我视作化外么?恰巧盛宣怀发来电报:"各省均已订约,川中意见如何?"奎俊赶紧复电:"弟名附列为祷。"至此长江上下一气贯通,盛宣怀的穿针引线之功,受到大吏的同声赞扬。恽祖翼说:"此等通天彻地手段,无人能为,与新宁、南皮同不朽矣。"新宁、南皮代指刘、张。听到这句评价,刘坤一捋须笑道:"他忘了加上项城。"

项城是袁世凯的籍贯。刘坤一心中有数,互保发于东南,屏障却在山东。山东是义和团的故乡,戊戌和庚子之乱的源头,都在胶州青岛。被中国人痛恨的德军,在德使丧命后,一度企图攻占烟台,攫取鲁境。袁世凯就像坐在火药桶上,可他临

危不乱,先叫烟台商民发布公启,禁止造谣,严防生事。同时电请盛宣怀,代替烟台与英国总领事接洽。

袁世凯在山东杀伐果断,公布了严禁拳匪八条章程:一、各州县所辖境内有拳匪设厂教习者,按纵匪例从严参办。二、拳匪设厂教习,庄长、地保徇隐不报,分别监禁一或三年,倘与匪相通,查明立即正法。三、父子纵听子弟学习邪拳,除子弟正法外,该父兄监禁三年。四、拳匪设厂教练之处,查出立即毁平,如在人家聚设,均将家产充公。五、如有人告发设厂之家,经查明后,即将该犯家产提出一半充赏。如拿获设厂匪首送案,即将该犯家产全数赏给。六、设有拳厂之邻人,若知而不报,致酿重案,则将邻右提案严办,窝留者与犯同罪。七、禁章为防止嗣后习拳而设,从前被胁人民,但能悔过自新,一概从宽免究。八、挟仇诬告,希图分赏者,即行反坐科罪。

其时朝廷借拳抗洋,山东明显跟上谕对着干,袁世凯的大胆令人咂舌。可他认定乱世为王,更知南方正跟北京分庭抗礼,他这个过路店,正好居中两面啄食。果然,盛宣怀就上海签约电询山东,袁世凯胸有成竹地答称:"现饬烟道与各领事商,并在烟仿照南省出示,派兵保护口岸。至内地各洋人均派兵妥护,送烟暂避,教堂仍饬各属保护,并言明如有猝不及防,照数认赔。"

这桩瞒天过海的大计,乍一看去顺风顺水,然而在长江的中心地段,张之洞却有梗塞之感。自从京津乱起,同城做官的一对老友,不可避免地产生了龃龉。张之洞主张妥协,于荫霖趋向强硬,尤其在勤王诏下后,两人的分歧更加明显。于荫霖以忠臣烈子之心,跟李秉衡、鹿传霖函电交驰,互相激励。鹿传霖是张之洞的姐夫,他能够自请北上,而他的小舅子却跟李、刘一起,与外国勾勾搭搭。于荫霖最鄙夷李鸿章,曾在日记中对他咬牙切齿:"见十九日上谕,此人内召,事愈不可为矣。""宗社必灭裂,此何语!而行诸公牍,真无人理者矣。""可骇可骇!斯人也,真无所不至、无忌惮之极矣。"

"此人"指李鸿章,"宗社必灭裂",则是李鸿章评论时局说的话。

将张春发军交李秉衡统带,于荫霖仍觉不足,日日催促张之洞,请在两湖抽调

兵勇,赴援京师。为了使他不来搅局,张之洞从湖北拨兵五营,让湖南也拨五营,由湖南布政使锡良率领北上。锡良率营来鄂,偏偏湖北五营尚未凑齐,相形之下令人愧煞。于荫霖致书张之洞:"君父之难,急如星火,若再迟迟不行,不但于心不安,我等将受天下之责矣!"

于荫霖将天下人的板子,打在张之洞的屁股上,把他的忠臣面具敲得粉碎。张之洞飞饬总兵方友升,速从荆州拨营前来,与湘兵会合。事情并没有完,于荫霖还要自行募兵,亲统入援。他派出副将吴清泰,去河南信阳招兵。在此期间,浙江学政文治致函张、于,指责二人违背儒家教义,未能领兵勤王。张之洞暗自揣摩,他突然写此信件,所发乃是于荫霖心声。

果不其然,文治上奏严劾沿江督抚,要求各省选派精兵强将,收复被联军攻占之天津。附片称言:"主辱臣死,古今通义,为臣子者断无坐视不动之理。拟将学政印信移交巡抚兼管,奴才当前往湖北,与湖广总督、湖北巡抚面议,随同北行,效死行间。"

听这口气,不光于荫霖要北行,张之洞也得随同效死,真真阿弥陀佛!张之洞姑妄听之,看他们能闹到哪一步。闹事之人确实不少,湖北黄梅、广济等县天主堂,先后被仇教民众焚毁,并有多家教民被抢。蕲州八百寺天主堂,受到暴民的哄抢和攻打。洋教士高维栋,事先率众逃往汉口,请求巡抚发兵平乱。于荫霖未予理睬,而此时教案已经闹大,州县一百余户教民遭到抢劫。张之洞批饬江汉关监督岑春煊,督同州县缉拿案犯,重建教堂,加重赔偿。

湖北的火头刚刚扑灭,湖南又出了大案,衡州城厢首先出现反洋揭帖,过了一天,南关教堂即受围攻,有四名意大利教士被杀,二名被掳,三名女教士下落不明。一名主教逃到长沙,向省方投诉,巡抚俞廉三无动于衷。法国领事向江汉关提出抗议,张之洞方才知悉此事,这让他十分为难。湖南名义上属湖广管辖,巡抚若不吃你这一套,总督连一点办法也没有。俞廉三跟于荫霖一样,先在外省做藩司,通过张之洞调到湖南,接陈宝箴之缺升任巡抚。此后湘鄂相处融洽,一如陈宝箴在任时。直到中外失欢,俞廉三对洋人恶感上升,不再紧跟督宪步调。根据互保条约,

各省应刊发保护外人告示,湖南至今没有动静。衡州闹得这么凶,与抚台的态度不无关系。

张之洞斟字酌句,给俞廉三发去密函,要他善自处置,免惹外国干预。俞廉三回言称,已令道、府切实查究,不日定会水落石出。这个"不日"一直没等到,上海领事团照会问罪了:"以上被害之天主教士,先曾致函衡州道隆文,请求保护。隆文反而蛊惑舆情,致该教士等惨遭杀害。知府裕庆亦与隆文同恶相济,助纣为虐。道、府如此,则湖南巡抚用心可知,至少应负失察之咎。"

张之洞看了连连摇头,他为互保费尽心机,偏偏闹出一个灯下黑!他有点气急败坏,写信使用这种口气:"鄙人屡次苦口,所言已尽,实恐累及阁下耳。若再不蒙采听,将来累阁下、累各官、累绅士,鄙人实无术补救矣。"俞廉三这才有所触动,对焚毁的教堂赔款了结,拿办杀害教士的凶犯六人,而给予隆文撤职处分。

长江互保在磕磕绊绊地进行,广东却是另一番局面。这里的威胁不是仇教反洋,而是康梁的保国会,孙文的革命党,意图乘乱袭取广州。李鸿章打算分而治之,离间孙、康。他令刘学询通过日本领事,致书孙中山:"傅相因北方拳乱,欲粤省独立以保民命,思得足下为助,请速来粤协同进行。"

粤省独立,这是极大的诱惑,孙中山当然心动。不少同志劝告说,不要上这老狐狸的当。孙中山想冒险一试,答称先派代表往谈,然后考虑亲身返粤。代表是三名日本人:宫崎寅藏、内田良平、清藤幸七郎。三人到广州与刘学询会谈,提出两个条件:对孙中山所定罪名应予赦免,保障他的生命安全,并且贷款十万两。刘学询慷慨应允,明天即可先交五万。从李鸿章处得到的答复是:"对于孙中山的生命,我不仅向日本人士担保,而且要奏请太后予以特赦。"

与此同时,孙中山正由陈少白陪同,坐在香港海边的一艘小型轮船上。焦急地等待一上午后,杨衢云领着一位青年,匆匆上船,轮船立即向海上开去。这青年叫史坚如,原是广东格致书院学生,由日本人高桥谦介绍加入兴中会。孙中山派他联络港粤志士,共图攻夺广州。

史坚如从香港警察署处,探得一个惊人的情况,在未得到孙中山回音时,李鸿

章密电刘学询："孙未复,或尚迟疑。粤早奉电旨,难再迟缓。孙如赴港,有何办法?"刘电称："法用诱用掳,活上毙次。上瞒港官下串巡捕,与劫盗无异,与国事无涉。询已有港澳可用之人,候孙来商截南洋之路,能生获尤妙。"这段黑话意思甚明,孙中山惊得目瞪口呆。这时从广州那边开来一艘军舰,三位日本代表站在船舷边,已经认出了孙中山的座船。日本人挥帽招呼,然而无人回应,小轮船加速驶向西贡方向。

其实,电报中的措辞大多真实,只不过张冠李戴,那套方法是对付康有为的。李鸿章确想利用孙中山,因其"于今之所谓西学者概已有所涉猎"。但是所谓"独立",那是刘学询说来骗人的,孙中山如果上钩,想脱身可就难了。

真正希望两广独立的,是伦敦和港英政府。长江流域的中立,由英国政府主导,操持得像模像样。两广毗连香港,若能更进一步,就能扩大英国的影响,将整个华南纳入势力范围。英国首相索尔兹伯里,授意香港总督经办此事。

港督卜力通过英国驻广州领事,建议李鸿章拒绝北上,留在广州,致力于有价值的和平事业。李鸿章笑了笑说,请问我李鸿章价值几何? 应召入京,我是忠臣;抗旨不遵,我是逆子。到了那时,我就不值一个大子儿,你们还肯理我吗? 李鸿章宣布三日后出行,卜力竟想在船经香港时扣留李鸿章。英国政府制止了这个鲁莽行动,批准他借用孙中山的因素,对李鸿章再做一次说服。

西历7月17日的早晨,李鸿章从广州出发,将军、巡抚等官送至天字码头日近亭畔。李鸿章登上招商局"安平"轮船,由于待潮未行,他在船上延见南海县令裴景福。裴景福是安徽人氏,有较多机会求见傅相,接受训示。李鸿章嘱咐他道:"广州斗大城中,缓急可恃者几人? 你能任事,取信于民,为地方弭患,督抚不如州县管用。我不生内乱,何至招外侮?"

见傅相忧形于色,裴景福动问大局安危。李鸿章轻声一叹:"百足之虫,死而不僵。我朝厚德,人心未失。今虽根本动摇,幸有袁慰廷稳住山东,香涛、岘庄向有定识,必能设法保全上海,如此则国家尚有生机。"裴景福问:"公看京师如何?"李鸿章蹙起眉头:"论各国兵力,危机当在夏秋之交。聂功亭已阵亡,马、宋诸军零落,牵制

难以得力。日本调兵最速，英、德等国助之，七八月间京城不保。"说着以杖触地，泪随声下："内乱如何得止！"

裴景福与随侍诸人不禁黯然。沉默良久，李鸿章说道："论各国公法，敌兵即入京，亦不能无礼于我。"裴景福问："万一都城不守，公入京如何办法？"李鸿章道："必有三大问题——剿拳匪以示威，纠首祸以泄愤，索赔款以牟利。"裴景福问："兵费赔款大约数目？"李鸿章连连摇头："这个难料，只能极力磋磨，展缓年份，尚不知做得到否。我能活多久也不好说，当一日和尚撞一日钟，钟不鸣了，和尚也死了。"他边说边流泪。

看到自己引起中堂伤心，裴景福很是不安。李鸿章却又将话扯开："世人皆知李某倔强，甲午一役败师辱国，亦未曾以哀色示人。惟庚子难作，纵谈时事每每悲从中来，气之衰而痛之深也。联军不足亡中国，可忧者恐在难平之后。事定后局面又一变，我国唯有专心财政，偿款不清无以为国。说这等丧气话，急求变法者又要骂我了。"

一席话直讲到风起潮涌。李鸿章起航远行，途中尚需经一跌宕。船到香港，港府用十七响礼炮欢迎贵宾登岸。李鸿章拜会香港总督，两位大人物都需要一次密谈。卜力开门见山，称北京已无可救药，力劝中堂不要前去殉葬。李鸿章捉住这个字眼："殉葬？英、法等国口口声声要去拯救使馆，不是为灭亡中国吧？"

卜力笑笑说："让我们换一个角度讨论。南中国的眼睛在上海，心脏在广州，供血系统在香港。李、刘、张三总督刚刚达成一个保全方案，那个最关键的人物却要离开，这是不负责任的行为。"李鸿章漠然说道："我不能违抗皇帝的意旨。"轮到卜力挑字眼了："皇帝？他不是被废了么？"李鸿章跟他顶真："召我进京的五次诏书，全为皇帝朱笔，其中两次言明遵从懿旨。"卜力对这种细账不感兴趣："好吧，就算是真，能说明什么？北京朝廷即将失去其合法性——"

李鸿章面露不悦："总督先生，这是伦敦政府的政策么？我还没跟各国开议，合法不合法，不能让你一家说了算。"

卜力忙把话往回拉："英国并无跟中国决裂的政策，窦纳乐发挥的作用，应该是

建设性的。要怪清朝的统治者,闹出这场乱子。"

李鸿章紧紧抓住这个话题:"尽管中间有误会,总署跟英国公使之间,据称合作愉快。此次不幸事件,不能专责某一方,尤其不能怪皇帝。在将来处理善后时,英国方面对此应无疑问?"卜力故意躲闪:"那是政府思考的问题,港督岂能插嘴?据我的判断,如果光绪皇帝对以他的名义所做的事情没有责任,英国不反对他继续统治。但是,这里有很多但是,任何一个都能打消这一默契。"

李鸿章显然不甘心:"战乱至今,仅有一位德国公使死于意外。一个公使,怎能抵掉一位皇帝?列强无权干预最高的权位!"

卜力的蓝眼睛冰湖一样凛冽:"不要忘记,仗还在打,谁知会有多少公使死于非命。哼哼,若到那时——"

李鸿章追问:"到了那时,列强将会选择谁?一个满人?一个汉人?"

卜力弄不懂他的意图,决意试他一试:"一个汉人,谁知道呢?中堂愿不愿是这一个?"

李鸿章一愣,鼻腔中一嗤:"鸡肋,鸡肋,这中国典故,英国人懂么?大帅曾国藩,当年攻克金陵时,曾被麾下公推黄袍加身,曾公断然拒绝。从那一刻起,汉人的皇帝梦,就算做到头了。"

交锋至此,卜力不想狗咬耗子了。他回头说广东,在中国十八行省中,唯有这块土地,与西欧文明最近。它孕育了康有为的维新,孙中山的革命,现在最需要李鸿章的开明领导。李鸿章语含讥刺:"革命?英国有君主和首相,莫非也喜欢这一套?"卜力笑道:"英国文明的高明处,便是能把各种政见熔于一炉,使烈者去其毒,弱者增其刚,诈者显其诚。你可能会奇怪,这个英国佬怎么满口中国腔?上边三句话,是曾纪泽使英时总结的。"李鸿章深长叹息:"曾门学问,中西合璧,已臻极境。不过这烈者之毒,鸿章在酷暑之日不敢领教。"

卜力不死心:"以孙之新锐辅李之睿智,必能在广东开一新局。弃之不顾,实在可惜。"李鸿章:"我倒真正奇怪了,堂堂香港总督,硬要给孙某做说客?"卜力开诚布公:"香港从英中友好出发,对这个清国通缉犯,曾下达五年不许登岸的驱逐令。在

新的形势下,港方通知孙中山,如果李中堂答应广东独立,可允许其上岸与中堂会谈。此时此刻,孙中山正在海面上等待消息。"

李鸿章愤然作色:"朝廷对孙的通缉没有取消!如果要保持广东的和平,港方应将此人拿捕归案,并严禁颠覆分子利用香港,作为袭取广州的基地。"卜力摊开两手:"中堂反守为攻,叫我无话可说,只有预祝中堂顺利达成北行使命。"

如此这般,一番交涉以失败告终。李鸿章回到座船上,刘学询禀告称,孙中山曾派陈少白上船游说。刘学询要他们死了那条心,傅相急赴国难,任何人休想阻挠。李鸿章听罢无语,将眼光投向苍茫大海,他的心绪,像海涛一般起伏不定。

卜力的说辞固然动人,李鸿章却注意到,英国首相明确宣称:"英政府注意专在平匪,保全英民性命产业,绝无乘机强令中国改变国体家法之意。"即使李鸿章愿意保境为王,法、德、俄等是否肯让英国如愿,那是谁也不敢保的。从根本上说,连中国都无法独立,遑论一个小小的广东!况且兵乃立国之要,他赖以起家的淮军和海军,灰烬之余又复星散,你让他如何立?

另一方面,早在十数年前,恭、庆等王爷,翁、李等师傅,都已形成一个共识:"无鸿章,无清朝。"这话放到现在,更为不易之理,"一身而系社稷安危",李之一身,已不属于李之一家!在悲愤交加中,李鸿章来到上海,陷入官员、士绅、记者、洋商的重重包围。李鸿章一概不见,躲进钦差行辕杜门谢客,毫无即刻北行的迹象。

迟留住李鸿章脚步的,是儿子经述发来的密电:"天津失守,溃勇拳匪沿途抢劫,难民如蚁,津亡京何能支?大事去矣。伏望留身卫国,万勿冒险北上。"这一下子局面全翻,没有了天津,直隶总督就是一个虚衔,羽毛一般轻渺。他拿什么跟朝中人较劲,跟外国人交换?别说他这被排出京的,连权倾朝野的荣禄,都在端、刚的挤压下龟缩不伸!他叫盛宣怀替自己电奏:"连日盛暑驰驱,感冒腹泻,元气大伤,眠食俱废",请求赏假二十天。朝廷连电催召,刘、张也将军国生机寄托在和谈上,呼吁他早日成行。

李鸿章明知道,自己在这里碍手碍脚,但他坚执不行,只因内意无定。正如他在奏疏中所言:"每读诏书,则国是未定,认贼作子,则人心未安。而臣客寄江南,手

无一兵一旅,即使奔命赴阙,道途险阻,徒为乱臣贼子作菹醢之资。是以小作盘桓,虽严谴不顾也。"菹醢就是肉酱,他怕贸然赴阙,被义和团与端、刚等辈剁成肉酱。措辞如此尖刻,连盛宣怀都为之担心,李鸿章却明白,慈禧还要倚仗他,不会把他怎么样。他要从慈禧处得到的,一是送使出京,二是剿拳谢罪。而慈禧还在玩弄两手,这边使李鸿章糊弄外国,那边用李秉衡抵御洋兵,到底哪一个李是她的"理"?

李鸿章的腹诽,抵不住张之洞的讲评。张之洞从武昌发来电稿,主旨是颂扬慈禧素多善政,尤重邦交,岂有祖匪之理;罪在康党散布谣言,诬谤慈圣,离间两宫。张之洞要求李鸿章会衔,将此稿发给上海各领事,请严禁在中外报纸上刊发康谣。张之洞善于投机,这可讨慈禧欢心,却打乱李某棋局,李鸿章一口回绝:"此次误听人言,致拳匪猖獗,责有攸归,此固中外所共知者。尊电一概抹杀,专咎新闻纸,似未足信。"

竟敢如此责怪慈禧,这个李二杆子!张之洞震骇之余,只好请盛宣怀乘间进言,促李登程。"两大之间难为小",盛宣怀这个"小",此时倒是如鱼得水。盛宣怀跟李鸿章密谈后,电告张之洞:"吾梦未醒,彼愤未消,势难停战。既无开议凭据,难入津门,恐只能缓行。"这仍是说,慈禧尚未一心议和,李鸿章谈了也是白谈。当然,他不会老老实实当沪上寓公。李鸿章跟各国领事广泛接触,在言谈中为慈禧开脱:太后训政两朝,削平大难,为臣民所爱戴。年来拳匪发难,太后唯恐祸起肘腋,这才设法羁縻,并非与外国为难。这套老生常谈,领事们听听而已,不跟他认真辨析。

领事们跟李鸿章一样,也要根据形势变化,采取对本国最有利的行动。对他们手中的底牌,李鸿章大致摸清。英国是最狡猾的,操纵独立和保全清室,它可以交替玩弄。法国以与英争夺为国策,但往往不得其法,落于下风。德国反对李鸿章北上,表示停兵断难遽议。日本则支持李鸿章入觐,认可其"先清内匪再退外兵"的方针。美国坚持"门户开放",反对一切独霸中国的企图。俄国施展诡计,再次以盟国自居,外交大臣亲自向中国公使杨儒保证,俄仍一意保全中国,建议李鸿章回京定乱。李鸿章不禁嘀咕,俄国人的厚脸皮,跟他本人有得一拼!无论如何,大家都在一盘乱棋中,谁会人仰马翻,谁能全身而退,终局才见分晓。

在一片混沌中,李鸿章会见了一个人,就是锲而不舍的孙中山。孙中山又从日本来到上海,请刘学询带领引见。李鸿章在百无聊赖中,乐意换一换视听。这是他第一次见到"革命党",他惊异于这个人的年轻,还有那不讲套话的率真。

得知孙由学医改为办会,李鸿章说,这是从医人变成医国。孙中山说,这不是宰相们标榜的医国,这是从宪法与国政根本变起,再造一个崭新的中国。这样的口气,李鸿章的洋务派,康有为的维新派,从来没有使用过。大而无当!

李鸿章说,朝廷允不允许造?列强允不允许造?孙中山说,这不需要任何人允许,只看中国的内在生命力,是否具有这种机能。物极必反,腐朽极矣,混乱极矣,从上到下、从老到少、从男到女,都希望国家迎来巨变,获得新生。这是国家的内在要求,非君主所可阻遏,非列强所能扼杀。至于说大,当然要从小处着手,从两广开始做新国试验。这里有英国的支持,虽然它有自己的企图,但关键仍握在中国的手中,要看能否生发出新的力量,在成长中抵御外界风雨。

这番议论很是刺耳,又令人有些莫名的兴奋。李鸿章语意复杂:"好啊,你曾是香港西医书院学生,我受其创办人何启之邀,为该院赞助人,你算是我的学生。甲午年你上书于我,提出四大政纲。士别三日,当刮目相看,你今日有所主张,早脱出洋务范畴了。此说固非全然无理,然而须知,话好说而事难办。只看康有为,他上蹿下跳拳打脚踢,最终如何?心强命不强,人予天不予。"

孙中山争辩道:"康氏依靠皇力,可惜皇帝乃一弱帝,终于竹篮打水。我们的计划迥然不同,中堂离穗之日,广州绅民遮道挽留,甚至要卧在车轮前面。全省绅商准备集款二千五百万两,这是干什么?它要当作地方政府经费,为本地百姓谋安全。"

李鸿章微哂道:"二千五百万,多于全国常年财赋四分之一,鸿章何德何能,坐受此等厚赐?好吧,就算我回心转意,拨马回到广东,德寿会不会把印信交还我?他若拒我,我怎么办?他若接到上命抓捕我,我哪里逃?还有刘、张呢,他们会不会兴兵讨我?那会不会使局势更乱?英国会不会再来帮我?"

孙中山不禁语塞。李鸿章面露笑意:"年轻人,不管何种文章,都只停留于纸

面,不可付诸实施。"

孙中山不服气道:"中堂记得这几句文章否?'与其停留中道而无补时艰,何如稍缓行期而徐商进止;与其单骑见敌,徒有空拳孤掌之忧,何如保守完区,徐图靖难勤王之计。'"

李鸿章道:"当然记得,这是挽留我的公禀话语。我很感动,然碍难接受。道路虽难,终得走完,明年我会到北洋任事,届时你可去天津找我,不愁没有用武之地。"

四、挥舞洋刀掠疆土

上面督抚大员联疆互保,下面州县等亲民之官,忙于弹压乡村骚乱,有惶惶不可终日之感。浙江宁波、诸暨、温州等地,先后发生仇教事件,引起了上海领事团的诘难。盛宣怀担心洋舰借口攻浙,急电刘树堂、恽祖翼,请其速派将领弹压。一波未平,一波又起,地处浙闽交界的衢州府,闹出一宗更大的乱子。哥老会九龙山大龙头,借庙会之期传单聚众,出其不意地占领江山县城。临近的常山县、开化县,也被当地会党占据。

警讯传到衢州,激起一片恐慌,教士和洋商尤其需要保护。该城既是衢州府治、西安县治,更是金衢严道的所在地,可谓政出多门,洋人们不知该向哪个衙门求救。西安县令吴德潇,贴出告示禁止倡乱,保护教堂。可他官卑职小,遭到了官绅和团练的嘲笑,团练郑连生向城守都司周之德举报,吴德潇通夷,应密切防范。此时城中谣言满天,传说洋兵要血洗衢州。

怒火于六月二十五日这天爆发,七名洋教士从西安县衙请愿出来,受到团练勇丁的谩骂,七人逃往道署避难。当时道台鲍祖龄、总兵俞俊明、知府洪思亮,同在署中议事。听到衙署外的哄闹声,俞俊明派一名千总出来,对混乱的人群咋唬了几句。这种应付却像火上浇油,七名洋人终被打死。人们又冲向县衙,找通夷的知县

算账。吴德潇全家及其幕友,三十五人被杀。祸闯大了,省城三大宪,先就吵成一团。布政使恽祖翼责怪按察使荣铨,向全省通传五月二十八日密谕。那是奖励天津义和团抵抗联军的,中有"为团民者,惟当同心勠力御侮,效力始终无懈"等言。衢州团练便以灭教为御侮,招祸为效力。荣铨反问怎么了,我传布谕旨有错了?刘树堂劝二人不要争了,浙省有值得庆幸的地方。福建北上勤王的兵马,捎带收复了江、常、开三县,替我们清除了一个大麻烦。现在咱们和衷共济,考虑如何处置小麻烦吧。

这不仅是浙江的麻烦了。上海领事团本来对刘树堂极不信任,这回更坐实了他们的怀疑。领事团开出一个治罪名单,要求将刘树堂革职,荣铨及衢州几位主官发配极边,周之德和一干民犯斩首示众。交涉在沪、宁、汉三地展开,霍必澜态度强硬,几度宣布进兵浙江。这并非威胁,其实英国早有此意图,只是目标不限于浙江。根据六月初九的领事团决议,霍必澜曾致节略给英国政府,需要一支军事力量,以支持南方督抚维持秩序。霍必澜提出具体建议,派出五百骑兵、二千步兵和一支炮队,在香港待命。

英国政府批准这一计划,先派驻华陆军司令盖斯理将军访问上海,做出实地评估。盖、霍会谈得出以下结论:"督抚们无力控制局势,即使未曾得到他们的允许,占领上海也是必须的。"汇丰银行也向英国政府提交报告,英国在上海的财产价值数百万英镑。如果上海遭到破坏,势必出现大范围的金融恐慌,其严重程度将超过人们的经历和想象。这促使索尔兹伯里在下议院发表对华政策演讲,强调关于长江的安全,我们已向各总督提出保证,英国的军舰和部队,正在为履行保证进行准备。

那位在京津地区出了名的西摩尔中将,奉命来到上海,研究和实施英军登陆。西摩尔与各国海军军官磋商后,同意登陆三千人的队伍,应对各种不测事件。西摩尔乘船上溯南京,拜会刘坤一,转述首相的演讲,外加各国的决议。刘坤一十分为难,在议定的保护上海章程中,头一句就是"租界内人及产业,应由各国巡防保护"。约文并未规定兵力人数,现在各国均称守备空虚,威胁陡增。除了浙江的现成例

子,这几日又出了江西景德镇、安徽婺源、湖北唐县等反教案件,并且打出的旗号是义和团!英国要在平定骚乱和恢复秩序方面与刘、张合作,刘坤一没有理由反对。

两人会见次日,刘坤一去西摩尔下榻的洋务局回拜,表示理解各方的忧虑,同意英国登陆少量兵员,同时希望,其他国家的军舰不能仿照英舰驶入长江。西摩尔将这项成果带回上海,立即触发了两个行动:在香港的部队起航赴沪;霍必澜则要求南洋大臣,发布英军登陆的正式文告,同时通知上海道,为英军登陆做好准备。

各国领事也得到了霍必澜的通报,领事们迅速通报各自政府。盛宣怀和余联沅慌了手脚,二人曾经访查到,领事团在七月十日再次协商,由各国海军组成防卫军,人数二千五百人。不料英国一国即超此数,列强纷纷起效尤,局面顷刻全翻!盛、余向领事团提出抗议,华德师的答复很有意思:"这是英国的意思,贵方的抗议找错了对象。"

这是对英国的不满,盛、余大受鼓舞。刘坤一直接给西摩尔发函,把他答应的"少量"也收回了,请西摩尔撤回英军。刘、张、盛约李鸿章领衔,致电各国政府,呼吁尽力遵守保约,慎勿增兵。

索尔兹伯里这才发现,霍、西的报告既不客观,也不真实,似将引起混乱。他指示驻法大使孟逊,设法试探法国的态度。孟逊约见法国外长德加赛,说明出于南方督抚的特别要求,英军有增援上海的可能性。德加赛可不吞吞吐吐:"英军如有可能,法军岂能例外?他们一定跟上你们的步伐,在上海出现!"

除了法国,美国和德国也已表明,要采取相同的行动。消息在上海传开,市面开始波动,有办法的人外出避难,没办法的人散布恐慌。英国一着不慎,打破了一心想维护的安定,索尔兹伯里追悔莫及,电令霍必澜:"除非在最危险的时候,在未奉到训令之前,不可使英军登陆。"

首相的指示,恰好与香港的运兵船同时到达。二千印度兵就在吴淞口外,这叫霍必澜分外尴尬。西摩尔从英军的威信出发,不肯放弃登陆计划。余联沅亲往交涉,西摩尔坚不改口,而且命令军舰开进港口,做出强行登陆的样子。这产生了两个后果,一是领事团紧急开会,商讨对策;二是盛宣怀和蔡钧接替谈判,他们带来了

华商和外国商会的呼吁。市场需要稳定,西摩尔找到了台阶,他答应只派五百人上岸,并且驻扎在僻远的杨树浦。这跟刘坤一原先承诺的相吻合,协议就此达成。

没想到又出了意外,在领事团开会时,霍必澜用壮士断腕的姿态宣布:鉴于中方出尔反尔,其他各方斤斤计较,英方决定放弃登陆,将英军调往威海卫驻扎。众领事面面相觑,克纳贝第一个做出反应:"德国反对向山东增兵!"霍必澜讪笑着反问:"为什么? 它接近贵国在青岛的卧榻?"法国领事白藻泰接话:"时势紧急,我们不要计较了。我提议,从外国在上海的威望出发,改变各国的反对态度,接受身边的既成事实。"

他说得不错,如果英军在中国人的反对下撤退,列强的强大神话将被戳穿。各国领事转换了调门,二千三百名英军分批登陆,随后又从香港运来五百名。这便打开了口子,法国的步伐果然不慢,它从越南调来一千名士兵。德军四百五十名,日军六百名,先后抵沪。克纳贝并且宣称,德军人数将不会少于二千名。英国的隐性独霸,变成了各国的明显对峙,这就是轻举妄动的结果。好在这些人互相监视,谁也不好比别个多啃一块骨头,一场苟且相安的和局,暂时保持下来。

盛宣怀刚刚喘一口气,忽又接到日本总领事的电报:"厦门文武大官送书敝国兵船云,'请速向口外开去'等语,此事甚不可解。深恐南方局面从此糜烂,请即与诸帅密商,急电厦门,以免启衅。若迟一日,必有意外之变。"厦门又出事了! 盛宣怀深知,日本暗中图谋厦门,似乎比德国图谋烟台还要急切。所谓厦官启衅,恐怕是日本兵船企图下手。

果然,福州将军善联的急电到了:"东南联约,公所创议。闽本安谧,日兵扰厦,首先背约,人心大乱,保护难任,全局皆败。请公速晓驻沪各领事,申明前约,电日政府切告驻厦兵,万勿轻开战衅;有何意见,不妨明言,彼此商办。"善联兴师问罪,使盛宣怀深切感受到被架到火上烤的滋味。他现在仿佛成了"中枢",那便无可推卸,他立即电告刘、张,同时告知李鸿章;以江、鄂二督的名义致电驻日公使李盛铎,请与日本交涉;然后电告厦门地方官:"宜镇静,暂候调处,勿开衅端,妥为保护厦门领事。"

厦门最高官是兴泉永道延年,也算凑巧,他一开始就亲历了这场乱事。七月二十九日夜间,延年亲自率兵查夜,巡逻到山仔顶街时,突然发现前边火起。赶过去查看,见是一个不大的寺庙,前院右厢房屋失火。巡夜兵丁七手八脚,将火扑灭,所幸那是一间空屋,没有造成人员伤亡。

稀奇的是满院寻不到僧人,这竟是个废弃的院落。寺门上的匾额是"本愿寺"三字,延年令人察访邻居,得知该院房主姓张。两年前有一日本僧人前来,租赁院舍,开作寺庙。几天前为了租金多少,主客双方发生争吵。日本僧人搬到别处,只留一名工人看守。失火的正是工人住房,邻人怀疑,这是工人放火泄愤。

这件事就这样过去了。万没想到,仅仅过了一夜,日本领事上野专一,即派"高千穗"兵舰水兵上岸。百余名日本兵全副武装,手持枪械沿街巡行,从三井洋行、志信洋行、东亚书院等日本设施所在地,一直走到山仔顶街本愿寺。日兵所到之处,犹如虎狼过境,居民关门闭户。

延年得到报告,连忙知会厦门厅同知张东成,带上翻译前往阻止。日本带兵官仿佛听不懂翻译的话,对中国官的提问不作回答,只管我行我素。延、张转赴日本领事馆,上野领事避而不见,副领事芳泽含糊答称,此举专为保护日商财产。延年回到衙署,向闽督和福州将军发电,派人飞告水师提督杨岐珍,做好沿海警戒。接着拜晤各国驻厦领事,请求出面斡旋。

第二天一大早,上野专一发来正式照会:"顷厦门山仔顶街大谷派本愿寺布教使宫尾寮秀驰禀,称昨夜十二点半钟之候,突有匪徒开枪劫人,到寺放火,烧毁教堂并一切佛像器皿,看守之人仅以身免,等因。本领事据此,实深骇叹。现为保护帝国臣民起见,立即会商本国军舰管驾官妥议,饬派水师兵队上岸,自行保护。除所有看守教堂人等受伤多寡,另俟分别查明照会外,合行备文照会贵道,请烦查照可也。"

大睁眼说瞎话!延年恶骂一声,当即亲拟复文。写了一半,才知笔下全为亲眼所见,等于当面揭穿,以日本人之野蛮,哪肯伸脖子咽下?撕掉重写,大致以"据本道查证,原因与贵领事所闻有异"作复。复照发走后,估计上野已经收阅,延年再次

前往日馆。

这回二人会面了，延年将失火情形，用口头表述一遍。上野就像没听见一样，重申水兵上岸，单为保护日商。延年仍跟他讲理："查福建一省，前奉督宪军宪行知，已与各国领事会议，仿照两湖两江办理，商定约章：互相保护中外人民商务产业，各无相扰；寄寓福建各国官商以及传教洋人，中国地方官情愿极力保全，厦门一体照办；所有各国兵船均不必进港，以免人民惊疑，滋生事端。"

上野面如顽石，延年空手而归。到了街上才知道，又有二三百名日本兵，从兵舰上搬运大炮上岸，将炮架于虎头山顶，声称于初四日四点开炮。延年与杨提督、张同知会合，上街踏查，晓谕开导，以安民心。然而商号罢市，民户逃亡，鸡飞狗跳，乱象百出。三人去见英籍税务司，得知英、美领事已经函致日本领事，嘱日兵回船。三人心存侥幸，希望英、美的干预有用，因为日本兵并不骚扰西洋人聚居区，表明他们有所忌惮。从税务司出来不久，这个好梦就打破了。厦门县令杨云刚才见过上野，上野答称："你不必问我，我不管兵，部队得到命令索取厦门。"索取厦门！鬼子野心暴露无遗，地方官只有向上告急："宪台钧鉴：洋兵登岸，到处滋扰，索厦至急，万难挽回，而厦兵单饷缺，力难一战。年、珍面商，事既如此，无法可施，惟有鞠躬尽瘁，与厦存亡，以报国恩耳。"

闽浙总督许应骙，福州将军善联，回电鼓励厦官竭力办事，相机应变，战守机宜均请自为酌夺，毋庸请示。这是放权，也是卸责，厦官叫苦不迭。这时又有两艘日本船进港，据称是台湾总督率兵前来。大难临头了，延年请杨岐珍传令备战，自己急访英、美领事馆。英国领事也有军情相告："外交抗议发出以后，我们调来了两艘军舰。我的建议是，同意数十名英军上岸，保护英国的商业机构。"这是趁火打劫，还是对台抗衡？延年无计可施，只有答应下来。五十名英军随即登陆，布置在太古洋行所在的大街上。这里距离志信洋行不远，英、日士兵遥相对视，漠然无语。紧接着，美国军舰开来了，德、法军舰也在赴厦途中。如此看来，日本人捅了马蜂窝，独占厦门的企图难以实现，而且"引狼入室"，得不偿失。日本外相青木，在收到中国的外交抗议后，又接到俄、法、英、美、德等国质询："各国领事既与两江、两湖、两

广各总督同立和约,各省保护各国商务财产性命,各国亦不攻南方各省。今贵国此举,似有不合,各国与各督抚所立和约已属不废而自废。"

日本在甲午大胜后,以纾解中国仇恨、扶植亲日势力为对华方略,当然也要顺手牵羊,拾取天上掉下的馅饼。厦门行动试出了深浅,再不收手,日本将独自承担中国的敌视,列强的对抗,打乱他们的长远规划。青木外相分别致电各国政府,解释日兵登陆只为保护日侨,并无破坏保约之意。不破坏就得维修,青木和海军大臣下令,撤退登陆之兵,同时将"祸首"上野调往台湾,由芳泽谦吉代理领事。

陆军大臣桂太郎提出异议,这样做有损帝国威望。台湾总督玉源太郎,也通过带兵赴厦的民政长官后藤昏钟,阻挠日兵撤离。这时候,日本驻墨西哥公使室田义文,奉命赴厦处理善后。室田与芳泽联衔照会,称厦门道台招英、美舰队抗日,有违和谐相保之义,要求厦门道明确道歉。

延年看到,头一批上岸日兵已回舰上,鼓浪屿和港仔口一带尚有大批日兵。求一个贼去关门为妙,延年亲拟致歉信函,话间含有逐客意味:"日本教堂被何等坏人焚烧,本道缺查,深为抱歉。所有厦岛及鼓浪屿等处分扎洋兵,已承允饬回船,感激之至。惟定于本日何时撤退,务祈先为示知,俾可饬令兵勇前往,以资保护而安闾阎。"延年亲赴日馆面交,芳泽用日本料理款待他,酬答开衅前的一次宴请,那时他还是上野的随员。日方将厦方道歉之意通报各国领事,维持住了丢失的颜面,本日即将日本兵撤完。

日本的图谋却不会收起,室田义文北游福州,与各大宪会面,商量加深台、厦间的联系。许应骙把打给小田切的电报又念了一遍,一味恭维日本的友善。在将军善联那里,室田碰上一个钉子:"台、厦本为一家,联系那还用说?如今它割给了日本国,除了隔海相望,还有何系可联?"在福州一无所获,室田打算回国一趟,到上海与小田切相见。针对来客的失落情绪,小田切讲了一个笑话:在层出不穷的中国教案中,厦门堪称别开生面。为什么这样说?中国人反教反的是耶稣,本愿寺敬的却是佛祖,刨到根儿上,还是从中国传到日本的。所以西洋领事无动于衷,还暗中帮了中国一把。所以,我们不计一岛之得失,要论全局之短长。小田切把全局概括为

八个字:南争武汉,北争辽东。长江的中枢在武汉,多年来的"日本工作",都集中在鄂督张帅身上。至于辽东,那是俄罗斯的南侵要道,日、俄终将在此决一死战。

这番话并非无的放矢。就在日本算计厦门时,俄国在东三省大举用兵。他们先以保路为名,每日于黑龙江运兵下驶,半赴旅顺、天津,半入松花江,深入腹地哈尔滨。黑龙江将军寿山,命令各地加强戒备。不久便收到瑷珲副都统报告,海兰泡有俄兵数千,提出借道齐齐哈尔,前往省城护路。寿山致书俄将固毕乃托尔:"江省铁路,应由敝国自行保护,贵国不能进兵,伤我自主权利。"

俄国人哪能顾及中国的权利? 六月十八日晨,几艘俄舰运载着军火与士兵,行驶至瑷珲上游三道沟时,俄国边界官不听中国守军劝阻,率先下令俄军开火。守军开炮还击,边界官身受重伤。海兰泡之战就此打响。俄军大施暴虐,将江东六十屯华民驱聚一处,放火焚烧,有逃出者即用枪刺。又将在海兰泡贸易的六千余名华人,赶到黑龙江边,许诺船运过江。华人在严寒中等待一昼夜,天亮后忽有俄国马队驰至,刀砍枪击,如虎食羊。华人跳江逃命,多数丧生。副都统凤翔派马队渡江,驱逐俄兵,双方激战一天,俄军死伤百余人。

凤翔正在考虑续派援兵,不料前敌营务处的郎中来鹤,抢先派人传令后撤。俄国却已增兵,俄军六千人从五道河偷渡。守军营中登高瞭望,见来人皆穿清军号衣,以为是漠河金矿护矿之兵,便未开炮。醒悟过来时已措手不及,营伍逃散,统领被杀。俄军由西山陆路直扑瑷珲,二十九日,瑷珲陷落。凤翔率部退守内兴安岭,俄军追踪而至。凤翔亲督前队迎战,前军统领童申稍退却,即传令斩首示众。童申恐惧,反身冲杀,后军乘势继进,俄军前队逃溃。岭上岭下打了一天,凤翔亲自放枪四百余响,左腿右臂枪伤甚重,三次落马,又被扶起。当晚回营,呕血而死。

清军士气,再衰三竭。寿山自知江省恐将不保,亲至齐齐哈尔北关设位哭奠,并派营务处知府程德全,赴前线统筹战和事宜。有战有和,重在"和"字,因为北、西两大岭已失,呼伦贝尔亦陷,而清军饷械不足,多以土炮充数。程德全照会俄国将领,停战议和。俄将声明大军过境时,有门悬白旗者可免祸。程德全率队南返,为俄前驱。经过摩尔根、布哈特两城时,城中商民遍插白旗,俄军也表现得秋毫无犯,

居民称颂程太守之功。

两城各有副统领一员，夹杂在不愿作奴的民户中间逃亡。至此齐齐哈尔门户洞开。早在一天前，寿山便吞服烟膏自杀。却有五司六局的委员苦苦央求，地方应办事务尚有未及请命者，力请家人把将军灌活。寿山苏醒后首先传令，开城两日让民众逃生。

在一片混乱中，程德全回城禀告，俄国中将克罗多夫，要来面见将军，申述友好。这是催命鬼到了！寿山口授遗疏，并致书俄将，勿肆残杀。俄军兵临城下，恰逢奉天援江仁字军赶到，即与敌人开战，义和团五百余人也从城中杀出。两军鏖战之间，寿山身着朝衣朝冠，望阙叩头，吞金一锭，卧入停放在官署内的柩中。金子杀人过程迁缓，外面哄传俄兵进城，寿山急了，喝令伺候在旁的儿子庆恩，开枪击杀。庆恩涕泗滂沱，抖颤举枪，枪弹射中寿山的左肋。寿山忍痛吩咐家将，干好这桩没完成的活。家将这一枪击中了小腹，寿山全身汗血蒸腾，催促愈急。家将狠一狠心，一枪打穿寿山的胸口，将军方才气绝身死。庆恩带着亲兵二百人，护卫父棺由南门出城。与此同时，得胜的俄军从东门拥入。

其时东北不设督抚，由将军统管一省军政。齐齐哈尔是第一座丧失的省城，俄军乘胜数路进兵，西路军相继攻占海拉尔、牙克石、博克图，由此南下攻打吉林；由伯力出发的俄军沿江上溯，依次攻占拉哈苏苏、三姓，随后占领哈尔滨；由海参崴出发的俄军在占领珲春后，对宁古塔展开强攻。驻守清军进行了长达四十天的抵抗，最终失守。三姓、珲春和宁古塔是吉林省的三边，三边尽失，全省不保，吉林的南邻辽宁岌岌可危。满清皇朝的发祥之地，大部分被俄国熊吞进肚里。

东三省最洋气的商埠牛庄，也没能够幸免于难。随着贸易的发展，铁路的开通，这里迅速成为洋人聚居地。联军在京津一带的征战，把一部分义和团挤压出关，关内外的传教士和铁路雇员，也到牛庄避难。两股人马拥挤在一起，极易摩擦冲突。驻扎在牛庄火车站的俄军指挥官米申柯夫，便以镇压义和团为借口，派五百士兵乘火车去牛庄，计划进攻中国道台上的防御设施。驻守在土城墙上的清军开枪示警，俄军马上转为攻城，在敌众我寡、强弱悬殊的情况下，清军不得不交出城

池。俄国驻远东总司令阿克谢耶夫,从旅顺口来到这块占领地,任命俄国领事奥康福为牛庄民政长官。这引起了列强的质疑和愤怒。俄国驻英代办雷萨尔奉命解释,占领牛庄只是临时性的行动,俄方保证对牛庄这个开放口岸具有利害关系的各国或国际公司的权利。

事实上,攫占牛庄的一大目的,是争夺关内外铁路的控制权。俄军在占领老龙头车站及天津铁路总公司后,立即把英籍工程师金达及其下属赶走,甚至将车辆、站台等设施涂抹上俄国西伯利亚铁路的颜色标志。英军司令西摩尔强烈抗议,要求将铁路修复工作交给中英联合管理当局。阿克谢耶夫提出拒绝的理由:鉴于军事行动正在进行,必须将此工作交给拥有大量人力物力的国家;而英方所保证的从印度调动部队和工程人员,哪里救得了急! 现实的需要最有说服力,各国指挥官同意把大沽至天津的铁路管理权,交给俄国部队。俄国人贪得无厌,进而要求天津至北京的铁路权力,更不用说关外铁路了。俄国在北方的强势,反衬出英国在江南的优越,西摩尔等暂时认了。日本人不甘示弱,所采策略是联英制俄,远交近攻,这套兵法是中国祖先发明的,督抚们哪个不懂? 只是处此无能为力之世,只好改为广交止攻,把列强拉扯成朋友,大家互相看着,谁也休想多割一块肉。俄国今天得了大便宜,你看吧,别人腾得出手时,会摁着脖子逼他往外吐的。

这番道理,李鸿章对盛宣怀讲了。北上止于中途,看似可进可退,实则左右为难。盛宣怀便劝他,难得有这般清闲,可以游一游方丈,访一访高僧,消消大半世的劳疾。李鸿章笑道,上海滩有什么高僧,倒是西医了得,只是他们给的药,治不了老夫的病。李鸿章的病需要北京的朝廷、上海的领事,联起手来才能治好。而朝廷还在和战两端徘徊,直到李鸿章上奏《密陈安危大计折》,指出宗社有顷刻翻覆之厄,朝廷方才颁布上谕,给予李鸿章议和全权大臣头衔。此旨令刘坤一欣喜,致电李鸿章:"恭贺全权大喜,旋乾转坤,熙天浴日,惟公是赖。"李鸿章回电称:"中国尚名,外国尚实。朝廷宗旨不变,则外国进兵不止,所谓全权议和,恐非区区绵力所能胜任。"他之所以用此口气,乃因朝廷并未采纳他的大计,这等于给"全权"打了折扣,洋人岂肯买他的账?

他估计得不错,李鸿章的新衔公布后,沪上洋人反应冷淡。德国领事还大放厥词,在《字林西报》上发表答记者问:"这个全权代表是单方面的,德国没有承认的义务。我们的观点是,只有在谈判投降时,'全权'二字才有意义。"这是非常严重的声明,这是不是宣布,德国的对华政策,是要中国无条件投降? 李鸿章不能不做出反应,他要上海道出面质询,克纳贝又把大话往回收,声称记者误会了他的意思。这也是外交惯技,放出风去测测动向,而德国的居心堪称叵测。德皇有瓜分中国的野心,在远东战场上,与英俄两霸争雄,是德国的既定方针。近日沪报盛传,德国打算派出一位元帅,谋求联军司令官的位置。一个更凶险的消息是,德皇训令德军司令班德曼,即刻攻占烟台。而且真有狼来了的迹象:青岛德军舰队调动频繁,从军火配备及给养补充的规模看,都预示着一次大的军事行动。李鸿章和刘、张、盛等紧急磋商,决定从内外两方面下手,应对这场危机。

内里可做的很有限:密电袁世凯暗做准备,加强海面与陆上警戒;从江苏的淮阴,安徽的蚌埠,向苏北徐州一线派兵。这只是作势,真正管用的还是外交。英国租借的威海,与烟台近在咫尺,英国"责无旁贷"。李鸿章让盛宣怀与霍必澜沟通,霍必澜不大介意:"我们注意到德国的异动,这又怎么样? 大家都在中国用兵。"盛宣怀被刺得心头一凛:"大家都在,大家都疯了! 疯了就应该? 疯了就不管别人死活了?"霍必澜道:"我理解你的感受,可是德国人的逻辑,向来不循常轨。"盛宣怀道:"它要破坏常轨! 山东是东南的屏障,万一山东乱起来,各省何以互保? 烟台若沦于德手,且不说你们的威海,上海也有危险。早在议保之初,克纳贝便宣称要派舰入江,莫非先生忘了?"霍必澜深受触动:"英国是互保的设计师,我们不会允许各行其是,使这桩伟业流产。我将与外交部和军方联系,看能采取何种对策。"

这像虚言应付,盛宣怀心中没底。在向李鸿章回话时,仍然打不起精神。李鸿章倒不在意,直说德国若打烟台,英国人比你我急得多。盛宣怀连连点头,突然说了一句:"我们私下这番盘算,仿佛烟台是英国的。"李鸿章不禁失笑:"妙哉斯言,痛哉斯事,我和你无以自解了!"稍停又道:"何以解忧,唯有杜康。你送来的那坛花雕,可以佐谈兴了。"

李鸿章近来病恹恹的,很少留饭,盛宣怀乐得陪他解闷。二人置酒闲聊,盛宣怀很快发现,李鸿章要跟他谈大事。果然,李鸿章告诉盛宣怀,他可能五七天内就得北上。这么急促!盛宣怀惊问:"朝旨又催了?"李鸿章道:"不,是命运在催。据我判断,京城之破,不出这几日。"

盛宣怀更加吃惊,不觉流下眼泪。李鸿章点点头:"你还是忠臣。曾经沧海难为水,我连泪也流不出来。"盛宣怀唏嘘言道:"无法挽回了么?"李鸿章的面容显得冷酷:"挽回之道,在城破之后。不见棺材不落泪,有什么办法?"盛宣怀道:"可是,城破了,就没一点本钱了,师相拿什么跟人谈?"

李鸿章道:"就拿这个破都城。你占了我的京,莫非还要亡我的国?杀人不过头点地,你杀的人多得多,不问世上的理,问问你们耶稣,难道把我平为白地么?唉,到万不得已之时,只能拿惨象求人哀悯了。"他说得比真眼实见还瘆人,盛宣怀噤声无语。李鸿章惨然一笑:"丈夫只手把吴钩,意气高于百尺楼。这是我少年时写的诗。身在吴地看吴钩,这不过是个钓鱼钩,钓得李、刘、张、盛尽上钩。我说丧气话,你可不要笑。"

盛宣怀极力打起精神:"师相一身,系中国存亡,万姓生死。此去议和,不知对前景有何展望?"

李鸿章仿佛等着这一问:"有,六个字:和约成,我必死。"

第六章　京都蒙难

一、言战可赏　主和则诛

见盛宣怀显出吃惊的样子,李鸿章声调缓徐:"我早是尸居移气,之所以不死,只因这桩大事未了。说起来,我好像为议和而生,为讨饶而活,为卖国而享此高车驷马、朱顶紫缰。"

盛宣怀痛心不已:"卖国二字,师相何能当!"

李鸿章反问:"割让台湾,是不是卖国? 丢失朝鲜,是不是卖国? 抛弃越南,是不是卖国? 最后这一仗,还是香帅打赢后,被我不败而败的。这就到了今日,不知还得割哪块地,赔多少款。说我不卖,有人信么?"

盛宣怀悟出来,李鸿章是想寻求开脱,此中委曲令他悲愤:"既无人信,师相可以上奏请辞,拂袖而去。"李鸿章问:"我辞得了么?"盛宣怀道:"是啊,辞又辞不掉,干又干不得,师相何幸受此苛责? 这桩塌天大祸,师相不去了,天下无人可以了,更无人能够置喙了。"李鸿章道:"事情干不好,毛病总会挑,大官哪个不如此。罢了,

不去说了。我北去第一件事，就是上报刘、张、盛的东南保全之功。"

　　在东南鼓捣划江自治，盛宣怀一直担心被人指责，听到这话当然高兴。不过他要把话择清："这是李、刘、张三公所为，宣怀不敢附骥尾。"李鸿章道："是你穿的针引的线。你要注意，江南并非铁板一块，各省大吏貌合神离。还有，南方会党与北方拳匪不同，他们多采反清宗旨。你随时提醒二帅，严防会党侵蚀军营。"盛宣怀唯唯受教。

　　话题转到李鸿章的行程，盛宣怀为其安全担忧。李鸿章说，他愿由英方提供保护，但最终趋上来的，很可能是俄国人。盛宣怀直言反对："师相，这一趟请跟俄国疏远些。"

　　李鸿章发出嗟叹："是该洗清亲俄的嫌疑，可是办得到么？我早说过，宁肯亲英。英国那种叫人安心的样范，它即便吃了你，你也发不出怨言。可它靠不住，联华二十载，中日一旦翻脸，它竟变成联日！互保也这样，牵头是它，派兵搅扰也是它。我的感觉，行善和作恶，在英国心里总没撕掰清。不像沙俄，沙俄一心作恶，它充好人时也凶相毕露。你要知道，有时候，恶人比善人管用得多。俄国之用在于地理相连，怀抱吞华野心，与日本野兽相遇，可能先吃了日本。当然，过后它也会吃了我。我这条老命，反正断送于俄人之手了！"

　　两人饮酒剧谈，大有风萧萧兮易水寒之概。而此时的易水之滨，正是炮火纷飞，杀声连天。喊杀的一方有李秉衡，他既北上勤王，便抱决死之心。

　　一路舟车劳顿，却也忙里偷闲，李秉衡常听刘鹗打牙斗嘴。刘鹗用逢场作戏的本领，骗得粮道文案的差事。罗嘉杰顺水推舟，委派他押船随军。不过刘鹗明白，兵荒马乱之中，这批漕粮笃定运不进京去。不出所料，未出江苏，前方传来军情紧急之讯，李秉衡将漕粮暂囤徐州，他带着刘鹗一同进京。李、刚、毓是同类廉吏，而刘鹗对于廉吏，自有一番评说："赃官可恨，人人知之。清官尤可恨，人多不知。盖赃官自知有病，不敢公然为非；清官则自以为我不要钱，何所不可？刚愎自用，小则杀人，大则误国。"李秉衡在江阴差一点"误国"，前去还将如何误？

　　刘鹗心存狐疑，好在尚可狐假虎威，安然抵京。他在途中投其所好，经常讲说

前抚帅张曜的逸事。比如,用十万士兵挑河,用土话斥骂洋人。那时洋人还没现在放肆,张帅又在新疆打出了威风,洋人对他很服气。李秉衡喜欢听这种话,刘鹗明白,他要从前人身上汲取勇气。刘鹗有点可怜他,这位老帅做东抚时,请幕友只二人,用仆从只三人,确实没享过多少福。如今却要白白送死,而那些专啃朝廷的禄蠹虫,国家亡了照样偷生。可是又不敢去劝他,只能权且做一个清客,陪老人家走好最后一程。这一程改行陆路,沿黄河故道行抵开封。刘鹗在此治过河,对这一带很熟悉。说起当时的河督吴大澂,李秉衡鄙夷不屑,称其为纸上谈兵的赵括。此言固然不错,然而对照目前,李帅连兵都没谈过,偏要统兵却敌,岂不误人误己!

刘鹗想劝一劝这位大帅,又怕冒犯虎威,便微言大义,讲述河工典故。河工上信奉四大王,大王就是龙,龙的法身其实是蛇。豫抚和河督莅任,按例要去四大王庙行礼。吴河督依次上香,金龙大王、黄大王、朱大王都现了法身,这是极难得的。因为龙神临凡,一要心诚,二要运佳,有的河督做满一任都无缘得见。这话听来有趣,李秉衡笑问:"你见过么?"刘鹗回答:"晚生有幸瞻仰过黄大王。法身浅黄色,不过三寸长,卧在神庙殿座上,面对香烟一动不动。黄大王酷嗜听戏,尤爱本地高腔,听完三天戏才去。听说金龙大王龙首蛇身,金光四溢,不可逼视。"李秉衡笑着说:"朱大王不用说,通身朱红,不亚于关公。四大王有一王未现法身?"

刘鹗道:"这就要说到了。第四王乃栗大王,乃是管工之王,每每大工合龙之时方才出现。那年花园口出险,吴河督亲历工次,旬日未竣。忽因巡抚有事面商,他便回到省城。次日晚上路过试院,猝遇骤雨,入闱躲避。假寐之间,恍惚听到有人禀告:栗大王到!慌忙睁眼,见屋内唯有仆人木然侍立,屋外仍是大雨如注,才知做了南柯一梦。须臾雨住,有值役老兵奔来禀报,栗大王到,就在闱中第七房窗下。吴河督跟随老兵前去,果见窗下盘卧着栗色小蛇,长约七寸,比金、黄、朱三王都要粗一些。河督令官弁用彩盘赍出,鼓乐送往栗大王庙供祀。这边正在演戏酬神,花园口遣人来报,险工合龙了。问过时辰,正是大王现身那一刻!这真值得顶礼膜拜,吴河督询问老吏,方才明白栗大王与试院的渊源。原来,大王前身是北宋末年开封府学教授,曾充第七房同考官。靖康之乱时,为了抵御金人南侵,东京郊县集

练乡兵。教授的家乡封丘县，练得精兵二万八千，发誓牢守京北门户。金兵逼近黄河北岸时，教授愤而投笔从戎，渡河抗敌。恰好乡兵统帅是他的学生，尊奉老师为军师。教授论兵头头是道，统帅更对他五体投地。几天后，金军前锋进抵县境，军中急议应敌之策。不少将领建议善用地形，速设埋伏。教授力主布堂堂之兵，树皇皇之旗，以正义之师大张天讨，灭此朝食。老师之言方合正道，统帅在旷野列好阵形，迎战金兵的虎狼之师。金兵乃是百战铁骑，其快如风，摧枯拉朽，乡兵被冲得七零八落。师生力图收合残兵，哪里收得住？一千人马跳入黄河，顺流而下时，统帅忽然想起一句诗：'一将功成万骨枯，战不利兮鬼夜哭——'教授垂垂待毙，勉强挣出一句：'即为枯骨，也要填我沟壑，救我黎民！'一个巨浪打来，千百人尽遭没顶之灾。但他们没有化成枯骨，而是蜂拥进入一个险工河段，将那个豁口严严封住。后人纪此功德，奉祀教授为神，这就是栗大王的来历。"

娓娓动听的逸闻中，似乎别有意味。李秉衡不为所动，只是点了一句："教授不该谈兵，然兵临城下之时，任何人避不开兵。我不求死后为神，只想当下心安。人臣之纯不纯，只看心之有没有。"刘鹗不敢接这个茬。正在措辞，却见行营副将走进帐中，禀告钦差："逻卒截获可疑人员，搜出几封信函。"说着双手呈上。李秉衡接过顺手翻开，眉梢一挑："袁爽秋！"匆匆丢来一瞬，摆手令刘鹗退出。

爽秋是袁昶的字，这是他的信函？他是太常寺卿兼总理衙门大臣，怎么成了"可疑"？难道他会通敌？刘鹗心中忐忑，深恐朝中又生波澜。在惶惑中随队前行，渡过黄河就是封丘，刘鹗举目四望，颇有故国山河之感。故国！靖康之变是否会演化为庚子之变？靖康国难后成立了南宋，东南是否会蜕生出"南清"？果真如此，此去京城便是送死！

刘鹗唬出一身冷汗，暗自寻思脱身之计。行至保定，廷杰置酒款待大帅。保定和济南，现为连通南北两大枢纽，因此各方都很重视。李秉衡在此盘桓一日，刘鹗乘机跟廷杰的幕友联络。廷杰与徐、刚不是一路，刘鹗先前致力于路矿，跟直隶省方多有交际。廷杰卖个人情，饮酒时对李秉衡说，直省有几宗铁路纠纷，欲借重刘知府的灵活手腕。李秉衡不在意地回答，刘铁云非我幕友，老兄犯不着承我的情。

刘鹗便在保定住下,待合适时再进京。

李秉衡令陈、张二军分驻两处,自己率领小股兵队赶赴京师。抵京后在寺寓安顿下来,按照李秉衡的本意,面君前不想出门拜客。然在午休后不久,徐承煜上门来拜。徐承煜是徐桐之子,现为刑部侍郎。从他口中听说,徐公心绪和身体都不好,李秉衡即同承煜一道,前往徐府。

徐桐亲自立在书房门首,迎接远客。二人四目相交,徐桐老泪纵横,连声道:"如大旱之望云霓,望云霓啊!"这不由李秉衡不感动:"老相国言重了,量秉衡何以克当。半年未聆教言——"徐桐不等他说完:"半年之间,世事全非!"领会到儿子的示意,徐桐携住李秉衡的手,颤巍巍地走进书房,亲手把客人搀到一把座椅上。老人家这才坐下,吩咐儿子看茶。重新寒暄,徐桐接上打断的话:"我连日重温《太上感应篇》,从而感知,大难到了。此非天之降祸,实乃人之感召,内鬼招来外妖,吾华无噍类矣。"

此言有所指,李秉衡听徐桐挑明:"知道袁爽秋么?此人起家于总署,考章京时,转眼间作论五百余字,被推为知洋第一。要知道,平常人写二百来字都咬笔杆。此后他便吃洋饭了,死心塌地,锲而不舍。为阻止招拳打洋人,屡上谏章,大声疾呼,最近一疏开章即言:于千古未有之奇事,必酿成千古未有之奇灾。他是针对我的颂拳联语'创千古未有奇闻,为斯世少留佳话'啊。"

老人家难免唠叨,李秉衡答言平实:"人各有志,不足为怪。此人刚性,我倒佩服,然其心思确属异端。"徐桐愤愤道:"那叫异志!宣战以后我曾上奏:外洋已干众怒,亟宜顺民心以锄非种,请旨通饬各省督抚,飞札各州县,自此决裂之后,无论何省何地,见有洋人在境,径听百姓歼除,以伸积愤。他偏跟我反着来,潜改旨意,唆使南省,大庇洋人。"不分青红皂白地杀洋人,连李秉衡也不赞成,李秉衡只得含糊应答。徐桐翻来覆去,中心意思是两个:咒骂袁昶、许景澄、立山等通洋派,嘱咐李秉衡坚决主战,维护太后。李秉衡暗中掂量,是否透露袁昶的密函,终于决定暂且按下。因为他发现,老人家脑筋不大管使,不必在此节外生枝。

混了大半晌,回到寓所,却见两位贵人等着他:刚毅、载澜。刚、李之间有交情,

后面这位尊贵的主儿,跟李秉衡却无交往。这人倒很随和,对李老前辈极表尊敬,接下来便是缄默。话是刚毅说的,显得开门见山:"鉴堂,东南划境自保,主谋是刘还是张?"李秉衡心里一沉,想了想道:"如此大事,非李、刘、张三公担负不起。然究其实际,发起者却是盛宣怀。"

刚毅一咬牙:"果然是这个钱串子!为他那电线铁路,三番五次奏请灭拳,反过来就是护洋。对谁亲对谁疏,这不是明摆着么?"李秉衡道:"是,南省人心,与北方迥异。官民多与洋货和洋商有联系,正所谓吃人家的嘴软。"刚毅道:"吃里爬外,欺祖灭宗!北京打得热火朝天,上海倒好,摇旗欢迎英军登陆。等到事定,这等贼子难逃典刑。"

这是朝廷对互保的界定。李秉衡用沉重的口气试探:"保约专指长江一带,我为长江巡阅使,亦有不可推卸之责。"刚毅道:"鉴堂之忠介,尽人皆知。但你不合让人借用名义,上那劝和的奏章。这是没法子,我若在那里,也会被人圈哄着,着了他们的道儿。"听这口气,确实脱不了干系。李秉衡索性直说:"我是不是上疏自劾?"刚毅忙道:"不不不,你误会了我的意思。卖国或者保国,这是大是大非,无论谁有所牵惹,都难逃青史之责。可忠是忠奸是奸,哪能一锅烩了?鉴堂心地如何,无人敢于质疑。澜公此来,就是代王爷致敬的。"李秉衡赶紧起立,跟载澜相对哈腰。他心里有事搁着,一时想不清楚,听那刚毅又说:"京中事局之坏,是有小人作祟。许、袁是小人之尤——"又一次被触及心事,李秉衡哦了一声。见刚毅疑惑地看他,李秉衡便立起身,从书橱中找出那些信函,交给刚毅。

刚毅翻看着,不由念诵出声:"众论盈廷,端邸、荫相、刚相力主助拳杀夷,言路附和,致慈意坚主抚拳。庄邸、刚相所督带之义和团三万人,安然盘踞禁城内,且邀赏犒十万两矣……"刚毅止住声,载澜伸手接过信。刚毅似乎不敢相信:"袁昶写的,给张之洞的?"李秉衡点头:"是,还有许景澄给刘坤一的。"刚毅一拍椅肘:"内外勾结,干的甚事!外地督抚安排'坐京',这不奇怪,那是为了迎合上意,办好差使。他却诋诬慈圣,千方百计坏我大计。刘坤一不给鹿传霖派兵,张之洞反对于荫霖勤王,包藏的祸心你知道么?他们鼓捣把皇上接去,在武汉或南京另立朝廷。"

李秉衡闻之骇然："若真这样，置慈圣于何地？"刚毅道："于虎口，于炼狱。洋军不是步步进逼么？"李秉衡连连摇头，一副难以置信的神情。刚毅接道："互保不是保我江山，而是把江山打包，一股脑儿交付外国。你也看到了，康梁、孙文加上会党，李、刘、张等一概网罗。还有盐匪徐老虎，自号大元帅，党徒四五万，势力遍及苏、浙、皖、赣，公然发照会给江苏巡抚。刘坤一采纳张謇建策，派蔡钧和黄少春出面，仿照招抚刘永福的先例，赏徐宝山都司衔，令其统带党羽三千。如此招降纳叛，就为拥戴咱们那位中了康蛊的皇上，要跟洋人连裆。"李秉衡愤怒起来："为了阻止招抚，我跟刘坤一反目，他仍一意孤行。原来暗藏玄机，竟然这般阴险！"

三人密谈至深夜，商定面君时奏对机宜。次日早朝，李秉衡陛见，虽然不敢仰视，依稀感觉到，太后有些憔悴了。慈禧声调如常："一去半年，东南可好？"话中含义复杂，李秉衡心里已有底，这便沉着应对："回太后话，洋人肆虐于北，自会波及于南，那里动荡是在暗处。"慈禧道："可有人把你摆在明处。五月二十五日之奏，他们怕是冒用你的名衔。"李秉衡没有借梯爬杆："并非冒用，那时天津未失，臣以为局势尚可挽回，愿意列名进献愚忠。津郡一破，截然不同，再言和便为大逆不道。"

慈禧问："言和不可，互保如何？"李秉衡忙奏："说轻些是离心离德，说重便是反叛朝廷！上头在打仗，下头跟敌人勾勾搭搭——"慈禧没有叫他说完："说是打仗，打得下去么？"李秉衡还在搜索词句，慈禧径自说："东南自保了，东北稀烂了，北京人心涣散，兵力薄弱，四分五裂。这仗怎么打？"李秉衡沉痛上言："臣以为太后点出了关键。战与不战，要看人心；胜与不胜，要看天意。敌人进犯大沽的兵力，不足八千；欲犯京师的军队，不满三万。洋人并非多么强大，怪我自乱阵脚，自坏城池，才予敌以可乘之机。"

慈禧上了心："自乱阵脚，怎么讲？"李秉衡道："主剿主抚，主战主和，天天吵得不可开交，哪有心力顾及御敌。臣以为我朝广开言路，固为善政，然其流弊，令莠言乱政者大行其道，反而把正道堵塞了。"慈禧不禁赞叹："李秉衡果是硬汉，我好久没听到如此爽快的话。唉，哪个不为自己打算，哪个肯替两宫着想？孤儿寡母，众叛亲离呀！"陪见的众臣形如木偶，静静听着。慈禧把话拉回来："我国就是打不过外

国,这好像已注定了?"

李秉衡声如嚼铁:"不,臣以为胜机尚操我手。先看兵力,臣大致计算过:自津撤离者有浙江提督马玉昆部十五营,聂士成余部四营,罗荣光余部五营,吕本元、何永盛各五营,另有四川提督宋庆部十三营。各地勤王之师陆续抵达者:蒋尚钧部河南兵五营,张春发部十营,陈泽霖部十营,夏辛西部六营,张凤楼部七营,江苏巡抚鹿传霖、陕西布政使升允、甘肃布政使岑春煊等,带来二十四营,京津间共有兵力五万六千,京营还有六七万人。我军五倍于敌,难道不可一战?"

慈禧显出惊讶的样子:"这样一本账,从来没人给我算过。能瞒就瞒啊,怕我一灵醒,小九九打不响了?"李秉衡道:"这就是人心的可怕处。不从这里扳过来,再多的兵马也无用。"慈禧若有所思:"唔?唔!"刚毅不失时机地上奏:"记得前日,太后叫奴才看过载澜的折子。"慈禧面无表情:"我也记得,有这样几句:正人孤立,佞党朋从,何事不可以欺蒙,何事不可以摇惑。惟祈宸断,将迹近反叛,甘为汉奸者,立即正法,以昭天讨。这是要杀人啊,是不是?"

殿上鸦雀无声,慈禧自问自答:"杀人为何?是要祭旗。出师祭旗,那是千百年前的规程,早已不行了。不过汉奸还是要除的,不然如何收拢人心?李秉衡盘清了账,你就去经管。着以李秉衡为帮办武卫军事务大臣,张春发、陈泽霖、万本华、夏辛西四部均归节制。各军务须振刷精神,筹办战守,力遏寇氛。"

这一任命令奕劻惊愕,他本来期盼李鸿章北上,迅开和议。而今升用这么一位大帅,颇有削夺荣禄兵权之势。散朝后奕劻跟荣禄嘀咕,荣禄倒不担心,时至今日,还有何人能遏寇氛?不料仅隔一天,宫中传来一道上谕:"吏部左侍郎许景澄,太常寺卿袁昶,屡次被人奏参,声名恶劣。平日办理洋务,各存私心。每遇召见时,任意妄奏,莠言乱政,且语多离间,有不忍言者,实属大不敬。许景澄、袁昶,均着即行正法,以昭炯戒。"

真要杀人祭旗!奕劻和王文韶如闻惊雷,奔见荣禄,荣禄也在发蒙。三人急议挽救之法,苦思无策。明知这是端、刚一伙发难,除了打击主和的朝臣,还要震慑互保的督抚,怒气是冲着庆、荣、刘、张的。荣禄决定去找徐桐,他认为这人无甚主见,

或可以言词动之。荣禄的说辞是,徐相管理吏部,许景澄有堂属之谊。况且许某办事精细,不失为有用之才,可否请徐相奏请赦免?徐桐开口竣拒,有才而为小人者尤可恨,荣相还要做好人么?荣禄哪知道,这团乱麻的线头,发于徐桐之手,尾端也结于徐相之家。刑部侍郎徐承煜,奉命与载澜一同监斩,他对这趟红差很热心。许、袁两个"二鬼子",早被徐氏父子深恶痛绝,荣禄这是拜错庙门了。

由于主和而遭斩刑,许、袁二人也感到意外,只是反应不一样。许景澄是既来之则安之,在刑部狱中时,索取笔墨,将铁路、学堂办理情形,款存何处,事属何人,一一开列,移交有司。许妾有孕在身,许景澄嘱人护归乡里,以存子嗣。袁昶义愤填膺,斥骂端、刚辈矫诏作乱。在囚车押赴菜市口时,许景澄神色如常,袁昶面赤髭张,睥睨着围观的义和团民。到了刑场,监斩的和被斩的八目对视,心肠各异。徐承煜见二人穿着堂皇官服,喝令差役除去。许景澄沉稳说道:"慢着,徐侍郎。我等奉旨正法,未奉旨革职。按律犯官就刑,不剥衣冠,你做官多年,不知道么?"袁昶接着问:"我二人死固无恨,然何罪而受大辟,请二监刑告诉我。"话中明刺载澜,载澜冷笑不语。徐承煜喝道:"你这奸贼,里通外国,罪该万死!"袁昶道:"我等赤心可对天日,你等鬼蜮当伏冥诛。只怕大难临头之时,上天无路呼地无门的,正是你等王公贵臣。"载澜斜眼看天,厉声断喝:"杀,杀!"刽子手行刑,两颗头滚落。这是在戊戌政变、刑决六人之后,第二次大开杀戒,朝臣为之股栗,却也为之不平。

不平也不敢鸣,在满朝肃杀的节骨眼上,谁愿拿脑袋往刀口上送?偏偏有人不识趣,有一天朝会之后,兵部尚书徐用仪,跟李秉衡叮当起来了。李秉衡急于出京督师,兵马粮草等一应事务,得经兵部过几道手续。兵部跟户部一样,司官在拳乱中四零五散,事情办得不顺。在纷纷散去的朝官中,李秉衡开口抱怨徐用仪。徐用仪资老望重,嫌弃这人的愚直,说了几句不软不硬的话。李秉衡气呼呼走开,立山和联元结伴走来。

立山爱开玩笑:"徐尚书啊,得罪元戎,你胆子不小哇。"徐用仪言之慨然:"得罪如何,也杀了我?想俺年届八十,已近期颐之寿,无所畏无所谓了。"立山压低了嗓门:"你仗义为许、袁二君收尸,已被人记了黑账——"徐用仪放大了声:"我不怕!

死在城破之前,那也堪称有福!"联元偷偷拍了拍他。徐用仪悚然回首,但见端王阴着脸走过,不由心头一紧。他回到部里东抓西挠,上赶着办好公文,算是弥补了过失。

内部闹得不可开交,外敌趁机扩大战果。占领天津后,联军一边休整,一边筹划攻打北京。要打北京必须增兵,从地理方面考量,向中国运兵最便利的,是日本和沙俄两国。日本蓄谋已久,由于有三国干涉还辽的教训,它尽量掩饰自己的贪欲。早在大沽开战时,沙俄抢派重兵,日本外相青木便向英国大使表示:"如果各国登陆部队遭遇危险,日本准备派遣相当多的部队前去援救,不过这要得到女王陛下政府的支持。"英国有二十万大军陷在南非,在华需要借助于日本;然日、俄争夺激烈,不理顺各方关系,将引发猜忌和反对。英国政府分别向俄、德、法等国游说,得到了似是而非的回答。到了进兵北京的前夕,联军兵力仅有二万,而根据将领们的估计,此役需要四五万人,另需二万人守卫天津。这么大的缺口,促使各国改变态度,俄国也不好与众为敌。英国向俄、德、法保证,日军完成任务后不会寻求额外权利;它同时向日本提供一百万英镑援助,要求迅速派兵。这下日本成了应邀,驻扎广岛的第五师团,在山口素臣中将率领下抵津,使日军增至一万三千人,跃居联军之首。

俄国岂肯示弱,尽管东北战场打得火热,陆军大臣库罗巴特金仍然强调:"我们迟二三周占领辽阳,对于满洲战略没有什么影响。但我军如在北京城下失败,则将使我们在亚洲的威望扫地,暴露我在远东的军事无能。"俄国再次由旅顺、营口就近调兵,至于南满的增援部队,则由敖德萨沿海路补充。截至进军前,它在北直隶的兵力已达七千。它还调整军事领导,派利涅维奇中将专任指挥。此人原任西伯利亚军团司令,是联军中军衔最高的军官,这是着眼于联军统帅权的争夺。西摩尔铩羽而归,日、俄都在觊觎统帅的位置。俄军是津沽之战的主力,应当享有领导地位,但目前占优的日本,抵死不愿接受俄国的指挥。可让黄种的日本人做统帅,连盟友英国都觉得别扭。

在双方相持不下之际,德国脱颖而出。战争打到今日,唯有它的公使死于非

命,使它成为"哀兵"。何况它占据的胶澳,比俄占的南满更加切近,对各支客军发出隐然的威胁。更重要的是,俄国一直在拉拢它,看到自任无望,他宁要德将不要英、日。德皇又是好大喜功的性子,此时直接致电俄国沙皇,提出由德国元帅瓦德西担任联军总司令的建议。沙皇回电同意,至此水到渠成,各国接受了这别无选择的选择。

瓦德西在德国尚未启程,打北京的部队就要出发了。这照样经过了争吵,英、日主张疾进,俄国内部意见不统一,"满洲派"希望先平定满洲,"直隶派"主张先拿下直隶。然而,公使呼救声不断,利涅维奇又是个职业军人,针对本国政府有关雨季作战的疑虑,他回电称:"天气晴朗,利于行军。"1900 年 8 月 1 日,在利涅维奇的营房里,召开了一次军事会议。日军山口素臣中将、英军盖斯里少将、美军沙飞少将、法军福里少将,德、意、奥等国的三名校官,就军事行动展开讨论。山口素臣提出两条理由:第一,驻留不进,将影响士气:大规模的杀掠停止后,自发的抢夺持续发生,各国官兵有堕落成劫匪的危险。第二,拖延时间,将贻误战机:中国各省向首都增兵,清廷也在加强战备,北京的防御圈越来越稳固。这引起了盖斯里和沙飞的共鸣。福里虽有些犹豫,也承认对一支军队来说,唯有战斗能整饬风纪。

在决定立即行动后,利涅维奇召集所有的军队指挥官开会,对进军时间、路线和各军参加人数做出安排。除留近万兵力驻守天津、大沽外,将二万人马兵分两路,于 8 月 4 日下午开拔,沿运河两岸进击北仓。右路日、英、美军,共一万四千余人,携带火炮四十九门。日军九千八百人,占联军总数的一半,而且是建制完整的正规部队,堪称联军主力。左路俄军四千六百人,兵力相形见绌,但其首领利涅维奇,是二万联军的实际组织者。而且俄国不断增兵,在后方和前线都是一支抗衡日军的力量。除法军八百外,德军仅有二百,意、奥各有四五十名,仅仅做到不缺席而已。不过,兵力并不等同于影响力。英军二千四百,加上美军一千九百,在日、俄间充当举足轻重的秤砣,隐隐左右着这次行动。

联军的对面,北仓防线是临时构筑的。第一道阵地从刘家摆渡、韩家树,经火药局、刘家房连抵穆庄,埋设地雷,配置火炮,由武卫左军、前军及淮、练各营,共九

千人防守。第二道阵地是长约六公里的垒墙,以北仓南面的王庄为中心,由武卫右军五千人驻守。左军统帅马玉昆,统一指挥北仓战守,上面还有直隶总督裕禄,神不守舍地管而不问。所谓防守,其实是等待,揣测那不知发于何时的进攻。在这自家的地盘上,清军对联军几乎一无所知。

联军却把北仓摸了个门儿清,这是一位神父做到的。英国美以美会传教士宝复礼,已在中国居留十八年,时任天津教区监督。联军破城后,他和一名英国军官,率先进入总督府,搜获了一批重要文件,被誉为最具军事头脑的神职人员。由于这项成就,宝复礼被任命为联军情报官,一批华人基督徒充当侦察员。

宝复礼派出张甲和李乙,两人在北行侦察的途中,遇上三十几个津南乡亲。这些人在满洲铁路上做苦力,因时局不宁逃回故里。回家的道路通过北仓,两人便与他们结伴同行。在临战的状态下,清军的警戒仍然松弛,这群人很少受到阻拦或盘问。张、李发现,镇东到河堤之间已被挖开,在约有二十公里宽的洼地中,已经注满河水,用来阻挡敌兵。两人观察四周,记上大炮数目和口径,壕沟的形状和深度。苦力们想雇一条船,清军岗哨训斥他们:"河里放有水雷,你们想喂王八?"又说大路上埋着地雷,要想顺利回家,可以绕到军火库西边,从那里进入运河支流,方可乘船南行。

这等于画出了一张图,张、李沿着这条通道,在天津城外脱离同伙,回到英军司令部。印度测绘员根据此次侦察结果,绘出详尽的军用地图,发到校级以上军官手中。同时发出的行军命令,详细开列出发时刻、行进路线、队伍次序,并规定水瓶要装满开水,所有的食物袋都用来盛清洁的水,因为今夜露营不许生火做饭。心中有数的右路军,由天津北门开出,向着西沽挺进。英军穿着茶色军服,其实这大多是印度兵,他们那黧黑的皮肤,与骑马的白人军官形成鲜明对照。稍后跟进的是美国兵,在宝复礼看来,这像是一帮生意人。他们边走边放火,以报复十天前第九步兵队遭受的"屠杀",那是清军和义和团造成的。

日本人的大部队,穿着白色制服,像整幅移动的膏药旗。他们构成了齐整的右翼,用短小精悍的身躯,为盎格鲁·撒克逊人做坚强支撑。除了酷热的天气,没有

任何东西干扰行军。队伍按计划在西沽宿营,进攻却未依照计划。因为日军又抢先行动,深夜两点便拔营出发。英、美两军紧紧跟上,经过一小时的急行军,行抵北仓防线的最东端。攻防之战即刻打响,在英军炮火的掩护下,日军开始攻打火药局。

二、军帅身败　慈圣胆寒

驻守火药局的,是副将周鼎臣统领的练军。练军比武卫军装备差,而且是在天津南门打残的部队。好在火药局有军火存底,足够"喂"饱鬼子了。对面的白色军装,就像麻衣孝袍一样刺眼。这批打南门的对头,来当打北仓的先锋,真真穷凶极恶!练军大炮开火,轰向白皮长蛇,想把它斩断剁碎。英军少将曾经批评说,日军队形密集,人员靠得很紧,像整队游行一样,白制服也易成为射击目标。但其优势也在这里,集团形成合力,能够一鼓作气,发动不间断的攻击。日本兵一人倒下,总有三个人顶上去。守军的火炮位置,又被标在图上,分发给英、日炮兵。攻方的炮弹凌空飞来,就像刨树一样,将炮位一个个拔除。周鼎臣不知出了什么鬼,只得临时抱佛脚,推出库中小炮应急。听说东段吃紧,马玉昆亲带两门大炮前来支援。克虏伯大炮放置在林间空地上,躲开了鬼眼窥伺。日军攻势受阻,重新调整阵形,将炮队调到前侧,组成密集火力。在震耳欲聋的炮声中,日军发起冲锋,与掩堡中冲出的清军展开厮杀。

阵地已守不住,周鼎臣率领残部,通过浮桥撤走。守军二百余人战死,日本人也死亡近百。他们抓住七十余名清军,将其全部杀死。刘家摆渡和唐家湾的据点,也被日军夺占。紧接着,日军在左侧,英军在中部,美军做后援,向第二道阵地猛扑。英军攻打王庄正面,十三门炮火力全开,另有日军的山炮助战。此地是北仓正门,马玉昆坐镇指挥,全力应付英军。可这只是佯攻,日军大队由西侧绕道,从后面

发动袭击。马军陷入腹背受敌的境地,且仅有五千兵力,防守捉襟见肘。义和团三千余人,适时赶来助战,虽然只有刀矛和土炮,却能抵挡一阵。

激战六小时之久,马军弹药渐告枯竭。而英国的长距离海军大炮尽显威力,这是从南非战场运来的,炮座上还贴有"从莱底斯密斯直运天津"的字样。正在吃紧的时候,运河左岸的五国联军又加入战团。由于道路泥泞,俄、法等军步兵没能及时赶到。由俄军上校带领的炮队却跨越障碍,抵达北仓,开始炮击清军左翼。又打了一个多小时,各大据点均告失守,马玉昆只好与裕禄一起,带着队伍撤退。

北仓为津北重镇,这么容易拿到手,合乎联军的预期:这是一次按部就班的行军。当然,战斗总是有伤亡的,传教士兼情报官宝复礼,在进入镇子的道路上,便有一番复杂的感受。战壕四周躺满中国人和日本人的尸体,除去服装的差异,这些躯体完全一样,你可以把他们看作一个家族的兄弟。在互相杀戮的时候,他们不共戴天,可是现在,他们静静地躺在一起,诠释着那个中国词语:殊途同归。

他正在大发感慨,中文助理找来了,这人负责把图上的汉字译成英文。前去杨村的地图也制作完毕,以一英寸等于一英里的比例,标注出河流、道路、村庄、地貌特征,还有重要的防御工事情况。宝复礼愉快地签发了此图,他把这称为世俗事务。部队当晚在中国军营中住宿,躺在散发着火药味的床上,宝复礼做了个甜蜜的梦:他与妻子激情相拥,在那一刻,这对中年夫妇变成了少男少女。战乱初起时,宝复礼把妻子和孩子送上一艘运兵船,安排让他们回英国。中国的动荡,影响到他这个小家庭,更有无数个中国基督徒家庭,处境悲惨得无法想象。

宝复礼画着十字醒来,正是凌晨四时,到了开拔的时候。下一目标是杨村,那是比北仓更大的商镇,驻有重兵,阵地坚固,但这对联军没多大意义。大队日军仍在河西,英、美军转赴运河东岸,因为那边有两条路,而杨村就在河东。英军沿河堤大道前进,俄、法军跟在后面,美军在铁路两侧急行。行至中途,根据盖斯里少将的请求,沙飞少将命令铁路西侧的第十四团,挺进至靠近铁路桥的村庄,以接近敌军阵地。昆顿少校率领第十四团,很快超过英军,距离阵地一英里时,开始受到火力打击。这是步枪和大小火炮的齐射,按照美军的行话,可称作"中等火力"。这种火

力,迟滞了英国旗下的印度兵,法国旗下的越南兵,却激发起美国牛仔的热情,他们嗷嗷叫着往前扑。冲至一道土堤下面,美军尖兵连停下喘息,与后续队伍会合,准备越堤攻击。

杨村由宋庆据守。这位年逾八旬的老将,从甲午打到现在,虽然屡遭败绩,总能全身而退。有人开玩笑说,这员福将全仗名字起得好,名庆功而字祝三,占了"华封三祝"的典故,那是多人造化!他的本官是四川提督,现任为帮办北洋军务,在帮同裕禄丢失天津后,他得到交部议处的处分。那位与他同病相怜的总督,刚从北仓败退下来,一副吓掉了魂儿的样子。宋庆跟他讲杨村防务,裕禄听罢只问一声:"防得住么?"宋庆心想,这老兄还没吓傻,便应了句:"打着看吧。"这时部下来报,洋兵逼近前来。宋庆离开裕禄前,特意嘱咐督标副将,要力保督宪安全。

宋庆亲至前沿巡视,炮队统领余仁同告状称,他去申领炮弹,遭到主管刁难。宋庆诧异道,北仓火药局的二千箱弹药,早就装船运过来了,怎会喂不饱你?他立刻写好手谕,派人去提一百箱炮弹。然后手指火炮阵地:"这么好的工事,你得给我守住!"工事构筑在铁路堤上,堤高九米,居高临下,前面是一片开阔地。敌人找不到任何掩蔽,的确易守难攻。宋庆依次巡视了步队和马队,又跟练军统领周鼎臣相见。这人在北仓打过硬仗,今日仍无逃避的意思。而那手提重兵的马玉昆,却未给宋庆任何讯息。

宋庆叹息着离开阵地,一场炮战随即打响。余仁同很快发现,一百箱炮弹远远不够,宋军门为何不给三百箱、五百箱?联军分散在长约十里的宽阔地带,一颗炮弹只能打掉一个人,等于把炮变成了枪。而对方的炮火既猛又准,几家伙就能打掉一门炮。太可怕了!余仁同叫骂督战,来到车站月台上。此地架着一门三英寸口径大炮,由营官朱怀双的步兵在路基处守护。这门炮大发神威,打哑了敌人的两门炮,还轰散几拨冲锋的美军。

美军决心拔除这个眼中钉,马丁上尉带十三连做右翼,麦克上尉带十二连做后援,在迂回前进一段路后,发动百米冲刺式的攻坚。这时炮火已不管用,朱营步枪从斜对面射击,打倒了十三连的八名士兵。美军卧倒还击,枪战持续了一刻钟。奎

吞少校的第三营推进至村庄左侧，即用炮火密集攻击。朱怀双被弹片击伤，步营顿时大乱，两个美军连趁机猛冲，攻上了月台阵地。

余仁同被乱兵拥着，逃到一片围墙中，这是一座废弃的修道院，现由周鼎臣驻守，他在尖塔上配置了火力。可惜他只有步枪，面对凶猛的敌军，这玩意儿像炮仗一样可笑。周鼎臣不禁纳闷，宋大帅那么多兵，都到哪里去了？仗打得并不激烈，有一搭没一搭的，像一位老翁在棋盘上拱卒。周鼎臣在塔上看见，已有敌兵突进杨村，如入无人之境。又有大股敌兵拥上月台，有几个军官模样的家伙，朝这边指指点点。周鼎臣一时激愤，想带领本部冲出，忽见一股刺目的亮光，闪电般击向塔尖。剧烈的爆炸声中，周鼎臣和一名营官，被炸得血肉模糊。

修道院阵地失守，十四团团部设在月台上，组织对杨村的进攻。就在一英里外，登高瞭望的盖斯里少将，竟没看见美军进入村庄，仍在指挥英、俄炮连打炮。两个美军连刚把郭殿邦的步兵赶走，占领其前哨阵地。英、俄炮弹呼啸着落下来，四名美军当场毙命，十一名受重伤，这些人稍后全死了。连长立即派一名副官报讯，由团部发出信号。这时候，美军少将沙飞带领第九团和炮兵连，正在攻打杨村东南的一个村庄。玉米地里的伏兵造成了麻烦，这是马玉昆的兵，团体作战打不赢，他想化整为零了。捉迷藏似的打了一阵，美军索性不顾伤亡，快速推进，把玉米地丢给英军和俄军。小村被美军拿下，马玉昆撤出此役，消逝在莽苍苍的林禾中，以致有人上报，马玉昆在杨村之役中失踪。

其实，失踪的是裕禄。混杂在奔逃的兵弁中，督标副将突然发现，他跟总督大人失散了。副将吆喝人要去找，这时谁还听他的？败兵把副将裹挟着，一路狂奔。裕禄也在马上飞奔，随行的只有仆人老三。奔至蔡村，这马窜进一个死胡同，无奈退回，裕禄便从马上下来，再也不肯往前走。自从退到杨村后，裕禄便沉陷在混沌中，这个死胡同把他唤醒了。他想古有老马识途一说，老马既然领他到此，这里便是归宿之地。左右看看，眼睛一亮，胡同东侧有个棺材铺，门外放着几口棺材，漆得黑光油亮。一股魔力吸引着他，裕禄踱过去，歪着脑袋端详，很快看上了一个顺眼的。他伸出手掌抚摸，又用指尖弹弹，听到了瓷实的声音。裕禄点点头说："好了，

就这个吧。"仆人被吓坏了，伸手挽住裕禄，用力拽他走开。裕禄立定不动，显示出总督的威严，发出一道命令："老三，你要伺候我归天。"

裕禄已无活路。裕禄丢失了天津，为京师打开门户。如果他守住北仓，不让联军北犯，还能将功赎罪。可又连输两场，而且一触即溃，他即使退扎别地，也绝无可能把敌人截住。后果是什么呢？要么联军破京，他死于敌人屠刀。要么朝廷追责，他死于菜市刑刀。慈禧固然仁慈，对满洲亲贵另眼看待。然值此生死关头，她要杀人立威，甚至嗜血泄愤，只看许、袁之死，便已露出端倪。裕禄可不想当第一个被杀的满洲人！裕禄抬头看天，觉得是时候了。纸里包不住火，还有七月流火，半米的仙判字字灵验。如果能当头挨一发炮弹，帮他解除恐惧，那就更圆满了。裕禄叹息一声，爬进那口棺材，躺下试试睡姿，从腰间摸出手枪。在老三的哭泣声中，裕禄扳响了手枪。他打的是天灵盖，这能登时毙命。看到主人的惨状，老三哭天抢地，吸引来一群溃兵。大家把棺材抬上炮车，向蔡村方向飞奔。

联军消灭了对方的主帅，在杨村休整两日，并召开军事会议。会议结论为华兵锐气已堕，可以放心前进。为保证通信和运输，决定法军暂驻杨村，派德、奥、意小部队回天津，日、俄、美、英四大部队，全部沿白河右岸进发。征途上的主要任务不是打仗，而是征调和掠夺给养。这种事情"先到先得"，跑在前头的日军，先在杨村占领两座大麦仓库，又在北行途中俘获数十艘漕粮船。走在后面的也不空手，他们到村中搜寻抢掠，洗劫一空后放火焚烧，用随军记者的话来说："满足征服者的虚荣心"。记者和教士是军队中的"良心"，前者有时会讲真话，后者则是满口谎言，来打扮所谓的真相。宝复礼就是这样，他足下的这条道路，恰好是四十年前英军北侵的路线。当年测量的数据，成为他制图的依据。在途中休息的时候，别人围着水井解渴，宝复礼发挥侦察本能，在田埂上找到一个惊惶的农民。跟那人攀谈一阵，他回来告诉美国牧师格罗福，那个老人告诉他："我不怕英国人，我四十年前就在这里，英国人没有伤害我。法国人在东岸行军，他们无恶不作，河东人从此仇视洋人。"

在裕禄自杀的同一天，李秉衡誓师出京，随行的只有张季煜、王廷相等文官，另有上千名义和团。这不像去督师，倒像去办差。不过李秉衡心里清楚，他这个钦差

即将销差,等在前面的唯有九死,恐难一生。数日之内三次召见,表明慈禧倚重之甚,也表明皇朝危机之深。慈禧乱了方寸,杀掉许、袁二人,便令李秉衡惊心。交出截获的密函时,他曾有所踌躇,然他当时估计,二人之罪至多斥革,怎么可能置于死地? 不错,他奏对时极言和约之非,并称不诛外省一二统兵大臣,不足振我之势,除敌之顽。着眼的是外省,强调的是统兵,跟许、袁何相干? 好在此刑足以警告议和者,对前敌的统兵将领有杀鸡儆猴的作用。

8 月 7 日,李秉衡行抵马头,与总兵夏辛酉相见。夏辛酉的六营嵩武军,出自宋庆部下,镇守着山东登州,此时又拉到京畿,官兵制度之混乱,于此可见一斑。夏辛酉诉了一大堆苦:枪械老旧,粮饷难筹,本地绅民瞧不起客军。急切之间,李秉衡能拿出什么妙方? 用忠君报国之词应付过去后,李秉衡发布军令,张春发、万本华驻守河西务,陈泽霖在河西务西侧扎营,自率夏部进抵羊房,并令赶来会合的河南藩司,出击固安、武清之敌。

羊房在河西务西北八里处,李秉衡率部赶到时,恰与搜索前进的联军侦察骑兵相遇。嵩武军与敌交火,击退了二百余名日本兵。情势紧急,各军急于安营扎寨,赶筑工事。为难的仍是军火,四大军都来报警:不仅缺少大炮,连子弹都紧缺,用什么去御敌? 李秉衡采纳王廷相之策,命令收罗民间铅器,就地熔化造弹。这回各军倒没拖沓,因为性命攸关。进驻河西务的张、万二军,在镇上收得万余斤铅器,赶紧设炉熔冶。同时在寨墙外开挖战壕,要挖三丈宽、二丈深,寨壕后的高地筑成堡垒,把仅有的三门炮摆上,应能抵挡一阵。尚在游弋的联军侦察兵,把这一切都看在眼里。他们立即驰回报告,联军诸将决定骑兵在前,炮队续进,快速攻击。日、英、俄骑兵共一千名,统由日军第五联队长森冈正元大佐率领,冲过蔡村,向北突进。后面仍以日军为前锋,炮车隆隆碾压过来。

这是 9 日清晨,张、万二军正在吃饭,打算餐毕抢修工事。忽接警报,敌骑逼近,顿时引起一阵慌乱。两位将领各派骑兵阻击,人数不及联军一半,未曾接仗先自胆怯。好在背靠大营,后队已经赶来,希望能把孤军打退。可这又是妄想,日本骑兵枪法极好,一阵排枪响过,十数名清兵落马,阵形立时大乱,前骑冲动后骑,马

队践踏步队。日骑紧紧压上，犹如风卷残云，把清兵驱赶回去。败兵还没进寨，炮弹追了上来，在人群中开花爆炸。张春发在寨门上瞭望，急派副将张得胜，率两营兵顶上去。张得胜刚出寨门，一颗炮弹迎头打来，将他连人带马炸死。如此出师不利，张春发不由哀叹："天不助我！"他带领湖北兵，还是想为张大帅挣些荣耀的。可是身临战阵，竟连子弹都不够使，这仗怎么打！敌方弹火极猛，清军万万堵不住。万本华军先溃，张春发军分崩，寨子即将失守时，李秉衡及时赶到。夏辛酉部接替张部，把守南门。他有几门大炮，凭借高地与敌炮对轰。

李秉衡去东门布置，忽有大队清兵从南边退下来，望见是马玉昆的旗帜，他忙派张季煜出去迎接。又怕马玉昆不肯进寨，李秉衡骑马赶出，在大路上接着马玉昆。这叫不期而遇，马玉昆暗骂晦气，脸上却摆着笑容。李秉衡请马玉昆进寨叙话，马玉昆说，多承厚情，不便叨扰，军令叫我退驻南苑。

他把态度摆明，李秉衡只好明问："谁的军令？"马玉昆道："荣仲华中堂。"李秉衡道："我出京时，荣相亲自践行，谆嘱督率前敌各军，御敌于国门之外。南苑无异于国门，扎在那里，距离前线太远。"

各军暗含马军，马玉昆不接这茬儿："军令如此，不敢违拗。"这时寨南炮火连天，李秉衡搭起眼罩望望，白花花的日光刀锋般刺目。他揩着汗往南指："两军对垒，血肉相搏，你我同为统兵大帅，此时恐无推卸余地。若你我合兵，将有四万人马会集于此，岂能守不住河西务？景山军门，我求你了！"

实在难以出口推托，马玉昆舔着嘴唇。李秉衡又逼一步："夏部六营尚且苦战，马景山百战之师，如果见死不救，恐阵亡鬼魂也要耻笑。"这把马玉昆激怒了："李鉴帅，你奉旨节制四军，我武卫左军并非第五军！我若违令行事，挨刀时你能陪斩么？"不等答言，马玉昆抱拳一拱，转身上马，扬长而去。李秉衡张口结舌，唯有顿足。他节制的全是杂牌军，武卫军的硬根子，他连摇也摇不动。

夏辛酉部拼死向前，陕西布政使升允，率豫、陕两支骑兵赶来参战，一度击退敌兵。战至午时，日、俄大队蜂拥而上，清军被冲得七零八落，李秉衡只得随队退却。到马头暂驻，夏军余部扎于西南，稍后又有几营兵追来，这是陈泽霖的兵。陈泽霖

却未露面,营官说陈大人筹饷去了。哪里筹得来饷?各部溃兵已变成强盗,所过村镇经多次洗劫,既无食物,又无活物。打败仗加上饿肚子,再也无法拢住队伍,李秉衡在马头立不住脚,顺水漂泊一般退到张家湾。还能往哪里退?也退到南苑去?想想马玉昆的冷脸,李秉衡浑身起栗。他的身边已无兵马,只有几位幕僚,两名家仆。对了,还有一支笔,一支可写遗表的笔。在充作行台的瓦房屋中,李秉衡令仆人磨墨。

文人幕僚知道死期迫近,还想有所挽回。张季煜好言相劝:"鉴帅须知,慈圣此次委任,可谓以江山相托,即使力有未逮,也应回京交旨,对后计有个交代。若以不了了之,春秋责备贤者,我公恐不敢辞。"

李秉衡心思已定,自能处之泰然:"贤者吾岂敢,罪臣又何辞?我因主战而受命督战,到了战场不堪一战,上负君父,下愧子孙,有何面目复立于天地间!楚霸王说非战之罪也,我以前曾笑他,今日倒敬他,若能像他那样痛快淋漓去打仗,败死也心甘,可是我能么?我不能哪个能?满朝拨拉一遍,没一个能打的,眼睁睁看着数万敌兵长驱直入,这还有救么?你说后计,那不过是请李鸿章,与敌计较纳币多少,割土若干,区别只在全亡或半亡。那是桌面上的仗,我这地面上的败将,乐得眼不见为净,你何必拦着我?"

他把生前身后都批讲透彻,张季煜无辞以对,求援地看看王廷相。王廷相淡然一笑:"我要随鉴帅去。"李秉衡肃然起敬,立起作了一揖:"先生受我一拜。"

张季煜与曾廉、吴锜不禁泪下。李秉衡口授遗折,由张季煜笔录:"臣此次奉命视师,事出仓促,中军无一师一旅,仅张、陈、夏、万四军归臣节制。张春发勇于战,而军皆新募,以致一败辄溃。陈泽霖素行取巧,军事更所未娴。夏、万两将甚能军,惜兵力太单……"他分析溃败原因,希望朝廷有所汲取,"非严申纪律截杀逃兵溃将,无以为立足之地"。这只能是空话。联军大部队迫近,麾下诸军一触即溃,各寻活路。李秉衡在瓦屋内仰药自尽,营务处王廷相投河从死,张家湾沦入联军之手。

在李秉衡自杀的同一天,清廷杀主和大臣徐用仪、联元、立山。杀戒一开,百无禁忌,佛法无边,戾气全消。这是慈禧太后的感受,长久盘旋于心际的梦魇,仿佛被

罡风吹散了。其实,许、袁不是最先试刀的,张荫桓才是第一个。这人早就该死,只因外人干涉,得以发配新疆。联军攻破大沽,主力乃是俄军。俄国同时在东北发难,而新疆与俄接壤,有被吞噬之虞。恰巧有谣言说,张荫桓上书总署,请守约保护使馆。端、徐借机奏称,张荫桓私通俄国,应当明正典刑。慈禧有些犹豫,徐桐重申政变后的理由:张为荐康祸首,若不诛张,训政无名。一言勾起了旧恨,慈禧密谕新疆巡抚:"已革户部侍郎张荫桓着即正法,将此由六百里加紧谕令饶应祺知之。"

就像写文章一样,头一开便好做了。在步步进逼的肃杀气氛中,慈禧无法不紧张,无法不慌乱,做得出平时不会做的事。这正是下手的好时机,端王兄弟岂能错过。弟弟载澜是立山的"情敌",为争一个娇小的妓女,二人几次拳脚相向。哥哥载漪是立山的"政敌",他最忌恨一件事:去年冬天,立山制作一座加厚屏风,送往瀛台,被太监告发。慈禧询问时,立山供认不讳。并称今上终究还是皇帝,如果冻病,有伤慈誉。慈禧大怒,处以掌嘴之刑。近来他又出了个幺蛾子,给皇帝做了一顶蚊帐,这回先去向慈禧请示,好个没心没肺的东西!慈禧斜睨着他:"皇帝求你了?"立山连忙分辩:"皇上病痢,奴才带御医去请脉,亲见寝宫蚊虫甚多,医言蚊媒为染病之由。"慈禧没好气:"什么医言,莫非蚊帐出于医嘱?"立山道:"是奴才自作主张——"慈禧嗔怪道:"你是作死!"立山扑通跪下,作势要自打嘴巴,慈禧不耐烦地摆手:"罢了,你滚吧。"这是不愿提这事的意思。立山却顺竿爬,把蚊帐送给皇帝。

立山往太后眼中揉沙,那就休怪有人趁机害他。三天前,为了阻挡联军进兵,慈禧给宋庆降旨:"已派李鸿章与各国议结一切事宜,着宋庆将此旨照会各国前敌统兵大员,先行商议停战。"这在总理衙门激起一场争吵,联元和立山力主通过金四喜,与各国公使先行议和,最好将公使们护送至津。载漪把二人骂了一通,不欢而散。中午与弟弟喝了一顿酒,到后半晌时,载澜醉醺醺地带着一哨人马,前往北堂督战。路上特意绕个弯,在立山宅前经过,却见那里乱作一团。原来,义和团早想抄立山的家,都被内务府的旗丁挡回。今天拳团势在必得,人潮汹汹强行砸门。这时立山从外面归来,求救似的向载澜呼叫。载澜脑子一热,令部下官兵和拳众一起,将那立山五花大绑,下刑部狱。

立山是户部尚书兼内务府大臣，没有个正当说法，刑部是不敢收的。因此，载澜叫手下幕僚拟了一道旨，那旨文字粗鄙："钦命义和团王大臣奉懿旨：闻户部尚书立山藏匿洋人，行踪诡秘，着该大臣查明办理。该大臣至该尚书宅搜出，并无洋人；当将该尚书拿至坛中，焚香拜表，神即下坛，斥以勾通洋人，该尚书神色张皇。着即革职，交刑部牢圈禁，倘有疏虞，定惟该王大臣是问。"第二天载漪才知此事，他埋怨弟弟莽撞，可是捉虎容易放虎难，只得把恶人做到底。载漪教载澜上奏：义和团跟踪多日，立山宅常有洋人踪迹；团众突入捉拿，洋人仓皇逃走，人们由此发现地道，的确暗通北堂。大众义愤填膺，将立山下刑部狱。

慈禧览奏，别无表示，只是嘱咐刑部尚书赵舒翘："立山平日吸洋烟，你不要断他的瘾。"载漪从中揣摩出，太后尚在迟疑，需要趁热打铁。他赶到宫中奏称，立山和徐用仪、联元，通过英谍金四喜，向公使馆透露洋兵进程，并且连日大闹总署，要求马上与众公使议和。慈禧听罢沉吟片刻，倏然抬眼："你不就是想杀他们么？"载漪假作惶恐："奴才本该避嫌，可是国事危急，由不得奴才不说。自打兴起洋务，朝廷倾举国之力，学遍外国的套路，为何打一仗败一仗？有人心歪了，这些人看见攻打洋馆，如丧考妣，百计阻挠，巴不得洋兵快些到来，好让他们开门迎降。老佛爷啊，奴才不得不说这些丧气话，请将奴才与群贼一体处斩，好祛除皇都的妖气。"

"迎降"二字令人听来心惊，慈禧生气地挥手驱赶："我敢杀你？你是大阿哥他爹！你——，算了，多说无益，随你去。你就记着一句：一还一报，谁也别跑。"这就算领到懿旨了。载漪去军机处传谕，此时只有刚、王在场。刚毅心中有数，王文韶吃惊不小，然他能做什么？

由于听到杨村的败讯，荣禄在军务公所张忙，一名幕僚从外面赶来，报告这个消息。他听后抬头看天，离午时还有两个时辰，尚可进宫谏阻。却也明知无能为力，太后就像中了邪祟，隔三岔五地犯傻。但这傻中另有真意，便是趁着混乱，了却曲曲折折的恩怨。在有些人看来，太后对荣禄似也生怨，致使荣禄戒慎恐惧，知趣地遇事退缩。然而荣禄深知，真正事到临头，慈禧依靠的还是他！

想到这里，荣禄心里好受多了。正打算收拾回家，猛生一念，赶到宫门递牌子

请见。慈禧膳后百无聊赖,闻报即令传见。荣禄跪下叩见,慈禧劈头便问:"津北打得怎样?"荣禄声音沉重:"北仓、杨村失守,马玉昆退扎南苑,尚未得到李秉衡讯息。"慈禧毂觫了一下,将眼望到一边。静了好大一阵,慈禧声气急促:"我知你来为翁同龢求情。"荣禄道:"奴才确有此意。"慈禧道:"有人奏言,翁某与张某同罪,不杀翁无以对张。我看翁优于张,再说戮及帝师,岂不有伤皇家体面,这你满可放心。"荣禄奏言简洁:"上头鸿慈,众生感恩。奴才还想——"慈禧出言挡住:"你不要说,除了翁某,我谁也不饶,因为没有人死心帮我。感恩都是口头上的,你说是不是?"

这话实难回答,荣禄尚在犹豫,慈禧却已转变话题:"还有谁能挡住敌兵?"荣禄显出少有的干脆:"洋军凶悍,我朝无人能够抵敌。事急了,奴才请太后早定大计。"慈禧不知想讥笑哪个:"打仗不胜,议和不成,还有何计?古人亡国,有衔璧舆榇的故事,不知该不该演一遭?"荣禄痛叫:"太后此言,满朝文武都该愧死!为保大清国,太后该做的都做了,走到这一步,那是国运该当如此。当务之急是早做准备,迟恐无及。"慈禧哂笑:"不就是要逃吗,说什么迟不迟。你说,是热河便利,还是南边合适?"

荣禄大为惊异:"南边!这个奴才还没想过。"慈禧道:"折子上常见议论迁都,有人提汴梁,有人说武昌。我们北人,总觉得南边不是家。"荣禄道:"汴梁不算南边,它离乱区不远,恐难涵蕴王气。若是暂时临幸,有人曾提过热河。"慈禧笑了笑,吩咐侍监取来一个匣子,慈禧亲手取出一折。荣禄捧在手里,见是奕䜣、桂良、文祥等给咸丰帝的奏折,其中有这样一段:"臣等再四熟筹,或循前代成规,预择巡幸之地,以期有备无患。查木兰地近塞外,固非所宜,关东界近俄夷,恐亦未便。唯有秦关四塞,古号天府,雄踞上游,与中原声气相通,莫若以西安为临幸之所,人心易于系属,粮饷易于挽输,诚为便宜。"心中一块石头落地,荣禄捧折上交:"前朝贤臣宏谟远虑,实为皇朝之幸。"慈禧轻叹一声:"可先帝到底去了热河,唉,不堪回首啊。非到万不得已,谁愿走这步棋?他要等到明年二三月间,视夷人动静而定,不料变起仓促,只好就近出塞。"荣禄小心地扯回话头:"车驾出行,至少须提前二三月准备。如今说不得了,总以赶紧为要,当令有司未雨绸缪。"

荣禄退回公所,令人去传陈夔龙。陈夔龙署理府尹近两个月,自称常在枪炮林中,担惊受怕,代人受过,太觉不值。"代人"指的是王培佑,那人获授府尹后,因畏难迟迟未就任。陈夔龙想脱离苦境,去求荣禄援手,荣禄说这要等待时机。过了两天,荣禄来到军机处值房,两宫发下端王参折一件,令军机大臣拟议。荣禄取过细阅,发现是端王的参折,共参十五人:李鸿章、王文韶、徐用仪、立山、联元等等,最末一人是陈夔龙,罪名是出身总理衙门,在府尹权限内庇护洋人。荣禄正在琢磨,王文韶走了进来,荣禄忙把折子叠起,不叫他看见。等到内廷传见,全班军机进殿跪下,诸事承旨已毕,参折匣子尚在案上待理。只听慈禧问:"载漪的折子怎样处理?"礼王回看荣禄,荣禄回奏:"中外决裂至此,全系载漪作成。今日又有封奏,不知想置祖宗天下于何地? 奴才以为,此话该问载漪。"慈禧截断道:"事已至此,问也枉然,折子权且搁置吧。"荣禄碰过头,回头督促王文韶:"赶快谢恩。"

王文韶耳朵背,在荣禄的示意下跟着碰头,还以为是两宫赏赐了物件。退入值房,荣禄将原折交他阅看,王文韶才知逃过一劫。荣禄为让陈夔龙免祸,次日奏请,令王培佑回任。慈禧说陈某颇能办事,如果让他即时交卸,于事于理都有欠缺。荣禄道,本任人员应多历练,俾免旷职;王培佑现署太仆寺卿,可令他与陈某对换,彼此都不亏负。慈禧准奏,陈夔龙便于数日前卸任顺天府。顺天府的事本不该再问他,但明知王培佑靠不住,荣禄仍然召唤前幕僚。

三、京城陷落　天地崩塌

陈夔龙到来后,荣禄将上意透露给他,询问顺天府是否有备用车辆。陈夔龙禀告,他受命接办京津转运事宜后,即奉旨筹备大车二百辆,以备万一。其时京员眷属纷纷南下,京中车马更形短缺,因思通州仓户数十家,家家都有数辆车,陈夔龙便激以忠义,优给车价,使得众仓户踊跃报效,二百辆车很快辏集,停在府署左右待

命。

陈夔龙当时定下规矩,车辆可用于军队运输,但是不管如何关紧,必留三分之一备内廷调用。陈夔龙卸任时,就给王培佑留下八十辆车。荣禄听罢稍稍放心。又谈了一阵公事,荣禄忽然想到一个人:"你那位姻兄,还与你同住?"陈夔龙叹一口气:"许、袁之诛,仲山尚书亦有嫌疑,惶惶终日。他想南下,大家担心路不好走,我打算请他在近畿安置。"荣禄道:"三十六计走为上,能走得出是幸运。只可惜我等有差使的,没有余力自顾身家。"

陈夔龙告辞后,荣禄便乘轿回家。行至十字街口,蓦然想起过了午时,那三位已成刀下之鬼,不由生出一身燥热。无论如何三人罪不至死,他无法理解加害者的心思。立山和端王兄弟有过节,这还算个理由。那联元呢,庄王跟端王结成一伙,为何要害他女儿守寡? 滥杀大臣以来,联元是第一个满洲人,立山则是汉军旗人。噢,明白了,一个满人,一个旗人,一个汉人,此次用刑平均搭配,以示公允。鬼蜮伎俩! 荣禄骂一声,扭头朝外看,但见街上一片残破,敌未入城,先叫自家人打烂了。跟前些日不同,街上的拳民明显减少,显出大潮将落迹象。仔细想来,端王对这些愚民只是利用,将他们驱上不归路,便会撒手不管。那么端王呢,作恶多端,王还能做么?

荣禄连连摇头,看看离家不远,便想下轿走走。溜达了不大一阵,从一条胡同中走出两个人,其中一人招呼一声,赶上来行礼。这是左都御史英年,另一个是位异人,就是一米道人。荣禄在津见识过他的徒弟,回京后诸事扰攘,只跟这位仙家见过一面,觉得此人莫测高深,断语令人毛骨悚然,便不敢再领教。他见那人矜持地立在原地,开口打趣:"先生不会走么?"一米还口:"走,三十六计走为上。"荣禄心里一咯噔,怕一讲话被这人抓住,他开玩笑地推着英年:"英年去吧,快去服侍你那师傅,莫教道人羽化仙逝。"道人还是逮住了他:"好个活活的推背图! 气运如此,不可挽也。走之计变为卦之象,《推背图》三十六象兆于乙亥,开首谶语云——"

荣禄抢白道:"纤纤女子,赤手御敌。两句妖谶谁不知道! 我说它妖,是有人拿这造谣,影射当今,道人不要造口孽招罪。"对此警告,一米道人不以为意:"闻者足

戒,言者何罪?我不说当今,走出自中堂口,事系于宰相家。女子就是女公子,所御之敌不是刀兵,便为灾疫,因纤纤而柔弱,因赤手而及祸。贫道斗胆冒犯,请中堂务必顾全身家。"荣禄上了心:"身家?我有性命之忧?"一米道人摇头:"但言女子,不及男子,中堂无恙。"荣禄道:"我的女子有灾?罢了,我不着你的道儿,你们这些仙家有时碰巧,有时混搅。比如,有一相师曾断我四十一岁犯刑冲,偏我那年官财两旺,到四十三岁才外放为西安将军。他还推出我五十二岁得子,谁知我却在知天命之年得子。或前或后,总差两年,这不是误推么?"

一米眯着眼道:"借君口谶,不是误推,应是中堂运命相冲。中堂运转西安之年,请问有与二相关者么?"荣禄不知不觉被引上钩:"与二相关?似乎没有。那年我写诗与醇王殿下唱和:江湖回首五云间,二十年来倦鸟还。自分驽骀终竭蹶,那如鸥鹭共清闲。这个'二'算不算?还有,我当时的官衔是头品顶戴、降二级调用——"一米截住:"就是它了。由高降低,由一到二,应在由己亥到庚子,这便引出三十六象——"

他挑动了荣禄隐约的恐惧,荣禄变了脸色:"一派胡言!我只信八字,不信你这拆字断句。"道人说道:"八字二撇,只可怜撇下二女。"荣禄转而责怪英年:"老英,你领着令师散布晦论,要把佳运留给自己?"看样子,英年被师傅调教乖了:"师傅断我流年不利,不过还得等几个字。"一米道人正视着徒弟:"等到了,中堂推你时,说那句话从头到尾,不巧包含'英年早逝'。"英年和荣禄都惊愕了。

挨了一刻,英年笑道:"弟子年近六旬,就是仙逝,哪里算早?"一米道人语含悲悯:"天机幽微,届时自知。夫子叹川,逝者如斯。"荣禄大为不悦:"一棒子打倒一世人。你想要什么,落得个白茫茫一片大地真干净?"一米道人将手一画:"不,落得个血糊糊一片大地真肮脏。"荣禄真正生气了:"这是邪咒!怎么,咒得万众遭殃,你来幸灾乐祸?"一米道人以手指心:"道人也在案中。一案之人,只有一个大结局,谁能自外于人?"

这个该死的报丧鸟!荣禄肚子里骂着,假笑着与二人道别,躲鬼一般急忙回家。见到阖家亲眷,竟有久别重逢的感觉,这是不是不吉之兆?正室夫人爱新觉罗

氏,乃宗室灵桂之女,这是荣禄于同治九年迎娶的。她与侧室刘佳氏,给荣禄生育一子三女。嫡子纶厚虚岁十七,正是读书习武之年,荣禄对他寄予莫大期望。夫人见丈夫心事重重的样子,小心地陪着唠扯家常,伺候着荣禄进午餐。饭后饮过茶,荣禄想跟夫人交代一件要事,话到口边又咽回去。小憩一阵,他把达斌请了来。达斌是他的内亲,又是心腹幕僚,可以托付大事。荣禄要达斌雇觅车辆,做好准备,一有警讯立即护眷出城。

安置罢这些,正想着是否上朝去,宫中苏拉前来召请。到了军机处,礼王和王文韶、赵舒翘同在。赵舒翘兼管顺天府事务,由他向荣禄叙述原委:两宫有出京西行意,令赵舒翘着手催办车马。赵舒翘传问陈夔龙,陈称奉命之后,即办大车二百辆,每五辆编在一起,以兵法部勒,进退有序。只不过他已卸任,移交给后任八十辆车,请中堂召问王府尹。苏拉去传王培佑,只带回来一名府丞,禀称府尹被大师兄李来中邀去,不知何往。八十辆车随军调往通州,难以追寻。赵舒翘无奈,又把陈夔龙唤来。陈夔龙这回不怎么顺从了,回称不在其位,不谋其政,卑职奉署太仆寺卿,怎能代庖顺天府?

赵舒翘跟他讲好话:"太仆主管马政,这正是你分内事,请再代购二百辆听用。"陈夔龙咂舌道:"二百辆!中堂须知,从前号令立行,吆呼可办。而今仓户转徙一空,连二十辆也无从寻觅。卑职从前承办为遵旨,现在听命为越权,请大人回奏时,将这层讲明白,以免上头责以失职。另有一层,卑职正把家眷搬出府署,移居南城。明日大人若为此事,请勿再约我,约我亦不来,预先告罪了。"

他的话全在理上,赵舒翘拿他没办法。可是这事总得办,便把几位相国请来,用礼王的名义压他一压。没料到事情变化这么快,荣禄决定避开这个场面,借以减轻陈夔龙的顾虑。他问赵舒翘是否回过上头,赵舒翘一缩脖:"这个哪敢回,那不惹上头焦心?"荣禄道:"要紧时日,事无大小都得急报。老兄陪殿下询问陈夔龙,我和夔石兄进殿面奏,看是否有转圜之法。"他愿分挑担子,赵舒翘如释重负,赶紧拱手致谢。

陈夔龙接连两次被传召,家人并不知道。这时他回到家中,真的打算尽快撤

离,免得吃瓜落。谁知屁股还没坐稳,苏拉又来了,说是礼王传见。夫人许氏不知究底,以为夫君招来横祸,要像徐尚书那样走上绝路。陈夔龙连忙安慰她,乘着骡车赶路时,心里其实也在打鼓。这正是天昏地暗的时候,他刚才的顶撞,是否撞到了网上? 三进军机处,果然见到礼王坐在那里,说话的仍是赵舒翘。他这回不要二百辆,只要几十辆。陈夔龙把刚才的话重述一遍,赵舒翘咬住不放,二人反复纠缠。礼王一言不发,一副事不关己的神态。陈夔龙从中悟出,赵舒翘只是应付差事,也许两宫主意未定,大家仍在走一步看一步。

他没有猜错,慈禧听过荣禄转奏后,便流露出犹豫的意思:"没有车辆,还走什么? 这事还怪荣禄,陈夔龙干得好好的,你偏要让王培佑历练,叫他练出假把式来。全是假把式啊,打的和谈的,没一个管用的。"责骂中冒出个"谈"字,荣禄忽一激灵,也冒出一个主意:"见事不明,奴才知罪。事机千变万化,赶早不如赶巧,民间也有气儿不圆馍不熟之说。"

慈禧不耐烦:"说的是蒸馍,别当我不懂! 如今气儿圆了?"荣禄道:"公使馆挨打挨疼了,一直想跟总署联系,总署一直在拿着架儿。昨日有英国公使窦纳乐,请求派三位军机大臣,前赴使馆与众使讲和。只要谈成,各公使便可劝止洋兵。"这是绝望中的一线生机,也像一条鱼钩,慈禧惊喜参半:"三位军机? 礼王和荣禄不可去,王文韶敢去么?"事发突然,王文韶硬起头皮:"报效君国,臣万死不辞。"慈禧攒起眉:"听听,万死! 那是龙潭虎穴,做的是吃人勾当。请军机讲和,他们是真心么?"

她用唠叨排解疑虑。闷头不语的光绪,抓住机会说道:"儿子以为,可以一试。"慈禧打量着光绪,做出漫不经心的样子:"皇帝说可以,就算可以,着王、赵、启三人去洋馆一谈。"二人叩头退出,来到军机处,荣禄先叫陈夔龙离开。听罢这道旨,赵舒翘瞪大两眼:"这时候去洋馆,不是找死么? 夔石兄,你敢去?"王文韶指指耳朵,示意自己听不清。赵舒翘大为恼火:"现在装聋了,在殿上就开窍了? 你领的旨你去干,别拉我和启秀陪葬!"

争吵声中流水落花,枪炮林里军溃城失。朝廷还在调兵遣将,两日之内连发谕

旨,命令宋庆火速进京,商办城守事宜;念马玉昆向来忠勇可靠,对其败逃不予问罪,着其统带所部奋勇立功;急催两江、湖南、山东、河南、安徽等省勤王兵,兼程北上捍卫京师;派遣董福祥出城迎敌,次日又令其无论行抵何处,都要将大队人马带回北京,保守城池。这副与京城共存亡的架势,既是垂死的挣扎,也是翻本的筹码,希望让李鸿章拿去叫卖,换回一个缓和。这里在打如意算盘,联军已经西叩通州。

通州是北京东部最后的门户。为了打下这座坚城,联军在张家湾会商,定于明日清晨三点半钟,日、俄两军同时出发,美、法等军随后行进。日本人又耍了一次鬼灵精,凌晨一时左右通知利涅维奇将军,要提前两小时行动。在俄国人的诅咒声中,日军开拔去抢头功。急行军近两小时,日军前锋抵达通州南门。它采用打天津的相同手法,用炸药轰开城门。不同的是没有受到抵抗,驻通州的旗兵翼长文玉,预先率部不翼而飞。留守的少数旗兵,全被日军包围屠杀。日军的另一战果是,抢得谷物五万石,银块十三万两,运船数十条。日军前锋于当日向前推进二十里,正好是京、通两地的中途,仍然占据先机。稍后到达的七国军队,立即参与烧杀淫掠。从鼓楼起,前后左右四条大街化为灰烬。阖城居民死者六成,逃者三成,有一成幸免于难的,全是老弱残废之人。

在士兵和下级军官肆虐时,司令官们忙着开会。满怀怨气的利涅维奇,提出一定要制止单独行动,八家头头一致同意,联军分为四路,从通州向北京平行进军,皆以北京城的东墙为准。俄军和日军这对老对头,被分在通惠河的北岸,便于他们互相监视。俄军在左,目标是攻占东便门;日军在右,目标是攻占齐化门。英、美、法军在河南岸,目标都是攻占外城东面的沙窝门。日军六千七百五十,俄军三千四百八十,五军合计一万四千,其中骑兵八百,野炮、山炮合计一百门。用这样的兵力去打一个国家的都城,以人口计,这还是世界头号大国,说起来像开玩笑。英、法、俄等国军人并不觉得可笑,他们满世界征战,习惯了轻松的胜利。日本人却是心情复杂,他们无论如何想不通:明明是一个死,为何不拼死一战? 支那人是网中之鱼、刀头之肉,从此被日本人认定,再也无法改变了。

俄国人也认定一条,这回不能再让日军抢先。早在通州开会之前,利涅维奇就

派参谋长华西列夫斯基,带队往北京方向侦察。为了稳住日军,在十三日这一天,两连哥萨克骑兵又跟日本骑兵共同侦察。结果发现,在前进道路上已无清军,能够影响行军的,只有酷热的天气,糟糕的路况,还有高粱地里射出的冷枪。参谋长还侦察出另一种"敌情":几支日本步炮分队,急速奔赴中途集结。利涅维奇当机立断,抽出四个步兵连,一个骑兵连和第三炮兵连,组成强大的先头部队,由华西列夫斯基率领,于十三日下午二时出发。部队沿着河岸与官道之间的小道,用急行军的速度推进,火辣辣的阳光照在头上,像无数根银针刺人眼目。生长在冰雪中的俄国兵,侵入华北以来,中暑病倒超过战斗减员,以致生出一种特殊的"恐日症"。它有两层含义,一为日光,一为日军。现在就是这样,当接近中途时,侦察兵传来消息,在北面官道上,日本军队赶了上来。这激发了俄军的士气,人人都撒开长腿,要把日本矮子甩得远远的。

夜幕降临时,俄军进抵小王庄,距离北京仅有三公里。憋闷的老天突然变脸,雷霆朝人间万炮齐发,倾盆大雨哗哗落下。这清洗了暑热,也带来了泥泞,给征途上平添了深浅不一的池沼。但这是最后的障碍了。等到雷歇雨住,俄军立即派出十五名侦察兵,其中有中士格尔思,他是驻华公使的儿子,为了救父,一马当先。当向导的是《边疆报》记者杨契维茨基。小分队在搜索途中被清军哨兵发现,算是碰了钉子,便引导部队改换路径。这次毫无惊扰,全队挺进至东便门前三百米处,小分队再次前出。在朦胧月光中,俄国兵看见了两座蒙古包,其实那是清军的帐篷,放哨的士兵就在帐篷外边睡觉。

俄国兵动用刺刀,十几名清军死于刀下,没有惊动城上的守军。两门大炮迅速靠前,架在距城十五步远的地方,开始猛轰城门。这惊醒了城墙上的守军,在营官的吆喝声中,士兵用排枪还击。俄军用机枪扫射,打得他们无法露头,枪弹便像散乱的蚊蝇,叮不进俄军的肌肤。炮兵连一心攻门,打到凌晨二时,终于将城门敲开。俄军蜂拥而入,迎面屹立着另一堵高墙,那是内城城墙,守军要靠它抵挡来犯之敌。华西列夫斯基指挥四门大炮,向前占据有利位置,同时步、骑兵与炮兵配合,组织进攻。

俄军很少经受这样顽强的抵抗。枪弹织成密集的火网,给内城套上"铁布衫",炮弹专打曳炮的辕马,给外敌设下"金钟罩"。这两个名目出自义和团,但是城头上的董福祥明白,打这一仗要用真功夫。他打使馆用了假功夫,他外表像莽夫,其实很精明。在仇洋与媚外的拉锯战中,他明里依附端王,暗中随顺荣禄,献出间谍金四喜便是一例。今天与以往不同,已无回旋余地,敌人进城便要屠城。在董福祥看来,若倾全城之力与敌决战,并非没有胜算,可惜兵力分布不合理。庆王的神机营,端王的虎神营,分守各门城楼;八旗、绿营二万余人,驻守内城九门、外城七门;宋庆、马玉昆率左军余部万余人,驻守南苑,还算各得其所。而荣禄的武卫中军三十营,是最大的一支兵力,本应摆在东南当敌之冲,偏偏分驻西华门和棋盘街。这不是保守后路,准备逃跑么? 董福祥被推向前敌,东面的广渠门、朝阳门、东直门,统由甘军二十五营驻守。势已至此,当仁不让,他就打出个样子给人瞧瞧!

甘军的第一轮炮火,便炸死俄军十几匹马,炮手也有多人伤亡。俄军发起三次冲锋,都被甘军击退,无奈退出东便门,等待主力部队到来。利涅维奇的大部队,在黎明时分赶到,立即发动进攻。董福祥也向这里调兵,要封堵破了豁的缺口。俄军第九、第十两个步兵团,在十六门野战炮的掩护下,向内城城墙轮番冲击。甘军居高临下,对付蜂拥的敌兵,似乎弹无虚发。俄国兵打惯了顺手仗,眼看伤亡越增越多,连军官们都沉不住气了。第十团指挥官安丘科夫,在第九团退下来后,马上带队出击,华西列夫斯基亲自登城指挥。这一波攻击仍然碰上铁壁,冲在前面的一个个倒下,安丘科夫上校胸中数枪,当即毙命。刚刚露头的华西列夫斯基,觉得右胸被刺了一刀,连惊叫声也没发出,便倒在城墙上。他成了秃子顶上的虱,董福祥认准了这个敌酋,调集枪手瞄准此地,连续射击。俄军付出死一伤七的代价,把参谋长抢抬到一个城垛后面,待机下撤。可这个机会难以捕捉,在长达三小时的时间里,甘军的步枪火力,把城垛附近划为禁区,任何人企图接近,都会被子弹射穿。步兵和骑兵无计可施,俄军仍靠大炮攻城。榴霰弹和榴弹如天降雹雨,城头守军无物掩蔽,伤亡惨重。血战持续到下午二时,内城城门在炮火中崩塌,俄国大兵在"乌拉"声中拥入,成为侵入北京的第一支军队。

董福祥没在东便门守到最后,原因是朝阳门突然告急。这是城东正门,甘军严阵以待,在早上七点半看到日军逼近。甘军是回民军队,穿着白色军服,城下的日本兵也是白色军服,乍看无甚差别,心肠却是迥异。甘军没跟日军见过仗,但对短腿兵的凶悍久有耳闻,早早预备好打狗棍。日军前锋抢占东岳庙,山口素臣亲临指挥,接连不断地派队突击。日本兵不怕死,所以没少死,攻打半个小时后,城外三四百米处,便有十数人被打死。

山口素臣在庙中督战,眯着眼观察城墙。"屯兵于坚城之下"这句中国古话,忽然浮现于脑际。这是北京的内城,也称满城,城高六丈,顶宽三丈六尺,算得上铁池金汤。山口素臣决定暂时放弃强攻,在距城六百米处,布设炮兵阵地。五十四门火炮梯次排列,向朝阳门和东直门展开炮击。炮火异常猛烈,两门之间的整段城墙陷入火海,似要被一块一块敲开,切断,碾为粉末。董福祥指挥炮营回击,可他只有二十几门炮,在数量上不抵对手。看敌人的架势,东二门为主攻方向,董福祥急调南边汉城的甘军,赶来增援。他同时派一哨官,去向荣禄告急。

汉城援军赶到后,双方炮战更加激烈,东城一带的雷暴震动九城,硝烟遮蔽天日。日本敢死队见缝插针,抬着火药桶,向高大的城墙猛扑。这些人多被打死在半路上,一只火药桶被打爆,炸出一个硕大的地坑。面对这场罕见的激战,山口素臣的神情越来越严峻,"屯兵于坚城之下",这声咒语又出现了。这时参谋长前来报告,在南边的侧后方,俄军后备部队赶了上来。向俄军求援?这个念头刚一冒头,就被他打消了。然而随着伤亡增加,又听说俄军已在东便门得手,如果日军在这里战败,那将受到实质性的损失。山口素臣不再犹豫,派人前去联络,请俄军从左翼协同进攻。

俄后备部队指挥官斯捷谢利,将日军求援视为特殊的胜利,慷慨地答允所请。俄第二炮兵连作为生力军,在落日余晖中参加攻城。这是沉重的一击,打了一整天的甘军,鲜血染红了城头,死尸来不及运走,在城墙根堆积成山。东直门的旗兵打得照样惨烈,佐领德续、参领锡昌、侍读学士松林等六十余人阵亡。夜色在混战中一点点加深,这给日本人帮了忙,敢死队和炸药桶,乘着黑暗毒蛇般潜出。在朝阳

门被炸开的那一刻,山口素臣不禁回首,看了东岳神像一眼,他念诵的却是日本神祇:"天照大神,佑我成功。"

不信神佛的英、美部队,也许得到了耶稣的引导。他们在南岸顺利行军,美军首先到达外城东门。城门正对着护城河桥,美军第五连跨上桥面后,守军方才发现,向这里打来炮火。第五连快速通过,第八连随即跟进。两个连隐蔽在外城北墙下,这时他们看到了同伙:通惠河北岸的房屋后、拱道里,躲藏着数百名俄国兵。这些人没来得及进入东便门,天一放亮便无法行动了,因为这一带处于交叉火力封锁下。美军跟俄军处境相同,必须清除城墙上的枪炮,才能摆脱眼前的危险。垂直的城墙约有三十英尺高,没有梯子和工具,徒手如何攀登? 营长勒恩纳德上尉研究着墙面,看到砖块掉落后留下的空洞,可以让人手抓脚蹬。但是墙上还有很多枪眼,攀墙人将付出生命代价。上尉还在犹豫,一名炮兵已经自告奋勇,悄无声息地爬墙了。他像猴子似的爬出一半高,脑袋正挡在胸墙上一个枪眼处,这是决定成败的时刻,仰观的美军都屏住呼吸。他有惊无险地爬进了炮眼,伸手示意内中无人。

勒恩纳德跟着爬上去,接着是五连的连长和士兵。用井绳把武器系上胸墙,十几个人从侧后袭击清军。距此二百米处,第八连用竹竿和电线制成梯子,在外城墙上立住了脚跟。在光秃秃的城墙上移动,勒恩纳德担心受到联军误击,特意命令取来军旗,插上城头。这招来了清军的炮火,可是炮火准头较差,顺带把阵地暴露了。勒恩纳德派人送回情报,要求向东便门北边的胸墙开炮。压制住清军的大炮火力,美军又运火炮上墙,与步兵一起清除周围的守军。勒恩纳德指挥部队从盘道下去,进入内城,向北进至东便门。

美军再次打通东便门,下一步便要解救使馆。使馆区距此两公里,前方横亘着内护城河,成排的房屋,还有高高在上的东南角箭楼。美国兵能够看清楚楼上的清军,正用大炮对准护城河桥,似在等待敌人露头。等来的是俄国大炮,这是一辆迟到的炮车,由马匹拖过门洞,架设在房屋后面。炮弹越过房顶,准确地命中箭楼,美军在爆炸声中冲过桥去,沿着横街前进。赶到十字街口,受到炮火阻击,美军纷纷爬上房去,从屋脊上射击清军,边打边向西移动。房顶上的推进十分缓慢,但到下

午四点钟时,美国兵感受到意外惊喜:在对面的内城城墙上,出现了一面美国国旗,一名美国海军陆战队的士兵,站立在旗下向这里招手!

原来对面就是使馆区,这段百米长度的内城城墙,一直由使馆卫队守卫着。尽管已经接上话,可要打进使馆并不容易,卫兵就是要告诉救兵,可以通过水门进入内城。恰在这时,沙飞将军带领部队赶来会合。了解到水门狭窄,大部队无法进入,沙飞决定组成小分队,进行最后的突击。意识到美军将是第一支开进使馆的军队,沙飞不由一阵激动。他万万没有料到,那落了后的英国人,竟悄无声息地捷足先登!

英军赶到城下时,美军的攻城之战接近尾声。英军按原计划直扑沙窝门,一路上没有遇到障碍。在距离城门一千二百米外,盖斯里将军指挥第十二野战炮队,架起两门大炮。说来凑巧,四十年前的英、法联军之役,打进北京的也有这支炮队。十几炮放出后,城门轰开了,一名旗手挟着军旗飞快登城,将旗帜插在城楼上。守城的清军都跑光了,留下几尊大炮,成了英军的战利品。盖斯里派兵占据天坛,大部队向哈德门前进,直走到护城河边,沿着一条小胡同向西转,目标正是水门。这一秘密地点,是窦纳乐在一封密信中指明的。这信由一个华人教民带到杨村,宝复礼的测绘员,把窦纳乐的描述变成地图。英军越往前走,越把战斗的噪声抛得越远,部队被两排房屋夹护着,感觉像是进入一条血管,逐渐接近北京的心脏。作为情报官,宝复礼骑马走在将军的前面。在道路岔口,他一眼看见北面城墙上,一个穿蓝色短上衣的英国水兵,手挥小旗迎接救星。水兵发出的信号是:"从水关旁的水路上来。"

这确认了窦纳乐的情报。盖斯里亲率第一锡克联队,冲过护城河。从哈德门上射来一阵枪弹,并未击中任何人。锡克族士兵下到河底,很快找到了铁栅栏,马上进行破除。使馆卫队也来协助,把这道水门打开。英国部队蹚着没膝深的污水,进入内城,并顺利地开进使馆,时值14日下午3点。对于使馆中人,尤其是英国人,这是个激动人心的时刻。

最先踏进使馆土地的四五名印度锡克士兵,享受到男人的拥抱,女人的亲吻,

这与他们低人一等的身份反差太大,以至窘得手足无措。盖斯里将军和窦纳乐公使,包括赫德爵士,举行了符合绅士礼仪的会见。只有赫德表现出软弱,他淌出了情不自禁的眼泪。他要立刻就战后重建发表意见,被两位英国官员客气地岔开了。

将近两小时后,踩着英军足迹前进的美军,才进入美国使馆。这一事实令沙飞将军沮丧,以至在与康格、丁韪良等会晤后,他仍耿耿于怀。他在致亲人的信中写道:"美军打了仗,英军享受了果实。这不是贬低英军,他们遵守了协议。但发生的情况是,在他们前进时,中国人并不在他们的前面。"沙飞同时意识到,他比俄、日同行幸运,两支一心抢先的部队,此时仍在苦战。东城三门战况惨烈,甘军与旗兵殊死抗击,义和团也赶来拼命,拖住了踏遍华北的外军铁蹄。朱九斌和李来中两大头领,原本各有各的盘算,这时却都死战不退。朱九斌被日军炮弹击中,他在咽气前嘱咐刘化龙:"咱们伙同一米,原想趁着大乱,共谋复明大业。可是如今看来,洋人比清廷更凶恶。不把洋人打跑,咱们国都亡了,哪还分什么清明!"

李来中的左胸右腹各中一枪,被抬送到甘军公所,义兄董福祥亲自过来照料。李来中神志倒还清醒,三言两语谈过伤情,开门见山说道:"军门大哥,你发令撤吧。"董福祥乜斜着眼:"撤到哪儿? 太后还没走,老人家正抓替罪羊,我颠颠儿地赶去送死?"李来中忍住一声呻吟:"她不走送死的就是她,哪有工夫抓你?"董福祥道:"荣禄有工夫,我不拿恶战堵他的口,他会拿我灭口。"李来中道:"伤亡三成,堵得住了。我也该归田了。"董福祥道:"填不饱肚子,如何归田? 我原想保驾成功,咱兄弟一起封侯,可惜竹篮打水。"李来中说道:"成者王侯败者贼,古来如此。好在大哥招拳抗洋有功,受封太子少保,这跟小弟受封一样。"董福祥龇牙笑笑:"你的意思是说,功劳有你一份?"李来中抬手去抚伤口:"哎呀,好疼,我恐怕扛不过这一劫。若大难不死,甘军分给我一口饭,这血便没白流。"董福祥关心地看李来中的胸脯:"到底怎样,没伤筋动骨。"李来中说道:"擦着心口窝打,洋鬼子枪法不差。我的叔叔侄儿都死了,用阖家性命报答大哥,我的心里安然。"董福祥哧哧一笑:"我听到一个传说,你是太平天国忠王李秀成的部将。"

话说得出其不意,李来中却甚沉着:"怎么不说我是李自成的余部? 要拉扯前

人,我宁可认李世民,我是李唐的后裔。"董福祥在屋子里踱步:"好啊,山东朱红灯,直隶朱九斌,据说是朱明后裔。你们都有来头,只有我是甘凉积贼,被大帅左宗棠收服。我这出身,比你如何?"李来中道:"半斤八两罢了。"董福祥呵呵笑:"跟皇家平起平坐,老子死也值了!我是你的盟兄,跟你说句实话,城破交易也破,恐怕你我难得善终。为避免外人说三道四——"李来中暗中使劲:"横着抬进来,就没打算直着走出去。大哥我跟你说——"李来中身子一弓,从病床上一跃而起,饿虎般向前直扑。董福祥甩手一枪,子弹正中心脏,李来中仰面倒地。他的脚尖尖刀般刺出,董福祥的下巴发面馍般肿起。董福祥转身出屋,吩咐闻枪而至的亲兵:"大师兄死了,找僻静地方掩埋。"

董福祥命令甘军陆续后撤。他这边收刀入鞘,荣禄派来的中军数营跟着撤退,挡在俄、日两军前面的,只剩下八旗和绿营兵了。这些兵训练不足,仍然竭力堵击。董福祥把队伍撤到皇城西南,自己赶到棋盘街中军公所。荣禄进宫去了,董福祥等了好久,连副都统荫昌都感到奇怪,这个兵痞哪来的耐性?荫昌统带的前路五营,是武卫中军的主力。董福祥闲极无聊,便跟荫昌纠缠:"我武卫后军蚀光老本,你这羽林军干吗去了?"荫昌只是赔笑恭维:"董宫保血战东城,末将等莫不佩服。"

董福祥大言不惭:"莫说末将,连荣中堂这通天大将军,都得对我跷拇指。我单枪匹马对阵日、俄,只因兵少才落下风。我此来就为请兵,只要给我增兵一万,我必横扫鬼子出城。"荫昌不禁咋舌:"你要一万,兵从何来?"董福祥伸手一画:"武卫中军兵额不就一万?中军通通归我节制——"这时屋外有人接声:"中军归你?那我干吗?"

四、赐死珍妃　抛弃宗社

进屋的正是荣禄。只见他面色阴沉,肿眼泡淤得像两只酒盅,似乎闪着泪光。

董福祥不敢造次了："我跟荫午楼逗笑,不小心冒犯了中堂。"荣禄伸手让董福祥坐下："能笑一笑,也很难得。我出宫后去东城一趟,情势严峻,触目惊心。你打得好,这没说的,可是撤得稍嫌早些。我本来要调中军上去,颓势已成,如何补得上?"这有入人以罪之意,董福祥哪里咽得下："从昨天夜间到今天傍晚,东城就是我一个人顶着,对阵的可是七八国兵马!要我不退,中军和前、左诸军都得压上,我来见中堂正为请兵。"

荣禄不温不火："你是国家顶门柱,我刚才在宫中说过这话,太后谕令传旨嘉勉。谁知转脸便打嘴。星五贤弟,我不是怪罪你,而是自恨无能,身统重兵而不堪一战,如何解得君父之忧?"董福祥便也改换口气："老兄中堂,董福祥一介武夫,见识短浅。慈圣六旬万寿那年来京祝寿,多蒙老兄高看,结为八拜之交,小弟这才平步青云。甲午年老兄督办军务,奏调甘肃马步八营,由福祥统带入卫京师。陕甘回乱,又荐福祥率部西征,改授甘州提督,且得专折奏事,与总督平行。这本履历全靠老兄造就,莫说怪罪,你就是杀我的头,我也不发怨言。"

话越顺溜越不走心,荣禄便也不拐弯："星五你看,还能巷战么?"董福祥道："除了把街巷化为焦土,死缠烂打有何用?眼下只能取一'走'字,朝廷议决没有?"荣禄道："议而不决。今日连续召见五次,一次比一次吵得凶,有说守的,有说走的,有说和的。"董福祥道："我正想问这个,现在还能不能和?"荣禄盯他一眼："你也对这上心了?"董福祥道："不是我,是中堂。我若不为您老兄留后手,早把使馆灭了。洋人念不念这点情?"荣禄道："朝廷也想试试,派赵舒翘和启秀去使馆,可这二位怕被扣留,抵死不去。"董福祥听得一肚皮暴躁："灶台都烧烂了,还这么扯皮!仗我打完了,下步棋怎么走,我听中堂安排。"荣禄道："你军暂驻彰仪门一带,与武卫中军形成左右翼,准备西行或者南征。"

南征?这不是要发配么?董福祥满腹狐疑,摆出一副顺从的样子,告辞而去。荣禄摇着头笑："浪子回头了。"荫昌也笑："有奶便是娘,端王府快要断奶了。"

朝廷也要断奶了。五次廷议,杂乱无章,连慈禧的心思都无定准,臣子谁能拿出办法?荣禄原本力主快走,时机一步步延宕过去,他反而觉得走为下策。一因山

河残破兵荒马乱，两宫出京有落草为寇的意味；二因咸丰北狩前车可鉴，这回京城之祸恐怕更惨；三因南方督抚群起反对，认为将使议和失去依据。是啊，朝廷都跑了，李鸿章还跟人家谈什么？

荣禄还在公所中沉吟，苏拉又来传唤入宫。荣禄乘车前行，街上一片昏黑，冷清得像个枯井，人们都逃光了。荣禄忽然一阵惶恐，是不是打错了算盘，皇家和自家都该早走？他又想起一米的推断，不，那是袁天罡和李淳风的神算，测定于一千三百年前！其实，最让荣禄吃惊的，还是此象后面的第三十七象，四句诵语开头便说："水清终有竭，倒戈逢八月。"又是八月！清水要竭！而且这一象的干支正是庚子，难道今年这个凶年，除了三十六象的逃亡西安，还要遭逢水竭之厄？那么谁要倒戈？董福祥还是马玉昆？或者是南方的刘和张？

心里鼓捣着一团乱麻，荣禄赶至宫门外下车，恰好与庆王和端王相遇。奕劻低眉耷眼，连载漪都一脸晦气。大家都在悬崖边，似乎可说几句真心话，荣禄问载漪可有妙策。载漪发出苦笑："我这老顽童把尿泥玩干了，轮到回家挨揍了。满朝数到底，只有荣中堂是干臣，讲文论武还靠你。"话中虽然有刺，却也不乏真诚，荣禄便往有用处扯："论文要靠庆、端二王，两位殿下同掌总署。"载漪牙缝里吸凉气："讲和？趁着城门还没打破？"昼夜混战中，无人确知前方战况，荣禄便不说破："是，回旋余地总是有的。"载漪瞅瞅奕劻，见这位叔王不出来掺和，他只好开口："有余地，有没有我站的地儿？罢罢罢，只要不为难老佛爷，把我办成罪魁我也认。"荣禄道："端王爷都愿意和，洋人若再死心眼儿，老天爷会惩罚它了。"这算是商定一条大计，三人进了宁寿宫，便用此计应付垂询。慈禧也无别的主意，仍催王、赵、启明日赴洋馆，如果人家肯通融，可令庆、端亲自出面。

吞下这颗定心丸，君臣也便散朝。慈禧回到寝宫，呷了几口香茶，传谕去御花园走走。二总管崔玉贵忙去准备，掌灯的宫女、提炉的侍女、抬轿子的、备龙椅的、挑食盒的、担茶炊的，一干太监赶来伺候，里头却传谕不去了。这叫心烦意乱，慈禧从不这样。失常的还有李莲英，他以往总是围着太后转，这两天像热锅上的蚂蚁，在宫里进进出出，片刻也不停留。宫人们心里清楚，他是为太后打探消息。到了紧

要关头,太后能依靠的只有这个人。

在二总管遣散众人时,大总管李莲英回来了。他进殿后用眼一扫,几名宫女立即回避。李莲英趋前躬身禀报:"甘肃藩司岑春煊,带领步骑三千人勤王,此外尚有回勇数千,兼程赴京。"慈禧精神一振,想想又问:"仗打得如何?"李莲英道:"东城南城还在打,城门有出险的,很快被堵上了。"慈禧沉吟一下,含糊地问:"你觉得呢?"李莲英不含糊:"奴才以为得做好准备。"慈禧一颔首,李莲英无声地退下。

慈禧由宫女伺候着洗过了脚,泡过指甲,登榻就寝。这天轮到宫女荣子值夜侍寝,她照例坐在寝室的地上,面对卧室的门,用耳朵听着御榻上的动静。她发觉一切如常,老太后沉稳似一尊佛,平静像一井水,安恬如一片云,令人想起戏台上常念的一句词:四海无事,天下太平。可是荣子心里明白,这太平是假的,因为就在今天下午,出了一桩不太平的事!

那时太后在睡午觉,荣子坐地听着动静,突然听到轻微的声响,回头见慈禧坐起身来,而且亲手撩起帐子,这事向来是侍女干的。荣子吓了一跳,赶紧拍手发暗号,招呼人来侍奉。慈禧匆匆洗过脸,烟也没吸,径直走出乐寿堂,又往北走。荣子匆忙跟在后面,暗中通知了小娟子。两名宫女跟随太后,走到西廊子的中间,慈禧吩咐一声:"你们不用伺候。"二人立在那里,目视着慈禧往北走,走到下台阶的地方,有一个太监迎着请安。

这个太监也没陪侍,太后径往前走,孤身进了颐和轩。这是从未见过的情景,荣子和娟子直搠搠立着,七月炎天里浑身发冷,有不祥之感笼罩下来。约莫半个时辰,老太后由颐和轩出来了,铁青着脸皮,一句话也不说。等到太后上朝后,宫女们才听到一个消息:太后特去赐死珍妃,由崔玉贵动手,将她推到井里了!这是为什么?荣子不敢想,只敢等,等待更大的灾难发生。老太后不做没来由的事,一定遇上过不去的坎,她才干出这种举动。

确实遇上了坎,坎就是井,井里填上一个人,慈禧才能踏过去。此时此刻,慈禧在卧榻上一动不动,眼睛睁得大大的,似在回望下午的场景。当时她从午睡中惊醒,想起有件事得断然处置,便急急去了颐和轩。迎上来请安的那个太监,是颐和

轩的王德环。慈禧令他速传崔玉贵,把珍妃带至轩中问话。崔玉贵是内廷回事的头儿,三十来岁,喜好练武。情势吃紧以来,慈禧派他担任内廷护卫,带领年轻太监日夜巡逻。

　　慈禧进到轩内坐下,正对着景祺阁北头一个小院。这院名叫东北三所,和南三所一起,被人私下称作冷宫。珍妃住北房三间最西头的屋子,屋门在外面倒锁着,窗户有一面是活的,吃饭用水都有下人由此传递。吃的是下人常吃饭食,一天两次倒马桶,由两名老太监轮流监视。每遇节日、忌日、初一、十五,老太监代表老太后,指着鼻子列述其罪,珍妃跪在地上敬听,指定的申斥时间是吃午饭前。这样的日子,从戊戌年八月中旬到庚子年七月二十,整整两年,竟然没有把她熬死。

　　这时候,珍妃被带出东北三所。她一个人走在中间甬道上,一张瘦下去的清水脸儿,两把头摘去了两边的络子,淡青色的绸子长旗袍,普通的墨绿色缎子鞋,一副戴罪妃嫔的装束。崔玉贵先来跪安复旨,口称珍小主奉旨到。接着珍妃进入颐和轩,向太后叩头道吉祥。一老一少后妃面对面,慈禧眼睛不朝珍妃瞧,板着脸冷着声:"洋人要打进城来了,外头乱糟糟,谁也保不定怎么样。身为女子,万一受到了污辱,那就丢尽了皇家的脸,也对不起列祖列宗。你,应当明白。"珍妃没有立即回话,在僵持的片刻中,轩外静得厉害,旁听的两名太监直打寒噤。珍妃开口了:"我明白,我不曾给祖宗丢脸。"慈禧轻哼一声:"你年轻,容易惹事。我们要避一避,带你走不方便。"珍妃猛一抬头,两眼与慈禧的目光相遇,慈禧将脸扭到一边。珍妃的声气硬朗起来:"您可以避一避,可留皇上坐镇京师,维持大局。国不可一日无君。"

　　这一句钻了心。慈禧大声呵斥:"你死到临头,还敢胡说!"珍妃仍不低头:"我没有应死的罪,那也不是胡说。"慈禧吐字清晰:"不管有罪没罪,我叫你死,你就得死。"珍妃双目溢泪:"我要见皇上一面。皇上没叫我死!"慈禧声音冷酷:"皇上也救不了你。把她扔到井里头去,来人哪!"崔、王二太监就是"来人"。两个人连揪带扯,把珍妃推往轩外。珍妃一路挣扎,力气不大,喊的声音很大,她喊着要见皇上。贞顺门内有一口小井,珍妃燕雀般被抓到井前,她仰天大叫:"皇上,来世再报恩啦!"两个太监将珍妃举起,塞到井口中。

也许有人会说，珍妃罪不该死。但仅仅有那一句，她就无可饶恕。慈禧现在便想，幸亏早下决断，不然的话，明天可能就没机会了。所谓瞬息万变，正是眼前光景。慈禧也在待变，说到底，她并不是老佛爷，唯我独尊了数十年，掌控不住自己的命，她不能不有一点气馁。混混沌沌间，她回到年轻时候，那可是在冬天，也是洋军压城。她当时是懿贵妃，斗胆进谏咸丰爷，不要离京北狩。现今倒过来了，如果让珍妃得逞，珍妃就会成为另一个慈禧，那把她摆到哪里？不管怎么说，他们那一对儿比她年轻！

这下心静了，静静躺着的慈禧，数着自己的心跳，数到蒙眬入睡。荣子当然不睡，夜间的感觉更加灵敏。丑末寅初时分，她听见四外殿脊上传来猫叫声。宫廷里野猫很多，她起初没有在意，渐渐觉得不对了，野猫没有这样多，也不会有这么长的尾音。荣子悄悄走出屋，知会外面守夜的人，要他们小心。小心什么？大家都清楚午间发生的事，都怕珍妃冤魂不散，显灵来了。到了寅正，就是夜间四点，慈禧醒来了，那声音更响了，东南北三面吵成一片。慈禧打发人出去看，也没发现什么。

天已蒙蒙亮了，可以肯定这不是猫叫，那它应该是——？在惶惶不安的气氛中，李莲英跑进宫来，到了跟前也不讲礼仪，惶惶地叫："鬼子打进城来了。"慈禧一震，盯紧了他："你仔细讲！"李莲英道："德国鬼子从朝阳门进来，日本鬼子从东直门进来，俄国鬼子从东便门进来，把天坛都围上了，全都冲着紫禁城开枪。"慈禧似乎不相信："这是谁说的？"李莲英道："澜公爷特来禀告的，他做护军统领，职司宫禁守卫。"慈禧道："荣禄——，对了，他要收集军队。军机大臣呢？"李莲英答不上来，急得舔着嘴唇："为了不惊圣驾，请老佛爷暂避一避。"

慈禧紧咬着牙巴骨，口唇习惯性地朝左歪着，好半晌才吩咐李莲英："在这儿伺候着。"大家都候着，眼看太后攒着眉头，不停地在寝宫里走。终于，三个军机进宫来了：刚毅、王文韶、赵舒翘。跪安以后，慈禧开口问："礼王呢，又病了？"王文韶心想，这是挑眼了。礼王礼数周全一辈子，节骨眼上一次不忠，休想保全名节了。

慈禧郑重传下口谕："你们三人务必随行。王文韶年纪大了，尚要吃此辛苦，我心不安，你可随后赶来。"王文韶叩头谢恩。当下掂算扈驾兵马，只有马玉昆三千人

从南苑赶进城,另有神机、虎神、八旗等营,满共五六千人。即着三臣出宫筹备,慈禧松下一口气,总感觉有什么地方不对头。肚子轻轻咕噜一下,这才想起该传早膳了。刚要发话,听见"啾"的一声怪响,一颗流弹打在乐寿堂西偏殿房坡上,骨骨碌碌落到地上。李莲英急了,喊:"老佛爷快起驾吧!"慈禧吩咐人去请皇上,传谕皇后、小主、太妃、格格们,迅速到乐寿堂来;另派太监告谕大阿哥,换好行装,准备出走。

不大一会儿,光绪来了。他先趋步到慈禧面前请安,接着低声问:"如果出行,京中如何打算?"慈禧狠狠剜他一眼:"现在管不了那么多!"光绪口齿喂喃:"儿子的想法——"慈禧抢白:"你跟着就是了。"说着便叫李莲英,从护军那里给皇上找几件衣服。

李莲英指派殿上太监去办,自己提来一个红色包袱,请太后过目。包袱里全是汉民的衣服,裤褂鞋袜,头绳腿带,发网纂簪,一应俱全。这是李莲英的姐姐预先备好的,这个姐姐住在前门外,跟宫中的弟弟声息相通。这回又轮到李莲英为太后梳头了,他先把浓密的头发散开,用热手巾在发上熨一熨,拢在一起向后梳通。李莲英用左手把头发握住,用牙把发绳咬紧,一头用右手缠在发根扎紧辫绳。然后把头发分成两股,拧成麻花形状,长辫子由左向右转盘在辫根上,一根簪子横插过去,再在黑头绳上插上老瓜瓢,用一个网子兜起系紧,一个汉民老太太的盘羊式发型顷刻完成。由李莲英指导着,宫女们给慈禧换上整大襟式的蓝色布褂,特意下过水的,半新不旧;浅蓝色的旧裤子也洗得褪色了。一对新的绑腿带,新白细市布袜子,新黑布蒙帮的鞋,难得地合脚舒适。

头上脚上都收拾好,慈禧转问娟子:"照我的吩咐准备好了?"娟子回禀:"一切都照老祖宗口谕办的。"慈禧便道:"娟子、荣子跟着我走。"在这生死关头,这是天大的恩典,两个宫女含着泪磕头,爬过去紧抱住慈禧的腿。慈禧有些茫然,忽又喊了一声:"荣子拿剪子来!"她坐在寝宫的椅子上,把左手伸到桌子角边,背着脸颤声吩咐:"把我的指甲剪掉!"

精心养护了好几年,两手指甲白玉一般莹透,尤其是左手无名指和小指,长度

和形状都分外出众,得到太后的衷心喜爱。一下子狠心剪掉,慈禧的眼圈不由红了。这时光绪换过了装,深蓝色没领子的长衫,一条肥大的黑裤子,戴上圆顶小草帽,活像跑外卖的小伙计。皇后、瑾妃、三格格、四格格、元大奶奶,也都改扮齐毕赶来了。那些未派跟从的妃子、宫监,都像濒临死亡的待刑人,失魂落魄地立着或晃着。这时一个老太监跪着爬进寝宫门,用头叩着金砖地:"奴才老朽无能了,不能伺候老祖宗外巡,先给老祖宗磕几个响头,祝祖宗路上万事如意。"他的话引出一片哭声。这人是张福,多年伺候太后饮食,称得上第一要紧人,他也是个老好人。慈禧硬起心肠嘱咐:"宫里的事听瑜、晋二皇贵妃的,张福、陈全福守护乐寿堂。张福你听清楚,遇到多困难的事,不许心眼窄,等着我回来。"说毕便起身,领着人朝北走,绕过颐和轩,路经珍妃井,直奔贞顺门。贞顺门里黑压压一片人,由瑜、晋皇贵妃为首,齐向皇太后下跪道别。

贞顺门是宫墙东北角的偏门,位于中轴线上的正门叫顺贞门。以二门为界限,门里属宫苑,门外属于护军行动范围。宫人们只能送到门槛里头,大家在此生离死别,嘱告呜咽,有人借机痛痛快快哭几声。娟子和荣子两个幸运儿,被相好的姐妹紧紧拽着,摘头花、捋手串,每个人都偷偷塞给她们七八份饰物。看姐妹们的意思,走的人一定能活,留下的准定会死,这让二人心酸肝颤。

告别也只一刻,从行的人们簇拥着慈禧,迈出贞顺门,自动按照身份高下排列。由于装束都变了,要细看才知谁是谁:皇后是褐色竹布上衣,毛蓝色的裤腿向前抿着,越发显得人高马大;瑾小主头上蒙一条蓝手巾,大裤裆往下嘟噜着,笨熊似的;两位格格和元大奶奶,都是一身蓝布裤褂,由后瞧完全一个样。惹眼的倒是李莲英,他的长相全城人都知道,歪瓜脸,厚驴唇,肉眼泡子肿了似的向下垂着,胡椒眼也不怎么灵泛了。他带着软塌塌的大草帽,帽带勒在下巴底,让帽檐遮住这张不好藏的脸。

摆在出行人前面的,只有区区三辆车,前两辆是轿车,第三辆是铁网子的蒲笼车。最整齐的那辆像是宫里的,可也缺少腰帷前面的帐子,另两辆是大车店雇来的趟子车。这就是出行的车驾?人们怀着疑问,慈禧却安之若素,指定某某人上某某

车，又下一道严谕："今天出门，谁也不许多嘴，路上遇到什么事，只许由我说话。"她讲话时眼睛盯着大阿哥。这个十五岁的浑小子，除了太后谁也不怕，他若冒不腾地喊一嗓子，那会让龙凤露了馅儿的！

慈禧上了头辆轿车，由娟子陪着，外面由大阿哥跨辕。皇帝上第二辆车，由贝子溥伦跨辕。皇后和格格们都挤到蒲笼车上，荣子最后一个上车，只能坐在车尾部喂骡子的料笸箩上。随行太监都骑着骡子，保护帝后出了神武门，往西过了景山，又顺景山西墙往北，穿过地安门。外面乱糟糟的，逃难的人群遮途塞道，拥挤不堪。慈禧正想找人清道，这时崔玉贵骑着骡子近前，禀称碰见赵舒翘了。慈禧便在车上召见赵舒翘，令他在前远远地开道。车驾行经鼓楼，崔玉贵一眼认出一辆轿车，连忙大喊澜公爷。载澜是赶来保驾的，他把轿车献出，慈禧安排皇后、瑾妃乘坐。

就这样穿过几条胡同，沿着城墙根儿，来到德胜门脸儿。这里难民更多，大篷车，小轿车，骡驮子，手推车，可着趟儿往外挤，也有逆着进城的，在人流中搅起几道旋涡。赵舒翘使出军机大臣的威严，声称调兵进城拒敌，命令各色人等让开道路。人们对调兵之说大都怀疑，但见这人体躯高大，气派十足，几名家丁持刀挥枪，只好嘀咕着服从指挥。沿着行人闪开的路缝，车辆驶进德胜门关厢，碾过满地的污泥浊水。在大太阳的熏蒸下，驴屎马尿气味扑鼻而来，贵人们全都紧咬牙关，闭目塞听。只有慈禧睁大眼睛，观察路旁的残兵溃卒，闲汉游匪，在打砸关上门窗的店铺民家。与这些败类不同的，是手持刀矛的义和团民，依然神气地往城内赶，他们要去打洋人么？

压下一声深长的叹息，两行清泪淌下面颊，慈禧至此才感到伤心。她是在变起非常时仓皇出宫的，未带一兵一卒保护，正所谓白龙鱼服，小虾可欺。所依靠的只是不露行藏，所以她不戴金玉珠宝，只包了些散碎银子，车辆也是李莲英雇觅的。这固然可以蒙混，但也危险万分，茫茫人海，漫漫长途，她还不知该走投何处。慈禧不由发起狠来，恨天恨地恨人，一切人都在骗她，包括心腹臣子荣禄，都没叫她做好准备。陷君于危，罪大恶极！

荣禄正陷于六神无主之境。他一大早便得到消息，英、美军队已开进使馆，天

放亮时又开上街头,对围馆军民反守为攻;俄、日两军连破三门,气势汹汹地向使馆区突进。荣禄急忙赶往皇城,路上连接警报,宣武门、大清门、东安门,先后遭到敌人炮击。荣禄带着四十名骑兵,自御箭亭东驰往宁寿宫。路遇礼王世铎,这便结伴同行,来到景运门外,守门护军惊惶相告,敌兵可能已入大内。

荣禄闻言大骇,带兵关闭景运门、乾清门,然后在宫禁中搜索。搜过才知是虚惊,荣禄赶赴军机值房,没有见到其他同僚,只有一名章京在此值班。荣禄告诉礼王,已发令调兵守东华门,礼王反问守得住么? 局势变化太快,国破家亡就在目前,荣禄只好说,咱们进内奏禀太后,请圣驾避一避再说。二人起身前往宁寿宫,走到皇极殿东墙边,有太监迎住报告,两宫已起驾多时。两人追问太监,哪问得出子午卯酉。转身往回走,这次是荣禄问礼王:"怎么办?"礼王咂咂嘴:"树倒猢狲散,还能怎么办?"

虽然不中听,荣禄却知世铎说的是实话,便与王爷匆匆道别,急赶回府。进入南锣鼓巷局儿胡同本宅,荣禄先把达斌找来,要他火速护眷出城。然后才与夫人见面,对妇道人家不敢讲得太透,只说情势不大安稳,让家人外出避避风头。夫人听毕就哭了,唉,金枝玉叶就是娇气呵。荣禄尽力宽慰,却也不敢停留,又跟儿子见了一面,这便离开了家。他特意骑马从宅南绕行,对他的花园再看几眼。这里原先是大片旷地,荣禄在此营山造水,在争奇斗胜的贵公园林中也属上乘。经此一劫,不知是否还有优游之机。

荣禄叹息着驰向西城,在皇城西与户部尚书崇绮相遇,这位慈禧太后的亲家翁,没有赶上从龙随驾,很是失落。荣禄与崇绮一起,到棋盘街公所召集部众,得知联军逼近后,立即拔队出西直门。城是出来了,何去何从煞费踌躇。按照常理,应往西北追寻两宫。然而端王兄弟已占先机,一定会把京城溃败的罪责,推到荣禄身上,他这带兵的必为众矢之的。况且西北道路辽远,与南方督抚讯息不通,对议和大计十分不利。因此荣禄决定前往保定,那里是沟通两端的中枢,坐镇其间,他是进可攻退可守的。

京城中已无清军主力,联军更加游刃有余。英、美军队进入使馆后,由福里少

将率领的法、德、意、奥支队也从通州赶来,于十四日午夜开进使馆。两大主力俄军和日军,以先发晚到的态势,至十五日早晨才与六军会合。好在胜利是巨大的,攻占偌大的北京,联军仅死九十一人,其中日军五十八人、俄军二十八人、美军一人、法军四人。从天津打到北京,日本人的贡献值得大书特书。他们还有谦逊的美德,不像俄军那样跋扈,美军那样显摆。显摆的标志之一,便是抢先攻打皇城。沙飞将军听康格公使诉苦,守卫皇城的清军,经常漫无目标地开枪,使使馆区的妇女儿童饱受惊吓。沙飞决心予以惩罚,便于十五日早晨七点半,命令美军在前门集中。前门内城城墙上,三门大炮对准西边的宣武门,另一门炮指向皇城。城楼的第二层布置两个连队,使用步枪射击。

在炮击开始后,沙飞派出两个步兵团,向皇城进发。一名美军上尉参谋,把第十四团带到城南正中间,指着城门告诉团长:"这就是皇城大门。我的任务完成了,你的任务开始了。"十四团巴不得独占皇城。可是竖在前面的,是高达四十五英尺的城墙,上面还有更高的城楼。大门由三个门洞组成,门扇约有八英寸厚,现有的枪械对它无能为力。团长当即派人求援,过不多时,两门大炮由一排炮兵带到。炮兵中尉透过门缝向里张望,弄清楚门梁所在,用粉笔在门上画了个圈。两门大炮架在十二英尺开外,炮手瞄准白圈开炮。大门尽管坚固无比,也顶不住抵近的火力。短短几分钟,大炮打得门梁脱落,城门大开。墨菲中尉带队进门时,心中还有些纳闷,为何无人来干扰一下?

他看到门里是个庭院,两侧各有一排砖房,在尽头处横亘着另一道墙,正中门楼蔚为壮观,他不知那叫天安门。美军以两排兵力正面进攻,前进不远即受到阻击,枪弹是从城墙和城楼上射来的。美军窜进草丛回击,由于野草茂密,用的又是无烟火药,城上清军很难发现目标。美军从左右两翼迂回,他们爬上屋顶,攀上树干,寻找一切可以利用的物体。在这全然陌生的异国环境中,仍然是他们处处主动,如鱼得水。被动挨打的守城禁军,只能倾力决一死战。天安门城楼上尸积成堆,鲜血流淌得满地滑腻,使打枪的士兵立脚不稳。护军参领玉山、虎神营队官润志相继战死,不过,冲在最前面的洋兵被打倒好几个,这让旗兵深感解恨。

美军进攻受阻,奎吞少校正伤脑筋时,一个俄国步兵连开来了,要参加攻城战斗。奎吞告诉俄军上尉,美军的行动进展顺利,正在结束这项工作,不需要友军帮助。那上尉讽刺地说,听说已有二三十人伤亡,所以不能用顺利这个词。奎吞大为恼火,示意美军列队拦截。俄军人少,知难而退,但皇城东北的俄军岂肯示弱?俄军、日军先后炮击北城,法军将大炮架在前门东边的内城墙上,向皇城内猛轰。法军炮火威胁到美军的进攻,沙飞派人飞马前往,与法军交涉。法国人打北京来晚了,让资浅的美国兵出了风头,哪肯乖乖听话?直到美国军官大发脾气,要拉来队伍跟法军开仗,法国炮兵才暂停炮击。

拆台的总是"自己人",这叫沙飞产生了紧迫感,决定加快"作业进度"。两门大炮又拉来了,炮兵连的瑞利上尉亲自指挥。第九步兵团也来增援,在这块不大的阵地上,集结了两团步兵和一排炮兵,极容易受到密集火力的杀伤。为了掩护进攻,美国兵爬上两翼的矮墙,与守军展开步枪对射。瑞利上尉下令炮位前移,在十三英尺的距离上,炮弹准确地轰向大门,引起了美国大兵的欢呼。可就在炮弹开花的一刹那,瑞利上尉头部中弹,同时爆开一朵血花,他就死在天安门城楼下。这颗子弹,是副参领松寿射出的,他被打瞎了一只眼,却用另一只眼意外得手。不过他很快被打死,活着的同伴已经不多,子弹也快打光了。

天安门大门又被轰开,美军冲锋前进,潮水般涌过门洞。迎面高耸的又是一道门,这的确令没见过世面的美军惊讶,在这座一攻就破的城市中,为什么要造这么多门?对于反客为主的部队,穿门越户就像回家,只需掏出钥匙,插锁孔拧开就是了。现在,美军便要履行这道手续。"开门"战斗打响不久,一名英国联络官来见沙飞将军,请将军前去参加军事会议,并建议他下令暂停行动。这是为什么?那位下级军官答不上来,沙飞满怀狐疑,并未指示停火,便骑着战马匆匆赴会。

聚集于英使馆的将领们,是应盖斯里邀请而来的。盖斯里提醒他的同行,美军擅自行动,已在兄弟部队间引起纠纷,这将不利于联军的团结。俄、日是"擅自"的一方,法军是"纠纷"的一方,各军头头都怀疑英国人的动机。盖斯里进一步说,美军已经占领了几座门,各位希望看到一国独霸或者先占么?将领们省悟过来,山口

素臣首先改口,其他几位纷纷附和,大家在临时拼凑的团结中等来了沙飞。听罢盖斯里的介绍,沙飞怒道:"美军流了血,在此之前,使馆区天天在流血!别给我讲仁慈和怜悯,我在这里追求的是正义!"盖斯里耐心地说明:"使馆得到拯救,正义已经伸张,中国人正在逃命,各部队应获喘息。无论如何,攻打皇城是个重大行动——"沙飞愤愤地说:"越是重大,美国军队越是不怕,我们的进攻非常顺利。"利涅维奇毫不客气地说:"硬仗是我的部队,还有日本部队打的,美军不要夸口。如果非要打皇城,你也该知会各国,不能一口独吞。"

沙飞尖锐地讽刺:"这就是你们反对的目的,在浴血奋战时,仍不忘互挖墙脚。我愿正告各位,美国奉行门户开放政策,打下皇城后,会对各位开放。"利涅维奇反问:"那么你是主人了?各位愿意接受这种慷慨么?"山口素臣说道:"皇宫是不可冒犯的,我担心中国人的反抗,会因此而更加激烈。"福里少将趁机发牢骚:"法国军队的炮击,应美军的要求而停止。美军能否同样通情达理?"盖斯里出来劝解:"美军的行动,至少给了中国人足够教训,我认为应当适可而止。下一步采取何种措施,应与公使们协商决定。"这牵涉到外交政策,沙飞不好贸然拒绝。他不情愿地派遣一名副官,去下达停战的命令。副官来到阵地上,美军已经打开了端门,正要向宏伟的午门进击。这道门里就是紫禁城,在中国人心目中,那是神圣不可侵犯的九重之巅。一道仓促的军令,能遏阻烈火般的冲锋欲望么?

第七章　两宫西巡

一、活地狱生灵涂炭

　　停火令的确引起了质疑,美军上下一片喧嚣。但是命令就是命令,两位团长指挥下属,检点伤亡,打扫战场。不过部队并未撤离,他们在等待形势的变化。变化很快到来,在 8 月 16 日的联席会议上,公使们逐步达成一致意见:皇城是清朝统治的象征,对于清廷的惩罚,不应将它排除在外。南门仍由美军占领,其他各门由俄、日、英、法占领。计划制定出来,暂未开始实施,因为此时此刻,一场军事行动正在进行。这便是北堂之战。北堂受到攻击比使馆区还要早,围困两个多月,几乎天天挨枪挨炮。

　　樊国梁的手下,除了四十名法国兵、十名意大利兵、七十多名洋人传教士,其余三千人全是中国教民。这些人依靠一百多支步枪,还有一门从旗兵手中夺来的炮,顽抗至今,早已弹尽粮绝,命悬一线。一见到福里少将,法国公使毕盛就提出救援问题,可是法军兵力不足,两人只能寻求支援。这算是为上帝效劳,天主教、东正教

和新教,甚至连东洋的神道教徒都伸出援手。联合部队组成后,由福里下达作战方案:第一步占领宣武门,第二步占领西安门,第三步攻入皇城,解围北堂。

计划按部就班地执行,16日上午8时许,炮火轰开了宣武门,法、俄、英、奥、意联军冲门而入,与隐蔽在街垒后的义和团及清军作战。由八门山炮、四门野战炮、三挺机关枪组成的强大火力,能够摧毁任何抵抗。何况清军和团民已是强弩之末,不是一打就跑,便是一死了之。联军逼近西安门时,发现二三百名日军从北面开来,向着北堂行进。激烈的枪炮声传进北堂,使樊国梁知道救兵到了,他带人爬上教堂的高端,三次吹响法国军号。福里忙令用军号回答,里应外合接上了头。接应的还有一伙中国教民,他们搬来密藏着的梯子,帮助洋兵翻越城墙。西安门攻破后,皇城内的抵抗比外城顽强,双方展开一街又一街、一院又一院的争夺。为了清除对手的掩体,联军纵火烧毁北堂周围的房屋,无论八旗兵、义和团或者普通居民,统统葬身于熊熊烈火中。战至中午,联军攻占了紫禁城西华门,解了北堂之围,使信徒们更加坚信,上帝不会放弃他的追随者。

继上帝而来的是魔鬼。从大沽之战到北堂之战,联军经过六十天的苦战,紧张的神经需要放松,积郁的兽性急需发泄,指挥官们决定纵兵三日。事实上一发而不可收拾,纵兵何止八日、十日,暴行充斥整个占领期间。联军对设过拳团的地方进行毁灭,庄王府首当其冲。洋兵屠杀的义和团和庄王家眷,达一千七百人之多,并将尸体同房屋一起焚烧,偌大区域化为灰烬。端王府是另一个屠场,连未设拳坛的荣禄家,也被日本军队纵火焚毁。

户部、翰林院、安徽馆、弘仁寺、大光明殿等院宇,都以各种各样的原因遭火吞噬,以致烧毁成千上万户,城厢昼夜烈焰腾腾。联军要杀尽义和团,由教民和献媚的华人指认,一批又一批拳民落网。美军就近利用菜市口施刑,其他各军自设刑场,杀人花样有斩首、枪决、刀刺、勒毙等。令人诧异的是,拳民的勇悍之气再也不见了。他们变得逆来顺受,不吭一声。

只有一次例外,有教民向日军告密,源顺镖局的老板是义和团首领。一队日兵前往拘捕,费了好大力气,才撞开紧闭的大门。日兵挺枪冲入,庭院空空如也。小

心地搜了半晌，焦躁的日军便要纵火，一名尉官亲自划着火柴，点燃一堆干草。火焰腾起的一刹那，尉官发出惨叫，颈上鲜血迸流，一柄飞刀刺穿了他的喉咙。日本兵乱作一团，一条大汉仿佛从天而降，持刀大砍大杀。那人赤面长髯，挥舞的是青龙偃月刀，天爷爷呀，这是关公！日本人也是有关公崇拜的，魂飞魄散之间，早被砍倒好几个。尉官的副手连声号叫，吆喝部下打枪。那关公身手不凡，在烈火中施展神刀。直到又一队日兵赶来增援，将他身上射出数十个窟窿，活关公王五方才力竭气绝。

与烧杀相伴的是奸淫。从战斗停止的那一刻起，异国战士便异化为野兽，对异性展开疯狂的施虐。英军进城最早，军中的印度兵发作得也最早。几个印度兵在使馆区东边的一个胡同里，轮奸一名京官之女，奸毕用刺刀穿透两乳，并且分割女子之肉。东城一带妇女最怕黑兵，黑兵就是印度兵，她们一听见枪声就投井。俄兵与德兵并不逊于黑兵，俄国人每抢一户人家，总要带走年轻女子，割掉老女人的乳房。联军最喜猎获贵族女眷，崇绮公爵的妻妾女媳数十口，均被关入天坛内，由洋人官兵肆意凌辱。倭仁妻九十余岁，竟被一名黑兵淫辱而死。

此种暴行发展到后来，连最高指挥官都觉得有碍文明了。但是官兵需要满足，他们郑重地做出决议，把所获妇女集中到裱褙胡同，当做官妓，以安军心。然而洋兵们仍爱自由行动，比如德国兵史兹密德在寄往青岛的信中说："抢掠是挨家挨户的，绝没有一个北京人家能得幸免。头三天里北京的小脚姑娘，都成了我们的爱人。我相信在这座古城里，再没有一个姑娘还是处女。"

就是这名德国中士，在第五天有了一次奇遇。正是残阳如血时分，一支德国分队奉命征收军需，也就是抢粮。史兹密德和几个同伴分包了一条小街，所进宅院多是空屋，有时会见到一个糟老头子，或是夹着尾巴的丧家犬。在临近十字街的一处小院，德国兵一进去便嗅到了香味，这是熟悉的馒头味道。几个人循着香味走进灶房，立刻发现一笼"中国面包"，还在灶台上散发着热气。这引发一阵欢笑，大家抢上前去，狼吞虎咽地饱餐一顿，然后找口袋盛装。

这时天已擦黑，不远处传来军号声，还有联络官在街上吆喝，通知集合的地点。

德国兵加快动作,打算搜完便收兵。一个兵忽然叫了一声,大家顺着他手指的方向看,只见大门左边的一间房中,闪出两个身影,闪电般奔向大门。不知谁顺手开了一枪,一个身影应声而倒,另一个惊叫着扑过去,那是女子的声音。这使兵们兴奋起来,嗷嗷叫着上前围猎。女子惊恐地爬起,跑得最快的史兹密德,伸手抓住一个衣角。女子用力挣脱,脱兔般蹿出大门,但怎逃得脱野人般的德国兵,史兹密德将她捉住了。这是个十七八岁的少女,标准的东方美人!五六个兵七手八脚,撕抓她的衣物,女子拼命挣扎,把几个兵的脸皮抓出了血。这更令人疯狂,她顷刻间便被扒光,被扑倒在凌乱的布片上。忽又响起一个女声,那是非人的声音,钉子一般刺耳:"放开她!放开她!"

听到的竟是德语!兵们扭过头看,见有一个中国女人,从街对面跑来。不是德国女人,更不是他们的长官,几个兵放下心来。就在这一愣神间,小女子奋力挣起身,撕打着试图摆脱魔掌。恰在这时,几位军官骑马通过街口,开始召唤士兵归队。德国兵生怕好事落空,使出蛮力将女子摞倒,几个人争着要当第一个。女子求救地叫着那个女人:"太太!太太!"女人走近前来,被一个兵一脚蹬开。又一个兵醒过神来,不怀好意地打量这个女人。女人后退两步,一股怒火突地蹿升,她迎着饿狼似的眼神,斥骂一声:"禽兽!"动手解开衣扣,将衣物甩脱在地,飞快地将自己扒光,露出白晃晃的胴体,声嘶力竭地叫喊:"来呀来呀!你们不就要这个么?你们的妈妈姐姐妹妹,全是这个样子,你们没见过么?没做过么?来呀来呀来呀!"这是一连串德语。德国兵目瞪口呆,被摁着的小女子,蛇一般滑出掌握,向街对面逃去。史兹密德伸出手,下意识地去抓女人。女人"叭"地将它打开,她向德国人摊开手掌:"叫你们看看,我这双手,握过腓特烈皇后的手!腓特烈皇后,你知道么?"

一个声音从身后传来:"对不起,夫人,你是谁?"那女人回过头,面对几个刚刚下马的德国军官,压抑着激愤:"我是前任大清驻德国公使洪钧的夫人。现在我是贱民,被德国士兵逼着脱光了身子。"为首的军官弯下腰,捡起袍褂给女人披上,彬彬有礼地鞠了一躬:"很抱歉,洪夫人。粗鲁的士兵冒犯了您。我,德国男爵、海军上校裴德满,向您赔礼。"说着扭头瞪了一眼,那几个兵狼狈地提裤开溜。

女人也忙穿戴停当，重新与上校先生叙话。她简短地回忆在柏林时，进宫晋见德皇伉俪的情景，显示她并非说谎。然后言明夫君亡故，自己流寓京师，为避战乱，刚从内城逃到这里，还没落脚便遭此劫。她与德国有这层渊源，言谈举止又爽朗洒脱，这引起了裴德满的好感。他慷慨地许诺，要保护好洪夫人的家庭。女人小心地避开"洪"字，自报姓名赛丽叶。她隐去金花两个字，将"二爷"的谐音化为"丽叶"。裴德满愉快地告别赛丽叶，追赶他那大有斩获的队伍。

在忙于劫色之外，联军还忙于劫财。各国军队的战斗力，已经转化为抢劫力。常打头阵的日本人，抢劫时更是冲锋在前。在城内巷战战况尚烈时，日军一部便直奔户部，从银库搬出三百万两白银，送往日本使馆。然后在户部的缎匹库和颜料库，运走大批绫罗绸缎。接着洗劫了内务府的官三仓、恩丰仓和官房租库，抢走全部存银和三十二万石仓米。日本人还是雅盗，翰林院的数万册经史典籍，其中包括《永乐大典》，以及銮驾库的辇乘、车轿、仪仗等物，一律囊括无余。这令俄国人忌恨，根据停战后的划分，户部在俄军占领区，它要求将户部存银分一半给俄国。日本人"据理力争"：日军搬银在15日早晨，划区则在15日下午三点半，你这是马后炮了！俄国人风闻户部尚有窖藏之金，急急赶去推墙拆屋，费了吃奶力气，结果仅寻得日军遗落的一锭大银。好在他们抢在日军之前，占领了颐和园，率先在各宫抢劫。俄军用绿色大车搬运财宝，路途颠簸器物坠落，珍瓷美玉碎掷满地。英、法有四十年前的经验垫底，这是他们的轻车熟路。三海、三坛、太庙等苑宇，六部、九卿、总署等衙门，王公贵族等府第，都被劫掠一遍或多遍。日本的《万朝报》专题披露，司令官、师团长、旅团长、联队长等数十名军官，都参与了疯狂的掠夺。

这不光是军人的事业，使馆人员、传教士和外国侨民，也焕发出旺盛的热情。在传教士的引领下，法军从礼王府掠得白银二百余万两，财宝用大车拉了七天，统统存于北堂。樊国梁以避免教民死于饥寒的名义，从公使和司令官那里领得"征收特许证"，由此公开营业。教士和教民熟悉情况，掳获之丰引人眼红，也引起了非议。樊国梁在《传教杂志》上撰文答辩："所有银子、粮食、衣服和从火堆里抢出来的，以及教民等变卖了的东西，加上圣母会修士为维护中法学堂的学生和未死的孤

儿们的生活所拿到的物质,一切的一切都进行了登记,总值达二十万三千零四十七两又五十枚。"报得如此详尽,可他只字不提从庆王府、立山家、李莲英宅掠得的财物,那不下三百万两。

对于亡了国的臣民来说,这一切都是身外之物,在失去它们之前,不少人捐出了性命。年逾八旬的大学士徐桐,决意以身殉国,而且要求做侍郎的三儿子同死。老父的严命让徐承煜发怵,可又无法不从,便于这天夜晚,父子一同来到悬梁的绳环下。对这个儿子的狡黠,徐桐还是心中有数的,他用老眼狠盯着承煜。徐承煜泪如雨下,跪抱着老父的双膝:"能够追随父亲,在国为忠,在家为孝,这是不肖子今生之幸。老父在前,儿子要伺候您老人家升天,才能安心追随。"这话讲得有理,徐桐便让儿子扶抱着,爬上凳子,将脖子伸进绳套里。

在做着这些事的时候,徐承煜心乱如麻,他想起南明大学士钱谦益,国亡时本要投湖自尽,却又从水中爬了出来,攒眉抱怨说:"唉,湖水太凉了。"还有一个大臣,他记不起名字了,降清后常对人说:"我是一心要死,怎奈小妾不肯。"就在胡思乱想中,他帮助父亲踢倒凳子,不等徐桐咽气,便偷偷溜出门去。他想的"小妾不肯",却被事实打嘴:徐氏三代人的妻妾、孩童,总共十六人缢死。

城破之后,阖家殉难的多达百余户,宗室扎隆阿、宗室寿丰、宗室奕功、吉林将军延茂、奉天府尹福裕、祭酒熙元、祭酒王懿荣、安徽前巡抚富润、二等侍卫全成、一品封典富谦、护军参领续林、副都统载龄、参将魁斌、南城正指挥项同寿、銮仪卫冠军使文录,可谓举不胜举;同殉人数最多的,是三品衔候选员外郎陈銮,全家三十一人自杀。怡亲王载敦,王府被抢后,又被俄国兵抓到军营,强迫给士兵洗衣,常遭鞭打侮辱,他抽冷子投井溺亡。

宗室翰林寿富,在戊戌变法时,曾与康有为合组知耻学会,亲撰叙论鼓吹维新。光绪帝召见后,选充京师大学堂分教习,派赴日本考察学校章程。东渡归来恰值政变,寿富杜门谢客,检书自娱。他是联元的女婿,联元当廷直言,多是受他启发。京师危急,有人劝他携家出城,寿富摇头:"大宗如此,小宗如何!"又有人劝,可派弟弟仲荪带领家小,避居于先人墓侧。仲荪也摇头:"皮之不存,毛将焉附?"联军侵入西

城,满街喧呼挂白旗者免死,这对难兄难弟,急忙饮下毒药。大妹、小妹还有婢女,也都争着服毒。

在联军看来,数以千计的寻死者,为他们节省了力气,也算好事一桩。联军在酝酿武装示威,来一次盛大的阅兵式。这是几经辩论决定的,定下后便与清方联络。这个"清方",包括留京办事大臣、大学士昆冈,兵部尚书敬信,还有未及逃走、愿效奔走的恽毓鼎、曾广銮、瑞澂等人。联军致送的公函称:联军此来保救公使,在任务完成后,各国统兵将领连同公使,有意进入大内瞻仰宫廷,以资保护。昆冈和敬信看得眼晕,回函宛转陈情,以尚待奏准为托词。第二封洋函便不客气了,京城现归各国保护,联军意向谁能阻止? 并且追问,既称奏请,请说明两宫现在何处? 这敲到了要害上,两大臣不敢纠缠,赶紧通知内务府大臣世续、文廉,知照内廷各处,略做准备,勿致惊扰。

根据各公使与各军司令官的决议,8 月 28 日上午,阅兵式在大清门前广场举行。参加人数依次为俄军八百名,日军八百名,英军四百名,美军四百名,法军四百名,德军二百五十名,意军六十名,奥军六十名。在身着盛装的各国公使注视下,军衔最高的利涅维奇中将,检阅八国部队。检阅已毕,各军列队通过大清门,由昆冈、敬信、世续引领,进天安门,经端门、午门入内宫。在鼓乐齐鸣中行进,俄军是自满的,日军是矜持的,英军是冷漠的,美军是骄傲的,从高级将领到普通士兵,个个都是趾高气扬的。面对巍峨的楼宇,辉煌的殿阙,他们不能不惊讶。诧异过后产生种种疑问:什么样的家庭,能住这么多房子? 这要耗费多少物力? 比任何皇室都富裕的清帝,为什么未使国家富强? 追寻的目光盯向三条辫子,三大臣只顾例行公事,引着杂色长蛇爬过宫城。游行队伍南北纵穿,开出宫城北端的神武门,内务府在此略备茶点,以尽地主之谊。公使和司令官们沾唇示谢,双方显得礼仪周全。

在中外大员简短茶叙的时候,宫中发生了一桩怪事。这事起因于昨日,七八个联军军官登上景山,通过望远镜观赏皇宫,发现后门半开,有两个太监出门探望。军官们派翻译毕明与太监搭话,示意未带武器,不要害怕。毕明接着下山,问宫中有多少人,答有三百人。问有没有义和团,答称原先有,当下全跑了。毕明与太监

约定,明日去宫中一观,保证不损一草一木。瞄瞄山上的洋兵,俩太监虾米一般弯腰应承。这伙军官是未选中参阅的,所以有此秘密行动。

到了此日早上,太监乖乖地打开后门,将一行人潜引入宫。他们从钦安殿西路前行,上千秋亭,过养性斋,在御花园里尽兴游览。依次瞻仰了储秀宫、体和殿、翊坤宫,由西一长街的隆福门进入内廷中心区域,迎面看到一座宏伟的宫殿,正是乾清宫。听说这是皇帝的寝宫,也是坐朝的宝殿,洋军官们都很向往,情不自禁地登上殿陛,观赏、抚摸陛间摆饰。丹陛东南角设有日晷,这是测天的;西南角设有嘉量,这是度地的。两边分设铜雀铜龟,南端摆四尊镀金大香炉,丹陛两侧设有江山社稷金殿两座。明代十四位皇帝,清代两位皇帝顺治、康熙,均住在此宫东暖阁或西暖阁。所以,侍奉皇帝起居、理政的内廷班子,如御茶房、御药房、自鸣钟处、敬事房、祀孔处、南书房、内奏事处,都设于此处宫院中。

太监絮叨的这些古典,连翻译都似懂非懂,军官们更是如坠五里云雾。在丹陛上玩够了,洋人想进殿去看看,两个太监连说不敢。怎么不敢?德军中校汉斯跟太监理论,他的同伴史兹密德大步向宫门走去。史兹密德发现,宫门竟是虚掩着的,他用力一推,朱门开启。一帮军官争先恐后,冲入大殿,却又同时发出惊呼。众目睽睽看得清楚,在宝殿正中的御案后,宝座上,赫然坐着一个人。那人披散头发,身着道袍,骨瘦如柴,双目炯炯地照射着来人。

震慑的岑寂中,太监壮着胆问:"呔,你是谁?"那人朗声作答:"我是大明第二十二代皇帝,姓朱讳复真。"太监骂道:"混账!快下来!"那人道:"混账了二百六十年,清朝该下,明朝复归。"太监大叫:"疯子,你犯下杀头之罪!"那人道:"用一颗脑袋,换一个朝代,本人不疯。"太监上前去推那人:"快滚,这位子你怎敢坐!"那人轻轻拂开太监:"此为紫微之位,惟有德者居之,又何疑焉?"

这一番对答,毕明都翻译给洋军官听。最后这句文绉绉的,翻译得吃力,毕明索性开玩笑地翻译成"只有德国人能坐"。这使汉斯产生了兴趣,他看见又有太监奔来,把那个人搡下宝座。那人手中攥着一本书,引起了汉斯的注意,他把那书要来浏览。看到上面奇奇怪怪的图画,又听那人说,这是千百年前的预言宝卷;第三

十六图预测慈禧倚信端王,纵拳招祸,完全应验了。汉斯和同行者被吸引住了,要做进一步的探讨,闻讯赶来的首领太监,大着胆进行干涉。首领斥责太监,不该私开宫门;各位军爷在宫内循规蹈矩,令人起敬,不过各国大军正在观礼,还是以平进顺出为好。至于这个道士,道号一米道人,近日随英年总宪出入禁苑,神不知鬼不觉地潜藏下来,有犯上作乱之罪。听这人的口气,道士恐怕不得好死,汉斯跟同伴商量几句,便要带一米道人出宫。首领太监拦不住,乐得鬼去关门,把这一伙妖怪从偏门打发出去。

一明一暗两支洋军,在皇室心脏处践踏,留京臣子们都感到痛心,又得打起精神强颜欢笑,应付这千古未有之局。北京已不是中国的北京,它被联军分区占领:外城由英、美、德分占,英军占东南面,美军占西南面,德军占西北面。内城由日、俄、德、美、英、法、意分占,皇城除去紫禁城,亦由七国分别占领。东安门内大街以南为英占区,街北至三座门为日占区,三座门以北至地安门以东为德占区,西华门外以南为美占区,以北至西板桥为意占区,西安门内以南为法占区,以北为俄占区。为了显示联军的大度和文明,紫禁城没有分占,而由最先进攻皇城的美、俄两军分守宫门。

这一安排令俄国人高兴,这似乎承认了他们的"华北主人"身份。为平息他国人士的嫉妒和不满,俄国人允许友军军官和西方贵宾参观皇宫。宫中游览往往演变成偷窃,英国作家朴笛南,便目睹了这种场景:同行的英国绅士,不时将奇珍美玉聚拢成堆,趁人不备塞入口袋。导游的俄国军官含笑旁观,有时还鼓励地挤挤眼睛。

朴笛南出宫后向赫德描述。赫德这位阅尽人世的老人,告诉他一个小小的细节:在俄军最高指挥官利涅维奇进宫时,尽管天气酷热,随行人员还都穿上大衣和斗篷。俄国熊善于监守自盗,返程时衣物都当了袋子,穷汉也摇身一变成为富翁。赫德感慨地说,在俄军驻守期间,会慢慢吸干皇宫的血。

穷途末路上的两宫,尚无心思考虑什么皇宫。侥幸逃出重围,第一站来到颐和

园,太后和皇帝才洗漱饮水,进早膳,慈禧还抓紧时间眯了一阵。端王、庆王、肃王陆续赶到,慈禧传见问话,急于得到洋人的消息。端、庆两眼一抹黑,肃王府最先被洋人占用,慈禧主要听肃王讲。听罢便道:"看情况洋人还不知道我们出来,我们要快走。不能这样人马哄哄,必须不招人眼。让崔玉贵带一个人走前站,李莲英随时注意动静。我和皇上走第一批,几位王爷走第二批。颐和园这儿还有兵,叫他们带兵断后,防备追兵。"说行即行。上路时多了两辆车,一是园中报效皇后的,一是庆王给两个女儿预备的。这样大家匀开坐,随行的宫女也沾了光。

车子吱吱呀呀一路北行,很快没入青纱帐里,蠕动好久才慢慢钻出。午后的太阳像烧红的烙铁,有时被黑幕般的乌云裹住,有时把黑幕一把火烧光,烘炉一般炙烤着人间。宫中人从没受过这种苦楚,每一张脸都涨得通红,汗湿的衣服粘贴在背上。娟子偷眼觑慈禧,见她脸红得像涂了胭脂,颜色还没有匀开,这儿一摊那儿一片。娟子本想给老人家揾揾汗,看看那张紧绷的嘴,没敢造次。娟子根据自己的感觉,知道老人家该小解了,也知老人家咬牙忍着,在等一个合适的场所。然而长途漫漫,车马轰轰,哪里会有一个合适? 不知熬了多大时候,终于来到一个有人家的地方,名叫温泉。村子东头有棵大槐树,罩下方圆数丈的树荫,几辆轿车投奔到树下,帝后都得到宝贵的喘息。

首先要解水火之急,这需宫女荣子出马,她走进近边的一户人家,向主人央告。女人借厕所,那叫不吉利。牛姓家主牛一般偃,好话说了一笸筐,他才答应积德行善。娟子和荣子伺候着太后,去民家小户行方便,皇后格格们鱼贯而入。按照老北京风俗,女人们进门要喝口凉水,以洗邪气,出门要送个红包,以纳吉祥。这些人未备红包,由荣子送给二两银子,让主家发个小财。轻松过后,该进食了,可疲惫的人们只想进水。荣子借来一个木瓢,涮后舀来一瓢井水,慈禧先漱漱口,小心地饮下一小口水。这是她平生第一次喝凉水。

由海淀北上居庸关,原是贯通关内外的要道,饭铺、客栈还有驿站,行旅往来供应不缺。现在人都跑光了,留下的不是空屋便是残垣,还有吃死人吃红了眼的野狗。带来的银钱没处花,一两银子换不来一口吃的。间或看到有人,不是败兵就是

义和团,他们见什么抢什么,还把狼眼盯向这一溜轿车。这些人如果动手,帝后连护身的皮甲都没有!按理应当派兵保护,八旗兵和马玉昆的武卫军,就在后路警戒。可这都是打散的军队,抢掠烧杀无异于土匪,马玉昆也约束不住。至少在尚未脱险的当口,慈禧宁肯扮成逃难的,也不愿意引虎自卫。车队在热辣辣的日光下跋涉,人人都像晒蔫的玉米棵儿,汗和血都被烤干了。粗布衣衫像滚烫的牛皮,捂得人身上出了痱子,胸前腋下刺痒难耐,看见路旁出现的河沟,恨不得一头扎到水里。

人困马乏地赶到一个镇甸,车夫说得歇下喂牲口,人也应该寻口食儿。说到吃,从上到下全傻眼,越是贵人越没有办法。倒是这个车夫,在大车店里碰见一个熟人,好说歹说,硬要那人代为设法。那人说天无绝人之路,地有救命之粮,眼下只能啃青了。便用十两银子包了他半亩地的青棵。太监、车夫齐动手,把豇豆和玉米割倒,拉回场院。几个宫女掰穗摘豆,连格格们都插了手。细皮嫩肉经不住糙磨,很快生疼起泡,却也舍不得金贵的豆豆。人们把玉米穗和豆粒放进锅,忙去生火。没有干柴,用的是煤面掺水做的饼,外行人光造烟不起火。

崔玉贵闻讯过来拉风箱,先烧好热水,两个宫女捧去侍奉慈禧洗脸。这一盆热水,洗去了一路上的郁结和恐慌。慈禧不由惬意地感叹:"还是娟子和荣子会伺候我。"宫女们流着泪回到伙房。若在往常,宫女和太监不搭话。现在是患难时日,荣子忍不住对崔玉贵说,让老人家受这种罪,真是看了不落忍。崔玉贵用力一拉风箱:"看这光景,地方贡献不会有,苦日子还在后头。咱们是老人家的近人,无论如何不能叫她挨饿。"娟子哭出声来道:"那就割我俩的肉吧!先割我,我不怕。"崔玉贵唉了一声:"姑娘,不是割肉,要想办法。这些青棵总要剩下一些,不能叫兵抢光了,得把能带的都带上。"

说到兵,荣子和娟子心中一悸。她们在宫中虽是下人,在外人心目中却金尊玉贵,谁敢小瞧?但是途中小歇时,常有兵卒游荡过来,不怀好意地窥伺年轻女眷。后妃格格们埋头缩身,吓得要死。崔玉贵露出习武的本色,与几个扮成伙计的护兵,横眉竖目地示以威吓。在大车店里,散兵三三五五地闯进来,一边啃生玉米,一边抓起碗喝凉水,喝罢顺手一掼,把那碗摔得粉碎。"王"已沦为难民,也就没了王

法,谁有力气谁便是法。对这支车队的底细,兵们也许猜到了一些,在戒惧之中心存觊觎。说不定哪一刻,会有人露出青面獠牙,那可怎么办?两个宫女虽未明说,却在心底相约,万一遭遇不测,定要以死保住清白!

压下忧虑,宫女们把豇豆角装进车夫的布袋里,青玉米放进车笸箩。上路的时候,玉米秸也捆装上车,这是为牲口准备的。荣子偷偷藏下一个熟玉米,娟子猜出了她的心思,便要跟她换车坐。把见好的事情让给姐妹,这是多清亮的心地!娟子还把手绢包着的玉米递给荣子:"这个你孝敬给当家的。"这是指皇上。荣子爬上太后的车,一五一十地讲给慈禧听,她不能贪没娟子的功。挨到进餐的时辰,荣子将一个玉米进献给光绪,自己掰下玉米粒,伺候慈禧一口一口地吃。

吃下小半个,慈禧不吃了。老人家福大食量也大,而在这漫漫长途中,她基本上没有吃东西,这可怎么得了。看着慈禧歪靠在座椅上,褥垫和靠背都热得烫手,车帷内像蒸笼。娟子从大车店捡来的破芭蕉扇,扇出的也是热风,当奴才的深感叫天天不应,呼地地不灵。而这位天下第一老人家,咬紧牙关一声不吭,那狠劲也是天下第一!

挣扎到太阳落山,赶至京北大镇贯市,距北京七十里。居民信奉伊斯兰教,李姓为大族,相传是康熙时著名镖师神弹子李五之后。现在京城前门外设有东光裕镖局,其镖车畅行大江南北。微服出行不借用镖师,回民也不便收留汉人,两宫车队便在村东的清真寺里落脚。这是个废弃的院落,幸亏还有几间房,更妙的是有一口井,真是天降吉祥。宫女和太监们口中念佛。光绪却在想,"驻跸西贯市",将来史书可以大书一笔了。

二、穷山水至尊流亡

出警入跸,华盖羽葆,煌煌车驾,济济臣僚,帝王出巡的排场和词藻,而今只可

搬来自嘲。何以至此？谁负其咎？获罪于天，其可祷乎？光绪皇帝神态冷漠，不仅自问，还要问所见的山山水水，形形色色。既无答案，又无回声，只有曲折的字迹浮现于眼际。孟子曰："国必自伐，而后人伐之。"康子曰："若其君主，既上制于椒房之太后，下制于贵族之大臣，不能自奋矣。与其分灭于外，惨为亡国之虏囚，何如付权于民，犹得守府而安乐？乃逡巡迟疑，徘徊不决；至于大势尽去，始开国会，则已为强邻所制，虽有无数之忠臣义士，无救于亡也。""康子"就是康有为，他进呈《波兰分灭记》，极言波兰亡国之惨，力请振疲起懦，发奋为雄。一切呼号尽归寂灭，中国像波兰一样陷于分灭，操刀而割的，正是瓜分波兰的德、俄、法、英！这是灾异，还是宿命？或许归因于某人的乱命？光绪在腹诽，他这皇帝只敢在肚里嘀咕，岂能称作真命天子！

提起命，光绪又想到珍妃，心里像秤砣一般越坠越沉。昨日午后，他有一阵子心烦意乱，像要大祸临头似的。可除了国难，还会有什么呢？洋兵还在攻城，据称我军杀敌甚多，报喜不报忧，人们依然哄上头高兴。心神不定地过了半天，进过晚膳，光绪想去外面走走。所谓外面，就是乾隆花园东南角，假山背后的抑斋一带。光绪从瀛台移宫于此，仍被严密监视和限制，近日慈禧额外开恩，允许他在这里游走散心。两个太监跟随皇帝，这是太后派来的眼睛。一路行来，景象凄凉，时见太监们交头接耳，大概在传讲洋军的消息。光绪加快步子，从假山南麓绕向东北，望见四角攒尖的方亭时，突然听见清晰的话音："唉，珍小主惨哪。"身上猛一激灵，又听见喀喀的咳嗽声，这是随行太监发出的警告。光绪用眼角余光瞥见，从太湖石后闪出几个小太监，惊慌地溜走了。

珍小主惨？这是说她打入冷宫不见天日，还是遭遇了新的不幸？光绪又疑又惊，却又无处去问，咬着牙挺过了一宿。天一放亮便要逃亡，一长串女眷中，独独缺少那个人。"珍小主惨"已经坐实，即不惨于今日，也将惨于来日。覆巢之下，安有完卵！

光绪心如沸汤，冷眼旁观这处场院。正北三间正房，没有了门，窗户也没糊纸，透过门窗能看见堂屋里的灶，连着东间的炕。炕上光秃秃的，这便是今夜的"御

榻"？回头看见，宫女把轿车上的垫子揭下来，抬到里间，铺到炕上。又见一名侍女提着一个瓦罐，那是从院外的井中汲的水，洗刷着灶台上生锈的锅。慈禧被安顿在炕垫上，盘腿打坐，真成了佛爷。光绪拕掌着手立在门脸儿外，像个木头人。宫女娟子过来请他，光绪走进里间，见炕面前有一只三脚凳，荣子取个口袋折叠起来，铺在上面。光绪向炕上溜了一眼，慈禧说皇帝也坐吧，光绪坐到三脚凳上。没有碗，没有盆，如何洗漱？荣子想起大蒲笼车车厢底下，有个饮骡子的盆，忙去取来，刷干净请太后洗脸洗手。过后太监伺候光绪洗。

洗去汗渍的慈禧松快下来，交代宫女："眼下讲不得规矩了，娟子她们接触不到外人，荣子你就多出头吧。"荣子含泪答应着。荣子跟"她们"的不同，是被慈禧指配给一个太监为妻，这算一种特殊的恩典。

这时候，两位大太监讨饭回来了。李莲英左手提着大茶壶，右手托几个粗蓝花水碗。崔玉贵抱着一盆粥，手里攥着一把筷子。碗筷都不用还，显出回教人的洁癖。大茶壶里是凉茶，颜色深得像酱汤，太后和皇帝尝了两口，都说不如白水好喝。盆里的吃食名叫水饭，用豆和小米混合熬，捞稠的可耐饥，舀稀的好解渴。两宫各进一碗水饭"膳"，一连串轿车进院了。这是赶上来的王公大臣，下得车来掸掸衣服，把袖子一甩，便要朝拜。慈禧隔着窗洞吩咐："你们在外边请安吧，皇上也在，我们要歇会儿。"

这是要他们快点走开。大家拜罢各奔各车，今晚只能在车上安身。天色暗下来，蚊子滚出来，成团成堆地嗡声一片，无愧于蚊雷这个词。荣子赶紧用芭蕉扇轰，哪里济事？好在蚊子留恋屋檐下的暗光，尚未大举侵入窗内。荣子去到车旁讨教，车夫教她拎一捆麦秸，燃着放在堂屋里，放几张麻叶捂灭，用烟把蚊子熏出来。这个法子果然奏效，而且烟气往上走，并没熏着炕上的太后，看来这一夜不怕蚊咬了。

可怕的事情在后边，这就是解手。房后有个厕所，这根本是乱粪场子，恶臭扑鼻，无处下脚。娟子和荣子搀着慈禧，借着月光走到近前，又吓得退出来。三人不约而同想起三个字"传官房"，这是便盆的宫中叫法。慈禧的官房用檀香木制作，外形刻成一只壁虎，四爪着地，虎气雄雄。肚皮鼓成一个扁平的葫芦，脑袋扭着伸向

身后,红金石镶嵌的眼睛,懂事地瞧着上头,像要开口讲话。唉,真真不堪回首!不得不夯着胆子向前,找到一溜儿空地,却见地上有虫子蠕动,妈妈呀,那是长了尾巴的蛆!慈禧干呕一声,两个宫女急得要哭。倒是老人家沉得住气,往左一挪,踩到一块半截砖上,咬着牙办完难办之事。

回到屋里,宫女们头皮还在发麻,这一次历险,才使人真正懂得什么是苦。再难也得过,两人伺候慈禧睡觉,先把腿带解开,看里边有没有虫子,然后松松地扎上。把一个破簸箕扣过来,垫一块手巾作为枕头,把芭蕉扇挡在慈禧脸上,两只手也用手绢包上,不让蚊虫下嘴。在她脚头的墙角里,光绪坐在车垫子上,用帽子把脸一遮,也便收拾停当。俩宫女悄悄退出,太后和皇帝蜗居一室,可谓破了天荒。慈禧实在乏了,头一挨枕便发出鼾声,一打鼾却又惊醒,就这样折腾多时,她终于沉沉睡去。

光绪的身子一动不动,他的神思信马由缰,在虚空之中彳亍。耿耿长夜,魂游何处?苦海无边,安有归宿?失国之人,所拥唯诗;身陷绝地,绝句可矣:

七绝一

无言心力逝如水,
有价乾坤贷与人。
回首前朝惊一树,
煤山终古不逢春。

七绝二

草木未萧先识秋,
濯缨涸辙愧东流。
相濡为问同游鲋,
最是冤家不聚头。

七绝三

李贺锦囊投绣句，

武皇金屋贮佳人。

瀛台顿失昆山玉，

咫尺天涯泣凤麟。

七绝四

许有寒蛙一角天，

经营井底坐能穿。

就中万象其谁识，

石壁千寻待悟玄。

七绝五

穷蒐苍海恐遗珠，

雕尽小虫龙未屠。

自揣难为仙圣鬼，

残生只合作诗奴。

要不要写到七绝七？犹豫之中，又凑两行："万诵千吟句益骄，但将无味写无聊"，忽就觉得意兴萧索，戛然而止。字斟句酌地回味一番，自以为得意，待要吩咐"拿纸笔来"，猛想起这是何时何地，不觉好笑。只听炕上响起窸窣声，光绪一惊，又听见慈禧问："你没有睡着？"光绪忙道："是。惊动了皇额娘，这是儿之过。"慈禧声音低细："是我自己醒了。太颠簸了，睡一觉多好啊。"光绪唯唯称是。冷了一阵，慈禧又道："睡不着，想什么？"光绪老实回答："百无聊赖，儿在吟诗。"慈禧似有无限感慨："吟诗多好啊，哪像我，只听戏。以后怕没那种光景了。"

光绪觉得应当尽一尽孝心："待到峰回路转，自然柳暗花明，请额娘不要灰心。"

慈禧发出无声的笑:"我不灰心,这样的苦楚我都受了,还有什么大不了? 人在云端,人在谷底,其实没有多大差别。悟透这层,何苦何乐?"

她也参透井底之玄,光绪一时无言以对。但仍有玄机需要挑明,光绪鼓足勇气问:"儿有一事想问额娘。"慈禧替他说:"你要问珍妃?"光绪一喜:"是,她——"慈禧说得若无其事:"她死了。"光绪一惊:"死了!"慈禧道:"是。我们走得仓促,带上她不方便。"光绪满腔悲愤:"她没有该死之罪!"慈禧道:"不管该不该,只问便不便。"光绪忍不住要分辩:"可是——"慈禧断然截住:"没有什么可不可,国都要亡了,还为一个妃子拌嘴? 快到五更天,你还睡不睡?"光绪把万千冤屈咽回去,哑着声道:"耽误额娘睡觉,儿子该死。"

夜气消散,万物苏醒,蛰伏于屋内、车中、草丛间的贵贱人等,迎来崭新的一天。成群的车马暴露了行藏,村中人已知降临的是太后和皇帝,李姓族长尽力供奉。族长带几个人送来蒸馍,不是常见的圆馒头,而是刀切的方馒头。另有两桶小米粥,切成小方块的咸菜。此外,特意奉献三顶骡驮轿,围上黄布,并把全新红绸被褥分放于轿中。又在轿中分放银锭十只,每只重五十两,这是孝敬兼压轿,以免路上轿子摇晃。这就叫圣天子百灵佑护,不过在慈禧看来,这又叫老佛爷法力无边。"老爷子"一高兴,赏予族长四品顶戴,对于侍行的驮轿把式,授予五品顶戴。

族长还派出一名姓杨的向导,这人是个趟子手:镖行规矩,镖车每经一处城镇,都要喊着亮旗号,行话叫作喊趟子。驮轿是专走山路的乘具,由两匹骡子代替人力,一前一后驮起的轿子。头骡掌握方向,跟骡保持稳定,都是经过长期训练的走骡。骡驮轿架子高,两宫起驾时,宫女把轿尾的脚踏凳取下来,扶慈禧登上第一乘,皇帝、皇后分上二三乘。由杨赶趟和崔玉贵头前带路,车队奔向古长城。

山路崎岖,愈走愈窄,走着走着像被掐断了,可是骡子总能找到路。驮在骡子背上的轿,比轿车高出二三尺,那真是高高在上。不过坐着并不舒服,路径高高低低,轿屋俯俯仰仰,虽说轿下面安有转盘,尽量保持平稳,长途跋涉也是不好受的。慈禧竭力忍着,发髻底下、胸前背后刺挠作痒,她也没动手去挠痒子。打量两边的山,排着挤着堆着压着,在人们头顶交叉在一起,成为一条刀切般的山缝。姓杨的

在前面喊,那是有名的南口。过了南口像钻进闷葫芦,人热得出不来气儿,只好把嘴张开,发出濒死的喘息。

慈禧闭上眼,忽然有了一种感觉,心里说,不好吧,在这里?可是身子忍无可忍,无奈只好吩咐停下。跟在驮轿后的娟子、荣子,赶快下车跑来伺候。两人仰起脸看太后,听见慈禧低声说:要解溲。见宫女们一怔,慈禧马上传谕:"就在野地里庄稼密的地方,人围起来!"真是英明至极的决断。扶持慈禧下了驮轿,下路往西走不远,便是穗红秆绿的高粱地。一溜下人围起人墙,慈禧先行方便,接着皇后、小主、格格轮流,享受了一番寥天野地。

车驾重新启程,在山缝间艰难爬行。路到极高处,天至最低时,忽听霹雳一声,大雨如注。每乘驮轿仅备两块雨布,车夫用它把轿顶蒙上,这只像贴了一片膏药,哪挡得住雨水浇灌?荣子和娟子从雨水中跑来,爬上驮轿,脊背紧靠轿帘子,用两个肉身为慈禧挡雨。雨势太大了,两人瞬间浑身湿透,像被浸泡在河水中。天上的大河一个劲地倾泻,雷给它助威,电给它照亮儿,老天爷的暴脾气,在这一刻尽情爆发。山岭在摇晃,世界在碎裂,老太后在风雨如晦中默不作声,眼睁睁地看着孱弱的宫人。荣子的泪眼没有去看,而在感应,偎依在一起的这个慈禧,分明像她家中的老祖母。苦难弥平了人间的鸿沟,使人在面临天地分崩时,不觉得那样可怕了。

终于,风歇雨住,群山被清洗得容光焕发,湿淋淋的人马也还了魂。慈禧在半湿的座椅上动了动,荣子明白她想要什么,马上伏下身,从褥垫底下摸出两只反扣的鞋。原来,爬上车后,她便把要紧物件藏在那里。她从鞋中取出烟丝、火镰、火纸,谢天谢地,一点没湿。吸了两口荣子敬奉的烟,慈禧长长地舒口气:"荣子,你的心好细。有这一口,我就什么都不怕了。"车队在泥泞中挣扎,黄泥又黏又深,人脚马蹄都难以抽拔,愈走愈吃力。中午至关沟打尖,这里有驻军的兵营,供奉两宫吃了一顿粉丝黄瓜汤,算是亏后大补。午休后继续上路,行人竟然多起来,都是散兵游勇,还有义和团民。看来他们跟朝廷一样,也向关外逃难。这对于圣驾是一种威胁,然而此时不可声张,只能提心吊胆地防备着。

出了居庸关,便是延庆州地面。山势比关内开阔,村落逐渐减少,仿佛一片蛮

荒。偏僻的地方容易出事,在绕过一座山坡后,驮轿没入青纱帐中,突然听见几声枪响。驮轿立即停住,枪声又响起来,是从东北打来的,明显冲着驮轿开枪!几乘轿子停下,李莲英和宫女们从后面跑过来,立在太后轿前护驾,溥伦护在光绪的轿前。杨赶趟和崔玉贵也从前头退回,盯着枪响的方向。那是另一块高粱地,与这边隔着一条土埂,强人要是冲过来,没有什么挡得住。枪又响了,一片沙沙声,那是枪沙落在青叶上的声音,打的是火铳。枪声刚落,杨赶趟亮开嗓门:"哎嗨,借光,这是西贯市光裕行李东家的镖车,要去延庆州见秦大老爷。请问是哪路弟兄?"

对面毫无动静,一段窒息般的死寂。在危险的僵持中,一个人从后面赶上来,走到第二辆驮轿前。溥伦见是弟弟溥侗,连忙问道:"护兵到了?"溥侗压低了声:"远着呢,少说得十几分钟。我比他们腿溜。"溥伦急了:"那怎么办? 这里生死在呼吸之间!"溥侗挠挠耳朵:"看那边强人也在犹豫,我就吓他一吓。"

他说着扯开嗓门:"杨当家的,你的对家听不听话?"见这人拿腔捏调,杨赶趟试摸着说:"弟兄们会想开的。"

溥侗继续花白:"想开想不开,心眼莫长歪。人要走正道,歪了就得栽。念罢四句定场诗,本大老爷要唱啦。"他唱的是北路梆子:

> 领命出朝来北地,
> 微服私访察民疾,
> 龙游浅滩遭虾戏,
> 虎落平阳被犬欺,
> 小狗来了个驴打滚儿,
> 麻虾它不怕嘴啃泥。
> 惹得老爷生了气,
> 可不管三七二十一,
> 一支令箭传下去,
> 王朝马汉搬雄师。

大兵带来暴风雨，

忽雷闪电当头劈，

狗头铡先铡你的子，

再铡你的结发妻，

最后逮住你、你、你，

慢慢消磨活剥皮。

别怪老爷不客气，

要怨你不跑又不避，

死到临头后悔迟。

这段戏唱得声震四野，唱罢对杨赶趟使个眼色："小的们，抄家伙!"杨赶趟会意，对驭轿车夫使个手势。三名车夫甩开长鞭，喀！喀！喀！鞭响比火铳声嘹亮多了。那边的高粱开始晃动，看来有人要避避了。后路人马这时赶到了，不知是这马后炮吓跑了狗，还是侗五爷撵走了虾。

经过这场惊吓，慈禧命令护军领队头前带路。听军机处奏说要传延庆州，慈禧特派崔玉贵随往，为的是要一乘轿子。又赶了一段路，天晚时来到岔道口。这是居庸关外一个重要关口，车队从东门进城，一路泥巴汤子，到处黑灯瞎火。驻军腾出一所营房，在后院的三间上房中，慈禧住东屋，光绪住西屋，皇后和小主、格格住东耳房。西院伙房里有热水，可以给太后擦身洗脚。吃的饭也可口，这是不是预示着，往前会走上明光道？进毕了膳，李莲英来向太后奏报：洋人尚未进宫。这叫慈禧精神顿长，对一同听奏的光绪说："看来洋人还知道敬畏。""敬畏"一说太可笑了，然而光绪不愿给慈禧败兴，也便随声附和。

奔赴行在的臣子越来越多，其中有礼亲王世铎、蒙古亲王那彦图、军机大臣刚毅、左都御史英年等。人们饭后来请安，黑压压塞满一院子。两宫就立在廊下，接受群臣跪拜，而后由李莲英代天宣谕："歇着吧。"有礼有节，又有点朝廷的样子了。只可惜没有换洗衣服，慈禧睡下后，宫女便把衣裤、鞋袜拿到伙房里烤。光绪仍穿

着出发时的那一身。随銮诸臣不乏衣帽光鲜者,却无一人想到进献。

半夜时分,崔玉贵和杨赶趱回来了,随来的有延庆州知州秦奎良。秦奎良把州印带在身上,他向王爷和大臣们诉苦:延庆是义和团扎堆的地方,他这州官是提着脑袋过活,印说丢就丢了。两位天使催办供应,小官巴不得应承。以往宫中用炭,都是延庆进贡的,现在宫廷搬到了现场,我们还不该顶到头上?心有余而力不足,血都叫拳民兵匪吸干了,使上吃奶力气,只能贡献一乘轿子,十几名轿夫。

这人话稠得像雨点儿,就没说去朝拜两宫。好在他送来慈圣点名要的东西,王公大臣通知内廷,李莲英带太监宫女去看轿。这是州官拜客用的蓝呢官轿,名叫四人抬,又沉又笨,五里一轮换,所以州官派来十二名壮夫。李莲英令人召唤匠人,把轿中的座椅、茶几收拾得更牢靠,又寻来净布当桌围,銮驾也就停当了。次日启程,慈禧换轿子,皇上皇后的驮轿后面,患病的李莲英也乘上了驮轿。州官一路跟随,沿着京绥官道,一直送到延庆和怀来交界,这叫送佛送到天。他早备好交接公文,加盖州印,派人送往怀来县。

怀来县也有义和团扎堆,每个城门都由拳民把守,县官吴永的脑袋也在手里提着。义和团倒没留难信使,吴永接到延庆州送来的粗纸,看到了上面的奇怪文字:"皇太后、皇上,满汉全席一桌;庆王、礼王、端王、肃王、那王,各一品锅,澜公爷、泽公爷、定公爷,各一品锅……"后面还有伦贝子、刚中堂等人物,神机营、虎神营等队伍,随驾官员军兵不知多少,各要一品锅及食物粮草供应。这不知是谁开的玩笑,却见官印是真的,秦奎良的字迹也是真的,这就不可等闲视之。吴永请来师爷和官亲,传观之下,阖署震骇。大家都说,无论真假,只问能否,谁能在穷山荒城办此大差?不如置之不理,听其自来自去,反正无正式公文,谅亦不致为罪。如果贸然出头,供应万难周全,必定招来百般刁难,那还不如弃官逃走呢!

说的都在理,想来不落忍。吴永是小官,可他是当世名臣曾国藩的孙婿,李鸿章的幕僚,自有一份爱惜羽毛的心情。事情紧迫,不游疑了,县境设有两驿四军站,驿马在乱离后仅存五六十匹。吴永首先征调马车,又派几名员役,一名厨丁,前往城东二十五里的榆林堡,预做布置。县城西关有行台一所,本为大员过境所居公

馆,吴永将其设为行宫,连夜糊壁粘联,张灯结彩。请姐夫和师爷书写"尧天舜日"
"龙翔凤翥"之类颂语,张贴于车驾必行的街首,忙得晚饭也没顾上吃。召请的绅士
聚齐了。吴永来到会堂说明情况,请大家晓谕街坊商号,支应皇差。

众绅相顾错愕,吴永好言劝慰:"各位不要担忧,两宫莅县,这是怀来绅民的福
分,绝不会有额外之扰。只需嘱告民户,将储存食料匀出二分之一,尽快烧制米饭、
蒸馍、烙饼、稀粥等食物,干鲜咸菜之类多多益善,骡马草料竭力备足。所用价银,
将来由县负责偿还,决不连累经手之人。"

众绅哄然回应:"县尊吩咐,自当从命。可是拳民不听招呼,恐怕父台不能出
城,圣驾也进不了城。"义和团在怀来聚众数千,曾经多次大闹县城。

近来多数拳民去南山杀二毛子,还有三四百老弱据守城门。吴永说道:"他们
号称义民,若阻挠迎驾,便是反民,人人得而诛之!各位照我说的去办就是。"

刚刚打发走绅士,忽见所派厨丁满身血污,奔逃回衙。此人携带肉蔬海味等
物,雇用两驴驮运,出城三里遇上溃兵,抢走驴和肉,还把他砍了两刀。吴永无奈,
令人现买三头猪,叫厨师屠杀开剥,支起大锅熬煮。扰攘未了,东方已白。吴永托
姐夫代为照料,去临时借用的民居、铺户、庙宇巡察,这是充作各官公馆的。吴永带
领马勇八人,出城迎驾。倒真无人拦,大概听说大军要来,义和团吓跑了。

行走八九里忽遇大雨,吴永用紫呢外罩遮护补服,涂上油兜于凉冠之上,冒雨
前行。俄顷雨住,遥见前方有一人骑马前导,后面跟着一乘驮轿。吴永心知是大
官,连忙立马于道左,扒开呢罩露出官服。骑马人走近发问:"来者是怀来县的?"吴
永答是,那人随即宣示:"轿中是军机赵大人。"吴永要下马参见,赵舒翘掀开轿帘
道:"路间不必多礼。前去有无馆舍?"吴永答道:"大人公馆已有预备,惟得信仓促,
办得不周到。"赵舒翘道:"有房即可。两宫饥寒两昼夜,情状极苦。你只要尽力供
应,使圣驾稍得安适,忠心孝心都到了。"

吴永迅疾驰抵榆林堡,但见镇街萧条,寂无人烟。来到驿站,管驿家丁董福迎
着县太爷,禀报苦况:"全堡人去财空,余物也被兵匪反复搜刮。驿马还有五匹又老
又瘦的,勉强支应。街上有三处车马店,小的选一家宽敞的,铺垫座榻,修整帘幕,

备迎圣驾。本来令三店各煮一锅绿豆粥,可是有两锅粥都被乱兵抢吃了。这一家的——"吴永急了:"这一家的总还在吧?下死力保护,我给你拨两个兵!"吴永亲自赶到店里,布置警戒。过不多久,肃王乘马到来,吴永上前拜见。肃王指点他道:"皇太后乘延庆州肩舆,其后驮轿四乘,皇上与伦贝子坐第一乘。你接驾报名时,待四人轿及第一乘驮轿进门,即可起立。"

吴永谨记在心。少顷便见导骑十余人,驰骋近前,前骑传呼圣驾到。蓝呢官轿抬至店门,吴永跪叩唱名:"怀来县知县臣吴永跪接皇太后圣驾。"慈禧在轿中含笑垂青,轿子款款入门。接着一乘驮轿到来,吴永续跪唱名:"怀来县知县臣吴永跪接皇上圣驾。"报毕即起,仍坐于门外石磴上候命。皇后、大阿哥、总管太监所乘驮轿,依次进店,小主和格格们的双单套骡车,陆续驶入。扈跸的王公军校、骑兵步卒数百人,纷乱散立于街衢周边,饥疲之状,惨不忍睹。

吴永正在自忖,如何才能喂饱这群饿虎,这时有一太监走出店门,用公鸭嗓喝问:"谁是怀来县知县?"听来像《法门寺》戏上的那个主儿。吴永慌忙起身自认。那人道:"上边叫起,随我走!"见他来势汹汹,吴永心里没了底,捏着一把汗走近正房。太监掀帘令他进去,但见正中设方案,左右列二椅,太后坐于右边椅子上。

吴永跪报履历毕,太后先问:"旗人?汉人?"吴永答:"汉人。"问:"何省?"答:"浙江。"问:"你名是何永字?"答:"长乐永康之永。"问:"是何功名?"答:"臣曾师从侍郎郭嵩焘习文,郭荐于户部侍郎曾纪泽,曾公以次女嫁于臣。"太后的声音露出惊喜:"哦,你是曾国藩的孙女婿!怪不得的,有此忠心。一切供应有无预备?"吴永答:"已敬谨预备,只是仓促不周,臣心惶恐。"

太后道:"好,有预备就得。"鼻子抽搭两下,忽然放声大哭:"我与皇帝奔走数百里,竟不见一个百姓,官吏更是不见踪影。今到怀来县,你尚衣冠前来迎驾,可称我之忠臣!大局败坏,人人逃命,终有一人不失地方官礼数,难道我大清江山还有救么?"

吴永陪着太后痛哭。太后边哭边诉说:"饿极不说,渴更难忍,令太监取水,或有井无罐,或在井中发现人头,不得已采来青秸秆,口嚼解渴。昨夜我与皇帝仅得

一板凳,相与贴背共坐,仰望天空。"

　　吴永不禁思索,昨夜应是延庆州办差,老秦这是做的什么? 慈禧终于平静下来,唤了一声:"莲英,你引吴永叩见皇帝。"光绪立于左边椅子旁边,发长寸余,蓬首垢面。他立着接受跪拜,默然无语。吴永退出到了西厢房,安排进献小米绿豆粥。太监出来索要筷子,吴永才知忙中出错,幸亏随身携带小刀牙筷,拂拭进上,更多的只能折秫秸梗代替。

　　过了一会儿,李莲英出来对吴永跷拇指:"你甚好,老佛爷很喜欢。老佛爷想吃鸡蛋,能办到么?"吴永道:"人都跑光了,我去尽心找。"吴永与下人分头搜寻,也算他运气好,竟然在一只橱屉中找到五枚鸡蛋。吴永亲自在西厢煮熟,加一撮食盐,捧交太监呈进。李莲英又来报告好消息:老佛爷很受用,自食三枚,另两枚赏于万岁爷。末了说老佛爷要吸水烟,你能觅得纸吹么? 吴永身上带有几张糙纸,便在厢房窗板上动手搓卷,做成几支纸吹上供。

　　稍得消停,门帘一掀,太后从"内宫"出来了,手执水烟袋自点自吸,叫吴永近前说话。吴永跪在当院泥水中,只听太后说:"此行未带衣物,你能寻衣替换么?"吴永奏:"臣妻于前年病故,衾具衣饰寄存京寓。署中无女眷,惟臣母遗衣现在任所,只恐粗陋不适用。"太后道:"能暖体即可。皇帝和格格们也缺衣穿,你可尽力多备些。"交代罢一应差事,稍息一阵,两宫起銮。慈禧换乘吴永所备之轿,光绪改乘延庆州轿。吴永在门外报名跪送,转身上马抄走近路,回到东门,见丢弃的红巾狼藉满地,沿街民户蛰伏不出。吴永传令家家开门,有能力者摆设香案,老少均可跪伏迎驾,只不许喧哗。要去检查行宫时,前站内监骑马赶到,吴永便引他们巡视一遭。内监面露满意之色,互相点头道:"咱们今日算是到地头了。"这是京话到家的意思。少顷銮驾已至,吴永照例跪迎。慈禧温语慰劳:"很难为你办理。"

　　吴永退回县署,慌忙检视衣物。亡母穿过的呢夹袄一件,可以进奉太后;拣出缺襟大袖江绸马褂、蓝绉夹衫长袍,适宜进奉皇上;另有绸绉线夹春长衫数件,细白市布袜子一包,寻觅镜梳脂粉若干,一并进呈,以备选用。

　　费尽心机置办的筵席,两宫和王公大臣进得很受用。然而下人无此福分,数千

兵马拥进斗大山城,正如蝗虫过境,必将吃光抢光。在支应皇差的间隙,吴永接连接到绅民投诉,使他十分头疼。忽然想到,马玉昆现统禁军,自己在京与他有过交往,何不借马军门虎威? 吴永来到马玉昆的军帐,马玉昆剔着牙缝出迎:"刚享用过县太爷的酒席,你就来讨账?"

吴永连连作揖:"招待不周,特来请罪。账是得算算:当街抢掠,用不着说;乡下的事军门看不见,溃兵抢掠骡马牲畜,已经闹得民不聊生。北地农民全靠骡马耕作,若不制止,将断怀来全县的活路。"

马玉昆苦着脸道:"这笔债我可背不起。你知道么,出京不久,太后便饬我严办罪兵,我曾正法上百人,一律枭首于居庸关。但这等于搔痒痒,俗话说兵败如山倒,谁能把山顶起来? 再说你县境那么大,我能处处管到么?"

吴永道:"不用处处。抢得牲口必须外出贩卖,本县七里桥,实为出境咽喉要道。若在此处设卡,见有无鞍辔马匹,严加盘问,截留数起,就能刹住此风。"马玉昆道:"这个好办,我即调兵一哨,驻扎七里桥。"送吴永走时,马玉昆又道:"再给你透个底,扈驾之兵来源复杂,大多不服我管。所以,在街上碰见抢杀之兵,你满可当场施刑,我把这个上谕借给你。"

吴永把这当作笑谈,到了帐外上马,八个马勇簇拥前行。沿途碰见几处抢劫的,吴永将乱兵驱散,也就过去了。来到西门附近牌坊前,忽然听见一片吵嚷。一行人打马往前赶,来到一家南货店外,见一伙士兵正在打抢。吴永连声吆喝,几个兵见势不妙溜走,几个兵仍在店里折腾。店东从里边跑出来,跪在地上哭喊:"太爷救我,强盗行抢,还要欺负我的女儿!"吴永愣了一下,一股怒火"腾"地升起,他向马勇下令:"抓住兵匪,就地正法!"

三、苦县令以命请命

做知县的说出"正法"二字,连吴永自己都觉得奇怪。但是乱世用重典,急来抱佛脚,谁还管那么多?再看遭难的这一位,是县署议事的绅士之一,刚为迎驾出过力;拿获的几名匪兵,身上带有所劫赃物,而且确曾非礼女眷。吴永愤怒呵斥:"圣驾在此,你等乃敢白日行劫!我奉有上命,得就地处置。"当即下令斩决。马勇将六颗血淋淋的首级,悬挂在"腾蛟起凤"石牌坊上示众。

消息传开,城内街面稍得平安。吴永踏查后回到县署,忽有军机章京鲍心增来访。这也是在京熟识的,鲍心增是五品要员,现在身在矮檐下,竟做报事人。听说军机大臣有请,吴永跟随来到行宫,在正屋东边的两间矮耳房里,见到刚毅和赵舒翘。两位对他很客气,让座后夸奖几句,赵舒翘开言讲正事:"军机拟发几封廷寄,惜乎未带印信,打算借你县印一用。"吴永不禁愕然:"这个,这管用么?"赵舒翘正要开口,刚毅在旁插话:"展如,我还是觉得不妥。"看来二人刚争执过。赵舒翘回刚毅:"子良,岂不闻县官不如现管?有县印好借,已是万幸。"刚毅道:"我问过了,庄亲王带有步军统领印信。"赵舒翘龇着牙笑:"九门提督出了九城,不比一颗县印值钱。子良兄,我是陕西人,你听我这地头蛇好了。"吴永禀道:"文书封面均印成县字,恐不合用,只用白纸禀封如何?"赵舒翘说声可。

吴永即回县署,取禀封十枚印就,亲自送交军机。赵舒翘办妥两份廷寄,填入封固,令鲍心增填写官衔年月,交给吴永,令其发递。吴永安排良马壮丁,将两信分递山西、陕西两省巡抚。办过要公,门上通报,神机营统领苏鲁大人来访。吴永肚里打着鼓迎进,苏鲁皮笑肉不笑地坐下,开口就说:"你杀了我的人。"吴永惊得立起身:"苏鲁大人,是这样子——"他把南货店的抢案描述一遍,极力渲染兵卒凶恶。苏鲁听罢面不改色:"原来如此,六人该死。不过我听人来报,那是几个关东响马,

冒充神机营的名号。"吴永还没醒过神儿来，苏鲁话语不打昆儿："我部兵丁饥肠辘辘，务请筹款散放救急，否则兵变血洗县城，恐无人拦得住。这是端王爷的钧旨，贵县不可马虎。"一番半真半假的讹诈，吴永缠不过旗营大爷，只好答应尽力设法。

刚搪过这一头，岑春煊又来造访。这位甘肃藩司率兵勤王，先期单骑入都，军机大臣嫌其多事，令他将兵驻扎张家口，防御俄人。岑春煊逗留京师，城破后随队逃亡，到延庆始遇本部骑兵，得遂扈驾之愿。他也是来要饷银的，吴永不由叫苦不迭，小小山城，哪容得满坑满谷的兵啊！转念又觉想不通：这么多兵，为何打不过若干洋兵？据他所知，从甲午之战开始，外国总是以少胜多。正在转圈儿作难，门上又报王中堂到。

吴永赶至大堂，见有单套骡车一辆，停在堂前。一位白须老者坐在堂外长凳上，一中年男子在旁侍立。这就是军机重臣王文韶，侍立者乃其次子王稚夔。吴永趋前拜见，王文韶告诉他，父子同车一路追赶，总比圣驾迟一步。眼见老人耗尽了精神，吴永安慰道，已为中堂备好公馆，请饭后前往。王文韶有气无力道："我困顿已极，不愿他往，你给我安排一间屋，一几一榻足矣。"吴永只得腾出签押房对面南房三间，安置中堂。父子得以饱餐一顿，早早安歇，王文韶嘱托吴永代为奏明，明早入值。

入值，这是难得一见的字眼了。慈禧闻奏很是欣慰，次日早晨果然叫起。慈禧梳着两把头，在堂屋东面的太师椅上正襟危坐；光绪身穿青色马褂，并坐在西面椅子上。军机和王公大臣全体晋见。对于辛苦赶来的王文韶，两宫都温语抚慰。得知他把军机印信带来了，慈禧更是高兴："有了这一宝，朝廷又像朝廷了。"

眼前最重要的朝政，一为保障前途，一为稳定后路。前途在哪里？慈禧胸有成竹：首先北上宣化，然后转头向西，由大同进入山西。这条路线有利于摆脱追兵，臣子们都赞成。这也给岑春煊提供了机会，他随班跪在后面，说话却抢在前头："驾幸宣化，臣的黑衣军得天独厚，定可逢山开路，遇水架桥。"慈禧疑问道："为什么叫黑衣军？"岑春煊道："臣军身着黑衣，有威服远人之气，正名叫威远军。臣已将队伍由宣化调来，把这条路蹚了一遭。"慈禧赞道："好，有你这个识路的，不至于瞎摸瞎撞

了。荣禄的军队有消息么?"这句话是问军机处。礼王世铎怂着脑袋,示意赵舒翘回答垂询。赵舒翘说尚无联络,慈禧便令军机拟旨:"荣禄、徐桐、崇绮均着留京办事。所有军务地方情形,随时奏报以慰廑系。"

此时此刻,荣禄尚在京南流徙。满眼都是难民,到处都是乱兵,他的武卫军也好不了多少。对肆行杀掠的甘军,他更无力约束。荣禄跟崇绮商量,打算把这个魔王支派走。二人与董福祥相见,费了一番口舌,才以三人的名义上奏:拟派董福祥率兵追赶銮驾,荣禄、崇绮先到保定,召集队伍,养复锐气,恭候谕旨,相机进取。几日后荣禄抵达保定,即由六百里电令山、陕两省巡抚,迅速出省恭迎两宫圣驾,并令多带米面食物,敬供御用;同时札知山西臬司升允,酌带马步数营,由涿州、涞水一带,将应解户部之京饷银六万两、铁路经费银五万两,解赴行在以备急用。这叫雪中送炭,难时尽忠。荣禄更想亲身前往,但他这统兵大帅,京城被打得稀烂,队伍也成了残兵,与其灰溜溜地尾随而去,倒不如听命进止较有身段。保定与关外道路隔绝,中间夹着个北京,日日都有噩耗传来,不是这人死了,就是那家殉了。两人都忧虑自家安危,不过荣禄预做安排,他的家眷应在逃亡途中;而崇绮阖家陷于兵火,恐难逃此劫。

为了让崇绮分心,荣禄约他切磋奏稿:"窃本月二十一日,奴才荣禄闻我皇上恭奉皇太后圣驾西巡后,与奴才崇绮在禁城内相见大哭,共以为外洋欺我至于此极,真所谓翻天覆地,变出非常。奴才荣禄本拟收拾残卒,竭力巷战,誓扫贼氛。惟时见城中四处火起,喊杀之声大振,居民拥挤奔逃,知事不可为。然闻銮舆在外,未敢径行小节……"在斟字酌句中,崇绮暂时忘记了苦恼。可是要到来的终会到来,崇绮家的遭遇惨绝人寰,让一切安慰词句都无以启齿。崇绮呼天抢地了一夜,真正泣尽继之以血。他默默打理上吊的绳索,荣禄要劝又不敢劝,跪地垂泪与他诀别。

崇绮缢亡以后,廷寄送抵保定,除令荣禄重整军务外,特别指明:"前因英窦使有各使在京,和局较易转圜之语,并据函订王大臣等于十九日往谈。未及前往,即有二十一日之变。现局势大坏,只此一线可以援为向议之据。着荣禄、徐桐、崇绮

彼此熟商,迅速设法办理。"这是把留京议和之责,加于荣禄之肩。想一想徐、崇的惨状,愈觉廷旨是在痴人说梦,令人啼笑皆非!

与廷寄同时到的,还有载澜一函,抄寄英年口传七月二十二日谕旨:命派董福祥速带马步十数营,星夜前赴行在随扈。这倒叫荣禄起了疑心,召董留荣,兆何吉凶?荣禄与宫廷遥隔千里,谁敢担保不被人上烂药?载漪兄弟就在太后左右!此时又得知府邸被焚,多年经营荡然无存,荣禄不禁心灰意冷,几乎也想一死了之。派董军遵旨北上后,荣禄连日闭门不出,对廷雍亲自送来的电报,他也不闻不问。

廷雍任按察使时庇护义和团,现以布政使护理直隶总督。他送来的电报,都是南方督抚呼吁议和,并请荣禄就近参与的。江督刘坤一得不到荣禄回音,致电滞沪的李鸿章抱怨:"荣相有驻保数日再赴行在说,亦无一字南来,奇极。"张之洞也致电李鸿章:"西幸多日,尚无办法,诚恐大局溃决。补救之法,似不外迅与议约。荣相幸滞保,能电奏留之否?"李鸿章乐得拉人分挑重担,便致电行在,请添派庆王、荣禄、刘坤一、张之洞同为全权大臣。可这些南来北往的电报,都在路上七耽八搁,臣子们根本不知"行在"在何处。

只有吴永这个小臣知道,两宫驻怀三日,都把他住怕了,勉力支应到第二天,沿城十数里内,粮食蔬菜牲畜草秫,悉索已尽,而各官各军还在向他张口。吴永至此才明白,为何延庆州能推则推——老秦跟宫中打过交道,懂得这些人沾惹不起。第三天下午,吴永前往行宫,希望能听到启跸的讯息。赵舒翘将他唤进军机房,询问能否再筹一笔款项。吴永实言相告,他昨日跑了五家粮店,求了三位绅首,方才挪借一千两银子,给神机、虎神两营各五百两。赵舒翘听罢默然,刚毅说了一句公道话:"如此小县,如何供应千乘万骑?我也替吴县令发愁。"

礼王取笑道:"这是廉吏说的话,总替老百姓着想。"自从跑出京城,礼王就对端、刚等人牢骚满腹。

刚毅却成了好脾气:"王爷有气没处撒,可对奴才发一发,不管怎的,廉吏总比贪吏强。在此斗城一驻再驻,不为东道主留余地么?"

礼王道:"那你得去问太后——"话音未落,内监出来传唤军机。礼王领着刚、

王、赵等进了上房,过不一时,四位大臣退回值房,礼王对等在这里的吴永笑笑,朝一名章京低声吩咐。章京执笔匆匆书写,礼王将这张纸交给吴永看:"本日奉上谕,吴永着办理前路粮台。"

吴永吃了一惊,连忙推辞:"吴永官卑职微,哪能担此大事?"礼王笑道:"官大的只能做官,不能办事,这我刚弄明白。"吴永作揖:"卑职只怕无能误事,万望王爷和各位中堂体恤,代替小官辞谢天恩。"礼王道:"咦,你倒是认真的? 一步登天哪,你真不想做?"刚毅若有所思地盯着吴永:"我倒相信他是真话。不过圣旨已下,决无辞理。"吴永转对王、赵祈求:"怀来遭拳团兵匪蹂躏,赖圣驾降临得一肃清。卑职原期送驾之后,抚辑流亡,恢复民生。若竟随驾出境,怀民恐遭报复之苦。"王文韶微哂道:"渔川,你真为此苦恼,何不去求马玉昆,请留一营兵在此震慑,连一根匪毛也不敢扰怀。"

看来粮台辞不掉了,吴永只好回署安置。吴永尚无子女,只有嫂子、姐夫等亲戚来署投靠。吴永与嫂嫂泣别,将侄儿托付给一名亲信家丁照应,打算让姐夫同行应差。安排罢家事,已是晚上九点钟,吴永去见马玉昆。马玉昆已就枕,吴永立在床边跟他讲话。马玉昆披衣坐起,一边传呼旗牌官,一边说道:"你地方筹供粮草,也算帮我养兵,何乐而不为?"即在枕上授以令箭,拨兵一营。吴永又去找典史,委其暂摄县事,并与同寅商妥守城事宜。

扰攘一宿,黎明即起。地方官吴永跪送启跸,骑马先出西城门,就变成前路粮台了。驰行三十里,抵达土木堡。此为怀境名镇,前明英宗北征瓦剌,在此遭遇埋伏,英宗被俘,史称土木堡之变。再行二十里到沙城,此地设有巡检司,镇外大寺颇宽敞,吴永将其设为行宫。日将落时御驾来临,驻跸寺中。吴永累得筋软骨酥,抽空溜到一座小庙前,只想喘息一刻。不料一伙太监尾随而至,要求更换马匹。正在纠缠不休,又有一群官兵前来索要银两,将吴永团团围住。吴永浑身是口说不清,忽又听见一声嘶喊,那是姐夫缪石逸的声音。他伸长脖子看坡下,见姐夫押运的行李车,被一队士兵截在当路,兵们从车上往下抢东西。吴永不禁毛发倒竖,奋力冲开包围,奔过去喝叫住手。

有当官的认识吴永,笑嘻嘻地讥讽:"钦命粮台,不给供应,咱就抢他小子。"

吴永义愤填膺:"你还知道钦命?你们穿国家衣,吃百姓食,岂不懂养兵千日,用兵一时?乃外敌一至,兵溃千里,以致两宫蒙尘,奔逃至此,还有脸土匪一样行抢?我受命不满一日,求告无门,何从得饷?我现今只此一身肉骨,任凭脔割喂狼饲虎,免得活着受此欺辱!"

连骂带哭一番发作,那群狼虎讪讪地去了。但这不是长远办法,无权无钱又无勇,吴永何能应付需索?想到勇,不由想起岑春煊,那家伙手握兵马,又有本省发给的五万饷银,何不把他推到前面?现在升官等于作难,他何苦贪此漂亮名头!说办就办,吴永来到行宫外面,见到宿卫的庄王载勋,请求见驾。庄王叫内监通报进去,慈禧正悠闲地吸水烟,说了一声"不见",忽又想起一件事,命令去请皇帝出来。

太后和皇帝立在佛殿正廊下,庄王引吴永叩过头,吴永奏道:"蒙恩派臣为粮台,本应竭尽犬马之劳,惟臣官仅知县,向各省催饷不合体制,亦误供应。现有甘肃藩司岑春煊,堪充此任,可否仰恩改派岑为督办,小臣充任会办,臣必专力伺候。"

慈禧微笑着看光绪:"我第一次遇上,有人把要缺让与别人。"光绪应道:"吴永差事办得不错。"慈禧道:"可这是根难啃的骨头。吴永主意可行,明晨即下旨意。"

吴永叩头谢恩。慈禧又道:"你派来的厨子周福,烹调功夫到家,方才所食扯面条很筋道,炒肉丝亦甚得味。我想带他同行,你愿意么?"吴永忙道:"厨夫贱役得蒙垂赏,微臣倍增光宠。"赔了厨役又交官,吴永一身轻松,庆幸得以保全。

次晨即降谕旨,派岑春煊督办前路粮台,吴永为会办。军机宣旨毕,王文韶满面严肃地责备吴永:"你保岑三为督办,应当跟我等商量,哪可径自陈奏?此人苗性尚未退净,以后你必受他的夹板气。"

吴永还没从错愕中挣出,岑春煊赶来领旨,在军机房外对吴永打拱:"谢你厚意,将破砂锅往我头上套,我得替你受累了。"

这是谢还是怨?吴永心里似打翻五味瓶,上马为两宫打前站。行三十里至茶水驿,又三十里至宣化府。在这里得到恩旨,吴永着以知府留原省候补,先换顶戴,并准专折具奏。吴永感激涕零,本该韬光养晦,却有一肚子积郁想要倾吐,当晚即

上折条陈十事,其大要为:一、请下罪己诏;二、请刊行在朝报,俾天下知乘舆所在;三、随扈各军,请饬编补足额,严定军纪;四、圣驾经过,沿途十里之内,请豁免本年丁粮。以小臣而言大事,尤其触犯时忌,然而此时并非常时,况且大臣往往专言小事,无怪乎大小颠倒。吴永以此自解,倒也心安理得。

失国之君下诏罪己,自是题中应有之义,李鸿章的奏折也提出来了。两宫在宣化驻跸三日,处置议和善后事宜。七月二十六日,光绪颁布罪己诏,在历述列祖列宗奠土开基、深仁厚泽后,方才言及:"近日衅起,团教不和,变生仓促,竟震惊九庙,慈舆播迁。自顾藐躬,负罪实甚!然祸乱之萌,匪伊朝夕,果使大小臣工有公忠体国之忱,无泄沓相安之习,何至一旦败坏若此?知人不明,皆朕一人之罪;小民何辜,遭此涂炭,朕尚何所施其责备耶?朕为天下之主,不能为民捍患,即身殉社稷,亦复何所顾惜?敬念圣母春秋已高,岂敢有亏孝养?是以恭奉銮舆,暂行巡幸太原。"

将罪己推及责人,将逃走归为尽孝,把一篇羞耻文章做得冠冕堂皇,此诏尽显枢笔功力。两宫派庆王驰驿还京,同时旨催李鸿章北上,迅开和议。为纠令出多门之弊,命马玉昆统合各军,遴选精壮,编成数支亲军小队,每兵发饷银二两。令岑春煊整肃军纪,对打家劫舍者杀无赦。这合乎岑春煊的脾胃,他的黑衣军四出搜捕,捉到武卫左军和毅军犯禁者数十名,统统在西城墙根斩杀。

其中有一名小太监,骗走山货铺一头驴,也被拉去砍头。杀人杀到内官头上,这可惹恼了李莲英。伺候慈禧晚膳下来后,他去到粮台小院,兴师问罪。岑春煊正对吴永吹嘘,一看见李莲英那拉长的驴脸,岑春煊赶忙从座上跳起,亲亲热热叫声"大叔"。李莲英不给他好脸儿:"你叫我叔,我叫你爷!不过,你爹当初进京,可是跟我称兄道弟。"拐着弯损了这小子一把,李莲英又呵斥:"太监自小被砍了鸡巴,他就不该再砍脑袋,你这两头全活的懂不懂?"岑春煊面不改色:"小侄懂。太后钦赐尚方宝剑,今天是开杀戒的日子,不见红便坏了规矩。请大叔消气,我还要替你杀一个人。"李莲英尖着公鸭嗓:"谁?"岑春煊道:"裴敏中,昌平州知州。"李莲英的牛蛋眼眯成一把刀:"好,好,杀了这一个,就把那个抵平了。"

这两个吵吵杀人，吴永心里打鼓。原来，昌平是出京后的第一个州县。吴永听崔玉贵说，太后原想在此留居一日，万万没想到，崔、杨这俩打前站的，到昌平城下喊门，城头寂然无声。待太后一行走近，多人加力叫喊，城墙上竟然射下枪弹，惊得两宫落荒而逃。睚眦必报的慈禧，对此竟然隐忍不发，大约认为那是一种羞耻。太监却要为主子报仇，这就叫阎王好见，小鬼难缠。

吴永知道，裴知州近日病重，政事由霸昌道凤昌兼摄。据他推测，兵荒马乱中，帝后扮作平民模样，城上生怕受骗上当，这才开枪示警。为此杀掉一个知州，岂不冤枉！吴永扯个理由走开，叫人飞马赶赴昌平，要裴敏中火速逃匿。这里岑春煊擎一令箭，派一队兵去提犯官。

等这支人马空手而归时，两位粮台已经随扈西行。岑春煊回味当时情景，骑马追上吴永的骡车，开口便问："渔川兄，是你给裴敏中报的讯？"吴永装糊涂："裴敏中？你说昌平知州？"岑春煊狞笑着："知州知县一丘之貉，我要把它一锅端了，交给御膳房开剥！"吴永慢吞吞地说："没有州县，你这布政使便是空筒，上头的御膳房也没有食粮。"岑春煊道："没食粮我朝州县要。听张鸣岐说，你要把催粮文书扣下来？"张鸣岐是岑春煊的幕僚，奉委为粮台文案，常跟吴永闹意见。吴永道："我想把公文口气改舒缓些。你前方的怀安、天镇、阳高等县，勒令立即置备筵席，规定每席几盘几碗。这操之过急，要求过高。"岑春煊讥笑道："知县给知县说情来了。我还不懂你们的猫腻？凡遇差事必推三阻四，搪塞过去再大把贪污，十万雪花银，就是这样攒出来的。我是谁？我是官屠，碰上岑三，我叫他吃不了兜着走。"

两人话不投机，只好各行各路。这是在西去怀安的途中，沿洋河岸，过沙岭子，渡过由张家口南流的一条山溪，时当正午，车队停歇。吴永张罗进奉饮食，岑春煊则前赴县城，去耍先锋官的威风。两宫在宣化大换装，乘上总兵和知府贡献的八抬大轿，围以黄缎，光彩焕然，连御颜气色都变得祥和了。午膳有肉有奶，也有新鲜蔬果。吴永不能不承认，岑三勒派得有效果。

河滩上的两宫"与民同乐"，显得很好伺候。倒是那位大阿哥，给吴永添了一点麻烦。十五六岁正是调皮的时候，他的驮轿中随带不少乐器，有一只手鼓在途中丢

了,大阿哥要吴永给他找回来。这到哪里去找? 遍觅不得,吴永跑进一处老乡家,用半两银子买来一只手鼓,交了差事。大阿哥一高兴,拉吴永观赏他的玩物——满满一车子,是端王府专为大阿哥送来的。有蝈蝈,有蚂蚱,有鸽子,有八哥,有猫有狗有兔子,尿得满车厢臊烘烘的,把吴永熏得直打喷嚏。大阿哥数落说,吴大令,一看你就是个不会玩的,不会玩当官干吗? 他竟懂得称呼大令,也算玩物不丧志了。

重新上路,慈禧改乘轿车,可以走得快些。漫漫长途,幽幽山野,昏昏欲睡中,突兀地响起嘹亮的唢呐声,使车队中人悚然一惊。坐在后车的娟子、荣子相互看看,心说坏了,马上叫停车。娟子对一名太监说,快去启禀大阿哥,请他不要吹了,惊动老佛爷不是玩的。太监飞马前去,两个宫女还在提心吊胆:试想太后坐着轿车,后面跟着个吹唢呐的,这不像出殡么? 唢呐声止住了,慈禧却从假寐中醒来,她想了一阵才明白,大阿哥又在顽皮。古有"望之不似人君"一语,刚、徐等人借以嘲讽光绪,那是嫌他身子单薄。溥儁强健多了,可他似人君么? 不错,慈禧只是用他当幌子,这是哄外人眼的花样,竟勾来八国入侵的惨祸,去哪里念阿弥陀佛啊!

慈禧懊恨不已。回望长长的车队,从龙而来的王公,大多是酿成大错的罪人。可若没了他们,她这个老妇人真成没脚蟹了。慈禧在车中抬起头,见西边残阳如血,若在宫中,该是进晚膳的时辰了。虽然已是八月初一,天气尚热,可以吃水晶鸡脯、南糟鹌鹑……她更想吃水果做的甜碗子。当然只是想想而已,慈禧把万千愁绪压在心底,随遇而安地进入怀安,在县署改装的行宫,享用着没有水晶的鸡脯肉。

这顿晚膳十分丰盛,甚至把宣化也比下去了。吴永不由奉承岑春煊,这个前站打得好。岑春煊并不居功,夸说怀安知县尽心。等知县李敦伺候下来,吴永找他讨教心得,李敦苦笑着说,我这是三餐并作一餐哪! 原来,粮台的滚单飞递各县,严令置办筵席,圣驾两日内到境。小县哪办过这等大差,生怕临时赶办不及,慌忙杀猪宰羊,连夜熬煮蒸焖。没想到在宣化驻跸三日,肉菜都变了味。岑君到来我才慌了,幸亏预先在外省买到了牲口,加紧宰剖,所以显得生鲜可口。那些搁剩的菜,烩成大锅应付大兵了。

两人感叹办差不易。李敦又求吴永,代为打点宫门使费。所谓使费,就是对太

监的贿赂。这是历代相传的规程,在京中连王公都巴结太监,李莲英因此有"九千岁"之称。到怀来惊魂未定,这一项也便免了。至宣化旧梦重温,总兵、知府以下,面君或者办事,都得给太监塞点见面礼,以致闹出了笑话:一名丁忧参将应召"见起",在侧门碰见侗五爷,误把他当成"公公",奉献了十两银子。侗五爷爱捣鬼,把银子摆在县衙门前的石狮头上,用一张白纸写着:"衙门口,朝南开,不买公公莫进来。"这下让军机诸臣生了气,把吴永叫去训斥一通。并不是说不该使钱,而是令他订规立制,以免败坏朝廷名声。吴永为此按份定数,如内奏事处、茶房、膳房、司房等处首领、内侍,各十数两至二三两;总管太监位分较崇,不便经手,吴永推给岑春煊办理。念及怀安县额外备餐,吴永要李敦预备一百两银子,太监处由他大包大揽。

在怀安的一宿未出纰缪。次日启跸向西,中午翻越枳儿岭,这便进入山西。由山岭西麓过洋河,每过一个村镇,都有士绅膜拜迎驾,敬献面食点心。山西未遭洋兵蹂躏,但是义和团也闹得厉害,地方显得萧条破败。吴永特别留意,很少见到猪羊等牲畜,他不禁替天镇知县苏西坡担心。苏西坡去年上任,路过怀来盘桓一日,二人结上了交情。这位老兄有些呆板,没有怀安县令的手腕,他应付得了岑春煊么?拮掇着走近县城,忽听见人喊猪叫声,扭头看见南边的田间小路上,几个衙役赶着两头猪,一群乡民追着吵闹。大约听出了意思——衙役紧急征收,乡民不愿售卖。衙役恼得大声斥骂:"县里迎驾,十万火急,县太爷要被逼死了,你们还他妈舍不得猪爹!"

吴永心想自己猜中了,便催车夫加速进城。在县衙门外碰见张鸣岐,吴永问督办在何处,张鸣岐道,正在寻找知县呢。怎么,知县难道失踪了?张鸣岐发了一通感慨:"日久见人心,板荡识忠臣,像您吴大老爷这样的州县官,普天下没几个。这个县办了十几桌臭菜,至少剩了三天,肉片都生了蛆,还要给两宫吃!岑云阶跟县官理论,那官儿黏嘴腻牙,反诬粮台公文有误。岑云阶要他赶办新席,他一味推托,要死要活。唉,天良何在啊。"

吴永心下着忙,一问才知岑春煊在厨房监工,他便进署去找。转进西跨院,一

眼看见岑春煊大步走来,衣襟上有一片鲜红血迹。吴永惊得一愣,手指着问:"这,这?"岑春煊咧嘴一笑:"亲手宰猪,我这督办当得如何?"见吴永要张口问,岑春煊抢说在先:"天镇令以臭腐食物供奉,该当死罪! 銮驾马上就到,我不临阵磨枪,让两宫喝西北风去?"吴永问县令在哪里,岑春煊剜他一眼:"县令关心县令,你去寻吧。大差当前,县令躲了,想得到么?"

不祥之感涌上心头,吴永直奔县署后进,由刑钱夫子院进入内宅门,便听见一片哭声。吴永喊了一声,无人应答,他便自己报名:"直隶怀来知县吴永,来见好友苏大令。"只见正屋走出一个师爷模样的人,迎着施礼。得知是苏公子的塾师,吴永跟着此人进屋,见过大太太、二太太和十三岁的苏少爷。这一家人正在啼哭,不知道家主在何处。吴永安慰几句辞出,塾师跟出来,小声说道,东家可能在听禅寺。

车马仪仗进城来了。吴永迎驾侍应,待到能脱身时,请那位塾师引领,摸黑赶往听禅寺。小寺临坡面水,一派青森气象。进寺寻到一位老僧,听到二人询问,老僧只是摇头。来到一间小屋,老僧推开虚掩的门扇,但见一豆青灯,照着一板木床,床上平躺一人,已是奄奄一息。僧人和塾师立在门口,吴永蹑步进去,对昏迷的好友呼叫。

苏西坡睁开两眼,认出来人是谁,发出欣慰的惨笑:"临死得见故人,上天待我不薄。"

吴永很是痛心:"老兄你这是——"

苏西坡言语坦白:"我饮鸦片烟了。这东西太慢,过去一个时辰,我只死了五成。"

吴永道:"公子尚未成年,你不能狠心走开!"

苏西坡运着力气说话:"国已不国,家何以家? 怪我没材料,把差事办砸了。岑大人问我,你有几颗脑袋? 我连一颗也不要,可是全县还有十数万脑袋,全省有多少呢? 两宫降临乃晋民之幸,不要闹成西省之灾。我这个县令失职该死,愿以一条小命代苍生请命。"这个老实人,仍然没想开,谁把你一条小命当回事!

吴永无可奈何地与故友诀别,回到变成行宫的县署门前,入署见着几位军机,

便把这事对大臣们说了。军机房沉默一阵,礼王咳嗽一声,赵舒翘严厉地吩咐:"不要让两宫知晓,败了兴头可吃罪不起。"

王文韶慢吞吞道:"事是惨事,心非好心。不把差当完就去死,不是临阵脱逃么?若要躲清闲,我这七老八十的,就不千里投主了。"见吴永有点不服气,王文韶诚恳说道:"渔川,你我是同乡,我得把话说透。你昨日召对,竟达二点一刻之久,致我等久候,究竟所说何词?当年翁师傅书房独对,遭众忌恨,你一小臣知分寸否?虽说你讲的是民间疾苦,不过如何讲,讲多少,均有讲究。天颜虽近,天威莫测,非儿戏也。"

中堂以谆谆诚其藐藐,吴永只得唯唯称是。在天镇县署的一派祥和中,吴永仿佛看见,苏西坡咽下最后一口气。次晨果然侦知故友的死讯,只是官面上无一人提及,仿佛此县从来没有这个县令。

饭毕车驾向阳高县进发,这仍然是一天的车程。晚间膳食十分丰盛,知县上下左右打点,经吴永手送出的太监使费,便有一百八十两。李、崔二总管处,进贡恐不下百两。吴永私下抱怨知县,开倖门,兴恶例,老兄何苦当始作俑者?知县咂舌道,有天镇的恶例,我替全县大小赎命而已。一句话堵了口,吴永自忖,当初怀来不也尽力巴结么?

第二天驾临大同,总兵以下大小官员,出城至五十里铺恭迎。大同已是太平世界,郊野无散兵游勇,路旁有香案子民,进城的一段路平整一新,大有御道风范。慈禧大悦,在行宫进膳后特意叫起,召见刚刚赶到的鹿传霖。这位江苏巡抚万里保主,从江南驰至塞北,其忠肝义胆举世罕见。慈禧嘉奖鹿传霖,他带来的五营兵,每人赏给五两银子。慈禧想听京中实况,鹿传霖并未参加卫城之战,奏述得却极详尽:我军如何英勇,洋兵如何凶残,杀戮如何惨烈。末后落脚到卧薪尝胆,力图恢复上。慈禧不禁默然。流落在外,何谈复国?慈禧以目示意,御前大臣便叫鹿传霖退下,使尚未开场的《隆中对》,草草鸣金收兵。

四、小朝廷西安苟安

数日以后,临幸太原。省城迎驾非同一般,山西巡抚毓贤却不慌张,因为藩库中藏有秘宝。原来乾隆巡幸五台时,用过的全套仪仗銮舆,全部封藏在太原库中。省方添置龙旗二十四面,届时毓贤率领文武各官,出城六十里恭迎圣驾。在黄土寨献茶打尖后,太后和皇帝换乘十六抬大轿,二十四面龙旗前导,后跟黄色座伞六对、雉尾扇五对、金瓜二对、节一对,幡、幢、钺、斧、戟、枪、牌、盖、壶、炉,一应俱全,另有执豹尾枪护军校二十名。皇家排场,百年回归,慈禧被仪卫簇拥入城,住进宽敞的巡抚衙门。大内的规矩次第恢复,政事也便提上日程。当务之急是求和,要求和就得改弦更张,下诏痛剿义和团。同时寄谕李鸿章,催他迅速来京,会同庆王、荣禄操持和议。并且谕令荣禄:"该大学士如已赴获鹿,着即迅回保定,俟李鸿章到京后,妥为商办。大局所关,安危系之。该大学士为国重臣,受恩最深,当不致一意借词诿卸也。"

在重托中加以责难,这使荣禄后背发凉。联想到昨日才发走的奏折:"昨于护督臣廷雍处见大学士李鸿章来电,有不日赴津之语。是李鸿章既有全权之命,一切议和之事,均应责成该大学士一手经理。奴才忝领师干,实难兼顾。且自定州以迄获鹿,井陉、固关各要隘,节节皆须设防。奴才虽已饬总兵张行志、姚旺、何得彪等驰往驻扎,尤须亲到布置。经营防务,拱卫行在,自难分身参与和议。事有专责,非奴才所敢意存推诿。"这就像预作的一番推诿!

怎么办,追回来?荣禄边想边摇头,情势走马灯一般转圈儿,上头也可能改变主意。无论如何,为逃至山西的皇家护院,应比劝敌休兵更当紧。荣禄统筹直、晋边防,将集结在京南的三十余营兵力,分为南、中、北三路。南路距离太原最近,荣禄奏请毓贤负责,驻军以甘军步兵为主。张行志等四总兵,分驻获鹿、正定、新乐、

定州,毓贤则坐镇井陉、固关。中路由山西按察使升允负责,北路由宋庆和马玉昆负责。运筹帷幄,不求决胜,只求两宫能够稳坐五台。

要稳坐须有干臣辅佐,慈禧环顾身边,深感驱使乏人。礼王世铎早就是挂名,有他没他一个样;刚毅自出奔后,从气壮如牛变得胆小如鼠,经常见他病恹恹的;王文韶和赵舒翘,一个年老得像个摆设,一个只适于逢山开道。算来算去,论亲缘远近靠得住的,还数载漪兄弟二人。当然他们是招祸的罪魁,但在迢迢数千里外,亲疏比是非更重要。有鉴于此,慈禧下旨,命端王载漪入军机,载澜充任御前大臣。慈禧还想擢用鹿传霖,这人不仅忠勇可靠,而且骨鲠敢言。力请驾临西安,以免外敌要挟,便是他提出的建策。而主和的一班大臣,为使洋人相信朝廷的诚意,皆主张两宫勿再西进。在慈禧看来,这像把乘舆作为赌注,往诛心的细处抠,可以说有利于国而不利于君。

这项枢机安排传到南方,果然使得众臣不安。盛宣怀致电刘、张两督,提出请英、美、日出面调停的外交大计,强调剿拳匪、惩祸首、不远行三条原则:"请将误信邪匪致酿国难之诸臣,分别处分以谢天下。"张之洞回电有些犹豫,称惩办贵臣之议,疆臣不宜轻言。盛宣怀再电坚持:"德、俄领事均言,既办祸首,即可回銮,了事较易。若仍远行,恐尚非真心议和,必启各国猜疑。"其实,要议和必先惩祸首,几大督抚意见相同,只是对祸首的认定稍有歧义。经往返磋商,大家公推盛宣怀代拟奏稿,以李鸿章、刘坤一、张之洞、袁世凯的名义直上朝廷,请将载漪、载勋、刚毅、载澜、英年、赵舒翘六人革职撤差。

比除恶更重要的,是中枢需要有人主持。刘坤一致电李鸿章:"现在两宫孤立无援,即请尊处商之庆邸,僭请以香帅、奎乐帅入政府,以陶子芳署两湖,王夔堂署四川,并以杨子通、盛杏荪入总署,当可得力。"他要荐张之洞、奎俊入军机,而以陶模、王之春补二人之缺,将杨儒、盛宣怀荐入总理衙门。把军政和外交控制在自家人手中,与外人议和便排除了干扰。

这番举动非同小可,外臣怎么办得到?张之洞连称不敢,连盛宣怀都对李鸿章打退堂鼓:"忧谗畏讥,任事太勇,一切见解不合时宜,译署尤非所宜,断不敢入。"他

宁愿在外围敲边鼓,那样进退皆在掌握。外臣入不了内,东南诸公又把目光移向荣禄。这位惯于骑墙的老手,有足够力量抵消端王一派,何不运动荣禄赶赴行在? 李鸿章要袁世凯先作试探,袁世凯回报称,荣禄原拟赴晋,只因傅相奏请添派,断无辞理。这是想要李鸿章上奏,解脱他参与议和的使命。

出尔反尔,于己不利。李鸿章直接电告荣禄:"慰廷来电:接十二日尊函,谓内廷无人,必多掣肘,拟由获鹿赴晋,深感荩筹周密。据日本来电奏请添派,公即奉旨,尽可以各国谓围攻使馆有甘军在内为词,恐涉嫌疑,请暂留行在。盖各国既将其所以愤恨之故大声叫破,是旋转乾坤在圣明内断于心。如深宫默念,倾危宗社是谁所为,即办谁之罪,或议亲议贵分别轻重,则开议以后亦有词可措。鸿不能趋行在面陈,又非奏牍所能尽言。务请速赴行在,披沥独对,以冀挽回圣听,国脉存亡,实系于此。"李鸿章替荣禄提出了理由,但荣禄很快得到署理陕抚端方传旨:仍遵前旨赴京开议。这足以证明,内廷的确有人不愿让他回去。

时势演变至此,远方操纵已难着力,李鸿章认真考虑"不入虎穴,焉得虎子"了。这个虎穴就是京津。事实上,阻挠他北上的,除了担惊受怕的家人,主要是持有敌意的列强。早在一个月前,李鸿章便呼吁各国政府,速派全权代表前赴北京,谈判议和。那时联军正在肆意烧杀,和平对于他们,比天方夜谭还要遥远。各国驻大沽舰队司令官开会决议,一旦李鸿章由沪抵沽,立即将他扣为人质。不过,俄国为自身利益考虑,美国从"门户开放"出发,都对这一决定提出异议。法国稍后追随俄、美,承认李鸿章的全权大臣资格。而在八国中举足轻重的英国,却一如既往地莫测高深。窦纳乐早就摆明了态度,在中国的军事力量被彻底击垮以前,同中国谈判毫无意义。英国人的真实意图是,拖到南非战争结束,大批英军来华,主导中国的战与和。

英国不承认李鸿章的全权资格,但又不愿公开出面,英国王储亲访柏林,怂恿德国带头发声。在这件事情上,德国的反对情绪更加强烈:瓦德西刚刚取得统帅地位,尚未赶到中国上任;它在华军队人数极少,远远不能满足为克林德复仇、攫取大块利益的野心。德、英两国一拍即合,德国还高声谴责俄国,德国帮它把满洲装入

口袋,它却无视德国的关切,过早地去追求腐烂的和平。连资格都得不到承认,李鸿章自然不敢北上,朝廷上下非常焦急。

赫德也很焦急,在使馆解围几天后,他就寄发了由上海转伦敦的电报:"援军8月14日到达,逃难的人们现在正陆续离去,城中大乱,宫廷逃避,不知去向,各使馆已与中国官方失去接触。我幸而找到几位中国大臣,希望能商定办法,或为取得谅解开一途径。我明日起恢复视事,只要能对公众利益有些作用,将尽力在此地待下去。"为了能够待下去,他要金登干寄来两套公事房穿的西服、两套冬装及帽子、靴子。他找到的大臣是昆冈、敬信、裕德、阿克丹。这几位从来没在大事上出过头,面对笼罩京城的血光之灾,更加茫然无措。赫德请他们把庆王找回来,慈禧派奕劻回京,这是原因之一。赫德跟各国公使和将领接触,呼吁他们制止杀戮、停止报复、恢复秩序、谋求和解。这像用一杯水去救火,可是赫德信心十足,仿佛握有救世秘诀。其实,他的公房和私宅全被焚毁,只得借住在基鲁尔夫商铺的两间房子里。赫德拥有的是一种信用,在中国和西方世界之间,他做了三十多年"诚实的掮客",这种身份无人可以取代。

果然,庆王回京了,他向邻居借得二千两银子,草草安顿下来。赫德做出安排,请汇丰银行的特威德经理,每月借支一万两银子,用于总理衙门的运转。只要一开始做生意,英国人的心情就平和下来。窦纳乐跟赫德已是患难之交,对赫德那义愤填膺的批评:外国人从大沽胜利进军北京,一路上很少发生战斗,但是沿途每个村庄都留下了复仇者的印记。从海边到首都的一百二十英里的路途上,几乎见不到生命的迹象,令人不禁感到悲哀,有必要造成这样的灾难和荒芜么?窦纳乐听了也有所触动。然而情感不能代替政策,时间才能带来改变。在列强的尔虞我诈中,没有哪个国家能够坚守道义,因为那会使己方吃亏。

这一回又是俄国率先出招。在攻占北京十天后,俄国外交部通知各国:鉴于中国朝廷已经撤离北京,在北京保留外交使团已毫无意义。俄国政府拟将其公使、四等文官格尔思及所有使馆人员召至天津,俄国军队将伴随他们至上述地点。俄电征求各国支持,它要八国一起撤军!几大强国措手不及,德国尤其怒不可遏,这是

要在瓦德西莅华前溜走,给德国的统帅权釜底抽薪!但若与俄国迎头碰撞,无异于充当别人的炮灰,德国因此保持沉默,加紧探询他国态度。法国是俄国的盟友,认为过早撤出是个军事错误,主张把撤使和撤军分开。德国受此启发,德皇威廉指示外交大臣:"对使节撤退可以没有意见,但在瓦德西到达之前军队必须占领北京。"德国外交部据此声明,加了"其他大国同意撤使"这一前提。美国针对俄国的建议,发表了一份语意含混的备忘录,保持着可进可退的超脱地位。

日本则有些进退两难。通过在联军中充当主力,日本已达成跻身列强的战略目标。而沙俄要求撤军的矛头所向,日军更是首当其冲。不过,俄军要从直隶撤退,这就减轻了竞争压力,日本也可调整其军事部署。它在备忘录中委婉设词:"日本政府对于自北京撤出所有部队的问题做出决定之前,打算召回被认为是多余的那部分部队。"备忘录重点强调的是,如果各国认为有必要继续采取联合军事行动,并需要靠近华北的日本再度派遣部队时,日本也是乐意从命的。对于这一难题,英国的苦恼仍然是,它的在华商业利益最大,军力则相对薄弱。这促使它加紧拉拢德国。

在八国中比较弱小的奥、意,不玩这些虚伪的把戏,他们要在这场欢宴中分一杯羹,就得有足够长的手指。奥匈帝国的两艘军舰驶抵大沽,蒙泰库科利少将将二百余名水兵派赴北京。意大利也在增兵,在华兵力已达二千四百名。英国欢迎小兄弟们凑热闹,它的增兵更显气魄,从南非战场抽调的四千兵力和第三、第四支印度部队,源源不断地开赴华北。面对重重阻力,俄国不为所动,依然坚持撤军。这首先出于军事的需要,它要把主要兵力投入东北战场,巩固对满洲的占领;还有政治的需要,以此强化慈禧一派的亲俄倾向,给李鸿章贴上更明确的标签;从外交上说,的确可使瓦德西对俄军的统辖有名无实,避免壮大德国在华北的势力。

9月13日,俄军分批从北京撤出,退至天津。这就呈现出有人急急出、有人忙忙来的纷乱局面,被赫德斥之为乌烟瘴气。赫德向他的"外交代表"金登干电询:"欧洲的意见如何,维持清室还是瓜分大清帝国?什么是必不可少的条件?"金登干稍后答复:"各国显然仍拟支持满清王朝,不主张瓜分。英国舆论主张维持光绪皇

帝,给慈禧太后以个人安全,但反对英国政府承认她。必要的条件包括惩办祸首、赔款、保证今后对各国友好等等。"

经过相互斗争和妥协,各国显然认识到,推翻慈禧弊大于利,要获取尽可能多的权益,必须从战争转向接触。被英、日骑兵护送至京的庆亲王,可以扮演抗衡的角色,不必再拒绝李鸿章了。大家都在调整立场,德国无力固执己见,只有划清一个界限。8月末,新任德国驻华公使穆默抵达上海,李鸿章主动与之会见。穆默明确提出,要李鸿章等到瓦德西莅任再动身。

李鸿章只是表示,他希望尽快与各国展开谈判。他当然不能服从德国的"命令",连俄国的好意也不敢收。俄国财政大臣维特日前致电称,头等俄舰"阿特密腊格尼洛甫"号驶抵沪滨,迎迓中堂。就在俄国开始撤军两天后,李鸿章仍然乘坐招商轮船"安平"号,起航北上。船上悬挂象征全权大臣的龙旗,随行官兵三百名,随带两门大炮,另有厨师及仆役一百人。那艘俄国军舰一路护送,于五日后驶抵塘沽。俄国代理领事科罗斯托维茨,乘快艇登上"安平"号,向李鸿章通报俄军安排的保护措施。"安平"舰停靠码头,李鸿章乘轿登岸,阿列克谢耶夫中将亲自率领俄国水兵列队欢迎。当时有一队德国兵刚刚登陆,看到这么高军衔的俄国将领,竟然向一个中国老头恭敬行礼,德国人感到不可思议。一名德军中尉去问排在后面的水兵:"为什么? 中国人不是打败了么?"那个水兵答得俏皮:"我们向他们的失败敬礼!"

第二天,李鸿章乘火车上天津,沿途所见,惨不忍睹。驶近城门,李鸿章便把两眼紧紧闭上,任凭马车把他拉入海防公所。住公所不住督署,科罗斯托维茨预先告知过他,理由是总督署残破不堪。海防公所由俄国卫队值守,严禁闲人接近,出入必持证件。李鸿章隐忍不言,在这座沦陷的城池中,他是客人而非主人,逆来顺受,不得已也。

两天以后,保定方面派人到津,送来了李鸿章等待的圣物。李鸿章向阿列克谢耶夫提出,要去总督署看一看。俄国卫队前呼后拥,护送李鸿章进入总督署,不过走的不是正门,据说那里尚待修复。在院东北角的一片废墟前,李鸿章依稀认出了

官宅的轮廓。他在这里住了二十五年,对它的一砖一瓦、一草一木,都有挥之不去的忆念。在灰飞烟灭里,在沧桑巨变中,李鸿章依稀看到锦心绣口的赵莲儿,牙牙学语的小儿女,跟他演绎着天伦之乐。

巨大的悲怆从心底涌出,李鸿章努力按压,身体战栗,朝幕吏投出威严的一瞥。随员们忙乱起来,很快清出一块场地,将一块石板架成石桌,石桌前摆设一座香炉,点燃三炷香。俄国人迷惑地围观着,看见一个人打开包袱,将三只方块状的物件摆放在石桌上。卫队队长担心地走上前,想要拿起检查,被几个随员拦住。队长解释说:"我要看一看,它是爆炸物么?"随员回答:"这是印信,护理总督廷雍大人派员送到的。"这个蛮人被劝退后,李鸿章才移步近前。他身着朝服,望阙叩头,接受钦差大臣、直隶总督、长芦盐政三颗大印。立起身来,李鸿章的口气一下子变了,他吩咐卫队队长,去把都统衙门的人给我叫来。队长愣了一下,本要拒绝,不知为何却照办了。

过了一会儿,两个外国人匆匆赶来,与刚刚接任的直隶总督会晤。这两位都是李鸿章的老朋友:一名田夏礼,美国原驻华公使田贝之子,曾任使馆参赞,卸任后在津经商;一名丁家立,是久居天津的美国人,曾帮李鸿章创办北洋大学堂,并任总教习。两人现在的身份,田夏礼是"暂时管理津郡城厢内外地方事务都统衙门"的秘书长,丁家立则是汉文秘书。这个衙门是天津的临时政府,也算军政府,成立于7月30日,办公地点就在直隶总督衙门。最高权力机关是三人委员会,由俄国的沃加克上校、英国的鲍尔中校、日本的青木宣纯中佐组成。都统衙门统管除租界外的天津地方,拥有立法权、行政权、司法权、用人权、治安权、征税权,这是一种绝对权威,远非直隶总督所可比拟。为了安慰李鸿章,田夏礼告诉他,在秘书处、巡捕局、卫生局、库务司、军事部、司法部、公共粮食供应署中供职的洋员,百分之七十以上是李中堂的熟人。

李鸿章嗫口无言。承二人好意,拿来一沓会议纪要给中堂一观。李鸿章浏览昨天的纪要:"第四十一次会议。时间:1900年9月21日。出席人:青木中佐、鲍尔中校。"第五条引起李鸿章的注意:"汉文秘书向委员会递交了一封天津凌福彭知府

呈联军司令部的信件。委员会就此信发表如下意见:很明显地看出该知府对他的国家所面对的列强地位还不够了解。根据汉文的习惯,信的格式很不礼貌,委员会认为不值得回复此信。"李鸿章放下纪要,朝丁家立挑起眉梢:"从汉文格式中挑出刺儿来,这是你的本领么?"丁家立好脾气地笑着:"这副本领,我是在中堂麾下学到的。凌知府行文用到'咨'字,这是平行用字,明显不合规则。"李鸿章对他挑眼儿:"这是哪家的规则? 他是天津知府! 你们是——"田夏礼不动声色地接上:"我们是天津临时政府。在这个时段内,天津知府无法行使职权。"

李鸿章被他的平静激怒了:"那么我呢,我在你们的纪要中,是不是成了'该总督',也对什么地位不够了解?"田夏礼彬彬有礼:"我以为不会。中堂对国际事务经验丰富。作为个人,我对中堂充满敬意。作为政府雇员,我有责任为中堂在津行动提供便利。"李鸿章言之慨然:"我不会有行动。我住的海防公所,现为俄军司令部,我的一举一动都有俄人监视。我昨天派出的两名邮差,一个被日本人活捉,一个被德国人赶回。我向上奏请,往下传令,都无缝隙可通。"田夏礼露出笑容:"这就是我说的责任。中堂的邮差,应当持有委员会核发的通行证,那是放行的必要条件。"李鸿章打个激灵:"通行证? 你给我!"田夏礼做出公事公办的样子:"中堂提出申请,我让他们给您制作,马上就可送到。"

他从文件包中取出铅笔,写下一张纸条,交给一名卫兵。卫兵飞奔而去,跑回来时,手中拿着一张长方形的硬纸。丁家立接过来,在上面写了几个字,然后递给李鸿章。李鸿章看见这样一个证件:

天津城临时政府:

    持证人系李鸿章阁下之邮差,受天津临时政府保护。

    此证

                                  汉文秘书处:丁家立

李鸿章取得了邮差证件，心里却堵得越发严实。好在能够邮通了，他在三日内连拟数折，电请朝廷：感谢俄国的撤军之举，趁德国大军未到，优恤被杀的德国公使克林德；尽快议处祸首诸臣，并将端王逐出军机；诚心悔过，早商停战，中外谅解后尽早回銮。

然而谅解万难达成，尤其是德国。就在前天，德军统帅瓦德西抵达天津。李鸿章派员前去瓦帅寓所，表达亲往拜会之意。瓦德西却以"奉政府令，只管战事，不管交涉"为由，拒绝与李鸿章会晤。李鸿章与英、法等国军政官员接触，这些人也显得不冷不热，脸上像糊满糨糊似的。俄国公使格尔思，从北京撤到天津来了，此人倒是热情似火，但他的口蜜掩不住腹剑。除了加紧在关外用兵外，为了抢占津榆铁路，俄军着手侵占北塘。俄军突袭北塘炮台，用死伤一百余人的代价，占领炮台七座，军火库一座。接着乘胜连占芦台、开平、唐山，抢夺了数不清的机车、煤矿、工厂，控制了从塘沽到山海关的铁路。

俄国老毛子，玩了一套以退为进的把戏，李鸿章则用不抵抗的命令，给他们开辟道路。在他看来，只有加快交涉，才能减少流血。李鸿章先电行在，请召荣禄回行在当差。稍后荣禄在保定上奏称，各国公使视荣禄为攻馆主凶，不准其参与议和。荣禄在折尾说："奴才于拜折后，拟即出省，取道正定及彰德、卫辉一带，由豫入秦，趋谒行在，叩觐天颜，稍申犬马恋主之忱。"

两宫在晋，荣禄却先入秦，是要兜一个圈子，听候两宫裁示。不料在他动身出省时，銮驾也准备由晋入秦。原来，李鸿章和刘、张、盛的连番奏请，已使行在掀起波澜。这时又从山西边境报来警讯，德国巨酋瓦德西到津，要统领联军倾巢西犯。这其实是载漪和毓贤串通，夸张敌情，恐吓两宫，以减轻要求惩祸的压力。

这日早朝军机议事，赵舒翘秉承端王的意思，向两宫奏报：京城洋军组成讨伐队，四出攻掠。八月初十英军屠通州；十三日德军屠良乡；十七日日军屠大光；十八日美、英联军攻掠京西八大处，烧毁灵光寺和正果寺，将琉璃宝塔炸为齑粉。赵舒翘接着奏报的，便是联军在京南一带集结，企图南进西攻的动向。慈禧听得不耐烦，截住发问："它要进攻，我不会防守？南方新到兵马有哪些？"载漪接过话头："贵

州提督夏毓秀五营、四川提督丁鸿臣五营、福建陆路提督程文炳所带的五省十七营，加上陕西提督邓增的一旗二营，全都布置在晋南陕东一路；另有河南练军十三营，把守豫境陕州，在黄河南岸策应。"

一直陪坐呆听的光绪，在座椅上挪动一下。慈禧朝右边一瞥，索性把话挑明："你们看，皇上不安了。洋兵从东来，你怎么只顾西路？"载漪回道："东路陆续增调，不下百营兵马，倒是退路略显空虚。所以奴才檄调甘肃五营，新疆八营，进驻咸阳。"慈禧皱一下眉："连新疆的兵都调？它不是还要防边么？"载漪道："是。俄国大兵云集，有进窥伊犁之势。巡抚饶应祺外固营垒，内消隐患，遵旨处决通俄的犯官，暂时压下俄军的凶焰。"慈禧摇着头："直到现在，我仍不敢相信他会通俄。"载漪道："他一向亲英，在他发配途中，英人莫理循谋划劫救，没有得手。为了保命，改而投俄，这说得通。"慈禧再一次显出不耐烦："罢了，杀掉一个张荫桓——"

身旁的光绪倏地起立，似乎把御座也震得一抖。这在朝堂上从未发生过，慈禧怒目瞋视过去，瞪得光绪垂头坐下。跪着的臣子们谛听到动静，一颗颗脑袋埋得更低。慈禧冷言讥刺："看来皇帝有话要问。"光绪畏缩一下，随即在座上坐直："朕奉太后意，有话问载漪。"载漪在地上回应："奴才在。"光绪问："东南疆臣与全权大臣李鸿章八月二十二日、二十三日、二十五日所上奏章，军机处是否议过？"载漪答："奴才们议过。"光绪问："为何没有上奏？"载漪答："意见尚不统一，所以暂未奏复。"光绪问："你且说你的意见。"载漪答不出了："奴才，奴才——"

光绪的嗓音突然拔高："意图蒙混，好个恶奴！李、刘、张等二十二日奏称：该王公大臣等误信拳匪，致酿国难，既危及宗社，即应以身任咎。请明降谕旨，将统率拳匪之庄亲王载勋、协办大学生刚毅、右翼总兵载澜、左翼总兵英年及庇纵拳匪之端郡王载漪、查办不实之刑部尚书赵舒翘等，先行分别革职撤差，听候惩办。这些参言，你载漪到底如何想的？"

载漪埋头不语，像在装死猪，实则不服气。光绪点名了："刚毅，你怎么说？"

刚毅倒很爽快："奴才知罪。"

载漪回头讥讽："你吓破胆了，能不知罪！"

光绪迎头痛斥："独有载漪不害怕,实乃怙恶不悛之人! 刚毅纵拳,徐桐颂拳,载勋等人养拳用拳,皆为迎合你一己之私。你为爱新觉罗氏罪人,竟仍恬不知耻,真正罪不容诛!"

这番发作出其不意,连慈禧都为之默然。光绪将目光转向世铎。自从端王入枢,世铎便递上乞休的折子,慈禧迄未批准。光绪询问礼王:"你这领班,有何意见?"世铎叩一下头:"奴才乞请不领班了。"稍停又奏:"载漪被参,应与奴才同时乞退,听候皇太后、皇上圣断。"光绪朝慈禧侧身俯首,做出请圣母示下的样子。慈禧这才开口:"今日暂且议到这里。"

几个臣子叩头退出。慈禧的面孔朝着前方,僵持一阵才道:"好啊,你的气终于撒出来了。"

光绪语气平和:"儿子气不过。身为亲贵,即使无辜,受大臣揭参也当待罪。载漪貌玩至此,真所谓无心无血又无汗者。"

慈禧轻哼一声:"那是我貌玩。我想给他们立规矩,不能洋人要个一,咱就给个三。"光绪吸一口气:"皇额娘啊,议和之人身入虎穴,李鸿章立脚不住。瓦德西连面都不肯见,他拿什么跟人开议?"慈禧微哂道:"拿你啊,洋人不是要保你么?"光绪被狠狠一噎,差一点背过气去,他颤着声道:"皇额娘,儿子倒想舍身饲虎,回京亲自与洋人开议。"

慈禧睁大了眼,又把眼紧紧闭上:"舍身? 你想找白鬼臣子拥戴吧!"光绪并不辩解:"当时洋兵抵京,皇额娘派启秀、赵舒翘赴洋馆,本可维持和局。二臣畏难不去,儿子有自去洋馆讲和的想法,可惜没敢说出。这是儿子最后悔的事情——"慈禧气恨恨道:"这是最荒唐的念头。你是皇帝! 你怎能去洋馆?"光绪道:"儿子宁愿不当皇帝,只要能把京城保住。"慈禧道:"你不当皇帝,也不能从虎口刨出食儿来。洋人的迷魂药,你吃到现在还没醒,你以为他们抬你,敬你?"光绪道:"儿子不要洋人抬我,只要它归还百姓土地。时至今日,不应允条件万难开议,请皇额娘舍弃载漪等人——"

慈禧发出嗤的一声:"你以为我那么倚重载漪? 他不过是讨价还价的抵押物,

到时候了,抛出就是。"慈禧扶着椅肘站起,内侍上前来扶,她把他们挥退。慈禧看着起立的光绪:"朝廷可不能抵押,明日启行,去西安。"光绪张了张嘴,明知说也白说,又把言语咽下。

即日明发上谕,撤去载漪军机领班之职,将刚毅、赵舒翘等交部议处,山西巡抚毓贤开缺,由铁良接任,令荣禄速赴行在,入值办事,并将鹿传霖擢入军机。次日两宫启跸,沿汾河东岸南行。大队日行七八十里,饶是龙车凤辇,也须风餐露宿,辛苦自不待言。好多人在太原养懒了,对于重上征程,不免啧有烦言。谪臣刚毅正在病中,世铎劝他暂留太原,他却笑笑说:"罪臣本分在于就死,怎能偷懒呢。"世铎暗自诧异,这人的硬气哪里去了?奔劳中医药不周,在洪洞县过一高岭时,刚毅在肩舆上被摔了下来,病势更加沉重。大队进入平阳府境,刚毅已经挺不下去,只得在侯马镇留下,朝廷安排左副都御史何乃莹照料。这不是一桩美差,何乃莹暗暗叫苦,只得紧紧抓住曲沃知县,叫他帮同办事。

第八章　辛丑条约

一、铁蹄践踏　口舌对答

　　滞留侯马三日,刚毅气息奄奄。在回光返照之际,他对何乃莹遗言:"盖棺论定,我这一生,幸有一个廉字,悔有一个顽字。以我之廉,只宜在府县做亲民之官,尚可帮百姓减一点钱粮。不意间出将入相,这便自以为是,一力引拳入京,终于酿成大祸,追究首恶,无可推脱。刚毅甘伏冥诛,与我同罪的王公,恐尚心存侥幸。请代我上奏慈圣,定要罚当其罪,勿使一人逃脱,如此方可与外人和解,得以还京复国。"

　　正所谓人之将死,其言也善,听了这一番话,何乃莹忍不住落泪。然而善归善,说归说,遗折哪能这般措辞? 何乃莹交代随行的师爷,代刚中堂拟了份四平八稳的折子。何乃莹在上递时附奏:"昨因大学士刚毅病势沉重,暂留侯马照料。三十日寅刻,刚毅陡觉痰涌气喘,遂即口授遗折,嘱为代递,竟于巳刻出缺。所有衣衾棺椁,经臣会同曲沃知县王廷英妥办含殓,移柩平阳县城,择庙暂停。"

折子送达行在时，两宫恰在风陵渡口，正要渡过黄河。龙舟是蒲州府置办的大木船，虽无油饰，却甚平稳，使圣驾平安涉过惊涛骇浪。踏上岸去便是陕西，经潼关，入华阴。这年夏天陕西苦旱，赤地千里。不料乘舆入县境不久，便见头顶乌云密布，遮蔽天日，顷刻之间电闪雷鸣，降下一场倾盆大雨。这真是圣驾带来的福荫！田间村头百姓欢呼，从龙诸臣笑逐颜开。

积郁在慈禧心头的阴霾，也被这场甘霖洗清，进驻华阴县城后，传谕要去华山拈香。办差人员派兵修路，奏请驻跸两日，方可奉驾登山。这时传来洋兵攻晋的消息，慈禧决定不登山，即于此日至华岳庙拈香。礼毕移驾灏灵庙，慈禧来到圣祖龙牌前，亲行三跪九叩礼。这是康熙皇帝莅山祈雨留下的，遥想当年，俯视今日，慈禧不禁泪下沾裳。从庙中出来后，慈禧望望伟岸的青山，要登高峻的万寿楼。群臣再三请舆，慈禧坚持步行，她由内侍扶掖着，息了几歇方才上去。慈禧在楼上凭眺良久，默默念诵，求陈抟老祖保佑她这落难的佛爷。

刚毅的遗折，军机处压着迟迟不递。这是祈福之时，岂作报丧之音？何况漫漫穷途，重重苦难，死于非命的人不在少数。就在进入潼关不久，辅国公定昌便因病身故，这还是皇亲国戚呢，死讯都没敢往上捅。大队人马离开华阴，赶到华州，军机处收到荣禄来函，告以猝闻家变，卧病潼关，请求代奏。所谓家变，乃是荣妻和一个女儿都在太原病故。军机处将几桩不幸汇总奏上，慈禧神情凄然，传谕管理神机营大臣桂祥，安排妥人运定昌柩回京；令何乃莹携刚毅幼子玉麟趋附行在；你等可慰劳荣禄，令其节哀。

王文韶、鹿传霖致函荣禄："忧能伤人，务望善于自己宽解。天下以公为安危，请以'旷怀作达，鞠躬尽瘁'两言奉祷而已。本日入对，遵已代陈，慈圣垂注之至。慈躬亦小有感冒，微觉鼻塞声重。谕云：'日来以荣某事时为恻然，遂觉胸中不畅。'圣恩如此，感人深矣。公或可按辔徐行，少节劳累，不必专程前进。专复，伏惟珍摄。"荣禄接到这封信时，已经行进在驿路上。他倒真想停下休息，甚至想赶至太原，将儿子纶厚亲携入秦。这是他的独子，妻女沦亡，幸留此子，也算上天对他的眷顾了！然而烽火连天，岂是彷徨之时？荣禄只能强忍悲痛，在关中道上奔波。

两宫于九月四日抵达西安,进入北院行宫。北院原为总督衙门,有房数百间,墙垣全为红色,东、西辕门字样亦用红漆涂盖,周围用十字叉遮拦,如京城大清门式样。正门直匾大书"行宫"二字,仅开右门出入。入门设侍卫仪仗,旁有军机处朝房、六部九卿朝房,各用红纸标贴。大堂左房为内朝房,右房为退息处。三堂左右房为太后宫室,二堂东三间为皇上寝宫,后三间为皇后寝宫,三堂西屋由大阿哥居住。朝廷在西安安顿下来,将护驾功臣岑春煊授为陕西巡抚。

新任巡抚办事卖力,闻报荣禄至"京"时,岑春煊亲出郭门迎接。那荣禄面目浮肿,不哼不哈,一副心事重重的样子。岑春煊不知道,压在荣禄心头的,是李鸿章的一封信:"台端重入,领袖枢垣,深以为慰。弟到京后,与庆邸晤商一切,内忧外患,同为棘手。吾曹渥被深恩,际兹厄运,惟有共矢愿力,冀补艰危,成败利钝,固所不计耳。联军已据保定,闻将逾正定而西。昨复电请速办祸首,庶可阻其西犯。董犹拥兵在近,必须妥为布置,庶免肘腋之患。"联军已据保定! 这就是说,洋兵并不以占领京城为满足,它要分兵四出,下一步是否会犯秦关? 朝廷上下东望惶恐,荣禄奉命回函李鸿章,要他迅开和议,阻敌西侵。

此时在天津,瓦德西正在拳打脚踢。打出的第一拳是太极,他对李鸿章施以闭门羹,使那人自感没趣,离开天津赴京。第二拳是军事。统帅抵华太迟,以致有名无实,他迫切需要立威,还要为德国大军捕捉新的机会。他计划南侵保定,拿下北京的南大门,将战与和的关键握在手中。俄国意在控制辽东,指出此举会惊吓朝廷,影响议和;美、日两国也各有各的盘算。英国却赞成这次行动,窦纳乐早就要求派出远征队,营救保定、正定地区的传教士。法、意也愿充当护法天使,德、英、法、意四国远征军成立,分由津、京两路出兵。天津一路由法国白劳德少将率领,约有四千人;北京一路由英国盖斯里中将率领,约有五千人。瓦德西发出的指令是,全力肃清义和团,捕到之后,立即枪毙。瓦德西还提前通知李鸿章,威逼他撤退沿路官兵:"如有官兵抗拒,即痛加剿洗,鸡犬不留;如不迎敌,可派弁目执白旗相迎,联军将予以宽待,保证该地和平。"李鸿章只好致电廷雍,要他收藏军械,不得迎敌;并令浙江提督吕本元,将分扎在保定以北的淮、练十九营,移往河间一带剿拳。

在联军大队未出发前，法军分遣队司令杜以德，便派一小分队充当尖兵。四十余名法军经十二桥、新安、大宿庄、安州等地，推进至清苑县东望亭村。廷雍先期派出两名官员，对这支洋兵以礼相待，劝勿入城。法军头目递上杜司令的信函，函中宣称秋毫无犯，二官便安排法军驻在西关火车站。第二天，杜以德部队沿容城陆路开来，官绅将其迎至东关大营驻扎。廷雍派员迎请杜以德入城，在司署设宴款待。喝第一杯酒时，杜以德还答应法军不进保定。喝到第二杯，便说四国必以兵力合攻，为了保卫保定，省方必须在下午2时以前，在四门城楼插上法国三色旗，礼迎法军入城。廷雍无力抗拒，只得开门揖盗，法军进入保定。

与此同时，从北京出发的征讨大军，沿芦保铁路长驱南下，一路烧杀。联军大队进抵安肃南关，与前来礼迎的保定官员相遇。盖斯里将军得知法军捷足先登，他大为恼火，立刻带队入城，占据直隶总督署。在请示瓦德西后，盖斯里把保定分为四段，英占西北城，法占西南城，德占东北城，意占东南城。英军占据布政使署，将十六万两库银据为己有。其他三军岂肯示弱，争相劫掠府、县等署。联军对保定府罚银四万两，又以抚恤教民名义罚银十万两，限保定府一个月内上交。为了显示惩罚的威力，联军毁坏了四门城楼和城墙棱角，还把东西城墙轰毁，因为有传教士在此被杀。更重的惩罚是血洗，练拳的、庇拳的、观拳的，甚至跟义和拳毫无关系的，都会被抓来杀掉。

杀红了眼的联军，要追究保定的最高当局了。10月23日晚，联军逮捕布政使廷雍、按察使沈家本、城守尉奎恒、参将王占魁等官员，关押在北大街福音堂内。几天以后，盖斯里、白劳德等联军将校，在直隶总督大堂举行国际审判。乾坤倒转，主客易位，廷雍跪在自家的大堂上，颠三倒四地为自己辩解。倒是沈家本想得开，劝他不要白费唇舌："面对屠刀，你浑身是嘴有何用？"审判结果，联军以纵容资助义和团的罪名，判处廷雍、奎恒、王占魁死刑；让儿子参加义和团的沈家本，被处以革职并军事监禁；将候补道谭文焕押往天津，受审并处决。又过几天，三名死刑犯被押往城南凤凰台，这是先前义和团杀害英、美传教士的地方。廷雍临刑大骂李鸿章，下令让老子撤兵剿团，替外国鬼子扫清道路，让我自己杀自己啊，你这个卖国到家

的老汉奸!

联军将三员命官枭首示众,以收杀鸡儆猴之效。接着德军侵入完县,杀知县、外委、典史等官。法军进攻正定,殴打正定总兵董履高。英军马队攻掠新城,击毙参将范天贵。联军滋扰涞水、易州,劫掠清西陵,雍正、嘉庆、道光三帝陵寝皆遭惊扰。辱及祖宗,逃亡在外的朝廷不能不吭声,命令全权大臣向联军提出抗议。联军的回答是进窥紫荆关,德、法军队于 10 月 28 日黎明,向关上发动进攻。关上仅有升允派驻的马队一旗和吴炳鑫部一营,对战六小时之久,守军力不能支,退守浮图峪。联军死亡五十余人,造成攻打保定以来的最大伤亡。此后法军进据获鹿,与井陉清军数次交手,试探打通西进之路。德军由阜平县城扑犯安子岭,欲夺龙泉关。此地是山西五台县的屏障,清军有重兵把守,德军奇袭不成,暂且退走。

不仅在西边敲山震虎,瓦德西还在东边动手,演了一出"飞夺山海关",他要打破俄军独占的美梦。俄军没料到有人来抢,所以行动迟缓。阿列克谢耶夫派出一支小部队,由采尔皮茨基少将率领,沿津榆铁路开向山海关。9 月 27 日,这支部队将入关探听虚实的锦州知府张樾扣为人质,逼他签订《免战保民六条》。俄军一面要张樾电告副都统富顺、山海关炮台守将郑才盛,要挟其交出炮台,一面请阿列克谢耶夫在天津交涉。在和平的名义之下,俄军中将从李鸿章处取得"10 月 1 日中午以前,不经战斗而交出山海关"的指令。中将派一专使,从塘沽登上"海龙"号炮舰,准备送达山海关。此人一上炮舰便获悉,英军已在昨晚占领山海关,而采尔皮茨基部队距关尚有一天路程。

原来,瓦德西下密令给德国驻大沽口海军司令,要他说服各国海军统一行动,占领山海关。这使英国西摩尔中将十分兴奋,急派英国驻朝鲜总领事禧在明,与瓦德西的侍从武官鲍维尔上校一起,乘"矮人"号军舰驶往山海关。9 月 30 日中午军舰抵关,舰上悬挂中国龙旗和免战白旗,用旗语要求登岸议事。富顺和当地县令,在南关车站与洋官会谈。禧在明自称奉六国统帅的命令前来,帮助清军抵御俄军,要求守军立时退出。明知这是鬼话,富顺等人不敢抗拒,与之订立"洋兵不入城,不占地,不扰民,互相保护"的草约。守炮台的五营官兵奉命撤退,仅将大炮炮栓带

走。英舰仅有十八名士兵,一枪未发便占领了山海关炮台。

在大沽的各国海军司令,在接到得手的报告后,立即派出两支舰队,开赴山海关和秦皇岛。七千名联军冲入山海关,首先开会分赃,决定一号炮台升挂八国旗帜,二号炮台由德、奥、意军占领,三号炮台由法军占领,四号炮台由英、日军占领,五号炮台由俄军占领。联军撕毁了"不入城"的约定,潮水般涌入关城,将城上的格林炮、了母炮全部抢走。翼城兵房、演武厅、水雷营、小营盘、海神庙等处都被占据搜掠。就在同日,德、法军队占领秦皇岛,俄、英两军随后赶到。瓦德西援引山海关的例子,把秦皇岛划为联军共同越冬之地。

在俄国的禁脔上讲"共同",俄国人当然不允许。当天晚上,俄国新任太平洋舰队司令斯克雷德洛夫中将,亲率三千余人从旅顺开到山海关。至此,俄军在这一线的兵力多达万人,俄国将军们豪迈地夸口:"到 1900 年 10 月,包括直隶湾在内的中国关内外铁路,从营口到锦州府、山海关,延伸至内陆的天津和杨村,全长六百俄里全都属于俄国,由乌苏里营的官兵管理。"这正是英国极力反对的,也是瓦德西试图利用,来操纵和平衡各方关系的。瓦德西把杨村至山海关的铁路划归俄国修复管理,杨村至北京铁路划归德、英、日三国军队统管。他还以表彰英军首占山海关为由,任命英国军官担任山海关第一要塞总司令。英国想借助联军统帅的影响,抓住俄军掠夺怡和洋行铁路物资一事,向俄国提出正式要求:"一、将在牛庄没收的铁路材料归还给英国所有者;二、根据 1899 年条约交还英人铁路管理权。"

英、俄打开了国际官司,瓦德西这个法官哪有裁判权? 他把这团乱麻暂时抛开,前往目的地北京。瓦德西有个习惯,几乎每日都向德皇写报告。所以在行进途中,他无限感慨地打着腹稿:"所有沿途行经之路,只是一片荒凉毁掠之景。房屋未毁者极为罕见,大都早已变成瓦砾之场。所有佛像以及其他偶像,皆已打成碎块。究竟荒毁地方宽度若干,余实未能确定。从大沽经过天津直到北京的路线上,至少当有五十万人无屋可居。余在天津直至该处为止,尚未亲眼看见过五十个华人。"

在北京的欢迎仪式上,瓦德西亲眼看见五千以上的洋人,都来向他致以冰冷的敬意。说它冰冷,是因为除了德国人,没有哪国军人对迟到者由衷敬佩。不过面子

还要给足,各国的资深指挥官全部到场,以配上这位白发元帅。英国少将致欢迎词后,广渠门城楼上的德国炮队,用中国大炮鸣响礼炮,揭开入城式的大幕。瓦德西骑乘高头大马,面前有美、英骑兵先导,背后有统帅大旗撑持,德国参谋部将校和各国指挥官,跨马列队随行。在预先标定的行进路线上,各国军兵排立受阅。在京欧人亦来观礼。瓦德西还发现,有一些中国官员在驱赶闲人,维持秩序。这场武装游行,用时一个多钟头。瓦德西通过中南海上的一座桥,到达他的居所仪鸾殿。这座桥从无欧洲人走过,所以他要涉足;这座殿曾经至高无上,所以他要入住。对于这项选择,阿列克谢耶夫曾提出异议,宣称此处宫殿系在俄国保护之下。瓦德西拒绝屈服于任何挑战,俄国人只得让步。

德国军需长格尔少将接收了这座"冬宫",所见情景令他瞠目,俄国人的保护竟比破坏还吓人!庭院里、园林中、湖桥畔,到处堆满了破碎物件,纸质木质陶质纤维质都有,只是很少见到金属物质——它们被淘金者搜刮殆尽。格尔指挥部队大力清理,等到元帅莅临冬宫,瓦德西仍然为之皱眉。他向德皇报告称:"该宫最大部分可以移动之贵重物件,皆被抢去。附属宫中之各处房屋,如戏园、庙宇、吏室、仓库之曾经封锁者,均被劈毁。用九十人一连整理十日,现虽略可居住,而残破之瓷器玻璃、打烂之什物家具,犹堆积如山,无力清除。所有中国此次所受损坏及抢劫之损失,其详数将永远不能查出;又因抢劫时所发生之强奸妇女、残忍行为、随意杀人、无故放火等事,亦为增加居民痛苦之原因。"

瓦德西向德皇保证,他要求各国将领注意军队纪律,保护和平居民,将此作为增强统帅权威的重要措施。这需要纠正管理北京的既定方针,改变分区占领、各自为政的混乱局面。比如,设在各个占领区的临时治安机构,竟然没有统一的名称,日本叫"安民公所",法国叫"保安公所",美国叫"协巡公所"。瓦德西打出统管的旗号,与各国军队和使馆磋商,人们大多反应冷淡。只有英国人愿意迎合,窦纳乐告诉瓦德西,在使馆解围的初期,赫德就通过英国使馆,建议组织联合委员会,对北京实行有效的管理,以减少侵害与争夺。

在英国人的协助下,瓦德西说服了大多数国家的外交官,连撤至天津的俄国公

使格尔思,都令留京的代理人表态支持。独有法军司令华伦拒不同意,他反对的理由是,法军占领区内的天主教徒人数众多,创伤最重,任何变动都将困扰他们的心灵。法国人总爱闹别扭,瓦德西便将他们刨除在外,成立了七国"管理北京委员会",由格尔思少将担任主席,办事机构设在理藩院衙门。根据章程,委员会职责限于"公共安宁秩序事宜,卫生及军队给养事宜,人民粮食问题,筹款以作此项开销问题"。其中的"安宁秩序",掩盖了一项争端:关于警察权力,各国军事当局都不肯交出。军事占领下的管理,实质便是强力管制,抽去了警巡弹压,何谈安宁秩序?所以,委员会便拿这一条跟各占领区打架,派出巡视员协管各国公所。这一来治安力量空前加强,德国的巡捕房由七所增至十一所,各国都有不同程度的增加。

公所中的华官绅董,华人巡捕,在双重监督下越发卖力。经过多日搜捕,斩杀了上千名拳匪后,本已松懈的巡查,又在加紧进行。结果在一两日内,就从民房和各处废墟中抓到数百名"匪徒",一律处以斩刑。关于居民和商户悬挂各国国旗,晚间在门前悬挂灯笼的规定,得到更彻底的执行。关于捐钱和劳役,也都得到强化,例如德占区分上、中、下三等,上户月捐九千文,中户六千文,下户三千文。王公贝勒、京官士庶,都成为取之不竭的苦力,从事抬粪、运尸、刷车、洗衣等劳动。这对于那些四体不勤的人来说,无异于教诲和救赎。

总之,瓦德西对委员会很满意,这些新气象是他带来的,理应得到各方赞扬。这天赫德来访,便称委员会是军事和政治的双重杰作。不过此人不会廉价恭维,他搬出中国的仁政概念,批评占领军的残暴行为。赫德念出寄回国内的一段话:"德国人和俄国人坏透了。哈德门的俄军占领区移交给德国以后,以前不曾逃走的少数中国人,现在也纷纷逃到日本占领区。情况很悲惨,无论男人、女人或儿童,即使他们没有参加战斗,只要是中国人,见到就不留情,该是多么可怕!"瓦德西讪笑着:"还好有俄国人为伍,要不我就成独夫了。日本人好一些么,或许英国人更好?"赫德大幅度地挥手:"五十步笑百步,如此而已!当然这是中国人自作自受,德国人有可怜的克林德。可是怜悯之心,人皆有之,我们还是人么?"

瓦德西不能不承认自己是人。他因此答应赫德,他将尽力抑制恐怖主义,增加

对平民的口粮供给,允许中国人自设粥厂,济贫赒急。但是,在中国朝廷诚心悔过、仇洋反教者被彻底铲除以前,他不会停止军事行动。赫德反问,什么叫仇洋？早在伟大的康熙时代,清朝宫廷便聘用不少洋人,皇帝与他们相处愉快。只是由于僵硬的磕头礼仪,妨碍了中外的进一步交往。到了本世纪40年代,该死的鸦片掺和进来,引发了一轮又一轮危机,加剧了华洋之间的矛盾和对立。正如中国民谚所说,一个巴掌拍不响,仇视是相互的,责任是共同的,没有一方可以自称无辜。

这篇演说令瓦德西惊讶,他把不悦埋在肚里:"是啊,清朝聘用了赫德爵士,可以安然度过这场危机。"赫德不为讥讽所动:"我应《德意志评论》之约,写了一篇《义和团,1900》,专门讨论这场危机的前因后果。元帅如果有兴趣,我将把底稿交您一阅。"瓦德西感到意外:"哦？那我可要先睹为快。您能提前透露一些么？"赫德颇有意味地笑着:"其中有这样一句:在皇上按期接见公使方面还是有进步的,他还以平等的地位接见了普鲁士亨利亲王。"瓦德西也笑了:"好狡猾的爵士,要用我们的亲王打动我。好吧,今天我倒愿意面见皇帝,可他跑到西安去了。"赫德笑着指出:"可是元帅,他有代表在这里呀。听全权大臣李鸿章说,他在天津便求见元帅,直到今日未能如愿。"

这个老滑头,果然不是闲串门的。使李鸿章受到冷遇,这是谈判的策略;在合适的时候会见,更是必然的程序。德皇已来电批准接见李鸿章,今天碰巧了,把面子卖给英国说客吧。瓦德西故作踌躇:"皇帝和太后远逃,李鸿章能代表什么？谁不知道,他被贬到数千里外,他是个过时的人物。"赫德认真反驳:"恰恰相反,他在韬光养晦。告诉你一个秘密,戊戌变法最紧张时,他就与我约定,为了国家的未来,要好好保存自己。你看,在国家最需要的时刻,他果然挺身而出。"瓦德西忍俊不禁:"你也挺身而出。只是不大清楚,你是为了谁的国家。"

赫德满面严肃:"为他的,为我的,也为你的。没有一个国家,能够承受中国灭亡的可怕后果。"瓦德西暗暗诅咒这个两面人:"好吧,请爵士转告李鸿章,我愿在适当的时候见他。"赫德并未露出喜悦:"为给悲剧画上句号,我希望元帅拿出勇气,在谈判中表现出和解的美德。毕竟,和平永远是上帝的意志。"

赫德转告了协商的结果,李鸿章也没有感到高兴。京师的惨状,洋人的骄态,使他这个打掉牙齿往肚里咽的老人,也时时有破口大骂的冲动。记得老早老早以前,左宗棠便赠他"忍辱负重"四字,时至今日,他所有者,唯有一忍。尚有一事稍感慰藉,他的女婿张佩纶,于前日晚上赶到京师。

调张入京甚为曲折:李鸿章自粤北上时,便欲携张同赴国难。滞沪期间,张佩纶从南京赶来探视,见面后叙过亲谊,要谈国事了,女婿对岳父郑重立誓:一生主战,不敢言和;局外议论,决不入局。他这倔性颇显唐突,却正是李鸿章欣赏的。当前岂可再提战字,张佩纶如此论和:"蹂躏京津共有八军,左右和战只看三国:德乃愤兵,以报仇为名,以争强为号;俄乃悍兵,以拓地为基,以结好而饵;英乃诈兵,以操纵为术,以固霸为业。俄国占地利,英国得人和,德国不能应天时,它只是充当跑龙套的,热闹一下而已。俄国的口气始终愿和,但它如何和? 如果它为义而动,英、德亦不得不随之而动。若仍贪占中国土地,则彼为率兽食人之祸首而已,岳相身名与之俱毁,全权可以休矣!"张佩纶说得痛快,李鸿章听得痛切:"那你叫我怎么办,劝它不割地?"张佩纶道:"那是与虎谋皮。以枪炮败之,以口舌争之,以人间第一难事付岳相,岳相只能以卖国谋救国。"李鸿章不禁大呼:"好啊好啊,听此快言,当浮一大白。你不跟我一起卖么?"

当女婿的敬谢不敏,李鸿章只能踽踽赴京。不料前些天,行在寄谕李鸿章:"革员张佩纶,虽经获咎,其心术尚端正。交涉事宜是否熟谙? 当此用人之际,着李鸿章据实具奏。"李鸿章揣摩,荣禄对张佩纶印象颇佳,鹿传霖与张同乡,这必是二人合荐的。他们也想利用张佩纶的忠谏,牵制李某的亲俄倾向。这虽称不上时来运转,却不失为复起之机,李鸿章便"据实具奏"了。行在随即下旨,赏张佩纶编修之职,随李鸿章办理交涉。江督刘坤一促张就道,张佩纶无奈遵旨。翁婿再会于贤良寺,处于俄国枪兵的监护之下,相对苦笑。李鸿章慨叹:"虎狼在侧,道路以目,我这个全权则可以耳:闲听于晦若谈掌故,忙听张幼樵论时政,不亦乐乎。"

赫德传来的德酋口讯,使李鸿章的众多幕僚为之"乐乎"。张佩纶依旧独发拗论:他晾了岳相这么久,我们也不能上赶着去见,起码也得拿他一把。李鸿章便未

忙着接洽。几天后,他以两位全权大臣的名义,向瓦德西发去一函,询问是否可以接见昆冈和敬信。这是降格以求,瓦德西断然拒绝。又过了一个星期,李鸿章往访德国使馆,咨询公使穆默,是否将使馆作为会见统帅的地点?因为西苑为宫禁之地,他和庆王不好造次前往。这是曲折地反对瓦德西入住仪鸾殿,穆默毫不客气地驳回。作过这些态,李鸿章才与瓦德西约定时日,见面会晤。

到了这天,李鸿章先至西苑,荫昌随同做翻译。瓦德西在殿前握手致礼,他给了客人一个面子,没在正殿接待,而在偏殿晤谈。开头照例寒暄。李鸿章:"贵统帅气色甚佳。"瓦德西:"托庇还好,中国气候对我很适宜。贵大臣前数年去德国,我有幸见面,目前贵体仍然康健,我很高兴。"李鸿章:"那次匆忙,未曾与贵统帅畅谈,今日幸会,可补前憾矣。"瓦德西:"英人韦礼逊著书述及贵大臣,奉之为洋务先知,我曾拜读。"李鸿章:"说来惭愧,我之洋务乃零星点缀,我朝居高位者知识甚浅,民众亦不愿有铁路电线等物。"瓦德西:"德国当初情况亦同,需要智者大力启蒙。"李鸿章:"和议达成后,中国必广开铁路、矿山。联军以德国为首,甚望贵统帅促成和谈。"瓦德西:"这是我的愿望。"

李鸿章:"听说联军将往张家口?"瓦德西:"不,仅到长城为止,因为该处驻有华兵。"李鸿章:"华兵只为剿匪,并不与洋兵为难。"瓦德西:"保定府附近也有华兵,他们并不剿灭团匪。"李鸿章:"我给他们的命令是尽力剿匪。据我所知,联军经过村镇,常见拳匪首级悬于寨门之上。联军再割一茬,难免误伤良民。"

瓦德西:"这恐怕是误会。贵大臣曾向使团指责联军的南征,造成了平民的极端痛苦。我以为您没有指明痛苦的由来,一为拳匪作乱,二为华兵骚扰。而华北的这些兵,大多是贵大臣的前部下。"李鸿章:"我一定严格部勒华兵,贵统帅能否约束下属?"瓦德西:"我不会在军纪严明上输与中方。"李鸿章:"联军所占地方,界址我不清楚。"瓦德西:"我将给贵大臣一幅详明地图。"李鸿章:"甚为感谢。德军是否要去张家口?"瓦德西:"我们刚讨论过,如果华兵抗拒,德军必定予以征服。张家口有教会需要保护。"李鸿章:"庆王与我已严令地方保护。保定虽为拳匪渊薮,眼下已经平静,我以为联军不必再驻——"

说到这里,卫兵报告庆王来到。瓦德西派参谋军官布立克出迎,李鸿章起身出殿,陪同庆王进来。宾主入座重新寒暄,客套一大段,弄清一件事:今年瓦帅六十八,庆王六十三,李鸿章则是七十八岁。三位老人惺惺而不相惜,说到京城的凄惨景象,虽不明斥对方,却要择清自己。瓦德西问,中国皇帝能否早日回京?庆王答,皇上希望东归,惟眼下难于布置;请瓦帅转央各公使,早将和约议出头绪,两宫即可回跸。瓦德西转夸荫副都统,德语说得极好。荫昌答称自西历 1877 年至 1882 年,他辗转于德奥两国,其间极受教益。

李鸿章将话扯回,问及联军所占地图。瓦德西要求李鸿章,速将华兵撤出直隶,因为这是联军占领区域。李鸿章称,与各地通信不便,请统帅给予通行护照。瓦德西说,如果不关军事,联军可以代递。庆王插言,皇帝上谕与臣子奏疏,也需畅通无阻。瓦德西回称,此事容我三思,再予答复。两位全权大臣起身告辞,拜会至此结束。

二、道人逞技　德帅施威

设于寺寓的李相行台,由于和议未开,暂无多少公事可办,倒成了京官的趋附之所。陈夔龙往里边走时,遇上几拨向外走的人,告诉他中堂出去了。陈夔龙不由想起坊间传言:跑了大朝廷,贤良寺还有个小朝廷。这话固然犯忌,却是包含真意,偌大京城,不能没有主心骨。他又想起自己,曾力劝京尹王培佑,安守衙署保全地方。王培佑决计出京随驾,陈夔龙也便搬出府署,迁居黑芝麻胡同避难。洋兵入城几天后,陈夔龙遣仆人前往东四牌楼九条胡同,去总署总办舒文家探消息。恰好敬信、裕德、那桐都在舒宅,正苦于不知陈夔龙下落。陈夔龙赶去相见,才知赫德促召庆王回京,与各国谋和。大家商议由陈夔龙主稿,缮定奏折,陈夔龙推荐吏部员外郎朴寿,前赴行在投递。庆王回京后,奏请以陈夔龙充留京办事大臣,补授顺天府尹。虚位终于落到实处,府署却被日本将军占据,地方长官没了地方。

陈夔龙和张佩纶，乡试出于同一房师门下，他为此数次来叙年谊。走近张佩纶的住房，里边传出一阵哄笑。陈夔龙驻足倾听，有人朗声吟诵诗句："姑苏男子多美人，姑苏女子如琼英。水上桃花知性格，湖中秋藕比聪明。自从西子湖船住，女贞尽化垂杨树。可怜宰相爱吴锦，何论红红兼素素。山塘女伴访春申，名字偷来五色云。楼上玉人吹玉管，渡头桃叶倚桃根。约略丫鬟十三四，未遭金刀破瓜字……"

一个人打断这人的卖弄："罢了铁云，这是樊云门的《彩云曲》，咏叹赛金花与洪状元的恋情，因为赛氏原名赵彩云。你怎好拿来显摆？"

这人笑言："他那叫《前彩云曲》，我给他续一段《后彩云曲》：欧洲男子多奇人，德国统帅自豪英。桃花仙子寻旧梦，一床锦被不分明。来从仙苑湖船住，彩云颠倒娑罗树。可怜宰相诅野枭，蛮夷不解论荤素。满城血色冤未申，胭脂涂作三海云。神女旦旦伐玉柯，阳台坍倒皇城根。徐娘已非十三四，破瓜金刀渫无字。纂闻雷霆惊天鼓，投门越户走无计。巫山梦破神女杳，老将执戈一何似？银样镴枪头未断，摩拭滴沥总无趣。膻腥战罢鬼夜哭，传闻入耳翻成谜。史官不载诗作史，愿仿雪芹《青楼记》。"

屋内一阵哄笑，接着七嘴八舌："银样镴枪，滴沥腥膻，你摸着了？""倒是徐娘配得老将，破瓜最宜镴枪，描摹传神，好诗笔也。""铁云是不是要去捉奸，否则怎有惊鼓之句？""捉奸哪轮得上他，要派董福祥回民军，用红衣大炮冲臀轰之。我再替你改一句诗：欲拔不拔走无计。这个拔字，用得如何？"又是震耳欲聋的笑声。

陈夔龙攒眉暗想，如此污言秽语，张幼樵如何耐得？正打算退走，里头有人叫了一声："大京兆来了。"几个人要出来迎，陈夔龙只好进屋，向大家拱手。但见于式枚坐在中间，刘鹗、杨士骧、曾朴等济济在座，却不见房主张佩纶。

重新坐定后，于式枚笑道："京兆之来必有要公，各位不好再涉狭邪。"陈夔龙也笑："于公好脾气，偏我杀风景？城中都传疯了，皆言洋帅与赛妃姘居，真的假的？"杨士骧道："无风不起浪。我倒亲眼所见，她与几个德国军官骑马招摇过市，常有人拦住叫二爷。漂亮又威风，真有梁红玉之风。"曾朴道："梁的男人是宋将，赛的汉子是欧人。她被委为德军粮台，既征粮又征肉，女人之肉。"陈夔龙趁机岔开："说到

粮,我正作难。饥民嗷嗷,无米赈济,眼看天寒了——"刘鹗站起身来:"府尊谈公事,我等且回避。"

陈夔龙伸手一挡:"慢着铁云,我找的正是你。"刘鹗满面无辜:"找我? 贫无立锥,乞食燕市,老父母何以下眼瞧我?"陈夔龙道:"你乃大侠。京民蜂拥出逃,你却逆流而上,伺机救苦救难。俄军霸占太仓,俄国人不爱吃大米,要把积谷一把火烧掉。你央意国人说合,将仓米全部赎买。平价粜卖,设厂施舍,活民无数。"

刘鹗俯首合掌:"南无阿弥陀佛。二三同志推我出头,义不容辞,尽心而已。"陈夔龙道:"你的仓米还剩一半。"刘鹗道:"否,仅剩四分之一不到。"陈夔龙道:"那还有千把石。顺天府的粥厂仅有三天粮,我电请山东袁帅、上海盛卿施助,远水哪解近渴? 请你匀一些救急。"刘鹗迅速计算着:"为公为私,敢不从命? 我匀给尊驾三百石,南赈解到,请还我三百五十石,三百四十五石也可以。"陈夔龙笑道:"鹭鸶腿上劈精肉,蚊子腹中刮脂油,亏老先生下手。套你一句,敢不从命?"

说笑间办完一件要事,陈夔龙很愉快。听于式枚说,张佩纶看见来了一班骚客,抽冷子溜之乎也,陈夔龙一笑而起。出门向前走,正思量往东还是往西,见一青年从西院出来,陈夔龙立定脚,等着那人前来。青年名齐如山,其父齐令辰,进士出身,是李鸿藻的重要幕僚。齐如山入同文馆学德文,成绩颇佳,然而其父慨于世变,不让儿子们出来做官。李鸿章回京议和,德语翻译奇缺,于式枚找盟兄齐令辰求助,齐如山奉父命常来帮忙,不领薪水。

齐如山禀告府尹,张前辈在西院假山旁读书。陈夔龙点头笑问:"跟你打听句闲话,赛金花跟瓦帅是否真有一腿?"齐如山似有些蒙,想想才道:"这话传得很广,实情外人难料。不过据小侄揣想,除了好事者造谣,恐怕还有赛氏鼓煽,希图狐假虎威。"见陈夔龙露出诧异之色,齐如山解释道:"小侄先前并不认识赛金花,有一天在街上走,碰上几个德国军官,跟一个女人并马而来。由于会讲德语的人不多,不少德国军官需要我等传话,这几位也是熟识的。德国军官下马与我招呼,又介绍了'赛二爷',这就算相识了。据我所知,跟她来往的多是下级军官,连上尉一级都很少接触。还有一个明显的事例,老世伯知道柯知府吧?"陈夔龙一愣:"柯知府?"齐

如山道："各国占领区自设衙门，德国在后河沿设府衙，柯达士号称知府。有一天赛金花找到我，央我去向柯达士求情，放了她的下人刘三。这人曾跟洪钦差当厨役，会说一点德国话，他与赛金花联手做生意，以敲诈勒索罪名被抓。求人求到我头上，她会跟瓦帅有私情么？"陈夔龙释然笑道："明白了，看来她这膏药没什么用。贤侄，你们这些懂鸟语的，得便多去德营走走，也探一些讯息回来。"

看着齐如山离去，陈夔龙转回身，却见张佩纶从一丛树后闪出。陈夔龙揶揄道："好啊，偷听？"张佩纶微笑摇头："你这府尹，想用妓女治什么病？"陈夔龙应以笑谈："本欲用她医国，谁知却是妄想。老兄逃出来阅读何书？"张佩纶将手中的薄书递过来："妖书，《推背图》。"陈夔龙咦了一声："你这大贤也瞧这个？这我也见过，第三十六象，'西望长安入关'，值得过细考究？"张佩纶重重叹气："一个妖道派人送来这书，特在该图谶语'灯光蔽日'下面画一横线，后边写上'惟有德者居之'。他想说什么？我百思不得其解。"

陈夔龙低头看那句话，一边琢磨着："灯光蔽日之时，有德者复居其位？"张佩纶道："但愿能从好处着眼。然此图乃凶象，灯光蔽月则可，怎么蔽到了日？打乱四字次序，或成灯蔽日光，'灯'者丙丁火，恐有大火灼日——"这时听见前院传来说话声，陈夔龙抬起头："中堂回来了，不知与德帅谈得如何？"两人赶紧迎出中门。

第二天，李鸿章派杨士骧催要德占区域图，特令齐如山一同乘车前往。杨士骧深信德、赛情事，希望能借助枕头风，软化外国兵。齐如山露出年轻人的锋芒："杨大人，即使实有其事，吃她的软饭也有辱国格。"杨士骧道："若无了国，哪来的格？汉唐皆行和亲之策，何碍两朝雄武名声？"齐如山道："和亲轮得上妓女么？"杨士骧大惊小怪道："如山低声！这话可不敢叫德国兵听见。"

迤逦来到西苑，守门的德国兵不让进，声称统帅外出了。二人留下行台文书，借机在中南海游观，不知不觉行至紫光阁。却见月台上堆满书籍，皆是皇家秘藏，仿佛灵光乍现。殿阁中传来咴咴马叫声，有军官从里边出来，齐如山恰好认识，迎上去跟他交谈。齐如山问为什么晒书？军官笑言这是腾场子，因要在紫光阁中养军马。你们二位如果对书有兴趣，尽管把它们拉走。齐如山道，你敢送我可不敢

要,只怕将来吃罪不起。

说着话走进紫光阁,却见一个花枝招展的女人,正跟几个德国军官说笑,竟是赛金花! 两下打着招呼,杨士骧小声对齐如山嘀咕,看这样子,她不是这里的女主人么? 齐如山打量几个军官,全是少尉级,不由暗忖,瓦德西会允许自己的相好跟小兵们厮混么? 正在胡思乱想,外面传来说话声,只见瓦德西由参谋长陪同,从南面走过来。军官们和赛金花紧张起来,商量如何躲避。生怕被误认成这些人的同伙,齐如山拉起杨士骧往外走。参谋长也认识齐如山,他向瓦德西介绍了这个中国年轻人。得知二人来办公事,瓦德西便叫他们后天来取图。说罢大踏步折向西行,并未进入紫光阁。

杨士骧咂舌感叹:"百闻不如一见,看来赛爷并非专宠。可她常在这里溜达,说不定哪天勾搭上了。"齐如山笑了:"那你就等到那天再行国策。管他妈的,我们去也。"绕过月台往东走,迎面过来两个人,齐如山一看傻了眼。身材高大的那个,是德国中校汉斯;另一个是瘦骨嶙峋的道士,那身装扮显得很滑稽。连这号角色,也堂而皇之地出入禁苑了? 这一回是杨士骧见多识广,双方擦肩而过后,杨士骧告诉齐如山,这位一米道人,把众多巨公迷得七昏八倒,这回要给瓦帅当国师了。

他猜得八九不离十。瓦德西进京安居后,部下给他介绍了两个奇人,一是赛金花,一是一米道人。关于前者,瓦德西恍惚记得洪钦差的小女人,他曾经见过一面。在炮火连天之际,她勇救少女的义举,的确值得称赞;可这暴行乃德军所施,又让他脸上无光。她当前所操贱业,是摆不到桌面上的;通过她解决德国兵的性饥渴,也算有益无害。德军粮食紧缺,她牵线搭桥征购,她本人顺便做一些生意,可谓两得其便。但她自吹为德国人的粮台,有损德军名誉。总之,这女人可用而不可近,瓦德西拒绝接见。

后者不一样了,这是中国文化的象征,瓦德西为了弄懂这个文化,昨日曾应中国绅商的邀请,去一个戏院观剧。瓦德西报告德皇:"我与随员人等备受优礼,由主人导入特设雅座厢内,享用清茶、香槟酒、果子、雪茄烟等。最初开演两折毫无意义之短剧,所有女角皆由男子代之。同时并杂有音乐,足以使石头化软,或者说得切

实一点，以便使人头痛。所有观剧之人，坐在小桌之旁，大抽烟筒，饮茶吃果，喧哗不已。中国人常高呼'好'字，以代替我们的'妙啊'。终场更以王侯、厉鬼、战士跳打一番，此等跳打技术，实为平生所未见。"想象着陛下阅读这一段的诧异表情，瓦德西几次失笑。

而道术也是中国之国粹，它是更高级的戏剧，也应使德皇知晓。瓦德西令汉斯引来一米道人，着重探讨那部奇书。六十卦象，六十幅图，这图在西方人眼里有些滑稽。一米道人大略介绍唐朝两位高贤，推演天机，预卜未来，简里寓繁，玄中说妙。开篇第一象画着互套的两个圆环，一红一白，白环象月为阴，红环象日为阳。谶语点明此乃"日月循环，周而复始"之义。之后诸象屡屡应验，其中如武则天称帝、黄巢作乱、朱温篡唐、赵宋开国、靖康之乱、土木堡之变等等，都是脍炙人口的史实。再看清朝入主中原、太平天国起义、英法联军逼京，演至三十六象的"西望长安"，真乃句句落实，环环相扣，使瓦德西为之惊叹。

一米道人特别说明，第一象为红白二日，三十六又出"日"字，暗合古人三十六周天之说，足见此象奇准。颂语"海内无端不靖"，一般人仅意会到端王"无端"作怪，致酿此乱，却不知此句与德国大有关系。德国前任驻华公使名叫海靖，他被"无端"调走，换来个克林德。克林德脾气暴躁，这一下海内不平靖了。用周而复始之说，去了一德再来一德，将能敉平战乱，复归长安。一米道人在乾清宫预言，"惟有德者居之"，那时瓦帅尚未来华，已可推知进京入居紫极之地。瓦德西不仅有德，而且有西，这才叫"西望长安"啊！

推理如此周密，瓦德西无法不入迷。一米道人带着一大袋书，是各种版本的《推背图》，他还在搜集更多的珍本。瓦德西把这个仙人留在身边，让其把难懂的文字讲明理顺，以备带回国内。从这位学问家身上，瓦德西想到广大的中国士人，打算举行一次开科取士，以此标榜德人有德。

不过眼前还得用兵，虽然英、意从保定撤军，法军仍与德军协同作战。为了向天津都统衙门、北京管理委员会看齐，经德、法公使和最高统帅批准，德、法联军在保定成立"权理保阳司"。"权理"就是代理，"保阳"指保定、高阳一带，这是个改头

换面的统治机构。法军杜以德、德军黎熙德为其总头目,美国长老会牧师路崇德充当幕府。听说驻容城的清兵同情义和团,权理司派一千名法军前往"执法"。在清军营官出面解释时,法军开枪射击,当场打死清军二百名。另一支德军开赴满城,打死清军百余人。有人举报深州知府曹景诚,曾率领义和团攻烧教堂。法军前往捉拿,路过旧城镇时,发现有村民演放土炮,法军攻破镇子,屠杀旧城及附近村民二千余人。

杀戒一开便不限于保、阳了。白劳德率军由正定东上,打晋州,掠束鹿,扰文安,侵河间,所过之处鸡犬不宁。天津方面也出兵策应,大股法军直捣献县,德军对运河沿岸进行扫荡。德国兵在青县肆虐四天,将县令沈政初折磨致死,搜刮财帛满载而去,并放火烧毁大半县城。重镇沧州民风尚武,被德军视为拳民巢穴,于12月初侵入城池,驱逐清军,炸毁军火,盘踞滋扰。然后沿运河南下,连陷泊头、南皮、东光、吴桥等地,大有进窥山东之势。这使袁世凯十分紧张,他先将驻守直鲁交界的梅东益、章高元两军撤入省内,避免冲突;又下令沿边地方官,如遇联军入境,随时以宾礼设法商阻,不可开衅;还飞电提醒德使穆默:"贵国利益在东省关系最重,德军入境,他军随至,与德有损。"

李鸿章在北京,刘、张在江南,也替袁世凯向列强讲情,称他是东南互保的功臣,且在山东大力剿拳,联军不应"恩将仇报"。其实,德皇早想攫取烟台,瓦德西也想席卷山东。然而他手中仅有二万兵力,践踏直隶已不够用,哪能再开辟一个战场?为了不引起与英、日的冲突,他只在山东虚晃一枪,而把实力用到北边。李鸿章在见面时两次提到张家口,可见那是华方的一个痛点,瓦德西执意要捅它一捅。瓦德西纠合意、奥两个仆从,由德军约克上校率领远征,有一支英军小分队同行观察。这支联军侵入昌平州,毫无阻碍地进抵延庆、怀来。

这是两宫西逃的路线,联军用烧杀淫掠的暴行,来加深朝廷带给当地的"恩典"。宣化总兵何承鳌和口北道员灵椿,央请善办洋务的江苏已革道员沈敦和出面救难。沈敦和带领乡绅去鸡鸣驿迎接,以愿供军需为条件,恳求约克保全宣化百姓。联军在此暂驻,当晚即以抢掠奸淫作为回答。次日又因"宣、张二处六七月间

均有团民仇教活动",宣称要轰城报复。敲开宣化和张家口的城门后,联军肆无忌惮地四出骚扰。只因受不了塞北的寒冷,才带着八万两白银、大批牲畜以及珍贵的毛皮,奏凯南返。在怀来杀掉一批"团匪",到了延庆乐极生悲,司令约克在醉昏昏的睡梦中,中煤毒而死。

瓦德西抑制住一丝悲哀,继续为德国谋取利益。他着手处理一项具体事务:瓜分观象台的天文仪器。此器设置在东城墙上,浑仪和简仪建于明代,天体仪、赤道与黄道经纬仪、象限仪、纪限仪、地平经纬仪等,分别建于康熙、乾隆年间。法军和法使馆先后申请,要将这套仪器运往法国,理由是部分仪器造自法国。瓦德西两次驳回,理由很简单:此为中国政府的财产,现在德占区内,应属德国的战利品。双方争执多日,瓦德西为争取法军的配合,才答应与法国和平分赃。荫昌奉庆亲王之命,连访德国使馆和联军司令部,请求不要拆台,为东方的上天和西方的上帝,保留些许体面。

美军司令沙飞,竟也致函谴责:"闻各项天文仪器将从天文台中取去。余今荣幸地奉告阁下,敝国政府对于本国军官中,如有意图实行此类抢劫之事者,皆将加以严劾。敝国政府更将惋惜不忍闻者,昔尝共事救助北京被困公使之某一国,今乃明令或默许军队窃取他国古器。余以参加8月14日营救使馆四队司令之一的资格,兹特对此事件,敬谨向君抗议。"

他是救馆四司令之一,明讯瓦德西姗姗来迟,却大耍马后炮的威风。瓦德西将此件原封退还,并且回敬:"余荣幸地奉告阁下,今日来函所述天文台仪器一事,无论其形式与内容,均使余不胜惊诧。余对于此类宣告,殊不敢接受,因此谨将原函送还阁下,不胜恭敬之至。"

凡此种种,足以表明,八国联军不是命运共同体,而是利益争夺战,如果对庞大的中国展开瓜分,列强必先打得你死我活。所以得进行和谈,而且要互相监督,斤斤计较出一个最大公约数。外交家在这一点上比军人清醒。早在9月5日,德国政府就提出议和七条件,主要内容为惩凶、谢罪、占领山东某地作为赔款抵押等。9月6日俄国提出四条,主张利用合法的中国政府,结束混乱局面,赔款数目应与清政府

的偿付能力相适应。

列强悄悄地试探、协调,李鸿章和庆王两个全权大臣却像两条干鱼,被各国公使晾在岸上,更被屡次进兵逼到墙角。慈禧那眼巴巴的目光,从西安投射过来,这对于臣子来说,既是感召,也是威压。李鸿章先跟张、于、杨等幕僚商议,又跟庆、昆、敬等亲贵切磋,最后请赫德执笔,拟定五条和议大纲:一、中国就围攻使馆向各国认罪并保证不再发生类似事件。二、同意赔偿各国损失。三、同意与各国新订或修订通商条约。四、此大纲订妥后,各国交还总理衙门;与各国订立分约后,各国从中国退兵。五、各国应先行停战。修订商约这一条,是赫德特别提议的。他一向认为,西方强国与中国的关系,归根结底是商贸关系。外国人为利而来,为益而争,为损而怒,为饵而喜,和约在很大程度上等于商约。李鸿章明白,这个滑头借机巩固税务司的地位;只怕这一次,仅靠商业这个饵,钓不到外国的食人鱼了!议和大纲附上庆王的一封信,寄往各国公使馆。各国公使无动于衷,就像什么事情都没发生一样。

庆王请赫德向各方通融,赫德首先来到英国使馆。这时英国换了公使,新公使萨道义打趣赫德:"清廷派你当第三位全权大臣了?"赫德一跷大拇指:"第一位!英国是第一个敲开中国人大门的国家,在此关键时刻,新任公使应当加强领导。"萨道义道:"好,那我就来领导一下。中方的议和大纲有三个陷阱:一是谋求早日停战,二是与各国单独媾和,三是规避战争责任。"

一番唇枪舌剑下来,谁也没有说服谁。萨道义的一个结论,倒是引起了赫德的深思:单独媾和只有俄国人欢迎。不错,俄国人从一开始就自行其是,以达到独霸东北、控制华北的目的;而李鸿章一直做着美梦,企图借助俄国的力量,玩弄以夷制夷的把戏。赫德想追问的是,各国不喜欢单独媾和,应当不反对媾和本身吧?那么为什么拖延谈判呢?这不是要扩大战争,甚至追求分割中国么?

从各国使馆那里空手而归,赫德并非一无所获。他写作于围城中的五篇文章,已在世界舆论中开花结果。《双周评论》《北美评论》《德意志评论》等欧美杂志,集中发表了这些奇文,引起了关注和议论,其中不乏尖锐的批评。第一篇文章发表

后,刊登于《泰晤士报》的一封读者来信,指责赫德的言论,对于正在进行的困难重重的谈判,增添了意想不到的阻力:"对列强在华利益来说,由于一个已成为中国爱国者的著名英国人的道歉和忠告,所受到的损害,将比端王和他的义和团所造成的损害更大。"

这种反响令金登干不安,他从伦敦给赫德写信,建议重新考虑宣传计划。赫德回信说:"我寄给你的文章,是在枪炮声中用铅笔写成的。当时我们不知是否能脱出险境,因而文章可能含有较多感情用事的内容,不宜发表。但是,不管怎样说,事实仍然是:中国将沿着一条新路前进,积蓄力量,下次将以另一种方式来反对外国的侵略。我的文章是互相联系的,有着一个目的,那就是尽量在中国与其他国家之间建立起更好的情感和关系。"他如此自信,是因为他身在其中,比一切漂浮在表面的东西都实在。发表《中国与重建》一文的《双周评论》,不到一个月就印行七版,影响巨大。不管愿与不愿,赫德化身为中国的一个"影子代表",潜入了这场谈判。

各国也在交互影响。在德、俄提议的基础上,法国提出六条基本要求:一、惩处各国驻华公使指定的主要罪犯;二、继续禁止军火进口;三、对各国、团体及个人作出公正赔偿;四、在北京建立一支永久性的使馆卫队;五、拆除大沽炮台;六、对北京至大沽途中的两三处地点进行军事占领,以便利各国使团的撤退或者保卫。法国将如上建议电达各国政府,希望采取协调一致的立场,以免在谈判中发生冲突,相互抵消。各国同意将此作为讨论的出发点。公使们奉命集会磋商,对法国条款进行修订和补充。根据会议结果和各国回馈的意见,法国很快提出一份新的备忘录。英、德、日、美、意分别授权本国公使,与他国使节进一步探讨,以期达成完整的方案。

事情发展到这一步,俄国不能置身事外了,格尔思从天津返回北京,与伙伴们相会于谈判桌前。他开口便提出一项动议,要求停止对华作战,尽快结束敌对状态。这是呼应中方的议和大纲,继续扮演清廷保护神的角色。德使穆默坚决反对。萨道义倒是不反对,他提议把停战范围扩大到东北。这击中了俄国的痛处,好在格尔思意在表演,并不坚持自己的意见。穆默提出的议案是,清政府要为克林德建立

永久纪念碑;日本公使提出,杉山彬的被害也应得到道歉与赔偿。萨道义新官上任三把火,火燎的面积很宽广:要求清廷发布谕旨,永远禁止人民参加反外结社,违者处死;凡有外国人被杀的城镇,一律废止科举考试,给当地打上反文明的耻辱印记;应设立类似西方的外交大臣一职,以取代总理衙门;修改现行通商行船条约,并解决那些悬而未决的中外贸易问题。

各方分歧最大的议题,集中在惩办祸首一事上。大体说来,英、德主张扩大惩办范围,俄、美、日等则倾向于缩小,并适当减轻惩罚。英国的目的是,借机清除亲俄的顽固大臣,扶植亲英势力。从10月20日开始谈起,八国在争论与妥协中熬过一个月。然后移师西班牙使馆,把未参战的西、荷、比三国扩大进来,仍以葛络干为使团团长,对大纲进行最后的敲定。在此期间,格尔思经常与李鸿章互通款曲。以致瓦德西向德皇抱怨称:"余亦相信俄国公使与李鸿章之间,业已达成一种坚定条约。彼两人之亲密来往,不仅惹余特别注目,即法国公使毕盛亦向余言:所有外交团内部之协议情形,李鸿章无不立即闻知。"

多数同行将俄使视为怪物,但俄国与中国地缘接近,先天的优势令人无可奈何。瓦德西不吃这一套,他用军人的风格做出示范,将使馆区通向总理衙门的一条大街,径直命名为克林德街。他通令联军各部使用此名,并向各国使馆作了通报。这有军人干预外交的嫌疑,然而瓦德西深信,以扯皮为能事的外交,需要注入新鲜血液,才能取得立竿见影的效果。

仿佛专为证明瓦德西的见解,一桩悬案竟在他的手中破获:德军抓住了杀害克林德的凶手。一个多月前,德国使馆收到一封奇怪的信件,信封上歪歪扭扭地写着:"谁拾,谁叫上头去看。"当时使馆正受围攻,没人把这种东西当回事。在瓦德西拜访使馆时,有人讲笑话时提到它,并将一批义和团标语交给元帅,请他感受一下那疯狂的日子。

这封信的言辞确实可笑:"狼主在上,听吾民子之言也。有云:义和团此时之乱,非同往年之乱也。因何故哉?此人能杀能战,其心非别,欲逐出狼主之臣民,皆出于中原也。倘若上河南求吾老师,可以能保在中原不出矣。若要问吾在何存身,

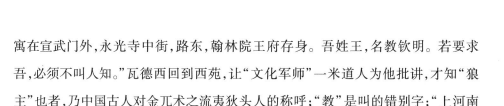

寓在宣武门外,永光寺中街,路东,翰林院王府存身。吾姓王,名教钦明。若要求吾,必须不叫人知。"瓦德西回到西苑,让"文化军师"一米道人为他批讲,才知"狼主"也者,乃中国古人对金兀术之流夷狄头人的称呼;"教"是叫的错别字;"上河南求吾老师",则因直鲁义和团的老根儿在河南。看来这位王钦明,混在义和团队伍中,暗中想向"狼主"输诚。

笑过一阵子,瓦德西传令下去,搜捕这个漏网的义和团。宣武门外恰是德军辖境,柯达士的巡防普安公所,虽未在永光寺中街找到王钦明,却在德、美、英三区交界处把他抓住了。在审讯时,王钦明竹筒倒豆子,将其同伙全部供出。供述的末尾特别申明,他掌握一个重大秘密,只有饶命他才肯说。柯达士问是何秘密,王钦明称,他知道是谁杀了克狼主。这是指克林德,柯达士的前上司!

柯达士强忍激动,再三逼问,王钦明老实供称:五月二十四日,义和团大师兄率众三千,在东单牌楼驻扎,协助神机营兵巡街。王钦明带着一拨人,与霆字队章京恩海共守一处。上午9点多时,眼看有两顶轿子走近,轿里坐着洋人,大家立时紧张起来。因为洋人浑不论理,上头有令准备打仗,谁知坐轿人会不会找碴儿?果不其然,当轿子和军队穿插在一起时,坐在头一顶轿子里的人,对着恩海开枪。恩海闪身还了一枪,正中那人胸口。恩海愤怒地推搡轿门,发现轿中人已死,后来才知那是德国公使。

杀人者名叫恩海!柯达士面色苍白,命人把王钦明带下去。柯达士决定不事声张,悄悄地布下罗网。他先在本区过梳子,又到邻区放长线,闹腾一周,一无所获。忽然这一天,日本占领区领导人柴五郎来访,他对柯达士说,恩海早就落入日本人手中。原来,一名日本记者逛当铺时,发现了一块银质怀表,背面镌一字母:K。该记者采访过克林德,认为这是他的遗物。根据记者的报告,日本安民公所顺藤摸瓜,抓到了恩海。此人承认是他杀了克林德,不过,恩海的供词,跟柯达士当初的证词颇有出入,日本当局因此没有声张。现在的问题是怎么办?

日本人明显要拿他一把,为可能的利益交换积累筹码。柯达士心中咒骂,脸上赔笑,以德国占领当局的名义,向日方提出引渡申请。恩海被引渡到德方公所,柯

达士立即提审恩海。恩海对杀人供认不讳,而且要求立受斩刑。但他的供词不合要求,最要命的一点是:克林德先开了第一枪,恩海被动地做出了反应。这不仅让柯达士本人难堪,也使德国的官方立场站不住脚。柯达士下令将犯人收监,考虑如何处理这块烫手山芋。

三、予取予求　孰是孰非

再次提审,再次供述,几乎跟上次一字不差。问官和颜悦色,对罪犯循循善诱:"柴五郎中佐告诉我,这人是条硬骨头的汉子,他果然没说错。但是过去了这么长时间,事发现场又很混乱,你的记忆肯定有不清楚的地方。所以要澄清一些事实,你要注意,这与你的切身利益有关。你懂得么?"恩海跪在地上,两眼一眨不眨。柯达士开始口授:"你的上司是端王,他给你下达了刺杀公使的命令。"恩海立刻纠正:"不对,我在神机营当差,神机营属庆王爷管。端王爷管虎神营,楚河不犯汉界。两位爷都没下刺杀命令,杀人是忙中出错。"

柯达士加重语气:"不不,你一定记错了。"恩海梗着脖子:"这事像板上钉钉,我怎么可能记错?"柯达士叹口气问:"你不打算改口?"恩海道:"心口不一,那叫亏心。"柯达士道:"你的心会后悔的。克林德公使为和平而奔走,你狠心夺他生命——"恩海争辩:"人心慌乱,军情吃紧,洋人气势汹汹而来,他冲我开枪,我岂能不还手? 一枪毙命,这没说的,我偿他一命就是。"柯达士连连摇头:"好好,你英雄,你差一点也杀了我——"恩海道:"大人你溜得好快,我怎么能杀了你?"

他这般牛性,交易哪里做得成? 柯达士不再审讯,自己做成了一篇供词。供词的要点是:亲王下达了刺杀命令,而亲王代表最高层。也就是说,杀使反映了清廷的意志。具体行动由九门提督崇礼指挥。这无中生有的指控,是要将意外事件捏造为蓄意谋杀。至于柯达士何以能逃生,则因恩海下令不要追赶,因为他的责任是

守卫这段街区。为了坐实自己的揣测，柯达士报请瓦德西批准后，着手诱捕崇礼。崇礼的宅邸号称东城之冠，由于奥馆被烧毁，奥匈公使征用了崇礼宅。奥馆派人通知崇礼，叫他前来商谈还宅事宜。崇礼无家可归，自然闻召即赴，不料一进宅门，便被德国兵扭住。崇礼的自辩有理有据，很难抓住破绽。柯达士本想把水搅浑，反而搅迷了自我。

崇礼为留京八大臣之一，德军竟抓到他头上，这引起了中方的愤慨。两位全权大臣致函抗议，然后曲折行事，李鸿章来到东四六条西口，拜访升格为公使的讷色恩。讷色恩对这次会见有点怵头，见面寒暄后便说："李中堂的来意我大致明白，我认为你应该去找德国人。"李鸿章摇着脑袋："德国人太凶狠，我只敢来见你。"讷色恩发出苦笑："那我只能说，你这么做符合中国俗语：柿子专拣软的捏。"李鸿章道："崇礼才是地道的软柿子。请公使先生睁眼看看，我们此时身处的这座大厅，名叫'定静堂'，堂上匾额为翁同龢所书，他是当今著名书家。对面假山上的戏台，曾经上演《捉放曹》，当时此宅主人崇礼，陪同多国公使欢宴观剧，讷公使也在其中。可是你占了他的窝后，就又设计把他捉了。"

这明显是欺他面软，讷色恩恼羞成怒："我以为你言过其实了！崇礼负责京城警卫，即使他没有下令杀使，出了惊天大案，他也脱不了干系。德国人要他配合调查，这有什么不该？"李鸿章叹一口气："你被德国人蒙在鼓里，还要替他们开脱。"讷色恩皱着眉头："什么鼓里？"李鸿章道："你说崇礼应对凶案负责，可你不知道：五月二十日大栅栏大火，惹起了太后的怒火，她当天便将崇礼开缺，派庄亲王载勋接任步军统领。四天以后发生的命案，为何还要调查崇礼？"

讷色恩很是惊异："有这等事？我不相信！"他立起身，又颓然坐下："上谕有据可查，应该不会错。可是，我们外国人，怎弄得清这些事实？"李鸿章慢吞吞道："柯达士不要事实，他要的是有人顶罪。上司死了，他却逃了，内疚使他撒谎，撒谎便要圆谎，这就越扯越谎。"讷色恩耐不住了："以谎掩谎是愚蠢，将错就错是罪恶。我要为这件事去见穆默。李中堂，我们可以再见么？"李鸿章不理会逐客令："不急，不急。他们杀不了崇礼，却会杀掉更多百姓。德、法联军还在征战，塞北、晋边同时遭

殃。"讷色恩不客气道："俄军的战斗更加激烈,中堂倒没少为他们开道。"

李鸿章面不改色："我亲俄名声在外,还怕讷公使嘲笑?不管怎么说,俄国首倡撤军,它现在留京军队仅有一千二百。与此同时列国增兵,贵国的蒙泰库科利海军少将近日抵京,奥军恰好增至一千二百。北京早破了,你们为何赶这个背集?"涉及国家利益,讷色恩不肯退缩："与其他国家相比,我国在华兵力严重不足。"李鸿章盯紧对方的眼睛："你们应当增兵,中国该受宰割,国尚如此,何况个人。所以我不为崇礼叫屈。"讷色恩大张着嘴,停了一阵才说："我会提出交涉,要他们释放崇礼。至于北京事变,这是国家间的悲剧,我将为早日议和发表意见。"

第二天,赫德来访讷色恩,将自己的一本"拙著"赠给公使。这就是他的五篇文章,他将它们纂辑成册,题为《这些从秦国来》,"秦国"是中国的代称。讷色恩也是汉学家,而且发表过同情义和团的言论,两人在这方面算是知音。赫德文章的主旨,是保全而非瓜分中国。眼下最需保全的是一个人,赫德约上讷色恩,去向德国公使赠书。

见这二位上门,穆默心领神会,他先将话亮明："羁留崇礼是个误会,等到问题澄清,他就可以离开。"赫德不打马虎眼："羁留?这个词不准确。他是在奥国使馆,奥馆是征用崇宅,以归还原主的名义,德国兵诱捕了崇礼。"穆默微笑着说："管税的思路就是清,我们算不来那些七七八八。"赫德道："那我告诉你,他是留京八大臣之一,抓了他,将使另外七臣闭嘴,并使亲王惊心。柯达士的刑事调查肆意扩大,给议和行动添加了不利因素。"穆默把眼光移向另一位："这么严重?先生跟他有同感?"讷色恩道："据称凶手是神机营军官,柯达士一定要追出主使者,那不是剑指庆王么?赫德爵士请庆王回来,是要平衡李鸿章的影响。"穆默陷入沉思："唔?二位先生的意思?"讷色恩道："快刀斩乱麻。议和大纲也应尽快定案,拖延只能加重清廷的恐惧,使其蜷曲进俄国的怀抱。"穆默道："这个不由德国一方决定,我一到任便想促进此事,曾提议为了迫使两宫回銮,必须切断东南各省对西安的粮饷供应。此议受到英国的反对,萨道义形象地说:'我们的政策应当是,在蜂窝被人占据时,确保蜂后不在窝内。'"

赫德笑了："俄国的地理优势,迫使英国要人患上妄想症,他们一直在游说张之洞,将中国的首都迁至长江流域。这就充分表明,唯有'快'字可制'乱'字,把意见统一起来,是外交家的责任。"穆默道："我禁不住好奇,爵士为中国代言,似乎比中国人还要真诚。"赫德猛一抬头,眼中似有泪光："对不起,我有一些冲动。中国有食毛践土一词,食毛践土四十年,岂无感念之情? 但问题不在这里,只有住得久,想得深,才能真正认识这块土地。请让我用文章说话。"

赫德从桌上拿起他带来的小册子,翻到一页念诵："中国人温顺、守法、聪明、勤劳,他们能学会任何东西;他们讲究礼节,崇拜天才;他们坚信公理,认为公理可以战胜强权;他们喜爱文学,到处有文人结社,吟诗唱和;他们有一套完整的伦理体系,乐于行善,慷慨好施;他们认为感恩是美德,对于滴水之恩,愿以涌泉相报;他们是出色的工匠,可靠的工人,不仅有生活智慧,而且有商业信用;他们讲求实际,易于开导;他们孝敬父母,忠于国家。总而言之,这是一个背负数千年历史的民族,无论遇到何种危难,都能保持镇定和达观。中国古代有一部最著名的历史小说,开篇之句极为精辟:话说天下大势,分久必合,合久必分。"赫德顿了一下,盯着穆默的眼睛："在中国人看来,眼下的动乱是合久之分,明日的平定是分久之合。中国的历史是无法消灭的。"

德国人释放了崇礼,斩决了恩海。关于此案,德国外交部曾经询问是否有处死的必要,恩海毕竟是一个执行命令的军人。德国远征军司令莱瑟尔同意这种观点,瓦德西则指示应处极刑,否则中国人会视之为德国的软弱。统帅的职责在于示强,同时也向德皇报告："至于执行死刑之地,系在克使被刺之处,在极为繁盛之街上。虽然如此,而好奇往观之人,却不甚多。距此不及五十步之街头摊子,照旧营业不歇;在彼饮食之人,亦不愿停放其杯箸。一位说书之人,继续演述荒唐故事不绝,其吸引力远胜于施刑场面。"他还报称,他刚刚拿到各国敲定的议和条件,他对时间的拖拉、条件的散乱表示不满,"重要问题如赔款总额之类,均未加以确定。对于中国所能支付之赔款数目,各公使认为不会超过十五万万马克(约合华币七万万五千万元),余则主张二十万万马克,尽可以榨出。"

且不管统帅如何打算,经过两个多月的冗长谈判,各国的要价全部开出。双方约定于12月24日早晨,在西班牙使馆正式提交。庆王和李鸿章准时赴会,与十一国公使一起,进入会议厅,坐在长桌前。葛络干简短致辞:"我们聚集于此,为了谋求和平。这份议和大纲,包含十二条内容,融汇十一国的智慧,反映千千万万人的企盼。希望中方的代表,立即将此照会呈交中国皇帝,并迅速作出答复。"

庆王的答词更简短:"和平乃众生之幸,祈愿和约早成。我与李中堂接到照会,即当电奏行在,一旦收到朝廷回复,马上通知各位。"

葛络干与同行们交换着眼神,又将目光对准庆王:"在提交照会前,请贵方交阅全权证书。"

庆王扭脸示意,随员当即打开一个匣子,取出十一份证书,分别放在各位公使面前。证书全文为:"大清国大皇帝敕谕:现因与各大国共敦睦谊,特授管理总理衙门和硕庆亲王奕劻,文华殿大学士、直隶总督、北洋大臣、一等肃毅伯李鸿章,为头等全权大臣。与各国所派全权大臣会同商议,便宜行事,预定条款,予以署名画押之全权。所定条约,朕亲加查阅,果为妥善,便加批准。特敕。"

公使们仔细看罢,郑重收起。只听李鸿章开口道:"请各位公使提交全权证书。"他这一手出人意料,公使们面面相觑。只有德国公使穆默有准备,他把证书交给李鸿章。李鸿章故作姿态地呈给庆王,自己依次打量其他公使:"还有没有? 不至于吧,都忘带了?"对于明显的奚落,萨道义表示不满:"我打算用递交国书的方式来证明资格,可是你们的皇帝不在这里。"李鸿章道:"国书不等于证书,各位比我清楚。十一缺十,各国办事不合章法,于此可见。"

从口头上找补回一点硬气,又被洋人的"议和大纲"压趴了。当天晚上,格尔思密访李鸿章,以友善的姿态劝告说,这十二款极为平和,若中国不从速允准,仍然在细节上纠缠,导致和局破裂,中国受害更大。俄国人开的虎狼药,对不对症都得吃。两全权大臣将大纲飞递西安,同时奏称:"照会词意决绝,不容辩论,稍一置词,即将决裂,存亡之机,间不容发。条款如蒙圣明从速核准,以后详目甚多,可从容计议。仍盼两宫早日回銮,可以催各国撤兵,交还京师。"

慈禧阅看洋人所开条件，不由松了一口气。慈禧一直担心，列强会把她列为祸首，借议和之机颠覆训政，抬光绪复位。大纲根本未触及此事，等于认可了太后的统治，这不能不让她喜出望外。但是，列强对端、庄、刚、徐以及毓贤、董福祥等"凶犯"，追究得格外严厉。慈禧明白，这些人是代她受过，洋人要用清除党羽的办法，动摇太后的权威。所以，她对诸臣要尽力维护，即使最终保不住，也要显得仁至义尽，不使做臣子的寒心。

大主意拿定，慈禧令军机处寄谕庆、李："览所奏各条，曷胜感慨。所有十二条大纲，应即照允。惟其中利害轻重及详细条目，仍责成该王大臣设法婉商，尚冀稍资补救。"这是从原则上批准，细部则要求反复磋磨，争回一分是一分。

庆、李忙不迭地通知各使，恳求早日正式开议，同时不要再往周边派兵征讨。公使们照会答复称，要想早开议、不发兵，中方必须满足两点：加重惩凶、从速回銮。两全权大臣研究这两条，奕劻连连叫苦："惩凶还算老话，怎又冒出回銮了？"李鸿章道："把朝廷置于军刀之下，可以肆意压榨。这也是交涉套路，不过从咱这方面说，回銮能显示诚意，也是反客为主之法。"奕劻道："少荃哪，北京可是虎狼之地！李寓由俄兵防护，庆寓由日兵站岗，试问两宫回来，该由哪国兵拱卫？"李鸿章启齿一笑："我和王爷去当白发侍从，如何？洋兵不至惊驾，这个我敢担保。"奕劻心存忌惮："两宫不敢贸然回京，这个我也担保。"李鸿章道："那就在惩凶方面加重力道，给洋人一个交代。"

李鸿章等奏请从严惩凶，这也给荣禄出了难题。此时的所谓行在，除了说一不二的慈禧，便是军机处三大臣：荣禄，王文韶，鹿传霖。王文韶耳聋不管事；鹿传霖仇洋排外，只是资浅望轻，对于时政尚无大碍。荣禄既是太后的心腹，又被东南督抚寄予厚望，是无可替代的砥柱之臣。可他秉性阴柔，不善面折廷争，忽一下成了顶梁柱，叫他怎么当得起！继李、庆电奏后，刘坤一、张之洞、袁世凯相继电请惩凶。荣禄借着电文敲边鼓，慈禧顺着梯子下台阶，颁谕公布：端郡王载漪革去爵职，与已革庄亲王载勋均暂交宗人府圈禁；载濂、载澜、英年、刚毅、赵舒翘、毓贤等，分别受到圈禁、降调、闭门思过、充当苦差等惩治。这种处罚轻描淡写，而且没有触及被视

为首恶的董福祥,无法满足议和诸臣的期望。

荣禄对李鸿章专电倾诉:"两宫圣明,严纶立降,虽未诛戮一人,而被禁被谴者永无释期,与死何异?似可平友邦之愤怒,启和议之端倪,然臣力亦尽矣。平心而论,两宫为天下忍辱亦尽矣。惟望执事持悔祸惩凶之诏,亟与议款止兵。得早一日开议,两宫早一日获安,社稷苍生早一日蒙福,切盼切盼。"

荣禄自夸他已尽力,李鸿章却觉得他在糊弄。李鸿章和奕劻致电军机处:"各使责难肇祸诸臣,一律从严。今奉旨圈禁四人,其余诸人罪止闭门思过、降调、革留、极边当差,各使必来诘问。现在洋兵未撤,动辄生衅。倘欲自往办理,又蹈廷雍覆辙,必致枝节横生,全局糜烂,臣等何能当此重咎,不敢不预为陈明。至荣禄等电称,董宜缓图,容向各使婉商,能否允许,仍无把握。"

李鸿章给荣禄的电报干脆明说:"英、俄、法、美使照会,董于近日祸事最为首要,应即行逐退,且疑执事始终祖护。事势艰危,惟望诸公慎重图之,力回天听,以维大局为幸。"此语触及痛处,荣禄不由沉思:董福祥始终是自己的部将,可他始终不听吆喝,若说董某该杀,荣某当然该打。根本难处在于,董福祥拥兵数十营,全是陕甘回民,而朝廷寄居陕西地面,投鼠岂能不忌器!

荣禄还得应付刘、张的催逼。刘、张奉派会办和议,自以为旁观者清,对庆、李和行在的举措都有怨言。两全权大臣失之于软,荣相国失之于懦,把两个月时光白白浪费了!打蛇先打头,刘、张请袁世凯草拟电奏,专攻董福祥:"查董福祥以盗魁投诚,迭荷殊恩,为从来武臣所未有。乃自统兵以来,不事训练,徒托大言,谬称其步卒可灭洋人,刀矛可胜枪炮。先在保定滋扰教堂,继在卢沟桥哄闹铁路。且戕害日员,发难既始于甘军,围攻使馆,构兵又成于董某。及战事方殷,守城不力,京师危陷,率先溃逃。犹复乘乱抢杀,大掠而西,或载所劫货物,或挟所掠妇女,招摇数百里,众所共见,人尽切齿。董福祥身肇巨变,意图苟免,辜恩负义,令人发指。仰恳宸衷独断,先将董福祥兵柄分撤,依次从严治罪。"这份奏稿不厌其详,历数罪状,是要为朝廷处置列出证据。同时,袁世凯电约各省连续上奏,破鼓不响只管敲。朝廷不下手不行了,却怕这只守门狗,惹急了可能变成狼。荣禄跟幕僚樊增祥商议。

樊增祥说,对董无法晓之以理,只有动之以情。

这天中午,荣禄派人持帖请董来宅酒叙。荣禄住在西安满城内,是巨绅舒云溪让出的房子。董福祥到来后,由樊增祥引入内宅,荣禄在客厅门首亲迎。董福祥头戴回民白帽,络腮胡须挓挲得像个刺猬,见了面作势要跪拜。荣禄赶紧扶住,含笑端详董福祥的面容。董福祥话里有话地打趣:"人都说荣相善相,是不是看出我的凶煞气了?"荣禄笑赞:"吉祥气,福禄气,忠义气啊。我早听人传言,陕甘人民无论回汉,皆奉董宫保为神明,村镇所供关圣塑像,往往把胡须截短,作为董公生祠。我前日特意去乡庙观神像,千真万确,与老弟相仿佛。"

董福祥嘿嘿笑:"父老抬爱,折煞我也。不是虚话,气数已尽,只怕这回真要挨杀。"荣禄故作气愤:"你以为我设鸿门宴? 荣禄不是项羽,樊山不是范增。你看他这文人,不会献屠龙计吧?"董福祥龇牙咧嘴:"文人名号忒麻烦,比如这位姓樊的,字嘉义,号樊山,别署云门,又因侍奉荣相被称为荣门。他不屠龙,他要附凤。樊云门为赛金花做《彩云曲》,把她吹得像一朵花似的,使那老婊子名声大噪。连瓦德西都想尝尝腥,派轿子去接,将她抬进仪鸾殿,度了三宿才放还。"他这嘴没遮拦,污了文人和相国的耳。两人用话岔开,延请董福祥进门入席。

荣禄与董、樊结交多年,虽经曲折坎坷,故人情谊不断,酒席之间不说外话。董福祥外貌粗莽,内里狡猾,这一回要唱哪出戏,他比谁都门儿清。为不叫主帅作难,他主动把脓包挑破,提起受参之事。荣禄便跟他交底,让他看樊增祥摘写的节略:各国公使的攻击,庆、李、刘、张、袁的弹劾,分门别类记录在案。董福祥看蒙了,揉揉眼睛再看,他用做作来表达轻蔑。荣禄对他说:"算了星午,你别看了,反正都是这股调儿。"

董福祥道:"那可不敢,先得弄清罪名,才好引颈就戮。你看这几句:'董福祥肇衅酿祸,任性妄为,致使宗社倾危,乘舆播迁,廷臣颠沛,士民涂炭,大局败坏,流毒甚烈,不但为天下各国所共愤,抑且为列祖列宗之罪人。'这是把丢失北京的账,一股脑儿安到我头上,我不该受五马分尸么? 这是谁写的? 袁世凯。他是右军,我是后军,打的都是武卫军旗号,为何这样狠?"荣禄淡笑着,樊增祥想要插言,董福祥扠

手挡住："云门莫要哼曲儿,我心烦着哪。洋军攻打北京,董军在城墙上拼命,他袁世凯远远地看热闹。如今跑来插刀子,老子气不忿儿!李、袁、刘、张惯于告御状,福祥不愿冒渎天听,只把冤屈诉与主帅。中堂请观。"

他从怀中摸出一函,捧交荣禄。荣禄拆看:"中堂阁下:谨禀者,祥负罪无状,私怀无诉,不能不愤极仰天而痛哭也!祥忝隶麾旄,一切举动,皆仰奉中堂指挥,无一敢专擅者。去年拳民之事,累奉钧谕,嘱抚李来中,嘱攻使馆。祥以事关重大,犹尚迟疑,承中堂驱策,故不敢不奉命。祥是武夫,无所知识,但恃中堂而为犬马之奔走耳。今中堂巍然执政,而祥被罪,祥虽愚鲁,而窃不解其故。麾下士卒,皆不甘心,且有议中堂之翻覆者。祥以报国为心,自甘一死,于将士则无力弹压,惟中堂图之。"

荣禄将禀文慢慢叠好,放在桌上,蹙额沉思。董福祥顾自举盏痛饮,樊增祥小心地给他续酒。荣禄突然问:"星午,你还有多少兵?"董福祥没料到问这个,愣了一刻:"二十五营旗,一万一千人。"荣禄道:"我问实有。"董福祥不情愿地嘟囔:"十八营半,九千挂零。可我新募三营兵,朝廷还没给核饷呢。"荣禄道:"我懂得,兵是你的命根子,饷是你的保命水。我告诉你,说一千道一万都是虚。实情是,洋人发话了,连两宫都不能驳一字。莫说你我,洋人要宰的一班王公,小命首先不保。"

董福祥瞪大了眼:"端王庄王?真要杀了?"荣禄道:"至少得杀一两个,才能给洋人一个交代。你说你屈,皇祖皇宗的子孙又如何?"董福祥不安地咂着嘴:"那我——"荣禄将那禀文还给他:"你把驴心放到马肚里,我保你不会兔死狗烹。这种年光,你待在太后身边有何趣味。退一步海阔天空,你把原班人马带走,我名义上给你减掉一半,兵饷我令州县官绅垫支。这步缓棋可以保我救你,你意如何?"董福祥离座扑通一跪:"中堂二哥,我服你了!赵匡胤杯酒释兵权——"荣禄喝道:"别胡说!又招祸!"董福祥举起掌,自掴了一个响亮的耳光,樊增祥在一旁忍俊不禁。

终于在酒桌上达成交易,对内对外都有了交代。朝廷密谕庆、李:对董断无从轻之理,然其手握重兵,深得陕甘民望,若办理操切,恐酿巨祸;现拟含而不露,将其革职留任;可将此意转告各公使,以释其疑。李鸿章和奕劻遵旨行事,遭到公使团

的严厉驳斥。朝廷这才宣布,将董军裁撤五千五百人,调离行在,择日开拔。各国对此嗤之以鼻。李鸿章对奕劻说,如此重案,不戮一人,恐难塞责;王爷不好开口,那就由我上奏。奕劻只得同意联衔,奏请赐庄王载勋自尽,端王载漪遣戍新疆,英年、载澜等加重处罚。李鸿章据此通知各使馆,并请俄使格尔思从中通融。格尔思称,对于处死皇室成员,俄、美、日都不甚赞成;但是德国执意复仇,英国则借此施压,以补其军事力量之不足。格尔思打算促成一次专题会谈,中方则须准备做出让步。

几天以后,这次会谈在英国使馆举行。各国公使轮流发言,仍是一片严惩之声。奕劻和李鸿章同意严办,但要坚持分别重轻和懿亲不加重刑两项原则。在公开会议上,格尔思与七国同行站在一起,他针锋相对地指责中方,一要避重就轻,二要护短遮丑。奕劻辩称,中国自古以礼治天下,所以有"刑不上大夫"之说。朝廷今日惩治罪臣,惟求对懿亲网开一面,以利于维持和局。

格尔思挑眼道:"我就奇怪了,懿亲与和局有何必然联系?"奕劻道:"两宫播迁在外,皇统摇摇欲坠。再将皇室处斩,岂不丧尽尊严,还有何力履行和约,支付赔款?"格尔思扭头询问邻座:"他说的有没有道理?"日本公使小村寿太郎应声:"我以为没有。中国皇室之间,经常骨肉相残,我一时举不出例子来。"

德使穆默发出微笑:"我恰恰知道一点。远的不说,就在辛酉政变时,年轻的太后亲手杀掉一个亲王,那不是懿亲么?"奕劻忙道:"不是亲手,上谕赐令载垣自尽,他犯下十恶不赦之罪。"穆默质问:"现在的载漪不像载垣么? 此人何止百恶千恶!"李鸿章替庆王解围:"载漪是皇上第一近亲,又是大阿哥的父亲。加刃于载漪,那就像皇帝本人受刑一样——"萨道义大声插话:"如有必要,皇帝本人完全可以受刑。"李鸿章变了脸色:"你英国也有君主,何出此无父无君之言!"萨道义底气十足:"我说的正是英国。整整五十年前,我国发生了长期国会反对专制王权的斗争。经过两次内战,国会对国王判以死刑,将查理一世推上了断头台。连君主都可处决,何况什么懿亲?"

两位全权大臣惊得面无人色。在洋人的环视中,李鸿章勉强对答:"恕我孤陋

寡闻,不知道这段历史。但这足以证明中西互异,不可强求一律。在我国古史中,夏桀堪称第一暴君,国人群起反对,也不过'放桀于巢',仅仅流放而已。往前再推一层,西方各国对于国际争端,惯于使蛮斗狠。比如这一次,我国固然有错,列强何尝无辜?"他这倒打一耙的腔调,惹得几位公使群起而攻之,厅内乱成一团。吵嚷一阵,奕、李才把奏请严惩的建议端了出来,希望双方各让一步,不使枝节之争贻误大局。

会谈三小时,争论无结果。公使团随即发来照会,开出具体要求:载勋赐自尽,载漪、载澜应定斩监候,董福祥先夺军权以待严惩,其余诸犯一律处斩;同时要对惨罹大辟的徐用仪、许景澄、袁昶、立山、联元,开复原官洗冤昭雪。两全权大臣无奈上奏,祈求行在立下决断。

慈禧览奏大愤,在早朝时怒斥三军机,赞襄无计,安攘无力,什么东西!慈禧很少发火了,有此一怒,应是位置坐稳的征兆。她骂罢军机再骂全权大臣,荣禄才有机会奏陈:可怜奕、李,名为议和,其实客寄于洋人篱下,条款均由各国定案,二人只能传奏而已。这也是难得听闻的真言,慈禧越发懊恼:"那还议什么,撤回二人得了!"荣禄跪地叩头:"请慈圣息怒,破罐不能破摔,吉人自有天相。它从东来,我向西往,朝廷可从《议和大纲》中摘出几条,令奕、李与之切磋;惩治诸臣加重几分,暂不执行,以观后变。这样倒换一下,不算白吃亏。"

清廷在两日间连发上谕,宣布对载勋赐自尽,载漪、载澜发新疆监禁,毓贤正法,董福祥革职缓办,英年、赵舒翘斩监候,启秀、徐承煜先予革职,同时开复徐用仪等五人。这是重大让步,奕、李向公使团通报,静待各方反应。

这时,有人横插一杠子,这个人是张之洞。对列强的《议和大纲》,张之洞忧心忡忡,认为这是弱亡中国的总纲领。他建议力争作如下修改:减少使馆卫队人数,划定津沽一带驻军界限;商定禁止输入军火的年限,允许进口制造军火的器物;同意通过加关税、通邮政等办法筹款;修改通商章程不得有碍华人生计;平毁大沽炮台应是暂时性的,待局势平定即允复设。他还提出两大建策:一、由于京师门户洞开,应请暂缓回銮,以免受联军武力挟持;二、应与各国婉商,选择长江上游滨江之

处作为临时行都,可使两宫与使馆俱获安全,俟京津驻兵议有妥章后再行回京。迁都于南方的设想,如果放在先前,慈禧会斥为荒唐。而今枯守西北一隅,倒觉江南天开地阔,至少距离兵锋较远。慈禧禁不住游疑,饬令奕、李参酌办理,并随时电商刘、张。

这引起了各国公使的警觉,纷纷询问英国使馆,这是不是英国的策划?西摩尔在上海时,确曾鼓动迁都,但此一时彼一时,萨道义只能矢口否认。他把众怒导向清廷,指此为对抗的前奏。局势陡起波澜,两全权大臣很是惊恐,奕劻致函荣禄抱怨:"仰荷两宫圣明,批准议和大纲,实中外臣民之庆,却因香涛忽发高论,各使哗然,又添许多波折。"

李鸿章更是愤怒,上奏指斥:"行都使馆之议,尤属谬论偏见。銮舆固不能随便游幸,各使尤不能听我调度。不料张督在外多年,稍有阅历,仍是二十年前在京书生之习,盖局外论事易也。"张之洞大为光火,致电盛宣怀称:"合肥谓鄙人为书生习气,诚然,但书生习气似较胜于中堂习气。"然而中堂能够压制书生,李鸿章约奕劻同奏:"刘、张相距太远,情形未能周知,若与电商,恐误事机。更恐各国谓朝廷无信,全权无权,不但不能商催撤兵,而且不能止其进兵。近闻瓦德西厚集粮械,左顾右盼,分兵四出,欲以强力逞其诡谋矣。"

李鸿章并非夸大敌情。瓦德西亲自电告德皇:"欲使外交方面略添生气,余乃宣言,将有一次规模较大之军事行动。余欲侵入山东,同时令法军攻取山西。余之命令已于昨晚发出,并且设法使李鸿章得知此事。因由西安传来谕旨一道,其内容颇为轻佻,今以此举答之,实为恰到好处也。"李鸿章闻讯大惊,致函恳求暂停行动,央告俄使和赫德斡旋,却如春风吹马耳。

德军一部进犯广昌,清军万本华部在城南阻击,力不能支,退守艾河。德军入城,大掠一番,挥军西进,清军退至山西省灵丘县。另一股德军率领大批教民,再攻安子岭,清军都司秀昆、王定邦,各率本部抵御,激战五小时后,退守五台县境之长城岭。德军兵分两路,一路抢占山巅,攻夺长城要塞;一路迂回疾进,矛头直指五台。清军防堵不住,长城岭和铜钱沟于同日失守,德军合兵北犯五台山。南路法军

也在德军的支援下,攻打山西。

晋省告急,行在震恐,寄谕庆、李严厉斥责:"朝廷诚心守约,联军恃强西进,是诱我军自撤要隘,彼得肆意长驱。该王大臣能当此重咎否?"这几行上谕,李鸿章是在吃饭时听读的。他当时一阵昏晕,饭碗脱手,当啷粉碎,白花花的米粒撒落一地。

四、卖国契约　哀民篇章

张佩纶从外面奔入厅堂,看到了这个凄惨的场面。张佩纶帮着收拾,与李经述一起,将李鸿章扶入内室,安置休憩。他转身出来,找着徐寿朋,埋怨他上报文电不择时机。徐寿朋现任太仆寺卿,与周馥、那桐等一起,奉派随办交涉。徐寿朋面带歉意,肚子里却在嘀咕:傅相惯于在饭间阅电,何况此乃行在寄谕。你这做女婿的,紧要时节不在场,事后跑来献殷勤!

置身于是非场中,大家都在淘气,张佩纶只能点到为止。他在此处境尴尬,因为赏加编修的旨意,并未通告各使馆;而且明令专随李鸿章办事,并不是两全权大臣的随员,反倒像岳父的跟班。为让他摆脱嫌隙,李鸿章当众声明,幼樵不必接晤洋人。然而张佩纶的声光,远超其他随员,洋人上门总要见他。张佩纶也便因势随缘,拾遗补阙,以尽其心。他发现,那总是大大咧咧的李鸿章,近来变得暴躁易怒,多疑善变,不好相处。这也难怪,当前局面异常险恶,李鸿章要在虎口拔牙,伤身损神岂可免乎?

这一天忙下来,张佩纶抽空儿给鹿传霖写信:"时局艰危,愧乏奇谋。洋情骄狠,德最甚,而英次之;意挟三门湾之嫌,借势作威。全权照会之词,皆遭批驳。傅相痰多神疲,时病时愈。近日电奏均是口授,写毕即发,只能婉导于事前,不能谏阻于临事。佩纶每于晨起清明之时,无人密静之暇,委曲调护,有从有不从,都无痕迹。其须笔之于书,则面递说帖,以备斟酌。用心颇苦,而为效极微。庆邸不甚问

事,以如此重大关系,全委重于衰病老臣,度量殊不可及。昨日为争驻兵一节,佩纶建议遣那、徐往酌。恰值美、日两使来拜,共与切磋,口气渐软。是日傅相过劳,次日适有西进诘问之旨,立时两眼作黑,吐粥满地,忠恳处亦可怜可敬。"通过重臣敲敲边鼓,也是一种"委曲调护",他虽自知无用,只可尽心去做。

行在并不会为吐粥满地动心,推动朝廷的,仍是德帅蛮力。惩凶再次加重:庄王载勋自尽;载漪、载澜监禁新疆,永不释回;刚毅斩立决,因病故免议;毓贤正法;英年、赵舒翘斩监候,令自尽;启秀、徐承煜现被联军拘禁,索回正法;徐桐、李秉衡先后死亡,革职撤恤。这基本满足了列强的要求,公使们得寸进尺,提出一大批地方官员名单,要清廷接着惩办。这一名单上自藩王督抚,下至知县士绅,可谓无远弗届。比如,连远离拳团老窝的河南南阳,都有南阳镇台殷某某、南阳知县潘守廉,新店绅士李若仙,因加害赴鄂洋人而榜上有名。镇台之所以无确名,是由于指控得自教民传闻,这体现了宁可错杀一百、不教漏网一个的惩罚原则。

清廷照单全收,分别予以处治。而洋人的干涉之手越过了边界,却令朝廷为难。此事出在于荫霖身上。去年两宫入秦后,河南成为东路要区,朝廷调于荫霖任河南巡抚。辛丑年正月,朝廷又一次调整疆吏,令江西巡抚松寿任豫抚,于荫霖回任鄂抚。英使萨道义突然照会李鸿章:"于荫霖任鄂抚时嫉视西人,不得再回原任。"李鸿章览文错愕,不知老于如何得罪了英国人。忽然想起袁世凯的一封密信中,引用张之洞评于的几句话:"于公敬徐、尊崇、师李、护端、助刚、爱毓、赞董、奖拳,恶铁路、恶学堂、恶洋操、恶探员电报、恶闻惩祸首。调豫抚后,宗旨似变。"

张之洞历数于荫霖的顽固,可见对他窝着一肚皮气。但通过英使阻于回鄂,手段显然不地道。李鸿章将来往照会抄送军机处。朝廷犯不上为一人误和局,便将于荫霖调补广西巡抚。几天以后,廷议于荫霖不善外交,降旨开缺,另候简用。

大吏运道瞬间起落,取决于洋人只言片语,对尚在其位者皆有警示。针对此次祸乱发表的上谕,把话说得更明白:"议和大纲业已照准,仍电饬全权大臣,将详细节目悉心酌核,量中华之物力,结与国之欢心。今兹议约不侵我主权,不割我土地,念列邦之见谅,恨愚暴之无知,事后追思,惭愤交并。惟各国既定和局,自不致强人

所难,当思我力之所能及,以期其议之必可行。"

　　清帝的哀告,并未赢得列强的欢心;俄国的阴谋,却对交涉推了一把。英、德等国公使探知,格尔思勾结李鸿章,欲就俄国"监理东北三省"达成谅解,制定密约。俄国老毛子又要吃独食!参战七强相互协调立场,决定加速谈判,以免夜长梦多。

　　公使团通知中方代表,在正式开议前,清廷必须用盖有皇帝玉玺的谕旨,批准《议和大纲》。奕、李考虑路途遥远,于是奏请批准,在京恭录谕旨,赴大内请用御宝,立即将十一份敕书分交各馆。同时递交的,还有李鸿章拟定的《条款说帖》,即对大纲细目进行修改的意见。说帖基本采纳了荣禄、张之洞等人建议,只对削平大沽炮台有所歧异。荣禄希望撤去炮位、兵丁,而仍留空炮台;李、奕则认为,门户之防,本不可靠,仍以自强自立为根本大计。对这些鸡毛蒜皮子,公使们草草扫了几眼,就不耐烦地掷到一边。

　　列强最关注的是赔款。俄、德、法在华商业利益较少,都想乘机大发横财。德皇便曾训示瓦德西:"要求中国赔款,务到最高限度。"俄国企图以此弥补国库亏空,增加军费,修筑西伯利亚大铁路,巩固其在东北的地位。英国拥有对华贸易的绝对优势,而且通过掌握海关,在某种程度上控制了中国财政。所以,它担心过于贪婪的勒索,会杀死下金蛋的鸡。美国第一个提出明确意见,向中国要求一次性总付赔款,以不超过中国的支付能力为限,然后在各国间公平分配。日本的对华贸易额,已超过德、法而居第二位,它在赔款上所持立场与英、美接近。

　　各国之间争吵不休,接连开了数十次会议,才算达成一致,由美、德、荷、比四国公使组成赔款委员会,负责确定赔款原则;英、德、日、法四国公使组成偿付委员会,研究赔款的支付办法和清廷的相应能力。赔款委员会提出公平赔偿,防止获得不法利益两大原则,建议由各国分别估算各自索赔数额,最后联合向中国提交总数额。

　　赔款要求分为对政府的赔偿,对外国社团、团体和私人的赔偿,对外国人雇用的中国人的赔偿三大类。原则是死的,胃口是活的,一国狮子大开口,列国全都瞪大眼,顿成争先恐后之势。

俄国以出兵最早且多为由,首先索赔九千万两;后因清廷拒签交接东三省草约,一下子提高为一亿三千万两。德国原拟索取远征军费用三亿马克,后增至四亿马克。连一直呼吁从轻索赔的美国,也提出二千五百万美元的要求;而据美国国会核算,实用军费仅有其半。经过各国多方的斤斤计较,赔款总数终于出笼。1901年5月9日,公使团照会奕劻、李鸿章,要求中国赔款四亿五千万两。

赔额如此巨大,不仅使清廷沮丧,也引起两全权大臣与两会办的一番争吵。张之洞电告全权大臣,希望谈判免除利息,庶使中国稍存生机。奕、李复电叫板:"偿款免利,此间万做不到,公或可设法。"张之洞果真设法了,主张以海关洋税抵偿,避免用盐课、盐厘、漕折、常税作抵。刘坤一也主张与各使切商,减少银数,宽展年限,先以海关药厘及加税指抵。朝廷据此电示李鸿章:"现议偿款,以减数、展期、加税为要着。"

李、奕不以为然,复电吓唬军机处:"据悉各国拟定息银照加一倍,共九万万两,为数至巨。另筹理财新法,断难济急。拟以盐课厘每年一千万、常税三百万、厘金二百万,分三十年还清,不提加息,并将洋商货税酌加三分之一。尊处如以为然,拟即照复商办。"刘、张对此猛烈抨击:"全权似有成见,所拟实非所计。于减数、展期二节,均未办到。本息分两次说,有何益处?税厘尽入人手,中国如何能支?"二人还支持袁世凯加抽人丁税的建策,筹措新款以应新债。

李、奕固执己见,不顾朝廷暂缓照复、力与磋磨的寄谕,擅自将上报军机处的办法照复各国公使。然后致电西安:"赔款以速定为妙。若游疑不允,至秋后撤兵,须多赔一百余兆,回銮更难定期,请勿为浮言所惑,立赐核准为盼。"两全权大臣先斩后奏,三军机如之奈何?上奏请示,慈禧固然不悦,但也处之泰然。该来的总要来,得给的能不给?虽说山河破碎,仗着地大物博,莫说四亿五,就是九万万,她也能抠出来。5月28日,朝廷电谕奕、李:"各国偿款四百五十兆,四厘息,应准照办。"内部争论告一段落,对外交涉加速进行。

大交涉套着小交涉,这是俄国人夹带的"私货"。俄国本想兼并中国东北,使之变成"黄俄罗斯"。由于当地人民反抗加剧,加之担心招致英、日反制,俄国变换策

略,拟于形式上保持清朝地方政权,实则由俄军军事占领。1900 年 11 月 8 日,阿列克谢耶夫胁迫奉天将军增祺的代表、已革道员周冕,与之草签《奉天交地暂且章程》(下称《暂且章程》),稍后又诱骗增祺签字。俄国外交、财政、陆军三大臣,据以制定《俄国政府监理满洲之原则》,谋求与清政府秘密谈判,企图弄到一张正式文据。

格尔思怂恿李鸿章上书,仿照曾纪泽商办交接伊犁的先例,请派驻俄公使杨儒为全权大臣,在彼得堡谈判交收东北事宜。清廷急于收回东北,很快予以批准。1901 年 1 月 3 日,《泰晤士报》披露了《暂且章程》的内容,引起各方舆论大哗,杨儒认为《暂且章程》流弊无穷,"东北不失为失"。清廷饬令杨儒"废暂约、立正约"。英、日向俄提出质询,并警告清廷切勿屈就。在各方压力下,俄国不得不抛开《暂且章程》,重起炉灶提出十二条,其要点是:俄国将东北全部交还中国,俄军驻扎至地方平靖,清政府履约之日为止;中国不在东北驻军,华官不合邦交,经俄声诉即予撤换;中俄边境的满洲、蒙古、新疆等处矿路及他项利益,非经俄允不得让与他国;从中东铁路造一条铁路直通北京。

这一约稿比《暂且章程》更厉害,将整个华北划入俄国势力范围,活画出俄国的贪婪和野蛮。列强立即作出反应,日、英、美等公使先后会晤李鸿章,声明正约未定之前,中国不得与他国立约。张、刘联衔电奏,务请力拒俄约。俄国将签约希望寄托在李鸿章身上,一面危词恐吓,一面故伎重演,由华俄道胜银行经理璞科第许以五十万卢布的贿赂,请李鸿章签字。

为诱使清廷就范,俄国对约稿文字做了一些改动,于 3 月 13 日由外交大臣面交杨儒,限定十四天内签字,逾期交还东北即作罢论。在李鸿章看来,东北现在俄国手上,不管吃多么大的亏,能收回总是好的。在议约紧张时日,如果借俄为助,满可以毒攻毒,所以力主吞下这枚苦果。这激起更大的反对声浪,张之洞提出急救东北三策:请各国代恳俄国展限画押;将东三省对外开放,借各国商力拒俄;允许各国为中国训练军队。盛宣怀基于公义私情,致电李鸿章切谏:"列邦以恶名加于俄,中外复以庇俄之名加于中堂,后世论者谁能曲谅乎?"

奕劻一向唯李马首是瞻,但在此事上也以李为非,致函荣禄抱怨:"合肥亟盼东

约早成，以为他事可以迎刃而解。殊不知各国环伺，已有责言，若竟草草画押，必致纷纷效尤。合肥更事之久，谋国之忠，弟夙所钦佩，独俄中定约一事，未免过有成见。即以近日电奏而论，大都于会衔发电后抄稿送来，弟亦无从置词。此事关系中国安危，弟亦何敢随声附和，徇一国而触各国之怒？"

清廷在众议中摇摆不定，拒签怕失东北，签则丧失更多，竟将责任下放给奕、李："惟有请全权定计，朝廷实不能遥断也。"奕、李电告杨儒："内意已松，即酌量画押。"杨儒坚称未奉画押之旨，拒绝签字。俄国紧急施压，维特致电李鸿章，以绝交发兵相威胁。李鸿章预感大祸临头，一连数日举止改常。张佩纶多法劝慰，李鸿章积郁难解，吩咐于式枚代拟辞稿，他要撂挑子不干了。消息传开，僚吏惶惑，奕劻亲来拜访，李鸿章托病不见。奕劻摸不着头脑，听那张佩纶说了一阵圆场话，这才摇头而去。

挨到晚饭以后，张佩纶来到李鸿章居室。李鸿章恹恹地倚在靠椅上，看见张佩纶抱着一大摞文书，便问那是什么。张佩纶答称，这是历年与俄所订约章，我将其汇为长编，以备岳相查阅。李鸿章将眉皱起："我都要乞休了，你还搬这来烦我？"张佩纶笑笑："您不问它，它要问您。"李鸿章不高兴："什么意思？"张佩纶从长编中抽出几页，指给李鸿章看："佩纶去年7月致函云：俄如放松一步，则中国略延残喘，我公尽盖前愆。否则仍如旅顺故事，则国与家俱殆矣。"李鸿章叹一声："你不幸而言中，我有幸而意回。我能抽身否？"

张佩纶道："不能。因为以前您曾失误，何况现仍一误再误？我公之误，在于感俄保护，惧俄强大，还有以夷制夷的陈旧套路，不由自主地使出来。结果反被夷人套住，为护昔日之短，又酿今日之失。"

李鸿章沉吟良久，怃然长叹："快哉斯言，痛哉斯世，奇哉斯时。今年一开春，行在发布上谕，那一手揿灭康、梁维新的慈禧老佛爷，也要推行新政了！我知你不愿再入火坑，然而无论如何，此机万不可失，即使不为自己，我还为国惜才呢。我已荐你入新设督办政务处，你不要设法推辞。"

张佩纶忙道："菊耦——"李鸿章忙拦："我知道，她近来身体不好。可她总还年

轻吧，待京中平靖，总可接她回来吧。"张佩纶不禁叹息："岳相啊岳相，连您老都要请辞——"李鸿章手一挥："我那是摆架子，欲平此难，舍我其谁!"

讹诈没能得逞，俄国暂未发难，李鸿章稍稍放心，又着手与各国切磋正约。瓦德西置身于谈判之外，一面操弄着军事，一面致力于"文事"。文事也有两宗，一为科举考试。中国有最完善的文官制度，该制度的起点就是科举。作为北京的"太上统治者"，武功要配文治，考试势在必行。联军取士的公告贴遍九城，号召士子们前来报名。投考者趋之若鹜，除了希图进用外，吸引他们的还有赏格：前三名赏银三百两，最末一等也赏五十两。在传统的春闱三月，金台书院万士云集，在策问《不教民战》、诗歌《飞筛入秦中》的题目下，赴试者一个个妙笔生花。文题是一米道人选用的，他过目挑取的头名卷子，名字揭晓后，竟然发现有一个"德"字，真真不可思议! 第二宗是《推背图》，这项庞大工程业已告竣。其中最精华的部分，是一米道人的预测事例，比如在中法战争期间，"水里来水里去"的奇迹。神秘的测字学，深奥的研图经，构成一部米氏学术专著。瓦德西令人译成德文，准备与天文仪器一起启运赴德。

观象台那桩公案，德、法协议平分，德国分得天体仪、玑衡抚辰仪、地平仪、纪限仪和明制浑仪。这批仪器于昨天拆卸完毕，在打包发运前，瓦德西特意带一米道人前往观看。彳亍于测天仪器旁，这个测字的人，似乎有点茫然若失。瓦德西问他有何感想，一米道人嗟叹道："浩浩者天，岂可度量? 这真叫一粒米中藏世界，半升铛内煮乾坤哪。"

这副道家联语，隐含着高深学问。瓦德西会意地笑着，眼看道人在浑仪面前停下，仔细辨认器体上的字迹。他这时的表情有些古怪，像在追思往世，又像企望来生。瓦德西走近看那行汉字，翻译为他译出：大明正统七年制。瓦德西问一米道人："这里有讲究么?"一米道人喃喃念诵："仪象浑浑不可求，半升铛内煮人头。须知此乃西洋米，为我疗饥复解忧。"瓦德西不禁愕然："半升铛? 煮人头? 这又是一句预言吧。我们的神仙也许饿了，所以老在惦记炊事。"他带领众人回到西苑，行至军官大厅的门前，瓦德西令人带道人去厨房进餐："叫他在半升铛内煮一煮乾坤。"

　　瓦德西走进景福门,进入自己的石棉行军营帐。营帐从德国寄来,安置在宫院中间。与一般人的想象不同,瓦德西并未在太后御榻上睡觉。参谋长施瓦兹霍夫少将闻讯赶来,向元帅报告军情:在黄河北岸的大名府一带,有义和团打出赵三多、朱红灯的旗号,与当地的清军作战。权理保阳司派出一支远征军,前往剿灭。关于征晋计划,联军统帅部所能调动的兵力,仅有德军十一个步兵大队、四个骑兵中队、四个炮兵中队,共约九千人;其余则为英军三千五百,意军一千五百。至于法军,由于其政府有停止军事行动的指示,已从该计划中撤出。

　　跟参谋长一起进过晚餐,瓦德西又给德皇写报告,直至十点一刻,方才熄灯就寝。睡梦之中恍入战场,先是连声炮响,接着万人呐喊,嚣嚣乱乱,沸反盈天。蓦然惊醒,红通通的火光灼痛双目,一时似觉身在地狱。眼前的器物都在燃烧,向门的通道被烈焰封死,焦烟气味令人窒息。逃命要紧!瓦德西从床头摸到元帅权杖,光着身子攀上窗户,跳到外面,蹿进军官大厅避火。

　　大厅内聚着十几个军官,一看见统帅便围了上来。瓦德西不等他们开口,急急询问,参谋长呢?无人知道参谋长在哪里,只知火从正殿旁边的厨间烧起。由于宫殿上面罩着凉棚,木架棚盖干燥易燃,火势蔓延极为迅速,一着火便无法扑救。瓦德西穿上下属奉上的衣衫,心中的一丝不安火一般扩张,猛然一惊,叫声:"妖人!"几乎同时,人们惊呼起来,蜂拥出门,赶到空旷处观看正殿。殿檐上下火舌乱蹿,大殿蒸笼一般冒着白烟。前檐屋坡上出现两个人,一个是参谋长,一个是一米道人。参谋长奄奄一息,他的左肋插着一把刀,一米道人紧紧握着刀把,对着下面狞笑。

　　德国军官们发出怒骂:"畜生,放他下来!"

　　一米道人冷冷说道:"放他下来,他也要死。"

　　瓦德西喝问:"你这妖人,究竟是谁?"

　　一米道人回答:"吾乃大明后裔,道家传人,义和神拳总教主,反清灭洋太老师。"

　　瓦德西恨骂:"一个黄鬼,胆敢骗我!"

　　一米道人怒斥:"一个狼主,胆敢欺天!吾有半升铪,煮熬烹煎蒸。西洋白骨

精,炼作长明灯。此乃中华土地,皇家园囿,吾有德者居之,尔无德者死之!死之死之,尔等全死!"

在朗朗咒骂声中,熊熊火焰吞噬了仪鸾殿,惊醒了北京城。一场大火烧死了德军参谋长,京城的百姓偷偷地念佛。瓦德西恨不得将战火烧向全中国,然而军事服从于政治,国际形势已不允许"狼主"肆虐。谈判接近尾声,各国想要收网。8月23日,日本公使面见奕、李,转达美国公使柔克义的意见:和约议结条款,各使俱已签字,断乎不能更改。如果中方签字,京城洋兵于画押五日内可全撤,直隶洋兵除保护通道所需外,十日左右亦可撤尽。如画押迟延,则蓄谋之国借口刁难,美、日等国亦爱莫能助。

奕劻和李鸿章据以上奏,请求当机立断。数日后朝廷发来谕旨:公约业已定议,即行画押。公使团与两全权大臣约定,1901年9月7日,在西班牙使馆会晤签约。李鸿章感冒数日,届时仍然力疾前往,与庆王奕劻一起,代表清朝政府,在《辛丑各国和约》上签字。

这就是《辛丑条约》。其主要内容为:中国赔款银四亿五千万两,分三十九年还清,年息四厘,本息折合共达九亿八千多万两,以海关税、常关税、盐税作抵押;将东交民巷划为使馆区,界内由各国驻兵管理,禁止中国人民居住;拆毁大沽炮台及京师至海各炮台;外国军队驻扎北京,并在北京至山海关的十二个战略要地驻兵;惩办肇祸诸臣;永远禁止中国人民成立或参加仇洋排外组织,违者处死,各省官员对辖境内发生的反洋事件负全责;外国人"遇害被虐"各城镇,停止文武科考五年;按照外国意愿修改通商行船条约;改总理衙门为外务部,班列六部之前。这是保命的卖身契,又是赎身的投名状。

签毕回寓,李鸿章仿佛沥尽最后一滴血,连说话的力气都没有了。混混沌沌的痛楚中,他默算着这样几笔账:庚子赔款不止此数,因为还有各省无数州县,分别对当地教会承担教案赔款。此款多者二三百万,少者十数万;即使不闹教案的省份,也要分摊直隶教案赔款,统计当有三千万两。连本带息十几亿的白银,什么事不可办,什么国不可强啊!痛定思痛,李鸿章上《和议会同画押折》,说了一段发自内心

的话:"臣伏查近数十年内,每有一次构衅,必多一次吃亏。上年事变以来尤为仓促,创巨痛深,薄海惊心。今议和已成,大局少定,仍望朝廷坚持定见,外修和好,内图富强,或可渐有转机。譬如多病之人,善自医调,犹恐或伤元气;若再好勇斗狠,必有性命之忧矣。"

李鸿章以衰年膺艰巨,两宫览奏不胜感念,优诏褒答,赏假二十日令其调养。不少公使前往李寓探望,赫德自然也来了。李鸿章欢迎这个饶舌鬼,跟赫德斗斗嘴,比饮用苦药舒心得多。赫德正在重建海关和私人住宅,由于住宅用地和意大利使馆产生了纠纷,他派金登干去罗马交涉。听他唠叨着取得的进展,李鸿章苦涩地说,英、意两国鸡争鹅斗,我们这地主管不着了。在使馆区四周将筑起高墙,设置炮位及防御工事,墙内建俄、美、法、英、日、意七国兵营,这是逼近紫禁城的国中之国!

赫德闻言严肃起来:"我理解中堂的心情,但是我要说,这是所能争取的最好结果了。中堂有再造乾坤之功——"李鸿章不听恭维:"再造?我只苟延了它的残喘,它能再拖十年,就算上天保佑。"赫德睁大了眼:"你竟如此悲观?我还想为大清再干二十年呢。"李鸿章讽刺道:"你当然恋恋不舍,你们英国讹得了最多赔款。"赫德认真分辩:"不,分得赔款最多的是俄国,占总数百分之二十九。其次是德国的二十,法国的十五点七五,英国仅占十一点二五。"李鸿章闹不懂:"为什么这样分?"赫德得意地笑着:"对于中国的中庸之道,我们英国人心有戚戚焉。俄国人爱走极端,作为它的密友,中堂要小心哦。"

历经百般苦难,总算度尽劫波,西安行在准备启銮回京。在此以前,朝廷惩前毖后,刻意自新,决定再次推行变法。这是没有光绪参与的光绪变法,由荣禄幕僚樊增祥拟写的上谕,批驳戊戌年康有为之谈变法,"乃乱法也,非变法也"。刘、张老瓶装新酒,联衔上《江楚会奏变法三折》,提出"整顿中法十二条","采用西法十一条",成为指导新政的纲领。中法且不说,所采西法包括广派游历、练外国操、广军实、修农政、劝工艺、定矿律商律、用银圆、行印花税、推行邮政、多译东西各国书等,大多不出洋务范畴,尚未及于康梁学说。

　　督办政务处换汤不换药，派奕劻、李鸿章、昆冈、荣禄、王文韶、鹿传霖、瞿鸿機主持新政，刘坤一、张之洞遥为参领，另选那桐、徐寿朋、陈璧、于式枚、张佩纶等十人会办政务。张佩纶由李鸿章提名，荣、鹿点头，但王文韶曾被张氏参劾贬官，参人者和被参者都难免芥蒂。鹿传霖欲为张佩纶另立名目，不料那人不肯蹚这个浑水，借妻病儿殇之机挂冠南去，并在途中上奏辞官："某亦曾近侍三天，忝居九列，岂能俯首王、瞿，比肩于、孙。"词锋之锐，莫说老对头王文韶，把老朋友于式枚都得罪了。

　　张佩纶出京前，曾对送别的陈夔龙慨叹："朝廷求治之心孜孜，而中外应变之才寥寥。观各省督抚，或窘于财，或乏其助。即江、鄂二督，也不过就题敷衍，决不见别开生面。就说眼前，老弟承办的都城迎跸工程，官员、木厂竞相钻营，比承平时节还要贪婪。心术不变，变法何益？"

　　陈夔龙心有同感，行动上可不敢那样倔。两宫定于十月回銮，陈夔龙和侍郎景沣奉命承办跸路工程。二人先期踏勘，但见午门、天安门、太庙、天坛、社稷坛等处，皆为炮弹伤毁，估计工程需款百余万两，而堂子移建、正阳门城楼重修尚不在内。浩劫之余，银钱极缺，陈夔龙提议，所发款项应全数到工，不准截扣；监理官员一律自备夫马，洁身任事。景沣咂舌道，堂司各员抽取工款二成，作为津贴，这是行之多年的规例。你我要靠下头办事，可不敢得罪这群乌眼鸡。陈夔龙暗自盘算，府主荣中堂要回京了，办差若不显出能耐，如何能得格外提拔？他打算等同办工程的张百熙到职，二人联手抵制景沣。

　　李鸿章也在赶办一桩未了事宜，以迎接两宫銮舆回京。对俄谈判只是暂停，并非终止。公约议结后，格尔思便来怂恿李鸿章，要其践行"公约定后，再订俄约"的诺言。李鸿章说，你不要忘记，英、美、德等国反对俄约，日本反俄尤其激烈；刘坤一建议照会各国公使，以公议迫使俄国从东北撤军。朝廷据此拒绝画押，我的所谓诺言完全失效，你要重打锣鼓另开张，必须做出重大让步，否则免谈。格尔思向他保证，俄国已经部分撤军，用以展现友好的诚意。李鸿章电询奉天，将军增祺回电称，俄军已撤出三分之一。李鸿章衡量情势，认为俄军师老兵疲，急于摆脱，要在抽身前再捞一把。这应是收回土地的良机，过去这村没这店了！李鸿章再跟格尔思讨

价,章程需要彻底删改,不夺我兵权及地方自主之权,方才可以重开谈判。格尔思请李鸿章放心,新修约稿脱胎换骨,一定能让中堂满意。

按照约定的时间,李鸿章来到俄国使馆,受到格尔思的热情欢迎。双方在会议室中坐定,格尔思一一介绍俄方人员,特别推介了坐在左首的波兹德涅夫,称其为华俄道胜银行的当家人。

李鸿章开了一句玩笑:"拉来一个钱串子,你想给我贷款么?"

格尔思笑道:"贷款算什么,我们把东三省委托给它,就像把大金坨子存入银行,中俄两国的收益永不枯竭。"

李鸿章疑心顿起:"什么意思?"格尔思道:"绝对是好意。我们将交涉分成两块,一块是俄中政府间的撤军协定,一块是中国与银行间的私方协定。"李鸿章更加狐疑:"私方?私方怎能参与国家谈判?"格尔思加重语气:"变通!变通!我们用智慧化解阻力,将使反对势力无所借口。"李鸿章用粗话掩饰气恼:"狗改不了吃屎,你能变出什么戏法?"格尔思一挥手,波兹德涅夫托起面前的协定草案,摊放在李鸿章面前。

李鸿章戴上老花镜,看了半页,便想推开。耐着性子往下看,心头的火吱吱往上蹿。草案将东三省路矿及其他权益全部让归道胜银行,中国的地方官干一点屁事,也得让银行点头。俄国耍这个花招,是想把俄国政府择清,避免他国干涉。中国可就更惨了,由俄国的阶下囚,变成银行的笼中鸟了!最后的两页没有看,李鸿章摘下老花镜,用指关节使劲揉眼窝。格尔思在对面故作关心:"中堂累了吧?"李鸿章忍不住大发雷霆:"是你累了,俄国人心劳日拙,良心都堕落到十八层地狱了!"

格尔思也摆出怒容:"请全权大臣不要放肆,俄国军队还在这里,还在东北!"

李鸿章一击桌案:"是,我从塘沽一登岸,你们就猫哭老鼠假慈悲,派兵保护,其实是看押。拿张作势多少日,就是为了这一天,把我中国往死里坑!"

格尔思又把笑挤出来:"我理解,中堂经历艰苦的谈判,已经心力交瘁了。但你一定能够领会,我端出的是最佳方案——"

李鸿章举手示意:"若签撤军协定,我跟你谈,至于那狗屁银行,让它从哪里钻

出来,还从哪里钻回去。签不签撤军?"

格尔思道:"先签银行,再签撤军。"

李鸿章立起身来,说一声:"我们走。"他率先走出,周馥、徐寿朋等跟在后面。

李鸿章回到寓所,当晚病情恶化,大口呕血。西医诊断后宣布,中堂的病是胃出血。接连数日,卧床不起。俄国使馆和银行派员,仍想抓住这最后的机会,为他们的国家谋取好处。然而一切都晚了,"亲俄派"李鸿章和"亲李国"俄罗斯,终于走到分手的时刻。李鸿章自我剖析,虽然聪明一世,并未糊涂一时,他自始至终都在为国算计。至于壮志未酬,乃是气运使然,非战之罪也,亦非和之罪也。

灵魂出窍,生命弥留,李鸿章苦苦地吟诗一首:"劳劳车马未离鞍,临事方知一死难。三百年来伤国步,八千里外吊民残。秋风宝剑孤臣泪,落日旌旗大将坛。海外尘氛犹未息,请君莫作等闲看。"这算是绝命诗,惜乎不尽意,尚未倾尽对国的忠告,对民的哀思。他要借用张佩纶行前的一首诗,点窜数字,以遗君国:

> 北来问古亦疑今,
> 荆棘铜驼入暮深。
> 甲蜕前朝龙口鼎,
> 弦空后殿凤头琴。
> 紫垣石裂惊天堑,
> 太液冰凝愯地阴。
> 载覆君舟何处水,
> 兴亡端不俟民心?

在李鸿章魂归九天之际,他所惦念的君国车驾,正从开封越过黄河,向北进发。在堂皇仪仗的前方,是残破的京城,平整的跸路,还有经过千缝万补,依然保持外观的大清社稷。